吶喊

王拓◎著

王拓作品集2

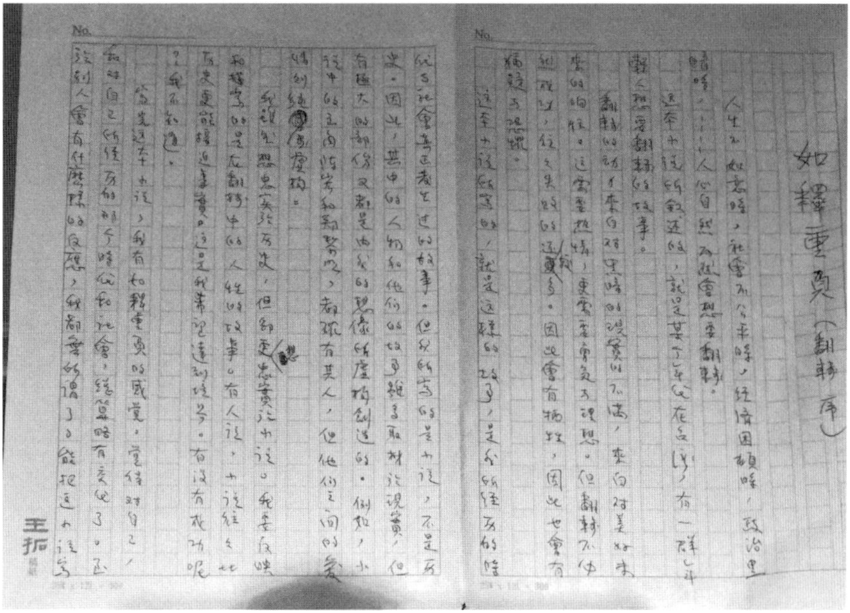

《吶喊》手稿，原書名為《翻轉》。

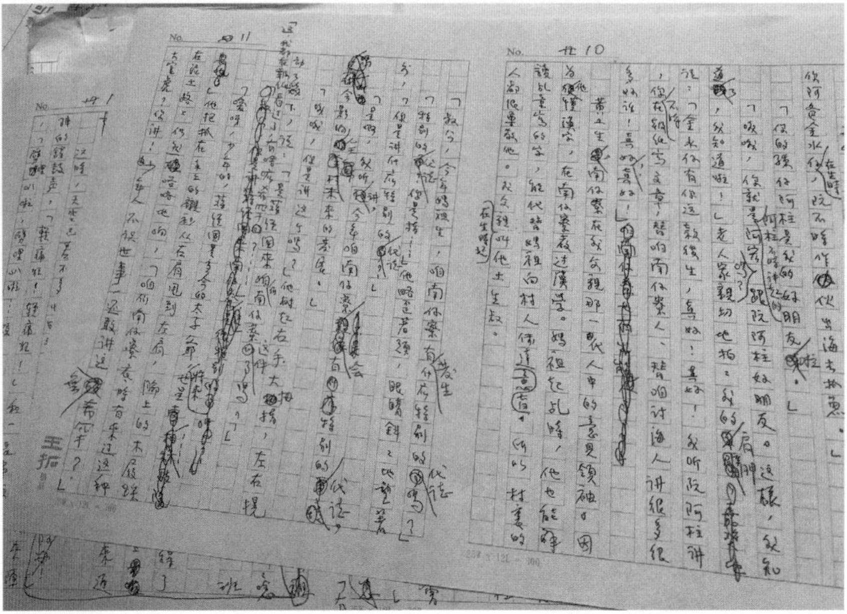

《吶喊》手稿。

目錄

編輯前言

文學遊子的永恆歸返

無論景仰或敬畏，文字一直被視為一種能夠感染、啟發人們心智的力量，因此總不乏有志者意欲透過文學來介入社會，期盼藉由文字的力量帶來改變。然而介入亦是一種浸染，以文學奮力向社會呼喊的同時，四面八方激盪騰起的回聲，也可能會為創作者帶來不同的思索與覺悟。

台灣七〇年代的鄉土文學論戰也有這麼一道積極而浪漫的身影。被官方媒體點名批判的王拓先生，不僅是文學論戰裡堅定無懼的發聲者，更是一位充滿人文關懷的書寫者，為台灣留下了《金水嬸》、《望君早歸》這般直面社會底層的經典作品。而在銳意創作發表之餘，王拓先生目睹底層民眾的掙扎，並且親身體驗到政治壓迫，在在都鼓動著他以更積極的方式去介入社會。從此成為文學的遊子，由文學世界中出走，投身到政治場域，以最實際的行動實踐自己的理念。

除了將理想付諸實現，政治也令他付出過許多代價，不但曾經因此身陷囹圄，也曾以孤鳥之姿奮力飛過擾嚷的政治風波。然而其中最深沉的，或許是台灣自此損失了一位能夠如此貼近底層的小說家。所幸即便經歷政治潮湧的洗禮，王拓先生並未曾忘情文學，歷盡政治生涯的翻騰之後，再度沉澱回歸文學行列。

這次未及在作者生前出版的三部作品《阿宏的童年》、《吶喊》和《呼喚》，便是其念茲在茲重返文學創作的證明與成果。《阿宏的童年》以溫柔筆觸捕捉童幼時生長的八斗子，以及記憶中的漁村、家庭和鄰里鄉人，鮮活重現了王拓先生的童年生活。《吶喊》細數了鄉土文學論戰的交鋒與暗湧，當時社會上躁動又肅殺的政治氛圍，及其投身政治道路心路與點滴；《呼喚》則是書寫經過牢獄磨難後，重新面對社會變貌與昔日戰友的努力與掙扎……。可說是透過王拓先生的個人生命史，映照出社會基層民眾群像和台灣民主化進程。

王拓先生終其一生戰鬥不懈，曾為文學遊子的他，這一次，以點滴文字心血歸返永恆。在其身後留下的三部文學巨著，將其一生的價值信仰與奮鬥歷程，盡皆函納其中。印刻文學以至深的榮幸與敬謹出版這三部作品，期盼能替這位台灣鄉土文學前行者留下最後昂然的背影。

推薦序

在文學與政治之間跌宕
——讀王拓小說《阿宏的童年》、《吶喊》和《呼喚》

向陽

一

二〇一六年八月九日，小說家王拓因心肌梗塞病逝，享壽七十二歲。王拓的一生充滿傳奇，他以小說家、評論家的身姿在一九七〇年代亮麗地進入文壇，成為台灣鄉土文學陣營的新星。一九七六年，他出版第一本小說集《金水嬸》，以母親為題材；次年出版第二本小說集《望君早歸》，以八斗子漁村為背景。這兩本小說集，細膩地刻繪了一個母親的勤樸、堅忍和慈愛的圖像，也寫出大時代變遷過程中一個漁村的困頓、破碎與悲涼，被譽為戰後台灣鄉土文學的代表作，讓他與寫出系列工人小說的楊青矗，同被視為底層代言的小說家。

寫作小說的同時，他也以文學評論受到文壇矚目。出版《金水嬸》之前，他推出的第一本文學評論集《張愛玲與宋江》；與《望君早歸》一併出版的是第二本文學評論集《街巷鼓聲》，可以看出他右手小說、左手評論的橫溢才氣。《街巷鼓聲》中收錄的〈是「現實主義」文學，不是「鄉土文學」〉，更是他在一九七七年鄉土文學論戰初起之際（四月）發表的宏論，強調：

現實主義的文學是根植於我們所生長的土地上，描寫人們在現實生活中的種種奮鬥與掙扎、反映我們這個社會中的人的生活辛酸和願望，並且帶著進步的歷史的眼光來看待所有的人和事，為我們整個民族更幸福更美滿的未來而奉獻最大的心力的。

這篇擲地有聲的評論，使他成為捍衛鄉土文學正當性的健將，也使他成為其後黨國機器發動鄉土文學論戰的箭靶。當年八月，彭歌就發表〈不談人性，何有文學？〉一文，點名批判他和尉天聰、陳映真「不辨善惡，只講階級」；接著是余光中發表〈狼來了〉，指稱鄉土文學和中國的工農兵文學「似有暗合之處」。在這個風聲鶴唳的階段，王拓毫無所懼，既寫多篇評論一一反駁黨國機器，也以堅實的小說作品回應指控，並印證他的現實主義文學論述。

文學評論或許讓王拓感覺到無力吧，在鄉土文學論戰期間，他也開始為蘇慶黎創辦的《夏潮》雜誌撰寫一系列黨外人士的專訪稿，先後訪問了當時的省議員林義雄、周滄淵等，一九七八年他自費出版政治評論集《民眾的眼睛》、訪問稿《黨外的聲音》，隨即遭到警總查禁。文學的無力，讓他感到投入政治改革的急迫性，於是以黨外身分參加當時的國大代表改選，這是他投入政治運動的重大轉捩點。遺憾的是，當年十二月台美斷交，蔣經國宣布停止一切選舉。這個事件導致黨外人士的不滿，延伸到一九七九年十二月爆發了高雄美麗島事件，王拓也因此遭到逮捕，繫獄六年。

獄中六年，王拓重拾文學之筆，先後完成兒童故事《咕咕精與小老頭》、《小豆子歷險記》、《英勇小戰士》三部；長篇小說《牛肚港的故事》、《台北・台北》初稿於台北監獄。一九八四年出獄後，他一度想要放棄政治之路，進入漢洋飼料公司擔任副總經理職務，後又因公司不堪黨國機器的騷擾辭職。

一九八七年，他在陳映真力邀下進入任《人間》雜誌擔任社長，同年五月，「夏潮聯誼會」成立，他獲選為首任會長，並參與工黨創黨工作；次年政府開放大陸探親，他率領「外省人返鄉探親團」訪問西安、北京；十一月加入民進黨。這是他政治生涯的另一個轉折，從主張中國統一的夏潮聯誼會退出，走回主張民主自決的本土政黨之中。王拓何以做出如此曲折的轉變？他的心路歷程如何？一直是外界想要了解的謎團。

加入民進黨之後，王拓先後代表民進黨當選第二屆國民大會代表（一九九一）、參選基隆市長，但未當選（一九九三），後又當選並連任四屆立法委員（一九九五—二〇〇七），在這段國會問政的忙碌生涯中，他曾動念於舊日的文學之夢，在二〇〇五年完成一部自傳性的小說《阿宏的童年》，但並未出版；二〇〇八年二月他接任文化建設委員會主任委員，但為時甚短，五月就轉任民進黨秘書長，至二〇〇九年卸任；二〇一一年他重返文學，以他經歷過的一九七〇—八〇年代為題材，撰寫自傳性的小說《吶喊》和《呼喚》兩部，連同先前完成的《阿宏的童年》，成為他生前來不及出版的遺作。

從漁村貧困家庭的孩童，到以漁村小說、文學評論驚豔文壇，捲起鄉土文學論戰的青年作家；從投身社運、參與政治改革運動、加入黨外運動，因美麗島事件繫獄，到參與被視為統派的夏潮聯誼會，到加入民進黨，擔任黨政要職；乃至於晚年不忘初衷，重拾寫作，留下遺稿。王拓的一生傳奇多折，一如驚滔拍岸、駭浪捲潮，以文學書寫土地與人民，是他的最愛；以參與政治改變社會與時代，則是他不得不然的選擇。在文學與政治之間、在國家前途應統或應獨之間，想必他也充滿抉擇的艱困吧。

在他遠行之後，這樣的謎團，是否會就此成為一則懸疑？

二

這些謎團，在王拓走後留下的三部遺集《阿宏的童年》、《吶喊》和《呼喚》中可以得到一些解答。

這三部遺集是在王拓去世後，由他的哲嗣王醒之整理而出。《阿宏的童年》初稿完成於二〇〇五年四月七日，修訂於五月七日母親節前夕；《吶喊》初稿完成於二〇一二年七月三日，修訂定稿於二〇一六年三月廿九日；《呼喚》初稿完成於二〇一五年十二月十四日，經過三次修訂，定稿於二〇一六年七月十四日，去世前廿六天。從完成初稿到其間一再修訂，足見王拓晚年重拾文筆的用心與寫作之嚴謹。

這三部都屬自傳性小說，《阿宏的童年》以「王宏」為主人翁，寫八斗子漁村孩童阿宏的童年經驗，以及他和母親「金水嬸」的母子親情。王宏當然是本名王紘久的王拓代稱，全書從第一節「早晨的太陽」寫起，至第十三節「我考上省中了」結束，從誕生寫到父親過世當天母親的悲哭，王宏「他的眼淚也止不住漣漣地流了下來」終篇。整部小說宛然一首孤苦少年的成長樂章，在八斗子漁村、周邊海域的點綴下，寫出了王拓童年及少年時期的桀敖不馴，求學過程的的生命經驗，相當動人。

《吶喊》寫的是一九七〇年代黨外運動的故事，主人翁改了另一個名字「陳宏」，同樣是王拓的代稱。小說從阿宏長大後回鄉，參與反八斗子電廠（小說中為「南仔寮電廠」）帶來的汙染和基隆市的垃圾處理問題寫起，整部小說的時代背景大約置放在黨外運動初起的一九七〇年代，寫「陳宏」的憤怒青年時期，小說以陳宏和女主角「鄭黎明」之間的似有若無的深厚情誼為經，帶出陳宏與《夏潮》雜誌及左派知識分子的往來，保釣運動之後黨外運動陣營的統獨矛盾結構，陳宏與《台灣政論》、《美麗島》領導人物的接觸，擔任《健康世界》雜誌總經理遭到情治單位盯梢的經過，接著寫到鄉土文學論戰期間的杯弓蛇影，許信良退黨參選桃園縣長以及中壢事件的發生，陳宏被逼辭掉《健康世界》工作決定參選國大代表的心路和參選過程，以及因為台美斷交國民黨取消選舉之後黨外政團的憤怒……，最後寫到終章發生於一九七九年的「橋頭事件」（黨外人士為余登發父子遭國民黨逮捕發起的示威遊行事件）落幕。

這部小說相當清楚地寫出王拓在一九七〇年代棄文從政的過程，是他的回憶錄，但以小說的方式處理。王拓在書後跋文〈如釋重負〉這樣說：

這本小說所寫的，就是這樣的故事，是我所經歷的時代與社會真正發生過的故事。書中主要人物們的思想、言論和作為，在當時都好像來自地底的聲音，被冰封的大地隔絕了，一般人聽不見、看不到。他們的聲音發不出正常的能量，他們是一群被打擊、被壓迫，卻又堅持理想、熱情，勇敢反抗的人。

我寫的是這群人的故事，但它是小說，不是歷史。因此，其中的人物和他們的故事雖多取材於現實，但絕大部分又都出自於我的想像和虛構。例如，小說中的主角陳宏和鄭黎明，雖都確有其人，但他們之間的愛情則純屬虛構。其他人物的故事也都與此類似。

我雖然想忠實於歷史，但卻更希望忠實於小說。我要反映和描寫的是在翻轉中的人性的故事。

從回憶錄的角度來看，《吶喊》應該是真實地呈現了王拓何以從文學青年走向革命青年的心路歷程：在推動文學和社會改革的過程中，屢遭國家機器的打壓，理念和理想受到政治壓抑，甚至工作權（職業）也遭到剝奪；而更重要的是，面對國家前途、社會沉痾、民怨沸騰，具有正義感的他除了口誅筆伐之外，更應該捲起袖口，勇敢「造反」。初始不想涉入政治的王拓，最後選擇放棄創作遠景，投身黨外運動，理由應在此。

從小說的角度來看，王拓自謂「優秀的小說往往比歷史更能接近人性的真實。這是我希望達到的境界。」他以虛構的情節（如陳宏和女主角鄭黎明的愛情）串聯發生於一九七〇年代的反對者群像，凸顯他自己和書中的人物們（知識分子與黨外政治人物）的思想、言論和作為，通過事件和相關人物的對話，的確鮮活生動地勾描了在動亂年代和重大事件中的不同人物的形象和取捨。

這樣的敘事手法，以虛構情節呈現歷史真實（不為人知的內幕和思辨），在他追溯一九八〇年代的小說《呼喚》中也同樣具有力道。《呼喚》的主角以「林正堂」代稱（一樣是王拓自身），寫他從美麗島事件繫獄六年，出獄之後的故事。小說第一章從林正堂辭掉漢洋水產飼料公司的職務（實際發生於一九八五年）寫起，以黨外人士要求平反二二八為楔子，展開敘事。在這部小說中，同樣虛構了林正堂和女主角「顏素如」（《吶喊》中的「鄭黎明」）若有若無的愛憐情節，帶出主角從一九七〇年代《夏潮》雜誌到一九八〇年代夏潮聯誼會的變化。第三章之後寫陳映真（書中名「蔡惠德」）和《人間》雜誌（書中名《民間》）找林正堂擔任社長、以及組夏潮聯誼會請他擔任會長（一九八七），其後籌組並創建工黨，後又退出工黨的過程，情節描繪以對話出之，人物角色塑造相當鮮明……；接著描繪林正堂率領「外省人返鄉探親團」訪問西安、北京的經過，以及回國後加入民進黨，與夏潮聯誼會漸行漸遠的抉擇。

小說的高潮放在第十七章，一九八八年二月蔣經國過世之後，林正堂到《民間》雜誌上班，收到顏素如寫給他的訣別信，得知她罹患肺癌，即將告別人世的訊息而痛哭；接著寫蔡惠德（陳映真）約他相談，準備籌組「中國統一聯盟」，問他如果想參選，「願意用中國統一聯盟的身分參選嗎？」如果不想參選，「願意來擔任統盟的主席或祕書長嗎？」當時李登輝已經接任總統，統派擔心台獨勢力擴張，這是陳映真的想法——林正堂在對話過程中，似乎也被一起討論的「孫志威」的言談激怒了，小說中這樣描述：

「你這個中國統一聯盟是誰統誰呢？台灣統一中國？那已經有國民黨在台灣喊了幾十年了，而且，那也只是騙人的口號，誰信呀？如果是要中國統一台灣，那就去請中共的百萬大軍跨海來打吧！」林正堂冷冷地望著孫志威，堅定地說，「那時，我一定捲起衣袖跟你的祖國對幹了！」

這一席對話相當漫長，卻翔實地再現了林正堂（王拓）和蔡惠德（陳映真）後來在政治認同路口分手的關鍵因素。談話即將結束前，還有這一段對話：

「怎樣？如果我參選而加入民進黨，我們的友誼就斷了嗎？」林正堂猛地乾了杯，望著孫志威狠狠地說，「他媽——的！有這麼嚴重嗎？」

「會，就是會這麼嚴重！」蔡惠德一手夾著紙菸，一手拿著酒杯，以沉重的聲音說，「因為你的選舉不是為了宣揚理念，而是為了當選。當你的選民大多數是台獨時，你想不變也不可能了，不是嗎？」

「哈哈，原來你們是這樣想的！……沒關係啦！」林正堂又把每個人的酒杯倒滿了，然後，高舉了酒杯說，「我會不會再參選？等我想好了，我會告訴各位老兄弟。現在乾了這一杯，我就要回南仔寮了，我們最近會有一場強烈的抗爭，我會讓基隆人抓狂！滿地都是垃圾！」

這段對話清楚呈現了曾經是左派同志的陳映真和王拓兩人的相互告別。中國統一聯盟隨後於一九八八年四月成立，陳映真為首任主席，王拓則於當年十一月加入民進黨，向他年輕時的思想導師陳映真及其統一主張說了「不」。

三

王拓過世後，醒之就交給我這三部小說的影印稿，我多半是在入夜的暖暖捧讀。從《阿宏的童年》寫的王拓十五歲之前的生命故事，到《吶喊》和《呼喚》所描繪的台灣大轉捩時期的黨外政治運動與鄉土文學風潮，王拓都在其中扮演了相當重要的角色，讀這兩本自傳性的小說，讓我對王拓為社會弱勢仗義、為土地環境奔走，以及追求民主自由人權的終極理念，有了更深刻的認識與感動。

我還記得，一九九七年鄉土文學論戰廿周年時，王拓以他成立的春風文教基金會舉辦「青春時代的台灣：鄉土文學論戰廿週年回顧研討會」，王拓邀我擔任其中一場座談會主持人。但會場中並未見當年與他並肩作戰的陳映真前來，我問王拓為何如此，他笑笑地說：「你知道，大頭仔就是這樣……。」現在讀了《吶喊》和《呼喚》，真相終於浮出。王拓生前因與陳映真的關係深厚，常被獨派視為統派；如今我才知道，他在主持《人間》雜誌、擔任夏潮聯誼會創會會長之後，也被統派視為獨派。但他一生，無論是文學書寫或政治參與，其實理念如一，從未更易，一如他的小說，都與八斗子、「金水嬸」有關，他的政治參與都與弱勢者、環境保護、人權維護有關。他的書寫，未嘗一刻離開土地與人民，而非統或獨的單一選擇，這都具現在這三部遺作之中，可供檢驗。

遺憾的是，天不假年，《吶喊》和《呼喚》並未處理他在美麗島事件扮演的角色和繫獄後的經歷，他可能想用另一部長篇小說來處理，但尚未著墨吧；醒之告訴我，王拓原來要寫三部曲，未寫出的一部題為《糾纏》——主題會是改變他人生行路的美麗島事件嗎？或者他想延續《吶喊》和《呼喚》，書寫進入一九九〇年代統獨紛爭、藍綠衝突的議題？這缺憾也已還給天地，無可也無需彌補了。

（本文作者為詩人、國立台北教育大學台灣文化研究所教授）

吶喊

第一章

基隆市公車到達南仔寮的終點站時，天已經有些微暗了。一下車，空氣中立刻聞到一股垃圾的腐臭味道。公車站正前方的山頂就是度天宮媽祖廟了。此時，廟埕已經有人在放煙火了，一支支拖著長長的火光在空中爆出一片片細碎的花朵般的火花，夾雜著隱隱約約的鑼鼓聲。

「少年的，你敢是金水仔的後生？」我走下公車才幾步路，身邊一位七十幾歲的老人，上身穿著汗衫，下身穿著黑色長褲，腳上穿著木屐，手上還抓著一件襯衫，頭髮已經灰白了，背也有點佝僂了，但聲音卻還很宏亮地衝著我說：「你叫啥名？陳啥？……是金水仔的後生嗎？」

「土生仔叔公，我是阮阿爸最小的後生啦，我叫做陳宏啦，」我說。

「是哦？莫怪我看你很面熟。你的鼻目嘴跟你老母很像。」

「你的孫仔阿柱是我的好朋友啦。」

「哦哦，你就是阿柱不時講起的阿宏嗎？」老人家親切地拍拍我的肩胛說：「金水仔有你這款後生，真好真好！」

黃土生，南仔寮在我父親那一代人中的意見領袖。因為他懂漢字，在南仔寮教過漢學。媽祖起乩時，他也能解讀乩童寫的字，能代替媽祖向村人傳達旨意。所以村裡的人都很尊敬他。我父親在生時還叫他土生叔。

「叔公，今年媽祖生，咱南仔寮有發生什麼特別的代誌嗎？」

「特別的代誌？你是指……」他略歪著頭，眼睛斜斜地望著我，「你是講什麼特別的代誌？」

「是啊，我聽講，今年咱南仔寮會有特別的代誌，會影響全村未來的發展。」

「哦哦，你是講這個嗎？」他豎起右手大拇指，左右搖動了幾下，說：「是蔣經國來咱們南仔寮這件事嗎？」

「這，我都在報紙看過了，有啥麼希罕？……」

「噯呀，少年的，蔣經國是當今的太子爺，將來也是……」他把抓在手上的襯衫從右肩甩到左肩，腳上的木屐踩在泥土路上仍然咯咯地響，「咱們南仔寮底時有來過這種大官虎？你講，少年人不識世事，還敢講這無希罕？」

「我是講，敢無其他的代誌？」我說，「我怎麼聽說，還有一件會影響咱南仔寮未來發展的大代誌，阿杜尹那些少年的，叫我今天一定要回來，說要和我參詳……」

「沒啦，沒啦！除了蔣經國來以外，再沒有別的了。」土生叔公搖搖頭說。但，突然好像又想起什麼事來，抓住我的手臂大聲說：「有啦！有啦！我想到了啦，是還有一件代誌，沒錯！」他說：「我有聽市政府的人講，蔣經國來南仔寮以後，已經決定要將日本人起造的南仔寮發電廠關掉了，而且還要在咱南仔寮築漁港哩。」

「啊——？是真的嗎？南仔寮發電廠真的要關掉了嗎？」

這是由我做小孩的時代起，就讓南仔寮人感覺非常痛恨、痛苦，但又對它莫可奈何的一件特別痛心的事。

這個發電廠，從日據時代到現代，幾乎日日夜夜，每天二十四小時都在燒煤發電運轉。風如果向西北吹，發電廠煙囪的煤煙就直撲南寮里、石寮里和砂寮里，如果向東南吹，長寮里和台北縣深澳那邊的碳井仔，家家戶戶就要吃煤煙了。那些煤煙不是只有煙，還帶著沙塵。煤煙吹來時，窗戶只要幾分鐘沒關，屋裡所有的東西都要蒙上一層很厚的沙塵了，桌上立刻就可以寫字了。路上的行人也要用布巾蒙著頭臉。這是南仔寮人長期來最大的痛苦。不久前，我在《中國時報》寫了一篇報導文章，除了真實反映實際狀況外，也嚴厲批評了台電公司，呼籲政府必須正視這個問題，儘快把發電廠關閉。

「難道那篇文章真的發揮效果了嗎？」我不敢相信。

「土生仔叔，由街仔回來了？」迎面而來的一些村人紛紛和土生叔公打著招呼，「去買啥物件？」

「沒啦沒啦，去走走而已啦。」叔公漫應著，「去市政府啦。」

「你講你叫陳宏是嗎？」土生叔公似乎對我很關心，「你在台北做記者嗎？阿杜說你在報紙寫文章。」

「我沒做記者，我在教書。但是，我有時會寫一些文章。」我說。

「現在你阿母跟你一起住嗎？」

少年仔也有回來哦！」

「是啦，阮住木柵，政治大學附近。」

「好，真好，」叔公揮了揮抓在手上的襯衫，踩著木屐大聲說，「有閒來阮厝坐，阿杜尹那些少年仔也有回來哦！」

這時，天空已差不多快暗掉了，廟埕戲台也傳來陣陣的鑼鼓聲，「輕痛狂！輕痛狂！」和一長串鞭炮的聲音，「劈哩叭啦，劈哩叭啦……碰！」

我站在杜昭彰家的門口大聲叫：「彰哥彰哥，客人到了，怎麼不來迎接啊？」

杜家在南仔寮是望族。昭彰的外公在日據時代做過保正，昭彰的父親是被杜家招贅的，所以他們家五六個兄弟，有的從父姓吳，有的從母姓杜。昭彰的大哥就叫吳昭宏，跟我是小學同班同學，昭彰是老二就姓杜，依序排列。昭彰母親從小就認我母親當義母，所以他們兄弟們都要叫我阿舅。我從小常常在他家二樓的大通鋪過夜，長大以後，還沒去台北讀書前，也一直都在他家進進出出。

昭彰家是南仔寮少有的磚造的兩層樓房，是他外公留下的產業。樓下是他們父母的臥室，還有廚房餐廳，樓上有三個房間和一個大通鋪。那大通鋪其實是二樓的陽台，他們家孩子多，就把陽台四周用木板圍起來，也開了窗，就成為一間很大的通鋪了，至少可以睡上十來個人。

那晚，那個大通鋪就坐滿了將近二十個人，通鋪的榻榻米上堆滿了盤碗和酒瓶。我一進去，在場的人立刻都站了起來，並且熱烈鼓掌。

「你們做啥？」我半開玩笑地說：「媽祖生不去廟埕看戲，通通躲在這裡喝酒，講什麼祕密的事嗎？會被抓去斬頭哦！」

在場的，除了兩年前才當選南寮里的里長郭松雄之外，幾乎全都是在台北上班或讀書的南仔寮的年輕人。年齡比我大的只有杜吉田，現在聽說已做到彰化銀行的襄理了。跟我同年齡的也只有郭里長和吳昭宏，其餘的都比我小上幾歲。

「今天這個會可以叫做南仔寮國小旅北同學會或同鄉會，」昭彰說，「這個會真正的發起人是黑常。在場有些人也都是伊聯絡的。」昭彰向坐在最角落邊的黑常招招手說，「後面的事就由你來講吧！」

「我不行，我不會講話，」黑常雙手抱膝窩在角落邊說：「二二哥，我的意意思，你你都知知道，就請你講……」

「好吧，你叫我講，我就講了，」昭彰聳聳肩膀，笑笑地說，「黑常的意思是說，我們南仔寮現在有四個里，人口已經超過一萬人了。但是長期來，我們連一個議員都沒有。所以，我們才會一直被人欺負。像這座火力發電廠，我們從小吃它的煤煙吃到現在，里民大會反映幾十年，根本沒人理我們。現在，全基隆市的垃圾又都倒在海洋學院前面的黑橋海邊，東北風一起，垃圾通通湧進咱們南仔寮漁港，現在整個沙灘都臭到不能聞。黑常的意思，我們南仔寮應該推一個人出來競選市議員。只要南仔寮大團結，我們推的人就一定能當選，當選以後就能替南仔寮出聲做很多事情，像發電廠啦，垃圾啦，……是不是這樣呢？」昭彰對黑常說：「你的意思是不是這樣呢？」

「是啦是啦！」黑常抬起頭來，有點興奮地應著。然後又見他站起來，高大魁梧的身材像個小巨人，但神情卻有點靦腆，「我不會講話，我的意思二哥講講的很清清楚，我相信大大家一定跟我一一樣，」他搓著雙手，有點結巴地說：「但但是，咱咱要推出的人，一定一定是能能替社會做做事的人，不是不是那種阿阿里不達，只會喝喝酒捧卵包工程拿拿紅包的人。我認為，我們現現場就有有一個很很適當的人人選，就是阿宏宏舅仔！」他突然指著我說。其他人也都紛紛鼓掌應和著。

「我？別開玩笑啦！」我說。這完全出乎我的意料。我臉上熱熱的，竟也有點靦腆了起來。

「二哥，你再再替我講啦，」黑常有點急躁地，揮舞了一下雙手說。

「宏哥，那天在台北東門市場遇見你，我就想跟你講這件事了，這是我們在場的人共同的意見，我們希望你代表南仔寮出來競選！」昭彰說：「以前，我們一起住在臨沂街，你不是常常高談闊論，說政治需要改革嗎？政治不改革，社會就不會進步！我受你的影響，也讀了一些你從舊書攤買回來的《自由中國》和《文星》雜誌。最近我也讀到你在報紙上寫的文章。連續兩篇講南仔寮發電廠和垃圾汙染海洋，以及討海人生活困苦的文章，在南仔寮很轟動，大家都在討論。黑常一個月前就說要去找你了，但是，我知道你的志趣，你喜歡寫文章，要做文學家。你關心政治，但是不喜歡政治。……」

「宏舅仔，你不不可以拒拒絕！」黑常大聲說：「為了南仔寮，也為為了基基隆市，大家都都要團結！」

「宏哥，我阿公也很支持你出來選。」黃崇杜高高瘦瘦的，頭小小的，但手腳卻很粗大。他一直把我當偶像。當年我還在讀師大時，每次回南仔寮，他就一定到我家來，和我擠在一床棉被裡聊天。偶爾，他也帶著他的同學到台北來找我，「我剛才要出門來這裡時，我阿公就說，你將來一定是一個大人才，庄仔裡大家都要有錢出錢，有力出力！」

「是啊，只要南仔寮四個里大團結，就當選了！」在場年紀最大的杜吉田也說。

「我不行！我沒興趣！」我斬釘截鐵地說，還引述了社會上很流行的話說，「如果要害朋友，就叫他去做三件事，第一就是叫他去選舉，第二就是叫他辦雜誌，第三就是叫他娶細姨。」

我這一說，全場氣氛突然就變得有點尷尬僵硬了。

「宏舅仔，你你你怎麼可以這樣講？我我們是好好好意的，……」黑常漲紅了臉，結結巴巴地說。

我內心有點不安，便又笑著說，「大家的好意，我很感謝。但是，我真的沒有興趣！」我說：「你們推別人吧，只要大家共同推出的人選，我願意全力協助。」

「那麼，黑常好啦！我覺得黑常很熱情，最適合當民意代表啦！」在場有人指了指黑常大聲說。

「對！我也覺得黑常適合！」現場立刻有人熱烈呼應。

「我我我，我不不適合啦！我連講講話都講不輪輪轉，」黑常站起來，搖著雙手，有點急躁地說：「我我不不適合坐坐轎，但是我會會抬轎，我抬轎很很有力！」他邊說邊彎曲了手臂，比了一個有力的姿勢，邊往外走去。

「怎麼？客人都還在，你當主人就想溜了？」阿柱的弟弟黃崇邦坐在榻榻米上拉住黑常的褲管不讓他走。

「我去買酒啦，」黑常笑著說：「今天難難得，大家開同同學會，要繼續續喝！」

「我跟你一起去。」崇邦站起來跟著黑常一起下樓了。

「阿宏，你現在在哪裡教書？」

「在政治大學做兼任講師。」

「兼任的，很辛苦哦。」杜吉田笑笑地說，「明年能成為專任就好了。」
「宏哥，來來來，大家來喝酒吧，吉田兄，里長伯，大家一起來！」黑常的大哥吳昭宏高舉了酒杯，笑瞇瞇地邀大家喝酒。昭宏的個性很開朗，老實寬厚，個子雖然不高，但很結實，是個好好先生。圓圓的臉上一直都笑瞇瞇的。
「我們很久沒見面了，」我說，「你現在還在杜萬得的船公司上班嗎？」
「沒有。」他說：「我現在和朋友合開一家報關行。」
「自己當老闆了，很好啊！」我笑著拍拍他肩膀說。
「阿宏，杜萬得那麼有錢，你將來若要選舉，可以請他幫忙，競選經費就沒問題了。」杜吉田說。
「我不想選舉，這也是原因之一，」我笑著說，「選舉哪有不花錢的？我們沒錢人，不想四處欠人家的情。」
杜萬得也是南仔寮人，是昭彰他們杜家的親戚。日據時代在日本人的輪船公司做小工友，因為老實勤奮，很得日本老闆的信任。日本戰敗後，日本老闆便把不動產都登記給他，使他一夜之間竟成了巨富。杜昭彰讀台北成功中學時，便住在他位於臨沂街的一座花園式的空宅裡，我也因為同鄉之誼，才能和杜昭彰同住。
這時，媽祖廟戲台那邊突然傳來一陣陣急促的鑼鼓聲，還夾雜著嗩吶高亢激昂的鳴叫，和海灘那邊傳來的海浪輕輕沖擊沙灘的聲音，「嘩——啊啦！嘩——啊啦！」交織成一片又喧譁又寧靜的矛盾的音響世界。海風從開著的窗戶吹進來，有點清涼，也帶點海藻的鹹濕的氣味，和沙灘上垃圾腐朽的味道。

媽祖生，南仔寮特有的每年重大的節慶，今年似乎沒有往年記憶中那般的熱鬧和喧譁。似乎有些壓抑，有些說不出來的被壓迫著的感覺。

「來，上來，陳老師沒來過我家嗎？」樓下突然傳來黑常的聲音。他平時講話其實並不結巴，但是，不知為什麼，認真要講某些事情時，他就變得有點結巴了。

「各位兄弟，我帶了一位貴賓來和大家見面。」黑常站在二樓的樓梯口大聲說：「大家都認識的，我們南仔寮國民學校的陳正夫老師。」

「啊，陳老師，快上來快上來。」在場除了杜吉田，郭松雄和我之外，大家都站了起來。黃崇邦一手提著兩個便當紙盒，一手抱著紙袋，把買來的食物和飲料都放在榻榻米上。

陳正夫和我小學同班，初中也一起讀省立基中。後來考上台北師範專科學校，畢業後就回母校南仔寮國民小學當老師了。因此，在場比較年輕的南仔寮的少年人都是他的學生。他從小眼睛就有點斜視，看人看東西都要略微歪著頭斜了眼才能看得清楚，所以從小我們都叫他「歪頭的」或「歪的」。

「喂！大家好！」他站在樓梯口，先向大家揚揚手打了招呼，再把頭微微向右歪，斜著眼睛，逐一把每個人都瞄了一眼。「我聽說吉田兄和阿宏都在這裡，所以就來湊一腳了。」他朝我笑笑，坐到我旁邊說，「最近，你很轟動哦！你在《中國時報》那兩篇文章我都拜讀了，實在有夠讚！」他豎起大拇指大聲說，「我這個老同學也覺得與有榮焉。但是，我卻因為這樣惹了一點麻煩。」

「哦？為什麼呢？文章是我寫的，為什麼麻煩找到你呢？」我說。

「市黨部、警總和調查局都跑來問我，陳宏是怎樣的人？我跟他們講，這個陳宏是我小學同班同學，初中是隔壁班。他只是關心政治、關心社會，愛發議論，愛寫文章，思想絕對沒問題。他是個人才，黨應該好好拉攏他、爭取他！……」

「哈哈，難怪你會有麻煩，你這個呆子！」我大笑地奚落他，「你應該罵我，把我罵得越厲害，他們才會認為你對黨忠貞。現在你還替我講話，保證我思想沒問題，也對啦，因為我本來就思想沒問題。但是，國民黨跟我們想的相反，你說我思想沒問題，他就會認為你有問題，你這個傻瓜！」

「啊！我不管啦！我們討海人的個性都是直話直說，為什麼要講違背良心的話呢？」陳正夫理直氣壯地說：「何況你文章裡寫的、講的都是事實啊。我如果能像你那樣寫文章，我也一定是那樣寫的！」

「好！不愧是我們南仔寮的陳正夫老師，」杜昭彰和黃崇柱們不約而同地鼓掌，異口同聲地稱讚說，「其實，除了宏哥以外，陳正夫老師如果願意出來參選，也是很好的人選啊……」

「什麼事啊？選什麼啊？」陳正夫略略歪著頭，斜眼望了杜昭彰們，「你們在討論選舉喔？」

「大家想推阿宏出來選基隆市議員，」杜吉田笑著說：「但是這個人大概怕選不上，就說他沒意願，說他只想當文學家，不想搞政治。」

「阿宏，你是國民黨員嗎？」陳正夫笑笑地說：「我看你不像。」

「我當然不是！我是反國民黨的。」我認真地說，「從初中開始，你陳正夫就是我的啟蒙老師，你忘記了嗎？那時你借我看《自由中國》雜誌，……」

「喂喂喂，兄弟，講話小心一點，」陳正夫用手指壓住嘴唇，輕聲說：「四處都是抓耙仔，給警總調查局知道，會找你去喝咖啡喔，……這不是開玩笑的。」

「今日是媽祖生，南仔寮家家戶戶都在拜拜請客，抓耙仔若來，我也請他來喝酒，」黑常大聲說，「講選舉，又不是殺人放火，怕什麼？幹！」

「對啊！講選舉又不是殺人放火，怕什麼？」阿杜也大聲說：「台灣人就是太老實，被人唬一下，就怕得閃屎閃尿，什麼都不敢講不敢做了，所以咱南仔寮才會搞成今天這樣：發電廠由日本時代到現在，最少害我們五代人了，天天吃煤煙。現在，我們小時候跑跳、踢銅罐、烤番薯的海沙埔，黃金色的海沙埔，現在都變成垃圾堆了，臭得沒人敢再走近了，伊娘哩……」阿杜越講越激動，「每次選舉要我們的選票，都說這些事情沒問題，馬上會解決，但是，選完呢？幹！選前講的，全都忘記了了啦！……」

「所以，我們才要推自己的人出來選呀！不管是宏哥抑是陳正夫老師，只要你們願意代表南仔寮出來選，我們就沒條件，全力支持！」昭彰認真地說：「南仔寮現在有一萬人，有選舉權的人至少也有三四千，只要團結，就穩穩可以當選一個市議員了。陳老師，你有意願嗎？」

「我嗎？我嗎？」陳正夫被指名著，開始似乎有點不自在，但歇了一口氣之後，他就站起來了，「各位，我坦白講，當時我從台北師專畢業決定回南仔寮故鄉教書，就已經想過這件事了。我也是那時才加入國民黨的，我當然希望國民黨能提名我，但是，我已經爭取兩次了，都沒成功。」陳正夫臉色有點黯淡，神情有點憤然地說：「我們中正區被提名那些人，有哪一個比我強？我就不懂，為什麼我會被刷掉？」

「因為你沒錢，沒背景，又不會當奴才，」我拍拍他肩膀笑著說，「老同學了，我坦白跟你講，我對國民黨是有一點研究的，你如果想得到國民黨提名，你一定要臉皮夠厚，心夠黑、夠狠才行！否則，永遠沒機會，……」

「陳老師，你為什麼一定要國民黨提名呢？南仔寮人提名你，把票投給你，你就當選了，為什麼一定要國民黨提名呢？」黑常說。

「你講的雖然有道理，但是，咱們南仔寮也是有一些國民黨員，沒黨提名，這些人就不敢替你運動、不敢投票給你。」陳正夫說，「而且，國民黨還有一些步數，外人都不知道，很厲害的。」

「嗳！你這個贛頭！」我搖搖頭，有點生氣地說，「好啦，既然你這麼在意國民黨，我們現在就來測驗一下。……所有選民中，國民黨黨員的比例到底有多少呢？在座都是從小一起長大的兄弟，是不是國民黨員也不必掩藏。是國民黨員的，請舉手。」我逐一望著每一個人，隔了兩三分鐘，竟然沒人舉手。我有點不耐煩了，便望著大家大聲說，「舉手啊舉手啊，加入國民黨也不是什麼羞恥的事。陳正夫，你不是黨員嗎？」

陳正夫尷尬地舉手了，做里長的郭松雄也舉手了，還有黃崇柱、黃崇邦。最後，竟然還有黑常。

「我是國，國民黨黨員啦，讀台北工工專時，參加橄欖球隊加入的啦。」黑常笑笑地有點尷尬地說，「但是，我沒沒參加過黨黨的活動。」

「勦緊勦緊，」我說，「現場有二十個人，國民黨員有五個，占百分之二十五。這比例算高的啦，全台灣的國民黨員絕對沒百分之二十五。陳正夫，你想想看，就算全中正區有百分之二十五的人是國民黨員，也還有百分之七十五不是黨員呀，你就全力去爭取那些百分之七十五的黨外票就會當選了。何況，國民黨裡也有人會支持你，譬如黑常、阿柱、阿邦、五個就有三個，再加上你自己，五個黨員就有四個會支持你，你還怕什麼？不用國民黨提名，你照樣會當選呀。」

「對啊對啊，我和崇邦仔雖然加入國民黨，也可以把票投給自己的鄉親同學呀。」阿柱笑著說。

「是啦是啦，這我也知道，但是，」陳正夫有點尷尬地笑著，望望我，又望望做里長的郭松雄，「我覺得還是要黨提名才好。」他說，「不是黨員，伊要做掉你，步數很多啦。」

「好啦，歪的，既然你這麼在意國民黨提名，我就再替你獻個計吧，」我說，「你既沒錢又沒背景，又不甘願做奴才，現在只有一條路可以走了，」我盯著他，嚴肅地說，「造反！你敢造反嗎？」

這個陳正夫其實是我的同學中最早熟的一位，他九歲才讀小學，所以大我兩三歲，讀省立基中初中部時，他已經在看雷震和殷海光們辦的《自由中國》雜誌了。但是，後來不知為何，去讀了師專以後就變得保守畏縮了，講話做事都變得小心謹慎，「四處都是抓耗仔」，這是他私下跟我們聊天時最常講的一句話。但是，當年閱讀《自由中國》雜誌在思想上造成的影響卻又沒有完全消失，對政治的社會的改革，還是充滿了熱情。

「什麼造反啊？你是在說笑的吧？」他說。

「我是講真的，歪的，你唯一剩下的路就是造反啦！……」

陳正夫瞪著兩眼望我，「要，要怎麼造反？……」他小聲地嚅囁地說。

「你一定要敢於向國民黨造反，但又要拿捏分寸。既要讓人覺得你是國民黨造反派，但又要讓國民黨覺得你還是忠於黨的。你做得到嗎？」我以略帶譏諷的語氣說，「我敢打賭，你做不到，是不是？」

「是啦，陳老師，宏哥的分析很對，你如果想得到國民黨提名才敢參選，你永遠沒機會啦！」阿柱笑著說，「造反吧！為了南仔寮的未來，我們願意跟隨你一起造反！只要看到這個海沙埔，我就幹伊老母哩！……令爸就火大啦！一個美麗的黃金般的海沙埔，我們好幾代南仔寮人共同的美麗的記憶，竟然被這個方正雄市長搞成這樣，伊娘哩！……」

南仔寮原本是一個美麗的天然漁港，三面環山，一面向海，擁有一片黃金似的美麗的沙灘。左右兩邊則是礁岩堆疊而成的天然的防波堤，整個港口就像一個布袋口那樣。那片沙灘，在夏季，是南仔寮人曬魚網和魚脯仔的地方，也是孩子們奔跑玩耍的地方，甚至是晚上睡覺的地方。涼風習習，沒有蟯蚺虻仔，迎面就是天上繁密的星星閃閃爍爍地亮著光，耳邊則是海浪輕拍沙灘，發出如音樂般安詳愉悅的「嘩—啊啦！嘩—啊啦！」的潮聲。這是七〇年代以前南仔寮人共同的美麗的記憶。但是，方正雄當了市長後，卻專橫粗暴地推動一個所謂「垃圾填海」的政策，把基隆市未經任何化學處理的垃圾倒入海洋學院旁邊，被南仔寮人稱為「黑橋」的深不見底的海溝裡，東北風一起，這些垃圾就被風浪帶入南仔寮漁港裡，使得傳統的美麗的如黃金一般的沙灘都堆滿了一層厚厚的奇臭難聞的垃圾了。我在《中國時報》人間副刊所寫的報導文章，就如實地描寫並嚴厲地批判了這件事。

「講到這，連我也火大了，」一直沉默著的死忠的國民黨員郭里長突然也大聲嚷嚷了起來，

「我在市黨部和市政府召開的里長聯誼會也都反映過。但是，講歸講，伊娘哩，黨部和市府連睬都勳睬我。我講，再這樣下去，下次選舉若有黨外出來選，國民黨就沒票了！」

「我也這樣講過，但是，都是狗吠火車！」陳正夫憤憤地說，「我也跟咱們長寮里的里長阿火仔講過，他只會一直點頭點頭應你好好好，結果也是沒結果，所以我才想，一定要出來選市議員才行！」

「好！陳老師，你就代表南仔寮人出來選，我們大家全部，全部都支支持你！」黑常激動地站起來，舉起酒杯大聲說，「大家乾啦！乾啦！團團結作夥，支持支持陳老師，好不好？」

「好啊！乾啦！」大家齊聲呼應著。

這時，媽祖廟埕又傳來一陣高亢急促的嗩吶聲和鑼鼓聲，「嗚——啊！嗚嗚——啊！」「悽痛狂！悽痛狂！悽痛狂！」但只隔了一下下，一切又都歸於沉寂了，只聽到沙灘傳來穩定沉靜的吟唱，「嘩—啊啦！」「嘩—啊啦！」還有一陣隱隱約約的垃圾酸腐的臭味。

大概，歌仔戲快要結束了吧？

「黑常，黑常，黑常有在家嗎？」突然，樓下傳來叫喚黑常的聲音，有點急促慌張，又有點不知所以的興奮的聲調，「我是阿火仔啦，黑常在嗎？」

「阿火仔嗎？上來啦！」黑常從窗口探頭向樓下大聲應著，回頭又向陳正夫說，「這個簡通榮不是你的表弟嗎？上禮拜來找過我，講，講伊也要選市議員。」

「哇！你們這麼多人喝酒啊，」簡通榮站在二樓的樓梯口，向裡面探了探頭，矮矮胖胖的，滿臉堆著笑容，年齡大概和黑常差不多。「黑常，你實在不夠朋友，有酒喝也不叫我。」

「你不是妻管嚴嗎？你老婆不准你喝酒，你敢，敢喝嗎？」黑常說。

「噯呀，陳正夫表哥，你也在這裡啊？我整晚都在找你吔，你母仔說你去南寮里了，害我一家一家問，陳老師有來你家嗎？」簡通榮笑著說，「現在，被我找到了，皇天不負苦心人啊！」

「你找我做啥？」陳正夫斜眼望著他，有點冷淡地說。

這位簡通榮是南仔寮地區四個里當中，長寮里的里長，也是深澳火力發電廠的技工，電廠工會幹部。從小大家都叫他「阿火仔」。為什麼叫他阿火仔呢？據說因為他從小就有點笨笨的，常惹得他那位在台電火力工程處當工頭，被大家尊敬地稱為「師公」的父親火冒三丈，所以大家就叫他阿火仔了。但是，他有一項別人都沒有的優點，就是雖然「憨面憨面」，卻也一直都「笑面笑面」，笑口常開，像笑面彌勒佛那樣，頭殼有夠軟的。不論碰到誰，即使那人是在生他的氣，要罵他的，他都笑嘻嘻地點頭敬禮，「阿伯好！」「阿嬸好！」「阿兄阿嫂好！」有人諷刺他說，「他連看到電線桿都會一直點頭問好。」而這樣的個性和表現，卻也得到許多人的稱讚和好評。

「這個年輕人很親切啊，不會臭屁！」

「這個少年人很有禮貌，很有大有小。」

所以，二十出頭歲就出來選里長，也因此就當選了。他從瑞芳高工畢業就在深澳火力發電廠當技工，參加工會，沒幾年，竟然也因此就當選了工會理事。他有什麼本領嗎？有什麼表現嗎？對工會做過什麼貢獻嗎？在里裡替大家做了什麼嗎？好像也沒人能說出什麼。問他，連他自己也說不出個所以然來。但他總是笑笑地說，

「我認真服務，拚命做，對每個人都很親切客氣有禮貌啦！」

「表兄，今天下午黨部主委有跟我講，要提名我，提名我選議員啦！」他有點無法抑止地興奮著，聲音竟有點顫抖了，「但但是，主委講，講表兄也在爭取，爭取很厲害，很積極。表兄的條件很好，主委講，在咱們南仔寮一帶，人緣也很好。伊講伊講，我如果想得到提名，必需先通過表兄你你這關。」簡通榮很誠懇地，頻頻彎腰鞠躬，笑著臉，近乎諂媚地，幾乎要跪下去了。「表兄，你大人大量，就牽成小弟啦。這次，這次先讓我選，如果我選上了，一定幫助你，幫助你做校長，好不好？拜託你啦！表兄，我們從小，都是你牽我，牽我長大，這次，無論如何，拜託你啦！拜託你啦！……」

「欸欸欸，你不要拜託我，我沒這本事。」陳正夫站起來，雙手一直搖一直搖，但兩腳卻又直立著，像被黏在地上似的，一動都不動。「這要看大家的意思，選票在大家手裡，難道說讓你選你就穩當選了嗎？」

「這，黨部已經有分析有評估了，如果南仔寮地區只推一個人，就一定能當選。所以，如果表兄願意牽成我，讓小弟先選一次，就這一次就好，我是會當選的。」簡通榮興奮地，口才突然變好了，笑著臉對黑常們說，「再加上這些好兄弟，黑常是我小學同班同學，阿柱他們都是學長，還有郭里長、吉田兄、陳宏兄，都是咱南仔寮的前輩，一定樂意看到咱南仔寮的晚輩出來替故鄉打拚……」

「但是，你的政見是啥？總不能只有一條，說要幫助陳正夫老師做校長吧？」阿柱有點戲謔地嘲諷著說。

「是是是，我會，我當然會有政見。」簡通榮有點惶急地漲紅了臉，有點急促地又結巴了起來，「但是，我現在還還沒沒想。等黨提名了，黨就會有政見了。」

「這怎麼行呢？連自己選議員都不知道要做什麼，還敢出來選？嗯？笑死人！」陳正夫有點不屑地咕嚕著。

照往例，這個時間廟埕的歌仔戲是應該要散了，但今年不知哪裡請來的戲班，也不知唱的是哪齣戲，似乎有點拖棚了。廟埕的擴音喇叭傳出胡琴「咿咿啞啞」的聲音，嗩吶也「嗚——呀——，嗚——呀！」地吹，鑼鼓聲都暫歇了。只有木板輕微地細細地緊密地敲著，「卡卡卡卡……」配合了一直被壓擠著的嗓音，突然意外地拋高了，「噯——噯噯噯——呀——啊！」然後又緊接著一陣驟密的木頭敲擊的聲音。

「陳宏陳大哥，你是文章高手，如果黨提名我，請你替我寫文宣、擬政見好嗎？」簡通榮謙恭地、熱誠地、又顯得有點討好地說：「今天我們主委還誇獎咱南仔寮出很多人才，還特別提起你陳宏大哥，叫我要好好向你討教，聽聽你的高見。還問我跟你熟不熟？問你是怎樣一個人。」

「那你怎麼，怎麼說？」黑常好奇地問。

「我說我和陳宏大哥不熟，讀南仔寮國小時，我小陳宏大哥很多屆，我只是小學弟。」簡通榮無聲地笑著，還一直點著頭。

「只說這些嗎！」阿杜說，「一定還有說別的吧？譬如說，宏哥的文章寫得好不好啦，講得對不對啦……」

「有有有，主委有提到陳大哥寫的文章。」

「那，主委怎麼說呢？你怎麼說呢？」黑常直視著簡通榮，笑笑地問。

「嘿嘿，我說，我說我沒看過。」簡通榮咧嘴笑著。

「那，你們主委怎麼說？」

「他說，他說文章很有才華，但是但是，但是觀點有些偏差、偏激。」簡通榮說。

「那你自己覺得呢？」阿杜說：「你沒看過，總有聽人講過吧？南仔寮大家都在議論……」

「我，我沒講什麼啦，嘿嘿，我真的沒講什麼啦！」他拿出手帕，頻頻在額頭擦著汗。

「喂！老同學，你怎麼說呢？」我用手肘撞了一下坐在我身旁的陳正夫說：「你還認為你們國民黨會提名你嗎？」

「我不放棄！」他說：「除非黨提名的人比我優秀，那我沒話講。如果人選比我差，我就要爭取到底！」

「如果爭取不到呢？你就不選了？」

「我不相信我爭取不到！」他說。

「那就走著瞧吧！」我看了看錶站起來，「都快十點半了，該散了吧？」我和在場每一位兄弟都握了握手，「再不走就沒車回台北了。」我說。

「希望你好好考慮，為了咱們南仔寮的未來，……」包括杜吉田、黃家幾個兄弟，還有我最親近的吳昭宏、杜昭彰和黑常，都懇切地對我說。但郭松雄里長，這位我的老厝邊、老同學卻不諱言地提醒我，「阿宏，我們從小一起長大，我是為你好。你不是國民黨員，你選也選不上。而且，如果國民黨認為你思想有問題，可能還會把你抓去關了。政治是很黑暗的。」他說。

「什麼？陳宏大哥也要選市議員嗎？」簡通榮望著我，吃驚地問。

我沒理他，逕自走下黑常家的樓梯。

「想回去的人就回去，想留下來開講的就留下來，啤酒還很多。」黑常大聲說。散戲的人潮從媽祖廟的廟埕湧向山腳下的南仔寮街了，人聲喧譁著。我從散戲的人潮中，獨自走向海邊。

天上沒有月亮，夜有點涼了。海風微微吹著，海浪輕輕拍擊沙灘的聲音，纏綿地永恆地傳布在南仔寮的天空，滲透到南仔寮的山川大地和每個南仔寮人的靈魂深處，「嘩—啊啦」任你遠離南仔寮到很遠很遠的地方，時間也許已經很久很久了，「半夜醒來，仍然還會聽見南仔寮的海浪，輕輕拍打沙灘的聲音，嘩—啊啦！」有一次，我大哥在病中，我遠去台東的醫院探望他，他都這樣對我說。

沙灘堆滿了垃圾，發出一陣陣腐朽的臭味。想要像古早時代那樣，坐在沙灘上看月亮數星星聽海浪的聲音，對南仔寮人來說都已經不可能了。

第二章

我從木柵坐省公路局車到新店公路局車站時，已經是下午兩點了。秋末的太陽還很暖和，風微微吹著，使天氣顯得很涼爽。車站裡只有三四個人。我瀏覽了一下高高掛在牆壁上的從新店發車的公路局時刻表，上面有往宜蘭、羅東和蘇澳的，也有往烏來的，也有往台北的。我略略彎了腰朝售票口向裡面的小姐問，「有開往花園新城的車嗎？」

「你可以坐開往烏來的車，會經過花園新城，路邊有站。」她說：「如果要到花園新城社區裡面，就坐他們的社區巴士。」

「坐他們的社區巴士也在你們公路局車站裡嗎？」

「在那邊。」她指指公路局車站旁邊說。

「謝謝！」我循著她手指的方向望去，果然看見一個黃色的站牌，寫著「花園新城社區巴士」。我走向那個站牌，上面列著時刻表。兩點十五分有一班。

站牌旁邊有一男一女，都大約五六十歲的模樣。女的穿著藍色旗袍，外面加了一件灰色薄毛衣，手上挽著皮包，身材雖然有點胖了，但氣質滿文雅的。男的穿著合身的黑色西裝，黑色皮鞋，手上拎了一個〇〇七手提箱，很像商場上的高階主管或老闆的樣子。

不久，巴士來了。車上坐了些人。我跟在那一男一女後面，只見他們和車上的人熟絡地打著招呼。我走到最後一排的空位上。

巴士沿著蜿蜒的山路曲曲折折地向上爬行。我望著窗外，沿路都是青翠的樹木，遠處是沉默的墨綠的山巒。過了一會兒，從車裡向前望去，彎曲的公路左邊有一座高大的拱門，上面寫著「花園新城」四個字，巴士左轉，從拱門底下駛過，繼續向上爬行。山路兩邊都是整齊高大的樹木，山風從開著的車窗吹進來，很涼爽，很舒服。

「確實是很好的環境，」我內心讚嘆著。

社區巴士的終點是在一個圓形的噴水池旁邊。水池裡開著幾朵荷花，幾條錦鯉在水裡悠游。

我依照黎明在電話中告訴我的路走去，沿著花園一路，左轉新城二路。每棟房子都建在路邊的小山坡上，都是獨門獨戶的二樓洋房，門外都有個小花園。我走到鄭家門口，仔細觀賞了四周的環境，小花園裡有一株不很高但枝葉卻很茂盛的我叫不出名字的樹。樹下擺了一個小桌子，桌旁有一把籐椅。地上是一片青翠的韓國草皮，看起來整潔舒爽，像極了畫報上才有的外國的住宅。

「黎明竟然住在這樣高級的地方！」我有點驚訝。這和黎明平時給我的印象不太一樣。我按了電鈴，來開門的是一位六十幾歲的老婦，身體雖然略顯瘦削，氣質卻很親切端靜，五官和黎明有些神似。一定是黎明的母親吧？我想。

「黎明在嗎？我是她的朋友陳宏。」

「啊，你就是陳先生嗎？請進來，請進來！」那婦人有點像電影中的日本女人那樣，謙卑地躬著身，殷勤地說：「黎明有講，今天邀了幾個朋友來，快請進來，不必脫鞋，不必脫鞋。」她邊說邊探頭向屋外左右望了望，然後再進屋裡稍稍大聲地叫：「阿黎，妳的朋友來了，怎麼還不下來啊？」隨即她又帶著歉意地說：「阮阿黎，從小就這樣，散形散形。不知在裡面忙什麼。」

「好了啦，我來了啦！」黎明的聲音和人一起出現在二樓的樓梯口，一頭蓬鬆的茂密的頭髮，那張有點嬰兒般的紅撲撲的臉，上身套了一件灰色毛衣，下身穿著藍色牛仔褲，「進來啊，還站在門口幹什麼？」她說。

我在玄關脫了鞋。

「不必脫鞋，不必脫鞋！」鄭媽媽說。

「地板這麼乾淨，我還是脫鞋吧。」我說。

「天氣有點涼，那就請你穿了拖鞋，腳比較不會冷。」她彎腰拿了一雙拖鞋放到我腳邊說。

有點長方形的客廳，一進門就有一座通往二樓的樓梯，黎明從樓梯口走下來，笑笑地望著我。客廳鋪著淡淡的咖啡色的地毯，左邊好像是一座壁爐，旁邊開了一扇小窗，窗戶底下擺了一個單人沙發，旁邊有一座立燈。沙發旁的地毯上散亂地放著幾本書和雜誌。客廳前後兩面牆，面對街道的那面牆上開了一個大窗戶，下面擺著一條長長的書桌，旁邊兩座書櫥都堆滿了書。向著後山的那面牆下擺著一架鋼琴，鋼琴左邊也有一座書櫥也堆滿了書。右邊是一座長條沙發。客廳正中央擺了一個正方形的餐桌，圍著四張靠背椅。

「哇啊！妳家好漂亮好豪華喔！」我驚嘆地說。

「媽，阿宏說妳的房子很豪華喔！」

「這是鄉下，離台北市那麼遠，不值錢啦！」鄭媽媽笑笑地說。

「我只有在外國的畫報上才能看到這樣漂亮的房子。」

「好吧，那就讓你參觀一下吧，」黎明大方地說：「樓下整個是客廳，我媽這幾年有點怕冷，山上又較潮濕，所以做了一個壁爐。旁邊還有一個廚房，一個盥洗室。」

「這個客廳夠寬敞，也夠漂亮了。」我說。

黎明登上樓梯向我招招手，邊走邊說：「樓上是我和媽媽的臥室，還有一個小書房。也一併讓你這個鄉下土包子參觀一下吧。」

「阿黎，……」

「我知道啦，媽，我只讓陳宏參觀我的書房。」黎明向我眨眨眼，小聲地笑著說，「媽媽受日本教育，禁忌一大堆。我們家二樓通常是男生止步的。」

黎明的書房很溫暖，紅色的地毯，一個小書架，一張長條書桌和椅子。書桌上擺滿了書、雜誌、稿紙，還有菸灰缸、熱水杯。地毯上的書和雜誌也是東一本西一本，簡直雜亂無章。

「這書房是我專屬的，媽媽不准進來，她也不會進來。」黎明笑著說：「我媽說，她一進我書房就頭暈。我也說，她一幫我整理書房，我也頭暈。有一次，她好意替我整理了一下，害我找一件資料花了一個多小時。」

「噯咦，那張照片是誰啊？挺帥的！」我指著書架上一張男子的相片笑著問。

「你猜猜看，」她有點古怪地笑了笑，「猜對了有獎。」她說。

那照片上的男子戴了一副徐志摩式的圓框細邊眼鏡，頭髮茂盛地往上往後梳，露出飽滿的上額，鼻梁俊秀英挺，嘴唇豐滿有型，兩眼在鏡片下仍然炯炯有神。身穿大衣，大衣裡看得見毛衣，襯衫領上還繫著領帶。仔細看，眼睛以下和黎明竟有幾分神似。

「是妳哥哥嗎？但沒聽說妳有哥哥，……」

「那是我——」她笑笑地望著我，「我跟他像嗎？」

「有幾分神似。」

「他是我爸爸，鄭新民。」

「啊哈！」我驚叫了一聲，「難怪……」我趨前更近地端詳著照片上的男子，那相貌神情突然和我熟識的黎明更相似了。

「他在我們家是禁忌，不能提！」

「為什麼？……」

「他人在中國，已經三十年了，」黎明說：「他是共產黨員。」

「所以不能提他？」

「他在中國。據說又結婚了，而且還生了兒子。」黎明深深嘆了一口氣，「唉！這都是國共內戰造成的，」她說：「政治的，還有感情的原因，媽媽不准提他。」

「難怪！」我說：「妳媽身心一定……」

「我一歲半就離開父親，至今三十年，再未見過。以前我們住高雄外公家，門口每天都有人盯梢。所以我現在被盯被打小報告，早都很習慣了。」黎明說：「我小時候，媽還常為了我爸被警總約談，我外公家的人常說，我媽為了我爸和舅舅，真是九死一生。那痛苦不是一般人能想像的。」

「怎麼又扯到妳舅舅？」

「我舅舅也是共產黨員，和我爸在日據時代一起去日本留學，一起加入共產黨，一起反抗日本殖民統治。我媽是因為大舅的介紹才嫁給我爸的。舅舅對我媽說，我爸是他最佩服的才子、英雄。」

「那，你舅舅也在中國嗎？」

「他在二二八時被國民黨槍殺了。」

「那時你爸爸就已逃到中國了嗎？」

「那時我剛出生不久。我是一九四六年生的，台灣光復是一九四五，當時我爸很興奮，以為黑暗的苦日子過去了，黎明的光明就要來了，所以才替我取名黎明，就是要迎接台灣黎明到來的意思。但國民黨一來接收台灣，就把我爸列入通緝名單了。因為我爸那時已是著名的記者、編輯、作家，不但寫了很多批判日本殖民統治的文章，還組織工人和農民起來反抗日本殖民統治。同時也寫了一些宣傳馬克思主義的文章，甚至還到過你們基隆去組織礦工，給他們思想教育。所以，不但日本人抓他去坐牢，國民黨也要抓他。」黎明把爸爸的照片拿在手上，雙腿盤坐在地毯上。「二二八還未發生時，我們全家先去上海。那時上海還在國民黨控制下，通緝令從台灣傳到上海，我爸只好託人把我和媽媽送回台灣，他一個人逃去香港。二二八發生時，我舅舅在高雄被殺。我爸在香港住了兩年才去中國。原以為一家人很快就能團圓，沒想到一拖三十年。」

黎明摩挲著相框裡的照片，「要不是這張照片，我早已沒有父親的記憶了。」她說，「但我媽不一樣，她幾乎記得每一件爸爸的事情，甚至爸爸身上的氣味……。我媽年輕時很漂亮的，日據時代護理學校畢業，據說很多人追她。她卻只聽舅舅的話，嫁給我爸。她常說，這就是命，是相欠債。十年前，我媽已經五十好幾了，還有一位我也熟識的醫生伯伯向我媽求婚。我媽說，她丈夫還活著，沒有死，她希望能等到和丈夫團圓。但是，幾年前，從國外朋友那裡輾轉傳來的信息，說我爸在中國又結婚了……。因為文革時被下放勞改，身體不好常生病，組織就指定了一個女醫生照顧他。後來，……他就和那女醫生結婚了。」

「妳媽知道這件事了？」

「這麼大的事，怎麼能永遠瞞她？」黎明深嘆了一口氣說：「但她也真能忍。竟然只是默不作聲地，把以前擺在房間的父親的衣物和照片收藏到箱底裡，從此不再提起我爸爸。但是，有一年的除夕夜，我半夜醒來卻發現媽的房間亮著燈，她坐在床上彎曲了雙腿，把父親的照片放在膝蓋上緊緊抱住，呢呢喃喃地不知在講什麼，臉上流滿了眼淚。那時，我的心好痛，我突然好恨我爸爸，……」

黎明說著說著，眼眶紅了，聲音也哽了。我望著她，拉起她的手，默默地輕輕拍了拍。認識黎明以來，我一直把她當兄弟般對待，覺得她充滿行動力，做事果決快速，來去都像一陣風。比男人還行。

「那麼，這張照片在妳書架上，妳媽不知道嗎？」

黎明沉默了一會兒，把眼角的淚水擦了擦。「這是我十四歲那年，我媽第一次帶我回我爸的故鄉，台南縣佳里鄉。佳里有一位吳新榮醫師，也是日據時代有名的作家，年輕時和我父親是至交好友。吳伯伯看到我很激動，從書房拿出這張照片給我。說，這是父親當年在日本東京拍的，是他以生命為代價保存下來的。二二八發生時，國民黨找不到我父親，便去吳伯伯家要照片。他們連天花板都翻了。吳伯伯說這件事時，在我面前激動得老淚縱橫，泣不成聲。這是吳伯伯送給我的爸爸的紀念品之一。」

「妳媽現在還恨妳爸嗎？」

「大概不恨了吧？聽說爸爸健康狀況不好，常生病，有人在身邊照顧也是好的。我媽曾經這樣說。」黎明說：「但我不能不替媽媽抱不平。爸爸是共產黨員，她還為父親坐了三年牢，感化教育。後來在公家醫院服務，在那個白色恐怖時代，你想想看，她的壓力有多大？連我在學校讀書時都受不了，更不要說我媽了。」

「妳在學校有受到什麼歧視嗎？」

「中學時代我很叛逆，讀高雄女中，卻常常不甩教官。有一次教官罵我說，妳爸是共產黨，妳也是共產黨！我也回罵她是共產黨，在學生面前作威作福，一副共匪的嘴臉。我因為這樣還被記了一大過。說我侮辱師長。」黎明說著竟突然笑起來，「現在回想起來，我太恭維她了，她怎麼有資格當共產黨？要像我爸那樣，為了替人民爭取自由幸福而不畏懼坐牢的人，才有資格當共產黨啊。後來進了台大哲學系，教官也找過我，很委婉地開導我，說什麼政府是很寬大的，並沒有找你們母女的麻煩等等，他當我是白癡，是三歲小孩嗎？他不知道我媽被關了三年嗎？……」

「阿黎，徐老師都來了，你怎麼還不下去啊？」房門外突然響起鄭媽媽的聲音，不知何時她已站在書房門外很久了吧，我們竟然一點都沒發現。

了。

「啊啊啊，徐老師來了嗎？」黎明急急忙忙站起來，把照片擺好，立刻『咚咚咚咚』往樓下跑

「徐老師，對不起對不起，你來了我都不知道！」她邊跑邊叫著。

「我聽說陳宏已經來了，……」徐海濤坐在客廳沙發上對著從樓梯跑下來的鄭黎明笑笑地問。

「我在這裡啦！」我大聲應著，也跟著下樓。

「志豪呢？他怎麼沒跟老師一起來？」

「這傢伙啊，膽小鬼！」徐海濤笑著說，「他中午騎了腳踏車來我家，說他不來花園新城了。我問他為什麼？他說，平時在系裡和妳見面講講話，特務還不能對你們怎樣，現在，一個共產黨的兒子去看一個共產黨的女兒，不招忌嗎？我笑他膽子小，他還死不承認。還批評我做事莽撞，感情一衝動就顧前不顧後，……」

「哈哈哈，你們兩個師兄弟，你笑他膽小鬼，他笑你冒失鬼，……」

「阿黎，怎麼這樣沒禮貌！」鄭媽媽突然臉色一正，向黎明橫了一眼，黎明笑笑吐了吐舌頭，也立刻神色莊重起來。「不要說他膽小了，謹慎一點還是對的，國民黨這種政府，……」鄭媽媽站在門口向外望了望，說：「到現在，陌生人從我家門口經過，我都還怕怕的，不放心，……」

「這麼多年了，鄭媽媽真的還這樣害怕嗎？」

「媽媽是有點比較緊張啦。」黎明說。

「這也難怪，這麼多年，鄭媽媽確實太辛苦了。黎明當時還是小孩，根本不懂事，鄭媽媽所受的壓力是外人很難想像的。」徐海濤從沙發上站起來，向鄭媽媽欠欠身，又向我點點頭。白襯衫外

面套著一件深藍色毛衣，配上一條灰黑的長褲，臉上戴著一支黑邊眼鏡，顯得年輕儒雅，「我雖然笑志豪膽小，那是我故意糗他，其實這對他不公平。他十歲，母親被槍斃，父親被捉去坐牢，這對他是很大的刺激和傷害。你們兩個，一個父親是共產黨，一個母親是共產黨，確實很招忌，……」

徐海濤是台大哲學系副教授，外表斯文俊秀，講起話來卻熱情洋溢，眼鏡底下一雙眼睛炯炯有神。在學術上鑽研老莊哲學，他說這是受方東美老師的影響，但他對現實政治也十分關心熱衷，和老莊思想有些背道而馳。他說這是受台大哲學系另一位老師殷海光教授的影響。不久前，國民黨特務機關不知為何逮捕了幾個台大學生，徐海濤和孫志豪也同時被捕，經過二十四小時後才把他們釋放了。

「志豪是驚弓之鳥，不能怪他。我的背景比較單純，所以也比較沒有顧忌。」徐海濤說，「我們被警總捉了二十四小竟能平安出來，實在太幸運了！我本來以為，慘了！……你看，志豪的母親就是一進去就永遠回不來了，他父親也是，一進去就是七年……」

「在裡面，他們怎麼對待你？」我忍不住好奇地問。

「這個啊，不能講！」徐海濤沉默了一下，突然又笑了笑說：「其實告訴你們也沒關係，雖然他們再三警告，不能把在裡面的情形講出去，還要我們簽名切結。但是，為什麼不能講呢？他媽——的！」他突然在沙發上挺直了身體，咒了一聲，雙手也用力比畫了一下，好像要和他們當面吵架似地，「你敢無緣無故捉人，又怕人家講，這是什麼意思？警察國家搞特務統治，都是這副德性！我就最瞧不起這樣，敢做不敢當！明明搞祕密警察搞特務統治，卻宣傳台灣很自由很民主。台灣哪有什麼自由民主？全都騙人！連民族主義保衛釣魚台都不能講？反對美日帝國主義的侵略也不能講？這還需要政府嗎？我和他們爭辯。他們竟說我中了中共統戰的圈套，說我是利用民族主義、利用保衛釣魚台主權等愛國口號，煽動學生出來反政府。哈！台大學生都二十歲以上了，不會自己判斷嗎？還需要我來煽動嗎？……」

「他們有毆打你嗎？有對你刑求嗎？」

「沒有，他們講不過我。我講的都是事實，都是真理，事實勝於雄辯，真理勝過一切，不是嗎？」

「你運氣真好！」我說：「我聽過一些老政治犯說，被抓進去沒有不被刑求的，一刑求下去簡直生不如死！明明沒做的事也只好承認了，……」

「這恐怕是徐老師知名度高，在學生中有影響力，所以他們有些投鼠忌器，」黎明分析說：「而且蔣經國又剛剛接班，權力還沒有很穩固，不想惹出太大的麻煩。而且這些什麼學生運動、民族主義、釣魚台主權，都是很敏感的問題。青年學生他要不要爭取？民族主義他能不堅持嗎？釣魚台主權他敢宣布不要嗎？但他又不敢得罪美國和日本，更不放心中共用民族主義對台統戰。蔣經國還沒法完全掌控這些事情，所以只好先把你們放了。也就是說，捉你們還不是小蔣的意思，是下面的人要爭功搶功，要表態效忠，以為捉了你們就可以邀功，但結果不是這樣，只好把你們放了！」

「哈哈！厲害啊！黎明，我這個老師看問題還沒你深入清楚，不愧是老台共鄭新民的女兒，」徐海濤樹起大拇指，大大誇了鄭黎明一番。然後又有點尷尬地自嘲地自白了一番，「老實講，剛被捉進去，我心裡確實有點毛毛的，因為這一類的事我也聽多了，說不怕是假的啦，哪有那麼勇敢？但是，他們又似乎很客氣地，送菸送茶。我們只是請你來聊聊，聊聊！他們這麼說。我這才膽壯心定了一點。心想要聊聊就來聊吧！於是，我就把跟學生演講的那一套全都搬出來了，還挺理直氣壯的，他們三四個人也聽得挺入神的，我覺得。」

「剛剛黎明的分析確實很高桿！沒想到妳這麼厲害！」我說：「平時我對政治沒興趣，也不關心，但自認為分析能力是很好的，今天聽了黎明一番話，真有勝讀十年書的感覺。不過，我覺得國民黨對這件事大概還不會這樣就輕輕放過。」

「徐老師，你有覺得有人跟蹤你嗎？」鄭媽媽突然又有點緊張地問。

「應該是沒有，我不覺得有人跟我。」

「媽媽，妳放輕鬆一點，沒事的。」黎明輕拍母親的手，笑笑對她說。

「我在《大學》雜誌讀了你在民族主義座談會的發言，談言論自由和學生運動，我好激動！」

「你寫你的故鄉南仔寮的文章我也很喜歡，很能貼近土地和人民。」徐海濤說：「我們這些書呆子真的需要被改造，毛澤東講得對，臭老九必須跟基層民眾學習。」

「好了啦，你們別再這麼互相標榜了，」黎明笑著說：「今天請你們來，是為了討論一個新雜誌。」

「黎明想辦雜誌啊？那好！我又多一個地方可以發表文章了。」徐海濤說：「妳想辦什麼雜誌呢？《大學》雜誌已經被蔣經國改組收編了，《文星》雜誌沒了李敖之後，也沒什麼看頭了。讀書界是需要一本有活力、有見解、有深度又敢批評的雜誌。現在只剩下一本黃天來和莊安祥合辦的《台灣政論》，但他跟我們不太同路。……」

「我這本雜誌的名字已經有了，就叫夏潮，華夏的夏，潮流的潮。意思是說，中國將成為世界的潮流、主流……」

「但是中國能成為世界的潮流和主流嗎？」我說，「毛澤東在大陸搞文化大革命，我雖然只偷偷讀到一些資料而已，就已經覺得很可怕了。那樣的中國是有問題的，……」

「現在不行，但將來行！中國一定會成為世界的潮流和主流。」黎明堅定地說：「不要小看了中國。但是，這個雜誌現在不能替中國宣傳，我們要反共，但卻熱愛中國。」

「那，你的構想是什麼？」徐海濤問。

「簡單地說，就是民族的、民權的、民生的。」黎明說：「所謂民族的，就是中國民族主義，要反對帝國主義對中國、對台灣的侵略。所謂民權的，就是要爭取民主自由法治，讓人民有參與社會和政治改革的權利。所謂民生的，就是要深刻反映台灣這塊土地及人民的實際生活狀況，推動與民有利的政策，改善人民的生活。因此，這個《夏潮》雜誌要多談台灣的歷史、文化、社會、政治和教育，及各方面的問題。總歸一句話，我們要回歸鄉土，擁抱現實。」

「很好！」徐海濤說：「這個雜誌要有思想性、學術性和現實性，……」

「構想我是有了，但是要靠大家的筆來落實，要靠大家的關係，把一些有力的筆邀進來才能成就這件大事。」黎明臉上泛著亮光興奮地說，「我手上有一份擬好的名單，都是各領域的健筆，一部分在台灣，一部分在海外，徐老師交遊廣闊，孫志豪因為保釣和海外有廣泛聯繫，應該都可以邀集一些好手。陳宏最近在文化界很活躍，……」

「對了，我聽說政大沒給你聘書，那你現在怎麼生活？」徐海濤突然改變了話題，認真地問我。

「阿宏現在是《健康世界》雜誌社的總經理。」黎明笑著說，「他吃飯沒問題啦。」

「黎明，這個雜誌會不會中國色彩太重了？這會不會很招忌諱呢？」我有點擔心地說：「國民黨最怕中共的宣傳滲透，光看妳這個雜誌的名字叫夏潮，妳還說中國將成為世界的潮流和主流，讓國民黨察覺了，還會放過妳嗎？」

「我認為這不是問題，因為國民黨也講他就是中國，中華民國政府代表的中國才是正統的中國，北京的中華人民共和國是叛亂團體，他們不能代表中國。」徐海濤很有信心地說：「在雜誌上公開講中國將成為世界的潮流和主流，反而能滿足那些老國民黨的虛榮心和重要感。只要不在雜誌上宣傳共產主義，不要替共產黨講好話，就不會有問題。」

「其實這些問題我事先都想過了。我會非常小心，不會讓他們逮到一點點把柄。我們在雜誌上用我們的方式宣傳三民主義，孫中山講的民族民權民生其實有他的進步性，尤其和現在的國民黨比較起來，孫中山當年講的三民主義的進步性就更明顯了。反而太強調台灣人民的實際生活狀況及特殊性，這一點要小心。」黎明說。

「為什麼呢？」我有點不理解，「住在台灣活在台灣，對台灣的種種當然要更了解啊，難不成還要像國民黨那樣，講很多中國的長江黃河黑龍江，而對淡水河濁水溪卻提都不提嗎？這樣的雜誌，誰看啊？」

「國民黨裡面有一些人會認為這樣就是台獨，所以我才說要特別小心。」黎明說：「擁抱現實，回歸鄉土，胸懷中國，放眼世界。這是《夏潮》雜誌的宗旨和方向。國民黨也胸懷中國，但他不希望擁抱台灣的現實、回歸鄉土，……」

「黎明講得對，我知道那些有權的老國民黨人都是從中國大陸來的，他們真的會有這種想法，把介紹太多台灣看成台獨了。」徐海濤說：「而且擁抱現實，回歸鄉土也是國民黨不喜歡的，現在小蔣對這比較不那麼排斥了，如果老蔣還在，光是這兩句口號就可以讓你坐大牢了。」

「你們好厲害，我怎麼都沒這種警覺？還拚命問為什麼，實在太幼稚了。」我說：「尤其是黎明，比我年輕，想事情卻那麼曲折深入，妳是怎麼學來的？」

「要跟國民黨鬥爭就必須了解他、研究他。」黎明笑著說：「來向我拜師吧！」

「來來來，吃點水果。」鄭媽媽從廚房出來，端了一盤切好的水果放到餐桌上，對徐海濤說：「我們黎明為什麼這麼像她父親呢？我這一輩子努力，就想把她教育成不要再像她父親那樣，希望有一天她能嫁個好丈夫，像醫生啦、律師啦，但她偏偏要去寫文章辦雜誌，這不都是她父親當年做的嗎？」

「好了啦，媽！怎麼在老師和朋友面前也這樣說我呢？妳去樓上休息啦，我們還要談事情。」黎明有點撒嬌地輕輕推著她母親。

「你們談的都是令我操心煩惱的事，我不放心啊！徐老師，拜託你啦，請你以後不要再稱讚她很像父親啦，什麼不愧是鄭新民的女兒，她聽了就更想要像她父親了。」鄭媽媽懇切地向徐海濤說：「我的話她都不聽，徐老師，拜託你好好勸導她，她比較會聽你的。」

「鄭媽媽，對不起，我講的話讓你這麼困擾是我不好，」徐海濤站起來向鄭媽媽致歉，一面又很認真地說：「不過，黎明確實很優秀，而她父親鄭新民先生也是我很敬佩的前輩，看到黎明就自然會想到她父親，……」

「我只是不希望黎明再走她父親的路，整天都是為了革命革命，為了國家人民，完全沒有自己沒有家庭，……那不是正常人應該過的生活。」

那天，我們在黎明家討論了很多事情，也為她構想中的《夏潮》雜誌承諾了一些事情，並約定再找時間找更多朋友來聚會討論。至於雜誌的經費來源，她說我們都是窮光蛋，她不會找我們捐款，她會另外想辦法。但她能找到什麼辦法呢？我很好奇，也很懷疑她真有這種能力？但是我沒問。

離開黎明家已經傍晚五點半了，鄭媽媽很殷勤要留我們晚餐，黎明卻說不行，「我已和陳翠另外有約了。改天再補你們一餐吧！」她說：「晚上可能也不能回家。」她拎了包包，就跟我們一起去搭社區巴士了。她媽媽跟在後面嘀嘀咕咕地叨念，「這個人就是這樣，不在家吃飯也不早講。整天在外趴趴走，都讓我找不到人看不到人，怎麼跟她父親這麼像？……」

「我對我媽實在很抱歉。她從台大醫院退休後住到這裡，我也沒時間陪她，」黎明有些自責地說：「也許叫她回高雄去住外公家還好一些，至少有人陪她講講話。」

「妳外公家還有誰？」

「多了！兩個舅媽都還在，還有我的表兄弟姊妹。阿姨家也在附近。」黎明說，「我小時候，媽媽去坐牢，被國民黨判三年感化教育，我都住在阿姨家，……」

「黎明的故事很精采的！以後你知道越多，就會越欣賞她肯定她。」徐海濤說。突然望望窗外，又臨時起意說，「下一站就是建國新村了，我們乾脆就去志豪家，如何？」

「好啊，我本來也以為會在花園新城用餐，現在突然回家，我媽和淑貞一定會手忙腳亂。」我說，「不過，志豪會在家嗎？」

「他一定在，你放心！他現在很小心，不敢亂跑。」徐海濤笑著說。

「那，我們還是先買一些現成的飯菜去比較好，免得他們夫妻又措手不及。依志豪的個性，說不定還請我們去外面吃就不好了！」

「對！還要買一瓶高粱酒。」

我們和黎明揮揮手，在建國新村站下了車。我去小店炒了三盤下酒菜，還買了一盤四人份的蛋炒飯。徐海濤在對面的雜貨店買了兩瓶金門高粱。

「你一下買兩瓶，太多了吧？」我說。

「他現在不喝點酒，晚上鐵定睡不著。」徐海濤笑著說：「這次喝不完，留給他慢慢喝。」

我們在志豪家按了電鈴，他果然在家。我們爬上四樓站在門口，立刻聞到濃烈的酒味。志豪滿臉通紅，已經有幾分酒意了，站在門口歪著腦袋，斜眼望著我們。

「你們來幹什麼？我老婆不在家，我也沒燒飯。但酒是有的。」他說。

「我們買了炒飯，也買了酒買了菜。你放心，不會白吃你的。」徐海濤笑著，把志豪往屋裡推。我跟進去，把門關了。

「知道你心情不好，所以我們特地來陪你喝酒。」

「我心情有什麼不好？他媽的，橫豎不過命一條，老子怕什麼？」

「我們先吃飯喝酒，不談這些廢話。」海濤說。

我去廚房找了碗盤，把飯菜都端出來放在餐桌上。「我看先吃一點飯吧，不吃飯就喝酒，容易傷肝傷胃。」我盛三碗蛋炒飯，又指著三盤炒菜對志豪說：「這都是你喜歡的下酒菜。」

「不錯不錯，確實都是我很喜歡的下酒菜。陳宏啊！我的老兄弟，你怎麼越來越貼心了，來，先把酒倒滿，我要先跟你乾一杯。」

「不急，慢慢來，你還是先吃飯吧。」徐海濤說。

但是他還是倒滿了一杯高粱酒，「咕！」地一聲就乾了。這一來，臉上似乎就更增了幾分酒意了。

「老哥哥，我們相識也不只一年兩年了，起碼也十年以上了吧？從我大一進哲學系到現在，你還不了解我嗎？我孫志豪是沒什麼了不起的長處，但死這個字，我從小母親被殺，就常常想到死亡，這幾年讀書思考，也漸漸看破了。死，我是不怕的！我母親都不怕，我怕什麼？所謂士不畏死，奈何以死懼之？那些王八蛋，以為警總是什麼了不起的地方嗎？一坐下來就以死威脅我、恐嚇我！……你也想要像你母親那樣嗎？子彈穿過這裡是很不好受的！」志豪用拳頭敲擊著胸膛，幾乎是哭喊著說：「原來他們是從這裡槍斃了我母親，從這裡啊！我母親是從這裡，子彈打進去，死了！啊啊……媽媽，我的媽媽啊！妳死得好冤哪……」志豪用力搥擊著胸膛，先是撕肝裂肺地嚎啕大哭。漸漸的，聲音有點沙啞了，就變成斷斷續續的乾號了。

我的心整個被揪成一團了，但卻不知該怎麼安慰他。海濤一直輕拍他肩膀，「我了解，了解你的心情，……但是，這些都過去了，既然都過去了，就不必……噯……」

我到浴室拿了一條濕毛巾遞給他，「擦擦臉，休息一下吧。」我說。

他接了毛巾，突然站起來朝浴室走去，不小心卻顛了一下，我趕忙搶身向前扶了他一把。

「醉了，小心走。」我說。

「沒醉沒醉，這一點酒哪就讓我醉了，笑話！」

「沒醉就好，」海濤說，「去洗把臉，我們坐這裡等你。」

徐海濤這才說他們被警總約談後，是閻振興校長替他們簽名具保，再由國民黨台大知青黨部書記長馬鶴齡去警總把他們接回台大的。當天，他們就和系裡的同事一起見過面了。那時，志豪都沒講話，臉色白青青的，和平時的高談闊論熱情洋溢完全不同。大家都以為他大概被驚嚇了，還沒回過神來。

「跟平時的孫志豪完全變了一個人。」海濤說。

「沒事沒事，」志豪從浴室走出來，還把濕毛巾往臉上抹了抹，說：「這酒喝得太猛了，一瓶高粱沒喝完，怎麼可能就醉了呢？不好意思，來來來，……」

「你先吃點飯吃點菜吧！」海濤好意地說。

「好，飯要吃菜要吃，酒也要喝，」志豪似乎又恢復了平時的樣子了，哈哈大笑地說：「以後還要繼續跟國民黨拚命，身體哪能不顧好？」

「對對對，吃飯吃飯！」我端起飯碗，三幾下就把一碗蛋炒飯吃完了。我又填了半碗。志豪速度也很快，一碗飯也幾下就扒完了。

「你們吃飯太快了，容易得胃病的。」海濤說。

「哈，這就是我們跟你不同之處。你海濤兄是標準的資產階級，從小家庭富裕，飲食不缺，所以吃飯可以慢條斯理，細嚼慢嚥。我和陳宏嘛，都是無產階級，家裡常常窮得要不是沒飯吃，就是替人家做苦工，吃了飯立刻又得上工，所以吃飯都像秋風掃落葉，又急又快，……」

「你這是哪來的理論啊？簡直鬼扯嘛！連吃飯快慢都能扯出一套階級的大道理？」海濤明顯有點不快，不以為然地說：「慢慢吃是飲食健康的問題，現在小學課本都教的。你最近搞馬克思，不要太走火入魔了！」

「好了，飯吃飽了，現在可以繼續喝酒了。」志豪先把自己酒杯倒滿了，再從廚房拿了兩個酒杯也倒滿了。

「來來來，海濤，先賀我們兩個難兄難弟大難不死。」志豪嘻皮笑臉地說。

「對！兩位虛驚一場，有驚無險，都是吉人天相，我也陪你們乾一杯。」我說。

兩杯酒下肚後，志豪的情緒似乎已穩定下來了。海濤就開門見山地問志豪，「我們這次能這麼輕鬆地從鬼門關走回來的原因，你想過嗎？」

志豪喝了一口酒，又挾了一口菜，邊嚼著，邊慢條斯理地說，「我是有聽到一點消息啦，」他說，「據說是李煥和宋時選都替我們講了一些好話。還說民族主義和保衛釣魚台都是愛國的，不能打壓，打壓會出問題，要疏導！」

「這，你聽誰說的？」

志豪又喝了一口酒，咂了咂嘴說，「不瞞你老哥，我到李煥祕書長辦公室跟他見了一面。」

「是他親自跟你講的嗎？」

「不是，他沒講這個。他只是安慰我，過去的事情不要再想了。你是愛國青年，他說，這點，我敢替你保證。他們辦事太粗魯了。尤其不該以你母親過去的事威脅你。他說。像你這樣的愛國青年，國家是會珍惜的。他也提到你。說海濤兄有時是衝動一些，但也絕對是愛國學者，用意是好的，無庸置疑！那些人太粗暴了。他說。這事該怎麼處理，經國先生已交代我和宋主任了，原則是疏導，絕不可打壓。但具體要怎麼做，改天再向你們請教。也要請你們協助。」他說。

「哈哈，原來如此！那我也跟你講老實話了。」海濤笑著說：「宋先生也跟我打過電話，內容跟你剛才講的差不多。沒事的，你放心。他說。別把事情放在心上。也說改天要找我談談聊聊。」

「哇塞！國民黨滿厲害的嘛！」我說：「先把你們抓起來，威脅恐嚇一番！再叫人給你們講好聽話，安撫一下。他媽的！這算什麼？」

「國民黨和共產黨鬥爭了幾十年，雖然被打敗了，但用他那一套來對付現在的黨外和我們這些書呆子，絕對綽綽有餘，你別小看了他！」志豪說。

「不過，現在情勢有點不同了，你不覺得嗎？」海濤兩眼炯炯有神，非常沉著地對志豪說：「自從一九七〇年保釣運動以後，這幾年下來，國民黨的國內外情勢已經有些撐不住了。內部要求改革的聲音越來越大，尤其是三十年不改選的國會已經讓人民不能忍受了。國民黨政府的正當性、合理性、合法性都受到嚴重質疑和挑戰了。國際上也越來越孤立了。先是退出聯合國，接著是邦交國越來越少，聽說連美國都可能會和中國建交。現在再加上，蔣介石剛死不久，蔣經國雖然已完成接班部署，但後面他還想當總統。他也想收買人心。所以，《台灣政論》才會被允許出版。可見國民黨已不能再像過去那樣，全面控制言論自由，全面鎮壓異議人士，也不能想抓誰就抓誰了。因此，我們現在應該糾集更多進步開明人士，要求國民黨大力改革，國會全面改選，擴大言論自由，開放黨禁報禁，開放學生運動等等。我認為唯有改革開放這條路，才能確保台灣的安全與繁榮，如果不改革，必定上下離心離德，毀滅就在眼前了。志豪、陳宏，男兒當自強啊！……」

「海濤兄，你這一席話精采！我舉雙手贊成，強烈要求國民黨大力改革，也支持國民黨大力改革！」我被徐海濤的話鼓舞得興奮激動了起來，忍不住敲打餐桌大聲說。

志豪拿起酒杯，自顧自地喝了一杯，把空的酒杯朝我們揚了揚，挾起一口菜往嘴裡送，邊嚼邊說：「海濤的話有有意思，痛痛快！……」他變得有點大舌頭了，大概真醉了吧？我想。

「但是，那要，怎麼怎麼做呢？有有了方向，也有有了內內容，也要有有行行動才才行啊！」志豪的臉色變成有點白青白青了，「沒沒行行動，有啥屁屁用呢？嗯！」他結結巴巴地說。

「當然，我們是要有計畫，所以黎明才邀我們去她家啊。但你這個膽小鬼，竟然怕招忌，不敢去！志豪啊，我一直認為你是一流的英雄人物，沒想到被抓了二十四小時就嚇得連大門都不敢出去了，只躲在家裡喝悶酒，你這是幹什麼呢？」徐海濤又大聲笑著激他，「你這個樣子，你媽會失望的！」

「不！絕不！海海濤兄，咱們相交超超過十年以上了，你你太衝衝動，不會謀謀定而後後動！別別小小看了小蔣，他他厲害害得很，他老老爸剛死死了，他會會抓得更更緊，我告告訴你！……嗳呀！我我我不行了！頭頭，昏了！痛，痛，頭痛！不不行了！……」志豪突然碰到桌上，空的酒杯「咔噹」一聲，掉到地上，碎了。

「這傢伙，真的醉了。」海濤說，「從未看他醉成這樣！」

「扶他進房間，」我說，「總不能讓他趴在桌上睡。」

「我看，等美倩回來比較好，七點多了，……」

我把地上酒杯的碎片撿起來，又往廚房後面陽台找了掃把簸箕，把地板掃了掃。又把桌上的杯盤都拿進廚房洗碗槽裡沖洗了。突然聽見海濤的聲音說：「美倩，妳終於回來啦！」

「這傢伙又喝醉了！實在夠討厭的！」宋美倩的聲音高亢地在屋裡迴盪。「已經一個多禮拜了，天天如此，……」

「好啦，先把志豪扶上床去吧！」海濤說。

「嗨，陳宏，你也來了，」宋美倩向廚房裡探了探頭，有點尷尬地笑笑地說，「不好意思，還讓你洗碗。」

「小事小事，」我把手上的水甩了甩，走到客廳，和海濤一人一邊，把志豪半扶半拖地送進臥室裡。

秋末已經暗了的夜晚，街上似乎蒙著一片淡淡的輕霧。天空有很重的涼意了。晚歸的行人匆匆忙忙低頭向各自的家走去。

「我們不只要辦雜誌寫文章批評時政而已，更重要的，還要培養人才到民間去組織群眾，像當年的鄭新民他們那樣。」徐海濤說：「過去沒選舉，現在有選舉，利用選舉去培養人才、教育民眾、組織民眾是最有效的辦法。」

車輛一部一部從身邊駛過，行人也不斷從身邊擦身而過。車輛與行人輕微的喧囂與譁叫聲在四周由遠而近，又由近而遠地消逝了。

「你聽過黃天來和莊安祥競選演講嗎？看過那樣的場面嗎？上兩次的立委選舉我都去幫他們寫

文宣發傳單，也站在人群裡聽他們演講。哇塞！……簡直人山人海，萬頭攢動！那種場面，震撼極了！群眾的掌聲叫聲像海浪一般，捐款不斷從台下往台上丟。實在太感人了！」海濤說，「我們應該找這樣的人才，培養這樣的人才。」

「莊安祥的演講我聽過。有一次在台大校門口，他的聲音有點沙啞，卻很有磁性，很有吸引力，也很有煽動性，真的很精采！讓我至今難忘！」我有點興奮，激動地說，「聽說那一場大概有一萬人以上。想想看，我們寫的書，一版才印兩千本，一年能印個三四版就是暢銷書了，但還抵不過人家的一場演講。教育群眾，那才簡潔有力啊！」

「所以嘛，我才認為我們應該有人去參選。辦雜誌寫文章的影響還是有限，而且，像你說的，速度太慢了！」

「那，朋友中有誰適合參選呢？」我這樣問著，腦海裡立刻想起志豪，「有了！」我大叫一聲，但馬上警覺自己的失態，立刻又壓低了聲音說，「志豪最適合了，熱情、機智、口才好、對人又熱心，……」

「還有一個人比志豪更適合。」海濤說。

「比志豪更適合？誰啊？」

海濤笑笑地望著我，用手指點著我說：「就是你！陳宏，你最適合！」

「我？你別說笑了！」我把他的手揮開，認真地說：「別害我了啦！」

我們走到北新路和木新路的交界口，海濤家在景美，必須過馬路去對面坐新店開往台北的車。我住木柵忠順街，就在木新路這邊等台北開往木柵或政大的車。

秋末的夜已經漸漸深了，風也比剛剛稍稍強了些，涼意更深更濃了。海濤已坐上巴士了。我獨自站在車牌下望著黑暗中拉曳著的車燈，一束束流過來又流過去。我心裡想著黎明和黎明的父親，也想著志豪和他的母親。以及剛才徐海濤所講的話。

「別開玩笑了。」我對自己說。但內心卻有一份輕微的被重視的欣喜和興奮。車終於來了。我上了車，坐到最後一排的空位上，感覺著車輛的搖擺和震動。要回家了。我的目標很確定。我喜歡這樣的感覺。

第三章

「等一下到了他們的雜誌社，外面有警總的人二十四小時站崗，你不必太緊張。」徐海濤靠在我耳邊輕聲說。

「什麼？你說什麼？」車上人聲嘈雜，我一下子沒會過意來，便稍稍大聲地問。

巴士不知為何突然緊急煞了車，汽車「嘎——」地叫了一聲，車上站著的人突然都急速向前衝了一下，立刻又被彈了回來。海濤的圓形的徐志摩式的眼鏡也突然跳脫了鼻梁，他右手拉著吊環，左手卻敏捷地把往衣服滑落的眼鏡抄到手上。

「好險！」他說。手上拿著眼鏡，不自禁地笑了起來。

「這司機怎麼搞的？要摔死人啊？」

「喂喂喂，你會不會開車啊？」

「他媽的！車也不好好開，幹什麼啊？」

人們紛紛指責著。司機青著臉，朝前面正要過馬路的牽著一條狗的人，一邊猛按喇叭，一邊隔著車窗大聲吼叫：「你不要命啦？過馬路也不看看有沒有車，撞死你啦！王八蛋！」

「噯呀，原來是瞎子過馬路，他眼睛看不見呀！」車上有人好心地大聲說：「不要再罵了，不要再罵了，他眼睛看不見呀。」

「好啦好啦，虛驚一場，沒事就好。」有人善意地附和著勸慰那些動氣的人，「司機不是故意的啦，他也是好心，不然撞死人怎麼辦啊？大家消消氣，消消氣！平安就好！」

天上沒有太陽，天氣有點陰，也有點涼。

「你剛才說什麼呢？雜誌社外面有人站崗？那是幹什麼呢？」

「警總要掌控，要了解有哪些人和《台灣政論》有來往。」

「《台灣政論》不是由新聞局批准的嗎？怎麼還這樣搞啊？」

「但現在已經被查禁了，不准出版了。」

「查禁就查禁，為什麼還派人站崗呢？」

「是啊，很無聊！」徐海濤說，「國民黨就專搞這種事。」

我跟著徐海濤在中華路下車，拐進一個巷仔裡，巷仔兩邊擺了一些攤販，有賣天婦羅、賣香腸、賣烤番薯的，有炒栗子、炒米粉、賣燒肉粽的，……每攤都有三幾個人。有人坐在攤前長條凳上吃，也有人端了盤子就站著吃。還有三個小孩舉著雙手像手槍似地朝前指著，嘴裡還「砰砰砰砰」地呼叫著，在巷仔裡跑來跑去相互追逐著，是在玩警察捉小偷吧？滿熱鬧的巷弄。

「喂，小朋友，你們在玩警察捉強盜嗎？」一個年輕小夥子邊咬著熱燙的香腸，邊朝那三個孩子問道：「你們誰是警察？誰是強盜啊？」

「我們是警察，他是強盜！」兩個個子較瘦小的孩子回聲說。那個個子較大的孩子幾乎也同聲叫道，「我是警察，他們是強盜。」

那小夥子哈哈大笑地說：「什麼？你們都是警察，也都是強盜？哈哈哈！簡直是警察強盜不分嘛。」

「哈哈哈，這倒是真的，」圍在香腸攤子前正在賭骰子的幾個人都同時大笑了起來，「這年頭，警察和強盜都一樣啊！小孩比大人還清楚。」

「前面那個戴鴨舌帽的，還有一個戴棒球帽的，都是警總的人。」海濤用下巴向前撸了撸說：「你就當沒看見他們，跟在我旁邊就好。」

我本來以為我是作者，到雜誌社拜訪總編輯是自然不過的事，怎麼還搞得這麼緊張神祕呢？我忍不住好奇，反而更想仔細把那兩個警總的看清楚些。那個戴鴨舌帽的大約有四五十歲的樣子，抽著菸，帽緣壓得很低，看不太清楚他的臉，只看見那個圓敦敦的下巴，有點像電影裡那種江湖黑道的老混混的味道。那個戴棒球帽的大約二十來歲吧，長得竟眉清目秀，還朝我點頭笑了笑，似乎沒什麼惡意。

「徐教授來了，歡迎歡迎！」一進屋裡就有一面牆，牆上掛著一幅正方形的匾，上面寫了四個正楷的「台灣正論」，下面署名的竟是「雷震」。牆邊一張桌子後面坐了一個身材魁梧的中年漢子，站起身來朝徐海濤微微鞠躬朗聲地說：「張總編輯在等你。」然後朝後面大聲通報，「徐教授到了！」

裡面立刻走出兩個人來，都戴著眼鏡，都是一副斯文的樣子。「海濤兄，歡迎，歡迎！」走在前面那個伸手握住徐海濤，另一隻手握住我，「這位就是陳宏兄吧？」

「我是阿宏，請指教！」我說。

「我是林正義，」那人頭髮黑而濃密，梳成一個有點過時的整齊的小包頭的髮型，露出兩片耳朵，下顎有點方型還微帶點稜角。鼻梁上架著一支黑框眼鏡，顯得文雅沉毅。藍色的襯衫熨得很勻稱，配上一條灰色領帶，臉上微微帶著笑容略顯矜持。

「陳宏兄很年輕啊，竟能寫出那麼精采的文章，難怪天來仙都猜你至少五六十歲以上了。哈哈，長江後浪推前浪啊！」他的國語講得很標準，字正腔圓。他一面說，一面拉著我和海濤往裡走。

「這是我的辦公室，請坐！」他說。

「來，我來介紹另外這位，黃震華先生，已經是二進宮的老政治犯了，你前後關了幾年？……」海濤拉著黃震華的手問。

「第一次用流氓管訓的名義把我關三年，因為我要選基隆市議員，那時我二十三歲。後來又說我參加叛亂組織，判我十五年，關了十二年才出來。」黃震華說，「所以，前後兩次共十五年。」

「他是你們基隆同鄉，現在是《台灣政論》副總編輯。」徐海濤對著我說。

「哈哈，現在《台灣政論》被停刊了，我又變成無業遊民了。」黃震華哈哈大笑地說。

「他就是在你們《台灣政論》創刊號寫了兩篇叫座文章的作者陳宏，尤其是那篇〈談水滸的官逼民反〉，引述的故事不是和台灣很像嗎？不是和正義兄的遭遇很像嗎？做官的貪財無能，自然就逼得人民造反了嘛！」徐海濤兩眼炯炯有神，興致勃勃地說：「這叫借古諷今，特別有意思！」

「海濤兄這麼說，我臉都紅了！」我說：「你們在辦《大學》雜誌時，我每期都讀，正義兄寫的文章我很佩服，切中時弊、擲地有聲。我怎敢在孔老夫子面前賣文章？」

「陳宏說，自從《自由中國》雜誌被關掉，殷海光被迫至死到現在，台灣已經很多年沒真正的政論雜誌了，勉強有一本《大學》雜誌轟轟烈烈辦了幾期，又被國民黨強制收編了。他說他佩服你們的見識和勇氣。就拿了兩篇稿子叫我轉交你們，就是你們創刊號登的那兩篇。所以，今天特地帶他來和你們見個面。」

「來我們雜誌社是會有麻煩的，你不怕嗎？」黃震華站在旁邊笑笑地說，「會被警總點油作記號哦！」

「是嗎？」我望了他一眼。他有點瘦削，下巴有點尖，也有點白皙，頭髮烏黑發亮，看起來還滿年輕的，不像已經坐過十幾年牢的人。

「其實也沒那麼嚴重啦，我不是來過幾次了嗎？也沒怎樣啊！」徐海濤鄭重其事地說：「台灣人被嚇怕了，二二八啦、白色恐怖啦，確實很多人被殺被關了，很冤枉！但現在時代不同了，譬如他們對正義兄退黨用黨外身分參選，雖然恨得牙癢癢的，但又能怎樣？只能把他開除黨籍而已啦，能關他嗎？不行啦！他又沒犯法。所以，我認為我們不要先嚇唬自己。警總派兩個人在外面站崗又如何？有什麼了不起嗎？再說，雜誌被禁了，可以再申請辦一個新的。他媽的，我們又不犯法！怕什麼？」海濤講著講著，兩眼炯炯發亮。我突然想起黎明第一次跟我講起徐海濤時說過，徐老師不論在上課時，演講時，或聊天時，一談到政治就特別顯得義正辭嚴，一副正氣凜然的樣子，兩眼炯炯發亮，特別令人傾倒。「台大好多女生迷他哦，」黎明說。

「徐教授講得很對，我完全贊成！我被國民黨關過十五年了，但我就不信它能永遠如此！正義兄好意邀請我從第三期開始當《台灣政論》副總編輯時，警總就派人來找我了，表面上很客氣，但明明白白是在警告我，別跟黃天來、莊安祥、林正義這些人在一起了，不會有好下場的！我說雜誌是你們批准的，又不犯法。他們說，每一篇文章都有問題，還特別提到陳宏兄的官逼民反，根本就是公開提倡造反有理嘛！……」黃震華說。

「哦——？他們也向你提到那篇談水滸的文章嗎？奇怪呢，……他們為什麼對這篇文章這麼敏感？說水滸傳的主題是官逼民反，自古以來許多學者都這樣說，包括胡適先生也這樣說，都沒問題，怎麼我說了就有問題了呢？……後來他們才說，毛澤東現在正在引用水滸傳裡的宋江來批判周恩來是投降派，觀點和我完全一樣。他們要查的是這件事。我說，我不知道毛澤東有這種看法，而且，我文章發表的時間比你們講的毛澤東利用宋江批判周恩來的時間早一些，可見是毛澤東受我影響，而不是我受毛澤東影響，……」我講著講著，突然就開心地笑了起來說，「那時我跟國民黨的特務說，這表示你們國民黨教育很成功啊，竟然有一位在國民黨教育下長大的台灣青年陳宏的思想能夠領導毛澤東，……」

「我在國民黨中央黨部的老同事也來找我打聽你的底細，好像你這一兩年來發表的文章都很引起注目，聽說還驚動了蔣經國，不但親自讀你文章，還特別跑了一趟基隆南仔寮去了解實際狀況。那是你的故鄉吧？」林正義說。

「我聽說你們《台灣政論》，蔣經國也是每期必看，」徐海濤一本正經地說：「他真要看了，覺得你們講得有理，願意反省改進，那國家就有希望了。只怕他看了以後惱羞成怒，覺得你們是在造謠，就把你們雜誌給查禁了，……」

「是啊，現在不就是這樣嗎？當年的《大學》雜誌和現在的《台灣政論》都是一樣的命運。對《大學》雜誌是下重手把你全盤改組了，對《台灣政論》就說你造謠，乾脆把你關了，不准你辦了！」林正義帶著嘲諷的微笑，無奈地說，「當年我在國民黨中央文工會任職，等於是代表國民黨被派到《大學》雜誌作學者專家和黨的橋梁，結果害我變成豬八戒照鏡子，兩面都不是人了，《大學》雜誌在那段時間大鳴大放，無所不談，黨部就怪我，不但沒盡到黨交付的任務，還跟你們那些人，尤其是你徐海濤和陳少庭一起搞什麼國是諍言、中央民代全面改選。後來我爭取台北市議員選舉提名，國民黨不支持我，就是認定我與你們一起搞造反，對黨忠誠度不夠。而老朋友也懷疑我，認定我是國民黨派去《大學》雜誌臥底的特務。所以，我當《台灣政論》總編輯，《大學》雜誌那批老朋友就不肯寫稿了。而國民黨怎麼對付我呢？就是趕盡殺絕啊！把我鬥臭、鬥爛、鬥垮！用買票做票的下流手段讓我落選。最後，連《台灣政論》這口飯都不給我留了！把你關掉，讓你再失業！……」

「正義兄，國民黨關《台灣政論》是怕黨外壯大起來，……」徐海濤說。

「但是我也早有覺悟了。我台大政治系畢業就進國民黨了，我太了解它了。我一定要召集一票人馬，搞出一片天地，在國民黨包圍下突圍而出，他就不敢對我下手了！像天來仙，像老莊，國民黨敢動他們嗎？」林正義認真地說，「他們，一個是終身立法委員，一個是三年改選一次的增額立法委員，……」

「對啊！」徐海濤猛地拍了一下大腿，大聲說：「跟國民黨鬥，就是他媽的要搞他個大的，搞小的你就被他吃了。像白雅燦，前些時不就被抓了嗎？只是發傳單要求小蔣公布老蔣留給他多少遺產，聽說就被判了十五年，是不是？……」

「是十五年，沒錯！」黃震華說，「侮辱國家元首，挑撥政府與人民之間的感情，意圖推翻政府，……」

「哇啊！你怎麼背得那麼熟？」我說，「你記憶力很好啊！」

「國民黨給叛亂犯的判決書，內容千篇一律，都是一樣的！」黃震華笑著說。

「這完全是泯滅人性的判決，無法無天！」徐海濤說：「白雅燦被捉就是單打獨鬥，沒有像正義所講的搞出一票人馬，搞出一片大的天地。所以，社會上對這件事，也竟然沒有一點反應，多悲哀啊！……」

「根本沒人知道這件事！」黃震華說，「國民黨要讓白雅燦，或像我這樣的人消失掉，其實是很容易的，……」

「是嗎？」我有點吃驚地望著他，不敢相信。

「特務是他們養的，法院是他們開的，他要關你就關你，你能怎樣？」黃震華笑笑地說，「但我也早已有了心理準備了。」

其實我今天來《台灣政論》雜誌社是要取回我替他們第五期寫的一篇評論胡適的文章，〈歷史潮流中的進步與倒退〉。據徐海濤轉述，胡適是他們《台灣政論》要學習的對象。他在中國的五四時代提倡白話文運動，在台灣與雷震共同創辦了《自由中國》雜誌，以自由主義的思想批判專制獨裁，都對歷史做出了重大貢獻。他們認為我那篇文章對胡適雖然有所肯定，但也做了一些批評，他們認為不妥，就決定不用了。我聽了之後，因為年輕氣盛，很有些不以為然，便在海濤面前哩哩啦啦講了一些牢騷話。

「胡適除了提倡白話文運動確實有重大貢獻之外，其他事情他都保守得很，例如把做學問的方向轉到故紙堆裡搞國學就是一個例子。那時中國的情勢，內外交侵，已經快要亡國了，他還埋首在故紙堆裡，這是我很難同意的。特別是，他一輩子似乎甘於被蔣介石玩弄於股掌之中，連蔣介石說要推他選總統，他竟然也相信了。晚年在台灣和雷震共同創辦《自由中國》雜誌當發行人，卻又不肯負責，又不敢為《自由中國》被停刊，以及雷震和傅政被捉的事公開仗義執言，連起碼的道德勇氣都沒有。這樣的人在台灣竟被尊為士林泰斗，被捧為讀書界的領袖，這點，我是有意見的。我覺得他太在意蔣介石給他的職位了。中央研究院院長又如何？而天來仙和莊安祥委員們竟然要以他為學習對象，未免太取法乎下了吧？他們的格局見識就這樣而已嗎？」我說。

「陳宏，你對胡適的意見我都同意，特別是他對《自由中國》的態度太虛偽了！我在雷先生面前也這樣講過。但雷先生都替他講話，說我們都誤解了胡先生。」徐海濤說，「而目前在台灣政壇的在野人士中，最有聲望和能力的，就數天來仙和老莊了。正義現在還沒選到一官半職，但他是有見識和能力的。他們在一起辦的雜誌既然要以胡適作為學習對象，我們也只好表示尊重了。而且，現在《台灣政論》也已被勒令停刊了，也就不必再多說什麼了。」

「非常感謝陳宏兄的仗義，」林正義從抽屜裡拿出一個大的信封袋，站起來，有點歉意地說：「這篇大作，很抱歉，就原璧歸趙了。」

「沒關係，這事我已聽海濤兄轉述過了，我不會介意。但是，……」我沉吟了一下，內心有點猶疑，卻仍然忍不住又坦白地說了出來，「我不知道你們想學習胡適先生的是哪一部分。但恕我直言，在這個時代，與其學胡適，不如學雷震、學殷海光，那才是我們這個時代最欠缺，也最需要的道德的、人格的典範。」

「陳宏兄的意見我會轉告天來仙和莊委員，」林正義懇切地說：「我也熟識雷先生，對胡適與《自由中國》雜誌的事也略有所聞。因為雷先生自始至終推崇尊敬胡適，我們基於對雷先生的敬意也不便對胡適先生有所批評。」

「那就當作我的書呆子之見吧。」我說，「其實我今天聽兩位一席話，受益良多，讓我對政治現實增加了許多了解。」

「不用客氣了，你是後生可畏啊！」黃震華笑著說：「我們基隆能出你這樣的人才，我與有榮焉。」

「正義兄，我真正關心的是你未來的出路。」徐海濤望著林正義關切地說：「今年年底就是縣市長和省議員選舉了，你有什麼打算嗎？」

「我嗎?還沒時間想這個問題。等我把《台灣政論》的善後工作處理完了再說吧，」林正義有點無奈地苦笑了一下，自嘲地說：「自從上次台北市議員落選後，我做過無業遊民，也擺過地攤，賣過天婦羅、烤香腸、炒米粉。好不容易有個《台灣政論》讓我回到本行，可以學以致用了。現在又被關門了，好像我這個人很不吉利似的，靠山山崩，靠海海枯……」

「正義兄，你千萬不能頹廢喪志，你一定要堅持選下去，我對你有信心！」徐海濤熱情地說，「就像你自己說的，一定要召集一批人馬，在國民黨的包圍下突圍而出，打出一片天地！」

走出《台灣政論》雜誌社的大門已經下午三點多了。天空仍然陰陰的，似乎有點要下雨的樣子，但又下不來。天氣其實還滿涼爽的，有點風。那兩個站崗的人還在，看到我們出來，那個年紀較大戴鴨舌帽的仍然把頭偏向一邊，避開我們的視線。那個戴棒球帽的年輕人仍然朝我們點頭笑笑。原來玩警察捉強盜的孩子們已經不在了。而每個小攤仔的生意明顯比剛才好了很多，大概是人們睡飽午覺後都紛紛到屋外來消遣了。尤其是圍在烤香腸的那一攤，起碼就有七八個人，「拾八啦！」「扁基啦！」賭骰子的吆喝聲此起彼落。

「那位林正義跟你很熟嗎？」

「很熟，一九七一年一月辦《大學》雜誌時就認識了。屬於國民黨年輕一代的開明派，有些思想，也會寫文章。一直以秀異分子自居，在黨內不屑奉承拍馬，有點孤立。對一般工農群眾也有點瞧不起。常說國民黨必須改革，必須起用真正的人才，否則會亡黨亡國！因此在國民黨內一直被排擠。其實，人是很正派的！」海濤說。

「黃震華呢？」

「我只見過兩三次，看起來像個老實人，不像有什麼宏觀見識，口才也平平，不知為何會請他當副總編。」海濤說，「有些老政治犯談起他，都有點，有點意見。說他是死硬的台獨基本教義派，在牢裡還寫小報告鬥爭那些老統和老左。」

「大家共同的敵人不是國民黨嗎？怎麼還分統分獨分左分右呢？」

「我們在外面不分統獨左右，但牢裡聽說分得厲害，也鬥得厲害。」

「是嗎？那黃震華除了獨以外，也很右嗎？」

「他會打老左的小報告，鐵定是個右派無疑。但我沒聽過他發表什麼右派言論。倒是正義常公開自承是個右派，很相信資本主義那套自由競爭，適者生存的理論。他認為，台灣如果要發展經濟，就一定要讓資本主義更徹底深化，而資本主義會帶來自由和民主，因此台灣如果要追求自由民主，也一定非要讓資本主義更徹底深化不可！……」

「《台灣政論》另外兩個要角，天來仙和莊委員也是林正義這樣的思想？」

「老莊和正義在意識形態上大概比較接近，天來仙我就比較不清楚了。」海濤說：「現階段我們要向國民黨爭取自由民主，要求國民黨民主改革，大家應該團結一致，不應分什麼統獨左右。」

立法院的大門有四位警衛守著。這是我第一次踏進立法院的院區。

「我是台大教授徐海濤，這位是作家陳宏，我們來拜訪莊安祥委員。」海濤向警衛說。

「有跟莊委員聯絡嗎？」那位一毛三的警衛指著裡面的辦公室笑笑地說，「請先到接待室登記，他們會通知莊委員。」

在中山南路這邊的立法院外面是一片紅色的圍牆，裡面一排紅色屋瓦的洋樓，很有些古色古香。進入院內拱型的大門，右側是接待室，左側是收發室。接待室入口旁邊開了一扇窗戶，一位女士坐在桌子後面，神色有點倦怠，對著我們細聲簡短地說：「身分證」。

「我們不是來陳情的，我們是莊委員的朋友，請你打電話向他說我們的姓名就好。」徐海濤說：「我沒帶身分證。」

過了一會兒，那女的拿出一本登記簿說：「莊委員已聯絡過了，依規定，你們還是要登記姓名地址電話才能進去。」

辦完登記，接待室門口的警衛善意地指著走廊說：「向右走，再向左走……」從接待室要進走廊也有一個拱門，門口兩邊也各有一個警衛。

「我知道，莊委員的研究室我來過，我知道。」海濤笑笑地說，「謝謝你啦！」我跟在他後面，好奇地東張兩望，覺得這個立法院完全沒有我在西洋電影中看過的西方民主國家的國會那種巍峨雄偉的氣象。有點寒傖逼仄，似乎是家道已經中落的大戶人家那種破落的景象。

海濤帶我上了二樓，二樓右邊是一排窗戶，左邊是一排房間，每個房間的門都緊閉著。海濤在第四間的門口站住，指指門上的名牌，寫著「莊安祥委員研究室。」

「到了！」他說。在門上敲了敲。

屋裡立刻傳來一聲宏亮又略帶沙啞的聲音，「請進！請進！」

海濤捉住門把向裡推。一個矮個子，臉有點黎黑的男人已站起來向前跨了兩步，伸手和海濤緊緊互握了一下。

「歡迎，歡迎！」他說。

研究室的左邊牆下擺了一張雙人沙發、兩張單人沙發、一個茶几，緊靠右邊的牆放了三座高達屋頂的書架，裡面堆滿了書籍。房門的正對面是兩片窗戶，窗下擺著一張長桌，桌上也放了一落一落的書報雜誌，中間留了一小塊空間，擺著一本翻開的似乎正在閱讀的書。長桌前面有三張有靠背的籐椅。

「沒想到立法委員的研究室是這樣子的，」我心裡咕噥了一下，仍然忍不住好奇地問：「每個研究室都一樣嗎？」

「都一樣，」莊委員說，「不過也有人把兩間打通成為一間，那就比較大了。」

「意思是說，也有委員可以要兩間嗎？」

「不是，每個委員的研究室都只有一間。但是，大部分的委員都不需要用到研究室，有的就把它讓給別人了。」

「那些委員都是大陸選出來的，是永遠不必改選的終身立委。一年能來立法院簽到兩次就算好的了，還需要什麼研究室？」海濤說。「像莊委員這樣每天到研究室研究政策、法案、預算，每天閱讀國內外書刊，深入了解國內外政經情勢的委員，在立法院是絕無僅有的啦！」

「其實老委員也有很用功的，像吳延環委員、齊世瑛委員，好幾個，也都每天在研究室，我常常向他們請教，獲益很多。不過這種老委員確實很少。」莊委員說。

「但是這種三十幾年都不必改選的國會議員，全世界也只有台灣才有的怪現象了！」徐海濤說。

「哈哈，這確實是極為荒唐不合理的事，違憲又違法！但是，國民黨卻說，他們沒錯！哇哩秀才遇到土匪啦，要怎麼講呢？」莊委員突然火氣爆了，台灣母語就順口傾洩而出，「尹講尹都是依照憲法，但是憲法乎尹凍結，根本沒實施，尹根據的是憲法臨時條款，講反攻大陸未成功前，中央民意代表就免改選。天下有這種道理嗎？譬如尹也在立法院通過戒嚴法，禁止人民集會結社自由與言論自由，尹講這也都是合憲合法的。阮幾個在台灣選出的黨外的立法委員，總共也不過四五個而已，每次質詢，都要求國民黨政府依憲依法，開放黨禁報禁，解除戒嚴。國民黨就安排十倍以上的老立委反對你，這就是尹外省仔所講的，秀才遇到兵，有理說不清了。我有時忍不住，就想要幹譙，但是幹譙也沒啥路用，伊根本不睬你呀。實在是，餔伊娘哩！」莊委員無奈地搖搖頭，突然在最後連講了兩句台灣粗話。這立刻引起我的共鳴，使我忍不住發出會心的微笑。

「莊委員，今天能這樣近距離聽你講話，我覺得很興奮。我曾經在台大校門口聽你演講，很精采！我非常佩服！但是，像你這樣言語如刀，而且刀刀見血見骨，國民黨不會捉你嗎？」

「我也常常提醒自己，不能被國民黨抓到把柄，萬一有把柄被抓到就死定了！但是，我還不能死，還有很多事沒完成，怎麼能死啊？」莊委員揚起眉額露齒笑了笑說：「現在小蔣時代已比老蔣時代開明多了。老蔣如果還在，我和黃天來大概都要去坐牢了，絕不會容許我們四處去替黨外助講。而且，我們也確實是一番好意善意，真心希望政府能更進步，能更照顧百姓。這樣，國家才會強大。我們這份用心，蔣經國應該是能感受的，……」

「但是，當年《自由中國》的雷震、殷海光，我讀他們的文章也都覺得他們都是善意好意，很苦口婆心，善盡忠言，……」

「所以我才說時代不同了嘛，小蔣確實比老蔣開明多了。」莊委員說：「和當年雷先生的《自由中國》相比，現在只關我們的雜誌並沒有捉人，是不是比以前進步了呢？」

「我認為這與美國應該也有關係吧？」海濤說：「陳宏大概還不知道，去年美國的《時代週刊》選出全世界一百五十位最優秀的社會領導者，莊委員是台灣唯一被選的政治人物。今年不久前，《時代週刊》又把莊委員選為亞洲政壇的明日之星。莊委員能在美國受到這麼高的肯定和評價，實在不容易。這對他也是很好的保護傘。……另外，還有一件事不一樣，當年雷先生他們已在進行組黨的事，……」

莊委員突然笑笑地打斷海濤的話說：「好啦，這件事不要再講了。我們是老朋友了，講得粗俗一點，我屁股上有幾根毛，還能瞞過你嗎？陳宏嘛，我們這是第二次見面了。上次見面時很多人，我們沒機會講話。但是你的文章我卻很注意，能找到的我都盡量找了，包括你在人間副刊發表的小說、報導文章，還有《中國論壇》上寫的醫藥問題的文章，我幾乎都看過，……」

「莊委員這麼用心，太感謝了！這對我是很大的鼓勵！」我興奮地說。

「你到底幾歲啊？有一次天來兄跟我提起你寫的文章，說你最起碼也五六十歲了，我說是少年的啦，他還不信。你現在做什麼工作？教書嗎？或是，……我很好奇！你的文章反映的問題很廣，討論也很深入，很有批判性，又有理性分析能力。……聽說你是師大國文系和政大中文研究所畢業的，但中文系不是很保守嗎？怎能培養出你這樣的人才？……」

「我只是愛寫文章而已啦，算什麼人才？還早咧。」

「那你現在做什麼事？」

「我現在是《健康世界》雜誌的總經理，負責它的銷售、廣告及內部管理工作。有空就寫寫文章……」

莊委員坐在他那有靠背的籐椅上，雙手握著茶杯，抿緊嘴唇頻頻點頭，很用心地聽我訴說我的生活背景和資歷，聽完又連續點了點頭，「嗯——」了一聲。

「我從政的年資雖然不算很長，但自從決心從政後，就四處尋找人才，鼓勵他們出來參選。我感覺你一定對你現在的職業和生活不滿意，你一定覺得自己大材小用了吧？……」

「還好啦，還好啦！」我說。

「我每次讀你的文章，心裡就會想，這應該是一個可以選舉的好腳色吧？今天跟你面對面這樣談話，我更確認自己這種感覺沒有錯。你是有熱情、有感染力的人，這種人適合選舉。」他望著我笑笑地說。

我感覺心臟急烈地「碰痛！碰痛！」地跳著，好像有一股電流湧向全身，臉孔發燙，全身燥熱。莊安祥是我佩服的政治人物，自從我在台大校門口聽過他演講後，每次報紙雜誌上有關他的報導，我從不錯過。我覺得，他就是我們這個還在白色恐怖統治下的台灣最需要的在野的政治領袖了。偶爾在報紙上看見他走遍全台灣到處替黨外人士演講的新聞，我內心都充滿感動。覺得這才是一個有遠見、有智慧的政治人物。國民黨絕不容許台灣人另組新政黨，所以他就完全避開這個招忌的話題，演講中絕不提組黨的事，但所作所為卻都是組黨時最基礎的必要工作。經由無私的助選和其他黨外人士進行具有默契的溝通，並由此建立互信。我太佩服了！而這個我心中崇拜的偶像竟然這樣看重我嗎？我的文章真有那麼好嗎？我真的具備那樣的潛力嗎？我不敢相信！

「哈哈哈，莊委員，你真厲害！怎麼只經由短暫的談話就能斷定陳宏是適合選舉的人才呢？最近，我們也認為他適合選舉，但是他根本無動於衷。」海濤大笑地說：「他說他只想搞文學，只想寫小說，不想搞政治。你老莊如果能說動他，那可是功德無量啊。」

「坦白講，我只是憑直覺啦。有人很想參選，但身上感覺不出一點群眾魅力。有人視政治如虎狼如魔神，碰都不想碰，但卻又充滿魅力，這要怎麼說呢？」老莊先噘起嘴巴，隨即又抿緊雙脣。

我發現當他專注於某件事時，就會有這樣的表情。然後雙掌互握抵住嘴巴和下顎，揚起眉頭和眼睛，說：「當年郭國基先生就這樣對我說，莊的，你去參加選舉吧，你全身都充滿了群眾魅力。同時指著他兒子郭蓋世說，雖然我替你取名蓋世，但是你沒這個氣勢，你不適合從政，你去做生意吧！我問他為什麼？他說，那是感覺。……陳宏，我說你適合選舉，這也是我對你的感覺。這感覺應該是不會錯的！」

「你，你是在在說笑嗎？我，我哪有有什麼群眾魅力？我連，連演講都都不會，我，怎麼，怎麼可能？你別，別開玩笑啦！」我內心激動得熱血翻騰，臉上熱烘烘的，連話都講得有點結巴了。

「我是講真的，陳宏，我們正在替今年年底縣市長和省議員選舉找人才。如果你願意，選舉經費我們再來想辦法，怎麼樣？」老莊笑著說，但臉上卻是一本正經。

「你要他今年就參選嗎？太快了吧？」海濤有點訝異地笑著說：「他連傳單都沒發過，根本還不知道什麼叫選舉。」

「那很快就會了，沒問題。」老莊說。

「林正義呢？你們考慮過正義了嗎？」

「正義兄當然要參選。我是建議他回南投先選省議員。陳宏如果願意，也是回基隆選省議員。」莊委員說。

「那，周志鵬呢？」

「周志鵬應該選基隆市長，他有地方基礎。」

「他肯嗎？」海濤說，「我見過他幾次，這人很聰明，頭腦很好。但基隆市長難選，我看他不會肯。」

「如果陳宏去登記參選省議員，他就非選市長不可了。因為兩個人都選省議員，兩個人都會落選。他精得很，到時他……」莊委員撇了撇嘴笑笑地說，「有實力的人總不能一直挑容易當選的位置吧？黨外勢力如果要壯大，在地方做老大的人要以身作則，要把國家和人民的利益，和黨外的利益放到個人利益前面，這樣黨外才會壯大，國家也才有希望！」

「莊委員對我這麼抬愛，我受寵若驚！但我也很惶恐！……這太突然了……」我說，「一直以來，我是關心政治，但不想介入，因為我覺得政治太複雜。而且選舉需要很多條件，那些條件我都不具備。但我願意幫你助選，因為我覺得你就是台灣民主運動的希望，……」

「台灣民主運動如果想開花結果，就一定要有更多有理想、有抱負、有熱情的人跳出來參選，和國民黨競爭，這樣才能打破國民黨的一黨專政。現在，從中央到地方，完全沒有監督、沒有制衡、沒有批評的力量，整個國家政策，只有黨意，沒有民意，甚至只是一個人的意志。像幾年前台灣退出聯合國這件事，本來美國和中國都談好了，讓台灣和中國同時都在聯合國做會員國，但是只因為老蔣一句漢賊不兩立，就沒人再敢說一句NO了，連小蔣也不敢啊！這牽涉到台灣一千七百萬人未來的命運的大事，一個人的一句話就定了！就讓台灣退出聯合國了，這合理嗎？還有很多事，你也寫過許多文章，知道得比我還多還深入，像黨禁、報禁、戒嚴等等，如果不打破國民黨一黨專政就永遠不可能改變，……」

這時，研究室的門突然被推開了，一個穿中山裝，頭髮梳得很整齊的中年男人，手上提了一個熱水瓶走進來了，很有禮貌地欠欠身，「莊委員，我來替你換熱水。」

「我不是早交代過不必你們幫我換熱水嗎？我自己用電熱壺就可以燒了。」莊委員有點不高興地向那人揮揮手，突然又瞇了眼睛「咦！」地叫了一聲，「你是哪個單位派來的？怎麼以前沒看過你？」

「報告委員，我是立法院總務處新派來替委員們服務的。」那人說。

「好啦，以後進研究室要先敲門，這是起碼的禮貌。出去吧，我這裡不用你服務。」莊委員站起來揮揮手，把那人驅走了。「莫名其妙，老是這樣鬼鬼祟祟的，一定又是警總在搞鬼。這研究室早就裝了竊聽器了，還需要派人監視嗎？」

「這裡面有竊聽器？」我心裡不禁震動了一下。被裝竊聽器這一類的事，長久來雖常聽人說起，但也只限於傳聞，並沒真正見過。現在，連立法委員的研究室都被裝了竊聽器嗎？「國民黨連國會議員也在防嗎？太不尊重了吧？」

「這本來也沒什麼了不起，因為立法委員有很多機會接觸到國家機密，行政院各部會的重大政策和預算都要在立法院討論通過，為了預防立委不小心把機密洩露出去，替你裝個竊聽器其實也沒什麼了不起。在歐美國家多少也是這樣。」老莊說：「只是台灣的警總、調查局，這些國安單位在行使這些法定職權時，一直在擴大解釋、擴大範圍、擴大職權，以至於違法濫權、殘害忠良、製造許許多多的冤假錯案，人權嚴重被踐踏被傷害。上面的人如果還認為這樣才是忠於國家，忠於職守，他們就更變本加厲了。所以，像我們這樣從事黨外民主運動的人就要特別小心，否則怎麼死的都不知道。這是參與黨外民主運動必須要有的覺悟。」

「哈！不要說你們搞政治的，連我們這種教書做研究的書呆子也都要有這種覺悟。在教室裡也不知道哪一個是職業學生，一邊拿調查局警總的錢，一邊寫你的小報告，怎麼防呢？只好順其自然了！反正，我不殺人不放火，不違法不犯法，怕他什麼？」海濤笑著說：「我倒是有個問題想請教你莊委員，你常講台灣人的尊嚴，你所謂的台灣人是指哪些人？台灣人的尊嚴的具體內涵又是什麼？」

「海濤兄，我了解你問這個問題的用意。許多大陸來的外省同胞都對這個問題特別敏感。因為他們依據行政院主計室所統計的，外省籍二百五十萬人以外，剩下來的才是台灣人。但是我的看法不是這樣。我所說的台灣人就是現在住在台灣生死與共的這些人，不論你是廣東來的山東來的，只要我們在台灣生死與共，就統統是台灣人。」莊委員很嚴肅很認真地說，「你海濤兄是福建來的，陳宏的岳父母妻子是廣東來的，在我眼裡都是台灣人。」

「那你認為，我們這些台灣人現在都沒有尊嚴嗎？」

「海濤兄，這點你應該比我更清楚更深入才對吧。有尊嚴的人起碼要有權利決定自己的命運吧？三十幾年來你選過總統嗎？總統直接影響國家的安全與未來的發展，對我們重不重要？三十幾年來國家重大政策和預算，是誰替我們決定的？也是三十幾年前中國大陸那邊的人幫我們選出來的立法委員在決定！不是嗎？這樣，我們還能算是有尊嚴的人嗎？……」

「聽你這樣說，我了解了！我也完全同意！」海濤站起來有點激動地和莊委員緊緊握了握手，兩眼灼灼有神。海濤和我都是比較浪漫，容易感動的人。我在感動中，腦海裡突然浮起一個構想。

「莊委員，你所認識的那些黨外人士的政治見解和理想是不是都和你相同？」

「這個嘛，……」他雙掌互握地擺在胸前，微微噘起嘴巴，兩隻略呈三角形的眼睛閃著精悍的亮光，「雖然不能說都百分之百相同，但是在重大的問題上，看法應該是很一致的，目標也是很一致的，這點應該沒什麼問題。」他說。

「我突然有一個想法不知道可不可行，」我說：「目前國民黨不准我們另組新黨，但社會上早已習慣把不屬於國民黨的，都稱為黨外。也許，我可以找出一些目前被稱為黨外而仍然活躍於政壇，在台灣有聲望和影響力的人物，例如你莊委員、天來仙、雨新仙、順興仙……等等，我願意來替你們寫專訪。這書名我剛才也想好了，就叫『黨外的聲音』。我希望經由這本書達到兩個目的，一是讓讀者明白，黨外其實是有黨的，這個黨就是黨外黨。二是經由這本書的流傳，來打破國民黨長期對黨外的新聞封鎖。我會根據你們各自的特色擬出各種問題讓你們好好發揮，當然，我也會提出一些挑戰性的問題……」

「哈哈哈，太好了！」莊委員興奮地拍著桌子，「這構想可行！當然可行！尤其以你陳宏的文學造詣，這本書的可讀性一定很高。」

「那好！」我說：「過幾天我先擬一份名單再來請教莊委員，被訪問者的名單要請你確定，也要請你引薦，因為其中可能我大多數不認識。但他們的資料我會先在圖書館找……」

海濤本來還要帶我去看黃天來委員，但莊委員說，天來兄最近家裡有事，「你們去了，恐怕不太方便，」他說：「我這位老大哥是出名的怕老婆，偏偏又愛風流。二十年前的風流事最近爆了，你就可以想像那種場面了。」

「哈哈，那就改天再去了吧！」海濤大笑地說。

走出立法院，都已經是下午快六點的下班時間了。街上的車輛已經多到很塞車的地步了。交通警察站在十字路口，拿著指揮棒，吹著哨子在指揮交通。路上行人都行色匆匆地，低了頭，肩挨著肩向前走去。天色已有些暮了，明顯的寒意從四周圍攏了過來。

「海濤，你是不是對莊安祥的政治立場有什麼顧慮嗎？」

「我坦白說吧，對莊委員的政治魅力我是很欣賞的。他的問政表現、操守、見識，我也都很佩服。黨外如果多幾個這樣的人才，就會對國民黨造成很大的壓力，國民黨就非改革不可。」海濤說：「但是，我對他的台灣人要決定自己的命運的講法有疑慮。」

「為什麼呢？台灣人本來就有權利決定自己的命運，不是嗎？」我說。

「陳宏，台灣人也都是中國人，都是從中國來的，只是來的時間不同，有的來得早有的來得晚。因此，我主張台灣應基於中國民族的大義和中國統一。目前兩岸的分離狀態是美日帝國主義和蔣家父子合謀製造出來的．這個老莊所謂的台灣人民決定自己的命運，其實就是台獨。美國就歡迎這種主張，台灣獨立其實就是美國的附庸，美國就可以利用台灣抵制中國，讓中國跨不出台灣海峽。蔣家父子在台灣其實也是台獨，但蔣介石又極力反台獨，因為他一直到死都還存有反攻大陸統一中國的幻想。但美國不支持他反攻大陸，卻也擔心他會不會因為中國民族主義的信仰，有一天和中國合作呢？所以，美國也要利用在野的台獨來牽制蔣家政權。所以，像老莊這樣的台籍政治人物和政治主張就成為美國最喜歡、最歡迎的政治工具了。」

「這事聽起來還滿複雜的。但是理性分析應該也是很簡單明瞭。」我說：「台灣人應該有權利決定自己的命運，這點我很贊成。而這又與中國統一或與台灣獨立沒有必然關係。台灣人民可以決定要不要與中國統一，也可以決定要不要獨立，這要看統一或獨立，哪一個對台灣人民最有利。如果與中國統一，對台灣人民幸福不利，為什麼要和中國統一？如果台灣獨立也對台灣人民的幸福不利，台灣為什麼要獨立？」

「你這個講法我反對！我原本以為你也是個民族主義者，沒想到你卻是個投機主義者，哪邊有利就往哪邊靠，這是不對的！」海濤突然嚴肅地激動地說，「不論台灣人或中國人，都是中華民族的一分子，面對美日帝國主義的壓迫和侵略，我們就是要團結，兩岸一定要統一。民族統一，中國才有希望，台灣才有前途。」

「海濤兄，請不要太激動好不好？我並不是反對兩岸統一，我也不是主張台獨，我只是認為，首先要考慮人民的利益和幸福，如此而已。」我說：「你不是也說過嗎？面對國民黨的一黨獨大，專制獨裁統治，我們不能分統分獨不是嗎？」

我伸手攬住徐海濤的肩膀，在熙來攘往的人群中，在寒意已經逐漸濃厚起來的台北街頭，互相緊靠著向車站走去。這時天空卻忽然飄下幾點雨滴，路上的行人更加緊腳步低頭默默向前走去了。

我脫下外套，蓋在海濤和我頭上。車站就在前面不遠了。海濤突然甩脫我的外套，快速向前奔去。我獨自把外套蓋在頭上也加緊腳步向海濤追去。但還沒追上，他已上車了。我在車站的雨棚下向他揮揮手。

天上的雨滴越來越大了，好像要下大雨的樣子了。路上的行人都匆忙地奔跑了起來。天已經暗了。

第四章

《健康世界》雜誌社的辦公室就在羅斯福路一段，靠近南門市場的一個巷子裡。一樓有四房一廳，總經理、總編輯和財會單位的辦公室各占一房，還有一個小會議室。客廳是廣告部、銷售部和管理部。地下室是倉庫。醫師們認為空間太小，編輯部沒有專屬的會議室很不方便。但那地方距台大醫院不遠，股東和撰稿人絕大多數是台大醫院的醫生，來往還算方便。而且租金也不是太貴。草創期間，為了節省開支也只好將就了。

我每天從木柵忠順街只要坐一趟車到南門市場站下車，中午不必帶便當，辦公室附近有很多小吃店，很方便。只是為了節省開支，我們只有電扇，沒裝冷氣，周圍的公寓又已蓋得密密麻麻沒有什麼空曠的空間，所以夏天一到，屋裡就有點熱了。我把辦公室的電扇開到最強，電扇就發出微細的「咯嘰咯嘰」的聲音。

我讀著報表，這個月的訂戶數已有明顯增加，而廣告除了醫藥用品和健康器材之外，房地產和汽車廣告也進來了，財會部門的財務報表也開始有盈餘了。

我摘下眼鏡，雙手在臉上摩挲了幾下，深深吁了一口氣。隨手把擱在桌上的菸斗和菸絲袋抓到手裡，把菸絲裝入菸斗，拿起打火機把菸斗點著了。霎時，整個房間立刻充滿了淡淡的香草般甜甜的菸香味。

「還不到一年，終於如我所料，銷售量和廣告量都上來了。」我頗為自得地回憶著，當初和文醫師們談這個計畫時，我展現了充分的自信，「因為社會大眾已明顯越來越重視健康了，而醫療又太過專業，病歷表和診斷書寫的又都是英文，因此病人與醫生常有誤會和糾紛。何不辦一本通俗的醫學雜誌來提升一般人的醫學常識呢？讓病人和醫生的醫療知識落差縮短，可以減少很多不必要的誤解和糾紛。你們這些年輕醫生又可以在雜誌上發表文章來提高知名度和專業形象，投資少獲益大，何樂不為呢？而且，我敢保證，這雜誌一定會賺錢。」我緩緩地深吸了一口菸，再緩緩地悠悠地吐出煙圈，感到精神舒爽。

房門突然「剋剋！」響了兩聲。

「誰啊？進來吧！」我揚聲說。

廣告部的蔡經理把門推開，笑著臉閃身進門，隨即又用臀背把房門頂上了。

「陳總，中午要不要一起吃飯？我請客。」他笑著，有點討好地、試探地說

這個蔡經理是由我面試後進雜誌社的，曾經在別家雜誌做過廣告業務，腦筋很靈活，口才也不錯。

「我詳細讀過你們的雜誌，只要靠你們背後的醫生群及他們寫的文章，你們的廣告業績，我敢打包票，每個月百萬以上是合理的。……」他講了一大堆他的想法。有些和我當初構想這份雜誌時

所預想的廣告業務不謀而合。他來雜誌社已經半年了，能力確實不錯，業績也衝得很快。但，據說他也媒介了西藥公司的女性業務員和雜誌社有關的醫生認識，聽說那幾個藥品公司的女業務員的業績因此都上去了，但這當中又有一些女業務員和醫生之間曖昧不雅的傳聞。而他據說也因此而得了一些好處。但因為雜誌社還在草創期，我需要人才，也只好暫時不作深究了。

他親自去買了午餐，三菜一湯加上一盤炒麵一盤炒飯，就在我辦公室裡的茶几上擺開了。

「中午這麼豐盛，是你生日嗎？或是要慶什麼功？」我笑笑地說。

「陳總，我來了半年，受你很多照顧。廣告部業績也明顯提升了，還不值得慶賀慶賀嗎？」他說。

「是啊，我剛剛看了報表，確實值得慶功一下。」我認真地說：「下次把你們廣告部的同仁找齊了，我來請客慰勞大家一下。」

「陳總，想不想喝一杯？」

「中午不行，而且辦公室不准喝酒。」我說。

兩個人邊吃邊聊了好一會兒，都是一些廣告客戶的八卦，我覺得很無聊。「老蔡，你大概有什麼事要跟我談吧？」我說：「不可能無緣無故請我午餐，……」

「沒事，沒事！」

「真的沒事？……」我兩眼盯著他，「是不是想跟我談上次議而未決的獎金辦法？」

「不是，真的不是！」他有點尷尬地笑著說：「獎金辦法我有跟廣告部同仁討論過，現在的辦法是我來以後才改的，就依陳總的意思，再過半年後再議，大家都認為合理，所以，今天不談這事。」

「那……，你怎麼笑得有點尷尬呢？」我有點不悅地說：「你一定有事，有事就談嘛，何必龜龜毛毛的？」

他把筷子放到茶几上，身體扳正了些，臉上仍然堆著笑，但笑得有些勉強，似乎想講什麼，又猶疑了一會兒，才吞吞吐吐地說：「這事，是這樣啦，我不敢瞞總經理，卻又覺得不不太好說，怕怕你誤會。」

「什麼事？」我沉著臉，「是公事還是私事？」

「是這樣啦，……我有個高中同學，現在，現在在調查局當調查員，昨天突然約我見面喝咖啡。我心想，這傢伙平時從不聯絡，現在找我幹嘛呢？」

他用手背抹了抹嘴，停頓一下，才望著我繼續說：「我完全沒想到，他，他竟然是為了打聽，打聽陳總，你的事。」

「打聽我的事？」我略略歪著頭斜眼望他，不相信地稍稍提高了聲音說：「打聽我什麼事？我有什麼事值得他打聽？」

「就是，我也這樣說。陳總是讀書人，是知識分子、作家，會有什麼問題呢？我就是這樣對他說。」老蔡兩眼低垂，望一下桌上的菜盤，再抬頭緩緩地說：「他說這是上面交代的，要要注意你！我問他，要注意你什麼？他就比了比腦袋說，注意你的思想、你講的話，還有你交往的人。我說，陳總跟我講的話都跟雜誌社的廣告業務有關，這有問題嗎？他來往的人，我看見的都是台大醫院的醫生，這也有問題嗎？他卻說，這些事要長期注意，長期觀察。他還說，……上面，上面認為你是，你是思想有有問題的危險人物。還說，……你最近常和黨外人士在一起，是不是要搞什麼，什麼組黨的事？」

「神經病！」我站起來，大聲說：「我對政治根本沒興趣，我只是喜歡寫文章，只是關心社會而已，這也犯法了嗎？說我思想有問題，說我要和黨外組黨？我是哪根蔥啊？我哪有這種能力？神經病！」我雙手握拳在空中揮了揮，憤激地說：「好嘛好嘛，就算我思想有問題、要組黨，那又怎樣？那也沒犯法呀，調查什麼呢？叫你那位同學直接來找我，我沒犯法，我不怕他！」

「陳總，陳總，你不要激動，不要生氣嘛！那種人，這種事，值得你生氣嗎？」老蔡壓低了聲音，把我的手按在茶几上，「不要生氣嘛，陳總，」他掏出紙菸遞了一支給我，「來，抽根菸吧，抽根菸吧，抽根菸壓壓氣。」他說。我推開他的手站起來，坐回我的辦公椅上，拿了打火機把菸斗點著了，長吸了一口菸。

「那種人啊，我說的是我那個高中同學啦，其實也不是什麼壞人啦。那是他的職業，上面交代的、命令的，他能不做嗎？他說。但是，他也說，他絕不會害你。他說，他也讀過你的文章，對你很佩服。因為你文章所寫的都是真的，都是事實。他說，像你這樣的讀書人，他相信絕不會做違法的、傷害國家傷害政府的事。上面叫他來調查，他一定會把這些意見寫上去，會真實地寫，明白清楚地把真相告訴上面。你放心啦，陳總，我那個同學從小和我一起長大，老實的庄腳囝仔，絕不會害你的。」老蔡猛吸了一口菸，隨手把菸灰彈到茶几的菸灰缸裡。

「老蔡，謝謝你把這事情告訴我，」我又吸了一口菸，沉靜地望著他，「你的同學還有講什麼其他的事嗎？」

「有啦，但是這件事我沒同意，我不接受！」他說。

「什麼事？」我看他一本正經的嚴肅的表情，內心其實有些不安，有些惶恐。但臉上卻微笑著，「輕鬆一點啦，沒關係，有什麼大不了的嗎？我們又不犯法，怕什麼！」我說。

「他，他竟然說，說要給我錢，每月給個一萬幾千的。……但，我不接受，絕不接受！他媽的，這是什麼意思？想用錢收買我嗎？竟然叫我每天記錄你講的話、做的事、來往的人，他媽的！他當我是什麼人？可惡！混蛋！……」蔡經理講著講著，聲音不知不覺就高起來了。

「老蔡，小聲點，不要激動啊！」我笑笑地輕輕敲了敲桌子提醒他，「這事是你和我的祕密，不要讓雜誌社裡其他人知道。」

「為什麼？他既找了我，一定也會找別人打聽，怎麼可能祕密？」

「這種事沒什麼了不起，我沒犯法就不怕他調查。但是，我也不希望雜誌社的人為這種事搞得人心惶惶。就當作沒這件事就好了，你懂吧？」我說。

但是，一種揮之不去的陰影卻盤在我腦海裡。一種隱約的疑懼和不安使我幾乎要對每一個人都起疑心了。事情真的搞到我頭上來了嗎？我真的被盯上了嗎？以前在報紙雜誌上寫文章時，就有人好意提醒我，叫我小心，遲早會被特務盯上了。但是，這麼久以來，我並不覺得我有被盯上。我寫文章，純是一番好意和興趣。希望政府能改善，國家能更好，人民能更幸福。上次在《台灣政論》發表談「水滸」的文章，並批評宋江的領導路線，雖然被特務請喝了兩次咖啡。他們的態度似乎也都還好嘛，後來也都沒事了，不是嗎？怎麼可能就盯上我了呢？但是這次，……好像不太一樣。怎麼會找上老蔡當線民了呢？需要這麼勞師動眾嗎？……會不會因為我去《台灣政論》找了林正義，又去立法院找了莊安祥，國民黨就懷疑我要參與黨外組黨的事了？但是，這事，這事有這麼嚴重嗎？

「黎，我下班去找你好嗎？」

「我正要找你，」她在電話中說，「徐老師叫我打電話約你，晚上一起去他家吃飯喝酒。那你找我有什麼事嗎？……」

「沒事，沒，沒什麼事。」我心裡猶疑了一下，為這點小事就這麼緊張了嗎？

「宏哥，你如果有事要私底下約我談，……」

「沒事啦，真的，我是，心情有點悶。」

「那就去徐老師家，你知道他家嗎？你去過，……」她說，「跟好朋友喝酒聊聊，心情會好些。六點鐘以前到。」

這個黎明就是這樣，好討厭！我說沒事，她就真的把電話掛斷了！我在心裡無奈也嘆了一口氣，怔怔地坐在椅子上發了一會兒呆，又猛抽了幾口菸。忍不住，又站起來，在辦公室裡走了幾步，辦公室太小了，又頹然坐到椅子上，不自覺地又把菸斗握到手上想了想，就提了公事包走出辦公室了。

我在南門市場的站牌下駐足了許久，看著市公車和公路局車或往新店或往木柵，一輛一輛開來又開走了。下班的人群已像潮水般湧湧擠擠熙熙攘攘，從身邊滑過來又流過去。天空已由黃昏的金黃色漸漸變成霧茫茫的暮色，再漸漸變成有點將晚的灰灰黯黯了。我的腦子裡一直反反覆覆地想著，「我被盯上了嗎？我真的被盯上了嗎？但是，這又為什麼呢？」恁我怎麼反覆思量，都覺得那是不可能的事，怎麼偏偏又發生了呢？

「啊呀！」我的腰突然被大力撞了一下，痛得我忍不住大叫了一聲。回頭一望，兩個國中生互相激烈地扯撞推扭，周圍的人都紛紛閃開走避了，我一直沒注意就被撞上了。

「怎麼？打架啊？」我大聲喝斥著，一把揪住個子比較大的，使盡力氣把他們拉開了，「哪個學校？不怕記過嗎？」

「肏你媽！你給我記住！」那個身材較小的，咒罵著，跑了。那個身材較高大的也大聲咒罵著，「幹你娘，好膽就勁逃呀！」

「喂，少年的，教官來了，你還不跑啊？」一個五十幾歲的歐吉桑指著街那邊大聲對那孩子說。

「幹你媽，下次被我遇到，就讓你做狗爬！」那孩子猶自悻悻地咒罵著，也快步跑走了。

「唉！現在的孩子，不學好啊！」

「太好命了，不好好念書還打架？」

站牌下的人們紛紛議論著，感嘆著。

我在公路局景美站下了車，在旁邊的公用電話亭給家裡打了電話，就往育英街的巷子裡走去了。那是徐海濤的家，獨門獨院的小宅院。我伸手按了電鈴。

「誰啊？欣欣，你去看看好嗎？」宅院裡傳來徐海濤的聲音，還有熱炒的菜香味。一張圓圓胖胖的孩子臉從門縫向外看了看，「啊，陳宏叔叔，請進來，請進來。」徐海濤的兒子，小學五年級了，長得胖胖壯壯的，黎明一直叫他小帥哥。「爸，是陳宏叔叔啦！」欣欣回頭朝屋裡大聲說。院子很小，我閃身進門，才三五步就到客廳了。沙發上坐著孫志豪，黎明、石永真和徐海濤。

「哈哈，說曹操，曹操就到了，真神啊！」孫志豪望我大笑地說。

「人到齊了。」海濤站起來相迎，笑著說：「大頭第一次來我家，我就想找你們幾個跟他喝一杯。我家裡還有一瓶貴州茅台，半瓶約翰走路。想不到他這麼客氣，也帶了一瓶洋酒來。」他轉頭向孫志豪說：「這，夠你喝吧？」

「我哪能喝那麼多，開玩笑！」志豪笑著說：「每次你們把我灌醉了，回家挨罵的是我。」

「誰灌醉你啊？都是你自己拚命喝，回家挨老婆罵就怪朋友，真沒義氣！」黎明笑著說。

「我是聽說志豪兄很能喝兩杯，陳宏兄也能喝嗎？」石永真坐在沙發上，左腿蹺在右腿上，雙手握著茶杯笑笑地說，聲音低沉充滿磁性，話裡透著幾分特有的禮貌和生分。

「我是喜歡小酌，但酒量不行。」我說：「常被志豪嫌，說我不是好酒伴。」

「哈哈哈，我嘴巴嫌你，其實我最喜歡找你喝酒，就因為你酒量不好，我才能多喝幾杯啊。」志豪大笑地說：「和屈老大喝酒最虧了。他喝起酒來不動聲色，又千杯不醉，一瓶金門高粱，他喝三分之二，我只能喝三分之一，哈哈哈，這不是虧死了嗎？」

「陳宏，你坐，別一直站著。」海濤拉著我坐到他原來坐的沙發上。

「石大哥恢復上班有幾個月了吧，還習慣嗎？」我問。

「老同事大部分都還在，有的都高升了，」他笑著說：「他們都很照顧我，似乎當我是迷路走失的兄弟回家了。但我並不是那隻迷路的羊羔。」

石永真，台灣最優秀的小說家。

那是我在大四那年，逛牯嶺街舊書店時偶然發現的。那家我頗為熟悉的舊書店裡，有一包用舊報紙包起來的書，用毛筆寫了「筆匯」兩個字。

「老闆，這是中國文字學的書嗎？」我讀的是師範大學國文系，注重中國古文字研究，「筆匯」讓我直覺地以為大概跟中國文字學有關吧？

「不是，」老闆說，「那是幾本文藝雜誌，內容很不錯喔，你可以打開來看看，沒關係。」

我拿起第一本，翻了目錄，有小說、散文、詩、繪畫、電影、文藝理論等等。我隨便把一篇名為「麵攤」的小說讀了幾行，立刻被他的文字語言所營造的氣氛和魅力給吸引了。作者叫石永真。那一包雜誌裡，有幾本都有他的小說，還有劉國松的畫和畫論，和一些我不認識的作者的文章。

「可以只買幾本嗎？」

「不行！」老闆說，「總共也沒幾本，你是老顧客，算你便宜一點啦。」

我猶疑著。

「這幾本雜誌我自己也看過，裡面確實有些好文章，像石永真啦、劉國松啦，都滿精采的。」老闆右手搖著羽毛扇，左手拿著毛巾擦汗，笑著臉熱情地說。

就這樣，我經由他的早期小說認識了他。

據說，那時他還只是個在學的大學生而已。那麼年輕就展現了那麼優秀的文學才華，太讓我佩服了。

後來，我考入政治大學中國文學研究所，認識了中文系的屈中和老師。他是石永真從中學時代就過從甚密的知己。從屈大哥那裡，我才知道，那時石永真已經因為思想問題被國民黨判刑十年，被關進政治監獄了。一直到一九七五年，蔣介石逝世，國民黨宣布全面減刑，石永真已被關七年了，才終於重獲自由。

那時，我去他台中的家拜訪過一次。不久前，在屈大哥木柵的家和幾位《文學季刊》時代的文友，都是我的文學界的前輩們聚會，又和他見了一面。

石永真長得頭大肩寬，高大英俊，魁梧中又顯得文質彬彬。聲音低沉充滿磁性。乍看之下，和屈中和大哥有幾分相似。屈大哥都叫他大頭，所以熟識的朋友也都跟著叫他大頭了。

「大頭不是迷路的羊羔，現在迷路的是陳宏啦！」黎明望著我，笑笑地大聲說，「你不是有心事嗎？」我一進屋裡，就覺得黎明一雙眼睛直勾勾地對著我看，我雖然故意不去看她，但她的眼睛卻不放過我。

「陳宏有心事嗎？」志豪故意瞪大了眼睛誇張地望著我，大聲嚷著，「什麼心事啊？在外面亂交女朋友被太太發現了嗎？」

「別胡扯啦！我沒事！」我說。

「海濤，叫大家上桌，可以吃飯了。」海濤嫂仔珊珊從廚房出來，身上還掛著炒菜的圍裙。我立刻站起來叫了一聲「嫂仔！」

「陳宏，你還沒來，他們就在講你了，你們這群朋友還真心心相映哩。」珊珊笑著，熱絡地招呼著大家和兩個孩子。男孩欣欣，小學五年級了。女孩冰冰，小學二年級。都長得眉清目秀。「餐廳太小了，你們就擠一擠吧。我把冷氣開了，人多，太熱了。」珊珊說，「欣欣和冰冰到客廳去吃，把你們想吃的菜挾一些放在盤子裡。」她給孩子各一個盤子指揮著。

「來，歡迎石大頭，大家先乾了第一杯吧！」海濤舉起酒杯說。

「好，乾啦！」志豪附和著，咕嚕一聲把酒乾了。

「你們太客氣了，」石永真笑著說：「謝謝大家，我也乾了。」

「陳宏，你還不乾啊？今天不只歡迎石大頭，還慶祝《夏潮》第一期出刊了，也要為黎明乾一杯。」志豪大聲說，「這個鄭婆子是厲害，《夏潮》雜誌從無到有，都是她一個人。……我孫志豪服了！」

「喂喂喂，不要搞錯了，《夏潮》不是我一個人的，是我們大家的。」黎明也舉起酒杯，笑著說。

「哦？《夏潮》第一期出來了嗎？恭喜妳了！」我朝黎明笑著說，「那是非乾不可了！」我舉起酒杯把酒乾了，喉嚨立刻感到一陣燒辣直通腸胃，臉頰也立刻熱了起來。

「陳宏兄寫黃順興那篇訪問稿真精采，有深度，有內容，又有可讀性。把一個愛國的民族主義者黃順興的精神、情操與內在的靈魂，都寫得感人至深。」石永真讚美地說。

「陳宏，你那篇訪問稿確實寫得好！」志豪也愉快地說：「來，咱們兩個老兄弟也乾一杯。」

「那不是我寫得好，是黃順興這個人本來就精采！」我說，「怎麼你們都看到了，我反而沒看到呢？」

「是我捉他們的公差來幫忙校稿時，他們都搶著要讀你這篇訪問稿。他們也是剛剛才拿到第一期的《夏潮》。」黎明說，「等一下我也會把雜誌給你。」

「好，謝謝妳！」我說，「那天去訪問黃順興是黎明帶我去的，在順興仙的豬寮。」

黎明望著我笑了笑，立刻接嘴說：「那個黃昏，突然寒流來襲，差一點把我們兩個人凍僵了。我們像作賊似地在豬寮的防風林一直等到天黑了，才踩著滿是泥巴的田埂，溜進順興仙的豬寮裡，……」

我微笑地望著黎明，忍不住又自己倒了一杯酒，慢慢地、一小口一小口地喝著，腦海裡浮現出那個已經暮色很濃的寒冷的將晚的養豬寮外的樹林、的田埂，以及那排只有微微亮光的農舍，和黃順興那布滿了額頭和臉頰像刀刻的細溝般的歲月風霜的皺紋。

「少年的，你真好膽哦，外面都是警總的特務仔，你還敢來？」他笑起來，額頭和臉頰的皺紋更深了。

「是嗎？我怎麼沒看到？」我笑笑地說，「我只看到黑墨墨的一片樹林，還有黑密墨的田埂路，坎坎坷坷，差一點就跌倒了。」

把黃順興列入訪問名單是我和黎明共同決定的。事先莊安祥委員曾好意警告過我，說他現在被警總嚴密監看著，任何人和他見過面談過話，都會被警總約談。我問他為什麼？他說因為他女兒的緣故。我要再問。莊委員就用手指在桌上寫了「竊聽」兩個字，又用手指指外面又指指自己的耳朵，表示隔牆有耳吧。嘴巴卻開口小聲說：「你自己要小心謹慎」。後來是黎明比較詳細地告訴了我這事的原委。

原來黃順興有個女兒叫黃妮娜，嫁去日本十年了，已經取得日本國籍。半年前回台探親，再去香港，從香港又去了中國。那時日本早已和中國建交，許多日本人都紛紛去中國觀光。她自以為用日本護照去中國沒什麼問題。想不到再度入台時就被警總逮捕了。因為國民黨認為黃妮娜去中國是父親黃順興授意的。利用她的日本籍身分去北京傳送重要訊息吧？黃順興因此就被警總每天二十四小時跟監了。但黃妮娜堅決否認警總的指控，說自己去中國純屬觀光，而且父親事前也不知情。到現在已經四五個月了，日本政府已連續向國民黨提出七八次嚴正抗議，「日本國民在台沒有犯罪事實，竟遭逮捕，嚴重傷害日本國民正當權益，並傷害兩國政府感情」云云，甚至還召回大使級的駐台文化交流協會主席，使台日關係陷入危機。黃順興的朋友張瑞昌，在白色恐怖時期被國民黨關過十五年的老政治犯，也因黃妮娜案再度被國民黨逮捕了。原因據說是黃妮娜在牢裡僅僅說了曾向張瑞昌表示想去中國觀光。現在黃妮娜和張瑞昌都在警總的大牢裡被嚴厲審訊著。黃順興是現任立委，沒有犯罪事實不能逮捕他，只好二十四小時如影隨形地跟蹤監視他了。而國民黨政府也在國際上承受日本政府巨大的抗議壓力，及國際人權組織發動的排山倒海般的國際媒體的撻伐。但台灣島內卻好像沒發生這件事，因為新聞是被嚴密控制的，根本沒人知道。這個時候去訪問黃順興當然是很招忌的。但是，為了對國民黨的專制獨裁統治表示抗議，我們反而帶著挑戰暴政、維護民主的滿懷正義感的熱情去訪問黃順興了。

那天，到了彰化溪洲黃順興的農舍附近，開始雖然有點緊張，但也有點興奮。廣闊的田埂一稜一稜地排列著，四周種滿了防風林。一棟低矮的農舍旁邊，兩排狹長的豬寮。天還沒有全黑，風吹著，在防風林的樹梢激起「咻——呼！咻——呼！」的號叫。黎明坐在防風林後面的土墩上，身上裹著大衣，圍巾把頭臉都蒙住了，還不停地向雙手哈著熱氣。我頭上戴了毛織的帽子，臉上戴了口罩，上身是毛衣和夾克，下身是一條卡其牛仔褲，冷風和冷氣就從褲管鑽進身體，我兩腳不停地在地上踩著跳著，雙手用力摩擦著臉頰。

突然，一輛摩托車亮著前頭燈，「突！突！突！」地從不遠處的田邊小路上開過去了。

「黃順興怎麼住這樣的地方，他不是現任立法委員嗎？」我說。

「這不是他家，這是他養豬的豬寮。我見過他兩次，第一次在他家，不在這裡。第二次和陳翠一起來，就在這裡，」黎明說：「這裡視野開闊，誰來了，他從農舍都看得清清楚楚，特務只能遠遠監視他。所以，這幾個月，他都一個人住在這裡。」

「但是，警總的特務在哪裡呢？根本連個鬼都沒有。」我說。

「他們啊，就像我們這樣，躲在防風林後面，說不定在喝酒咧。」黎明笑著說，「順興仙大概也是用這個辦法整整他們，報一點老鼠仔冤也好。」

「是啊，整整他們！這些王八蛋！」我附和地笑罵著。

我第一眼見到黃順興，就被他那張滿布皺紋的臉給吸引了。那皺紋不是一般人那種細緻的溫柔的線條，而是一種少有的粗糲的刀刻般的溝痕似的皺紋，從額頭延伸到眼角、到雙頰到下頦，是一張充滿歲月風霜和人性的堅韌不屈的性格的臉。已經在政治上翻滾了二十幾三十年了，以黨外的身分在偏遠的被稱為後山的台東縣當過縣議員，又奇蹟似地贏過縣長寶座，現在回到故鄉彰化後又當選了立法委員的人，卻一點都不像擁有過這種顯赫的政治資歷的人應有的富泰雍容和優雅。反而更像個每天都在田裡耕作後回到農舍休息的農夫那樣，在暗淡的發出微亮的電燈下，在長條板凳上蹺起一隻腿，吸著紙菸，握著一杯高粱酒慢慢地啜飲。難怪認識他的人都說，他不像是個搞政治的人。

「我是一個拿鋤頭的人。」他自謙地說，但又顯出幾分神采飛揚的自豪。「以前讀書人都瞧不起種田的人，認為他們沒知識。其實，大錯了！」他笑著說：「種田人懂的事情多了。他們只是不會表達。」一談起農民的生活和性格，他的話就滔滔不絕了。他對他們那麼熟悉，完全像是在談他自己一樣。他對美國小說家賽珍珠女士所寫的有關中國農民的小說《大地》似乎很熟悉。他引述了《大地》這本書的序文對中國農民的描寫：

「中國農民就像野草一般，在不斷的兵荒馬亂中，任人踐踏、輕蔑、搜括。冬季深深地覆沒在冰天雪地裡，到了春回大地時節，又蓬蓬勃勃地吐出它的新芽！中國農民把那粗而壯的雙腳穩實地踏在大地上，好像深深生了根似的。」

從這些談話中，我才漸漸了解，何以黃順興會那麼喜歡自稱是個「拿鋤頭的人」了。他對農民那種堅忍的生命力和熱愛泥土的深情，懷著深刻的了解和敬意。而這也是作為一個農民出身的政治人物黃順興的性格吧？

「你知道鋤頭嗎？有鋤頭才能使荒地變成良田。」他仰首喝了一杯酒。在寒流入侵的夜晚，用嘴巴的熱氣呵呵雙手，然後把它伸到我面前，「你摸摸看，這就是一雙拿鋤頭的手，」長著一層粗糲的厚繭。「你拿過鋤頭嗎？」他嚴肅地望著我，幾乎有半分鐘之久，臉上才又漸漸漾出一抹愉快的微笑，寓意深遠地說：「你們年輕人要比我們更努力才行。每個人都要握緊自己手上的鋤頭，把愛心在我們生活的這塊土地上，努力開墾。這樣，我們中國才會有希望，我們的子子孫孫才會有出頭的一天。……」

那天的訪問竟然繼續到第二天，天將黎明的時候。農舍和豬寮四周的防風林和田埂還在只有一點點微明的天空下沉睡著。我和黎明踩著田埂坎坷不平的溝路，有點慌張地跌跌撞撞地潛逃出警總特務們的監視網，到大馬路邊攔了一輛路過的計程車。

他竟然連提都沒提女兒在警總大牢的事。我想，也許也因為我這個拜訪者沒問吧？其實，我是很好奇的，心裡很想問，但卻又牢牢記著黎明的叮嚀，「黃妮娜的事情千萬不要提。」

「大頭，你在牢裡被關了七年吧？我很好奇，很想知道你在牢裡的生活情況，……有沒有被怎樣嗎？」徐海濤舉起酒杯，望著石永真說。

「你的意思是說，我有沒有被刑求，是嗎？」石永真輕呷了一小口酒，微笑地說。

「是啊，一個作家被關在牢裡失去自由，那是什麼樣的狀況呢？身體雖然失去自由，但思想是關不住的啊！靈魂一定還是自由的。……但是，你有被刑求嗎？像那些坐過十幾二十年牢的老政治犯所說的那樣，被吊起來毆打、電擊、灌辣椒水、坐老虎凳，甚至被拔去指甲……」

兩年前，我經由黎明的介紹，也認識了黃順興那個老朋友張瑞昌。他是一九四八年台灣二二八事件發生前後被國民黨抓去坐了十五年牢的政治犯。出獄後，身體還帶著被刑求時留下的殘疾，經常不斷地咳嗽，身體也無法完全坐直。他說：「他們把我吊起來，臉孔朝上仰著，用毛巾覆在臉上，然後辣椒水一點一滴倒在毛巾上，我一吸氣，辣椒水就灌進喉嚨，我就不能呼吸了，啊啊啊地慘叫，屎啦尿啦就閃了滿褲底，人就窒息了，昏死過去了。……現在肺裡還殘存著辣椒水，所以一直咳嗽，看醫生也沒用，除非再換一個新的肺吧，……」

我聽他講了之後，曾經在洗澡時試著把毛巾蓋在臉上，然後用水慢慢倒在毛巾上。毛巾一濕了，我立刻就不能呼吸了。再用力吸氣時，水就灌進喉嚨和氣管，立刻就覺得要窒息了。並痛苦地咳嗽。

「我算是比較幸運的吧？……」他望著手上的酒杯，臉上明顯地蒙上了陰影，「有一些人不幸要接受這種考驗。但人很脆弱，通常是經不起這樣的折磨的。……我，還好啦，上帝沒讓我接受這樣的考驗。」他深深嘆了一口氣，說：「但我一直被嚴酷地疲勞審訊。經常五天六夜七天八夜或更長，不准睡覺，連打瞌睡都不行。叫你一直寫自白書，交代你一生所做的事、所交往的朋友、腦子裡所想的一切。相同的事情他可以問你十次二十次，你就必須寫自白書十次二十次，只要有一次與以前所講的有一點點不同，例如時間、地點，或例如人名，或什麼別的任何東西有一點點的不同，他們就會再挖再問，你就得再寫再寫，一直寫一直寫，一直寫到他媽……的，他們滿意了為止。……有些人就因為這樣，精神就崩潰了，屈從了。不但自誣了，還誣攀了朋友親戚同學，……唉！……」他又深嘆了一口氣。

「這，我還不太能想像，……」徐海濤說。

「唉！這都是不幸的人啊！……」

「好啦，好啦！」孫志豪突然大聲說，「你這個徐海濤，這時候幹嘛講什麼坐牢刑求的事？把酒興都破壞了！」

「是！我們喝酒吧！」我舉起酒杯和志豪碰了碰，說，「海濤如果對這，這麼有興趣，叫黎明介紹一些老政治犯給你認識，保證你有三天三夜聽不完的故事。」

「啊，對不起，對不起！」徐海濤也端起酒杯大聲說，「我太好奇了，真的把酒興都破壞掉了。我罰酒一杯，你們都隨意吧！……」

「阿宏，你真的沒事嗎？」黎明那雙清澈的眼睛仍然盯著我，「有事就說嘛，幹麼悶著呢？」

「我，沒什麼事啦，……沒什麼大事！」我說，「難得石大哥來，我們喝酒吧！」

「是不是被特務盯上了？」

我吃驚地望了一眼黎明，「妳怎麼知道？」

「是他們直接找你了嗎？正式約談你了嗎？」

「沒有。是調查局的人找了我們廣告部經理問東問西。」我說。

「哈！那沒關係，不理他就好。」徐海濤大聲說：「我們在座的，哪個沒被盯過？他媽的，又沒犯法，他還能把你怎樣？」

「是啊，那些已經被槍斃的、被關的人，又犯法了嗎？石大頭犯法了嗎？只不過政治意見不同而已，」志豪有點激憤地說：「國民黨這些特務，你不犯法他就不抓你嗎？哈哈，太天真了！」志豪獰笑了一聲，惡狠狠地又獨自把酒乾了。

「現在已不是三十年前了，徐老師講的沒錯，我們沒犯法就不必怕他。但是我們也不能太大意，國民黨的手段還是很毒的。白雅燦被判了十五年，大家知道吧？但是，黃震華聽說又被捕了，現在還沒人知道，……」黎明說。

「真的嗎？黃震華又被捕了？為什麼呢？」石永真吃驚地問。

「今天下午林正義在電話中告訴我的，被捕的原因還不太清楚，」徐海濤說：「也許和《台灣政論》有關。」

「如果跟《台灣政論》有關，應該抓發行人天來仙，或社長莊安祥委員，不然也還有總編輯林正義。怎麼這三個人不抓，反而抓副總編輯黃震華呢？」我說。

「噯呀，這是國民黨慣用的手段，柿子挑軟的吃嘛。」志豪不屑地說：「抓一個最沒實力的，所謂殺雞儆猴！看你那些大尾的怕不怕？」

「哇塞！國民黨真的就這麼無法無天嗎？」我憤憤地說，「那，黃天來、莊安祥和林正義呢？他們有什麼反應嗎？」

「聽說都在分頭找關係去了解、去營救了。」徐海濤說。

「所以，我說我們都要很小心才行。」黎明又轉頭來問我，「阿宏，你認為他們為什麼盯上你？」

「我不知道！我原本以為是我寫的文章讓國民黨不爽、難堪，如此而已。但是，後來我覺得，大概和黨外人士接觸有關吧，他們也許以為我在聯合黨外人士要組黨吧。這很可笑，不是嗎？我對政治根本沒興趣，組黨還輪得到我嗎？我算哪根蔥啊？神經病！」我說，「現在《夏潮》第一期出版了，我寫了黃順興訪問稿，國民黨的特務們一定會更火大了。」

「這些事有可能，但也不必太緊張，」石永真用他低沉穩重的聲音安慰我說，「他們都還只在外圍蒐集你的資料而已，都還沒正式約談你。沒關係，以後小心點就好了。不會有事的。」

「但陳宏第一次碰到這種事，心情難免慌恐不安，」珊珊說：「海濤第一次被約談時，我緊張得晚上都睡不著，心想孩子還這麼小，他萬一被捉坐牢了，我們一家怎麼辦？我又沒工作，……」

「是啦，這次我的心情確實有點不一樣。」我說，「在《台灣政論》第一期發表談宋江那篇文章，特務兩度找我在咖啡廳喝咖啡時，我心裡一點都不緊張。但這次，就是今天嘛，我們雜誌社的蔡經理跟我坦白說，他在調查局的同學找他當線民，要他調查記錄我每天的言行，我內心就一直感到不安、覺得有陰影有壓力，所以才想找黎明聊聊，……」

「阿宏，你會被盯上，你自己應該也是早有覺悟的吧？」黎明說：「就像你常說的，我們又沒犯法，不必怕他！因此你就不必太驚慌了。也如徐老師說的，我們這幾個人，哪一個沒被盯過？我和志豪都是從小就被盯到現在，石大頭是坐過七年監獄的，徐老師也在警總待過二十四小時。可見，這個時代活在國民黨統治下，有理想有熱情有良心的，都會成為國民黨特務掠捕的對象，而這不就是我們要努力改變的嗎？我們寫文章辦雜誌不就是要喚醒更多人覺悟，大家一起來共同努力嗎？我們不孤單，背後有許多人支持我們。我們的路現在才開始，還很長，也很艱苦，但是，我們一定會贏的，我們要有信心！……」

「黎明講得精采，」海濤站起來拍手，端起酒杯大聲說，「陳宏，不必緊張！我們又沒犯法，怕他什麼？來，喝酒！」

志豪捲起衣袖也大聲說：「我這個頭，為了國家民族人民，砍了也不怕，還怕他什麼王八蛋的警總調查局嗎？陳宏，」他端起酒杯叫了我一聲，「免驚啦！來喝酒，大家一起喝酒！」

「來來來，珊珊和黎明也都把酒喝了。」海濤端起酒杯笑著向女士們說。

我一整個下午原本有些驚慌不安的心情，因為這些明友們的熱情鼓舞，而漸漸寧定了，服帖了，甚至變得有點振奮激動了起來。

「是的！我不怕他！」我大聲說：「你們都不怕，我還怕嗎？他媽——的，我不怕！絕不怕！」

那天晚上，我帶著這樣的心情回家了。母親和淑貞和孩子們都睡了。我輕手輕腳走進書房，躺在鋪著被褥的榻榻米上。曾經請我喝過咖啡的調查局和警總的特務們的影像，以及我所認識的老政治犯們的影像，模糊地凌亂地在腦海裡不停閃現，直到許久，我才意識模糊地進入夢鄉。

這事情發生後大約一個星期，我下班回家，竟意外地看見已經好多年不見的小表哥李銘德坐在我家簡陋的客廳沙發上，和我讀幼稚園的兒子一起在看電視上的兒童節目。

「阿宏，終於等到你回來了。」他揚起明顯地向外翹起的下巴，笑笑地站起來，「我想來看看三姨仔，沒事先跟你打電話，應該也不算太失禮吧？」

「哪裡，不必客氣，好多年不見了，請坐吧！」我一面微笑著，一面叫著兒子，「有沒有叫表伯啊？這是爸的小表哥吔。」

「叫過了，表伯，」兒子又叫了一聲，邊目不轉睛地看著電視，邊應著，「阿嬤有講啦。」

「你這兒子長得好漂亮好聰明。」表哥笑著讚美他。

「媽媽呢？還沒回家嗎？」

「阿嬤說，媽媽先去周姨婆家接妹妹，等一下就回來了。」

「我們家還有一個小女兒才兩歲半，白天託一個朋友的母親帶，我們下班才接回來。」我向表哥說：「你先坐，我去廚房看看我媽，等一下就請你和我們一起在家便餐吧。」

「不必不必，我剛有跟三姨說了，我等一下還有事，不麻煩你們了。」銘德表哥笑笑地說：「其實我是有事來找你的，我們就外面找個餐廳聊聊。由我來請吧。」

「那怎麼行？這麼多年不見，你來是客，怎麼能由你請？開玩笑！」我說著，人已走到廚房了，望著母親有點痀僂的背影，「阿母，我回來了！」

母親轉過身來，說：「銘德仔來找你，……」

「三姨仔，我和阿宏出去一下，」表哥在我身後說：「我來找阿宏講一些事情。」

「那也要吃飯呀，我飯都煮了。」母親說。

「免啦，阮很快就會回來。」

我看銘德表哥很堅持，心想，這樣也好，他說有事找我，不知是什麼事？「阿母，那我就請表哥去外面餐廳好了，淑貞回家，就勦等我啦。」我說。

「噯咦！這個銘德仔怎麼這樣呢？我飯都已經煮了……」母親跟在後面叨念著，「話都還沒跟你講，你就要走了？」

「三姨仔，我還會再來看妳啦！」

「爸爸再見，」兒子坐在沙發上繼續看他的卡通節目，瞄我一眼，揮揮手。

「也要跟表伯說再見呀，」我提醒他，「媽媽不是都教過嗎？要對客人對長輩禮貌。」

他有點憨憨地尷尬地笑了笑，站起身來，再一次揮揮手說，「表伯再見！」

從我們家的忠順街四十七巷走出去就是木新路了，向右轉是景美女中，向左轉就是往政治大學的方向。木新路上有許多家常的小餐廳，據說都滿物美價廉的。但我們家因為有母親同住幫忙打理三餐，所以很少在外面餐廳吃飯。三天前，王志軍聽說我被調查局盯上了，就約了孫志豪、黎明和一位年輕的《夏潮》的編輯吳福成一起到我家來慰問我。他們就指定要吃木新路上那家「過橋米線」。

「怎麼？你住在這這裡，竟然不知道這家過過橋米線？行情有夠夠差的了，」志軍有點結巴地笑著說，「我們報社同仁交交了稿，常常捉了有車的同事開了車來來這家吃消消夜，還真不賴！不是蓋蓋的！」

志軍和志豪都是台中一中畢業，差一個班次。志豪讀台大哲學系，志軍讀台大農學院森林系，因為愛寫文章，畢業後就當了《中國時報》的記者。一九七一年十月中華民國退出聯合國，全台灣舉國震動，許多高官巨賈都紛紛變賣家產把錢存到外國銀行，甚至移民歐美。這時，志軍剛好也申請到美國愛荷華州立大學農學院的全額獎學金，眼看就要出國了。這在當時是人人豔羨，求之唯恐不得的美事。他卻在這時寫了一封信給美國愛荷華大學校長，表示台灣因為退出聯合國，舉國上下已陷入恐慌不安。在國家遭遇危疑震盪的此時此刻，他身為國民之一分子，必須留在台灣與全國人民共赴國難。因此，他感謝愛荷華大學的好意，遺憾地退回給他的全額獎學金。這封信被《中國時報》全文刊登了，引起全國熱烈回響，《聯合》、《中央》、《中華》、《新生》等報也都競相報導。當時行政院副院長蔣經國也特別約見，給予高度肯定和勉勵。一下子，儼然成為台灣愛國青年的楷模和典範。十一月，由他起草了一份共同聲明〈這是覺醒的時候了！〉由志豪和我，以及台大為主的十幾個年輕教師、研究生、大學生共同連署，發表在當時最具影響力的《大學》雜誌上，我們宣誓要「與台灣一千六百萬人共存亡，同生死！」在那聲明中我們曾經大聲呼籲：

現在我們確知有少數資本家已將其財產存入外國銀行，並將資金轉到外國投資。而這些台灣的資本家，是我們全體國民忍受了農村的凋敝、勞工的低工資、軍公教人員的清苦生活所培養出來的。他們有義務與台灣的命運認同，我們也有權利制止他們將全國百姓血汗所累積的一點資金攜走。因此我們主張政府以鐵腕手段，制止資金外逃！嚴懲貪官汙吏！

這個王志軍除了頭顱奇大之外，長相可說平凡，近乎其貌不揚。又不修邊幅，頭髮糾結蓬鬆，亂如鳥巢。講話又有點口吃，但為人行事特立獨行，卓識不凡。所以我常說，人不可貌相，都以他為例，對他特別敬重。他又嗜書如狂，每天泡在書堆裡，寫起文章來都是引經據典，特別顯得書呆子氣。我笑他沒把胡適的文章讀通，胡適早已在提倡白話文時就教我們不要引經據典，但他偏偏喜歡這一套。他曾自誇，「我的最高紀錄，一個月讀完二十本書，中英文各半。」

木新路這許多餐廳，我就那天和志軍們第一次吃過那家「過橋米線」。所以我也只好帶了銘德表哥進了這家餐廳。雖然不是假日，餐廳裡竟然也有七八成滿。

「生意還真不錯的樣子，」表哥笑了笑，似乎頗為滿意地說：「就這一家吧。」

銘德表哥的父親，我的大姨丈是日本時代的老師。我記得在他們家二樓大廳有一張大姨丈很大的畫像，臉型狹長，下巴有點向外翹，像戽斗那樣，和小表哥像極了。大姨丈穿著黑色的官服，戴著帽子，腰上還掛著一把劍。臉上沒有笑容，很威武，又很文雅的樣子

我對姨丈記憶最深的，大概是我考上師範大學那年的夏天吧？我陪母親去姨丈家，上了二樓大廳時，看見銘德表哥直挺挺地站在他家客廳的祖宗牌位前，姨丈神色嚴肅地對他訓話，那些話到現在為止，我都還記得牢牢的，而且，到現在為止都還影響著我的一生。他說：

「現在，你已經警官學校畢業了，要去做警官了。我現在告訴你的話，你一定要牢牢記在心裡

啊。日本警察是很欺負台灣人的，你爸當年也曾因為這樣和日本警察衝突過。還好我是老師，不然……」姨丈拄著拐杖，年齡體態都明顯地老了，但語氣卻仍然硬朗，「做警官就是要保護百姓，愛護百姓！做警官就是不能做違法的事，不能貪汙愛財！你聽過現在百姓怎麼說國民黨的警察嗎？專門刁難百姓！為什麼刁難百姓？就是要百姓送紅包啊！銘德仔，你是我最小的兒子，俗語講，老父疼幼囝，你們六個兄弟，我內心最疼的就是你啊！我希望你做警官要正直清廉，千萬千萬不能違法貪財啊！……」

「阿宏，我們有幾年不見了？」表哥邊吃菜喝酒，邊微笑著，有點感慨地說：「從你考上大學那年算起，有七八年了吧？」

「不只吧？應該是十年了。」我說：「這麼多年了，你現在官拜何職？在哪個單位啊？」

「噯！說起來話長，再喝一杯吧！」他說。

原來，他從警官學校畢業後，第一個工作就被派到基隆海關緝私科，專門捉偷渡走私，因為這與國家安全有關。而他讀的正是警官學校的國家安全系。當年，大家生活都窮，民生物資普遍匱乏。所以走私很盛行。海關的緝私單位在一般人眼中是個肥缺。因為走私販仔為了安全起見都會送紅包，上上下下一起打點。偏偏這個銘德表哥幼承庭訓，個性也還正直，真的如姨丈當年所教示要求的，正直清廉。這在海關緝私單位簡直就是異類。他既不拿錢，又要求依法照章行事，很多走私貨就過不了關了。私貨販仔雖然上下都送了錢，他這一關不過，錢就等於白送了。因此，在單位裡，他就是擋人財路的壞腳色了。於是，上上下下聯合起來排擠他，向上面講他的壞話，打他的小報告。當時他又剛結婚不久，很想在工作上有所表現，以取得太太的歡心和尊敬。但三年下來，卻頻遭打擊，簡直痛苦不堪，到幾乎夜夜失眠，神經都衰弱了。後來他就被調去台中了，不久又被調去高雄。

「現在，不瞞你說，我在警備總部保安處當一個小單位的副組長。」他說。

「副組長？很大吧？手下有幾個人啊？」

「我也不怕你笑，跟我警官學校同班的，現在都已有人幹到處長了，而晚我五六年的學弟，也有人幹到組長了，你還說我這個副組長很大嗎？」銘德表哥講得有點感傷無奈，「我也不是沒能力，要拍馬屁同流合汙難道不會嗎？就是太受我老爸的影響了，所以走到哪裡都被排擠打擊。稍微愛護我的長官都肯定我的能力和負責，但也都勸我，不要那麼不合時宜了，這年頭不合群是走不通的。但，我的性格已經是這樣了，怎麼改呢？」

「表哥，來，喝酒吧！」我安慰他說，「對得起自己良心最重要了。」

「其實，我今天是有事情來找你的。」他說：「不是上面叫我來，是我自己要來的。……因為兩個星期前我參加了一個專案小組會議，討論和黨外人士有關的一些事情，其中就有一些你的資料。我很關心，所以，……」

「哦？關於我的資料嗎？說什麼呢？」

「對不起，我不能說。但是，……」他喝了一口酒，很嚴肅很認真地望著我，說，「總之，很嚴重！你千萬要小心，人家已經盯上你了，你的資料有這麼厚，」他把手從桌面抬到頭上的高度，帶點責備地說，「你為什麼要跟黃天來、莊安祥、林正義這些人來往呢？這些人都是台獨分子。而且你也和黃順興、石永真、孫志豪、徐海濤、鄭黎明他們來往，這些人都是和中共有關係的左派。

一個罪名就夠你死無葬身之地了，你還同時有兩個。你到底怎麼樣了呢？」

「什麼事情怎麼樣了？又是台獨，又是中共，又是左派，你在講什麼跟什麼嘛，我都聽不懂！」我說：「我對政治完全沒興趣，我只想寫文章，寫我的小說和報導文學，如此而已。竟然就說我是台獨，又說是左派，你們不是神經病嗎？」

「陳宏陳宏，我不是來和你辯論，更不是來和你吵架。我是關心你啊。你知道人家開會時怎麼講你嗎？是很嚴重的！你不要不知死活。聽我好意相勸，不要再和那些人來往了，也不要再寫那種文章了。你會被捉去關的，我告訴你！」

「好啦好啦，表哥，我知道你是好意。但是，我沒犯法呀，你們憑什麼捉我？莊安祥、黃天來、黃順興都是現任立法委員，徐海濤孫志豪都是台大教授和講師，他們如果是台獨是左派，有犯法，你們就去捉啊！……」

「好吧，阿宏，我純粹是一片好意才來勸你，你要不聽，我也沒辦法啦！你就自己小心點了。」銘德表哥把最後一杯酒喝了，有點生氣，也有點無奈地說。然後，搶著去把酒菜錢付了。我拉住他衣袖，跟他搶著，但終究還是讓他給付掉了。

「不好意思，你來我家，還讓你付錢請客。」我說。

「這都是小事，你免歹勢。我剛剛講那些才是大事，你一定要記住，自己多保重！」他緊握住我的手。我確實感受到他對我那份有點急切的關愛之情，頗令我感動。但是，但是，……送表哥坐上車，我獨自站在街上怔怔地望著來來往往的車輛和行人，望著漆黑的天空和幾顆閃爍的星光，商店差不多都已經關門打烊了。夜已經很黑了，母親和孩子想必都已經睡了，但淑貞也許還等著我吧。最近調查局盯住我的事，我都沒跟她說。今天表哥講的這些事，我是不是也不要跟她講呢？她白天上班，晚上帶孩子都已夠辛苦了，何必再讓她操心呢？

但是，我最近以來的所作所為，真的這麼嚴重嗎？不過是寫寫文章，而內容無一不是事實。即便寫的是小說，也都有事實作根據，怎麼這就犯忌了呢？至於跟黨外人士來往，這也算犯法嗎？真是奇怪了！他們講的做的都讓我佩服得很，自由、民主、法治、人權，這些難道不是一個人……一個堂堂正正的人應該擁有的權利嗎？調查局派線民來調查我也就算了，怎麼連我所尊敬的姨丈教育出來的從小就很親近的表哥，也那麼近乎嚴厲地警告我呢？這個社會怎麼了？是不是有病了？明明是好人，卻被指控為壞人。明明是害人的事，有權力的人卻明目張膽肆無忌憚地做了。

我突然又想起志豪、志軍、海濤、黎明和石永真、屈大哥們了。我仰首望天，天空雖然已經漆黑如墨，但還有幾顆星星在閃亮著。天空因為這樣才顯得美麗迷人，才能給人一些夢想，不是嗎？人世間，難道不是也應該這樣嗎？

第五章

那天到達木柵路屈中和大哥家時，已經下午四點左右了，比約定的時間遲到了大約一小時。來開門的是屈嫂仔。

「對不起，我遲到太久了。」我說。

「沒關係，石大頭也剛剛才到。」屈嫂仔說。

我還在門外，就聽見一個廣東腔的國語說，「你們怎麼這麼不守思（時）呢？這樣辦事怎麼會有效率呢？我們搞數學的，一個小數點都不能錯。而你們搞文學的，小數點少一個多兩個都差不多。中國不能強，就係（是）因為這樣子啊，胡適之諷刺的差不多差不多，三點和四點其實係（是）差很多的。」

「係係（是是），我錯了！我不該遲到，對不起，我改，一定改！開會遲到真係（是）壞習慣！」我一進門就看見石永真站得直挺挺的，嘻皮笑臉對那個講廣東國語的人說：「唐大俠，下次開會如果再遲到，我就他老子的，王八蛋！」

「好啦好啦，沒人要叫你做王八蛋。哈哈哈，才罵了一個又來了一個，你們你們這係（是）怎麼搞的呢？這個這麼年輕還遲到更久，真係一代不如一代啊！」

「老唐，你別再教訓人啦，陳宏是從高雄趕來的，而且他也事先報備過了。」屈大哥替我緩頰說。

「對不起，從高雄醫學院趕回來，讓大家久等了。」我向大家一鞠躬，道歉地說。

「沒關係啦，我先替大家介紹，」屈大哥說，「這位年輕朋友叫陳宏，是我們政大中文研究所的學弟，喜歡寫小說，是石大頭的崇拜者，已經出版兩本短篇小說集，因為年輕有幹勁，所以我也邀他加入我們《文季》當編輯。」

「很好！我熱烈歡迎陳宏兄加入《文季》」，石永真拍手誠懇地說，「從《文學季刊》時代到現在，寫來寫去就是我們幾個，像黃春明啦、王禎和啦……現在是需要一些年輕人進來了。除了陳宏之外，像蔣勳、奚淞，還有更年輕的嗎？都可以邀請啊！」

「石大頭說得好，蔣勳的詩、散文和評論，奚淞的小說、散文和版畫，都很優秀。」屈中和笑地對石永真說：「蔣勳還是你當年在強恕中學教英文時的學生，他和奚淞都已答應做《文季》的同仁。」

「那很好啊！屈代（大）哥不愧是《文學季刊》以來的掌舵者，你老杉（兄）幹得好極了。這下子你石大頭總該服氣了吧？」那個唐大俠露出一嘴大門牙，揚著一頭亂髮，既興奮又熱情地叫嚷著。

「俺對中和大哥一向都是服服帖帖的，他叫俺立正俺不敢稍息。俺對他服氣還用你唐大俠說嗎？咱們可是二十幾年以上的交情了，從中學時代，……」

石永真今天和那位唐大俠的對話始終嘻皮笑臉，除了顯示他們很熟悉之外，也展現了和他平時的莊重沉穩很不一樣的另一種人格特質和魅力。

「哦哦哦，我基（知）道了，你們都係（是）台北成功中學的同學。」

「是！中和大哥高我一班，我是學弟。」石永真說，「後來他讀政大，我讀淡江，搞了《筆匯》三天兩頭就來催稿，這樣被他逼著逼著，就只好下海寫小說了。」

「憑這點，屈代（大）哥應再記一大功，不然台灣今天怎能有一個寫小說這麼好的石永真呢？」唐大俠又鼓掌又嚴肅地說：「必須先有偉大的編輯，才有偉大的作家。沒有伯樂，哪能有千里馬？」他轉首對旁邊一位長相很斯文、身材稍瘦，一直微笑著聽大家講話的稍許年長的男子說，「何代（大）哥，你說係（是）不係（是）呢？」

「確實，中和這麼多年來從辦《筆匯》到《文學季刊》、雙月季，前後也有十幾年了吧？雖然時斷時續，也確實替台灣文壇發掘培養了許多傑出的作家。我就因為這樣，一直很佩服他。」那位被稱為何大哥的人說。

「好啦好啦，這個唐大俠老是愛胡搞亂纏亂插話，還是讓我先把大家介紹完了再來聊吧，」中和說，指了指那位何大哥說：「這位是政大西語系何欣教授，這才是我們真正的老大哥，長期來對我們的鼓勵協助，我感受最深。還有這位，」他又指了指那位髮如亂草，笑起來就露出滿嘴大門牙的廣東漢子，又認真又戲謔地說：「頂頂大名的歸國學人，數學大博士、詩壇大怪傑，日前在報章雜誌大力批判現代詩的僵化、墮落、逃避現實等等，筆力萬鈞橫掃千軍的大俠，唐文標唐大俠是也！……」

「原來他就是唐文標！」我心裡叫了一聲慚愧！真是有眼不識泰山。不久前，我至少聽過兩個我極為敬重的朋友跟我講過唐文標此人。一個是王志軍。

志軍嗜書如狂，在台北文化圈是出了名的。他說，竟然有一個唐文標，不僅愛讀書，而且更愛送書。「這這書很有趣，送給你念。每次和他見面，他都這樣說，然後或一本或或兩本，甚至三三四本的書就往你手上送來。確確實怪咖一個，數學博士，在台大教教高等數學，卻寫詩，從年輕到現在，從未停過。也也寫詩評，罵自己、罵別人、罵整個詩壇，從不手手軟。博聞強強記，任性好俠！」志軍略帶結巴地說：「有一次跟跟我談德國法法蘭克福學學派，極為仰慕。竟邀我找幾個朋友來研究研究，我們也來像法法蘭克福學派那樣，搞個大台北學學派如何？我本來笑他自自我膨脹。但傾傾談之下才發現，他其實已有有很實際的構想。他認為台灣夾在中美兩兩大強權之間，雖被他們牽制，卻也可可以吸收二者的作為，作一深深入的反反省和探索，也可藉此綜合東西文化，作一個多多元性的開開創。他對於台灣上上下下沉迷自豪於亞洲四四小龍的成就，表達了很深深的憂慮和強烈的批判。說那樣的經濟發展下的文文化，根本就是只為今今天，沒有明天，也沒有希希望。這些意見，都很有深度很有見解，是個了不起的好好咖！……」

另一個跟我談起唐文標的就是屈中和大哥了。上次他邀我擔任即將創刊的《文季》雜誌的編輯時就談到了唐文標，「這是個性情中人，個性直爽豪邁。第一次在我家見到黃春明，就直說他的〈蘋果的滋味〉寫得有問題，不該讓那個被美軍撞傷的人住在美國海軍醫院裡，家裡人去探望，不該讓他們趁機扯了一疊衛生紙拿回家，有失中國人的尊嚴。兩個人因此就吵了起來。但後來，他卻成了春明的好朋友。這就是他愛之深責之切的真性情。他對海峽兩岸的政府也是懷著這種恨鐵不成鋼的心情，事事都關心，也事事都批評。他不屬任何黨派，不左不右，也又左又右，是一個理想主義者，浪漫主義者。酒喝多了義憤填膺就成為激進派，冷卻以後又成為虛無主義者。他不畏權勢，也不懂什麼人情世故，……」

「原來你就是唐文標唐大俠，難怪連石大哥你都敢教訓，小弟實在是失敬了！」我起身畢恭畢敬地向唐文標鞠了一個九十度的大躬，笑著說：「唐大俠的俠名早已如雷貫耳，不只因為我讀過你批判現代詩的幾篇文章深感佩服，我也聽過我的至交好友王志軍和屈大哥都跟我講過你的一些英雄事蹟。」

「嗳呀嗳呀，這個屈代（大）哥，你別聽他胡說八道。他們就係（是）愛開我玩笑，講一些事情作弄我，你千萬別讓他們給騙了。」

唐文標竟然有點靦腆地急著要辯解。然後又很正經地說，「我也讀過你的小說和報導，我喜歡寫實主義，不喜歡那些逃避現實的東西。但是，太寫實也不好，也要加一點想像和幻想，……」

「對啦對啦，老唐這就講到我們今天要談的主題了。我們要辦一本什麼樣的《文季》呢？今天請大家來，就是要討論這個問題。」屈大哥笑笑地對大家說。

「就我們這幾個嗎？」石永真說：「我還以為春明、禎和和老七（七等生）、老雷（雷驤）這些老《文學季刊》的人都會來。……」

「編輯群就我們五個了，其他那些《文學季刊》時代的老朋友，以及蔣勳、奚淞都是我們的作者群。我們要先確定我們雜誌的宗旨和方向。」屈中和說。

「我看這樣吧，就由中和你起個頭先說吧。你一直是《文學季刊》的掌舵者，《文學季刊》和雙月刊都停了這些年了，永真回來了你又興起再辦《文季》的念頭，一定有你的想法了。你就先說吧。」何欣溫煦地笑著對屈中和說。

「好吧，那就先由我來說吧。」中和先指了指唐文標說：「其實再辦一個文學雜誌並把它取名為『文季』都是老唐先起的意，我們已經討論過幾次了。現在台灣的文學風氣有幾種現象，一就是太受歐美文學的影響，沒有民族的個性，也沒有地方特色。二是太個人主義，只注意個人的感情、情緒，而忽略社會大眾共同的心聲。因此就產生了第三種，充滿虛無頹廢、縱情聲色、逃避現實的文風。所以，我們要辦的這份《文季》，就要再一次樹起寫實主義的大旗。」屈中和停頓了一下，望了望大家，才又神情嚴肅地說，「藝術工作者必須對他生存的環境有所了解，必須植根於所居之土地與現實生活中，寫出民族的、人民的心聲。這樣才有助於國家社會的進步，有助於人民生活之幸福。我們辦這個雜誌不是要孤芳自賞，不是要摸仿抄襲西方的價值觀和生活方式。我們要建立自己的文學，要有我們的民族性，也要有我們的地方特色。大概就是這樣的吧。」屈中和沉穩地、清晰地、有條不紊地講完了，又朝唐文標大聲說：「老唐，你有要補充的嗎？」

「沒有啦，你屈代（大）哥已經講得明明白白清清楚楚了，」唐文標望了望何欣和石永真說：「我想聽聽你們的意見。」

「中和已講得很明白了，我完全贊成。」何欣笑著說：「現在最重要的是要有人寫才行。除了幾個《文學季刊》時代的老朋友之外，永真回來了，再加上陳宏、奚淞、蔣勳，還有唐文標，這個陣容應該可以了。」

四個月後，《文季》創刊號出版了。那天下午，屈大哥邀約了幾個作者和編輯到他木柵的家小酌，以資慶祝。這時卻闖來一個不速之客，《中國時報》人間副刊主編、我的老友高信疆。他手上提了兩瓶洋酒「約翰走路」，一進門就開門見山地說：

「我是為人間副刊特地來向各位長輩、各位兄弟們邀稿來的。不論小說散文詩歌戲劇評論等等，人間都來者不拒，而且稿費從優，……」

「喂喂喂，老高，你這不係（是）來拆《文季》的台嗎？你明基（知）《文季》發不起稿費，你卻在這裡宣布人間副刊稿費從優。大家都跑去你人間寫稿了，《文季》怎辦呢？」唐文標在場立刻大聲抗議說。

「沒關係，沒關係，信疆當了人間主編和《文季》就是兄弟了。他們讀者多影響力大，《文季》同仁的文章人間願意登，我們也求之不得啊，」中和笑呵呵大聲說，「來來來，借信疆的酒，賀他升任人間副刊主編，我們《文季》的主張在文化界就不會那麼孤單了。」

「屈大哥的胸襟氣度不愧是大哥，我乾了這一杯，向屈大哥表示敬意，也謝謝各位的支持。」信疆端起桌上的公杯，旁邊的唐文標立刻拉住他的手叫道：

「這麼大一杯，你可以嗎？不要醉得不省人事啦。……」

「等一下我還要回報社上班，怎麼能醉？」信疆仰首「咕嚕咕嚕」地把一大杯「約翰走路」乾了。

「乖乖，爽快！這傢伙可以一起上梁山了。」唐文標大聲說。

「信疆兄，很冒昧請教你一個問題好嗎？因為我遠行才回來不久，雖然也讀過你編的『海外專欄』，但對你將要如何主編人間副刊還不太了解，能否請你說明一下？」永真微笑著，以他慣有的禮貌的態度說。

「石大哥，今天雖是我們第一次見面，但我對你神交已久了。你的每一篇小說，從〈麵攤〉開始，我幾乎全都熟讀了。你進去裡面這些年，我也經常聽屈大哥談到你的一些事，我對你是十分景仰的。今天這個場合很難得，我就藉這個機會在諸位面前誠實自剖一番吧。」信疆微微紅著臉，誠摯地說：「我一直自許是個擁抱台灣，熱愛中國，胸懷世界的編輯人。因為熱愛中國，所以在『海外專欄』就大膽突破禁忌刊登大陸作家的文學作品。為了擁抱台灣，我已在人間副刊開闢了一個『現實邊緣』的專欄，以報導文學的形式書寫台灣的現實生活和環境。所以，我對《文季》創刊號所標舉的文學的寫實主義，呼籲作家要根植於所居之土地與現實生活中，要對所生存的現實環境有所了解與反映，我是百分之百地認同，高舉雙手百分之百地贊成。今後，就請文季的前輩和兄弟們跟我一起來耕耘我們所居住的『人間』這塊土地吧！我一定不會辜負大家的期待，……」

「好，說得好！」石永真站起來熱烈地鼓掌，高興地說，「好一個擁抱台灣，熱愛中國，胸懷世界，了不起！」

這段時間，我就因為這些因緣際會，而得同時在《文季》、人間副刊和《夏潮》雜誌發表各類文章了，包括小說、評論和報導。這是我一生中創作力最旺盛，發表文章最多的時候。這時，我也把調查局和警總調查我的事漸漸淡忘了，而一心一意從事我的寫作。

有一天下午，我正在南門市場等車時，突然有人從背後叫了一聲「阿宏！」我轉頭一看，竟是好久未見的銘德表哥。他笑著臉，揚起他有些戽斗的下巴，「這麼早就要下班了嗎？」他問。

「你怎麼會在這裡？」我心想，他不會是故意在這裡等我的吧？「這麼巧？」我說。

「剛剛來這附近辦點事，這麼巧就遇見你了。」他熱絡地說：「我剛好也有事想找你，要不要就在附近找個地方聊聊好嗎？」

我突然敏感地起了戒心，「你是不是又想說什麼了？」

「表兄弟聊聊，我又不害你！」他說，指了指旁邊一家小店，「就在這裡吧，吃個小點心，聊聊。」他拉著我的手殷勤地說著，走進小店。

「老闆，來兩籠小籠包，兩碗酸辣湯，切點豆乾、豬頭肉、海帶，還有花生、小黃瓜。還有，來一小瓶金門高粱。」他朝店裡大聲說。

我不置可否，默默望著他，心想，他到底想幹什麼呢？

「說來你一定不信，上次去你家，是我自己想去的。這次是碰巧遇見。」他幫著把餐具擺好了，「你最近好像很紅喔，文章一篇一篇地發表，不簡單啊。」他說。

「我的文章你讀過嗎？」

「有讀過幾篇啦。」

「讀過我的文章應該就知道我沒什麼問題吧，我都是好意善意，盡一個知識分子的言責，希望政府更好，社會更進步，而且，也努力在發揚台灣的文化特色……」

「我知道你是好意善意。」他在小碟子裡倒了醬油和醋，手提酒瓶，「要喝一點嗎？」

「我不喝，一喝臉就紅了。」

「我喝一點，」他把小酒杯倒滿了，「現在晚上不喝點酒就睡不著，也睡不沉。」他仰首把酒乾了。

「現在調查局還派人盯著你嗎？」

「我不知道。不知道蔡經理有沒有向調查局寫報告。」我說，「如果有，我也不管了，無所謂，反正我又不犯法，不做違法的事，心安理得，怕他什麼！」

「阿宏，你太單純了。」他又喝了一杯酒，挾起一個小籠包，沾了醬油在嘴邊吹了吹，大口吃了下去。又回頭指著放小菜的櫃子向夥計說：「怎麼水煮花生和豬頭皮還不來？」

「好好，水煮花生和豬頭皮，來——咧！」夥計手腳俐落地邊應著，邊把小菜端到桌上。

「你以為你不犯法，不做違法的事就可以不怕了？沒事了？我告訴你，我在這種單位這麼久了，越待越害怕！」他說。喝了一口酒，又挾了一塊豬頭皮在嘴裡嚼著，「黃震華又被判十年了，你知道嗎？……唉！政治這種事，……」

「什麼？？判十年？」我吃了一驚，忍不住憤憤地說，「你們國民黨實在，……沒天沒良！沒血沒淚！……」

「再拿個小酒杯來，」他吩咐夥計，又轉頭對我說：「陪我喝一杯啦，自己一個人喝沒意思。」

「我不搞政治，我對政治根本沒興趣，我只想寫文章，難道，你們也因為這樣就要捉我嗎？」

「但是，你寫的文章都與政治有關啊，」他說：「你最近紅起來了，你越紅，人家就越注意你。你的資料又比上次增加很多了。」

「我哪有寫什麼與政治有關的？除了政治人物訪談之外，我也沒寫什麼啊。難道我寫朱銘，寫洪通，寫陳達，這些都是台灣民間的藝術家，是台灣之光啊，也不行嗎？」

「行不行，不是你陳宏決定的，是人家決定的。就說你剛才講的這三個人吧，為什麼只寫他們？為什麼不寫中國大陸來的？不寫外省的？美其名是擁抱鄉土，實際上是在偷渡台獨意識嘛！人家是這樣解釋的，是這樣看的！你還說你沒犯法，你不怕？我都替你緊張死了。」

「哇塞！原來你們是這樣看的，那太可怕啦！」

「阿宏，在我們的單位，我會盡量替你照看著。但是，別的單位我就說不上話了。尤其是政戰系統。現在文化界的事大部分由他們在管，你真要小心了，調查局警總也只能聽他們的，人家是上面的親信啊。」他挾了幾顆花生，又吃了一片豬頭皮，嚼著嚼著，仰首又喝了一杯。

「那——，要都這樣解釋的話，所有寫文章的人不是都要被調查、被捉、被關了嗎？」我近乎自言自語地說，一股陰森森的寒意突然自心底升起，但也伴隨著一份激憤的怒氣。我端起酒杯猛然咕嚕地喝了一杯。一股辛辣辣的燒熱立刻從喉嚨延燒到胃腹。

「只要他們認為你有問題，你做的任何事情都會變得有問題。」他面無表情地望著我，一會兒又顯得憂心忡忡地說：「現在，我只能告訴你一件事，你自己要小心。政戰系統和國民黨文工會已經安排好了，準備要對你們開刀了。」

「怎麼？是要捉人了嗎？」我雙手按住桌面，驚疑地問：「你說，要對誰開刀？」

「我不知道！我只是聽說，所以才好意告訴你。你心裡知道就好。黃震華就是一個例子。」他又喝了一杯酒，說：「你務必要小心啊！文章暫時都不要再寫了，那些有問題的人也不要再交往了，乖乖地在家裡待一段時間，先避避風頭再說吧！」

「真的這麼嚴重嗎？」

「我還會害你嗎？我自己也是冒了被砍頭的風險告訴你這些，你就聽我這一次勸吧！」他近乎哀懇地說：「三姨仔都七十幾歲了，不要再讓老人家煩惱操這個心了，阿宏，拜託你啦！」

「這是什麼國家？什麼社會？什麼法律？只要他們認定你有問題，你做任何事情都會變得有問題。這太可怕了！也太可惡了吧！」我心裡這樣想著，那股伴隨著陰森的寒意的激憤的怒氣又再度熊熊地燃燒了起來。

「你也吃一點吧，」表哥好意地說：「聽我的勸，你就沒事了，我不會害你的。」

「現在，我怎麼吃得下？你講得那麼嚴重，不是就要捉人了嗎？捉誰呢？我又沒犯法！……啊哈，你說沒犯法，他們也照捉，是不是呢？那我得回去交代一點後事了，萬一被捉了，母親老婆孩子，……」

「不會啦，不會啦！你不要胡思亂想。」他說，「我不是告訴你了嗎？只要暫時不再寫那些文章，不再和那些有問題的人來往，你就沒事了。我保證，……」

我獨自走出小吃店，看到一輛公車來了，也沒看清是開往哪裡的，就坐上了。公車從羅斯福路左轉和平東路，一直過了新生南路，我才猛然想起，我坐這車要去哪裡呢？我坐在車上茫然地猶疑了好一會兒。公車突然停了，有人上車了。「這是哪裡？」我大聲問司機。

「安和路口。」司機說。

「等等，等等！」《夏潮》雜誌不就在安和路嗎？我站起來，衝向車門口匆匆下了車。

雜誌社不知有沒有人？我在門口按了電鈴。

來開門的是笑口常開，很開朗的台大物理系張文龍教授的夫人徐麗芬。

「嗨，陳宏，你怎麼來了？和黎明約好的嗎？」

「黎明在嗎？」

「她和小吳去印刷廠了，這時也該回來了。」她說：「你進來吧。」

我跟在徐麗芬後面走進屋裡。幾張長條桌上零星地散置著報紙和書刊，還有菸灰缸。

「妳怎麼還在辦公室？」

「我等文龍開車來載我，」她說，「他大概被學生拖住了，新的這一班學生據說很愛問問題，文龍就喜歡這樣的學生。所以最近來載我常常遲到。」

張文龍是我的基隆同鄉，七堵人，據說從小就被老師稱為神童，數理科特別強，大學聯考果然就以第一志願考上台大物理系。出國後，在美國哥倫比亞大學跟著諾貝爾物理學獎得主楊振寧博士攻研核子物理學。兩年前才從美國回台大物理系當教授兼系主任。因為認同《夏潮》雜誌「擁抱鄉土，回歸現實」的宗旨，對《夏潮》曾經在環保議題上刊登過幾篇內容深入的文章特別激賞，就親自來雜誌社拜訪，表示願意義務替《夏潮》寫一些科學的環保的文章。當他發現《夏潮》很窮，請不起職員，他便叫他的夫人來《夏潮》雜誌社當義工。

「這個辦公室怎麼坐呢？實在太亂了，」麗芬搖搖頭，有點無奈地說：「整個雜誌社就我和黎明和吳福成三個人，但桌上的東西卻亂七八糟。文龍來還罵我，怎麼不會整理整理呢？我說我整理過幾次了，每次都維持不了兩天，還被他們嫌，經妳一整理，我就找不到我要的東西了，黎明說。吳福成也說，這就是黎明的風格，亂中有序。所以我最好不要動她的東西。」她把擱在椅子上的報紙挪開了，理出一個空間，對我說：「你就坐這裡吧。」

「這環境，妳還習慣嗎？」我面向她，背對著大門。

「我說他們啊，嘴巴講環保，卻在辦公室猛吸菸，搞得四處都烏煙瘴氣，我最受不了啦。」麗芬說：「我們文龍就不會這樣，一定身體力行，以身作則。他還要求我做垃圾分類，他說那是垃圾減量、資源回收的基礎。我說台灣不是歐洲美國，哪一家有在做垃圾分類？只有我們一家做有什麼用？他說有用，可以把再利用的垃圾挑出來，捐給公益單位，或者拿去賣錢呀，……噯呀，我們文龍來了。」她突然站起來，漾起滿臉的笑容，「我正在跟陳宏講，你在家身體力行做環保的事，你就來了。」

我站起來，轉身面對已走進屋裡的張文龍教授。

「我想外面大門怎麼沒關？原來是你在這裡。」張文龍留著一頭黑髮，有點國字型的臉，顯得方正寬厚。穿著一件短袖藍色襯衫，一條淡藍色卡其褲，穿著布鞋，一副輕鬆瀟灑的樣子。

「我正在聽麗芬誇你，說你言行一致做環保的事。」我笑著說。

「她啊，不罵我，不跟我吵架就好了，還誇我嗎？」

「文龍文龍，……」麗芬睜著兩眼，嬌嗔地叫了兩聲，還沒講話就被張教授笑著搶先把話打斷了。

「好啦好啦，別這麼瞪眼瞧我啦，我們夫妻的事回家說。」然後，他拍拍我肩膀，愉快地說：「你最近紅了，到處都看到你的文章，什麼〈是現實主義文學，不是鄉土文學〉，還有一篇〈二十世紀台灣文學的動向〉，還有小說〈炸〉、〈獎金兩千元〉，哇，好多。還有在《夏潮》登的黨外人士訪問稿，都很精采。」

「不好意思，這樣被當面誇獎，我還是不習慣。」我笑著說，「每篇文章我都很認真寫，所以剛寫完我也很得意。但是，一發表了，我自己卻不敢看了。因為，這時才覺得缺點還太多，怎麼竟敢就拿去發表了？每次都是這樣的心情。」

「文學我雖然不很懂，但你這些文章我卻很喜歡。分析事理、引用資料都很有說服力。數學系有一位黃宗德教授，你認識嗎？聽說在上課時也公開推薦你的文章。黃宗德也寫文章，人文素養很深厚。」

「是嗎？叫黃宗德嗎？我不認識。下次請張教授介紹好嗎？」我很有興趣地說。

「沒問題，這個黃宗德值得認識。」張文龍認真地說：「他是七一年回台灣的，那時台灣剛退出聯合國，許多人都把房地產賣了往國外跑，他卻認為台灣是我們的，應該回來好好經營。於是，他就辭去美國大學的教授職位，回台大數學系教書。為了替高中生高職生編寫數學教科書，自動申請去中學教數學。他說，必須與中學生實際接觸，才能了解他們的想法、習性和程度，以這個作基礎才能編出對高中生和高職生適用的數學教科書。這樣的做事精神和態度就很令我佩服了！」

「哇啊！這樣的大學教授太值得認識了，張教授，你一定要介紹我認識啊！」我興奮地說。

「陳宏，你要在這裡等黎明回來嗎？」麗芬拎起包包說：「我們要趕快回家了，我們寶貝兒子要餓壞了。」

「好好好，你們先走，我在這裡等她。」我說：「萬一我等不到她，要離開時把大門帶上就好了嗎？」

「對！你只要把大門關上就上鎖了。」麗芬說。

我陪他們夫妻走到門口，就看見鄭黎明大約在百多公尺外，以她慣有的匆忙的步伐走過來了，肩上掛著她那個特大號的皮包，雙手合抱在胸前端著一落書報。那個高高瘦瘦戴著近視眼鏡的吳福成跟在旁邊，雙手各提了一落雜誌。

「黎明回來了。」我向他們揮揮手，迎上去向吳福成說：「我來幫忙提吧。」

「不用不用，我雙手提著很方便。」他說。

「哈哈哈，張教授，碰到你剛好！這裡這裡，」她把雙手端著的書刊輕輕晃了晃，「這裡有一篇談核能發電的文章要請你翻譯改寫，還要請你寫一篇評論。」她說。

「這個，我來抱吧！」徐麗芬把黎明手上的東西半搶半抱地接了過去。

麗芬和吳福成在前，我和黎明、張教授陸續又進了辦公室。

「有什麼事要文龍做的，快交代吧。」麗芬有點急切地說：「我們寶貝已全要餓昏了啦！」

「這篇這篇，英文的，談核能電廠的文章。拜託你了，翻譯或改寫隨你，之後再寫一篇短的評論。下期就要登了。」黎明說。

「好吧，」文龍接了文稿，二話不說就往車裡鑽了，麗芬緊跟在後。隨即，引擎發動了，車開走了。吳福成過去把大門關上。我跟著黎明走進她辦公室。

一個小小的房間，一張書桌兩把椅子。左右兩面是牆。黎明坐的椅子背後是一面窗。右面牆下放著一張雙人座沙發椅，一個茶几。緊靠左面牆是由幾個木箱拼湊起來的一面大書架，裡面堆滿了中英文的書。

「坐吧，」黎明放下皮包，把手上的東西往辦公桌上一放，坐到椅子裡，從皮包掏摸出菸盒、打火機，點了菸深吸了一口，又緩緩吐出一團白色的煙霧。我把堆疊在雙人沙發上的報紙、書刊挪到旁邊，坐到沙發裡，也掏出我的菸斗和菸絲袋。黎明望著我微微笑著，清秀的娃娃臉上紅撲撲地現出兩個小酒窩。

「剛剛遇見我表哥，被他搞得心情煩躁，就跑妳這裡了。」我說。

「警總那個嗎？他怎樣？」黎明繼續抽著菸，斂起笑容望著我。

「他囉哩囉嗦講了一大堆，真的假的也不知道，搞得我心情壞透了。」

「他說了什麼？」黎明把紙菸往菸灰缸裡一捺，雙手合掌擱在下顎，嚴肅地望著我。

我猛吸了一口菸，又深吁了一口氣，白色的煙霧立刻在屋裡緩緩散開瀰漫。「他說黃震華又被判十年了。又說，政戰系統和國民黨文工會已安排了人手準備找人開刀了，叫我要小心。」

「黃震華判十年，我聽阿翠講過。」黎明說，「但他說要找人開刀，是要捉人了嗎？捉誰？」

「他沒說。我問他，是要捉我嗎？他也不置可否，只叫我暫時不要再寫文章了，也不要再跟黨外和左派人士來往。好好待在家裡避避風頭就沒事了。」

「這樣嗎？……」黎明雙手互握抵住下顎，默默望著我好一會兒，突然揚聲叫喚，「吳福成，你進來一下好嗎？」

「有！」吳福成在外面大聲應著，隔了一會兒才在門外探了探，「鄭姐，妳找我？」

「你立刻和王志軍聯絡，一定要找到他。」黎明交代說，「阿宏得到訊息，好像政戰系統和國民黨文工會要有什麼行動了，問他《中時》報系有沒有什麼訊息。」

「真的嗎？」吳福成望了我一眼，瘦削的臉上顯得有點憂鬱，「國民黨想捉人了嗎？」

「不知道，所以才要去打聽呀。晚上我會打電話去你家問消息。」黎明抓起桌上的電話，「刷刷……」地撥了幾個號碼，「徐老師嗎？你在家等我好嗎？……要等一下？……好！」她掛了電話，望著我安慰地說：「你不要緊張！你身家清白，又沒不良紀錄，國民黨如果真要捉人，你還沒資格坐第一排，你放心吧！」她突然揚起眉毛開玩笑地說：「我是共匪的女兒，志豪是共匪的兒子，我們都排在你前面，還有石大頭，剛出獄不久的叛亂犯，徐老師是被正式約談二十四小時思想有問題的人，也都在你前面，……」

「妳在說什麼嘛？好像我很膽小怕事……」我對黎明的安慰有點反感，「我其實，只是覺得，……他媽的討厭，心情都被搞壞了。」

「不理他就好。」黎明說。

「但，他竟然說，只要他們認為你有問題，你就有問題。你沒犯法他們也可以捉你！這是什麼政府？他媽的，比真正的土匪還土匪嘛！竟然說，我寫朱銘、洪通和陳達是在偷渡台獨思想，這是什麼政府啊？他這樣講，反而更激起我的義憤。這樣的政府不推翻，世間就沒有公理了！」

「很好很好，阿宏，我就喜歡你這種個性，越被恐嚇，越不退縮！大海鍛鍊出來的，討海人的個性，」黎明又點了根菸，對我笑笑地說：「你才是真正無產階級出身的知識分子和作家。在中國大陸，你就屬於紅五類了。」

「妳又在胡說什麼啦？什麼紅五類？我根本就反對共產黨這種根據人的出身、家庭背景，把人分等分級的思想和作法，太荒唐了！我們要追求、要建立的是人人平等的社會……」

黎明桌上的電話突然「鈴鈴鈴！」地響了。她抓起電話筒，「喂」了一聲，就不斷點頭說，「是，是，……好，好！……」然後就掛斷電話，站起來拎了包包，拉著我的手就往外走了。

「幹嘛？」我說：「去哪裡？」

「徐老師叫我們去志豪家。」

「他知道我來找妳嗎？」

「我沒說。」她說：「這電話一定有被監聽，重要的事不能在電話講。」

走進孫志豪家的巷口，天已經快黑了。經過巷口那家小吃店，我照例買了幾樣下酒菜，兩盤炒飯，又到對面雜貨店買了一瓶高粱酒。來開門的是徐海濤。

「嗨，你怎麼和黎明一起了，約好的嗎？」他問。

「是我帶他來的。」黎明在我背後搶著回答。

「志豪呢？」我進到屋裡，匆匆忙忙脫了鞋，光著腳往廚房走去。廚房門關著，我一推開，只見志豪捲著衣袖，手持鍋鏟，一股菜香油香肉香混合的氣味，和「滋滋滋」響的熱鍋聲、鍋鏟聲一起溢出廚房。

「哈哈，志豪還真能幹，都可以開餐館了。」我笑著說。

「我老婆每天都要七點以後才到家，我不做飯燒菜誰做啊？」志豪說。

「我剛剛也買了些下酒菜和炒飯，」我先把飯菜放在廚台，從櫥櫃裡拿了碗盤，把買來的飯菜倒在碗盤裡。

「哈！這倒好。海濤事先也沒說你們會來吃飯，還好你買了飯菜來，否則我還得去巷口再買哩。」廚房的抽油煙機呼嚕呼嚕響著，志豪把鍋裡的菜鏟進一個大盤裡，冒著騰騰的熱氣。「好啦，可以上桌了。」志豪端著菜走進客廳，我也雙手端盤跟在後面。

海濤和黎明已經在餐桌前各據一方，細聲講著話。我望了一眼牆上的掛鐘，已經六點五十分了。「等你老婆回來吧。」我說。

「等，要等！美倩下班很準時的。」海濤笑著說：「我們幾個不速之客可不能喧賓奪主。」

「你不是家裡有客人嗎？怎麼還能出來？」我說。

「我聽黎明在電話中神神祕祕的，我就知道一定有事。所以我就把客人丟給珊珊，反正都是她娘家的親戚，我就跑出來了。」海濤笑著說，「果然被我料中了。剛剛黎明已跟我講了一些。志豪你先坐下來，……」

「等一下，我還剩下一個湯，很簡單，番茄青菜蛋花湯。」志豪說。

「這個，我也會做。」我把志豪抓到餐桌邊，「你們先聽黎明說，湯我來做。」

「那好，番茄青菜我都洗好切好了，打兩個蛋，蛋在冰箱裡。」

當我把熱騰騰的湯端進餐廳時，宋美倩也已經回來了。

「陳宏，不好意思，還讓你下廚。」美倩笑著，邊擺餐具邊說。

「都是你們志豪準備好的，我只是把它丟進鍋裡就好了。」我說，「美倩，妳有這個老公，很好命哦。」

「好啦，可以開飯了。」志豪笑著大聲說，「吃飯的吃飯，喝酒的喝酒，都請自便。」

眼看志豪已經吃了半碗飯，也喝了兩杯酒了，海濤這才開口問說：「志豪啊，你對這事有什麼看法？」

志豪推了一下眼鏡，挾了一把菜放進嘴裡嚼了嚼，又把一杯酒喝了，用手背抹了抹嘴脣，張眼朝我們望了望，沉吟了一下，才慢條斯理咬文嚼字地說，「假做真時真亦假；真為假時假亦真。真真假假，假假真真，真他媽的，不知道！」

「我看是嚇唬的成分居多，」海濤分析說，「他們知道陳宏沒沾過政治，也根本不關心政治，先嚇唬嚇唬你，說不定你就不敢了。」

「但是警總那個孱斗的說，是王昇的政戰系統和國民黨文工會要找人開刀。把《大學》雜誌整批人馬換了，你們都被掃地出門，不就是文工會搞的嗎？把台大哲學系搞得烏煙瘴氣的那個姓馮的小子，不就是王昇的打手嗎？」黎明說，「所以這個消息不能輕忽，國民黨一定有什麼圖謀。」

「國民黨背後有圖謀，那是一定的。最近這幾年，國內外情勢已對國民黨造成很大的壓力。用國民黨內部開會時有人講的話來形容，就是政權已到危疑震撼，生死存亡的時候了。偏偏又有一小撮前所未有的黨外人士的挑戰，和文化界不謀而合地喊出『擁抱鄉土，回歸現實』的口號，國民黨當然緊張啊。中國歷史上，只有秀才造反不會成功，只有流氓造反也不會成功，但是秀才加流氓一起造反就會成功了！現在國民黨碰到的就是秀才和流氓一起造反了。他怎麼不緊張？當然要緊張啊！」志豪端起酒杯，「來，喝酒！」他說。

志豪雖然已有幾分酒意了，但頭腦還是清楚的。他又獨自喝了一杯，又繼續分析說：「王昇長期追隨小蔣，從贛南一路跟到台灣，已經幾十年了。情治系統幾乎都在他掌握中。文化界他也早已廣布耳目了，說要找人開刀，我看是遲早的事。讓你們這些拿筆桿的和黨外人士合流了，那還得了？」志豪又端起酒杯邀我，「陳宏，來，再喝一杯！」我拿起酒杯和他碰了一下，仰首把酒乾了。「但是，說要抓人嘛，我看還不至於。還不到時候，還不到他王昇想捉人就可以捉人的猖狂的地步。小蔣身邊也不是只有王昇，還有李煥，還有宋時選呢。」

「志豪分析得好，很對！所以我說是嚇唬的成分居多嘛。叫你陳宏不要再和有問題的人來往了，不要再寫文章了，不就是這樣嗎？」海濤大笑地說，「哈哈，偏偏遇到的是討海人出身的陳宏，就不吃他這一套。老子又沒犯法，你憑什麼捉我？憑什麼叫我這樣那樣？……」

「是啊，還說什麼，你就是不犯法、沒違法，他們想辦你就可以辦你！幹！如果這樣，那是土匪了哪是政府？這樣的土匪政府不改革、不推翻，還有天理嗎？我們一被嚇唬了就害怕了退縮了，政府裡面那些壞蛋惡霸不是要更加專橫，更加肆無忌憚地欺負人了嗎？這個國家不是就毀了、完了嗎？人民不是就更沒希望了嗎？」我原本存在心底的隱隱約約的恐懼，因為志豪和海濤們的鼓舞，以及也因為人氣聚集，烈酒下肚後在體內熊熊燃燒起來的作用吧？我越講竟自就越加義憤填膺起來，「這樣的事，我絕不能接受，他媽——的！我絕不接受！」

「但是，阿宏，我也不要你因為在《夏潮》寫文章就被怎麼樣了啊，黃震華的案子確實要引為前車之鑑！你還是要小心些！」黎明也喝了一點酒，臉上像抹了一層紅暈，竟有幾分我平時未曾見過的豔麗嫵媚，但卻微蹙了雙眉憂心地說：「你在《夏潮》寫的文章都比較政治性，下期開始，那幾篇黨外人士訪問稿就暫時不登了，好嗎？」

「下一期不是要登余登發嗎？我們答應了就不能黃牛，」我說：「這位老先生是很難搞的。」

「哈哈，這位老先生確實很慓悍，」海濤大笑了兩聲說：「我聽他媳婦余陳月瑛省議員說，她這位公公在家裡，他說一你就不能講二。她丈夫一聽到父親的聲音，就像老鼠聽到貓一樣，立刻拔腿就跑了。但是，他對民主政治卻很堅持，對國民黨一黨專政誓死反抗到底！個性像一頭老公牛，倔強強悍，絕不投降！」

「是啊，他最讓我佩服的是，當縣長時就寫信給國民黨縣黨部主任委員，公務員上班時間不准去黨部開會，還公然把縣府每年編給國民黨縣黨部的經費三百萬全部拿掉，去蓋國民小學的教室。你想想看，那是老蔣的時代吔，黨比國家還要大，老縣長這樣幹是會被槍斃的！就算不槍斃，至少也要關你個十幾二十年。但老先生硬是不屈服，實在太了不起啦！」黎明說。

「還有一件事，也可以看出這位老先生的個性。」我笑著說，「寫他的訪問稿很辛苦。我根據錄音帶把訪問稿整理好，我本來說用郵寄給他，請他修改或加注意見再寄還給我。他卻說不行，因為他視力不好了，也看不太懂中國字。我只好親自再去一次八卦寮，把寫好的稿子逐字逐句念給他聽。我當場根據他口授的意思再修改，我以為這樣應該就可以了吧？他還是說不行，修改完還要我再跑一次八卦寮，再逐字逐句又念一次，他又不厭其煩，說這裡那裡和他意思不太相同，等等，等等。最後，老先生終於認可了。我回到台北第三天，正想把稿子交給《夏潮》雜誌社，老先生竟然打電話來了，說他人在台北，叫我把訪問稿帶去，約我在台北新公園見面。我一到新公園，天空下著雨，他撐了傘在公園門口站著。

「『陳宏先生，歹勢啦，我感覺你前面寫的那段文字，我想再聽一次。』他開門見山地說，拉著我的手走進公園，找了一張雙人座的椅子坐下。我說，老縣長，現在下雨！我們可不可以坐到咖啡廳裡？他說，四處都是國民黨的抓耙仔，我們坐這裡較安全。他固執地堅持著說。於是，我只好向他的頑強投降了。再一次把我寫的關於他的訪問前言又讀了一遍。『就是，就是這裡啦，』他把文稿拿到手上指著，『這裡啦。你批評我有家長心態，你講「民主政治期待的是全民政治意識的覺醒與政治熱情的提高，而不是大家長的愛護與照顧，所需要的是全民的集體智慧，而不是家長的英明領導」，就是這段啦，你不能這樣寫。』他說，我這一生都是在反抗國民黨的獨裁統治，你這樣寫，跟國民黨的人罵我一樣啊。我說，你講的話我一句不改，百分之百遵照你的意思。但是前言的部分是我個人的觀感。他說，我就是因為不同意你那樣寫才再來找你啊，因為這跟國民黨罵我的話一樣，你一定要刪掉。我說，老縣長，我的文章百分之九十九都在稱讚你，只有這百分之一說你有大家長心態，也沒完全說它不好，你怎麼就不准我寫呢？我們追求民主，不就是要反對、要打倒國民黨這種不講理的威權心態嗎？開始，他很堅持，我也很堅持。他甚至說，那就不要發表了。我有點年輕氣盛，就回他，不要發表就不要發表嘛。後來，我轉了話題，和他閒話家常說，聽說你兒子很怕你，看到你就像老鼠看到貓一樣？他說，那個兒子沒用！如果他能像陳宏先生這樣就好了！我笑著對他說，我如果是你的兒子，一定每天都跟你造反！你是一個太專制太鴨霸的父親了。他突然轉首睜眼定定地望著我說，『我嗎？你是說我嗎？』他那神情，讓我覺得有點，有點寂寞。後來，要分手的時候，他突然勉強地，有點疲倦地說，『好啦，就照你寫的那樣發表吧！』」

「哈哈，你不說，我們還真不知道有這個故事哩。」海濤笑笑地說，「黎明啊，我看沒關係啦，那篇余登發訪問稿就照原來約定的登了吧，不會有事的。」

黎明望望我，又望望志豪，「你們覺得呢？」她說：「我只是不要讓阿宏涉險，他那戽斗表哥都講到那樣了，……」

「這個嘛，我也覺得不必太緊張。訪問余登發那篇稿子我也看過，都是講他過去的事。最後他還公開講，他反對台獨，贊成統一。內容應該沒什麼問題。」志豪還是那副慢條斯理的樣子，端起酒杯又喝了一口酒，挾了一塊豬頭皮嚼了嚼，「至於陳宏嘛，我認為還沒有到會被捉的地步。我和海濤，還有鄭大小姐都還好好的沒事，怎麼就輪到你了呢？兄弟！你以前沒紀錄，又身家清白，雖然寫一些文章很被叫好，但還沒刺到國民黨的痛處。不像陳少庭在《大學》雜誌公開主張中央民意代表全面改選，這才厲害！一舉就打到國民黨的要害了。黨外和文化界最近在喊『擁抱鄉土，回歸現實』，國民黨現在聰明了，也跟著喊。但是，他的現實跟你的現實不同，他的鄉土也跟你的鄉土不一樣。人家姜貴、陳紀瀅、司馬中原、朱西寧這些中國來的作家的作品不鄉土嗎？鄉土得很！但那是中國的鄉土，不是你台灣的鄉土。我們看到的現實是美日帝國主義夾其經濟優勢侵略中國和台灣，農民與工人的利益被犧牲了。但是他們講的現實卻是台灣進出口暢旺、經濟起飛了，國民平均所得增加了……」

「志豪，你這是在替國民黨詭辯嘛，美日帝國主義侵略我們不是明明白白的事實嗎？釣魚台主權就是個最好的例子。國民黨怕得罪美國日本，不但不敢挺身而起捍衛領土主權，還壓制國內外的保釣聲音，這樣的政府是賣國啊！」海濤拍著桌子，兩眼炯炯發亮，義憤填膺地大罵。

「海濤兄，你這個專搞邏輯的哲學系教授，怎麼討論事情這麼不合乎邏輯呢？我是在分析國民黨的特務會不會對陳宏採取行動，你卻講到保釣講到帝國主義，還說我替國民黨詭辯？你有沒有睡醒啊？」志豪忽地又喝了一杯酒，站起來，身體卻撞上了桌緣，發出「卡！」地一聲，海濤立刻從旁扶了他一把，笑笑地說，

「怎麼，喝醉了？我們辯論才開始，你就醉了？」

「沒醉，我上廁所尿尿，」志豪也笑笑地說：「今晚我不跟你辯論，你大腦不清楚。」

「好啦好啦，你上廁所就快去，還這麼囉哩囉嗦的，說人家大腦不清楚，你就清楚了？」宋美倩板起面孔說志豪，又笑笑地對海濤說：「你們兩個師兄弟，見了面就吵吵吵，哪有那麼多事好吵的？」

「我不跟他吵，他講的也不是沒道理，國民黨確實學精了，以前有人講擁抱鄉土，回歸現實，不捉你才怪。你要擁抱鄉土，那就不要反攻大陸了嗎？你要回歸現實，那老國代老立委能不改選嗎？現在他用相同的口號講不同的內容來跟你混淆視聽，打迷糊仗，我們就要戳破他的騙局和謊言啊！」

「不錯不錯，海濤兄，你終於終於明白了，」志豪從廁所出來，腳步還算穩，但眼神卻有點惺忪了，「我們就是要繼續繼續，繼續朝我們的擁抱鄉土，回歸現實走下去，繼續走下去，國民黨自然就穿幫了，最後，最後就非要改革不可了！」志豪的口齒雖然有點含糊了，但語意還是很清楚有力的。

「志豪，你剛才提到王昇、李煥、宋時選這些人，是不是有聽說到什麼消息嗎？」海濤問。

「我也是聽說的啦，」志豪又倒了一杯酒，舉起酒杯，「喝酒，喝酒！」

「你還是少喝一點吧，」宋美倩不高興地說：「喝醉了，我可不管！」

「好好好，少喝少喝！但是，我還沒醉啊。」志豪說。志豪懼內是朋友圈子裡最出名的，他也不忌諱，常當著美倩的面在朋友聚會時公開說：「我承認，我孫志豪天不怕地不怕，就是怕老婆，哈哈哈哈！」

我舉杯和他碰了一下，說，「這是最後一杯了，再不准喝了。」

「好好好，」他一大口把酒乾了，把酒杯往桌上一放，望了美倩一眼笑著說：「今天到此為止，不准再喝了，哈哈哈！」

「志豪喝酒太猛了，應該喝慢一點。」黎明說。

「我還沒醉，真的！」他笑嘻嘻地說：「等你們走了，我還得洗碗哩。」

「你說你聽到什麼消息了？」海濤仍然緊盯著問。

「聽說，聽說王昇和李煥鬥得厲害！」

「為什麼呢？在小蔣面前，他們敢鬥？」海濤說。

「現在李煥是黨祕書長，負責黨務也負責選務。今年還剩七八個月就要選縣市長和省議員了。開會時王昇公開炮轟李煥太軟弱，太姑息。」

「大概是指桃園縣長吧，國民黨已提名歐正憲，但省議員羅智信也堅持要參選到底。」黎明說。

「聽說李煥親自找羅智信談過，但羅智信還是堅持不退。王昇在會中就強烈主張，把這個叛黨叛國的羅智信捉起來。」志豪說。

「他媽的，這個王昇，老王八蛋！這是什麼時代，想捉人就捉人啊！」海濤拍桌憤憤地說。

海濤、黎明和我走出志豪家時，已經晚上十點了。巷子裡的小吃店雜貨店都關門了。整條巷子顯得灰黯沉靜。街上的車輛拖拉著熾亮的光束，紛紛從左右兩邊駛過。開往新店的公路局車先來了。我握握黎明的手，輕聲說：「別擔心，我不會有事的。」黎明微笑點頭，向我們揮揮手，跳上車去了。接著，開往台北的公路局車也來了，海濤拍拍我的肩膀鼓勵我，「繼續努力寫吧，不會有事的。」

「我知道，」我說：「不必替我擔心。」

開往木柵的車終於也來了。車上乘客很少。我坐在靠窗的位置，把額頭貼在車窗玻璃上。望著窗外黑漆漆的街道，我這才想起，今晚沒回家晚餐，竟然忘了打電話告訴母親和淑貞，我是不是被銘德表哥搞得太神經緊張了呢？我是不是太不夠沉著鎮定了呢？我內心感到一種混合著不安和不滿的情緒。

第六章

每天早晨，我習慣陪淑貞帶著兩個孩子出門。先送兒子去幼稚園，再陪她走大約十幾分鐘的路，把女兒送去保母周太太家。那天我們剛準備好出門時，客廳的電話突然響了。母親接起電話「喂」了一兩聲，就大聲叫我，「講外省仔話，我聽嘸了，你來聽。」我趕緊從陽台踅回客廳，接過電話筒，「我是陳宏，請問，……」電話那邊傳來屈中和大哥的聲音，「《聯合報》副刊今天登了高歌一篇文章，公開點名批判陳宏、屈中和、石永真，今天登的是上，還有中下，連續三天。你先把今天的部分讀完，先不要衝動，也不要緊張，等他全部登完後，我們再來討論。」我連聲應「是是，好好好」但心臟卻忍不住「碰痛！碰痛！」快速地跳起來。我掛了電話，淑貞和母親和孩子們都已經下樓去了。我也趕緊「碰碰碰」地下樓追上他們。女兒一見到我就撒嬌地嚷著，「爸爸抱抱，爸爸抱抱！」淑貞卻笑著對女兒說，「可佩最乖了，好能幹喔，會自己走路吔。」我也笑著對女兒說：「可佩好棒，跟哥哥一樣也自己走路了，來，爸爸牽妳的手好不好？」

「誰這麼早打電話來？」淑貞一手牽兒子，一手牽女兒、問我。

「屈大哥打來的，叫我看今天的《聯合》副刊。」我說。

「副刊有什麼好文章嗎？這麼熱心叫你看。」

「他沒說，只叫我先看完再約石大哥一起討論。」我心裡其實有點憂慮，高歌為何寫文章批判我們呢？批判什麼？我突然想起銘德表哥不久前的警告，「人家已經安排好了，要找你們開刀了。」他講的，難道就是這個嗎？這麼快？幾天前才講，今天就出手了嗎？後面呢？會捉人嗎？我心裡的陰影突然擴大了起來。

快到幼稚園門口，兒子突然快步追著前面的同學叫著，「徐志偉，徐志偉！」前面那孩子突然轉身，也高興地叫著：「陳可親，陳可親！」

淑貞在後面大聲說：「可親，慢慢走，不要跑，小心摔倒了！」

兒子回頭向我們揮揮手，叫：「爸爸再見，媽媽再見，阿嬤再見，妹妹再見！」然後和那個徐志偉手牽著手走進幼稚園裡了。淑貞臉上漾出幸福的笑容，向兒子搖搖手，「再見啦，要乖乖哦！」

「媽媽，我也要要，要哥哥！……」女兒望著哥哥的背影，拉著媽媽的手不停地搖動，硬要跟在哥哥後面，要進幼稚園裡。

「可佩最乖最懂事啦，妳要再等幾個月，很快就能上幼稚園了。」淑貞耐心地哄著女兒說，「現在爸爸媽媽一起陪你去周婆婆家找邱哥哥玩好不好？周婆婆家有很多玩具哦，可佩玩過什麼玩具呢？」

「我有玩，玩小熊熊，……玩小兔兔……還有，還有……」女兒邊走邊說，但一會兒又嚷著，

「爸爸抱抱，爸爸抱抱！」

「好，可佩要爸爸抱，爸爸就來抱吧！」我彎腰把女兒舉起來，讓她坐在我肩膀上，「這樣好不好玩？」

「哇！可佩變的好高哦，比爸爸還高哋！」淑貞在旁邊鼓掌逗著女兒。

「媽媽，車車，車車。」女兒坐在我肩上，指著前面的公車叫著。

周太太的家就在淑貞辦公室旁邊的溝子口市場裡，周邊環境不是很好，但周太太把自己家裡整理得很乾淨。她除了照顧我女兒之外，還照顧一個姓邱的小男孩。這樣，女兒有一個玩伴，我們認為很好。我們把女兒送到周太太家之後，淑貞就走路去她辦公室，我就在溝子口車站搭乘公路局或市公車去南門市場《健康世界》雜誌辦公室。

那天，我在車站對面的雜貨店買了一份《聯合報》。汽車到南門市場時，我在車上已把聯副上面高歌的文章看完了。我還未踏進辦公室，就隔著玻璃窗看見三四個同事在一起，桌上攤著一張報紙，蔡經理背對著大門，指著桌上的報紙。我一走近門邊就聽見他以略為高亢的聲音說：「哇塞！這個高歌是誰啊？沒有人性哪有文學。……這樣指名道姓……」

「沒有人性，哪有文學？這篇文章寫什麼呀？為什麼點名批判陳總？」

「我也講不清楚，你們自己看吧！」蔡經理大聲說：「總之，是說他思想有問題啦！」

面對大門的兩位女同事見我走進辦公室了，立刻站起來招呼，「陳總早……」蔡經理猛一回頭望著我，神情尷尬地也叫了一聲，「陳總早！」

「怎麼，一大早就興高采烈討論什麼事啊？」我笑著，明知故問。

「沒有興高采烈啦，」那個在廣告部做業務的陳俐娟也微微有點尷尬地說：「大家對這篇文章有點好奇，……」

「哈哈哈，原來你們在說這篇文章啊，你們讀了嗎？」我故作輕鬆地說：「我早上讀過了，謝謝他替我做免費廣告。」

「但是，聽說是思想問題，會嚴重嗎？」管理部主任魏美華是我的高雄醫學院的朋友的妹妹，先望了蔡經理一眼，又有點憂慮地望著我，關心地問。

「沒事，沒事，如果很嚴重，我還能在這裡嗎？」我稍稍提高了聲音說：「大家安心工作，不要想太多。」

我走進總經理室，回頭對蔡經理說，「老蔡，請進來一下。」

我坐到辦公桌前，隨手拿起桌上的菸斗，望著蔡經理跟著進來，把辦公室的門隨手關了。

「你已經讀了那篇文章嗎？」我邊把菸斗點燃了，深吸了一口，再緩緩吐出一片煙霧，望著他說，「你有什麼看法？」

「我嗎？」他猶疑了一下，搖搖頭說：「文學我不懂啦，平時也沒關心過。」

「那——，你那個調查局的同學呢？還常見面嗎？」

「偶爾啦，有見過幾次。」他說。

「他有講什麼嗎？關於我的事。」

「比較少了啦。有的話，也都是以前問過的啦。」他笑笑地，有點尷尬地說。

「他有說過，會不會捉人？」

「捉人？沒聽說啦！應該不會吧！為什麼捉人呢？要捉誰？不可能啦！」

「那——，《聯合報》這篇文章，在我們雜誌社裡會引起什麼反應嗎？不安？恐慌？……」

「同事之間是一定會議論的，但我認為不會有什麼影響啦。」他說：「又不是我們的雜誌內容有問題。我們不是剛得過優良雜誌獎嗎？」

「對廣告業務會有影響嗎？」我說：「國民黨會給廣告主施壓嗎？」

「這一點嗎？……我不知道。……我還沒想過。」

我手上把玩著菸斗，兩眼直視他，「你調查局那個同學，真的沒再說什麼了嗎？」

他左手托腮，微微歪著頭，皺起眉頭望著我，沉思了一下，「嗯——，真的沒什麼印象啦！」但，一下子，他突然又豎起一跟手指頭點了點，「啊，啊，」地叫了兩聲，「有啦，有一件事啦！」他說：「那傢伙還叫我偷偷察看你的抽屜，有沒有違禁的書刊，有沒有寫反動文字。但是，我拒絕了！我怎麼可以偷開你的抽屜呢？這是賊啊！……這傢伙混蛋！怎麼可以叫我做這種事？」

「哈哈，是嗎？」我笑笑地，把抽屜打開，說，「這裡面沒有祕密。而且，這抽屜我也從來不鎖。」

「就是嘛！搞調查局的都是神經病！」他說。

「高歌那篇文章批評我的部分，都是斷章取義，以偏蓋全，惡意曲解。等他全部登完，我會寫文章反駁！」我說。這時我突然想起，高歌好像是《中央日報》的總主筆，而《中央日報》是國民黨的黨報，是國民黨文工會管的。那，他的背後……？我立刻又想起銘德表哥說過，現在文化工作是由國防部政工系統和中央黨部文工會在管。高歌不就代表黨了嗎？「人家已安排了人手，要找你們開刀了！」表哥講的就是指這件事嗎？先來個文鬥，後面會再搞個武鬥來捉人嗎？不過，這又怎樣呢？我說：

「反正我不違法，不犯法，國民黨再不講理也不能亂捉人吧？老蔡，你就這樣跟同事說，《健康世界》雜誌不會有問題，大家努力工作，把雜誌經營好，雜誌賺錢，大家也都會賺錢。」

「是的，我也是這樣想，」蔡經理說，「為了安大家的心，我建議，是不是召集大家開個會，陳總跟大家講講話？」

「可以可以，這個會下午四點開好了。」我說：「也請你向調查局那個同學打聽一下，這到底是怎麼回事？是國民黨想捉人製造輿論嗎？那是要捉誰呢？……」

我在辦公室打了電話給黎明。

「你來吧，我在辦公室。」她說。

我到安和路《夏潮》雜誌社時，除了黎明之外，竟然還有石永真和徐海濤。黎明不斷吸著菸，菸灰缸裡已堆集了幾根菸蒂頭。石永真表情很嚴肅，右手指也夾著一根菸，偶爾抽一口，就彈一下菸灰。徐海濤看起來和平時沒什麼兩樣，看到我立刻笑笑地說，「剛才還在講你，你電話就來了。」

「那，你們是怎麼約的？還是不期而遇？」我一看他們三個聚在一起，立刻感覺事態好像有點不尋常。

「小吳，你也進來吧！」黎明提高了聲音向外面辦公室叫著。

「阿宏，這事你怎麼看？」黎明望著我，開門見山地問。

「我還沒理出頭緒，這究竟是高歌個人的舉動，還是國民黨文工會授意的。」我說：「你們怎麼看呢？」

「我們剛才也在討論。我認為這和今年縣市長及省議員選舉有關。除了黨外人士風起雲湧地站出來挑戰國民黨之外，國民黨內沒被提名的人也已經有好幾個跳出來表達參選到底的決心了！這是過去沒有過的。國民黨為了立威，一定會捉個人來開刀，殺雞儆猴嘛。但是，捉誰才比較沒有後遺症呢？羅智信、蘇南成、林正義……這些人都有些民意基礎，捉他們可能會引起民意反彈和同情。那就只好捉幾個沒有民意基礎的替死鬼了，知識分子、作家、文化人都沒有民意基礎，因此最沒有後遺症。這是我的看法。」海濤嚴肅地認真地說：「所以高歌公開點名你們三個人，絕不會是沒有用意，也絕不是他個人對你們三人情有獨鍾，這背後肯定有更高層的意思。」

我望望石永真，把下巴抬了抬，問他：「你認為呢？海濤的分析，……」

他吸了一口菸，彈了彈菸灰，又把菸蒂在菸灰缸裡用力捺息了。抬起眼瞼，面無表情地望了望大家，有點沉重地說：「海濤兄的分析不無道理。但是，這與我有何關係？我回來到現在，對外面情況都還搞不太清楚，也沒發表什麼了不起的文章，怎麼就搞上我了呢？屈中和和陳宏就我所知也和政治無關，為什麼找上我們三個呢？沒道理啊！我們對國民黨政權完全沒有威脅，……」

我手上握著菸斗，望著黎明說：「妳認為呢？」

「國民黨對付異議人士確實常用殺雞儆猴的手段，但過去殺的都是政治上的小腳色，從來沒有殺文化人殺作家來恐嚇黨外人士，……」

「怎麼沒有？」海濤打斷黎明的話，搶著說，「聞一多當年是全中國知名的詩人、學者、教授，也沒從政，不就被國民黨殺了嗎？」

「那是國民黨在大陸的時代，已經被逼到狗急跳牆了。但現在，他在台灣還穩穩牢牢地掌控大局，幹嘛去捉文人作家呢？這比捉黨外的小腳色的代價高太多了，在國際輿論上可能引起大風暴。所以我認為，我們固然要小心，但國民黨應該還不會那麼愚蠢。」黎明冷靜地，有條不紊地說：「何況，高歌的文章還有中下沒登完，我們還有時間觀察，不必太急。」

「我同意鄭姐的看法，我詳細讀過高歌今天已發表的這一部分，批評陳宏的內容沒什麼了不起的大問題，我覺得我們要先沉得住氣，先穩住陣腳，不要慌亂，」這個吳福成，政大東方語文系俄語組畢業才兩年，卻一副老成持重的樣子，說：「我們都有各自的關係和管道，先去打聽一些情報再來研判比較好。」

「陳宏兄，你自己認為呢？」石永真望著我問。

「初步我已決定要和高歌開戰了，他的文章都是斷章取義、以偏蓋全，我一定要反駁。」我說：「我們三個被點名的，我最年輕，既不在學校教書，也沒有前科，由我先出面反擊他是最適當的。」

「純粹寫文章打筆戰是不怕，只怕他先搞輿論再捉人。」海濤說。

「志豪怎麼看？他為什麼沒來？」我望望黎明，「他對國民黨是會有看法的，……」

「志豪太小心了，他說現在不出門最好。我在電話上跟他交換過意見，他認為還不會捉人，因為小蔣不會點頭，」海濤笑笑地有點嘲諷地說：「最近志豪的政治分析都要歸結到小蔣，他認為小蔣實在掌握一切黨政軍特的大權，一切都要小蔣說了才算。」

「志豪的看法也不無道理，國民黨極權統治的本質就是個人獨裁，以前是老蔣，現在是小蔣，都是同一套招式。」吳福成說：「對了，今年要選縣市長和省議員，不知黨外人士怎麼看這件事？」

「對！小吳提醒的好！怎麼把莊安祥和黃天來們給忘了呢？」海濤拍了一下大腿，大聲笑著說：「老莊和那些外省仔老委員很熟，有些交情。而那些老委員後面也都有一些老關係，經由他們，說不定可以知道更多一點國民黨和小蔣對這件事的想法和態度。」

「那好，我跟你一起去找老莊。」我對海濤說。

「他們現在都已全省到處去助選了，我先打電話，看他在不在立法院。」海濤掏出電話號碼簿，抓起黎明桌上的電話，連撥了三次才接通了。「喂，莊委員嗎？我是徐海濤，我現在和陳宏去研究室看你，方便嗎？……喔，是這樣啊，——好！好！回頭見！」

海濤掛了電話說：「老莊邀我們去他家。」

莊安祥的家在萬華汕頭街一個小巷子裡。下了計程車，我默默地跟在徐海濤旁邊，也沒認路記路。一會兒，海濤突然停下來，低聲對我說：「站在那邊那兩個人就是警總的特務，最近選舉到了，才派來專門監視老莊的。」我點點頭，和海濤一前一後若無其事地走過兩人身邊，走不到幾步路就聽海濤說，「到了！」我回頭望了望站在巷口那兩個人，和莊安祥家相距不過幾十公尺吧。

我人還站在門口，就聽見莊安祥有點沙啞的聲音說：「海濤兄，請進請進，在座都是你的好朋友。」

我跟著走進莊家的客廳，老莊坐在一只單人沙發上，旁邊一只三人座沙發面對門口，坐著林正義和一位額頭幾乎已經禿光發亮的男子，還有一位膚色有點黑黑的像個鄉下人的人。老莊對面的單人沙發上坐著一位穿西裝打領帶、長相很英挺的男人。

「後面那位少年仔就是最近在文化界很受注目的陳宏先生，他最近在《夏潮》雜誌發表了一篇訪問黃順興的文章，將黃順興寫得像個反日的和反國民黨的英雄。」老莊坐在沙發上，似乎帶著一點點嘲諷的意味，笑著說。然後指著旁邊的靠背椅說：「請坐，請坐。」

「哈哈，原來是智信、正義和兩位大律師。」海濤大聲笑著，指指那兩位律師替我介紹說：「那位是陳義秋律師，那位是孟學文律師，他們都在幫郭雨新先生打選舉官司。」最後，他又指了指那位額頭幾乎已經禿光發亮的人說，「這位是羅智信省議員，準備要選桃園縣長。」

莊委員叫我「少年仔」，其實他們幾個的年齡大概也大我不到幾歲。但在政治上應該都是我的前輩。我一一向他們鞠躬致意，「我叫陳宏，請多指教！」

「你們有事要談嗎？我們闖進來會不會妨礙你們談話？」徐海濤望望大家笑著說。

「無妨，無妨，他們都是來談選舉的，」莊安祥也笑著說：「說不定，你們還可以幫點忙。」

原來羅智信和林正義都已經展開選舉活動了。羅智信決心違紀競選桃園縣長，前些時候，他為此已出版了兩本書，《風雨之聲》和《當仁不讓》，把他當了四年省議員的作為，以及為何不惜代價堅決參選縣長到底的理由都寫在書上了。聽說很吸引了一些還在讀大學的青年朋友們，替他組織了助選團，幫他寫了文章發傳單，已把選舉搞得熱熱鬧鬧沸沸揚揚了。國民黨幾乎傾全黨之力，對他用盡安撫、收買、威脅、恐嚇的一切手段，他都不為所動。林正義也早在我們去《台灣政論》雜誌社拜訪過他之後，就把戶籍遷回南投縣的老家，決心參選省議員了。聽說在南投，國民黨也是動員了黨政軍特的一切力量，用盡一切威脅恐嚇、醜化抹黑的手段對付他。還特地找人寫了一本《政治蒼蠅林正義》，南投縣幾乎人手一冊。結果，反而因此，不但大大提高了他在南投的知名度，還引起許多人對他的好奇，而蜂湧地擠爆了他的演講會場。而他所講的那套簡單易懂的民主政治理論，——政黨輪替、朝野互相監督制衡，竟然打動了許多人的心，得到廣泛的肯定與認同。

「智信兄，聽說經國先生召見你了？」莊安祥笑著問羅智信。

「見是見了，但是，講了什麼，我不便講。」羅智信咬了一下嘴唇，笑笑地說。

「你雖不講，我卻已經有聽說了。」莊安祥笑著說，「聽說條件還非常非常地好，甚至連部長都願意給你了，是真的嗎？」

「他們可以講，但我不不不能講。這在政政治上是犯犯大忌的。」羅智信講話有些微口吃，但講話的神情和語氣，所表現出來的自信，卻另有一種奇特的魅力。「不論如何，我是絕絕對不改初衷的！我跟蔣經國報告，我一定會成成為最最出色最優優秀的縣長，清廉勤政。……」

「我也聽說小蔣讀了你的《風雨之聲》和《當仁不讓》，因此也對你頗為肯定和欣賞，所以才會召見你。」海濤說。

「但我不信他有有讀過我寫寫的書，如果他真的讀讀過，就應該會提名我才對，怎麼還還提名歐正憲呢？」羅智信笑笑地，略微歪傾著頭，雙手輕輕比畫著。講話的神情充分流露出樂觀、自信和篤定。

「正義呢？照三天前我和天來仙去南投幫你助講看到的場面，應該不壞！國民黨絕對沒想到那本『政治蒼蠅』反而幫了你的大忙。」莊安祥以一副老大哥的口氣，神情嚴肅地說：「越到選舉末期，國民黨越會用盡一切惡質的手段，買票做票無所不至，尤其是選縣市長，恐怕連整個票箱都叫人換掉了，……」

「我在桃園，已經每場都講，做票的就是共共產黨，就是匪匪諜，」羅智信說，「候選人組監票部隊太太難了，一定要鼓舞選民自己來保護選選票，捉到做票就打，打死共共產黨沒沒罪！」

「我採取的方法和智信兄一樣，每場演講都呼籲，保護自己的選票！我甚至當場開出價碼，凡是捉到做票的，只要證據確鑿，我就發給他獎金一百萬元。」林正義說。

「好！這對想要做票的會有嚇阻作用！」海濤鼓掌說：「黨外政治人物如果表現得勇敢，就能鼓舞選民，國民黨想做票就比較難了。」

「義秋兄，」莊委員朝那個像鄉下人模樣的陳義秋律師說：「昨天陳翠有來我這裡，聽說郭雨新先生希望你出來選省議員？」

「是啦，雨新仙有交代，叫我來向你請教。」他有點靦腆地說：「我沒參選過，口才也沒很好。……」陳義秋看起來矮矮壯壯的，膚色有點黑，十足鄉下做田人的樣子，卻給人一種值得信任的感覺。

「你們宜蘭有雨新仙長期經營，班底很齊全，沒問題啦！」老莊笑笑，樂觀地說，「看你底時需要我，我隨時待命。智信兄和正義兄都才辦過大型演講會，下次恐怕要到下個月了吧？孟律師呢？你也決定參選了嗎？」

「歹勢，阮牽手沒贊成，我自己也沒把握選贏，所以，我暫時還是做大家的法律顧問吧。」孟學文長著一頭茂密的頭髮，兩邊鬢角修得長長的，雙眼皮濃眉，挺直的鼻子和豐滿的嘴唇，穿了一套合身的灰色條紋西裝，配上條紋的領帶，很像日本的電影明星。

「那你們呢？陳宏想參選了嗎？」莊安祥笑笑地問。

「今天你們都在這裡最好啦，你們有沒有看到今天《聯合報》副刊高歌的文章？公開點名批判了陳宏、屈中和、石永真……」

「那文章我有看，不是還沒登完嗎？」

「是還沒登完，陳宏想請教莊委員，依你判斷，這是高歌個人的意見，還是國民黨文工會另有圖謀？警告黨內不聽話的人和黨外人士？……」

「我不認為這和選舉有關。在立法院我也沒聽老委員談論這件事。被點名的都和政治無關，我看純粹是文人對鄉土文學見解不同的爭論吧？智信兄，你們看呢？」老莊有點冷淡地望望海濤又望望羅智信。

「今年縣縣市長和省議員選舉對對國民黨來說，是三十幾年來很少有的挑挑戰，這麼多人不甩國民黨的警告，像我，像台南市蘇蘇南成，還有一些別別的人，不管啦，我們就是要選，要選——到底！而且我們一一定都會當選，我告訴你！這對國民黨是大事！大事當前，小蔣是不會去管你們文人的筆戰的。」羅智信雖然有一點結巴，但理路卻很清楚，「這是王昇和李煥鬥爭使使用的手段，想誤誤導蔣經國，說李煥就是太軟軟弱，才會導致不但政治上那麼多新生代敢敢向國民黨威權挑挑戰，連文學界也有一一批人和黨外人士互相呼應。我相相信，這是王昇鬥爭李煥使用的伎倆。他當然想捉幾個人來警警告那些不聽話的人，所以海濤兄擔心的也不不無道理。但小蔣不會上他的當！捉文人作家在國國際上是大大事，會引發的負面效應比捉黨外人士更嚴嚴重。而且這三個人在國際上都已有知名度了，小蔣不會那麼愚愚蠢，……」羅智信對我露齒笑笑地說：「這就是我的看法。」

海濤頻頻點頭，然後也望望我說：「如果這樣，就可以放心了吧？」

「但是，我還是要寫文章反駁他！而且這件事也更讓我對國民黨的特務統治更加反感了。我只不過寫了幾篇文章，就常常被調查、被監視，常使我陷入恐懼中，這樣的國家是健康的嗎？人民會幸福嗎？」我有點激動地，聲調高亢地說。

「哈哈哈，我就說嘛，陳宏適合出來參選。聽他的口才，看他講話的架式，明明就是選舉的料。有頭腦，又會寫文章，要去哪裡找啊？」莊安祥大笑地說。

「噯呀噯呀，我還沒那個本事啦！選舉又不是一個人單槍匹馬就可以搞的，別開玩笑了啦！」我臉上熱熱的，笑笑地說：「但要我去助選，我義不容辭！」

走出莊家的大門，那兩個站在巷口的特務還在。

「你覺不覺得老莊今天對我們有點冷淡？至少沒上次在立法院研究室那次那麼熱絡。」我說。

「是啊，我也有點覺得。但是，為什麼呢？是他今天太忙，要跟他們幾個討論選舉的事？大概就是這個原因吧，」海濤說。但隔了一會兒，他又突然說：「前幾天我有聽人說，老莊和朋友提到你的事。」

「怎麼？」

「那個朋友引述老莊的話說，讀了《夏潮》創刊號上面陳宏訪問黃順興的文章，才發現，原來陳宏是個統派。言下之意，對你有些失望。」

「是嗎？我在那篇文章裡又沒表示贊成統一，他為什麼那樣認定呢？」

「那個朋友也這樣問他，他說，陳宏在那篇訪問中傾注的熱情，非比尋常。所以他才會這樣認定。」

「是嗎？」我嘆了一口氣，心裡忍不住有些懊惱，也有些賭氣地說：「反正，我也不搞政治不搞選舉，管他什麼統不統獨不獨，都與我無關，我就寫我的文章就好了！」

「那，你覺得羅智信怎樣？」

「他嗎？很奇怪的感覺。」我想了想，說：「雖然講話有一點點大舌，但頭腦很清楚，表達也很清晰。有一種，有一種很特殊的魅力。分析國民黨，很專業，很深刻，很有說服力。而且也很有自信。那種自信，有點，有點近乎狂妄！但這似乎又是他魅力的來源。」我說。

「他和林正義一樣，本來都在國民黨中央黨部工作，聽說李煥很欣賞他，才提名他選省議員。現在聽說連小蔣都親自召見他，只叫他不要選縣長，開出的條件，連老莊都羨慕。但你親耳聽見他說了，他不改初衷，就是要選到底！這人，哈哈！有種！有意思！」

「這人是有意思，以後有機會要好好認識他才行。」我說。

「你如果有興趣，我們改天就一起去桃園看他的競選活動。聽說很多台大、政大的學生都自動替他助選。」海濤說：「我上次去老莊家就見到兩個年輕人，一個叫林杰克，外省眷村子弟。一個叫張富順，桃園客家子弟，都在替老羅助選。這兩個年輕人都是菜鳥，從來都沒助選過，但卻很有創意。聽說老羅把文宣工作都交給他們，選舉就變得很熱鬧了。他們搞了一個民主牆，長一百多公尺，貼滿了大字報。每天來看大字報的人，簡直人山人海。還搞了個耳語部隊，針對國民黨鋪天蓋地的抹黑，進行突擊式的反攻，聽說效果好得出乎意料。桃園現在就流行了這樣一個耳語笑話，說小學老師奉命對孩子洗腦，講羅智信多爛多爛，國民黨提名的歐正憲多好多好。孩子回家，把老師的話告訴爸媽。爸媽就說，那沒關係，你去投給歐正憲，爸爸媽媽去投給羅智信。這樣的選舉很有趣吧。而他的民主牆，其實是從中國大陸文化大革命中的大字報學來的。」

「你認識羅智信很久了嗎？」

「一九七一年《大學》雜誌第一次改組時認識的。那時林正義和羅智信都是國民黨中央黨部的黨工，都以國民黨改革者自居，在社務會議和編輯會議中的發言，比我們這些非國民黨的還激進。尤其是老羅，他說他不是改革派，他是革命派。他雖然有點口吃，但相當有才華。所以我對他印象很深刻。後來他當了省議員就比較少來往了。」

和海濤分手後，我本想打電話給銘德表哥，心想，也許可從他那裡打聽到一些消息。但又不想讓他覺得我在緊張害怕，所以又打消了這個念頭。當然，這也和羅智信分析王昇和李煥的黨內鬥爭講的話有關，使我原來有些緊張不安的心情，產生了鎮靜寧定的作用。我突然很想對羅智信這個人多一點了解。於是，我獨自去了重慶南路。那裡號稱台北市的書店街，不但書店集中林立，書報攤更是五步十步就一家，而且書店不賣的禁書，在書報攤上都買得到。我在書報攤買了《風雨之聲》和《當仁不讓》。

之後，我回到辦公室。竟見到了平時很少來雜誌社的總編輯王世南醫師坐在總編輯辦公室裡，正在和廣告部蔡經理講話。王醫師是台大醫學院畢業的合格醫生，但對看診治病沒什麼興趣，反而對寫文章搞文化比較有興趣。接了健康世界雜誌總編輯的職位後，竟然就把醫生的工作辭掉了。

「當醫生只能幫助個別的病人，辦《健康世界》雜誌卻可以幫助許許多多人，提升他們的醫學知識，讓他們了解疾病真相，了解如何預防疾病，這些都比較屬於公共衛生的事，我比較喜歡。」他說。

「嗨！陳宏兄。」他看到我，立刻站起來打招呼。我走進他的辦公室，笑著說：「難得啊，能在雜誌社見到你。」我說。

「我們不是每個月至少會見一次嗎？我每期拿稿件來和美編討論版面時就會見到了。」他留著兩撇八字鬍，使他看起來比實際年齡大了一些。其實他的年齡比我小得多。

「你今天也是送稿子來嗎？」

「今天沒有啦，」他說：「我剛剛去台大醫院找人拿稿時，有人提到今天《聯合報》副刊的文章，這些股東們很關心。這是怎麼回事啊？」他問。

「老實說，剛開始我也理不出頭緒。但現在從各方面打聽了一些消息，也慢慢理清楚了。」我說，「是國民黨利用我們在搞內鬥，王昇鬥李煥。王昇確實想利用機會捉幾個人來恐嚇黨內外不聽話的人，像羅智信、林正義、蘇南成……這些人，就是殺雞儆猴吧。但是小蔣不是傻瓜，捉文人作家，在國際上的負面影響，比捉政治人物更大。小蔣不會同意王昇的主張。所以，應該不會有事。」我望了望蔡經理，笑笑地說：「老蔡，你那個調查局的同學怎麼說呢？」

「他嗎？他嗎？」他大概沒料到我會有此一問，一時反應不及，竟支支吾吾地說不出話來，還尷尬地望了望王世南說：「我高中畢業後就很少跟他聯絡了，所以也不是那麼熟，重要的事他也不會跟我講。」

「你有同學在調查局嗎？」王世南面無表情地望著蔡經理。辦公室裡有這樣一個人和調查局或警總有關係，是不受歡迎的。何況，這個王世南醫師還是黨外老莊堅定的支持者。

「是啦，是高中同學，但已很久……」

「這件事我都知道了，蔡經理都坦白對我說了。我謝謝他的好意，沒什麼了不起的，我們又不做違法犯法的事，怕他幹什麼？」我說。

下午四點召集員工講話時，王世南卻走了。我告訴大家，「不必為了一篇文章有提到我，大家就心神不寧。我們既不違法，也沒犯法，做的，都是對社會大眾有益的事，何必擔心？大家只要一心一意把雜誌社的訂戶業績和廣告業績做好，雜誌社賺錢，大家也會賺錢！」

但是，那天下班回家時，淑貞的臉色卻很凝重，晚餐也顯得沒什麼胃口。母親關心地問她，「妳是怎麼呢？生病了嗎？」

「沒啦！只是沒什麼胃口，」她笑笑地對母親說：「我沒事啦，你跟阿宏喝酒，不必管我。」

這時女兒卻吵著：「媽媽，餵餵，餵餵！」

「可佩乖乖，媽媽生病了，不要吵她，阿嬤餵妳好不好？」母親說。

「不要，我要媽媽餵餵，媽媽！……」

「可佩不乖哦，妳看哥哥多乖，都自己吃，不要人家餵。」淑貞耐著性子對女兒說：「可佩也自己吃，跟哥哥一樣棒哦！」

「不要，不要！我要媽媽，……」

「妳吵什麼吵？再不乖，爸爸就打了！」我突然生起氣來，大聲喝道。

女兒驚嚇地望著我，「哇！」地一聲大哭了起來。兒子也怯怯地望望我，兩眼含著淚，又望望媽媽。淑貞抱起女兒，生氣地說：「你怎麼了嘛？神經病啊！發這麼大的脾氣，孩子都被你嚇哭了。」兒子也放下碗筷，畏縮地望著我，偎到媽媽身邊。

我突然感到一陣揪心的痛楚，懊惱、悔恨、歉咎、羞愧，像刀一般割裂我的心。「對不起！對不起！對不起！……」我伸手攬住妻子、女兒和兒子，淚流滿面。

母親卻在旁邊叨念，「你這個人，都做阿爸啦，性底還這麼壞！跟你那個老爸怎麼那麼像？夭壽喔！……」

當母親、兒子、女兒都沉沉入睡了後，淑貞像往常那樣來到我的書房。

我輕輕把她摟進懷裡，她則把臉靠在我的胸前。我再一次輕聲對她說：「對不起！」她仰首望我，只見她滿臉憂慮的神色。我扶著她，讓她躺在榻榻米上，然後，我也安靜地躺到她的身旁。她把身體輕柔地挪向我，我順勢把左手伸到她頸下，讓她枕著。她把臉貼向我耳邊，輕輕地說：

「我不求你給我榮華富貴，只求你平平安安，和我永遠在一起，過平凡簡單的日子，我就很滿足了。」

「我知道，我知道！」我輕撫她的肩，也輕柔地說。

「但是，我也支持你，勇敢去實現你的理想，」她說：「寫作既是你的最愛，你又有這方面的才華，你就努力去做吧，你不必擔心寫作不能養家。這個家，我能養，我會養！」

「親愛的！親愛的！」我激動地擁抱她，親吻她。

「但是，你一定要平平安安，……」

「我不會有事的，我會很平安！」我說。然後，把一整天蒐集到的訊息略加整理後，向她做了說明。特別對羅智信，我做了較多的描述。

我們就這樣，躺在書房的榻榻米上，像平常的許多時候那樣，訴說著彼此在生活上、工作上的各種瑣瑣細細的事情，包括孩子們的、同事們的，以及報紙書刊上讀到的各種事情。這也立刻使我想起，當初我之所以會寫〈金水嬸〉這篇小說，也是在類似這樣的情境下，由於她的鼓勵才寫的。

那時，每當母親和孩子們都已沉沉入睡後，她就會像現在這般來到我書房，聽我講一些，早年我在南仔寮漁村的生活，以及陪著母親挑了雜貨擔仔在南仔寮的大街小巷，沿家挨戶叫賣的生活點滴。有一次，她聽著聽著，眼眶竟紅了，眼淚也忍不住潸潸地流了一臉。

「這麼感人的故事，你為什麼不寫呢？你就把媽媽的這些故事寫出來吧！」她帶著催促和鼓勵的眼神對我說。

而這時，她躺在我懷裡，已漸漸睡著了，還在呢呢喃喃地說：「你要平平安安的，平平安安的！……」

第七章

「今天請大家來，就是要討論十一月《夏潮》的內容，自從高歌在《聯合報》發表〈沒有人性，何有文學〉之後，余光中第二天也發表〈狼來了！〉，接著，國民黨的所有黨政軍經營的報紙雜誌，也都萬箭齊發，對鄉土文學展開史無前例的圍剿。現在，凡是主張或表現『擁抱鄉土，回歸現實』的文藝理論與作品，幾乎都被貼上兩種標籤，一個是台獨，一個是中共同路人。因此，聽說現在連《中國時報》的余老闆在國民黨中常會也被鬥了，人間副刊主編高信疆也被換掉了，陳宏本來在人間副刊每週有一篇方塊文章也被取消了。所有報紙雜誌都只剩一個聲音，就是強烈批判鄉土文學。」黎明坐在《夏潮》雜誌社大辦公室臨時拼湊起來的會議桌前的主席位上，滿臉紅暈，情緒激動地說，「這一期我們要反攻了，要替鄉土文學辯護，要為『擁抱鄉土、回歸現實』的主張做進一步的論述，所以請大家共同來討論十一月《夏潮》的內容。」

辦公室裡煙霧瀰漫，黎明的紙菸擱在菸灰缸裡還在不停地燒，海濤、志豪、永真、小吳也都在抽菸，還有我，也不時把菸斗含在嘴裡吸著。不抽菸的只有屈中和和唐文標。還有幾位台大、政大和淡江大學的幾位老師和學生。

「其實，那些文章根本可以不理他，不過是國民黨內某人的工具而已嘛……，有什麼內容呢？說我主張共產黨的工農兵文藝，說大頭散布馬克思主義，說陳宏主張階級鬥爭的文學理論，根本都是無中生有，胡說八道！不理他，過幾天就沒人講了，何必在意呢？」屈大哥一副不屑的神情說：「那都是王昇手下一批嘍囉在起哄，想藉機消滅《中國時報》，扳倒李煥。但是小蔣不會同意的。」

「你怎麼知道這些？」我問。

「是啊，我也正要問，你從哪知道的這些？」徐海濤說。

「我去見過鄭學稼、任卓宣和胡秋原幾位老先生。」他說。

鄭學稼和任卓宣在中國大陸就加入共產黨了，但他們是托派不是列寧斯大林派，所以在中國共產黨裡也是被清算鬥爭的。後來和國民黨一起到台灣，就被小蔣創辦的政工幹校聘請為講座教授，專門教共產黨歷史與哲學，都和小蔣有些淵源。胡秋原是現任的老立委，是反共的民族主義者，創辦《中華》雜誌，長期鍥而不捨地反共、反帝國主義。

「這三個老先生都很支持鄉土文學，對『擁抱鄉土，回歸現實』的主張也都極為認同。」屈大哥說，「鄭學稼還去面見了小蔣，向他陳說，國民黨如果要在台灣立足生根，不但不能打擊鄉土文學，而且還要像鄉土文學者所主張的那樣，更用力地『擁抱鄉土，回歸現實』。這對國民黨轉型是一個絕佳的機會。」

「好啊！」徐海濤突然往桌上一拍，大聲說，「這才是智者之言啊！」

「小蔣聽了嗎？」

「據說，當時王昇也在場，小蔣就當場指示他，依照鄭老師所建議的辦理。」

「屈老師所講的訊息很重要，但是，我是比較不贊成屈老師所講的不要理他。因為依目前這種情況，你不理他，他卻鋪天蓋地批判你、抹黑你、抹紅你，你不理他，會誤導社會大眾，以為我們就真的是如他們所講的那樣，是在宣傳共產黨的理論，這多冤啊！」在場大概吳福成是最年輕的，講的話卻最直率坦白。

「我也主張要反擊，不能默默挨打，」徐海濤站起來，捲了捲衣袖，圓圓的眼鏡背後一對閃亮的眼睛，雙手在胸前時而握拳，時而伸掌地比畫著，「尤其，當各方面傳來的訊息都認為國民黨不會捉人了，我們就更該捉緊時機，放膽批駁回去啊！沒有後顧之憂了嘛！我對余光中所寫的〈狼來了！〉實在太憤怒了。這樣的詩人，沒有一點胸襟和氣度，前陣子新詩論戰被唐大俠批判了，現在竟鼓動國民黨捉人，實在可恥可鄙之至！我就要寫文章批判他！」

「要反擊，我也不反對，但我們的文章，除了《夏潮》，還有誰會登呢？」屈大哥無奈地說，「《文季》是季刊，《夏潮》是月刊，打筆戰都沒有時效性。而國民黨有多少家報紙雜誌？單是報紙就有五六家，雜誌至少有十幾種，怎麼打啊？」

志豪坐在椅子裡不停地吸著菸，皺著眉頭，滿臉陰鬱，「這個嘛，」他把菸蒂往菸灰缸裡一按一揉，站起來說：「屈老大講的是事實，沒錯，對方幾乎每天每小時都可以出拳打我們，我們卻一個月才能打對方一拳，而看的人數也不成比例。但是，難道我們就不還手了嗎？就不抵抗了嗎？」他兩眼環視了在場所有的人，語氣堅定地說：「其實海濤講的很實際，反正國民黨這次不會捉人，我們還怕什麼呢？一個《夏潮》不夠，還可以請胡秋公的《中華》雜誌來支援啊！前幾天我去新店中央新村見胡秋公，他還當面說了你們幾個，說想跟你們見見面，聊一聊。尤其是你！」他指著石永真說：「這個石永真寫的小說挺有才華，怎麼說他是個馬克思主義者呢？在台灣他能從哪裡拿到馬克思的著作呢？高歌余光中這些人，嘿嘿，都是人渣，討論文學就討論文學嘛，怎麼就扣人家共產黨的帽子呢？徐復觀教授說他是血滴子，哈哈哈，講得好啊！」

「我本來也同意中和兄的主張，不理他吧！但現在聽起來，大家比較主張要反駁，要反攻。我也不反對！」石永真站起來，用一種比較深沉的嚴肅的表情說：「其實現在有實力和聲望可以討論鄉土文學的人，願意在《夏潮》替鄉土文學辯護的，恐怕不多了吧？我聽說有兩位作家，一個在南部，一個在中部，本來都替《夏潮》寫了關於鄉土文學的文章，但我聽黎明說，後來他們已要求把文章拿回去了。因為大家以為國民黨要捉人了，白色恐怖的陰影，誰不怕？所以能寫的大概就是在場的幾位了。但是，我們又都有日常的工作，是否有時間打筆戰，也是一個問題。所以，我具體建議，不如以訪問的方式，找幾位年輕朋友，也找幾位成名的人來發表意見，黎明，妳覺得這樣可行嗎？」

「小吳，你覺得呢？」黎明抽著菸，指指吳福成說，「你是執行編輯，你表示一下意見吧。」

「我覺得石大哥的意見非常好，我剛聽了，立刻就想到，這個訪問可以分成三類，第一類是訪問當事人，屈老師、石大哥和宏哥。第二類是訪問名人，如胡秋公、鄭學稼先生、徐復觀先生、王夢鷗教授。另一類就是年輕朋友，在台大政大找幾個活躍的社團幹部。另外再找幾個學者專家寫兩三篇專文，把十一月的《夏潮》雜誌定為鄉土文學專號推出去，分量就很夠了。」吳福成胸有成竹地說。

「小吳的意見很好，我可以寫一篇批判余光中的文章。」徐海濤興致勃勃地說，突然又轉首朝石永真問，「你剛才說南部和中部兩位作家要求《夏潮》退稿的是誰？」

「我不知道，因為黎明沒說。」

「徐老師，對不起，我不能告訴你是誰，因為這是人家的權利，我們也不能要求別人都要跟我們一樣。」黎明委婉地、笑笑地說：「你答應寫的批判余光中的文章，我會請師母盯住你，一定要如期交稿才行喔！」

「對啦對啦，我還有一個意見，」吳福成突然大聲說：「我們為什麼不去訪問黨外人士呢？『擁抱鄉土，回歸現實』不就是他們選舉時要強調的精神和方向嗎？」

「這個嘛，我看不要吧，」志豪吐了一口煙，略略歪著頭噘起嘴巴，神情嚴肅地說：「把黨外人士拉進來，恐怕反而給王昇們在鄉土文學的議題上增加了攻擊的火力。讓文學歸文學，政治歸政治，他就比較沒理由來鎮壓鄉土文學了。」

「我同意志豪的意見，確實如此！把黨外人士拉進來，王昇們會求之不得，反而增加鄉土文學的危險。而且，根據我和他們接觸的印象，像老莊這樣的黨外領袖，認為高歌們所批判的都是政治上的統派和左派，這也是他們要提防的潛在敵人。所以，想拉他們來壯我們的聲勢，我看，不樂觀。」徐海濤說。

「把他們拉進來不就被國民黨坐實鄉土文學是台獨了嗎？我們是中國民族主義者，怎能被當成台獨呢？」石永真說。

「阿宏，你的看法呢？」黎明突然指著我問。

「我嗎？」我沉思了一下，緩緩地說：「照理講，黨外人士如果有眼光、夠聰明，是應該要全力支持鄉土文學的，但幾個月來，他們竟沒有一個人出聲來表示伸援，見識胸襟由此可見，……」

「現在大家共同的敵人是國民黨，還分什麼統獨呢？」黎明搖搖頭無奈地說：「雖然如此，我們還是要設法團結他們，……」

「咦？老唐，你今天怎麼都默默地不講話？」徐海濤突然打斷黎明的話，指著唐文標說，「這不像平時唐大俠的作風啊，怎麼回事？」

「沒什麼啦，我也不基（知）道要說什麼，」唐文標有點尷尬，靦腆地微張著嘴巴，露出一排大門牙，笑笑地說：「你們基（知）道，我從小在香港長大，香港到現在都還是英國在統治，香港人的腦袋裡，只有自由沒有民主。後來我去美國，我想我又不係（是）美國人，所以我也係（是）只要自由，絕不關心政治。前幾年，我第一次來台灣，覺得台灣的現代詩壇太崇洋媚外，太逃避現實，所以才寫文章把台灣現代詩批判了一番，就有人質疑我背後有什麼政治。現在這一次的鄉土文學論戰，一開始就扯到政治了，什麼馬克思、共產黨，什麼階級鬥爭，背後又扯到國民黨權力鬥爭，黨內黨外鬥爭，什麼統獨問題，老天爺，太複雜了！我怎麼懂呢？政治我完全不懂，也不想懂，……」

「好好好，你不懂政治沒關係，你就寫一篇文章吧，拿出你批判現代詩那樣的氣魄，把國民黨御用的那些牛鬼蛇神都掃一掃。」黎明笑著說：「對啦對啦，我想起來了，你最近不是讀了鍾理和小說嗎？不是也去了台中拜訪楊逵嗎？乾脆，這兩個作家你任選一個來寫吧，他們都是台灣文學史上有代表性的作家，都很鄉土。」

「黎明這個主意不錯，唐大俠，我看你就寫楊逵好了。」石永真拍手笑道，「其實，爭議什麼鄉不鄉土，對文學有什麼意義？最主要的，還是要寫出好作品！」

「對啦對啦，石大頭，你完全講對了。你本來就是出色的小說家，你就是要不斷寫出好小說給我們讀，」黎明拍手，眉開眼笑地說，「近期內，你和陳宏都給交出一篇小說來。用文學創作就可以說明一切了，還跟他們爭什麼鄉不鄉土？笨蛋！」

「好啦，事情就這麼決定了，胡秋公的《中華》雜誌我負責聯絡，其他事情，士農工商各自努力吧！」志豪站起來，好像要宣布散會了。這時，徐海濤又站起來大聲說：

「各位同志，各位同志，請大家安靜一下。這件事，是不是大家再想一想，再討論一下呢？國民黨花了那麼大的力氣，黨政軍特四大系統都用上了，來圍剿鄉土文學，真的就這麼輕輕放過了，不捉人了嗎？我們會不會太樂觀了一點？」

大家本來都準備要走了，聽他這麼一說，立刻又都停了下來，望著他。

屈大哥拍拍他肩膀，笑笑地說，「你的直覺也不能說完全不對，聽說王昇們內部確實也曾經討論過，捉誰呢？誰都不能捉！因為明年五月，再過半年而已，蔣經國就要選中華民國總統了，他正想收買人心、塑造良好國際形象，王昇這個笨蛋，完全不懂大老闆的心情，反而要替他製造民怨，小蔣怎麼會讓他胡搞呢？」

「對啊！明年就要選總統了，我怎麼沒想到呢？」海濤拍了一下自己的腦袋說。

「哈哈哈，我也沒想到啊！」志豪大笑地說：「明年小蔣還要選總統，誰會想到呢？他現在不就是總統了嗎？黨政軍特，所有權力都一把捉了，還不是總統嗎？」

「是啊，那還要選什麼呢？」吳福成也笑著說，「反正都是蔣總統啦，還選什麼？」

黎明抱起桌上資料，望著紛紛走出大門的朋友們，突然對我招招手，「阿宏，你先不要走，我還有事跟你說。」

「好，我就來！」我一面應著，一面朝徐海濤問說：「怎樣？」

「要去桃園看選舉的事就這樣定了，這個星期六下午四點，我們在火車站集合。」徐海濤說。

「好，星期六下午四點台北火車站見，」我說：「就我們兩個嗎？」

「還有志豪、黎明和小吳。」

「那好，就這樣！」我跟他揮揮手，轉身走向黎明辦公室。

黎明坐在辦公椅裡，左手撐著下顎，閉了眼睛，顯得疲倦勞累。我坐在旁邊的雙人沙發椅上，默默望著她。過了一會兒，她張開眼睛對我笑了笑，「最近，好累！」她說。

「只是一本月刊就把妳累成這樣了嗎？」

「怎麼？你以為《夏潮》是好搞的？像你們《健康世界》那樣嗎？」她又掏出香菸來點著，吸了一口，又緩緩吐出一圈白煙。「你們《健康世界》有充分的資金，編輯部的事有王醫師負責，廣告部銷售部管理部，也都有專人負責。《夏潮》呢？校長兼敲鐘兼掃地的，都是我一個人做。我們雖說是辦雜誌，其實是在搞政治。最近，為了選舉，我就跟郭雨新先生的祕書陳翠，南北到處跑。」

「難怪妳累成這樣，」我說，「妳到處跑選舉，我竟不知道。」

「你們都是有家庭的人，讓你知道有什麼用？我跟陳翠都是單身的流氓婆，要去哪裡就去哪裡，方便得很。」她說。

「是哦，但也不必把自己搞得這麼累啊！」我說。

「阿宏，我想問你，」她笑了笑，兩眼直直望我，兩頰微微現出兩個小酒窩。「你真覺得健康世界總經理這個職位對你適合嗎？你真的覺得待在那裡會有前途嗎？對你有意義嗎？」

我劃了一根火柴把菸斗點燃了，深吸了一口菸。「我不知道，」我緩緩地說，「我本來希望自己能成為大學教授，成為作家，能整天在書房讀書寫作，我就心滿意足了。但是，後來發生了許多事，妳也都知道了。現在，我不能教書了，寫了文章也幾乎沒地方可以發表了。我現在剩下的，就只有《健康世界》雜誌總經理這個工作了。這個雜誌最早就是我構想出來的，雖然我不是醫生不能當總編輯，但我是原創者。現在你問我，這個工作對我有沒有意義？我坦白說，意義不大，因為它跟我原來的構想差太遠。但是它是我目前賴以養家活口的工作，所以，意義雖然不大，對我卻很重要。」

「既然意義不大，你難道沒想過要另謀出路嗎？」

「另謀出路？談何容易？我以前被迫離開學校教職，也想過另謀出路。但是，不就是到處碰壁了，才去想出那個偉大的創業計畫嗎？才搞出這個《健康世界》雜誌的嗎？」我把菸斗含在嘴裡，默默望著她好一會兒，「妳鼓勵我另謀出路嗎？妳有什麼想法？」

「你可以去參加選舉啊！」她微笑地望著我，顯出又溫柔又期待的神情。

「我去競選？」我幾乎不相信我的耳朵，又再一次大聲問她，「妳鼓勵我去競選？是這樣嗎？」

「是的！你應該去參加選舉！」她說。

我手裡握著菸斗，向她揮了一下，「別開玩笑了，我是哪根蔥啊？妳叫我去競選？」

「你不知道你很有群眾魅力嗎？」

「噯呀，噯呀，別再說了，」我說：「我從來沒面對過群眾，哪有什麼魅力？真是胡扯！而且，我也不喜歡政治，我只想搞文學。」

「你喜歡政治，我敢保證。看你寫的政治人物訪問，還有你寫的關於你的故鄉南仔寮的報導，那不都是政治嗎？你在文章裡所灌注的熱情，那是一般人所沒有的。」

我又猛吸了一口菸，白色的煙霧在我的頭頂上空繚繞。「我不喜歡政治！」我說，「要害朋友，就叫他去做三件事，……」

這時，徐海濤突然又出現在黎明辦公室門口了。「很奇怪，怎麼巷口停了一部偵防車呢？」他說，「你們要不要出來看看？」

「你確定是偵防車嗎？」黎明警覺地站起來，「其他人呢？」

「他們都走了。是石大頭有經驗，說那是偵防車。停在外面可以竊聽屋裡講的話。」

「奇怪，不是說不捉人了嗎？怎麼還搞得這麼緊張？」黎明走到辦公室門口向外探了探，「小吳呢？」

「小吳聽徐海濤老師講了後，就跑去外面查看了。」徐麗芬說。

「偵防就偵防，我們又不犯法，怕他們幹什麼？」我說，「我們開會又沒有說要造反，只說我們要反駁，要反擊那些攻擊我們的言論而已，難道也不行嗎？」

「哈！陳宏還真天真，」海濤乾笑了一聲，神情略見嚴肅地說：「他如果要辦你，才不管你犯不犯法。白雅燦、黃震華犯法了嗎？……」

「他媽的！土匪！」我憤憤地說。

「噓！不要再說了。」黎明噓聲制止我，吳福成剛好從外面走進來。

「怎樣？」她問。

「是一部偵防車沒錯，車上還坐了兩個人，頭上都戴著耳機。」吳福成說。本來就有點瘦削的臉，最近似乎變得更瘦了些。

「是針對我們來的嗎？」

「不知道！」吳福成說，「就在我們外面那個巷子口，看起來像是針對我們。但是，看車上的人的樣子又好像不像。而且我們也開完會了，車還停在那裡做什麼？」

「對，我也覺得奇怪，」徐海濤說，「車上那兩個人看到我走過偵防車旁邊，根本連鳥都不鳥一下。……如果是針對我們，不應該是那樣。」

「我同意陳宏講的，我們又不犯法，不必怕他！」徐麗芬笑著說：「這樣疑神疑鬼，都把自己搞成神經病了。」

「好啦！那就不理他了，你們回去吧！」黎明笑笑地對我說：「我的建議，你不妨好好考慮。」

「我們走了，妳在這裡可以嗎？」我不放心地說。

「他們如果真要捉我，你們在這裡也保護不了我！看這樣子，我大概暫時還不會被捉吧？」

「不過，妳還是要小心一點，」海濤說，「妳最近和陳翠到處亂跑，不要讓他們懷疑妳們是在串聯黨外組黨的事。這是國民黨不能容忍的。」

「知道，知道，我不會那麼笨啦！」黎明笑著說，「單憑我們兩個獨身的流氓婆就能組黨？不要笑死人了！」

我跟在徐海濤後面走到大門口，仍然忍不住把吳福成叫到身邊低聲叮嚀，「每一道門都從裡面鎖起來，萬一有事就立刻給我打電話。」

走出門外，巷子裡已經照不到陽光了。有一輛摩托車「突！突！突！」地從後面駛過來，車上的騎士蒙著臉，頭上戴著安全帽，像沙漠打劫的馬賊，呼嘯著又往前飛過去了。我和海濤肩並肩走在巷子裡，轉個彎就到巷口了。那輛車還停在那裡。我的心跳忽然不由自主地就加快了，全身肌肉也突然緊繃了起來。海濤卻故意放慢了腳步，緩緩走向那輛車。我不敢正眼看車上的人，只用眼角的餘光向車裡瞄了瞄，兩個人坐在前座，頭上都戴了耳機，後座好像都是一些電器設備。海濤突然停步彎腰，蹲到地上繫鞋帶。我只好也跟著停步，更靠近車輛些，更大膽向裡面窺看。但除了那些電器設備外，那兩人仍然坐在前座，對我們的動作完全視若無睹。

海濤縛好鞋帶，站起來，繼續向前走。我跟在後面，忍不住又回頭望了望，那車上的人仍然毫無動靜。我不禁長長吁了一口氣。但心臟仍然忍不住快速地跳著，心裡太緊張了。

走出巷子，走到和平東路時，我突然對自己的這些反應感到羞恥起來。不是說，「我們沒犯法，就不必怕他」嗎？為什麼我還這麼緊張？看看人家徐海濤，不是鎮定多了嗎？我突然對自己的懦弱感到十分地失望和厭棄了！

回到《健康世界》雜誌社時已經下午五點了。跑廣告業務的蔡經理和陳俐娟、李寶華都已回到辦公室了。「陳總好！」他們一見我進門都站起來招呼著。

「大家辛苦了！」我也微笑著回應，「情況還好吧？」我說。

「還不錯！」蔡經理跟在我後面走進辦公室，「跟陳總報告，我們十月的廣告業績大約又成長了一成五。我本來也擔心，有些廣告主會不會抽廣告呢？結果，不但沒抽，反而還增加，……」

「很好，這都是你們廣告部和編輯部的功勞。」我說，「只要配合每一期的文章去拉廣告，一定有效。不論是藥品或醫療器材、健康器材，這就是我原先構想創辦這個雜誌時，會去找台大的醫生來投資，就是看準這一點。只要編輯部策畫出好的內容，適合社會的需要，不但廣告量會成長，銷售量也會不斷增加。這個雜誌絕對是錢途無量的，你們好好加油吧！」

「是！我們一定會好好努力！」蔡經理有點討好地說：「現在已經快十一月了，我們是不是可以討論廣告部的獎金辦法了呢？」

「你想改了嗎？」

「上次陳總答應，一年後可以討論修改獎金制度。」

「那，你們廣告部就先去討論出一份新的草案來吧，」我說。

「是，我會準備。」

「還有，你最近還有和你的調查局的同學聯絡嗎？」

「有，有啦！上星期有見過一次啦。」

「那，怎樣？他講了什麼嗎？」

「他，他說，他說沒事了啦！」

「他說沒事了，是什麼意思？」

「是，是我問他的啦，」蔡經理有點支支吾吾地說：「我說，我們陳總的事最近很嚴重嗎？為什麼幾乎每天都還在點名批判呢？他就說，你們陳總沒事了！」

我手握菸斗，兩眼直直正視他，「沒事了？是他自己說的？還是上面說的？」

「我不知道，我沒問。」他說，「等一下可以電話問他。」

「那，你不必再寫我的報告給他了吧？」

「寫報告啊？我沒，沒寫啊！我，我……」他突然漲紅了臉，結巴地說：「我沒寫啊！」

「好，謝謝你，辛苦了！請你叫魏美華好嗎？」

「魏主任，陳總找妳。」他站在我辦公室門外大聲說。

這個魏美華是我一位高雄醫學院的朋友的妹妹，高商畢業來台北求職。她珠算一級，學校功課也都名列前茅。我覺得她聰明伶俐老實，所以，雜誌還在籌備時，我就請她來當會計了。她工作認真負責，又細心勤快，我就把管理部的工作，包括會計、人事、倉管都交由她負責了。

「美華，十月份各部門的報表都匯整好了嗎？」

「還沒吔，還要再一星期，各部門資料才會到齊。」她說。

「十月份廣告業績又成長一成五，真的嗎？」

「我也是剛剛才聽蔡經理講的。」她說，「他們的報表都還在整理中。蔡經理說，他們新開發的房地產廣告和汽車廣告都有進來了。營業部在高雄醫學院和幾家私人醫院也都有一些新訂戶進來，零售成績也不錯，九月號談癌症，台大醫院福利社就銷了好幾百本。但確實數目也還不確定。」

「是嗎？那——我外出時，有人找我嗎？」

「有啦，有一個人說是你表哥，留了這個電話，請你回來打給他。」她遞了一張寫了電話號碼的紙條給我。「我哥哥也打電話來關心你的事。他說高醫學生每天都在討論這件事，還串連到台南成功大學。」

「好！幫我謝謝妳哥哥，現在比較敏感，我就不打電話給他了。」我說，「請替我把門帶上，沒特別的事就不要找我了，我想休息一下。」

我拿出菸斗來點著，吸了一口菸，仰首把煙噴向空中，一團白霧還沒碰到頂就散開了。一股略帶香甜的蘋果味在辦公室逐漸地、淡淡地擴散開來，逐漸地充溢滲透到辦公室的每一個角落和縫隙。

銘德表哥找我，有什麼事嗎？他又想講什麼呢？對了，也許可以向他打聽一下，說沒事了是真的嗎？但是，那偵防車又是為什麼呢？我又吸了一口菸，讓那有點香甜的淡淡的蘋果香味，輕輕緩緩地經由咽喉滲透到肺裡，然後又緩緩地經由我嘛得圓圓的嘴脣，用舌頭輕輕地點著，呼出去，變成一團團圓圓的煙圈，裊裊地在空間滾動，飄向天花板。

但是，那樣難道不會被他看破我在緊張害怕嗎？那，以後他不就會更加恐嚇我、威脅我了嗎？

不行！我一定要若無其事地、毫不在意的樣子問他，絕對不能洩露一點點緊張害怕的蛛絲馬跡。

我拿起電話，撥了那紙上的號碼，「請問李銘德先生在嗎？」

「我就是，啊！你是，……我知道，我現在就去你辦公室，可以嗎？」

「來辦公室？不好吧！辦公室還有別人。」

「那有什麼關係，他們又不認識我。」

「好吧，你要來就來吧！」但是，我一掛斷電話就立刻後悔了。萬一他在辦公室給我裝上一個什麼竊聽器之類的，怎麼辦？我聽那些黨外人士說，警總的人專會搞這種事。我突然感到非常不安。我又拿起電話，再一次撥了那個號碼。響了半天，竟然沒人接。出門了嗎？速度那麼快？他想幹什麼？我的心突然覺得有點慌亂了。焦躁不安的感覺讓我很想喝一杯酒。於是，我走出辦公室。整個雜誌社只剩下魏美華的辦公室還亮著燈，其他人都走了。我走到市場旁邊的雜貨店買了兩罐冰啤酒。當我走回辦公室時，魏美華正準備離開。

「陳總還不下班嗎？」

「我等一下就走。」我說，「請妳順手把大門關了。」

我坐到辦公室的沙發上，把一罐冰啤酒開了，倒在玻璃杯裡，一口氣就大口喝了半杯。一陣冰涼的、輕微的啤酒特有的香味從喉嚨灌入胸腔，穿透腸胃。「哇啊！真舒服啊！」我心裡叫著，臉頰立刻感到一陣燙熱。我長長舒了一口氣。等一下要怎麼跟他對話呢？我又把菸斗點燃了，抽了一口煙，吐出一團煙圈，又喝了一口酒。原來的慌亂焦躁不安消失了，精神竟變得有點亢奮。雙手摸了摸臉頰，走進盥洗室照了照鏡子，臉紅得像廟裡的關公爺。我轉開水龍頭，雙手捧水不斷往臉上潑。

「怎麼會這樣？喝酒太猛了嗎？」

突然，門鈴「叮咚！叮咚！」地響了。我用手抹了抹臉上的水珠，又用衣袖把臉擦了擦。跨著大步向大門走去。門一拉開，銘德表哥做了一個怪異的神情，然後才笑笑地說：「怎麼？喝酒了？」

「進來吧！」我把大門關了，帶他進入我的辦公室。「你坐沙發吧！」我說，「大家都下班了，連開水都沒有，你就喝這罐吧！我剛剛去買的。」我把那罐未開的啤酒遞給他。

「怎麼突然想喝酒了呢？你不是不喝的嗎？」

「我喝，但酒量不好。」我說，「你看，一罐啤酒還沒喝完，臉就紅成這樣了。」

他把啤酒開了，輕輕發出一聲「嘶——」的叫聲，一陣淡淡的白氣跟著從酒罐冒出來。

「不是有什麼心事吧？」

「胡說，我哪有什麼心事？要有，也是你們迫害出來的。」我似乎有點胡言亂語了，跟我原先計畫要說的不太一樣。

「怎麼？你已經感受到被迫害了嗎？」

「難道沒有嗎？你們沒有迫害我嗎？那麼多黨政軍特辦的報紙雜誌，鋪天蓋地抹黑抹紅批判，都是無中生有、斷章取義、惡意曲解，還不讓人申辯，他媽的！這還不是迫害，那什麼是迫害？接著，大概就要捉人了吧？捉誰呢？陳宏、石永真、屈中和，都是手無縛雞之力的書呆子，既沒武器也沒群眾，捉他們是最沒後遺症了，對不對？但請不要忘記，你們國民黨不是說台灣是民主法治的國家嗎？不是和中共的專制極權不一樣嗎？既然如此，我們既沒犯法，也不違法，你們憑什麼捉我們？嗯？你們這樣胡搞，不是跟你們宣傳的萬惡共匪一樣了嗎？」

「是誰告訴你要捉人呢？我不是再三說，只要你暫時不要再寫文章，不要再和那些有問題的人來往，你就沒事了。我不是這樣告訴你的嗎？誰說要捉人了？胡說八道！你這才是無中生有，造謠毀謗！」他喝了一口酒，也不甘示弱地說。

「好，那我問你，你們憑什麼在報紙雜誌上扣我紅帽子？說我傳布共產邪說，提倡階級鬥爭，散布仇恨？我從小接受國民黨教育長大，共產黨是什麼個樣子，我看都沒看過，那些高歌、余光中們，都是在中國大陸出生長大的，他們接觸過、看過共產黨，他們才有問題。我從來都不知道共產黨是圓是扁，竟然說我是共產黨，他媽——的，這不是迫害是什麼？在台灣，共產黨是要槍斃的！不是嗎？還派了一輛偵防車在巷子口偵防，竊聽我們講話，他媽的，老子不犯法不違法，還怕你們竊聽嗎？……」我仰首又大口喝了一口啤酒，大聲說。

「等一下，等一下，」表哥左手握著啤酒罐子，右手向下揮了揮，制止我搶話，「你說什麼偵防車？在哪裡看到的？你講清楚講清楚！」他說。

「今天下午，你們不是在《夏潮》雜誌社的巷子口擺了一輛偵防車嗎？車上還坐了兩個人，頭上戴著耳機，不是在竊聽我們講話嗎？」

「這不可能！這與你們無關啦！我敢保證！」表哥說：「我今天找你，其實是要告訴你，你已經沒事了！沒事了！」

「什麼？沒事了？這是什麼意思？」我說：「我們本來就沒事，是你們硬要顛倒黑白、指鹿為馬，說我們是共產黨，又說我是台獨，是你們神經有問題，我本來就沒事，這還用說嗎？」

「你啊，你啊，你是七月半的鴨仔，不知死活。」銘德表哥用手指點著我說：「一開始，人家把局都設計好了，是整套的！先發動輿論，把你們打成共產黨，再把黨外拉進來，說你們又是台獨。共產黨和台獨利用選舉，聯手製造暴亂，企圖推翻政府。情勢如果這樣發展，能不捉人嗎？不只捉一個兩個，是捉一串啊！」他仰首又喝了一大口酒，用手背抹了抹嘴角，繼續說，「你們是祖宗有積德，碰到現在的大老闆是小蔣。如果早三年，老蔣還在，你們早就沒命了，我告訴你！」

我瞪大了眼睛望著他，心想，從各處來的資訊似乎都有幾分類似，不捉人大概是真的了。只是銘德表哥沒講到國民黨內的權力鬥爭。

「那，偵防車也不是針對我們了？」

「我保證，那絕對與你們無關！」他說：「但是，你千萬不要再和那些有問題的人來往了。」

「哪些人是有問題的呢？你開個名單給我吧！」我說。

「我怎麼給你名單？」表哥揚起他戽斗狀的下巴，沒好氣地說，「你自己心裡明白，還用我說嗎？」

「但是你說沒事了，是誰說的呢？是你自己想的嗎？還是開會時你們上級公開宣布的？沒事了就是不捉人了嗎？不再用報紙雜誌抹黑攻擊了嗎？既然沒事了，為什麼媒體都沒報導？」

「唉呀阿宏，還虧你整天跟政治攪和，這種事怎麼能公開講？原先他們設局的整套計畫也都是祕密的，因為這不是上面的政策指示，怎麼能公開呢？根據我們內部的機密消息是王昇的政工系統搞的，上面根本不知道。後來有人向上面報告了，才破了王昇的局。」表哥說，「所以最近內部開會時，政工系統的發言不但不再像開始時那樣血光劍影殺氣騰騰了，而且還朝向站穩鄉土、團結鄉土的方向在做文章了。」

「但是，我還是有點不放心，你們國民黨，尤其是你們警總，抓人關人殺人不都是你們搞的嗎？今天由你的嘴巴說沒事了，但說不定明天就派另外的人把我們都給捉了，會不會這樣呢？」

「阿宏，我們姨表兄弟難道是白做的嗎？我雖然不幸在警總工作，但是我的心也是肉做的呀，我難道是沒血沒淚的人嗎？以前的警總真的是壞事做盡了，但這幾年不一樣了，不然我怎麼待得下去呢？」表哥笑笑地，但卻也有點無奈，甚至又有點激憤地說，「當年警官學校畢業被分發到警備總部時，我老爸的教示，我一直都不敢忘記，他說公門好修行，要做善事、積陰德，子孫才會有好報應。我在警總這麼多年，算是很落魄了，但我敢拍胸膛大聲說，我無愧於李家的列祖列宗，無愧於我的良心。一直以來，像好意提醒你警告你這種事，我對別人也做。而且做的還不少。但這是違反組織規定的，被發現的話，我也是要被殺頭的。但是，我知道黨外人士不是壞人，他們都是有理想、有正義感的人。坦白講，作為一個台灣人，我佩服他們！我也知道黨外人士對警總恨之入骨，但該做的事我還是要做啊，不做我會良心不安！阿宏，我們從小在一起，這麼多年不見了，難道只因為我的職業在警總，你就對我再沒有一點點的感情、友誼和信任了嗎？你真的以為我這個表哥在警總，都在幹害人殺人的事嗎？」

我默默地望著他，腦海裡映現出他直挺挺地站在他家客廳的祖宗牌位前，恭敬地聆聽姨丈訓話的那一幕。而他的這一席話也讓我心軟了，也讓我對他的疑心和敵意消釋了很多。該被痛恨的不是這個人，而是那個制度啊！什麼《肅清匪諜條例》、《懲治叛亂條例》，全面鋪天蓋地地宣稱，匪諜就在你身邊，檢舉匪諜人人有責，鼓勵人要互相告發檢舉。這樣的社會，人與人的基本信任、人性的善良溫暖都被摧殘扭曲了，這是什麼樣的國家和社會呢？

我們一起走出辦公室，一起搭上去木柵的公車。到達忠順街時，天已經微暗了。我在「過橋麵線」炒了四樣菜。表哥去旁邊的雜貨店買了半打五加皮酒和一瓶金門高粱。

我一進家門，女兒立刻從沙發上跳下來，叫，「爸爸抱抱，爸爸抱抱！」兒子也叫了一聲「爸爸！」卻仍然目不轉睛地看著電視。我對著在電視機前打瞌睡的母親叫了一聲「阿母，我回來了！」，隨即彎腰把奔到膝前的女兒抱起來，同時對母親說：「銘德仔來咱們家了！」

「銘德仔，你來了，來坐來坐！」母親從沙發上站起來，對孩子們說：「叫表伯，表伯！」兒子有點害羞地望我一眼，怯怯地叫了一聲「表伯！」

「三姨仔，我今天特別來陪妳飲酒的。」銘德表哥說。同時把酒放在餐桌上。

「噯呀，銘德仔，你怎麼買這麼多酒？」媽媽眉開眼笑，很開心地說。

「我知道三姨仔愛喝五加皮，聽阿宏說，妳現在習慣每晚都有喝一點？」

「喝半杯啦，喝了好睡。」媽媽笑著說。

「我也是，每晚要喝一點。」

我抱著女兒大步走進廚房，淑貞正在炒菜，熱鍋裡發出「絲絲」的聲音，還有廚房抽油煙機呼呼的響聲。

「不要再煮了，我在外面買了好幾樣菜回來，夠吃了！」我站在淑貞後面說。

淑貞略一回頭，臉上漾著濃濃的笑意，「可佩還讓爸爸抱啊？你們出去，出去！廚房太擠了！」她說：「請人回家吃飯也不早點說，害我臨時怎麼張羅啊？」

「沒關係啦，我不是在電話裡已經說我會從外面買菜回來，叫妳不必再煮了嗎？」

「你出去，出去，我再炒個魚香茄子就好了。」她說，「可佩下來，讓爸爸把媽媽煮的菜端出去餐廳好嗎？」我把女兒放下，她卻去抱住媽媽的腿不放。「嗳呀，阿宏，把可佩帶出去，別在這裡礙手礙腳。」

我端了一盤白切肉，一盤番茄炒蛋，嘴裡叫著，「可佩跟爸爸出來，乖！不要吵媽媽。」我學著火車的叫聲，「嘟——，爸爸的火車要開了，可佩快來啊！嘟——氣剎！氣剎！……」女兒果然被我誘過來了，奔跳著跟在我後面，也「嘟——嘟——」地叫著。媽媽已經把我買回來的四樣菜都用盤子裝著擺在桌上了。

淑貞也端了一盤炒茄子和一碗蒜頭醬油出來了。「表哥，不好意思，沒什麼菜招待你，」她說：「阿宏臨時打電話回來，我又剛下班，今天就隨便吃啦。改天約個時間，我再炒幾樣菜請你和表嫂一起來。」

「嗳呀，太客氣啦！我聽阿宏誇妳手藝很好，他說這幾年都被妳養胖了。」

「來，坐坐坐，阿母坐這裡，表哥坐這裡，」我說：「我們四個大人各坐一邊，可佩跟媽媽坐一邊好嗎？」

「不要不要，我要跟爸爸媽媽一起坐坐。」女兒嚷著。

「好好好，爸爸坐這邊，媽媽坐那邊，可佩坐爸爸媽媽中間，這樣就一起坐坐了。哥哥坐爸爸另一邊，這樣好不好？」

「這個查某囝仔跟伊阿爸餇奶（撒嬌）。」母親邊裝飯，邊笑著說，「銘德仔，坐啊！阿宏給你表哥倒酒，阿貞今天也要喝一點嗎？」

「我不會喝，你們喝吧。」淑貞一面把飯碗端到餐桌上，一面招呼兩個孩子，「可佩要番茄炒蛋和茄子嗎？可親呢？你比較大了，喜歡吃什麼自己挾。」

「來，歡迎表哥第一次來我們家吃飯。上次你來得太突然，我們比較失禮了，在餐館吃飯還讓你付帳。」我笑著說，「阿母，你喝五加皮，我們喝高粱酒，表哥酒量很不錯喔！」我喝了一口，一股辛辣的刺激味立刻從喉嚨經過胸腔流進腸胃。

「哇！好辣的酒！」我皺著臉叫了一聲。

「你和志豪們不是常喝高粱酒嗎？」淑貞看我的臉，竟笑了起來，「明明不會喝酒，還裝著很會喝的樣子。喝點湯可以解酒，噯呀！」她突然叫了一聲，起身往廚方走去，「差一點把湯給忘了。」她說：「阿宏，來幫忙把湯碗端出去。」

「我買的高粱酒是五十八度的，你平時喝的只有四十五度，難怪你覺得比較辣，」表哥笑著說：「你們不必這樣忙來忙去啦，快坐下來吧！三姨仔，我敬妳！」

「我也敬你，表哥，這次蒙你照護，真的很謝謝你！」我說：「這樣我媽和淑貞可以放心了。她們一直為這事，心裡憂煩得很。」

「沒事了，弟妹，妳放心，這件事已經結束了，無事了！我已經向阿宏講得清清楚楚了，放心啦！」

「啥仔事啊？」媽媽一手拿著酒杯，一手拿著筷子，望望我，又望望表哥。

「阿姨，我是講阿宏平平安安，沒事啦！」

「你是講報紙講的那些事嗎？」

「妳也知道嗎？三姨仔，妳有看報紙嗎？」

「我不曉看報紙，是店仔頭那個少年頭家講的啦。伊講很嚴重喔，會捉人哦！我才每禮拜回去南仔寮拜媽祖，求媽祖保庇！」母親憂愁地說，「我憂煩得晚上袂睏哩。現在你講無事了，阿宏會平平安安，袂乎人捉去了是莫？」

「是啦！沒事了啦！阿宏又沒犯法，誰講會捉伊？黑白講！」

「聽你這樣講，我就放心啦！為這事，媽祖起乩有指示，講會無事啦，會平安啦！媽祖很有靈信！」母親虔誠地說。

「喔？媽祖也這樣講嗎？」表哥喝了一口酒，笑著說。

「是啊！媽祖講，這層代誌會平安無事。但是，也有另外交代，叫阿宏這兩三年內，閒事盡量勿管，不然，恐怕還會有災厄！」

「阿母，飲酒啦！」我端起酒杯邀她喝了一口酒，忍不住說：「妳就是太相信媽祖，媽祖是木柴刻的，敢真的那麼靈信？」

「噯呀，你這個囝仔，都這麼大人了，還這麼鐵齒？怎麼和你那個夭壽老爸那麼像啊？如果不是媽祖保庇，咱們家大大小小怎麼平平安安呢？你不能太過鐵齒喔，我給你講！」母親明顯地生氣了，自己端起酒杯，猛地喝了一口。

「妳這麼信媽祖，怎麼三兄沉船的時候，噯喲！……」

淑貞突然在餐桌下狠狠地用力扭了我的大腿，「你今天怎麼了？媽媽講的，你聽著就是了，還在那裡講東講西？沒有媽媽替我們求媽祖保庇，一家能平平安安嗎？鐵齒！愛人罵！」淑貞笑笑地對母親說，「阿母，你勿睬伊，這個人番番，講袂清楚！」

「阿母，我知道妳是好意，為著我好，我有時番番，妳原諒我，勿掛在心裡，也勿跟我計較！」我站起來向母親一鞠躬，端起酒杯，「我自己罰酒啦！」我說。

「是啦，這神明的代誌不能不信，我老母還在時，也時不時去慈雲寺拜拜。」表哥也端起酒杯向母親說：「阿姨，來，咱們來飲酒！」

「連雜貨店老闆都注意到這件事了，」我不安地望了望淑貞，小聲地說：「那妳在辦公室，同事們一定……也給妳很大的壓力了！」

「沒事，沒事！」淑貞抬頭望了我一眼，眼眶裡竟含著兩泡淚水，低了頭把飯扒進嘴裡。過了一會兒，抬起頭來，拿了我的酒杯向表哥說：「表哥，謝謝你了！現在，沒事了，那就好了！平平安安的，就好了！……」

我從餐桌下握住她的手，內心感到一陣揪心的內疚和痛楚。

第八章

「哇塞！人這麼多！」我一進台北火車站，立刻被車站裡的人潮震住了，簡直人擠人嘛！我在心裡嘀咕著，「今天是什麼日子啊？又不是過年過節，怎麼……」

「陳宏，陳宏，」我朝購票的窗口望去，徐海濤已在購票口的大時鐘下向我揮手招呼了。旁邊有鄭黎明、吳福成和王志軍。他們朝我的方向擠擠挨挨走過來了。

「車票都買好了，但是，是站票。」吳福成笑著，揚了揚手上的火車票。

「沒關係，中壢很近，一下就到了。」我笑著說：「志豪沒來，志軍卻來了。」

「志豪怕出事，他說他還是最好不要來。」志軍瞪大了眼睛望著我，「怎麼瘦了？最近壓力太大了嗎？」他說。

「還好了，有你們這幫朋友撐著，還沒被壓垮。只是我母親和老婆確實替我擔了很多心。」我笑笑望著志軍說，「志豪怕會出事不來了，你平時不是也挺小心謹慎的嗎？怎麼這次你就不怕出事了呢？」

「你說，我是混混哪一行飯吃的？我們幹幹記者的，報社派我們去哪，我我們就去去哪。真要出事了，那才好，才有有新聞可寫啊，不是嗎？」

「報社啦，記者啦，都巴不得天下大亂，越亂才越有新聞，才越有人要買報讀報。所以，幹這一行的都幸災樂禍，哈哈哈，我們辦雜誌的也差不多啦。」吳福成大笑地說。

「阿宏，還有徐老師，你們等一下可以和志軍好好談一下羅智信這個人。他把老羅的幾本書都細讀了。」黎明笑著說，「志軍很少這麼推崇一個人。……」

「怎麼？你很推崇老羅嗎？那等一下得聽聽你的高見了。」海濤笑著對志軍說，「你認識老羅嗎？訪問過他嗎？」

「我還不不認識他，但有計計畫要訪問他。」志軍說，「他是非常值值得注意的未來台灣新世代的政治領領袖人物之一。」

「嘟——嘟——」火車鳴著汽笛進站了。這班車是由基隆開到高雄的，每一節車廂裡的人還不太多。但等在月台上的人卻很多。火車一進站，人們便潮湧般向車門湧過去。月台上的管理員頻頻吹著口哨，大聲喊著，「不要擠，不要擠！照順序排隊上車啊！」人群裡也有人大聲喊著，「大家守一點規矩好不好？擠什麼擠啊？」管理員拿著手提麥克風喊：「這是對號車，有劃到座位的就是有座位，沒劃到的再擠也是站票，不要擠啊！」擁擠的人群終於緩下來了，漸漸自動排成隊伍，依序上車。

「今天是什麼日子？怎麼這麼多人坐火車？」我問旁邊穿著制服戴圓盤帽的管理員。

「大概是明天要選舉投票了，這些人都是要返鄉投票的吧？」管理員說，「平時禮拜六也沒這麼多人。」

「這表示大家很重視這次選舉。」我排在志軍後面，大聲在他耳邊說：「報社的消息是這樣嗎？」

王志軍雙手在頭上攏了攏紊亂的頭髮，略略回首說：「根據各地特派員傳回的新聞資料，幾乎都說投投票率會很高。因為有許多縣市都有黨黨外人士出來競爭，不像以前只有國民黨提名的人參選。……」

「喂，不要擠啊，」旁邊那一排突然有人大聲叫嚷，「擠什麼擠？……」

「不是我，是後面，……」

「扒手，扒手，我的皮包被扒走了！」突然有人大聲喊叫。管理員立刻趨前喝問：「什麼事？什麼事？」

「我後面口袋的皮夾沒有了！……」

管理員立刻吹起口哨，大聲命令：「大家站住，不准動，不准動！」然後朝月台上的警衛叫道：「抓扒手！抓扒手！」兩個穿著制服的警察立刻跑過來。隊伍中突然有一個人以飛快的速度竄出人群。

「他就是扒手，他就是扒手！」錢包被偷的人指著那個逃竄的人大叫。兩個警察立刻邊吹起哨子，邊向那人追了過去。而站在車廂下的人群在短暫的騷動後，又自動依序上車了。

進入車廂的人也很忙亂，有的人拿著車票對著座位號碼找位置，有的人站在走道上努力把行李推到行李架上，有的人用力擠過狹窄的走道。我和志軍、海濤先是站在車廂的走道上，但人們不停地從我們面前擠過。於是，我們又從車道走回車廂入口的地方。那裡空間較大，我們靠在車門邊站著。當開車的鈴聲響起時，黎明和吳福成也從另一個車廂擠到我們這邊了。

「我還以為你們沒擠上車，鄭姐差點急死了。」吳福成說，「你們不能靠著車門，這樣太危險了。要站進來一點，手要抓住這個把子。我以前讀高中都是坐火車，站在車廂入口這個地方，我很有經驗。」

「沒想到人會這麼多。」黎明拿了一支菸點著，然後向我示意要不要也來一支？我和海濤都搖搖頭，志軍和吳福成也各點了一支。

「把另一邊的車門也打開吧，空氣不好。」海濤說。

「那你們站進來一點，手要抓緊這個把手。」吳福成又叮嚀了一次。才說完，車站的鈴聲又「鈴鈴鈴」地響了。火車突然發出一聲綿長的氣笛聲，「嘟——」接著「誑郎吭弄」地震動了幾下，車廂才緩緩地移動了。火車壓著鐵軌發出「氣！擦！氣！擦！」的呻吟。

「終於開車了，」黎明臉色有點蒼白，對我笑了笑說：「人那麼多，嚇死啦！」

「聽說，都是趕回家明天投票的。」我說。

「這次，有幾幾個地方是搞得很很熱鬧，」志軍笑著說，「桃園縣據據說就是一個。國民黨中央大員，像邱邱創煥、王昇，都駐在桃園縣指揮。羅智信公開演講時，呼籲大家要保保護選票，還說，做票的就是共共產黨，打死共產黨不犯法，還可以拿拿獎金。國民黨估計，桃園縣就是一個最最可能暴動的地方。」

「那，你認為呢？」海濤朝王志軍問道，「你們《中國時報》有具體消息嗎？」

「地方特派員說，如果國國民黨不做票就沒沒事。但是，如果有做票就難難說了。」志軍說：

「羅智信不是簡簡單人物，不會任人宰宰割的。」

「你剛才說，羅智信是台灣未來新世代政治領袖人物之一，為什麼你這樣判斷？」海濤問。

「我讀他的書，覺得他有幾個特特質，是以前台灣在野政政治人物所沒有的。第一是他他的國際觀。談中美關係，敢敢斷定美國會向中國靠攏，但又會保保護台灣安全。冷靜理性，絕不人云亦云，很很了不起！第二是他的浪浪漫性格。明知國際情勢越來對台灣越越不利，他被國民黨開除後，個人情勢也很不利，但他卻始終樂觀，充滿信心。這大概是他能吸吸引年輕人最最大的魅力所在吧？第三，他又是一個非常務務實，非常謹慎的現實主義者。我對他被國民黨開除後，還發發表那篇〈此心長為國民黨員〉，由由衷地佩服。因為他很務實地了解，國民黨的實力絕絕不像那個彭明敏在海外吹吹牛的那樣，說只要讓他在台灣巡巡迴演講，國民黨就垮垮了！一般黨外人士都低低估了國民黨的力量，誤以為國民黨是一個沒有群群眾支持的政黨。其實，我我的了解，這是嚴嚴重錯誤的想法。羅智信沒有因為個人感情的好惡而錯估國民黨，他知道必需爭爭取國民黨員及國民黨支持者的支支持，他才能勝選！他這種見識和格局，不是其他黨黨外人士所能具備和理理解的。黨外如果要監督制衡國民黨，就要有羅智信這樣的領導者。有深刻的國國際觀，有浪漫的樂觀的性格，又有很實實際務實的能力。」

「以前在《大學》雜誌，我們常一起開會，他的見解很能吸引我，但是，有些人認為他膨風。他當省議員時，質詢省政府官員比黨外更犀利，更不假辭色。他為了農民的利益，幾度跟國民黨省黨部翻臉，這種性格與風格，我很欣賞很佩服！但你說，他將成為台灣新世代政治領袖，是否把他揄揚得太過了一些？」海濤說：「我怎麼老覺得他有點輕浮，有點浮誇？」

「我我也不知道。但，目前，我是這樣看看這個人。不論在國民黨內或黨外，我都還沒見過像他這樣有見解、有自信的政政治人物。」志軍咧嘴笑笑地說，「黎明不是跟他很熟嗎？妳妳的看法呢？」

「我每次都是跟陳翠一起去的，陳翠說他老闆郭雨新先生很讚賞老羅在省議會的表現，有膽有識，可惜國民黨不會用這種人。他很會鼓舞年輕人，要他們站出來關心國家，關心政治，關心選舉。」黎明笑著說，「他也把我當年輕人，鼓勵我出來參選。我覺得這個人有政客的務實精明，又有政治家的理想浪漫，他的政治見解相當有智慧。但他也讓我覺得散形散形，好像心不在焉，跟朋友約會很少不遲到，對世俗的事也不太在乎。有時候很權謀，有時又很天真。這個人有些地方我還看不太清楚。」

我們只顧聊天，卻沒注意到，旁邊不知道何時還有兩個大學生模樣的青年，一個男的，理了個平頭，已經冬天了，還只穿了長袖襯衫，顯得壯碩精悍。一個女的，留了頭烏黑茂密的長髮，上身穿著藍色的毛衣，配著牛仔褲，顯得活潑秀麗。

「你們在談羅智信嗎？」那個男生笑笑地和我們攀談起來。

「你也認識羅智信嗎？」海濤也笑著反問。

「我是桃園人，每個週六和週日我都回桃園幫他助選。」那男生說。

「那妳呢？」海濤笑著問那女生。

「她是我女朋友，我們一起去幫羅智信。」

「你們為什麼願意幫他助選？」

「我讀過他寫的《台灣社會力分析》和《風雨之聲》，覺得他很了不起，我很佩服他的勇氣和見解。我女朋友也讀了他的《風雨之聲》，簡直把他當英雄崇拜。」那男生說，「他叫我們關心國家、關心政治、關心選舉。他還講了很多別的，我們都覺得他講得很好很對！我們家都很支持他。我父親說，從來沒有一個民意代表像他那樣了解農民，關心農民！他因為關心農民才被開除黨籍，所以農民都應該支持他！」

「他家是農民，那妳呢？妳家也是農民嗎？」海濤又笑著問那女生。

「我不是，我爸媽都是公務員，」那女生有點害羞地微微紅了臉，靦腆地說，「我讀他的書，覺得他很有正義感，有道德勇氣，不怕威脅恐嚇，是很有膽識的人。」

「你們讀哪個學校？有其他同學跟你們一樣嗎？」吳福成說：「我們都是羅智信的好朋友和支持者，我們也是去中壢替他加油的。」

「她是政大西語系，我是台大經濟系，」那男生說：「就我所知，我們台大也有好幾個同學替他助選，政大也有。」

「羅智信是我們政大的學長，還有一位林杰克也是政大的，替羅智信負責文宣，也負責帶我們這些學弟學妹，」那女生雖有些靦腆，卻又十分開朗地微笑著說，「自從參加羅智信的助選工作，我覺得生活突然變得很有意義了，好像充滿朝氣和希望，這是我幫忙羅智信助選最大的收穫。」

「你們一起去助選的同學都有這種感覺嗎？」黎明問他們。

「是的，我們都覺得人生充滿希望，生活也充滿朝氣。」那男生說。

不知不覺中，火車已經停了。車站傳來播音員的廣播，「各位旅客，中壢到了，中壢到了。下車的旅客請不要忘了你隨身攜帶的東西。」那兩個年輕人率先下了車，回頭向我們揮揮手，很快消失在人群裡。在中壢下車的旅客很多，我們在人群裡被推擠著朝出口湧去。

到達羅智信競選總部時已經下午六點，天已經微暗了，總部外面的燈都已經打亮了。總部在大馬路邊一個很大的空曠的廣場。廣場最裡面有一座臨時搭建的鐵皮屋，鐵皮屋前面是一座演講台。台上有一張很大的羅智信的半身照片，已經半禿的頭髮露出寬廣的前額，隆鼻大耳，一雙露出笑意的眼睛和豐滿的嘴唇，相當自負自信而又不太在乎的神情。背景是兩幢農舍和一片稻田，廣場的兩邊各有一片很大的壁報板，縱深大約五十公尺，然後再向馬路邊各延伸大約五十公尺。壁報板分為上下兩欄，上欄是總部製作的各種內容，包括「羅智信的政見與主張」、「風雨之聲」、「當仁不讓」、「此心長為中國國民黨員」這些羅智信發表過的言論和文章，還有「競選活動看板」、「羅智信的故事與笑話」、「罵死羅智信」把國民黨對他的批評圍剿都一條條列出來，「競選花絮」……等等。下欄是「選民心聲」，注明「歡迎大家說出心裡的話」。

廣場的壁報板前已經聚集許多人，有的在拍照，有的在錄影，也有站在壁報前努力抄寫，更多人則仔細地閱讀壁報板上的文字，並頻頻和同伴們互相交換意見，有的則在「選民心聲」欄裡振筆疾書。我大致把競選總部製作的上欄瀏覽了一遍後，特別用心閱讀著「選民心聲」，這才發現，這欄早已被寫滿了，還又鋪了三四層。

「哇塞！這些選民還真熱心，你看，這裡都鋪到第四層第五層了，」志軍翻著那些壁報紙，念著，「國民黨白賊，羅智信當選！」「國民黨都是貪官汙吏，羅智信正直清廉，不畏權勢，我們全家支持你！」「蔣青天啊，羅智信是忠黨愛國的人才，請你重用他吧！一個忠黨愛國的外省老兵」「羅智信，你為民喉舌，不畏強權，替我們樹立了好榜樣，我們支持你！一群就讀台大的桃園子弟」。

「哈哈，這個老羅很有意思！別人被罵都會刻意掩藏唯恐不及，他老兄卻大剌剌地唯恐人家不知道，還搞一個『罵死羅智信』」，徐海濤大笑地邊說，邊翻閱這一部分的下欄「選民心聲」。「哇靠！這個選民心聲已經貼幾頁了？三四五六，到第六層了，都是替老羅打抱不平的。哈哈，高招！高招！」

難怪在「罵死羅智信」的壁板前，觀賞閱讀的人最多。

王志軍和吳福成都站在壁報板前振筆疾書，努力抄寫。黎明卻不知跑哪裡去了。有許多年輕人成群結隊，在壁報前大聲朗讀，交換意見。也有父母帶了孩子在壁報板前指指點點，也有夫妻或情侶，手挽手在壁報前安靜地閱讀或微笑拍照。

我的身旁突然響起一個女人的聲音小聲地說：「你不是阿宏嗎？你怎麼在這裡？」

我轉頭一看，原來是我的南仔寮的堂親，阿吉叔的女兒阿嬌姊。阿嬌姊和我是同一個曾祖父，小時候都住在南仔寮陳姓宗親的聚落。幾年前聽說嫁到桃園來，已經好久不曾見面了。

「哈哈，阿嬌姊，沒想到會在這裡遇見妳。」我高興地笑著說，「妳現在是桃園人了，妳也關心選舉嗎？」

「這是阮尪啦，伊叫做吳文貴。」她挽著身邊的男人說。那男的額頭有點微禿，身體非常壯碩，雖然穿著毛衣，雄壯的胸圍仍然明顯可見。他靜靜對我點頭微笑。我伸手和他握了握，他那粗壯寬厚的手掌握著我的手，讓我感到些微痛楚，我笑笑地叫了一聲，「噯呀姊夫，你的力氣好大。」

「這是我堂弟陳宏啦，就是會寫文章的那個啦，你上次有拿一本雜誌，台灣什麼的，上面就有伊的文章。」阿嬌姊向丈夫介紹我，然後又對我說，「你沒回去南仔寮嗎？有一年的媽祖生，我回去南仔寮，聽大家都在講你寫的文章，希望你也出來選舉。」

「我不行啦，我對選舉沒興趣。」我笑著說，「你們怎麼會來這裡？」

「阿貴仔做鐵工，但是我公公婆婆還在家裡種田。尹都講羅智信替種田人講話、爭取福利，顛倒被國民黨開除。」阿嬌姊說：「所以，我全家都要支持羅智信。阿貴不時帶我來這看熱鬧，很有趣味哦！」

「姊夫，你認識的桃園人都很支持羅智信嗎？」

「別人我不知道啦，但是我認識的那些黑手的做工的，像我這類的，聽起來大部分都很支持羅智信。」吳文貴咧嘴笑著說。

「阿嬌姊，那妳接觸的人呢？也支持羅智信嗎？」

「阮紡織廠的女工，也是大部分都支持羅智信，但是頭家和經理、課長，就不知道了。」阿嬌姊說：「大家都講，羅智信有替艱苦人打拚。阮阿貴仔有講，伊為著降低田賦、為著學生平安保險，都敢不聽國民黨的話，這款人，我當然要支持！」

「很好很好，我很佩服你們！」我笑著說：「你們都很有見解，很有立場，咱台灣如果多一些像你們這樣的人，就有救了！」

突然有人從背後拍了一下我肩膀，「喂，老同學，好久不見了。」我回頭一望，竟是師範大學的同班同學。

「啊——，是你哦，李惠堂，真的好久不見了。」我緊握他的手，搖著。

「阿宏，那，我們要走去那邊了。」阿嬌姊挽住丈夫的手，指指壁報板的另一邊，向我搖搖手說：「有閒來我家坐啦！」

「好好好，真的高興在這裡見到妳。」我也向她揮揮手，然後面對李惠堂，又一次伸手和他握了握，「你在桃園教書嗎？」我問。

「是啊，我家住龍潭，我在龍潭國中。」李惠堂長得高高黑黑的，頭髮卷卷的，一口白色的牙齒，當年同班同學都叫他「黑人牙膏」。他指著身邊的女人說，「這是我太太，姚老師，我們師大的學妹，也在龍潭國中教書。」

我向她點頭致意，「嫂仔妳好，我是李惠堂的同班同學陳宏。」

「我知道，我聽阿堂講過，當年師大國文系的才子，我讀過你的文章。」她微笑地說。頭髮削得短短的，露出耳朵，頭上套了一個紅色的髮箍，顯得年輕俏麗。

「我哪裡是什麼才子，你們阿堂才叫才子，什麼絕句律詩，連李漁叔老師都稱讚他有詩才，什麼平仄平平仄，我根本一竅不通，他卻很在行。」

「那些律詩絕句才真的叫沒用，誰還讀這些東西啊？」李惠堂笑著說，「你在報上寫的一些文章，還有在《台灣政論》發表的〈談水滸的官逼民反〉、〈南仔寮漁民所反映的民心〉，那才有意義。」

「怎麼？你也讀《台灣政論》嗎？」我有點吃驚的問。這個李惠堂在讀師大時，是個非常忠黨的國民黨員。

「讀啊，為什麼不讀？有好文章我都讀，不但自己讀，還介紹給老婆讀，也介紹學生讀。」

「真的啊？那你改變很多了。」

「怎麼能不改變？以前太單純，出社會以後才知道，社會原來這麼複雜。以前教官講的好人不一定是好人，壞人也不一定是壞人。像羅智信就是。國民黨的報紙每天罵他，既罵他台獨，又罵他共產黨，什麼跟什麼嘛！聽了都叫人生氣！他如果是台獨、共產黨，你怎麼提名他當省議員呢？而且他為了農民的利益，有勇氣和國民黨省黨部的黨官僚對幹，了不起啊！國民黨就需要更多像羅智信這樣的人才。可惜國民黨不會用啊！我是支持羅智信的，我們全家都支持！但是，我還是國民黨的忠貞黨員，我們都希望國民黨進步開明，國家才有希望。」

「阿堂，你們貴黨會不會找你麻煩呢？認為你思想有問題，對黨不夠忠貞？」

「坦白說，到現在還沒人找我，但有找過我太太，叫她勸我不要那麼公開。」他笑笑地，露出一口潔白牙齒說，「但那時《台灣政論》是政府批准的合法的雜誌，而且人家對政府的批評也都是事實，建議的也都很有道理，這樣的雜誌我介紹給學生讀，有什麼錯？我又沒違法沒犯法，我怕什麼？我支持的是理想，是正義！這是我當年加入國民黨的初衷，也是我現在支持羅智信的原因。」

這時，王志軍和吳福成不知何時也都圍在我身邊了。志軍熱情地向李惠堂自我介紹，「我是《中國時報》記者王志軍，」他掏出名片遞給李惠堂，「我可可以和你談談嗎？」

「要訪問嗎？不要啦！」惠堂的太太在旁邊，挽住他的手臂拉他，「你不要這麼公開啦，會有麻煩的。」她說。

「是嗎？」他望了望太太皺著眉頭有點焦急的憂慮的臉，對志軍尷尬地笑了笑說，「那就不要啦，我也不喜歡上報。但是，我知道你，你就是當年退出聯合國時，退回美國大學獎學金，放棄留學，要與台灣共存亡的那位王志軍嗎？」

「是的，我就是，」志軍有點靦腆地笑了笑說，「那麼，我可以把你和陳宏剛才講的話寫出來嗎？」

「不要！不要！」他太太搖搖手，斷然地說。

「我不公布你的姓名和職業，可以吧？」

「不寫出姓名，那，沒關係吧？」李惠堂望了太太一眼，點點頭說，「這個王先生是個愛國者，我信得過他。」

「我們走了啦，我們是來聽演講，又不是來接受訪問的。」他太太拉著他的手，走開了。我向志軍和小吳做了一個制止的手勢，自己也跟了過去。

「嫂仔，對不起，讓你們受打攪了。他們都是我的好朋友，他們一定不會暴露你們的身分背景，請放心！」我向惠堂妻子點點頭，又拍了拍惠堂的肩膀笑著說，「我今天很高興在這裡遇見你，其實，我的心情跟你完全相同。大四那年我們同住在師大學生宿舍，常常一起討論國家大事。那時，我們唯一不同的是，你是國民黨員，而我不是。但是我們都很愛國。我們還一起讀從牯嶺街舊書攤買回來的《自由中國》雜誌、《文星》雜誌，你記不記得？」

「是啊，那時我們雖然會有爭論，但我們確實都很愛國，都很有正義感。」李惠堂突然笑起來，說，「我還記得你在宿舍和王定元打架，你記得嗎？我就佩服你這一點，愛打抱不平！」

「為了他公開炫耀他和女朋友在一起的私密的事，我罵他無恥！……」

「是啊，我當時也覺得他無恥沒品，怎麼可以不顧女友的尊嚴和顏面，如果傳出去，叫她怎麼做人啊？」李惠堂說。

「哈哈哈，那些都過去的事了，年輕氣盛嘛！」我笑著說：「你們的同事也會像你們這樣來聽羅智信演講嗎？」

「會啊，怎麼不會？但是，也不敢太公開啦。有一位同事說，他來都戴口罩，怕被人認出來。」李惠堂說，「因為有一兩位老師很反對羅智信，講話特別大聲，在學校動員月會大罵羅智信忘恩負義，辜負黨國栽培，甚至罵他是台獨共產黨，連黃天來、莊安祥都罵！」

「這個我了解，我就是因為這樣被認為思想有問題，才沒再教書的。」

「喔，你已經不教書了？那你現在做什麼？」

「我混飯吃的工作是雜誌社總經理，但是，真正的事業是亂七八糟寫一些文章，大多數是沒稿費的，」我笑笑，有點自嘲地說，「其實就是不務正業啦！」

「但是你這幾年很紅啊，我就常常讀到你的文章。偶爾和同事聊天時談起，我都覺得與有榮焉。」惠堂說。

「我們阿堂可真佩服你，每次談起你，就說，這個大才子！……」李太太笑著臉說，「我有時就擔心他太心直口快，人心隔肚皮，要害你的人把你往上報，你被害了都不知道。」

「也是，也是，我就是被打了太多小報告，書也教不成了，現在連文章也沒人敢登了。」

「對了，前幾天看到《青年戰士報》還在對你指名道姓，說你是共產黨，這是怎麼回事？」惠堂望著我，頗為關心地問，「以《聯合報》高歌的文章算起，也有好幾個月快半年了吧？怎麼還沒完沒了的，你不會有什麼危險吧？」

「還好還好，不必替我擔心。」我說，「開始的時候，聽說王昇的政工系統為了鬥爭李煥，因為羅智信是李煥提拔才當上省議員的，王昇就批評李煥太姑息，才會先有《大學》雜誌，後有《台灣政論》，都對國民黨提出很多批評。現在選舉到了，黨外人士越來越多，也越來越囂張，所以他就去搞一個對鄉土文學的大批判，想捉幾個人來殺雞儆猴。但是現在沒事了，不會捉人了，因為蔣經國不同意。」

「那，經國先生還是很英明啊！」惠堂由衷地表示佩服地說。

廣場上的人潮越聚越多了，層層疊疊站在演講台下。演講台上的燈光也都打亮了，把那張羅智信站在農舍和一片農田前的半身照片映襯得特別醒目顯眼。

大馬路上偶爾有一兩部國民黨的宣傳車駛過，廣播器上不斷宣講，「請各位鄉親父老兄弟姊妹們，踴躍投票給二號歐正憲，二號歐正憲是國民黨唯一提名的縣長候選人，真正忠黨愛國的優秀青年……」

這時，演獎台上的麥克風也突然響了起來。操著外省口音的北京話，偶爾夾雜一兩句台語，「各位鄉親，各位父老兄弟姊妹，我是羅智信的助選員林杰克，來過競選總部的朋友都知道，這裡的看板大字報，都是我和我的好朋友張富順設計的，你們說，這些大字報好不好看？」

「好看，好看！」「讚啦！」台下立刻以如雷的掌聲回應，並夾雜幾聲尖銳的口哨聲。

「富順！富順！出來向你的桃園親鄉問候一下。」林杰克向後面叫著。

一個頭戴圓型軟帽的年輕人，以略快的慢跑姿勢步上演講台，脫帽向台下深深一鞠躬。

「他叫張富順，是你們桃園的子弟，羅智信這次選舉所有的海報、傳單、看板上的文宣，都是他設計的。包括後面這張羅智信的照片，也是他攝影的。你們說，好不好看啊？」

「好看啦！」「讚啦！讚啦！」「羅智信當選啦！」台下紛紛大聲響應著。

「張富順是你們桃園在地人，我林杰克卻是台北眷村子弟，外省囝仔。還有更多更多像我們這種的年輕人，來自不同的地方，不同的大學，卻都跑來桃園替你們的羅智信助選！來來來，大家都上來，都上來！」林杰克轉頭向鐵皮屋裡大聲呼喊。一隊年輕人，有男的也有女的，都以略快的慢跑姿勢跑上演講台，一字排開，總共有十五六七個。每個人的臉上都微紅著，在已經入冬的夜晚的冷空氣裡，顯得朝氣蓬勃，精神抖擻。

「我們來自不同的大學，來自不同的家庭。但是，我們每個人都主動地，自願放棄假日休閒的時間，跑來中壢替羅智信助選，為什麼呢？」林杰克手拿麥克風，眼睛掃過台上的每一個人，然後，又面對台下已經聚集得黑壓壓地把廣場擠得水洩不通的人群大聲說：「因為在羅智信身上，我們看到台灣的理想，看到未來的希望！」

台下立刻響起一陣陣如潮如浪的掌聲和吼叫，「對啦！對啦！」「羅智信當選啦！」

台上十幾個年輕人，突然一起，右手握拳，有節奏地同聲高呼，

「我們要理想！我們要希望！」

「我們要理想！我們要希望！」

台下群眾也一致地，瘋狂地，有節奏地高聲齊吼，

「我們要理想！我們要希望！」

「我們要理想！我們要希望！」

「這個林杰克是我們政大的學弟，」吳福成不知何時又擠到我身邊來了，輕聲說，「一九七五年那場增額立委選舉，他和一批年輕朋友在陳翠的帶領下，在北基宜三縣市幫郭雨新競選立法委員，和國民黨提名的林榮三，現在還在打選舉官司。聽說國民黨做票很厲害，林榮三所屬三重幫財團也花了很多錢買票。郭雨新實際是當選的，但結果公布時卻落選了。」

「原來他有助選經驗。」

「是啊，鄭姐很看好這個外省少年，說他很有膽識，將來一定是黨外的戰將。」

「黎明也認識這些年輕人嗎？」

「她最近和陳翠常常全省跑，除了認識候選人，也認識了很多黨外在地方上的樁腳，以及對選舉熱心的年輕朋友。」

「她真是有心啊！」我說，「她怎麼一來就不見了呢？還有徐海濤和王志軍呢？」

「人這麼多，哪裡找啊？」吳福成說，「等一下去他們競選辦公室，說不定可以找到鄭姐。」

「各位鄉親父老兄弟姊妹們，今晚是這次縣長和省議員選舉活動的最後一個晚上了，過了今晚，明天就要投票了。國民黨已經準備好，要用盡一切骯髒手段來做票了，國民黨要把我們投給羅智信的票做掉，使他不當選，大家能忍受嗎？大家甘願嗎？我們要不要站出來反對國民黨呢？」林

杰克大聲問台下的群眾。

「反對國民黨啦！反對啦！反對啦！」台下群眾又再一次爆出憤怒的吼叫，齊聲大喊，「反對！反對！」「拚啦！拚啦！」

「很好，很好！很感謝大家！」林杰克繼續大聲說：「聽完今晚的演講以後，拜託大家明天要做兩件事，第一，一定要出來投票，投給一號羅智信，好不好？」

「好啦！好啦！羅智信當選啦！」群眾再一次齊聲吶喊。

「不但自己要投票，也要叫你的親戚朋友都出來投票，投給一號羅智信好不好？」

「好好！我拉十票！」「我拉二十票！」

「感謝，感謝！」林杰克又繼續大聲說，「第二件事拜託大家，明天投票完，不要離開投票所，我們一起來監票！我們要用行動來保護我們自己的選票，我們一起來顧票，好不好？」

「對啦，大家一起來顧票！」

「如果抓到做票的豎仔，就當場揪出來，不必跟他客氣，立刻交給警察，好不好？……我們要用自己的力量來保護我們的選票。到時候，除了站在台上的我們這些少年的以外，還有更多更多的少年仔，更多更多的鄉親，都會在投票所現場，我們都會戴羅智信助選團的臂章，發現有人做票，立刻告訴我們的人處理，好不好？……謝謝大家，謝謝大家！」

台上的年輕人一起向群眾鞠躬，感謝！然後，精神抖擻地走下台去了。群眾立刻報以熱烈的掌聲，齊聲吶喊，「加油啦！加油啦！」「羅智信當選啦！」

這時，一個理平頭大約四十幾歲的男子，穿著黃色夾克灰色長褲，拿著麥克風走上演講台來了。「各位鄉親父老兄弟姊妹們，大家晚安，大家好！（台下響起一陣掌聲！）我是簡錦益簡老師，桃園高中的歷史老師，是今天這場演講會的司儀。現在立法委員黃天來先生已經到現場了，先在辦公室休息。等一下，立法委員莊安祥先生也會到現場。這兩位現任的立委很了不起，他們跑遍全省四處去替黨外人士助選，比他們自己選還要認真，還要努力。天來仙是補選的委員，和大陸選出來的委員一樣，永遠不必再選，終身都是立法委員。整天坐在家裡不必做事，就能夠涼涼地領高薪，多舒服啊！但是天來仙認為這樣不合理，立法委員和國民大會代表就是要全部改選，民意代表和縣市長就是要三年或是四年選一次，這樣才是真民主。你們講對不對啊？」

「對啦！對啦！」「要改選啦！」

「莊安祥委員是增選的立法委員，每三年要改選一次。而那些大陸選出來的立委卻三十年免改選，這樣合理嗎？黃天來和莊安祥委員為什麼四處去替黨外人士助選？就是希望黨外力量壯大起來，可以制衡監督國民黨，將國會不合理的制度改掉，讓國家更加進步。這次羅智信被國民黨開除黨籍，天來仙講，很好很好，你丟我撿。這樣優秀的人才，你國民黨不要，我們黨外歡迎得很。……」

「宏哥，我帶你去後台吧，我想鄭姐一定也在那裡。」吳福成說。

我點點頭，跟著他擠出人群，擠向演講台邊，走向鐵皮屋搭蓋的辦公室。辦公室裡擺著三條長長的桌子，每條長桌的兩邊都放著椅子，椅子上坐了一些人，男女都有，都在努力摺著傳單。也有一條長桌靠牆擺著，上面放了一些傳單，牆壁上貼著幾行字，「經費有限，珍惜傳單。閱後請轉送給親友。」另一邊的牆下也擺著一條長桌，上面放著紙杯和茶壺，牆上也貼著幾行字：「飲用茶水，請自便。」這時，從外面走進一個身材矮壯、頭髮半禿、長得很像羅智信的男子，大聲向大家說，「各位朋友，大家辛苦了！今晚所有的傳單全部都要摺好送出去，一張都不剩！也請各鄉鎮後援會，務必把所有的傳單全部發完，一張都不要剩，拜託大家！謝謝大家！」

吳福成輕聲對我說，「那個人是羅智信的親弟弟，羅智強，很能幹的生意人。這次老羅選縣長，他是總幹事。」

「難怪，長得這麼像。」我笑著說，「怎麼沒看見海濤和黎明？」

「我去問問看，」吳福成迎向羅智強說，「智強兄，我是《夏潮》雜誌的編輯吳福成，上次和陳翠、鄭黎明一起來拜訪你們兩兄弟。」

「是是是，請坐，請坐！」

「我這次和徐海濤教授、鄭黎明、陳宏和《中國時報》的王志軍一起來中壢，但徐教授他們卻不見了，不知有沒有在你們辦公室這裡？」

大廳裡還有一排房間，但房間門都關著。

「這位就是陳宏兄嗎？我拜讀過你的大作，佩服得很！」羅智強伸手和我握了握，熱情地說，「那就請裡面坐吧！」他敲了敲房間門，拉開，裡面坐著羅智信、徐海濤、鄭黎明，還有兩三個我不認識的人。

「你們果然在這裡，」吳福成笑著向徐海濤說：「陳宏還以為你們走丟了。」

「宏哥，我來替你介紹，」黎明站起來，指著羅智信身邊一個理平頭的五十幾歲的男子，臉圓圓的，一副福泰的樣子。「這就是立法委員黃天來，天來仙，這個少年的就是在你們《台灣政論》

創刊號寫了兩篇文章的陳宏。」

「哈哈哈，你就是陳宏，這麼少年？我本來以為你的年齡最少也要大我個五六歲吧，」黃天來站起來，握住我的手，熱情地搖動了幾下，爽朗地說，「哈哈哈，看到這麼多出色的少年人，我很歡喜！」

「天來仙，為什麼你會以為我的年齡比你大？」

「你的文章！若不是五六十歲以上的人，怎麼寫得出來？」他豪爽地大聲說。

「羅智信的文章我很佩服，他也很年輕啊！」我笑著說，「他也不過大我三歲而已，但他的見解，我十年後恐怕也達不到。」

「是啦，是啦，英雄出少年啊！」天來仙又一陣爽朗的笑聲說，「今天我很歡喜，看到徐教授、鄭黎明、陳宏，還有這位，……」他指指吳福成，黎明立刻說：「這是我們《夏潮》的編輯吳福成，小吳，政大畢業。」

「這麼多優秀的少年家，我很歡喜！」他笑呵呵地說，「智信兄，以後這些少年的，都要由你來帶領哦，你對少年人有一套，他們服你，像林杰克，都把你當英雄了。」

「天來仙，你是老大，我帶領的少年人全部都聽你老大哥的指揮。」羅智信嘻皮笑臉地說。也對我張開雙手握著，「哈哈哈，陳宏，你是我們的大作家，國民黨越批你，你就越紅。就像我，雖然當了四年多省議員，開始做民調，聽過我名字的竟然不到百分之二，但《風雨之聲》出版，國民黨省議會黨團發動圍剿我，各大報都以頭版頭條報導，幾天之內，我的民調立刻快速上升。現在桃園人知道我要選縣長的，就超過百分之七八十了。國民黨就是笨啊！一群愚蠢的傢伙。」

「智信兄，我可以冒昧請教你一個問題嗎？」吳福成表情嚴肅地說，「你真的認為國民黨很笨很愚蠢嗎？那，它的實力是假的嗎？」

「當然國民黨內有許多人才，畢竟台灣的資源都由他們在掌握，在在分配。因此，他們有能力養許多人才。但是，他們也很愚蠢，因為有人才而不不會用，人才自然就漸漸變成庸才，甚至變成奴奴才了。但為什麼這樣的黨還有很大的實力呢？因為政治特特權使他們掌握太多資源，許多人為了取得資源而不得不靠靠向他，還有許多人跟他們想法心態一樣，這正是台灣最大的危機。」羅智信稍稍偏著頭，右手跟著他講的話擺動。雖然有一點結巴，但語氣堅定而自信，「但是，這不是不能改變，只要經由選選舉，有更多優秀人才出來競選，讓人民可以比比較、選擇，人民就會看到被國民黨一黨壟斷一切是不不合理的，人民就會改變，黨外就會勝利。像我這次選縣長，我就是不妥協、不屈服，我就是要堅堅持到底！人民就會在我這種堅持下，看到理想和希望。他們就會改變了！我可以很自信地告訴你們，國民黨如果不不做票，我一定會當選！國民黨如果敢做票，我就敢保保證，一定會出出事！會出很大的的事！」

這時，一個年輕人匆匆忙忙跑進來叫著，「黃委員，天來仙，司儀已經要請你上台演講了。」

羅智信立刻站起來，陪著黃天來一起步上演講台。我也不知不覺跟著走到演講台下。

四周黑壓壓一片人海，立刻歡聲雷動地呼喊起來。夾雜著如雷的掌聲、口哨聲，「羅智信，當選！」「羅智信，當選！」我忽然感到全身燥熱起來，也忍不住跟著大聲吼喊，「當選！」「當選！」

黃天來牽著羅智信的手，高高舉起了，又俯身彎腰向群眾深深三鞠躬。全場人聲和掌聲又轟然雷動了！黃天來站到講座前，羅智信緊緊跟在他身邊右後側，全場在歡聲雷動之後，突然地靜默了，全場屏息以待。

「明天就要當選的羅縣長智信兄，各位我所敬愛的桃園的鄉親父老兄弟姊妹，大家晚安大家好！（台下響起熱烈的掌聲）我是黃天來，平時在立法院，蔣經國遇見我都稱呼我黃委員，但是，選舉若到，尹就叫我台獨，叫我共產黨。各位啊，你們看共產黨敢有我這麼英俊漂撇？（台下突然爆出一片笑聲和掌聲）我若是共產黨，國民黨就免由大陸逃到台灣來了。因為我很愛國民黨，我不希望國民黨倒台，因為伊若倒台，咱百姓就害了了啦。因為伊是咱們百姓僱用的夥計，夥計若勇健，才有辦法替咱做主人的服務，咱做主人的才能快活啊，你們講對不對？（對啦！對啦！）但是，這麼多年來，國民黨這個由咱百姓僱用的夥計，越來越不像樣了，竟然爬到咱頭家人的頭殼頂了，對咱們喊起喊倒、喊東喊西！正經事都不做，壞事卻做一大堆。咱們若跟伊講，你這樣不對，不可以這樣做，伊就講咱們是台獨共產黨，就喊掠喊打！夭壽，這種夥計若不換掉，咱頭家人的日子是要怎麼過？（台下又響起熱烈的掌聲和叫聲「對啦！對啦！」）譬如你們桃園的羅智信，這是一等優秀的人才，國民黨不識貨，一流的人才不用，偏偏要去用歐正憲那種像奴才一樣的人，這完全違反咱們桃園人的意思，你們講對不對？（對啦！對啦！支持羅智信啦！）所以，咱要用選票來教訓伊，乎伊國民黨知道，咱們百姓是頭家，不是那麼好欺騙、好欺負的！明天就要投票了，咱們大家都來投給一號羅智信好不好？」

黃天來再一次把羅智信的手舉起來，台下也再一次爆出熱烈的掌聲和吶喊，好像形成一股氣流捲起旋風！把我都捲進去了，使我也忘情地跟著吶喊，「羅智信，當選！」「羅智信，當選！」

「各位鄉親父老兄弟姊妹，國民黨來台灣三十幾年，講伊是實施民主制度。什麼叫民主？民主就是人民要當家做主人，是頭家。縣長和省議員要由誰做，是由咱做頭家的人民來投票決定，這才叫做民主。但是，歷屆選舉，黨外若有人參選，國民黨就用各種不正當的手段，將這些黨外的勇士掟去關，只剩下伊國民黨提名的人選，結果，伊一票就當選了。這哪叫做民主？這和古早封建時代皇帝派的一樣啊，不論派來的人是瘸腳破相、缺嘴流目油，或是閃屎閃尿的，我們都要接受，這是專制獨裁，不是民主啦，對不對？」

「對啦，對啦！國民黨獨裁啦！」我跟著台下群眾以熱烈的掌聲和吼喊回應。

「今天好家在（幸運），你們桃園有一個羅智信，打死不退，堅持要選到底，這樣，你們才能比較，到底是羅智信較好？還是歐正憲較好？經過這段時間的競選活動，我相信你們桃園人已經看得很清楚了，對不對啊？」

「對啦！對啦！羅智信當選啦！」我再一次忘情地大聲吼喊，旁邊的人也熱情地跟我喊，「當選啦！」「羅智信，當選啦！」

「羅智信在省議會的表現，連我都佩服。我在立法院有聽到老委員講起，羅智信的能力，連蔣經國都欣賞，伊寫的《台灣社會力分析》，國民黨也拿去黨內做教材。蔣經國跟智信兄講，只要你不選縣長，中央任何一個部的部長，或是任何一個國營企業的董事長，由你選！我都可以答應。但是，既然這樣，為什麼桃園縣長不提名羅智信呢？這不是頭殼壞掉了嗎？」（台下立刻又爆出一陣掌聲笑聲和吶喊聲）

「嗨，阿宏，我帶你去見一個人。」黎明不知何時已站在我身邊，拉著我的手又擠向競選總部的辦公室。

「妳跑哪去了？也不講一聲！害我一直替妳操心，以為妳走丟了。」我說，「難怪妳媽整天念妳，根本不像良家婦女，四處趴趴走。」

「哈哈哈，我本來就是流氓婆，誰要做你們這些臭男人心目中的什麼良家婦女？」她笑著說，「我現在就帶你去見一個更大的流氓婆。」

她在原來羅智信休息的辦公室門口敲了一下，隨手把門推開。裡面坐著莊安祥、徐海濤、羅智強、林杰克，還有一個胖胖的女人，和一個有點娃娃臉的年輕女生。黎明指著那個胖胖的女人說：「這位就是陳翠，宜蘭郭雨新先生的祕書，還有政大研究生林杰克，還有杰克的女朋友范露西。這位就是陳宏，基隆討海人的子弟。最近鄉土文學論戰被國民黨御用作家修理得最厲害的那個。」

我先向莊安祥微微欠身致意，然後逐一向陳翠、林杰克們點頭致意。「常聽黎明提起翠姊仔，今天終於見到了，幸會！剛才在台下也聽到林杰克精采的講話，難怪黎明很看好你，確實，後生可畏！」我笑笑地說。

「陳宏，沒想到你也這麼熱心跑來桃園，你不是對政治沒興趣嗎？」莊安祥露出他特有的、有點親切又有點嘲諷意味的笑容，眉毛微微揚起，嘴角微微向上彎了彎，微瞇著有點三角型的眼睛望著我說。

「我對選舉沒興趣，但對政治卻是關心的。」我有點尷尬地笑著說。

「其實，在我看來你們都是選舉的好咖，陳翠啦、鄭黎明啦、徐海濤啦、杰克啦、陳宏啦，都是！包括你，智強兄。」莊安祥笑著，把在場的人逐一點了名。「今年縣市長和省議員選完，明年就要選增額的中央民意代表了。有許多選區，黨外還找不到人選，像基隆市的國代，桃竹苗選區的立委，國民黨提名的人，一票就當選了！實在不甘願啊！」

「是啊！這種現象一定要打破！都是什麼時代啦，還讓國民黨一票當選，台灣人實在見笑死了！」陳翠微微搖了搖頭，有點氣憤又有點無奈地說。

「還好，這次縣市長和省議員，有較多黨外人士敢出來競爭，這是好現象！」莊安祥說：「如果這次黨外能多幾個人當選，明年增額中央民代或許就會有更多人敢出來和國民黨競爭了。」

「我認為桃園縣長的勝敗會是一個關鍵，國民黨幾乎把重點都擺在桃園了。」陳翠說，然後立即又做了補充，「當然還有台南市的蘇南成，南投縣的林正義，包括宜蘭的陳義秋，都有指標性的意義。宜蘭人這次要替雨新仙爭回一個公道，所以義秋兄的省議員絕對不能落選！所以，莊委員，等一下我馬上要趕回宜蘭，不能聽你的演講了，實在抱歉！」

「當然，當然，妳快回去吧！義秋兄作為雨新仙的接班人，當然是非當選不可！」老莊笑著說，「以我昨天在宜蘭助講的場面，義秋兄當選應該不是問題啦！」

這時，廣場上不斷傳來掌聲、吶喊聲、口哨聲，混合成一陣陣如濤如浪的洶湧潮聲，在漆暗如墨的空中翻騰，向空曠遼闊的靜默大地席捲滲透。

「當選啦！」

「當選啦！」

「當選啦！」

莊安祥機警地、經驗老道地步出室外，羅智強緊跟在他身邊，林杰克也緊隨其後，我也情不自禁跟隨在後。台上的黃天來正牽著羅智信的手，向台下黑壓壓的人海深深地鞠躬。這時，莊安祥已自動走上演講台了。黃天來牽著羅智信的手鞠躬完畢，莊安祥立刻像電影導演一般，拉著羅智信的另一隻手，牽著他和黃天來，三個人又再度走到演講台中央，莊安祥和黃天來一人一邊高高舉起羅智信的雙手，三個人一起又深深向台下一鞠躬，再鞠躬，三鞠躬。台下的人群像瘋狂了一般，嘶喊著，叫嚷著，

「羅智信，當選！」

「羅智信，當選！」

「阿翠，我跟妳一起走吧。」黎明說：「這場演講至少要過十一點才會結束。」

「那太晚了。喂，陳宏，陳宏，我們也一起走了吧！」我聽見徐海濤大聲叫我。

我回頭望了他一眼，也看到黎明向我招手。「怎樣？」我跨了幾個大步回到辦公室，「要走了嗎？」

「等到演講結束，太晚了。」黎明說。

「那，志軍和小吳呢？」我又向廣場的群眾望了望，說。

「他們兩個，幹記者編輯的人，還怕丟了不成？」黎明笑著說：「放心，他們會自己回家。」

「哇塞！這老莊真有一套，」我笑著說：「你看這些群眾，簡直被他搞瘋了。」

坐在開往台北的火車上，海濤、陳翠和黎明都睡著了，我卻睜大眼睛望著窗外黑寂寂的天空。回想起剛剛在人群中，我那份從未有過的近乎忘我的興奮的情緒，為什麼我會那麼興奮呢？跟著大家忘我地嘶叫吶喊。我喜歡那樣的場面，喜歡那樣的群眾，熱情地、瘋狂地、忘我地、完完全全地

融入在集體的共同的情緒裡的那種感覺。這是我以前從未有過的經驗。

火車從田野駛進都市了，車窗外的景象也由一片無限空曠幽暗的田野漸漸轉化成都市街道上五彩繽紛的霓虹燈光了。不知不覺中，我竟也朦朦朧朧地睡著了。但隱隱約約，似乎仍然聽到群眾瘋狂的喊叫，熱情的鼓掌，看到羅智信一手插在口袋裡，一手高舉，向群眾揮舞著，微笑著……。

第九章

「陳總，陳總，晚報你看了嗎？剛剛到的，」蔡經理有點慌張，又有點興奮地拿著報紙，走到我辦公室提高了嗓門說，「桃園選舉出事了，中壢警察局被包圍了！」

「是嗎？晚報登了嗎？」我一把搶過他手上的報紙，迫不及待地翻開，頭版頭條，斗大的標題，「選舉舞弊，選民憤怒，包圍中壢分局！」我快速把報紙內容流覽了一下，抓起電話打到《夏潮》雜誌社。接電話的是麗芬。

「他們都在，你要來嗎？」她說。

「晚報你們都看了嗎？」

「晚報下午一點多就來了。」麗芬說，「你來吧！」

我掛斷電話，望著站在面前的蔡經理，「你是剛看到報紙才知道的嗎？」

「是啊，不看報紙誰會知道？」

「你和調查局的同學通過電話了嗎？問問他，到底怎麼回事？」

我又抓起電話撥給銘德表哥。「《自立晚報》頭版頭條的新聞是真的嗎？」

「我也是看報紙才知道的。」他在電話那頭說，「你有什麼消息嗎？」

「我有消息還要打電話問你嗎？」我說：「這消息是真的嗎？」

「應該是真的，這種事，不是真的誰敢登？」

「選舉舞弊是什麼事？把投給羅智信的票搞成廢票嗎？」

「你別問了啦，我什麼都不知道。」表哥沒好聲色地警告我，「你不要看人家吃米粉，就在旁邊喊燒喔！」

「啥仔意思？」

「我叫你不要去湊熱鬧！」他大聲說。

我走出辦公室，又再一次問蔡經理，「你同學怎麼說？」

「他說，他也是看報紙才知道。」

「好吧，我出去一下。」我說。

到達《夏潮》雜誌社時，石永真、孫志豪、徐海濤、吳福成，還有張文龍教授都坐在黎明的辦公室裡。

「我剛剛和陳翠聯絡了，她人在宜蘭。但是，已經和中壢的林杰克和張富順打過電話了，實際狀況就如《自立晚報》寫的那樣。民眾對警察局不但沒有法辦做票舞弊的人，還把他保護起來，感到很大的憤怒。現在老羅的宣傳車已經在桃園各鄉鎮宣傳這件事，呼籲大家都去中壢分局討公道。」黎明右手拿著紙菸，冷靜地向大家說，「陳翠也經由她的管道通知各縣市黨外人士的競選總部，叫他們派出宣傳車廣為宣傳這件事。要大家注意國民黨做票舞弊的行為。這種人就是共產黨，逮到了，可以當場打死！不犯法！」

「哇哈！這個羅智信還真狠，都把這種事栽給共產黨了，還鼓勵大家把做票的共產黨打死！」石永真歪了歪嘴笑著說：「這會有嚇阻作用嗎？」

「陳翠這招更厲害，本來企圖做票的國民黨各縣市黨部一定會被嚇壞了。哈哈哈！天意啊天意！國民黨要大敗了！」志豪鼓掌大笑地說。

「國民黨就算大敗了，黨外全部當選吧，省議會還是國民黨占絕對多數，舉手表決還是輸他。縣市長黨外全部當選也不過六七個吧，也不能和國民黨比呀！」吳福成說。

「我看，我們要有人去各縣市看看。」黎明說。

「我們哪有這麼多人手？」吳福成說：「不如找報社的朋友問還快些。」

「那就麻煩你聯絡了。」黎明說，「先找志軍。」

「我想去中壢看看，」海濤兩眼在鏡片底下閃亮著，興奮地說，「這是歷史事件，不能錯過。」

「我也去！」志豪把菸蒂用力往菸灰缸一捺，也興奮地說。

「喂，志豪老弟，昨天你說怕出事所以不去中壢。今天知道中壢出事了，你反而不怕了，這是什麼神機妙算嗎？」海濤有點挖苦地笑著說。

「既然已經出事了，已證明出事與我無關了，因為我不在現場，所以我現在去就很安全了。」志豪一本正經地說。

「阿宏去嗎？石大頭去嗎？」黎明吸了一口菸，望著我和石永真問。我不置可否地望她一眼，腦子裡卻想起昨天在中壢演講場中，群眾那種近乎瘋狂的興奮的情緒。

「這事，後續會怎麼發展還不知道，聽說蔣經國現在人就在桃園，會不會下令捉人？會不會變成二二八那樣？」黎明像在問大家，又像是在自言自語。

「那種場合，我，還是不去吧，」石永真說，「下期答應給《夏潮》的文章也要趕一趕。」

「那好，就我們四個人去，徐老師、志豪、阿宏和我，」黎明說：「四個人包一部計程車剛好。」

「不必叫計程車啦，我開車帶你們去。」張文龍教授突然站起來說，「我也很想去看看那個歷史現場。」

「這就更方便了。」黎明拎起隨身的大皮包站起來，向吳福成說，「你打聽的結果如何，我會打電話去你家。」

「阿芬，我和他們去中壢了，等一下妳自己去接兒子。」

「你要小心，如果有危險要趕快離開，不要傻傻的……」麗芬大聲在背後叮嚀。

志豪坐在前座，黎明坐後座中間，我和海濤分坐兩旁。

「這一生，還沒親眼見過群眾暴動的場面。光這樣想著，我就情不自禁地興奮起來了。」志豪說：「群眾的場面，其實我是喜歡的。但是，坦白說，我又有點怕，怕出事。」

「哈哈哈，我就說嘛，這傢伙平時雖然謹慎自持，其實他是充滿熱血的群眾運動型人物。」海濤笑著說，「他要生在三零年代的中國，我敢保證，也一定是聞一多之類的，反獨裁爭民主的學者鬥士了。說不定還會加入共產黨哩。」

「其實，六〇年代我在美國讀書時，也參加過美國大學生的反戰示威遊行。人的情緒在那麼多的群眾當中，是很容易被感染、被感動的。」張文龍笑著說，「平時大家都說我冷靜理性，其實，我也很容易被群眾的情緒帶著走。因為我喜歡大家一起時，那種生命、感情交匯在一起那種感覺和情緒。你會覺得，你是和大家在一起完成一件有意義的，甚至是偉大的事情。這使人的生活和生命都變得有意義了。而那種，生命有意義的感覺，對每個人應該都是很重要的吧？」

「我完全同意張教授這個說法，」我也有點興奮地說，「我剛就在回想，昨天在羅智信演講會上，我在群眾中跟著大家忘我地、瘋狂地吼叫吶喊，整個身心完全融入到群眾的集體情緒中的那種感覺，確實讓我覺得生命有意義，充滿了活力。我喜歡那種感覺。」

「我很奇怪，平時我比較衝動，但在選舉的演講場上看到群眾熱血沸騰，我卻又變得比較冷靜。我會告訴自己，群眾很盲目，很容易被煽動。而我們是知識分子，要保持理性冷靜，不能被政客牽著鼻子走。」海濤說，「上次老莊選立委在台北橋頭那場演講，我和志豪都在現場，志豪就比我激動，比我熱情。」

「噯呀呀，你這根本就是知識分子優越感的自我膨脹，群眾的熱情就是盲目的？你的冷漠就是理性的？狗屁！在我看來，群眾的熱情才是本色，你的自吹的理性是虛偽！是麻木不仁！而且在台北橋那天，你看到那場面不是馬上就投降了嗎？說什麼搞了十幾年哲學，寫了幾本書，還不如人家的一場演講的效果大。」志豪從前座轉頭看著徐海濤，故意糗他，「我在現場是比較激動，確實忘情地跟著群眾吶喊吼叫，但我喜歡那種感覺，他媽——的，爽快啊！平時被壓抑得太厲害了，能那樣盡情地吼叫發洩，爽快呀！」

「昨晚中壢那一場，你沒去實在可惜。尤其是老莊和天來仙一人一邊高舉老羅的手向群眾鞠躬時，哇塞！那些群眾簡直瘋了！」我向坐在前座的志豪說。

「報紙好像沒怎麼寫。」張教授說，「《中時》和《聯合報》都只登一點點。」

「報紙都是國民黨的，怎麼會登。」黎明說。

「志軍不是也去了嗎？」志豪說，「他一定寫了很多。」

「但國民黨下令不准登，編輯台敢用嗎？」

「是啦，所以要親自到現場才能感受群眾那種熱情。」海濤說。

「……現在羅智信的弟弟羅智強站在宣傳車上，面對中壢分局，拿著麥克風在喊話，這是現場錄音，『分局長，你要秉公處理做票的事，做票的人是中壢國小范姜新林校長，現在就在你們分局裡接受你們的保護。你們不但不處理做票的事，還保護做票的人，公道何在？各位桃園的鄉親父老兄弟姊妹們，我們一起在分局門口抗議，不要散去。分局長如果不處理做票的人，如果還保護他，我們就一直在這裡，不要散去好不好？』現在中壢分局門口已經聚集了上千人，現在是下午時間五點半，群眾還陸陸續續從各地湧到中壢分局，……」

「這是哪一家電台？」

「我也不知道，」張教授說，「我是剛剛才突然想到的。平時開車也會打開車上的收音機聽新聞。剛才只顧聊天就忘記了。」

「到了中壢，我們就直接先去中壢分局看看那裡的狀況。」志豪說。

「轉另一台，聽聽有沒有別的消息。」

「……現在大家都在找羅智信，警局希望他出面來安撫群眾，群眾也希望他出面來帶頭。但是，羅智信好像失蹤了，突然不見了。競選總部說，他有打電話進來，告訴大家，沒有等到開票結果不要散去！他說他等一下就會去中壢警察分局。但是，中壢分局被民眾包圍已經六七個小時了，卻遲遲不見羅智信的蹤影。因此，現場有人傳說，羅智信被逮捕了。羅智信是不是已經被逮捕了呢？警察局長在接受本台記者訪問時已嚴詞否認。以下是局長的現場錄音，『我們也透過羅智信競選總部在找羅省議員，我們需要他來協助安撫民眾的情緒，謠傳羅省議員被逮捕了，這絕不是事實，我們也到處在找他啊！……』也有人說，羅智信去了國民黨中央黨部，也有人說羅智信被捉了，但捉他的不是警察局而是調查局？警總？或是情報局？這事本台將會繼續追蹤報導。……」

「我看我們還是先去競選總部吧？」我說，「中壢分局現場，群眾暫時還不會散。總部應該有人比較了解實際狀況。」

我們到達中壢羅智信競選總部時，已經是下午六點半了。林杰克、張富順、范露西，以及一批年輕學生都在競選總部外面的廣場忙碌著。廣場上的大字報都已換成各投票所的計票欄，有好幾個投票所都已經有部分票數回報了。羅智信的得票幾乎全面領先國民黨的歐正憲。現場的民眾不斷歡呼大叫。

「我看，羅智信贏了啦！」

「還早，開出來的票還不到五分之一，怎麼就說贏了呢？」

「你看，傳回來的，幾乎都是全面領先，還不贏啊？」

廣場上的人紛紛議論著，充滿歡樂的、樂觀的氣氛。

「各位鄉親父老兄弟姊妹們，總部有兩件事向大家報告，」總部的擴音器突然響起來，「第一件事，中壢分局對做票舞弊的范姜新林校長還是盡力在保護，不肯把他移送法辦，分局門口的民眾已經越來越多了，請大家趕快過去支援。第二件事，現在開票還沒開完，國民黨後面可能還有許多奧步，請大家盡量打電話給親戚朋友，請大家就近去你們的投票所監督開票，拜託！拜託！」

「贏了啦！」張富順看到我們，立刻興奮地說：「一開始報票，就一路領先了。」

「智信呢？電台說他被捕了？」海濤問林杰克。

「羅老大在哪裡，我們也不知道，」杰克笑笑地說，「但我敢確定，他沒有被捕。因為半小時前他還打電話回總部了解狀況，還做了一些交代。」

「中壢分局的情況很嚴重嗎？」

「群眾包圍分局不肯散，智強也在現場。他要求把做票的范姜新林法辦，也要求群眾理性，不要中了國民黨的圈套。」張富順說，「我剛剛有去分局那邊，有些人很激動，很憤怒，好像想動手翻警車。」

「羅智強出面不能制止嗎？」我問。

「開始有點用，但群眾越來越多，情緒也越來越激動。我離開分局時還聽到智強勸大家要理性和平，不要讓國民黨有動武的藉口。並且要求大家就地坐下。」富順笑著說，「但是，我看沒人坐下，大家根本不理他。」

「我們去現場吧！」志豪說。

「中壢分局在哪裡？張富順，你可以帶路嗎？」張教授說：「黎明比較瘦，和張富順坐前面，孫志豪你們三個坐後面。」

當我們到中壢分局時，遠遠就聽到群眾的鼓噪吼叫的聲音，還看到火光在黑暗中閃亮。張文龍把車停在距離分局大約兩百公尺遠的地方。我們一下車，突然看見一片火光衝向天空，接著又聽見一聲強烈的爆炸聲，然後又聽見一連串的「劈劈怕怕」的爆裂聲。

「警察局後面的房子燒起來了！」有人大聲叫嚷著。

「那裡是倉庫，裡面有槍有子彈，很危險啊！……」

「爆炸啦，爆炸啦！房子燒起來了！」

「幹伊老母，把警察車翻了！」突然有人這樣嚷著，立刻就有十幾個人響應了，齊聲喊著「一、二、三、翻啊！」停在警局旁邊的警車立刻應聲翻倒了。

「再來一台，再來一台！」

「好啊！再來一台！」

「一、二、三，翻啊！」

「翻啊！」「翻啦！」

「跰啦！」「跰啦！」

警局大門關得緊緊的，但隔著玻璃卻清楚地看見一排一排的警察，一手拿著盾牌，一手拿著棍棒，頭戴鋼盔，身穿防護衣，全副武裝地蓄勢以待。群眾好像瘋了，看著警車連著兩部被翻倒了，就發出一陣野獸般的興奮的吼叫，「好哇！好哇！」警局裡一排排的警察，全副武裝卻按兵不動，更助長了群眾的氣燄和聲勢。

警局後面燒起來的地方，突然又響起一陣爆炸聲，又一陣火光衝向天空。接著，又聽見有人大叫，「死人啦！死人啦！有一個少年人被子彈打死了！」

「警察打死人啦！」那聲音充滿恐懼和憤怒！

「可惡！把警察車燒了！燒了！」接著又聽見「煌！」的一聲，從掀倒的警車上溢流到路面上的汽油被點燃了。很快地，警車也著火了。

看見火光，聽見爆炸聲，我內心有一種從未有過的緊張和恐慌，但又夾雜著一份莫名的興奮。黎明靠在我身邊，用力喘著氣。我的心臟「碰痛！碰痛！」跳著，但嘴裡卻輕聲安慰她，「別緊張，沒事！沒事！」

「怎麼搞得這麼凶啊？」志豪望著起火的警車大聲說，「哇啊！搞得太厲害了啦！」

我握著黎明的手，把她拉到距離群眾稍遠的對街的走廊裡，她的手是冰冷的，臉色近乎慘白，沒有血色。

「妳還好嗎？」我吃驚地把她拉近身邊，摟住她的腰，關心地問。

「我暈眩，頭好暈，氣喘！」她用力喘著氣，一面對我勉強擠出笑容，一面在皮包裡掏摸著。

「妳要找什麼？我替妳找。」我說。

「我的藥，心臟藥和氣喘藥。」她喘著氣，「我自己找比較快。」她說。她掏出一個藥包，撕開，把藥倒進嘴裡，又從一個白色小罐裡拿出一顆紅色的藥。「給我水壺，在皮包裡。」她說。

我讓她把身體靠在我胸前，用手輕輕撫著她的背。「有好一些嗎？」我輕聲問。

「把你嚇壞了吧？」她靠在我身上，虛軟地說，「我從小就有氣喘病，心臟也不好，一緊張或生氣，心臟病就會發作。」

「現在有好一些了嗎？」

「我需要坐下來休息，」她說，指著前面，「那裡好像有一家西餐廳。」

我扶著她向前走，在西餐廳裡找了兩個靠窗的位置。西餐廳距離中壢分局現場大約有三四百公尺遠，但宣傳車上麥克風的聲音，馬路上群眾吶喊吼叫的聲音，還是清楚可聞。

「今晚，會不會搞得太凶了？」我說，「不但把警車燒了，聽說還死了一個人。」

「奇怪，國民黨怎會按兵不動呢？他們在等羅智信出現嗎？」黎明閉著眼睛，左手摩挲著額頭，自言自語地說。

「妳是說，等羅智信出現再鎮壓、捉人，把這一切都栽在他頭上！」

「我就擔心會這樣。」黎明虛弱地輕聲說，「老羅千萬不要在現場。」

「妳認為這是老羅預先設計的嗎？」我有點心驚地問。

「絕不是！這絕對是群眾自發的行動！」她斬釘截鐵地說，「沒人有這種本事去設計這種事！但老羅厲害就在這裡，他預知國民黨一定會做票舞弊，所以他幾乎用盡全力去鼓動群眾，用行動保護自己的選票。群眾的意識和情緒已經被他誘發了，一真有這種事被逮到了，群眾的情緒就爆發了，……」

「難怪投票前一天，他那麼自信地說，國民黨不做票，他一定當選；如果做票，一定會出大事！」我說，「但是，事情怎麼就真的如他所預測的那樣發生呢？這也未免太神奇了！」

「這個羅智信是我認識的政治人物中，最厲害的腳色。見識、胸襟、格局，還有務實的能力，都很不尋常。」黎明說。

「但是，他會不會太自負了？」我說，「他的自信，有點近乎狂妄，妳不覺得嗎？」

「這不也就是他魅力的地方嗎？」黎明突然兩眼閃亮，笑笑地望著我說：「到目前為止，你就是太沒自信。其實，在我看來，你比他更有魅力！」

我突然臉熱了起來，「別開玩笑啦，我哪有什麼魅力？連演講都不太會。」我說，「我只要能在書房寫作就很滿足了，我也不需要有什麼魅力。」

「每個人的魅力不同，黃天來、莊安祥、羅智信都各有他們不同的魅力。你陳宏也有別人所沒有的魅力，那是一種很獨特的，你才有的氣質和特色。」黎明仍然微笑地望著我說，「有一天，你的演講也會很精采。我是很看好你的。」

「好啦！」我說，「妳現在已經好多了嗎？心臟和氣喘都好些了嗎？」

「藥吃了就好。」她笑笑地自我消遣，說，「暫時還死不了。」

「那，妳在這裡休息，不要亂跑，」我說，「我再去中壢分局那邊看看，也順便把他們都找齊了。早點回台北。」

我走出西餐廳，回頭望了望黎明，她微笑地向我揮揮手，我不知怎麼的，竟有點心慌，有點緊張。街的那邊陸續傳來零星的爆裂聲和群眾的吆喝聲。我不由自主地加快腳步，甚至不自覺地在馬路上奔跑了起來。

中壢分局前被民眾翻掀在地上燃燒的警車，火已經熄了，但警車已變成一堆黑色燒焦的殘骸。警局後面被燒著的房子還有些餘火在倒塌的磚瓦梁木中燃燒，發出紅色的微光。隔著警局的玻璃門仍然看見一排一排全副武裝蓄勢待發的軍警。分局前的群眾還是一層層地站在四處。我默默地從人群中走過，好一會兒才發現，海濤、志豪和張文龍教授都聚在警局大門不遠的地方。

「奇怪！這些軍警為什麼一直都沒行動呢？」海濤說：「看他們全副武裝，明明就是要鎮壓了，為什麼沒行動？」

「大概還在等上面的指示吧！」志豪神情凝重地說，「今天搞太凶了，只要上面一下令，恐怕立刻就要捉人了。」

「聽說王昇就是國民黨輔選桃園的執行官。現場就歸他指揮，難道他還會對這些群眾心存仁慈嗎？」海濤說。

「會不會是在等羅智信出現？」志豪說：「等老羅一出現，把他也一起抓了，然後把一切責任都推給他。」

「志豪講的有道理，」海濤說，「場面已鬧成這樣了，國民黨哪有不動手的道理？」

「你們不是說蔣經國今天也親自到桃園坐鎮嗎？」張教授提醒說，「既然蔣經國在場，王昇還敢不請示就擅自下令捉人嗎？」

「是呀，小蔣如果不點頭，王昇想捉人也不敢動手啊！」志豪拍了一下大腿說，「原來是在等小蔣的指示。」

「我看小蔣不會點頭，」海濤說，「除了王昇，他身邊不是還有李煥、宋時選嗎？」

「但是，現在中壢這個局面正好給王昇一個強而有力攻擊李煥的理由，就是因為李煥的縱容才會有今天的羅智信，才會有今天中壢這種場面。」志豪語帶憂慮地說，「李煥現在是待罪羔羊，他一定不敢講話了。所以，會不會鎮壓捉人就只有靠小蔣個人的判斷了。」

「我看，我們走吧，趕快回台北吧。」張教授說。

第二天，全國各大報都以頭版頭條報導了中壢事件，也都非常一致地宣稱，中壢事件的幕後，是中共和台獨策畫導演的。三家電視台也都這樣跟進，還把民眾推翻警車和警車燃燒的畫面一再重播。電視台還說，治安單位正在按圖索驥，決心把畫面上那些暴民追捕到案。

那天下午，銘德表哥突然無預警地來到我《健康世界》雜誌社的辦公室。

他一進門就順手把門關上了，坐到我對面，拿出紙菸盒，點了一根菸，神情凝重地說，「事情很大條啦！」

我也拿出菸斗點燃了，深吸了一口，再緩緩吐出一團白色的煙霧。「怎樣？」我說。

「你沒看報紙嗎？」

「看了，連《青年戰士》報那種爛報我都看了，總共六份報紙。」我說。

「事情很大條喔，我告訴你。」銘德表哥有點往外翹的屌斗微微顫抖了兩下，又猛吸了一口菸，「事情真的很嚴重，不是開玩笑的。」他說，「你昨天也去了中壢分局的現場了吧？還有孫志豪、徐海濤、鄭黎明。」

「咦？你們的情報這麼靈，嚇死人了！」我說。

「你們都被錄影了。」他說，「我是昨晚在辦公室整夜看錄影帶看到的。你們幾個都在。」

「是啊，我們是在現場，那又怎樣呢？我們又沒犯法！」我說。

「現在，王昇主張捉人，只要在錄影機裡出現，查得出身分的，統統都捉。」表哥說。

我冷冷地望著他，「國民黨如果想早日滅亡，那就捉吧！」我說。

「噯呀，阿宏，你還是這麼傻嗎？這明明跟你無關，你幹嘛蹚這個渾水呢？趕快躲起來不就好了嗎？」

「我怎麼躲？能躲去哪裡？你們的特務網層層疊疊，簡直像天羅地網，你們真要捉我，我還躲得過嗎？」我說。

「因為你還不是主角，你只要暫時不讓他們找到就好了。」表哥說。

「聽你這麼說，真要捉人了？」

「我還騙你嗎？」他生氣地說，「現在王昇的氣燄很盛，中壢事件替他製造了一個機會把李煥打垮！他主張捉人，就等上面點頭。」

「你說上面是誰？」

「當然是蔣經國呀還有誰？你跟我裝糊塗嗎？」

「你看小蔣會點頭嗎？」

「天威難測，我也不知道。」他把手上的菸蒂往地上一扔，站起身來說，「我的好意已盡到了，聽不聽隨你！我走了。」

我望著他的背影，內心雖然感受到他因血緣親情所表達的善意，但我對他的職業的疑慮和敵意也無法完全釋懷，因此對他捎來的訊息的真假，便很難立刻判斷了。

找黎明吧，我想，在這方面的分析判斷，她比我精準。於是，我抓起電話，只「喂」了一聲，她立刻說，「我沒空，陳師母生病了，我現在要去看她。」說完就把電話掛斷了。我已習慣她最近這種方式，有事盡量不在電話中說，卻又技巧地把見面的時間地點都說了。我對她這份機靈很佩服。

這時，蔡經理有點慌張地從外面進來，逕直走進我的辦公室，還順手把房門關了。「陳總，消息不太好喔，」他表情嚴肅地說，「我那個同學剛剛找我，說王昇可能會下令捉人，叫我偷偷告訴你，趕快先暫時躲起來。一段時間後，等風聲過去了再出來。」

「他說會捉人嗎？有這麼嚴重啊？」我故作輕鬆地說，「不是已經宣布羅智信當選了嗎？媒體都這樣報導了，難道國民黨還會把羅智信捉了嗎？」

「會不會捉人，他也只是猜測吧？」蔡經理說，「但他絕對是好意才會叫你躲起來。」

「我相信他的好意，下次見面替我謝謝他。」我拎起公事包對蔡經理說。

我坐上開往木新路的公車，卻在景美育英街口就下車了。徐海濤家的客廳已坐著黎明和志豪。

「怎麼樣？你是不是已經得到什麼消息了？」海濤有點迫不及待地望著我問。

「警總和調查局都認為王昇要下令捉人了，都好意叫我暫時先躲起來。」我說。

「當然，王昇很早就想捉人了，不然他也不會去搞一個那麼大的鄉土文學論戰來批判你們。他說鄉土文學就是台獨和共產黨的思想，」志豪神情嚴肅地說，「現在中壢事件發生了，他更加咬定那是中共和台獨搞出來的。我說，這不是為匪宣傳嗎？中共和台獨怎麼會有能力搞得出這個中壢事件呢？根本是在長敵人的志氣，滅自己的威風嘛！」

「是啊！為什麼都不想想那是群眾自發性的行動呢？」

「現在講這個也沒用啦。我們必需判斷，國民黨會不會用這個中壢事件大肆逮捕黨外人士？警總的人和調查局的線民都向陳宏示警了，我認為，王昇要下令捉人，不會是空穴來風！」海濤說。

「但是，如果要捉人，昨天就應該要動手了。在中壢警察分局的警車被掀翻時，群眾火燒車時，都是國民黨捉人的最好時機。那時為何不捉，反而要現在捉？有什麼道理嗎？除非他們想釣老羅這條大魚。」黎明冷靜分析說，「但是現在已發布羅智信當選了，應該不會捉他了。但會不會捉其他人呢？我認為關鍵還是在小蔣。小蔣不點頭，王昇不敢捉；小蔣如果點頭，也沒人敢不捉。但是小蔣會不會點頭呢？我也不敢確定。」

「我本來也認為，昨晚那種場面沒捉人，是國民黨想等老羅出現再動手。但現在我認為是小蔣不同意捉人。上次屈大哥講過鄭學稼先生講的話，明年五月，距離現在只有半年，小蔣就要選總統了。現在因為中壢事件捉人，不是觸他霉頭嗎？」志豪邊抽菸邊說，「而且人心也會不服。你國民黨自己做票舞弊在前，都不處罰，反而要逮捕抗議做票的人，不但人心不服，國際輿論也會強烈批評，會嚴重打擊小蔣和國民黨的國際形象和聲望。小蔣是聰明人，不會做這種傻事。而且，中壢事件也沒影響他對台灣的控制……」

「這樣說有道理。不過，我們也要小心，出門時看看有沒有人跟蹤。」海濤說，「上次黃震華因《台灣政論》被捉，我聽林正義說，他們除了雜誌社被二十四小時監視外，黃震華也一直被跟蹤，人走到哪裡，他們就跟到哪裡。」

「對啦，老羅出現了嗎？今天不論早報晚報，都出現不同的猜測。」海濤笑著說，「老羅這傢伙真厲害，昨晚那場面，他硬是不現身。現在已宣布他當選了，應該要出面了吧？」

「我和陳翠剛剛有通了電話，聽說老羅今天中午一個人回桃園了。他昨晚在台北一家三溫暖睡了一個晚上，真是神不知鬼不覺。」黎明笑著說，「陳翠還說，這次黨外能當選四個縣市長，二十一席省議員，都是因為中壢事件把國民黨嚇到不敢做票了。聽說蔣經國在國民黨桃園縣黨部親自交代，按照規矩辦事，不能亂來！」

「這種選舉結果對國民黨來說是從未曾有的，讓黨外力量一下子膨脹了很多，但是，國民黨內的鷹派力量也勢必抬頭，這對黨外不一定有利。」徐海濤說。

「但這對整個社會有很大的鼓舞作用。至少讓那些有心從政又不願意加入國民黨的人覺得，用無黨或黨外身分參選也會當選，這對打破國民黨在選舉中長期壟斷、獨霸的局面，對國家未來發展的影響都很正面。」我說，「像我這樣，雖然不想從政，卻關心政治的人，看了今天這麼多報紙對中壢事件、以及全國選舉的報導，我都覺得很興奮，很鼓舞。」我說。

「哈哈哈，這樣聽起來，陳宏對參選開始有點興趣了嗎？」海濤大笑地說，「老莊和老羅都很鼓厲陳宏參選，他都拒絕。但他今天講這些話，有意思哦。」

「噯呀，不要說陳宏啦，從昨晚到現在，連我都在想，他媽——的，令爸若不是外省囝仔，早就出來跟伊拚啦！」志豪把最後兩句用台語大聲說了。

「為什麼一定要台灣人才能用黨外身分參選？外省人為什麼就不行？」海濤不服氣地說，「以你孫志豪的個性，熱情豪爽，又能和基層民眾打成一片，你本來就很適合選舉。但是，也許因為你父母的影響，使你又愛政治，又怕政治。你說外省人不能用黨外身分參選，這只是因為你害怕，所以拿這種理由來說服自己而已。其實你出來參選是很適合的，為什麼外省人就不能用黨外身分參選呢？」

「你看過用黨外身分參選的外省人嗎？沒有啊！外省人參選一定要靠國民黨的組織力量，離開國民黨，外省人參選是不會贏的。」志豪說。

「好啦好啦，我不和你爭辯了。」海濤轉頭笑笑地問我，「你有想過要參選了嗎？」

「不想！我不想參選！」我搖搖頭堅決地說，「雖然這次中壢事件和黨外選舉結果都讓我感到興奮和鼓舞，但是，我還是不想參選。因為，我沒那個條件。」

「你說的條件是……」黎明那對美麗的眼睛一瞬不瞬地望著我，「是錢？還是……」

「我不只沒錢，也沒有知名度，怎麼選呢？別開玩笑了！」

「那，其實都不是問題。」黎明笑著說，「你知道老羅這次決定選縣長時，雖然他已當了幾年省議員了，但他自己做的民調，全桃園縣聽過他名字的，還不到百分之二。但出版《風雨之聲》後，引起國民黨省議員圍剿，他的知名度就突然上升到百分之十幾了。至於競選經費，你不是也聽他講過嗎？競選總部成立第三天，幾乎就要斷炊了。最後，他不是也撐過去了嗎？不是也高票當選了嗎？事在人為啊！」

「妳說的也是。不過，我還是不想參選。」我笑笑地說，「除非我已真的走投無路了，否則，我幹嘛呢？」

「你愛教書，卻無書可教；你愛寫作，卻沒地方可以發表文章。這還不算已經走投無路了嗎？」黎明說。

「唉！」我嘆了一口氣說，「我現在，總還有一口飯吃吧。」

那天回到家裡已晚上十點多了。母親和兒子女兒都睡了。淑貞卻坐在書房裡看報紙。我們家因為母親的習慣，一向也都早睡早起。除非我有第二天要繳稿的情況，否則在九點以前，我們都已熄燈睡覺了。

「怎麼還不睡啊？」我走進書房柔聲問她。

她站起來，反身緊緊把我抱住。隔了好一會兒，才抬起頭來說，「看了今天的報紙，沒等到你回家，我怎麼睡得著？」

「沒事啦，我又不搞政治，這些事都與我無關。」我說。但是，我還是把銘德表哥今天來找我，講的話，以及在徐海濤家的談話內容都一五一十告訴了她。

「既然這樣，我看你就先躲幾天吧。」她說。

於是，我們決定，我就三天不出門了。

三天後，報紙上並沒有任何因中壢事件而逮捕人的消息，我才打電話給黎明。

「你怎麼失蹤了？」她說。

「我哪有失蹤？亂講！有中壢事件相關的消息嗎？」

「沒有啦。但有一件事與你有關，國民黨近期內要召開全國軍中文藝大會，要對鄉土文學做一次最後的定調與統戰吧。到時你大概又免不了被點名批鬥一番了。」黎明在電話中說，「至於捉人嘛，大概是不會啦。這是胡秋原先生那邊傳來的消息。」

接著，我就去《健康世界》雜誌社的辦公室了。那時才早上九點多，廣告部和營業部同仁都出門去拜訪客戶了，只有管理部幾個同仁在。我把管理部主管魏美華找了來。

「我不在這三天，辦公室還正常嗎？」

「都還好啦，」美華說，「因為陳總沒來，蔡經理私底下又說陳總可能被捉了，所以大家有些議論，也有些不安。但是，後來好像又沒事了，大家都照常工作了。」

「奇怪，這個老蔡怎麼這樣說呢？」我笑笑地說：「中壢事件跟我有什麼關係？我又不搞政治，也不是羅智信的助選員，我怎麼可能被捉呢？真是胡說八道！」

「這兩天，王世南醫師也一直在找你。」美華說。

「他找我有什麼事嗎？」我說，「你現在就打電話請他過來好了。」

不超過一小時，王醫師就來了。穿了一件夾克、牛仔褲和一雙拖鞋，兩撇八字鬍和他矮小的個子，不論看多少次，都讓我覺得不相襯。

「陳宏兄，這兩天我們都以為你被捉了。」他笑著，露出一排整齊的牙齒，兩撇八字鬍因為微笑而略略往上揚了揚。

「誰說我被捉了？胡說八道！我又沒犯法，誰敢捉我？」我說。

「但是，你三天沒消息，難怪大家會這樣想。」王世南說，「而且前一陣子鄉土文學，幾個報紙都指名道姓批判你。這次又加上中壢事件，到處都風聲鶴唳。連我去台大醫院找那些教授醫生，就有人關心問我，沒問題嗎？不會出事吧？」

「這就奇怪了，《健康世界》只是一本通俗的醫學雜誌，和政治有什麼關係？怎麼會這麼神經過敏呢？」

「這，大概是因為你吧，」王世南笑笑，有點尷尬地說，「那些教授和醫生，有的也是《健康世界》的股東，都知道這雜誌原始的創發人是你。最近你又常常被報紙點名批判。他們就難免擔心了。會不會因為你的緣故，《健康世界》也被勒令停刊了呢？」

「這三天你都在找我，就是為了這件事？」

「歹勢啦！因為這三天你都沒來，大家確實以為你被捉了，所以雜誌發行人林國煜教授和幾個股東商量後，叫我做代表和你談談。」他有點為難地說，「其實我也不是股東，我只是你們請的總編輯而已，叫我來和你談這件事，其實是不適當的。但林教授說，因為我和你比較熟，他又是我讀醫學院時的老師，我不好拒絕。」

「沒關係，你明白說好了，他們要你來和我談什麼事？」

「林教授說，他對你的寫作才華和關心政治都很佩服。他說台灣就是需要像你這樣的人。但是，他擔心《健康世界》會不會因為你被停刊呢？但是因為這樣而叫你不要關心政治也不對的，不合理的。所以，他們叫我來和你商量，是不是可以請你，請你自動退出股東會？我們把股金如數返還給你，再加發你一兩個月的薪水，這樣，你認為如何？」

「你的意思是叫我離開《健康世界》，不當股東，也不當總經理？」

「不是這樣講啦，只是跟你商量，跟你討論，看你願不願意？」

「如果我不願意呢？」

「這，這，……」他用手摸了摸兩撇八字鬍，尷尬地笑了笑，說，「我只好回去告訴他們，你不願意。」

「你認為他們這樣的要求合理嗎？」我略帶譏諷地說，「當初如果沒有我，就沒有這個雜誌。現在這個雜誌辦起來，也站起來了，已開始賺錢了，你們卻以政治的理由叫我離開。那，你們不就是國民黨的幫凶了嗎？日據時代的台大醫院可不是這樣子的。現在，台大醫學院的這些教授和醫生們卻這般墮落了嗎？連靈魂都沒了嗎？」

「陳宏兄，你也不能這樣說啦。其實林教授他們，長期來都是很支持黨外的，包括我自己，甚至還義務去替郭雨新、莊安祥助選，發傳單，」王世南尷尬地無奈地說，「他們只是關心《健康世界》的存續問題而已。」

「其實，我對林教授是尊敬的，他為人正直，在台灣公共衛生這個領域也有相當的貢獻，」我說，「但是，只因為政治因素就叫我離開我一手創辦的《健康世界》，我不服氣，也不同意！」

「陳宏兄，你不要生氣，林教授其實對你沒有惡意，真的！他純粹是關心這個雜誌。如果你不同意，我就回去直說了。」

「你回去告訴林教授，國民黨不會因為我而把《健康世界》勒令停刊，這點務必請他放心。叫我離開應該找更好的理由，例如經營不善，或例如財務不清，等等。但千萬不要用現在你說的這個爛理由，因為這根本不會存在！」我大聲說。

「好！我回去跟他們說。」王世南向我略帶歉意地欠欠身，走出我的辦公室。我拿出菸斗，望著王世南的背影，拖著一雙拖鞋，拍搭拍搭地走出大門了。

我把菸斗塞滿菸草點燃了，內心感到孤單、寂寞、失望極了。這些醫生們，都是台灣最優秀的菁英，竟在這個時候對我提出這樣的要求，趁這個機會把我掃地出門嗎？雖然，我也知道這不是我久待之地，黎明不是這樣問過我嗎？「你真覺得《健康世界》總經理這個職位對你適合嗎？你真覺得待在那裡會有前途嗎？對你的人生有意義嗎？」第一次去見莊安祥委員時，他也對我問過相同的問題。「說真的，我不知道。我只能說，在目前，它至少是我可以賴以養家活口的工作，如此而已。」我記得我是這樣回答的。

如果真是這樣，也許，我是應該要考慮改變了，不是嗎？只是，我心有未甘！總覺得，他們好像和國民黨一個鼻孔出氣，趁這個時候對我落井下石！實在太不夠義氣了！

我突然很想念黎明，很想找她講講話。於是，我抓起電話，「黎明，我很想念妳！」我說，「我去看妳好嗎？」

「哈哈哈哈，沒事你是不會想念我的，」她在電話那頭笑著說，「既然想我，就來啊！立刻來！」

她辦公室裡仍然充滿了紙菸沉澱後堆積著的沉重的渾濁煙味。她一見到我，又習慣性地抽出紙菸來點著。夾著紙菸的那隻手的手肘撐在桌面上，另一隻手托著下顎，笑笑地望著我，「連續三天，竟然一通電話都沒有。打到你家，你老婆說，你沒交代去哪裡。所以，我也不知道你是在搞什麼？害人家都替你急死了。」她說，「現在才想念我，你這個鬼！」

「今天我才知道，原來你們都沒有躲起來，」我說，「妳不是也贊成我暫時避一下風頭嗎？妳自己為什麼又不躲一躲呢？」

「我有叫你暫時躲一躲嗎？我們都覺得那天志豪的分析有道理，明年五月小蔣要選總統，他不會拿石頭砸自己的腳，所以他也不會下令捉人。結果你卻神經兮兮……」黎明笑著說，突然卻又立刻轉了話題，「好啦，這事已經過去了，你也平安回來了，就不要再提了。我現在問你，這三天你到底躲去哪裡了？連你老婆都不知道嗎？」她抽了一口菸，笑瞇瞇地說：「別是躲去哪個女朋友的住處了吧？」

「說真的，我第一想到的是躲去妳那裡，因為，我喜歡……」我起先有點嘻皮笑臉，半真半假地笑嘻嘻地說，但隨即又一本正經了，「但是，後來想到，妳那裡也不太安全，人家本來就很注意妳，我去投奔妳，搞不好，還真變成自投羅網了。」

「哈哈哈，怎麼？你們兩個打情罵俏啊！我在外面都聽得清清楚楚。」吳福成從外面辦公室走進來，笑著說。

「你來的正好，我有事正要找你們商量。」我說。

吳福成坐到黎明對面的單人沙發上，也點了一根菸，「你有什麼事，我洗耳恭聽。」他邊抽菸邊說。

「剛剛，王醫師來找我，說他代表《健康世界》發行人林國煜教授和台大醫院的幾個股東，希望我退出《健康世界》。」

「早就被我猜到了吧？」黎明向吳福成揚揚下顎說。

「哈哈，還是鄭姐厲害！」小吳笑著對我說，「她早就講過了！」

「真的？妳早就料到會這樣嗎？」我驚訝地望著黎明，「妳怎麼能未卜先知呢？」

「鄭姐的前夫你認識的，也是台大醫師，她母親在台大醫院當護理長退休，台大醫院的教授醫師認識太多，太了解了。」小吳說，「而且，你這個總經理在《健康世界》雜誌是個可有可無的，他們認為誰來做都一樣，你不覺得嗎？」

「那你怎麼回答王世南？」

「我說我不同意！」

「為什麼不同意？」

「我，我不甘心！覺得他們怎麼可以對我落井下石？太沒義氣了！而且，我不想再失業了！」我有點沮喪地說，「失業太痛苦了，看見家裡的大大小小，你會沮喪、會自卑、會灰心、會怨恨自己……」

「你怕他們沒人照顧，活不下去？」

「不，不是只有這樣。我太太在台電工作，一家大小還不至於沒飯吃。」我說，「那是另一種心情。男人不能養家活口，讓我覺得人生沒有價值，沒有意義，沒有尊嚴！」

「哈哈！你這個傢伙原來是這麼男性沙文主義，你的人生的價值和意義，都只為了你是個男人必須養家活口，如此而已嗎？」黎明有些嘲諷地說：「如果你老婆去上班賺錢養家，你在家照顧孩子，燒飯洗衣做家事，你不能接受，是嗎？」

「是！我不能接受！」

說。

「如果不是叫你在家照顧小孩做家事，而是做更重大的事，你能接受嗎？」

「男子漢大丈夫，養家活口尚且不能，還談什麼大事？男人不能賺錢養家就不是男人了。」我說。

「小吳，你呢？你也像這個傢伙這樣嗎？」

「哈哈哈，我也是男人啊，當然也有一點啦，但沒他那麼嚴重。」

「陳宏，我告訴你，你這種思想趕不上時代潮流了，」黎明嚴肅地說，「我如果是你老婆，我就不要你再去當什麼《健康世界》總經理，這簡直是蹧踏你的才華，你應該專心去寫作，或專心去搞政治。」

「但是專心寫作或搞政治都不能養家，」我說，「我先要有一個安穩的工作來養家，不然，我就不能專心寫作，更不用說搞政治了。」

「你不是有很多理想嗎？看到社會不公平的事，你不是很氣憤嗎？國民黨的特務警察，你不是都很氣憤嗎？這樣的國家、社會、政府，你不是想改變嗎？但是，當《健康世界》總經理能實現你的理想嗎？能改變這個國家和社會嗎？」黎明有點激動地說，「你的家有你老婆照顧，你完全可以沒有後顧之憂，你還擔心什麼呢！人家老莊也不過是中油加油站的工人，老羅也沒有任何養家的本領。但是，他們有魄力，有勇氣、有決心，不是都成功了嗎？我覺得，你比他們更有才華更有潛力。但是，現在你卻表現得這樣畏畏縮縮，只顧你的妻子兒女，你，還能成就什麼大事呢？」

「鄭姐講的有道理，我也認為宏哥你適合做更大的事，譬如搞政治。」小吳也熱情地說，「你的文章很能貼近民眾的心，你講話也很能鼓舞大家，難怪老莊和羅智信都鼓勵你參選。」

「唉呀，老莊和老羅不論碰到誰都鼓勵人家關心政治，鼓勵人家參選！像傳教的碰到人就拉人信教一樣，說不準的。」我笑著說，「而且選舉要錢，我家無恆產，怎麼選？別開玩笑了！」

「好吧，那你說，你今天來找我有什麼事？王世南他們已開口要你退股離開《健康世界》，你說你不同意，然後呢？」黎明突然笑起來，「難道真的只是想念我嗎？」

「都有啦！」我臉上訕訕的，有點尷尬地說，「我來聽聽妳的意見啦！」

「這個，我不是都說了嗎？你早該退了，跟那些人有什麼好搞的？你原來創辦這個雜誌，只是你的創業計畫中最小的部分，你還想替窮人辦綜合型大醫院，還想推動窮人的醫療保險。現在，他們只想辦一份雜誌，能在上面發表文章提高他們的知名度，使更多人掛他們的號，找他們看病就好了。而辦這樣的雜誌，只要有一個王世南醫師來當總編輯就可以了，何必非要你不可呢？你在雜誌社有什麼用？根本就是大材小用！……現在你說，你只是不想再失業，只擔心母親孩子沒人照顧，」黎明激動地大聲說，「阿宏，我本來把你看得很重，以為你是做大事的人，是英雄豪傑，沒想到，你竟只顧慮那些根本不必顧慮的小事，你太讓我失望了！」

我默默地望著她，不斷吸著菸斗，內心羞慚、懊惱、憤怒、激動的情緒交織成一團洶湧的浪潮，猛烈衝激我的胸膛。我猛地從沙發上站起來，不能自抑地大喝一聲，「好啦！不要再講啦！」轉身走出黎明辦公室，走到屋外的巷道，走向馬路。我覺得心好像被掏空了，四周亮起無數的眼光在檢視我，那充滿汙血的骯髒的心還在「樸赤！樸赤！」地震顫著。我感到難以忍受的痛楚，夾雜著羞慚和憤怒。

天空忽然颳起一陣冷風，冷颼颼地穿透我的身體，讓我不由自主地打了一個抖顫，脹熱的大腦也突然像被澆了一桶冷水。我剛剛講了什麼？做了什麼嗎？其實，我想來看黎明時，我不是已做了某種決定了嗎？我不是已決心想要改變了嗎？那我剛才為什麼又那麼婆婆媽媽地說什麼害怕失業，擔心母親和孩子沒人照顧呢？這真的是我應該顧慮的嗎？淑貞不是也鼓勵過我，「全心全力去追求你的理想吧，母親孩子我會照顧，你放心！」那我，何必再這麼牽腸掛肚、兒女情長呢？

走在冷風颼颼的紅磚人行道上，我望了望天空深深吐了一口氣。不由自主地，又朝《夏潮》雜誌社踅了回去。

小吳已經不在辦公室了，徐麗芬中午回家也還沒到。黎明的房門關著。我輕輕推開，只見她坐在辦公桌前，雙手蒙著臉。我靠近她，輕輕把她烏雲覆蓋的臉頰擁入胸前。她抬起臉來望我，臉上早已沾滿了淚痕。

第十章

離開《健康世界》雜誌社時，我沒跟任何同事說再見，也沒跟任何人說原因。我獨自從南門市場走向南海路，橫過重慶南路，走到建國中學大門口。路上已有幾個建中學生揹著書包走出校門了。

我橫過馬路走進植物園。園裡原來盛開著花朵的荷花池裡只剩下幾株枯黑的荷花的枝幹歪斜地仆倒在水池裡。水池裡的水也是一片汙濁。一切都顯得汙穢消極死氣沉沉的殘冬後的景象。只有幾隻醜陋的小鴨卻活潑地快樂地在汙髒的水池裡悠悠地划著游著，使死氣沉沉的毫無生氣的荷花池展現了一點生趣和生機。我坐在荷花池邊的靠背長椅上，眼光跳過荷花池，茫然地望向遠方。

許多人在園裡走著，年老的拄著拐杖慢慢走，年輕的揹著書包快速地走，也有情侶手挽著手散步著。各種年齡、各種打扮、各種形態，各形各色的人都在這個植物園裡穿梭來往。有人像我此刻的心情嗎？或者，有人了解我此刻的心情嗎？

我完全自由了，可以去做我喜歡做的、自認為有意義的事情了。但是，我也失業了，從此沒有收入，不能養家，我要怎麼跟淑貞說明呢？黎明說，做大事者不顧家，像她老爸那樣。但她老爸的一生，值得嗎？我猛地掌擊了一下自己的額頭，「劈呀！」的一聲，頭殼跟著震動了一下。我睜開雙眼，注視著水池裡在枯枝敗葉中快樂地悠游的幾隻小鴨。牠們長大了一定會很健康吧？

暮色如輕煙淡霧般漸漸從荷花池的四周升浮起來，殘冬後的寒意也隨著暮色滲透在空氣裡，漸漸把四周都漫漾淹沒了。園裡的人跡轉眼間也變得稀疏了。我不經意地裹緊外套，豎起衣領，站起身來，循著來時的路徑往回走去。但我此生此刻所選擇的人生的路，大概再也不能循著原路走回去了。

那天晚上，母親和孩子們都睡了後，淑貞又泡了兩杯熱茶到我書房。她把茶放在書桌上，隨即坐到旁邊的空椅裡，望著我攤在書桌上寫得密密麻麻的筆記本。我把筆記本掩上，雙手向後用力伸展了一下，長長吐了一口氣。然後，仲出雙手把熱茶握在手掌裡。

「寫什麼？」她望著我，笑笑地問，「最近看你吃飽飯就窩在書房裡，一句話都不說，到底在寫什麼呢？平時你不是喜歡跟我講一些你要寫的東西嗎？這次怎麼這麼反常？」

我捧起熱茶輕輕喝了一口。

「你有心事？」她兩眼一瞬不瞬地望著我問。

「沒什麼，」我對她笑笑，說，「其實我早準備了，今天就要告訴妳。」

她仍然直直望著我，抿著嘴脣，眼睛卻在問我，「什麼事？」

我打開抽屜，拿著退回的股金和兩個月薪水的信封袋，「這個，給妳。」我說，「總共二十八萬。」

她沒有伸手，也沒有講話，仍然用眼睛直直望著我問：「怎麼回事？」

「我已退出《健康世界》，我決定要競選今年年底的中央民意代表增額選舉。」我望著她，有點心虛地，嚅嚅地說：「沒，沒事先跟妳商量，就，就做了這樣的決定，很對不起！」

「你要選舉？」她望著我，好像不相信，「真的嗎？你是說真的嗎？」

「是的，沒事先和妳商量，很對不起！」

「你怕我反對？」

「怕妳操心，」我說，「不想讓妳擔那麼多心。」

「其實，我早知道你早晚會離開那個雜誌社，因為跟你原來的計畫差太遠，」她說，「只辦那樣的雜誌，你不快樂。」

「是。謝謝妳了解、體諒。」

「但是，去選舉，我怎麼都沒想到。太意外了！」她困惑地說，「你不是常說，你對政治沒興趣嗎？你只想寫作，只想多寫一些小說，不是嗎？」

「是的，這一直都是我的夢想。」

「但是，去選舉後，你的文學怎麼辦？」她說，「這些年剛剛起步，剛剛有一點成績被肯定，現在……」

「我不會放棄，我會繼續寫。」我說，「這些年，我離開學校，在社會上看到許多校園裡看不到的事情，那些事情感動我，也教育了我，終於讓我決心要去參選。如果知識分子繼續對社會上、政治上那些不公不義的事情保持沉默，不敢站出來揭發挑戰國民黨的專制獨裁，這個國家就會更加腐敗，更加沒有希望了，我們的兒子女兒長大了，就沒有幸福的未來可言了。」

她抿緊嘴脣，兩眼直瞪瞪地望我，像要把我看穿看透。或許，我的這個決定對她而言，真的太突然了，也太意外了，但我的話卻越講越激動了。

「在研究所的同班同學中，我的才學比別人差嗎？連指導教授成老師都讚不絕口。『他的論文，我甚至一字都不必改。這樣的學生值得栽培呀！』他說。但是，就因為我不屑去奉承討好那些個，原是國民黨失意政客的所長主任教授，我就被排擠了，說我思想有問題，就把我踹出政大校門了。後來，爸爸不是去請當時的監察院余院長幫我寫信給李元簇校長嗎？李校長說這是情治單位考核過不准錄用的人。這事，妳是知道的。僅此一例，就可明白國民黨執政三十幾年的台灣，一定要用奴才，絕不肯用人才。所以羅智信才會脫黨競選桃園縣長，蘇南成也是這樣才脫黨競選台南市長的，……」

「但是，我問你，你的文學呢？參選後，還能繼續你的文學嗎？」

「我向妳保證，我一定會繼續。」我信誓旦旦地說：「我如果僥倖選上了，就能有時間與空間寫作。萬一不幸落選了，我就重回書房，參選的經驗可以成為我寫作的題材，我對人性在政治上的表現會有更深入更實質的了解，這正好可以豐富我的文學。」

「好！如果能這樣，我支持你！」她表情嚴肅，把裝錢的信封交回我手裡，「選舉要花錢，這些，你拿去吧。媽媽孩子，這個家的一切，我會照顧。」

我拉起她的手，把錢塞回她手裡，「這些錢，妳還是放在身邊。」我說，「從此以後，我沒有薪水可交給妳了，家裡全都要靠妳一個人，太辛苦了！但是，我也保證，絕不會拿家裡一毛錢去選舉。」

「宏哥，我知道你很愛這個家。」她用柔軟的細緻的手掌握住我的手，兩眼望著我，堅定地說，「我們有許多男同事，職位比我低，薪水比我少，照樣要養一家人。所以，你完全可以放心去闖你的天下，勇敢去實現你的理想，我永遠都會支持你的！」

我激動地把她擁入懷裡，「太感謝妳了！」

「但是，你一定要平安，要平平安安，好嗎？」她抬頭望我，兩眼泛著淚光說。

「我知道，我知道！」我說。

她捧起已經不太熱的茶杯輕輕喝了一口茶，望著我桌上的筆記本，笑著說，「你這幾天都在寫這個東西，寫的什麼呢？」

「我的競選計畫。」我攤開筆記本說。

「競選計畫是極機密的，」她慧黠地笑了笑說，「我可以聽嗎？」

我再一次拉起她的手，在我臉上摩挲了幾下，笑著說，「我願意把命都交到妳手上，何況是競選機密？」

「你的命本來就是我的，是我的無價之寶！」她笑著說。

於是，我向她分析了我的優缺點。「缺點很多，而且都是很致命的，包括沒錢、沒人、沒知名度。而優點只有一個，就是我手上這枝筆。我必須用我的筆去彌補沒錢沒人沒知名度的缺點。因此，我決定出版兩本書，一本叫《黨外的聲音》，把訪問黨外政治人物的文章集結成冊，利用現在還活躍在政壇上仍有影響力的黨外人物的知名度和影響力，來抬高我的知名度、形象和地位。黨外形式上雖然無黨，但實質上卻是有黨。這些黨外人士的思想、信仰、主張其實都相當一致，就是要追求台灣政治民主化、打破國民黨一黨專政、追求台灣社會公平正義。把他們的訪問集結成冊出版，就等於宣告一個國民黨以外的『黨外黨』成立了。」

我有點興奮地、忘我地說著說著。隨手端起茶杯喝了一口，又繼續說，「第二本書就叫《民眾的眼睛》，把我近些年來在報紙雜誌上寫的，反映社會現實問題的文章和評論集結成冊，代表台灣社會中下層民眾發聲，要求社會資源分配公平合理，經濟發展的成果要更公平照顧到廣大的農民與工人階級。人民對現狀不是沒有聲音，只是位居高層的聽不到看不見而已，所以我要求政府用民眾的眼睛重新看待這一切，政府所說的經濟起飛的果實，要讓全民共享。……」

「很好！我支持！」淑貞雙手握著茶杯，臉上漾著笑意，頻頻點頭說。

「這兩本書出版一定會立刻被查禁，但，正因為查禁，地下的銷路就會更好。」我說，「我已找好總經銷了，把書交給他們的同時，他們就立刻付我六十萬元。我就可以運用這筆錢展開我先期的競選活動。然後，我會再用這兩本書，以及我在藝文界的關係，找一些藝術家朋友，像朱銘、楚戈捐幾樣作品讓我在募款餐會上義賣。」

「但是，義賣募款夠嗎？」

「選舉固然要花錢，但不一定都要花大錢。沒錢有沒錢的選法。」我說，「像我們這樣的人要等到所有條件都備齊了才選，那就永遠不用選了。因為那些條件我們永遠都做不到。……但是，我相信，只要我願意捲起褲管勇敢撩落去，路就會出來了！」

那天晚上，我們談了很多。我甚至把我想到的一些選舉計畫的細節都告訴她了。我原本擔心她聽不懂，或聽了會沒興趣。雖然，她的出身也勉強算是政治世家吧，父親在中國大陸就參選過，並當選了國民黨的國民大會代表。但她畢竟沒參與過真正的選舉。但她對我講的，卻做了出乎我意料的回應。

「你想把書送給選區的里長們，這個構想很棒！」她說，「雖然你說里長都是國民黨，不會支持你。但是，他們聽說你，一個年輕作家敢以黨外身分參選，一定會議論紛紛，到處去打聽你的出身背景等等……」

「哈哈哈，妳太聰明了，」我大笑說，「這就是我的目的。里長在地方上都是放送頭，我要他們替我宣傳。」

「不過，你說要在國訂假日或民俗節慶時，到處去貼署名的標語，會犯法嗎？會被處罰嗎？」

「不犯法，我查過六法全書了。」我說，「我只是要利用機會提高知名度，並且引發人們的好奇和議論。譬如青年節，我就貼『慶祝青年節，要效法革命先烈犧牲奉獻的精神』，下面就署名陳宏。如果是媽祖誕辰，就貼『陳宏恭祝媽祖聖誕千秋，保疆護民愛鄉土』，如果這樣做違法，報紙一定會攻擊，那我就更大賺了。頂多是製造髒亂，破壞市容而已。但政府不是也常在青年節或國慶日到處貼標語嗎？」

「好好好，只要不犯法就好。」她笑著說，「你的點子真多，聽起來滿有趣的。」

那晚，我硬是把所有的錢都交給她了。

第二天，我身無分文地走出家門。我的選舉要從零開始。我對自己說。然後，我準備先去台灣大學附近汀州路的水源出版社拜訪老闆柯水源，再去《夏潮》雜誌社找黎明商量後續的事。

在台大對面的羅斯福路上要轉入汀州路的巷仔時，卻遇見了淑貞新竹女中的同學，也是我師範大學的學妹汪台雲。留著一頭的短髮，笑起來臉圓圓的，穿著灰毛衣黑長褲，顯得俐落清爽，精神奕奕。幾年前，她從美國夏威夷大學回台時，就在我們家暫住了幾個月，她現在在美商公司工作。

「你不必上班嗎？怎麼會在這裡？」她笑笑地問我，「淑貞和孩子們好嗎？」

「他們都好。」我說，「我已經不上班了。」

「為什麼不上班？」

「因為我已決心要參加今年年底中央民意代表增額選舉。我把工作辭掉了。」我說。

「真的啊？」她以一種吃驚的意外的表情望著我，「淑貞同意了嗎？」

「她同意，但要求我要平平安安。」我說，「我現在必須去到處募款了，……」

「對對對，你去選舉，我也支持，」她笑著說，「這個政府確實需要改革。我讀過你寫的文章，很好！你適合選舉。」

她從皮包裡掏出一個信封袋，在我面前揚了揚，「昨天領的薪水，我還沒打開，就捐一半給你吧！」她說。在我面前把鈔票數了數，遞給我，「這是兩萬五千元，祝你，旗開得勝！替我問候淑貞和孩子，改天再去看你們。」然後，向我揮揮手，邁開大步，走了。完全還是大學生時代的風格，快速俐落，絕不拖泥帶水。

「這是第一筆捐款，我會記住妳的！」我在她背後揚聲說。

汀州路和羅斯福路雖是平行的，但羅斯福路因為有台灣大學的關係，整天都是車水馬龍，行人不斷。而汀州路卻只有在公館的那一段，因為有平價的東南亞戲院，從早場到晚場不停開映，才顯得人潮不斷，小店攤販生意也非常熱鬧，但是過了東南亞戲院到三軍總醫院那段，就立刻變得寂寞了，行人稀疏，店鋪不到中午是不開的。水源出版社在汀州路的巷仔裡，正好夾在羅斯福路和汀州路之間。

這家出版社是由幾個師大數學系畢業，在大學或高中職教書的同學共同集資創辦的。專門出版大學數學系或高等職校的數學教科書。每學期開學時，有用他們出版的教科書的學校，就整批向出版社訂購。所以，出版社沒有門市部，只有倉庫。實際負責經營的也是師大數學系畢業的學長叫柯水源。他是在《台灣政論》上讀到我的文章，經由《夏潮》雜誌社得知我家電話，主動打電話給我，並邀約我到他的出版社泡茶聊天才認識的。從此，這個水源出版社便成為我經常會去叨擾的地方了。

我到達水源出版社時，柯水源和另外三個人正坐在沙發上泡老人茶。旁邊還放了一包帶殼的花生。出版社的辦公室設備很簡單，很像一般里民會堂的老人聚會所，兩張書桌，幾只靠背椅，一套破舊的沙發——兩只單人沙發，一只三人沙發和一個長長的茶几。茶几上擺著兩套老人茶具，兩只茶壺、幾只小茶杯、三只玻璃杯、兩個小瓦斯爐連接著擺在地上的瓦斯桶，瓦斯桶旁邊有一個垃圾桶。第一次到這個辦公室時，我對這一切的布置和擺設很不習慣。覺得有些髒髒的，庸俗邋遢，灰黯破敗，完全不像搞文化事業的出版社。人嘛，也不像大學畢業，在學校教過書的斯文人的樣子，反而更像在路邊擺攤子賣香腸，或在公園裡擺象棋譜招人下象棋的近乎遊民的形象。但是，坐下來跟他聊開了，並且跟他多次交往後，我卻發現這人很有些近乎司馬遷《史記》遊俠列傳所描寫的人物，——做事講信用，做人重情義，豪爽慷慨，頗有俠氣。他愛讀《三國》、《水滸》，自詡可以做梁山泊好漢之一。難怪這個出版社，三教九流、五湖四海的朋友經常川流不息。

柯水源坐的位置正朝著門外，一看到我，立刻哈哈大笑地說，「正在跟吳世傑說你，怎麼這麼久沒見到你的人影？才說完，你就來了。」他站起來，熱情地拉住我的手，「來來來，先泡茶、吃土豆，等一下一起吃午餐。」

柯水源生就一張平凡的臉，毫無特色可言。但體格卻很壯碩，中等身材，兩臂特長幾乎過膝。我說他是劉備再生。他說他不當劉備，只願替孔明跑腿當差。他握力奇大，單手可捏破汽水瓶。他說從小練過武功，到現在和人近身搏鬥，還能以一敵三，面無懼色。

那個叫吳世傑的年輕人，我見過幾次，有一支挺秀的鼻子，兩道濃眉、單眼皮、豐滿的嘴唇，笑嘻嘻的，顯得英俊、親切、和氣。台大經濟系畢業，原本在證券公司上班，但不久前聽說辭職了。他說他是參加了台大數學系黃宗德教授組織的台灣農村調查隊時很受啟發。本來讀經濟系，一心一意想賺錢發財，現在卻覺得從事社會運動更有意義。他是苗栗縣農家子弟，家裡有一大片土地，是標準的「田僑仔」。他說他這個農家子弟竟要在參加農村調查後，才理解台灣農民的困苦。在號稱經濟起飛的現代社會，農民其實是最被犧牲的、無助的一群。他經常在水源出版社泡茶下棋，有時候柯水源騎了摩托車出去辦事，他便替他坐守出版社。

「這兩位你沒見過，來，我幫你們介紹。」柯水源笑著，指著一個理平頭、國字型的臉，眼神相當銳利的中年人說，「這位是邱大哥，」又指著那個很年輕的，大約只有十七八歲的少年人說，「這是邱大哥的兒子小邱。」然後，又拍著我的肩膀笑著向邱大哥說，「這位是大作家陳宏，我上次讓你帶回去那本《台灣政論》，上面就有他寫的兩篇文章。」

邱大哥站起來跟我握了握手，「幸會！」他說。手勁奇大，把我的手都握痛了。那個少年小邱也站起來，靦腆地向我鞠了一躬，叫了一聲「陳叔叔！」

「以後常向陳叔叔請教學習，知道嗎？」邱大哥訓示兒子，然後又轉臉對我笑笑說，「這孩子像他母親，斯文沉靜，一點都不像我。這也好，我就喜歡他母親那樣。」

「不嫌棄的話，改天也請帶嫂仔來奉茶。」柯水源笑著說，「小邱以後不必父親帶，也要常來喔。我們這裡常有中學老師和大學教授來泡茶聊天。」

「柯老師，你們繼續聊吧，我有事，先告辭了。」邱大哥說，「以後，我這兒子要請你多照顧了。」他又向我點頭致意，帶了小邱走了。

柯水源跟在後面留客，「午餐時間都到了，不要一起吃過飯再走嗎？」

「我還有事，吃飯，改天吧！」邱大哥說，「改天請陳宏兄一起，要賞光喔！」

柯水源回到沙發上坐下，吳世傑已經換了一泡新茶葉了。

「那個邱大哥是做什麼的？眼神好銳利，手勁也好大。」我說。

「他是四海幫上兩代的老大，現在已經退出江湖了。以前在道上很出名，做事講道理，做人有情義，很受道上朋友敬重。現在，連竹聯幫老大陳啟禮見到他，都要尊稱他一聲前輩。」

「你怎麼也會交上這種朋友呢？」

「我也不知道。我就是從心底喜歡這種江湖好漢。做事講道理，做人有情義。但是，如果欺壓善良、魚肉百姓，不管黑道白道，我都恨之入骨。」柯水源笑笑地說，「來來來，泡茶吧！這花生是世傑家裡種的，不錯吃喔！」

「宏哥，從鄉土文學論戰以來，有半年多了吧？你怎麼都不見了？大家都很關心你。尤其是黃宗德老師，每次都問，有看到陳宏嗎？他怎樣？還好嗎？」吳世傑說。

「那個多事之秋，我不想給朋友添麻煩，所以能不去的地方，我就盡量少去。」我說：「讓你們操心了，不好意思。」

「尤其是余光中那篇〈狼來了〉登出來以後，我們都擔心國民黨要捉人了，後來還好沒有。但是，中壢事件以後，國民黨又辦了一場『全國軍中文藝大會』，《青年戰士報》用了好幾版詳細報導會議的內容，好像有人提議，要把陳宏空投去大陸。你有沒有看到？」

「真的啊？要把我空投去大陸嗎？」我笑著說，「《青年戰士報》我很少看，你不說，我根本不知道！」

「不知道最好，省得心煩。」吳世傑說，「對了，中壢事件那天，在中壢分局現場，我好像有看到你。你有在現場嗎？」

「我是在現場。我怎麼沒看到你？」

「你們有好幾個人，《夏潮》的鄭黎明、台大的徐海濤、孫志豪。我在躲攝影機，還是不要被照到比較好。所以沒去和你打招呼。」吳世傑說：「你在現場感覺怎樣？」

「很好，很興奮！但是，也有點驚惶！」我笑了笑，有點尷尬和羞慚地說，「心裡有點害怕，不知道為什麼。你呢？你覺得怎樣？」

「我覺得好玩，尤其是警車被掀翻、被燒時，我很興奮，覺得很好玩！」吳世傑說。

「好玩？為什麼說好玩？如果全副武裝的軍警衝出來打人捉人，你還會覺得好玩嗎？」我望著吳世傑問。

「我沒想這個問題。當時，我看現場的狀況，就是好玩嘛！」他說。

「他們那一代的，跟我們這一代的想法不太一樣。我們認為很嚴肅的，他們認為好玩。這叫瞎子不怕槍。他們連槍都沒看過，怎麼會怕？」柯水源笑著說：「一代比一代好命，所以，一代也比一代憨膽。」

「你講得對，難怪我父親以前常罵我，你這個猴死囝仔，不知死活！」我說。

柯水源把茶杯推到我面前，熱心地說：「這泡茶是台東來的，不錯哦！還有世傑仔家裡種的花生，你吃吃看。」

我端起茶杯啜了一口，閉起眼睛用心品嘗了一下。「嗯！是好茶！」我說，「香醇甘甜，入喉還有餘味。」

柯水源又幫我倒了一杯，望著我問，「很久不見了，今天突然出現，有什麼事嗎？」

「還是老大哥厲害，一眼就看穿我是無事不登三寶殿的。」我笑笑地說，「我今天專程來向你們報告，我已經把《健康世界》雜誌的工作辭掉了！我已決定參選今年年底的中央民意代表增額選舉。」

「好啊！」柯水源用力在大腿上一拍，叫著說，「你終於決定參選了，太好了！我們私底下都在講，你很適合選舉。但是，沒人敢出面勸你，因為這是大事。社會不是流傳一句話嗎？如果要害朋友，第一就勸伊去選舉，第二就勸伊娶細姨，第三就勸伊辦雜誌。……」

「水源仔，你說的我們是指哪些人？為什麼你們認為我適合選舉？」

「我們啊？很多人啦，像黃宗德教授、吳世傑、和世傑仔的同學阿丁，還有你的故鄉南仔寮那個親戚黑常，還有《夏潮》的鄭黎明，很多人啦，」柯水源說，「你講話有熱情、有煽動力，也有一種別人所無的氣勢跟魅力。」

「你有親和力，讓人覺得可以信服，可以信任。但是，有時又很專斷，又有些霸氣。」吳世傑說，「我就特別喜歡你這種氣質和性格。」

「好啦好啦，你們把我講得太好，讓我尾巴都翹起來了。」我笑著說，「其實我有很多缺點是你們不知道的，譬如說，有時我也很優柔寡斷，有時又很暴躁粗魯，有時又難免兒女情長。尤其是，我有時很孤僻，不想和人接觸親近，只想一個人待在書房裡，等等，等等，太多了！」

「人本來就很複雜，很多面，這些都很正常。」柯水源說，「你要選舉，需要咱們做什麼？」

「我需要錢，需要人，」我說，「我現在身上只有剛剛半小時前才募到的第一筆捐款兩萬五千元。柯老師，你的朋友多，三教九流五湖四海都有你的朋友，我需要你這些人脈，也需要你幫我募款，能募多少就募多少，……」

「助選我有經驗，以前我在台東教書，有幫黃順興選過台東縣長。所以，你講的我都了解。」他說，「昨天我才收了一筆書款五萬元，你先拿去。其他，我再來和朋友參詳。需人手，你要事先告訴我。」

他從褲袋裡掏出一個信封袋塞進我手裡，我愣了一下，沒想到他這麼慷慨，一捐就是五萬。

「這太多了吧？」我把錢塞回他手裡，「不要這麼多了，你又不是什麼財團的董事長。」我說。

「袂緊袂緊，你拿去！」他說，「這不是給你喝酒吃飯，這是要給你選舉的，要你去替台灣人跟國民黨車拚！要使台灣民主化，使社會更加公平正義合理，五萬塊算啥？你至少要有兩三百萬還差不多。選舉哪有不花錢的？」

「我這裡，雖然沒五萬，也有五千，你也拿去吧。」吳世傑也從口袋掏出一疊百元鈔票，笑著說，「其實我自己也有想過要參選，但是我知道我不是這個料。所以，你就等於我的替身，代表我去選啦！」

我一手拿著五萬元，一手拿著五千元，心裡很激動，「我一定會努力，一定會很努力！」我說。

和柯水源和吳世傑吃過午飯，到《夏潮》雜誌社時已經下午兩點多了。小吳和徐麗芬還有兩個年輕女生正在忙著把當期的雜誌寄給訂戶。

「你不是要選舉嗎？怎麼有時間來？」麗芬笑笑地問我。

「咦！妳怎麼也知道了？」

「你不知道這裡是左派情報中心嗎？」吳福成笑著說，「知道你決心投入選舉，大家都很興奮。」

「黎明呢？」

「在她辦公室打電話。」

我輕輕敲了門就逕自把門推開了。黎明一手夾著紙菸，一手拿筆在紙上寫著，把電話夾在肩胛和脖子間。「嗯，……嗯，……請你有空來一下吧！……好啦！……謝謝啦！」她掛了電話，揚起眉毛笑著對我說，「你終於下定決心了，好得很啊！」

「我不是第一個就跟妳說了嗎？」

「我想，你回去後也許又反悔了，」黎明說，「柯水源在你們出去吃飯前，已在電話中告訴我了。」她說，「他還交代我通知《夏潮》的朋友來雜誌社一起商量。」

「哈！他打電話給你，我竟不知道。」我笑著說，「難怪麗芬和小吳都知道了。」

「我已通知了志豪、徐老師和石大頭，還有屈老師。剛剛才跟屈老師打了電話，」黎明說，

「但是，屈老師說他反對你選舉，所以他不參加。還要我轉告你，小說不寫，搞什麼政治，簡直不務正業！」

「唉！屈大哥講的也對，只是，只是，……」

「阿宏，別嘆氣了。現在，頭都洗了。」黎明說，「你那外省牽手很了不起，竟然願意支持你。而且，我聽說她老爸還是國民黨老國代，」黎明站起身來，突然抱住我，在我耳邊悄悄地、半認真又半開玩笑地說，「我本來想把你搶過來。但是，現在，我不敢了。因為，我，……敬重她。」

「妳，妳，妳這是在說什麼跟什麼嘛？」

「哈哈，被我看到了！你們兩個，……」突然聽見徐海濤在門口拍掌大笑地說。

「我跟阿宏說，我本來想把他搶過來。但是，現在我敬重他那個外省牽手，我不要他了。」

「她，瘋瘋癲癲的，講的什麼跟什麼嘛？」我臉上熱熱的，尷尬地說。

「淑貞今天有跟珊珊通電話，說她支持陳宏參選。我聽了也很感動！」海濤認真地說，「她支

持丈夫以黨外身分參選，這必須很大的勇氣。尤其，她父親是國民黨的老國代，她要面對那些親戚朋友，壓力有多大啊，真是了不起！」

「宏哥，你福氣啊！」吳福成笑著，引述一句台灣諺語，說，「娶到一個好某，贏過三個天公祖。」（娶到一個好老婆，勝過三個天公保佑。）

接著，孫志豪和石永真也來了。

「我看，就在我辦公室吧，」黎明說，「小吳，你和麗芬也進來吧。」

小吳和麗芬把堆放在沙發上的報紙雜誌移到牆角，又從外面的辦公室拿了兩只靠背椅進來。

「陳宏已決定要參加年底中央民意代表增額選舉，現在請各位來共商大事。」黎明說。

「好，陳宏願意出來選，好事！」志豪、海濤和石永真都拍手表示支持。

「但陳宏參選，代表的不是他個人，而是代表我們《夏潮》這個系統，代表台灣的左翼。」黎明表情嚴肅地說：「台灣在二二八以後，再加上清鄉運動、白色恐怖，幾十年來，左派已在台灣被國民黨徹徹底底連根斬絕了。現在，我們好不容易辦了這個《夏潮》雜誌，又把左派的種子小心翼翼地播種在台灣的土地上了。但是，只辦雜誌效果有限，我們還要有人代表出來參選，才能爭取到更多群眾，才能培養更多人才。現在，陳宏就是我們推出的代表，他的選舉要如何進行，必須大家一起來商量。」

在場的所有人都你看我，我看你，不作一聲。大約沉默了幾分鐘，志豪終於開口說，「選舉經驗，我們都沒有。甚至連幫人助選，我也沒有過。因此，陳宏要選舉，對我們確實是一件大事、好事，我們這些人大概也只有他比較適合選舉。但是，要我表示意見，說真的，我無意見可以表示。倒是，陳宏覺得有什麼事需要我們做，你交代下來，我們就去設法完成。我認為，這樣比較實際。」

「確實如志豪所說，我們都沒有經驗，怎麼表示意見呢？有事要我們做，你交代就是了！」海濤說。

「我也沒經驗，但我可不可以提個建議，是不是請陳宏兄，把你的想法跟大家說一說，你一定想過要怎麼進行選舉的吧？」石永真說，「我們聽了你的想法，說不定就可以提出一些意見也說不定。」

「好！石大頭講的有道理，先讓陳宏講一講他的想法，我們再來提意見比較好，」徐海濤拍了拍手笑著說，「當然，候選人要我們做什麼事，交代下來，我們也是要全力以赴的。」

「那就請陳宏吧，」黎明笑著說，「先讓大家給你面試一下，看你當候選人合不合格。」

「這個問題，其實還沒決定要參選之前我就想過了，如果我要參選，我要怎麼選？」我平靜地把昨天跟淑貞講過的那些想法又重新說了一遍。「我決定出版兩本書，《黨外的聲音》和《民眾的眼睛》。第二本書的稿件都是舊稿，是我這幾年發表過的報導和評論文章，還有在《中時》副刊的方塊文章。第一本書有一部分已經在《夏潮》登過，有一些寫完了還沒發表，我希望在這個月底把稿件備齊，包括書的封面和請人寫的序。四月中旬把書出版。」

「哇！那很趕喔，今天已三月中旬了，來得及嗎？」志豪說，「你找誰寫序？那些寫序的人能及時交稿嗎？」

「《黨外的聲音》請余登發、黃順興和莊安祥寫序，還有我自己的自序。」

「為什麼漏掉黃天來？」

「我請黃天來單獨給《民眾的眼睛》寫序。」我說，「這些事我都已經和他們講過了，他們也都答應了。但除了老莊自己會寫，其他人都必須有人代筆。所以，你們三位老兄，請各自認養吧。」

「黃順興的序我來寫，還有封面設計也由我來做。」石永真爽快地率先說。

「余登發的序我寫，海濤寫黃天來的。這樣不都解決了嗎？」志豪說。

「我，我恐怕不行。因為我替商務印書館寫了一本老子的書，已拖遲太久了。」徐海濤面有難色地說，「請黎明寫好了。黎明可以嗎？」

「我每天忙《夏潮》的稿件和經費，已經，已經焦頭爛額了，……」黎明有點為難地望望我，又望望大家，支吾著，「而且，而且我的文筆也不適合，不適合代替黃天來……」

「好啦好啦，那黃天來的序也由我來寫吧！」志豪爽快地笑著說，「黎明確實夠忙了，這種事我來做比較快。妳好好替陳宏動員人去基隆助選，……」

「這兩本書，誰替你出版？」徐海濤問。

「我自己出版。」我說。

「你不是沒錢嗎？怎麼自己出版？」

「這兩本書一定會被禁，除了自己出版，還有誰願意出版？」我笑笑地說：「但是我請鄧維真的長橋出版社做總經銷，他已經答應了。」

「老鄧當年創辦《大學》雜誌，把他祖產土地都賣了。這幾年搞長橋出版社，聽說有賺一些。」海濤說。

「那也不行啊，書賣不完退返給你，你還不是要虧大錢嗎？」黎明說。

「放心，老鄧很夠朋友，他是買斷的，不退書。而且，只要書稿送印刷廠，他就先給三十萬。書印好交到長橋手上，就再給三十萬。總共六十萬，扣掉印刷費也不會超過十萬。剩下五十萬已夠我進行先期活動了。……但是，除了這些，我還有很多事需要人幫忙。」我說，「譬如找競選辦公室，譬如找一部汽車和司機，……」

「你需要什麼樣的車子？要做什麼用？」徐麗芬瞪大眼睛熱心地問。

「書一印好，我立刻要拜訪基隆市一百零一個里的里長，」我說，「我要送書給他們。」

「但是，聽說里長都是國民黨，他們會支持你嗎？」志豪大聲笑著說，「這不是肉包子打狗嗎？白了的！」

「是，我知道。」我說，「他們不支持我沒關係，他們只要在地方上議論，甚至罵我都沒關係。里長在地方上都是放送頭，我要藉他們的嘴替我宣傳。」

「很好，聽起來很有意思。」麗芬興奮地說，「我回去跟文龍說說看，他物理系的課不多，他也許可以用我們家那輛車，幫你做司機。」

「如果能這樣就太棒了！」我說，「我會請柯老師幫我在基隆找房子，他曾幫過黃順興選縣長，他有經驗。」

「對了對了，還有一個大問題還沒搞清楚，你到底要選國大代表還是選立法委員？」海濤突然大聲問。

「這個問題我還在考慮，也想聽聽你們的意見。」

「還有這問題啊？我還真搞不懂。」石永真搖搖頭說。

「依照中華民國憲法，立法委員和國大代表的職權功能是不一樣的。立法委員負責在立法院審查國家預算和國家重大政策，國大代表在國民大會負責選舉和罷免總統、副總統，也負責修改憲法。但國民黨來台灣之後，搞了一個憲法臨時條款，把中華民國憲法凍結了。因此，國大代表每六年改選一次，立法委員每三年改選一次，都凍結了，不必改選了，要等反攻大陸成功了再改選！哈哈，這一搞，所有的國代代表和立法委員都變成蔣家的奴才了，每月給你高薪，開會時來舉手就好，不聽話的，就用懲治叛亂條例對付你。一手給錢，一手拿槍對著你。誰敢不聽話？所以，現在的立委和國代都沒有功能，都被閹割了！……」

「既然這樣，為什麼還有中央民代選舉呢？」永真不解地問。

「你坐牢那幾年，牢裡沒人討論過這件事嗎？」

「沒有！誰管這種事？」

「三十年來，有些老立委老國代死了，住在台灣的人也開始對三十年不必改選的立委國代有意見了，於是就搞出一個增額中央民意代表，總共也才幾個名額讓住在台灣的人來投票，像莊安祥、許世賢、黃順興這些人就是增額立委，今年就要改選了。增額即使全部由黨外人士當選，到國民大會和立法院也沒用，因為老立委和老國代還是絕對多數，舉手也還是輸給他們，何況，增額的也有許多仍然是國民黨的人。」徐海濤耐心地對石永真說，「所以，現在輿論關注的政治中心在省議會和縣市政府，而不在立法院和國民大會，因為省議員和縣市長都是每四年就要改選一次，這次做不好，下次就不選你！」

「那，陳宏幹嘛還去選這些沒用的立委和國代呢？乾脆去選省議員或縣市長不好嗎？」

「省議員和縣市長去年底才剛選過，下次還要再等四年。今年的選舉我把它當新兵訓練，利用這次選舉訓練自己，教育民眾，建立地方人脈樁腳，以備將來大用。」我說，「現在增額立委是大選區，除台北市因為是院轄市，單獨成為一個選區之外，其他選區至少都包含三個縣市，如桃竹苗、北基宜，範圍都太大，以我們的條件，財力物力人力都很難應付。所以我傾向這次只選基隆市國大代表，打一場不必靠太多外力就可能打贏的選戰。不論這次輸贏如何，從此我就在基隆深耕，下次再選基隆市長。這是我初步的想法，還沒最後決定。」

「原來陳宏早都已深思熟慮過了，很好啊！」黎明笑著說，「我一直看好他，鼓勵他參選，還真沒看錯！」

「但是，選舉經費是我最大的問題。……」

黎明望我笑了笑說，「我已經在替你籌畫一個募款餐會，除了賣餐券，再找文化界和藝術界的朋友捐一些作品來義賣。這方面，我們應該會有一點優勢吧？至於選立委或選國代，過些時候再決定也不遲。」

「吳耀忠的畫就非常好，」永真說，「還有幾個老同學在坐牢時也訓練出一身好本事，繪畫、工藝等等，我可以找他們籌集一些作品，這很有意思。」

「好啊，這事就拜託石大哥和黎明了。」我說，「時間要選好，辦太早，我知名度還不夠，人不會來太多。辦太晚，又怕別人先辦了就沒新鮮感了。」

「這點你放心，國民黨在鄉土文學論戰中已替你製造很高的知名度了。你在台北辦募款餐會，人一定不會少。助選員到各大學去招募，一定也有很多年輕人會響應。」黎明笑著說，「我本來對你的潛力就很看好，今天聽你講你的競選計畫，顯然已有一番深思熟慮了，這就讓我更有信心了。」

「坦白講，我這次決心參選，是很受中壢事件的影響。那麼多人一齊吼喊，翻啦！翻啦！拼啦！拼啦！太震撼了。但略為想深一點，選舉其實很辛苦，沒錢沒人不說，單單要面對國民黨的各種打擊和壓力，就讓太多太多人害怕了。所以，我們一方面要抱著置之死地而後生的精神，拚死向前衝之外，還要小心翼翼，一定要在國民黨可忍受的範圍內跟他打選戰，不能有任何把柄落在國民黨手裡。就像我們辦雜誌，有些地方必須偽裝，有些問題必須克制。總之，就像走鋼索啦，真的不容易啊！」

「陳宏講的很對，黨外選舉確實很辛苦，也很危險。空中走鋼索的比喻很貼切。」志豪神情嚴肅地說，「但是，我們也要有些信心，如果一直想白雅燦、黃震華這些悽慘失敗的例子，我們就不必選了。要多想，社會條件不一樣了，連中壢事件那麼大的動亂，國民黨都沒下令捉人，黨外省議員都當選了二十幾席，可見黨外參選已比過去好很多了。追求民主進步，在專制獨裁的社會本來就有風險，但，古今中外的歷史證明，最後人民的力量還是會勝過專制獨裁的。我孫志豪對這個歷史的必然發展是有信心的。」

「好！我們就一起努力吧！」石永真笑著說，「現在，我們跟國民黨不搞武鬥了，我們用選舉跟他文鬥，這是合法的！用選舉手段爭取民心，好方法！這就是民主！」

「哈哈哈，石大哥說的好，我們就一起努力吧！」吳福成站起來拍手大笑地說，「水滸英雄在梁山泊聚義和朝廷武鬥，我們幾個也算是現代的好漢吧？也在《夏潮》聚義，用選舉和專制獨裁的國民黨文鬥了！」

「但是，我們連梁山泊好漢聚義的形式都不能有，因為被國民黨特務知道了，就可以誣告我們在搞左派組織，企圖推翻政府，到時祕密審判，你連辯解的機會都沒有。」我嚴肅地說，「所以，有一件事必須提醒大家，我們不能自己關起門來搞，我這次參選一定要和黨外選舉聯合起來。雖然，他們的思想見解和我們不完全相同。但是，他們現在力量大，我們如果被孤立就危險了。我們《夏潮》系統和黨外比較有來往的就是海濤和黎明，所以，這方面的聯繫工作就請你們兩位負責好不好？爭取他們的支持，尤其是黃天來、莊安祥和羅智信的支持，這點很重要。」

「陳宏，你的進步太大太快了，實在了不起！」海濤說，「我完全同意你的看法，我會對他們努力工作，你放心！黎明還有陳翠那條線，那也是很重要的。」

「那就拜託你們了。志豪、永真和我自己在三月底必須交稿，包括永真的封面設計。印刷廠請黎明負責，四月中旬一定要出版。」

我把剛才認領的工作又提醒了一次，然後就起身告辭了。「後面還有很多事，我必須找柯水源協助找地方，找人手，……事情一大堆。」我說。

我走出《夏潮》雜誌社，街上行人車輛熙熙攘攘，從前後兩邊像流水般滑過。我覺得頭腦有些混亂了，事情實在太多了。我必須找個安靜的地方把這些事整理條列下來，然後再請人協助來逐項完成。

第十一章

柯水源開著他出版社那輛老舊的小型發財車，我和吳世傑則擠在司機旁邊的座位，車子一路都「嘎基嘎基」響。

經過省立基隆水產高中，經過國立海洋學院，就進入南仔寮海岸了。公路的左邊緊靠著大海，就是南仔寮人慣稱的「黑橋」海溝。從前，海溝的水色近乎墨綠，深不見底。南仔寮人說，連南仔寮最會潛水的阿吉叔都潛不到底哩！據說海溝的底層有各種各類的魚蝦，數量豐富，取之不盡。

「黑橋」的旁邊再往南仔寮的方向大約五百公尺吧，就是「籃投溝」了。岸邊長了很多籃投樹叢。「籃投溝」的海岸是個礁岩的淺灘，淺灘逐漸向外海延伸就越變越深了。海底裡長著豐盛的石花菜。從小學五六年級時，我就常和同學或鄰居的大哥哥們去「籃投溝」的海裡採石花菜。有外地的生意人會專程來南仔寮搜購石花菜。我們南仔寮人也會將石花菜調理成「石花凍」，是一種很可口的解暑的冰涼的食物。

而現在，從「黑橋」到「籃投溝」一帶的大海和礁岩的海岸，已經堆滿垃圾了。

「哇啊！這是什麼怪味道啊？這麼臭！」吳世傑捏了捏鼻子叫著說，「這就是你文章裡講過的垃圾填海的地方嗎？」

「是啦！從這裡開始到南仔寮漁港，都成為整個基隆市的垃圾場了。」

「其實這個海岸很美，公路就在山與海之間。你看，你看，山邊還有小火車呢，多美的海岸啊！可惜就被這些垃圾給蹧蹋了。」吳世傑興奮地指著前方不遠的地方，一列小火車正冒著煙，蜿蜿蜒蜒地拉著幾節車廂，「嘟——嘟——嘟——」地叫著駛過來了。

「是啊，美麗的山水都被政府的錯誤政策給蹧蹋了。」柯水源感慨地說，「台灣四處都是這樣子啦！」

「那是從九份仔山下的金銅礦物局那邊開來的火車，日據時代就建造的鐵路，把九份生產的金礦用這種五分仔車運到基隆正濱漁港，再用船運到日本去提煉黃金。」我望著小火車無限懷念地說，「小時候，我們經常故意站在調和溪的鐵橋上，看見火車從遠遠的地方開過來了，就在橋上的鐵軌奔跳著，跑給火車追。那很驚險！但小時候我們就愛玩這種遊戲，不論在鐵路上跑的人，或是在橋下看的人，都很緊張，很刺激。」

柯水源「叭——叭——叭——」地連按了三次喇叭回應著從山邊鐵路上開過來的小火車的鳴叫聲。吳世傑還搖下車窗向火車司機揮手致意。

「以前南仔寮還沒有公車時，南仔寮要去都市裡，都是坐小火車到正濱漁港，再轉市公車到基隆市區。現在公車通了以後，小火車就不載人了。」我說。

這時，小發財車已經快要進入南仔寮的街道了，我指著前面馬路右邊一座小鐵橋，「那下面就是調和溪，那座鐵橋就是我剛講的，小時候我們玩跑給火車追的鐵橋了。」我說。

汽車駛過調和溪就是南仔寮公車的終點站，向左轉就是南仔寮街了。我的老家就在南仔寮街旁一排大榕樹的盡頭向右拐進去叫「古井巷」的巷仔口。「那個已經快要倒塌的瓦房就是我的老家啦，自從我三哥的漁船在颱風中翻覆，我們家就遷離南仔寮了。」我把手伸出車外朝巷仔口指了指，「前面路邊那座樓房就是黑常家了。」我說。

這次我是專程邀了柯水源和吳世傑和我一起回南仔寮的。前一天，柯水源已通知黑常，請他找幾個死忠的，可以一起搞選舉的兄弟來見面。發財車在黑常家的路邊停了。我率先下車，在黑常家門口大聲叫著，「黑常，黑常在家嗎？」

「誰要找黑常啦？」屋裡走出一個微胖的中年婦女，好像才睡醒的樣子。

「阿姊，我是阿宏啦。」我笑著對那女人說，「歹勢，把妳吵醒了。」

「啊，啊——，是阿宏嗎？進來坐，進來坐！」那女人笑著臉，熱絡地說，「你姊仔現在眼睛有點花了，看到人都霧霧的。外面那兩個是你的朋友嗎？請伊進來坐啊！進來，進來！」

「這是黑常的阿母，我阿姊啦！」我向柯水源說，「我阿姊每晚都要去海邊買魚回來煮，透早就把那些煮熟的魚運到基隆崁仔頂，或是台北的濱江市場。下午她要睡覺，大概被我吵醒了。」

「沒啦沒啦，現在也差不多該醒來了啦。黑常不在嗎？」她說，隨即又朝樓上高聲叫喚，「黑常啊，你宏舅仔來找你了，還不下來啊？」

「阿姊，免叫伊啦，我帶我的朋友去樓上找伊。」我向柯水源和吳世傑招招手，逕自走到樓上。

樓上右邊，是個大窗戶，窗戶下擺了一個圓形的大餐桌，上面放了兩張捕蒼蠅的黏紙，黏紙上已黏滿了許多蒼蠅，有的早已不能動彈，有的還在黏紙上微微地無力地振動著羽翅。左邊是兩個房間，房間門都開著，床上凌亂地堆放著棉被和衣服。出去是陽台，陽台四周用木造的窗戶圍起來，上面蓋著屋瓦。陽台地面上鋪滿了榻榻米。

「我跟黑常約下午四點，現在時間還不到。」柯老師說，「他大概去找人了吧？昨天才通知他，是有點太匆忙了。」

「阿宏啊，」黑常母親走上樓來，微微喘著氣問我，「你有跟伊約嗎？我好像有聽伊講，伊要叫人來跟你見面。不知是不是去找人了？」

「勦緊啦，阮跟伊約四點，時間還未到，我就坐在這裡等伊回來。」我說。

陽台四周的窗都關得緊緊的。我走過去打開一扇窗，海風夾帶著微微的魚腥和微濕的海藻味，混合著沙灘上腐爛的垃圾臭味從窗口傳了進來。

「窗仔勦開啦，海邊垃圾臭味很難聞。」黑常母親說，「真夭壽！都這麼多年了，這個垃圾的問題到現在還沒解決。五六年前選舉，國民黨就保證，要解決了，要解決了！結果，到現在還是這樣。」

「咱南仔寮阿火仔不是做議員了嗎？怎麼也沒用呢？」我說。

「你講那個簡通榮嗎？沒路用啦！南仔寮庄仔內，大家罵伊罵到臭頭，連黑常也都被罵進去了。」

「靳市政府的預算，逼市長出來講也不會嗎？」我說。

「這，我勦曉啦，」她說，「那時選議員，南仔寮很多人勦投給阿火仔，講伊沒能力，只會抱市黨部的大腿。結果，是黑常跳出來挺伊，替伊保證，講什麼南仔寮人做議員，一定會替咱南仔寮爭一口氣！結果，五六年了啦，這個海邊垃圾的問題，也是沒解決！莫怪黑常也被人罵啊！」

「黑常在你們南仔寮很有影響力啊！」柯水源笑著說。

「哪有啦，伊是憨人愛出頭啦，每一次若有選舉，就像起狂，打鑼打鼓替人宣傳，生意都不做了。不時被我罵。」黑常母親笑著臉說，突然又好像想起什麼了，朝柯水源問，「你就是那個開出版社的柯老師嗎？」

「是啦，我是開一間出版社。」柯老師說。

「啊——，阮黑常不時講到你，講你做人很好！阮黑常若去台北濱江市場賣魚仔，下午都會去攪擾你，真歹勢！」

「無啦！什麼攪擾？不過是來泡茶開講而已。」柯水源笑笑地說，「你們黑常做人爽快熱情，我還不時收到伊送的魚仔。」

「那——，哪是啥物件！笑死人，市場沒賣掉的，剩的一點魚，你若不棄嫌，阮就很歡喜了。」

「黑常，你宏舅仔帶人來找你了，你怎麼還勒慫勒慫（慢吞吞）地走？」屋外突然傳來呼叫黑常的聲音說。

「黑常回來了，回來了。這個囝仔，跟人有約還趴趴走，真沒禮數！」黑常的媽又責備又高興地說，「你們坐一下，我去叫伊。」

我又把陽台的窗戶打開了，向外探了探。隔壁只隔了一個小巷子的鄰居就是我的小學同學里長郭松雄的住家。他正站在他家門口向黑常打招呼。黑常穿了一件長袖灰格子的櫬衫，就是那副不修邊幅的有點邋遢的樣子，旁邊跟著兩個體形魁梧高大的與他年齡相若的年輕人。

黑常一進門就先叫了一聲「阿母！」，隨即向樓上揚聲叫道，「柯老師，歹勢，讓你等很久了。」話才說完，人已經蹦蹦蹦地上樓了。

「讓我等沒關係，讓你宏舅仔等就不行了。」柯水源站起來笑著向黑常說，「伊現在很忙，時間很寶貴！」

「宏舅仔自己人，自小一起長大。你是頭一次來阮厝，歹勢讓你等。」黑常笑著，指指身邊那兩個朋友說，「我來介紹一下。這兩位是我死忠兼換帖的兄弟，讀五專就在一起了。這位叫李通達，我都叫伊阿達仔。這位叫做李再生，是阿達仔的親小弟，外號叫牛頭。」

「柯老師，歹勢，我是阿達仔，讀台北工專時跟黑常是同班。我現在在基隆做房地產。」那個李通達笑著臉，很練達地向柯水源遞了名片，握了握手，自我介紹。然後指著旁邊那位體型有點像電影中的猩猩，臉上卻有兩隻圓鈴般的大眼睛的李再生說，「這是我的親小弟，因為讀新埔工專做橄欖球校隊的牛頭，所以外號叫牛頭，現在也跟我一起賣厝。請多多指教！」

「哇啊！原來黑常讀過台北工專，以後再去新埔工專，是嗎？」吳世傑笑著說，「當年初中畢業時能考上台北工專是很不簡單的。」

「哈哈哈，我初中畢業去考台北工專就沒考取。」我大笑地說，「所以你們別看黑常一副草莽的樣子，衣服穿得散形散形，其實伊很聰明，很有頭腦的，還很會用計謀哩。可惜就是愛打架，學校一間換過一間。」

「就是啊，黑常就是在台北工專時，帶橄欖球隊去校外打架才被退學的。」李通達笑著說。

「我那時愛打橄欖球，台北工專橄欖球隊員哪個沒打架？別人打架不敢承認，我是打架就打架，有什麼不敢承認的？」黑常笑笑地說，「被台北工專退學後，我去讀明新工專，也是因為和別的學校橄欖球隊打架，又被退學，才到新埔工專和牛頭同班，又同是橄欖球隊隊員。所以，我和他們李家兩兄弟都是同班同學，死忠兼換帖的兄弟啦！」黑常笑著說。我這才發現黑常講話竟然不再大舌了。我忍不住高興又好奇地說：

「黑常，你現在講話很流利了，不像以前那麼大舌頭。你是怎麼改進的？很了不起啊！」

「這都是，都是柯老師牽成的啦！」黑常笑著，竟有些靦腆地微微紅了臉說，「柯老師看我講話有點大舌，就帶我去看醫生，替我矯治。那時，我正在追一個女朋友，每次在她面前講話，我就結結巴巴講不出來！幹！實在沒路用！柯老師就說，這是可以矯正的，只要有決心就會好。」

「很好很好，只要有決心就會好！柯老師，你做了一件大功德啊！把黑常大舌矯正好了，我竟然都不知道。」

「那時你在忙著和高歌、余光中打筆戰，後來又到處去訪問黃順興、余登發這些老仙覺，都沒來出版社，所以就沒告訴你了。」柯水源笑著說，「其實我對黑常是有陰謀的。」

「你對黑常有陰謀？什麼陰謀？」不是我好奇，連李通達也忍不住笑著大聲問。

「我看黑常做人熱情爽快，很講義氣，對政治又很熱心。我就想要鼓勵伊出來選舉。但是伊講話大舌，平時聊天還好，重要時刻伊就結結巴巴講不清楚了。我想，這一定是心理問題，找醫生矯正就會好。我就帶伊去台大醫院找我的朋友替伊診治。黑常很有決心，不到半年就好了。」柯水源有點得意地大聲說，「你們看，黑常現在講話不是很流利了嗎？」

「那，黑常，你有想要選舉嗎？」李再生表情怪異地笑笑，好奇地問黑常。

「選舉，我不適合，也沒興趣！我適合抬轎！」黑常笑著，指指李通達說，「阿達仔對選舉有興趣，兩年前，上屆市議員伊都想要選了，可惜伊阿爸反對，伊才沒選。」

「你對選舉有興趣，那很好！」柯水源望著李通達說，「只要有決心，一定會成功啦！」

「你們的選區一樣嗎？」一直沉默著的吳世傑突然指著黑常和李通達問。

「歹勢，歹勢！還沒替你們介紹。」黑常笑了笑說，「這位是吳世傑，柯老師的好朋友，台大經濟系的高材生，年紀和我們差不多，我都叫伊阿傑仔。」

「我叫吳世傑，是柯老師的小弟。」吳世傑露出滿嘴整齊的牙齒，也笑笑地說，「我問你們的選區是不是一樣？」

「我是仁愛區，黑常是中正區，不一樣。」李通達說。

「那，你們可以採取連線作戰，比較能引人注目。」吳世傑說。

李通達點點頭，但黑常卻搶著說，「今天不談這個啦，今天要談宏舅仔的事。柯老師昨天才告訴我，說是為了宏舅仔選舉的事，叫我找一些人來聊聊。但是我來不及通知別人。而且距離年底選舉也還有七八個月，我認為還是先不要讓國民黨知道太多比較好。所以，我連里長都不說。里長雖然是宏舅仔的小學同學，但是伊是死忠的國民黨，勳乎伊太早知道。」黑常說。又指了指李通達：

「阿達仔想要選市議員想很久了，伊老爸是仁愛區最資深的老里長，又是黨外，所以我就先找尹兩個兄弟一起來了。」

「很好很好，你的考慮很對。國民黨的奧步很多，我們不能不防。」柯水源說，「他如果知道你要參選，就會派人跟蹤你。你去拜訪人，他們馬上就跟著去警告威脅對方。有些人就害怕了，不敢表態支持你，讓你綁樁綁不成。」

「柯老師很有經驗啊。」阿達仔說。

「我以前在台東高工教書，替黃順興助選過。」

「我也聽阮爸仔講過很多這種事，尤其是二二八事件，阮老爸都嚇破膽了。」阿達仔說：「阮老爸做里長，開始是管區叫伊做，後來是里民拜託伊做。但是，選舉若到，看國民黨公然做票買票，伊是幹譙在心肝底。但是伊也不敢講啥。阮爸仔就是無膽。不然，我上次就想要出來選了。伊一直擋，反對我選。伊講，你又不是國民黨，你是要選啥?你沒看到黃震華和蔡火炮的例嗎？」

「黃震華我有聽過，沒多久前又因為《台灣政論》被判了十年。但是，蔡火炮是誰？我怎麼沒聽過？」柯水源說。

「蔡火炮以前是基隆碼頭工會理事長，在碼頭喊水會結凍，做過基隆市議會議長。後來要選基隆市長，國民黨不提名伊，伊就脫黨競選。結果，還沒投票，伊就被捉了。國民黨講伊是霸占碼頭的惡霸，專門剝削碼頭工人，專門走私賣毒，被判刑十五年。」阿達仔憤憤地說，「講到國民黨，實在垃圾鬼！什麼奧步都敢做！火炮仔若是壞人，你國民黨為何支持伊做議長?騙鬼給阿爸幹！」

「這樣你還敢選嗎？」吳世傑笑著問。

「幹！選就選，驚啥？」一直沒開口的李再生頭一扭，瞪大了眼睛說。

「現在，時代不同了啦。羅智信、蘇南成不是都脫黨競選了嗎？還有林正義。」阿達仔神情嚴肅地說，「去年縣市長和省議員同時選，阮倆兄弟開一台發財車，由北到南都去看了。中壢事件那天，阮也拚去！那種場面，實在驚死人！我回去講給我爸仔聽，伊講這和二二八同款，叫我兄弟快逃快躲起來，會捉人啦！伊講。但是，最後並沒抓人啊。時代不同了啦！」

「阮那個爸仔實在笑死人，一直叫我們快逃快避起來。我講，能逃去哪？避去哪啦？再逃再避也是那幾個親戚朋友的所在。」李再生說，「若真的像二二八那樣，不是會害死那些親戚朋友嗎？這樣，我甘願勸逃勸避，伊若來捉，令爸就跟伊拚了，驚啥！」

「讚！有氣魄！」吳世傑伸手和李再生握了握，大聲說，「你這個朋友我交定了，爽快！」

柯水源也笑笑點頭說，「你們兩兄弟若來台北，歡迎來找我泡茶開講。我就喜歡交你們這種朋友。」

「好啦，以後我會不時帶尹一起去找你。現在應該來講宏舅仔選舉的事了吧？」黑常似乎有點不耐煩了，大聲說，「幾年前阮庄仔內有一堆人都希望宏舅仔出來選市議員，伊就是不肯。現在伊自己想通了，決心要選舉了，我高興得晚上都睡不著。現在請你跟我講，需要我做啥？我做牛做馬、做到死我都歡喜甘願。阿達仔尹兩兄弟，也有讀過你的文章，也跟我一樣，願意替你上山落海，做牛做馬，若有反悔就是婊仔生的！」

「黑常都這樣講了，那你就說吧！勸客氣。」柯水源笑著對我說。

「好吧，那我就不講客氣話了。」我整理了一下思緒，笑笑地說，「選舉我沒經驗，但是我知道選舉不簡單，我現在最缺乏的是經費和人手。經費不能找你們，但人手就需要你們幫忙了。今天黑常找你們來，非常好！這就是我最需要的。等一下你們可以介紹我去見你老爸嗎？」

「沒問題，阮爸仔整天都在家顧店。」阿達仔說。

「我在基隆需要開拓這種人脈。你爸一定可以指點我，哪裡可以找到黨外的樁腳，譬如林番王選市長的時代，曾經跳出來幫助番王仙的人，我就一定要一個一個去拜訪請教。還有，基隆市總共有一百零一里，每個里長我都要去拜訪，我要送尹兩本書。到時，阿達仔可以陪我一起去嗎？這對你對我都有好處。你認為呢？」

「嗯——，不錯的想法。」阿達仔說，「里長都是放送頭，若不敢支持你也會替你放送。」

「陳宏講伊沒有選舉經驗，但伊的整套選舉策略，我聽了都很佩服。」柯水源說，「現在伊叫我找競選辦公室，但是基隆我不熟，你們兄弟在基隆做房地產，這事就拜託你們了。」

「這，沒問題！我三哥專門做房屋仲介，最熟了。」李再生說，「孝二路接近忠四路那個高速公路磅空（隧道）口，不是蓋了一批大樓正在賣嗎？我看那地段就不錯。」

「真的嗎？那，等一下就去現場看看，怎麼樣？牛頭可以帶路嗎？」吳世傑說。

「沒問題！等一下三哥帶你們去找阮爸仔，我就帶你們去看厝。」

「還有，咱們南仔寮有四個里，每里都要找出能夠帶頭的人，要有組織地將人聯合起來，團結起來。以南仔寮做中心，將外地的親戚朋友都找出來，再擴散出去。什麼同學會、同鄉會、宗親會……都要組織起來。這些工作，初期就由你們來負責。你們的總聯絡人就是柯老師，要錢要人，你們都找伊。」我說，「當然，錢要省省地用，能自力更生最好。工作人員要盡量找義工，能不花錢就盡量不花錢，……」

「這就不用你操心了。你盡量去拜訪樁腳，去和選民握手，和記者搞好關係，把演講會辦好。」柯水源笑著說，「其他的事，我們會替你安排好，你放心！」

「宏舅仔講的我知道，南仔寮的四個里找帶頭的人，我會先找度天宮管理委員會主任委員杜世漢阿叔商量，地方的事情，伊最清楚。」黑常說，「世漢叔仔做人清廉正直，度天宮管理委員會自從伊做主委以後，信徒捐獻的金牌、香火錢等等，都清清楚楚。通莊的人都稱讚。伊很得人望，請伊出來做南仔寮後援會會長，連國民黨的里長都不敢假仙。」

「很好！杜世漢的家就在那排大樹那裡，伊老母跟阮老母是換帖的姊妹。」我說。

「伊平時很稱讚你，南仔寮這個北部發電廠能夠關閉，伊都四處對人講，這都是阿宏的功勞啦！所以，我認為世漢叔仔一定會支持你！但是先偷偷地講就好了，南仔寮四個里的里長都是死國民黨，……」

「里長雖然是國民黨，但是，一定都支持國民黨嗎？我看，這也不一定！」李通達說，「我看你們南仔寮人的在地意識很強，連簡通榮那種爛咖，逢人只會點頭彎腰，笑笑地叫阿叔阿嬸阿兄阿嫂，做事沒半撇的人，在南仔寮拿的票竟然有六七成。單單靠南仔寮的票，伊就當選議員了。所以，我認為宏哥仔若出來選，南仔寮一定會大團結，里長也不敢反對！」

「講起來這也不是什麼好現象啦。選民水準不夠，未能分辨人選好壞，單單靠在地的、同鄉的感情就支持，或是只看伊頭軟嘴甜，阿叔阿嬸胡亂叫，完全不看能力操守，這對百姓、對社會有啥路用？」我心裡不以為然，但也只能無可奈何地說，「現在選民的素質只到這個程度，也是沒辦法的事，所以，我還是要拜託，以南仔寮的鄉親為中心對外擴散影響力，才有當選的機會。」

那天，要離開南仔寮前，先去拜訪了杜世漢大哥。

「阿宏很久沒回南仔寮了吧？」他親切地笑著問我。

「是，我結婚以後有帶我太太陪阮阿母回來過幾次，阮全家每年也都有去度天宮拜拜，也有來你家看阿姨。」

「你母仔若回南仔寮都會來我家。我阿母也不時會念你阿母。」

「是啦，阮阿母跟我住台北都已經這麼多年了，還是不習慣。伊講，台北不好住，樓頂樓腳、厝邊隔壁都無來往，整天關在厝內看電視。還是南仔寮較好，由莊頭到莊尾，大家都相識，都親和。所以，伊三五禮拜就愛回來南仔寮看老朋友老厝邊，每次都來攪擾你們，歹勢！」我說。

「噯呀，講啥麼攪擾？老人家愛相找講話，最好啦！」

「漢仔，漢仔，聽講你阿蘭姨的後生來了嗎？趕緊乎我看一下，我很久沒看到伊啦！」一個有點蒼老卻仍然健朗的聲音從後面傳到客廳。

「阿母，你走卡慢一點啦，」漢大哥站起來，趕緊扶住一位頭髮已全白了，腰背卻仍然很直挺的老婦人。我立刻從椅子上站起來，迎向她叫了一聲「阿姨！」其他人也跟著我站起來。

「呵呵，阿宏喔！很久沒看到你了，你世漢哥講，你為著咱們南仔寮做了很多功德，」她抓住我的手，上上下下望著我，「很好，很好！你阿母好嗎？伊有一兩個禮拜沒來了呢。啊，你多久沒來了？」

「一年多了，上次是去年舊曆過年，我有陪阮阿母來看妳！」我笑著說，「淑貞也有來。」

「淑貞是誰？」她望著我問。

「阮牽手啦！」

「啊！對對對，我想到了，還有你牽手，伊叫做淑貞哦？」老人愉快地笑起來，「回去跟你阿母講，阿姨很想念伊！」

「好啦，我回去一定跟我阿母講。」

「好好好，」她笑著跟大家點點頭，「你們都坐，都坐，我要進去休息了。漢仔，請客人喝茶啊。」

「有啦！」

老人家跨著健朗的腳步向後面走去了，邊走還邊念著，「阿蘭這個後生，真將材，真好，真好！……」

「黑常，你今天和阿宏帶這幾位朋友來阮厝，是有什麼事嗎？」杜世漢望著黑常笑笑地問，「若是和庄仔內有關的事情，我就去找些人來。」

「免啦免啦，先跟你講就好。」黑常一本正經地說，「漢叔仔，五六年前，你還記得吧，庄仔內許多人都想要推阮宏舅仔出來選市議員，那時，伊堅持不肯。後來，大家勉強才選簡通榮……」

「哈哈哈，大家會選給簡通榮，是因為你跳出來替伊掛保證呀。」杜世漢笑著說。

「是啦是啦，這個阿火仔實在很沒啥小仔路用，只會捧國民黨的卵，庄仔內的事連講都不敢講，幹！」黑常有點尷尬地說。

「勢緊勢緊，過去的就過去了。你是為公，也不是為著自己，我沒責備你的意思。」杜世漢寬厚地笑了笑說，「這個阿火仔，大事情不敢不聽國民黨，但小事情拜託伊，伊加減還是有做一點。

伊住在長寮里，找伊也較方便，走路就到了。」

「多謝啦！漢叔仔講話做事最公道，我黑常佩服你！」黑常站起來向杜世漢鞠了一躬，說，「今天來拜訪你，是為著……」黑常正要說明來訪的用意，外面突然走進一個人來。矮矮的壯碩的身材，臉色紅潤潤的，一頭烏黑茂盛的頭髮，大約四十幾歲的年紀，穿著一件長袖白色襯衫，一條黑色西裝褲，一雙黑色皮鞋。

「人客這麼多？」只聽他嘀咕了一聲，望了杜世漢一眼。我立刻站起身來，叫了一聲「世遠哥，我是阿宏啦！」柯水源他們也跟著我站起來。

「這是我最小的小弟杜世遠，」世漢哥笑笑地說，「黑常帶來的，都是阿宏的朋友。」

「失禮失禮，剛剛去漁會辦一件事，不知你們來，」杜世遠望著大家說，「請坐！請坐！」然後又笑笑對我說，「哇——很久沒見到你了，上次你阿母來，說你在台北工作很忙，現在怎麼有時間回來？」

「我正要講，你就進來了。」黑常笑著說，「阮宏舅仔講，伊決定要回來基隆參選年底中央民意代表。這幾位都是宏舅仔將來的助選員。」黑常依序一個個點名介紹柯老師們給杜家兄弟認識。

「世漢哥，世遠哥，我沒選舉經驗，也沒替人助選過。我家幾代也沒人舞過政治。選舉需要財力和人力。我決定出來參選是向天公借膽。沒錢也沒人，是要怎麼選？」我懇切地說，「但是，我有一套策略，根據這個策略撩落去，我相信路就會出來了！到時，經費和人手也都會聚集過來。現在剛開始，我需要南仔寮的鄉親做我的基礎，做我的糕粹（發酵劑），請漢大哥你們替我在南仔寮組一個後援會，……」

「你出來選舉很適當，我很支持！」杜世漢興奮地笑著說，「南仔寮由我來替你找人，沒問題！外面，我們也有很多親戚朋友都可以動員起來，像三月二十三迎媽祖那樣，……」

「阿宏，你出來選，我也舉雙手贊成！你是人才，敢講敢拚，選你這種人才有效！」杜世遠嚴肅地說，「台灣不能再這樣下去了。全世界沒有一個國家像台灣這樣，國會議員三十幾年都免改選，這要怎麼代表民意？怎麼監督政府？笑死人啦！去年，阮去日本遊覽，見到日本時代南仔寮公學校的日本老師，都已七十歲了，也講，戰後日本國會議員至少三四年就改選一次。這樣，議員才會認真替人民做事，不然下次再選就落選了！台灣，你看，都是三十幾年前由中國大陸的百姓選出來的人，現在還在做，怎麼能代表人民呢？笑死人啦！」

「對！世遠哥講的很對，」我興奮地大聲說，「我競選第一條政見就是要求中央民意代表全面改選，第二條是總統由人民直接選舉。」

「對啦，這種主張才正確啊！」世遠哥高興地笑著說。

在南仔寮得到這樣的回應讓我很興奮，黑常甚至興高彩烈地說，「這都是宏舅仔平時播的種。南仔寮的四個里，就數我們南寮里的人最有民主理念，每天坐在雜貨店開講那些人，都會討論報紙登的新聞。你若有文章登出來，大家都搶著看。無形中就開發了大家的頭腦。所以，每次選舉，南仔寮地區都會看咱南寮里支持誰。像六年前阿火仔第一次選市議員，尹長寮里的人都恬恬（默默）無出聲，後來我在南寮里組一隊鑼鼓隊，大街小巷去呼喊，南仔寮大團結！南仔寮出頭天！才把南仔寮四個里的票催出來。這若無你平時寫文章啟發大家的民主理念，我出來喊也沒路用！」

「其實，我們南仔寮本來就有一些很有見識的人，像漢大哥和世遠哥，就是很好的例子。我記得幾年前，我第一次訪問南仔寮的漁民，寫了一篇〈漁村問題所反映的民心〉，那個因為炸魚而炸斷兩隻手臂和一隻眼睛的詹清池，在雜貨店裡講的那些話，我現在都還記得清清楚楚。事實上，我的文章就是跟據伊講的話寫的。文章發表後還頗為轟動，甚至引起蔣經國的注意，親自到南仔寮來視察。」

「宏哥，你講的那個詹清池，也住在你們南寮里嗎？我們等一下可以拜訪他嗎？」吳世傑說，「這個人聽起來很有意思。」

「伊喔，已經死了啦，」世遠哥說，「兩年前就死了！」

「嗳！真可惜，為什麼就死了呢？」

「伊自從炸斷手臂和眼睛後，生活很艱苦。太太也跑了，只靠那個十幾歲的女兒在工廠做女工賺錢，他的日常生活都靠隔壁的親友照顧。後來，大概，大概自認為生不如死吧，就去跳海自殺了。」黑常說著說著，聲音就哽住了，談話的氣氛突然就像冰一般凝結了。我內心更是不勝唏噓。

「這樣的人才，卻落到這樣悲慘的下場，是天公無眼啊！」

「是政府無能啦，什麼天公無眼！」黑常憤慨地大聲說，「政府若有照顧漁民，漁民哪要冒生命危險去炸魚？我們認識的人當中，最近至少已有三個人去炸魚時，不是炸死就是炸傷。我家過去五六十公尺那個鼻仔頭的阿崁，才二十三歲，結婚半年，就當場被炸死了。政府只會禁止炸魚，到處查炸藥的來源。但是漁民沒飯吃怎麼勠問？幹！什麼天公無眼，是政府無能啦！」

「黑常講的很對，確實是這樣。」吳世傑說，「宏哥那篇文章，〈漁村問題所反映的民心〉也有寫到漁民炸魚的事，說那是自殺的捕魚方式。我當時讀了很受震撼。蔣經國看過那文章來南仔寮視察，但這個問題還是存在？還是沒解決？」

「所以我才說，這是政府無能啊！」黑常說，「政府無能，會害死多少人啊！」

「歸根究柢講到最後，就是這個政府必須改變！必須有人監督、有人制衡、有人鞭策，它才會認真替人民做事。」柯水源笑著說，「我們現在要做的就是這種事！為了社會進步，人民幸福，我們要改變這個政府！」

「好！我們一起來努力！」我握拳向天空揮了揮，大聲說。

李通達的家在仁愛區愛九路和仁一路的交叉口，一棟老舊的平房，屋頂蓋著瓦片，瓦上壓著磚頭，上面再用廢棄的漁網罩住，漁網四周再壓著磚塊。屋外掛著一塊木板，上面寫著「南山雜貨店」。屋裡堆滿了木架，木架上擺放著各種民生物品。雜貨店外面還有一個水果攤，香蕉鳳梨芭樂蓮霧……，琳瑯滿目。店面很深很廣，最裡面還擺了一張大書桌，幾張靠背椅。書桌旁有個茶几，茶几上有小瓦斯爐、水壺、茶壺、茶杯。書桌後面還有一張床，床上還擺著棉被枕頭。有四個中老年人圍坐在茶几旁，正在喝茶吃花生。李通達朝坐在桌邊面向馬路，看起來已大約有六十歲上下的老人叫了一聲，「阿爸，我回來啦！」

「你小弟呢？」那人留著平頭，頭髮都灰白了。雖然坐著，看起來體格似乎很高大。

「再生仔帶朋友去看厝。」李通達回頭側身，指著我對父親說，「這是南仔寮黑常的阿舅陳宏先生。」然後又朝我笑笑說，「那就是阮爸仔啦，還有厝邊的伯仔叔仔。」

「里長伯仔，你好！我叫陳宏，南仔寮人。請你多多指教。」

「你就是陳宏喔，那個會寫文章的陳宏嗎？」李通達的父親站起來，親切地笑笑地說，「坐啦坐啦！那邊還有椅子，拉過來坐啦！」

「多謝！」我坐下，黑常和吳世傑也跟著坐下。

「我曾經從黑常那裡拿了幾本舊的《大學》雜誌、《台灣政論》、還有《夏潮》，裡面都有你的文章，阮爸仔也加減有讀過一些。阮厝裡也有賣報紙，你在報紙副刊發表的文章，伊也會翻一下。前一陣子高歌發表指名批判你的文章，阮爸仔和這些伯仔叔仔也會討論喔！」李通達笑著說。

「歹勢！里長伯是前輩，請你多多指教！」我說。

「哈哈哈，指教？我哪敢！中國字我也沒認識幾個，有時報紙雖然加減看，但是看懂的比較少，用猜的較多啦！」老人哈哈大笑地說，「阮這裡，少年的都叫我阿南伯仔，年紀大的叫我阿南仔。」然後，他又朝黑常問：「你那麼久都沒來找阮阿達仔再生仔，是在忙什麼大生意嗎？」

「無啦，哪有什麼大生意？三頓顧得飽就阿彌陀佛了。」黑常說，「每天透早跟阮老母買魚煮魚，然後運去崁仔頂或是台北濱江市場賣。再回到南仔寮就過午了，所以較沒時間來看歐吉桑！」

「今天帶你這個會寫文章的舅仔來，有什麼指教？」

「是這樣啦，歐吉桑，」黑常向李通達望了一眼，笑笑地說，「阮宏舅仔聽說阿達仔很想要選市議員，但是被你擋掉了。伊感覺很可惜，所以想要來和你認識，交換一些意見。」

「哦，是這樣喔？陳先生很熱心啊！」南山伯望著我笑笑，有點禮貌，又似乎有點諷笑地說，「你贊成阮阿達仔選舉？」

「是啦！伊很有志氣，我很欣賞！」我認真地說，「今天我和伊講話講一下午，我感覺伊口才不錯，長的高叢大漢，很將材。最重要的是，有理想，有熱情，想要替社會打拚，替百姓服務，真難得。」

「但是，你沒聽人講過嗎？若要害朋友，第一鼓勵伊選舉，第二鼓勵伊辦雜誌，第三鼓勵伊娶細姨。」南山伯也很認真地笑笑地說，「阮李家沒錢，也勳參加國民黨，要怎麼選？我由台灣光復看到現在，三十幾年了，無黨的敢跟國民黨拚選舉，早晚會捉去死！這不是講笑的！你是幾年次的？不曾經過二二八事件嗎？至少也有聽過吧？基隆港邊槍殺多少人啊，我親目瞅看到。到現在，已經三十年了，每次想到那一幕，我就嚇到閃屎閃尿！」

「二二八發生時，我三歲，已經沒記憶了。但是，我有讀過很多二二八的資料。國民黨殺了很多台灣人，多數是台灣人的菁英，優秀的人材，我知道。」

「這三十年來，國民黨講，台灣已經民主了，縣市長省市議員都是百姓選的。但是，若不加入國民黨，你選看嘜，捉去死——喔！我給你講！基隆的黃震華、蔡火炮都是教訓。阿達仔講伊想要選，我講，你少年的不知死活，你爸仔看多了，心內很驚怕！」

「但是，里長伯仔，時代不一樣了啦，你沒感覺嗎？去年選舉，羅智信、蘇南成都是國民黨脫黨參選的，省議員有林正義、陳義秋、何春木、蔡介雄、蘇洪月婷，還有基隆的周志鵬，總共二十一個人都是用黨外身分參選的。」我熱切地說，「中壢事件舞那麼大，警察局和警車都被燒了，照過去，一定會捉人槍殺人，但是這次不但沒槍殺人沒捉人，羅智信第二天也宣布當選桃園縣長。可見，時代真的跟過去不一樣了。多一些有理想、有志氣的人出來參選，國民黨才不敢為非亂做，國家才會民主，社會才會進步，百姓才會自由幸福。這敢不是你們由日本時代到現在就一直期待的嗎？你們阿達仔是好腳色，若出來選，我相信伊一定會當選！」

「呵呵呵，多謝你這樣看重伊，但是，我心裡還是很驚惶。」阿達仔伊爸說，「歹勢，我較沒禮貌問你一件事，你若對黨外選舉這麼有信心，你自己為什麼不出來選？你會寫文章、有學問、口才也這麼好，人也生做斯文好看，你要出來選啊！」

「哈哈哈，歐吉桑歐吉桑，都被你猜到了啦！」黑常大笑地說，「宏舅仔來拜訪你，就是為這件事。伊已經決心要參選今年年底的中央民意代表增額選舉，伊認為阿達仔是人才，所以……」

「稍等，稍等哩！你決心要參選嗎？很好！但是，我先問你，你有多少錢要選？」里長伯很認真地望著我問。

「我沒錢！」

「你在基隆有認識哪些人？」

「沒認識很多人，只認識一些同鄉和同學而已啦！」

「那你要選什麼？沒錢沒人，你是要怎麼選？選舉不是做囝仔玩的，別講笑話啦！」里長伯神情嚴肅，很認真地說。

「里長伯，歹勢！一開始我沒跟你講清楚。我確實沒錢沒人。但是我有理想，有熱情！路是人走出來的。我相信，我若敢撩落去，路就會出來了。」我說，「黃天來、莊安祥、羅智信、黃順興，尹這些黨外前輩都很鼓勵我。目前我雖然沒錢沒人，但是，不要多久，我一定能找到一些志同道合的朋友，像你們阿達仔，我認為伊就是人才，所以我也鼓勵伊參選，也想要找伊做我的助選員。」

「叫伊做你的助選員？」

「是啦！這，一方面幫助伊提高知名度，一方面也可以認識一些黨外前輩，將來伊若參選，對伊都有很大的幫助。」我說。

「這，有道理喔，」和里長伯在一起泡茶的其中一個比較年輕的、頭髮還很黑的人說，「阿達仔若要選舉，勦加入國民黨，就要加入黨外。陳宏講的那些黨外人士都是台灣一粒一的有名望的人，阿達仔當然要去認識，透過陳宏最方便啦。」

「這喔，再講啦再講啦！」里長伯說，「你自己都沒錢沒人，要怎麼選呢？選舉不是開玩笑的！一旦落選，了錢又沒體面，甚至，還被國民黨捉去關！」

「這幾位伯仔叔仔，我是陳宏的祕書，叫做吳世傑。你們願意將你們的大名和地址電話留給我嗎？改天我和宏哥再專程去拜訪你們。」吳世傑突然插嘴說。

「留姓名地址電話是沒問題啦，但是，專程拜訪不敢當啦。」那個頭髮較黑較年輕的笑笑地說，就在吳世傑的小筆記本上寫下他的姓名地址電話。另外兩個也是笑笑地照著做了。

吳世傑把筆記本遞給我，依次將三個人介紹給我認識，「這位頭髮較黑的少年歐吉桑姓陳，白色頭髮的歐吉桑姓林，還有那位惦惦（默默）都沒講話的歐吉桑姓邱。」

「陳歐吉桑，林歐吉桑，邱歐吉桑，多謝你們！」我一一點頭禮貌地說，「改天再去你們府上專程拜訪。」

這時，李再生已陪同柯水源走進雜貨店裡了。

「阿爸，我回來了。」李再生叫了一聲，又向在座的伯仔叔仔點頭鞠躬。那個頭髮已經全白的林歐吉桑笑著對阿南伯說，「南山仔，人家都說你家這隻好像牛，在外面不時和人打架，我看不像呀，很有禮貌哩，很有大有小的，看起來你家教不壞呀！」

「我家的囝仔在家確實都很有大有小，但是，為什麼去到外面就常常和人打架？我也不知道，尤其是最小的這隻牛，手頭很重，一出手就把人打傷了。害我不時要給人賠罪賠醫藥費，還要去警察局拜託講好話。噯，在家哪像會打架的囝仔呢？」

「里長伯，我跟你介紹，這位是我的好朋友，也是我師範大學的學長，柯水源柯老師。」

「歐吉桑，我叫柯水源，是陳宏和黑常的朋友，請指教。」

「哇啊，你做老師也敢支持黨外嗎？不怕給警察和調查局找麻煩嗎？飯碗顧得住嗎？」

「歐吉桑，我十幾年前在台東高工做老師時，就已經替黃順興縣長助選過了，到現在也沒事。」柯水源笑笑地說，「我們不做違法犯法的事，就不必怕他。你若不怕他，他就不敢對你怎樣。但是，你若怕他，他就把你吃了。」

「我是二二八被國民黨驚破膽了。基隆港邊槍殺多少人啊？一排一排都用腳鍊串在一起，砰砰砰砰，整排人都死了，就一起掉入海裡。我到現在，想到那一幕，就驚到閃屎啦！」

「但是，時代不同了啦！歐吉桑，我大學畢業到現在，若有選舉，我都去替黨外助選。助選又沒犯法，伊敢怎樣？最多只是派人監視你而已。」柯水源還是笑著，若無其事地說，「我不做違法犯法的事，監視就監視嘛。我還請他們進來泡茶哩。」

「這樣，你們少年的較有膽識，我老了，事情看越多越無膽。」里長伯笑笑搖搖頭，有點尷尬地說。

「這位柯老師講的有道理。咱若不違法不犯法，怕伊做啥？」那個年輕的陳歐吉桑附和地說，「你一直講，要參選若不加入國民黨就會被捉去關，但是周志鵬從來不加入國民黨，由市議員做到省議員，也沒捉去關呀。」

「是啊，你阿南仔就是太過小心，小心到這世人只能顧這間雜貨店，半步都不敢出門去衝去拚。」那個頭髮全白的林歐吉桑感慨地說，「少年時代你阿南仔是咱們這群兄弟中最有才情的一個。但是，國民黨一來，你卻完全變樣了。二二八已經過去三十年了，你還是這樣。上次阿達仔要選市議員，我們幾個都很贊成很支持，但是你堅決反對。後生是你的呀，我們也沒辦法。這次，你不要再擋了，少年人有少年人的理想和志氣，就讓少年的去拚拚看。時代真的不同了，你也應該走出去了。」

「好啦好啦，……唉！你們都已經這樣講了，我若再堅持，少年的也會怨嘆。阿達仔，下次你大哥若由台北回來，你四個兄弟好好參詳一下，你大哥若贊成，我就不反對了！」南山伯似乎也很感慨地嘆了一口氣，自言自語地說：「我這世人，就這樣了，給二二八嚇得什麼事都不敢做了。」

「多謝你啦，阿爸！」李通達站起來，鄭重其事地向他父親鞠了一躬，也向在旁那三位伯叔鞠躬致意，「也多謝三位伯仔叔仔幫忙講好話，我阿達仔一定會打拚，不會讓你們失望。」

「里長伯，還有三位前輩，我阿宏也要感謝你們。阿達仔兩兄弟若來幫贊我，我的選舉就會較順利了。」我誠懇地說，「我自從高中畢業就去台北讀書，過去也完全沒沾過政治，單單靠一份熱情就想要選舉是不夠的。請里長伯和三位前輩指點一下，我應該去拜訪什麼人，譬如說，番王仙選市長的時代，有什麼重要的人、或是周志鵬選議員時，有什麼大樁腳，就你們所知，可以開一份名單給我嗎？」

「這喔……，是可以了，但是，我所知的很有限。」那個較年輕的陳歐吉桑說，「你當然要去拜訪周志鵬。但是周的椿仔腳很神祕，為著防止國民黨破壞，伊的椿仔腳不肯讓外人知道。……我知道林番王市長的祕書叫做高明正，伊和我同年，是仁愛國校的同學。番仔王的椿仔腳伊都很熟。……還有阿南仔啦，伊是三十年的老里長，也是番王仙當年的一支椿腳。頭殼內一定也有一本名冊。南哥仔，你也來替這個少年的指點一下。……」

「頭殼裡的名單是有啦，但是臨時要講也講不周全，年紀大了，需要想一想。」南山伯用手指敲敲自己的頭說，「這樣吧，我名單寫好了就交給阿達仔，這樣可以嗎？」

「多謝——多謝——」我和柯水源幾乎同時站起來，向阿南伯鞠躬。

「孝二路的房子柯老師看過了，黑常要再去看一次嗎？」李再生這時才睜著兩隻銅鈴般的眼睛說。

黑常望了我一眼，我也望望柯水源。

「你親自去看一下也好。」柯水源說。

「是要競選用的嗎？」滿頭白髮的林歐吉桑問。

「孝二路靠海邊那段都是委託行，較熱鬧。靠高速公路磅坑（隧道）口這邊，接近忠四路，較偏僻，人氣沒那麼旺。」陳歐吉桑說。

「整排都是新蓋的五層樓，已經搬進去的沒幾戶。」柯水源說，「但是屋外馬路很寬，接高速公路終點是隧道，還在施工。」

「好，我們一起去看看。」我說。

那地方照現狀看，確實人氣不旺，新房子住屋率不高，也還沒有什麼商家進駐。但是距孝一路愛一路等熱鬧區不遠，走路也不過七八分鐘。房屋的對面是一個圍了籬笆的空地，阿達仔說，這個地主他認識，短期可以免費借用幾個月。

「這地可以。」我說，「我們如果能把孝二路靠高速公路這段搞得熱鬧起來，那就有意思了……」

「阿達仔，這事情就拜託你處理了，從現在到投票結束，」柯水源說，「最好不用押金，租金越低越好。」

「哈哈哈，我知道了。」阿達仔說，「最好連租金都免了。」

「這事，你們決定就好。」我說，「南仔寮的事就拜託黑常了。還有你們李家的親朋好友，也請你們組織起來。吳世傑是聯絡人。拜託你們了。」我鄭重其事地向他們深深一鞠躬。

那天離開基隆時已晚上八點了。天空突然飄下細雨。

「這天氣真難測，白天還好好的，說變就變了。」柯水源說。

「第一次和候選人出來拜訪，很有趣。」吳世傑坐在車上笑嘻嘻地說，「阿達仔伊爸仔問話很直接，你有錢嗎？有人嗎？宏哥，那時候你第一瞬間的心理反應是怎樣？覺得他很瞧不起人嗎？」

「第一瞬間嗎？我覺得自尊心有點受傷。」

「我本來以為你會為了尊嚴和面子說，經費沒問題。沒想到你回答得那麼坦白。」

「選舉很現實，」我笑笑地說，「沒錢還敢選？大多數人會這樣笑你、不理你。但我還是覺得坦白承認比較好。」

這時車窗上已沾滿了雨滴，柯水源按下汽車的雨刷。兩支雨刷立刻左右滑動起來，發出「嘰——咖，嘰——咖」的怪聲，和汽車引擎「戈基！戈基！」的聲音在駕駛艙裡互相交纏疊擠著。

「哈，你這車早該進博物館了，」吳世傑笑著說，「路上拋錨就回不了台北了。」

「我在台北都騎機車，這車很久沒開了。今天為了載阿宏，沒辦法！」柯水源說，「開回台北應該沒問題啦！」

「今天，阿達仔伊爸仔雖然那樣講，但是，等我們情勢創造起來，錢和人進來了，伊就會支持了。」我說。

「你這麼有信心？」

「當然！我有信心，我們一定能創造出新局面。」我說，「但是，過程會很艱苦，要付出很大的努力！」

「這是當然的，要搞民主運動，哪有輕鬆的？」柯水源笑著說，「要有心理準備哦，真正的考驗還在後面哩，被醜化、被抹黑、甚至被捉去關，都有可能的！」

這輛老舊的發財車不但引擎和雨刷都有怪聲，前進時車體也震動得很厲害。在已經完全黑暗的，下著雨的馬路上，顛顛仆仆地，看似艱辛，卻也搖晃著繼續向前開去。

車子過了汐止，雨還繼續下著

「台北就快到了！」柯水源突然笑著說，「這台車，老是老了，還是能將你們安全送回台北的！」

第十二章

雖然和龍哥約定早上九點半在《夏潮》雜誌社見面，但我仍和平時一樣，陪著淑貞先送兒子去住家旁邊的正大幼稚園，兩人再一起帶著女兒去保母家，然後淑貞走路去她辦公室，我就在中港路搭公車去台北。所以到《夏潮》雜誌社時才八點四十分，距離和龍哥約定的時間還有將近一小時。

「糟糕，雜誌社一定還沒開門。」我心裡想著，試著把大門推了推。想不到，一推，門就開了。我吁了一口氣，跨進門檻，向裡面探頭揚聲問道，「裡面有人嗎？」

「有有有，我在裡面啦！」小吳從裡面走出來，笑著臉說，「宏哥，請進來吧！」

「我以為你們還沒上班。」

「前天我聽龍嫂說，今天你和龍哥約九點半在這裡會合。我想，萬一她忙完家事才來，就讓你等太久了，所以我就提早來了。」他說。同時揚起手上的書，「這兩本新書，你大概還沒看過吧？」

「哇啊！印出來了！」我興奮地大叫，把兩本書搶到手上。一本是鮮豔的橘紅色的底，一個黑色線條勾畫的速寫的漫畫式人頭，筆直地高舉著右手，伸出三個手指頭，旁邊是鮮明的斗大的黑色字體「陳宏黨外的聲音」；一本是古銅色的底，一幅占了三分之二版面的黑底的畫像，母親胸前合抱著三個小孩，背後幾張被扭曲的臉，所有的眼睛都被塗黑了。另外三分之一版面是反白的斗大字體「陳宏：民眾的眼睛」。

「這個石大頭確實厲害，設計的封面很有震撼力，也很契合書的內容。」我把書翻了翻，說。

「前天，禮拜六中午印刷廠已經送一萬兩千本去總經銷長橋出版社了，也送了三千本到《夏潮》。」小吳說，「長橋的效率真快，禮拜六下午兩點前，重慶南路各書報攤都已經有書了，下午四五點，中南部也有書了。」

「太好了，」我把手上的書揚了揚，開心地說，「一切都按原來計畫的進度在進行，包括今天我拿到書就去拜訪里長。」

「我在印刷廠盯這兩本書盯了幾天，」小吳說，「既要快，又要保密。書送長橋和《夏潮》還是我押的車。」

「你辦事還真小心，怎麼？難道司機還會把整車的書送去給警總不成？」我笑著說。

「以防萬一嘛，我自己押車比較放心。」

「謝謝啦，辛苦你了！」我說。

「辛苦的不只是我，志豪幾天裡就代寫兩篇序，石大哥除了代寫黃順興的序之外，還設計兩本書的封面，鄭姐就更不用說了，替你籌畫募款餐會，還要替你找助選員，她自己還有一大堆《夏潮》雜誌的事。」

「謝謝啦！真的，大家都太幫忙了。」

「這是大家把你這次的選舉都當作共同的事，對你有很高的期待。」

「我知道，我一定會全力以赴。」我說。

「還有，這一包是你的名片，地址電話都有了，先印五十盒。」小吳說，「你見人就發。」

我把名片接到手上，有點迫不及待地打開名片盒。名片的正面印著學經歷和「國民大會代表擬參選人　陳宏」，還有孝二路的電話和地址。背面印了我的著作和四點主要政見，一、國會全面改選。二、總統由人民直選。三、廢除戡亂時期臨時條款。四、解除戒嚴。

「你這次出版這兩本書，從排版、印刷、裝訂到送書上市的速度、效率、時間拿捏，幾乎分秒不差，好像在作戰一樣。尤其是送書時間選在禮拜六中午，剛好是警總和調查局下班時間，再上班就是今天禮拜一了。要禁這本書還要開會、下達公文，最快也要到禮拜三。依照禁書販賣的時效，四五天就可以在台北市銷掉五六千本以上。你真會計算啊，宏哥！」小吳豎起大拇指說。

「不是我，」我笑著說，「厲害的是老鄧。這幾年，他從辦《大學》雜誌到開出版社，有太多被查禁的經驗了，所以他才要求週六中午，書一定要到他手上。等到警總調查局發現，書差不多就快銷完了。」

「哈哈，真是魔高一尺，道高一丈啊！」小吳大笑說，「我們《夏潮》也應該學學人家……」

突然，大門被推開了。黎明略顯慌張的聲音跟著傳了進來，「阿宏來了嗎？還在嗎？」

「我在，我在！」我跟著迎出門去。只見黎明有點蓬頭散髮地，雙手在胸前環抱著她那個灰色大皮包，匆匆忙忙走進來。

「別忙，別慌，慢慢的！」我說。每次看她慌張匆忙的樣子，我也常常不自禁地緊張心慌起來。

她兩眼直直望著我，長吁了一口氣，「我還以為追不上你了。」

「妳不要老是那樣慌慌張張的好不好？慢慢來嘛。我不是好好地在這裡嗎？」我望她微笑地說，「妳不是一向都過了中午才來的嗎？」

「我聽說你早上和龍哥約在這裡，我有事要見你，所以只好一大早跑來了。」她對我笑了笑，微微喘著氣說。

我跟在她後面走進她辦公室。她把大皮包擱在桌上翻找了一下，拿出一個信封袋，掏出一張支票遞到我手上，「這是老鄧依約要給你的第二個三十萬，還有一張回條收據，你簽領了，我叫小吳送回給他。」她說。

「老鄧什麼時候也把自己訓練得這麼有效率了？大學時代他不是也經常慌慌張張丟三落四的嗎？」我在回條上簽了名，笑著說。

「不是他，是他那個老婆，精明幹練！」黎明豎起大拇指誇獎地說，「如果沒那個老婆，他哪能做生意。」

「我看，妳也需要找一個精明幹練的老公協助才行。不然，《夏潮》……」

「怎樣？怎樣？你嫌我不夠能幹是不是？」

「不是說妳不能幹，我是擔心妳太忙，大事小事都妳一個人，小吳雖然已幫妳分擔一些了，但妳還是太忙了。要是我，我就做不來。」

「是啊，你好命，我苦命！你乾脆就替我找一個有錢的老公好了。老公有錢支持我辦雜誌，我就可以花錢多請幾個人來幫忙，我就不必像現在這樣，整天慌慌張張、匆匆忙忙，還蓬頭垢面，讓人看了也嫌，」她笑著說，「有錢有閒了，我也會從容優雅，光鮮亮麗……」

「噯呀，噯呀，妳是在講什麼跟什麼嘛？」我有點窘促尷尬地笑著說，「我可沒嫌妳，我是擔心妳太忙了……」

「喂，你們兩個是在鬥嘴還是在打情罵俏呀？龍哥已經到了。」小吳在辦公室外大聲說。

我走出辦公室，對站在室外的張文龍說，「對不起，讓你久等了。」

「還不到九點半，是我早到了。」他站在外面的大辦公室笑著對我說。

「阿宏，你的支票要收好啊，」黎明從後面跟著來，手上拿了支票揚了揚，「還嫌我慌慌張張丟三落四，你自己呢？這麼重要的東西，你怎麼一轉身就忘了呢？」

「啊！歹勢！真的一轉身就忘了！」我笑笑地說，「但這支票放妳這裡就好，選舉經費不是由妳統籌統支嗎？」

她點點頭，朝張文龍說，「龍哥，你也進來吧。我還有事沒講完，他一聽你來了，就匆匆忙忙跑出來。」

「沒關係，你們講吧，還有時間。」

我又跟在黎明後面走進她辦公室。

「有兩件事向你報告，第一是你的募款餐會，已訂在五月最後一個週末晚上，地點是國賓飯店頂樓，已經向飯店付了訂金。計畫辦三十桌，但餐券印六百張，分為兩種，一種是每張一萬元，印一百張，每張一千元，印五百張，……」

「這麼多啊？有這麼多人會來嗎？」

「要想辦法呀！」她說，「到時邀請的演講貴賓和會捐錢的貴賓，都會有一份名單給你，你要親自打電話。我們也開始在募集義賣品，這方面屈大哥和石大哥都幫了大忙。屈大哥藝文界的朋友很多，他已募到幾幅字畫，石大頭老政治犯的關係廣，有些早期就出獄的政治犯現在已經有當了老闆的，由他出面邀集。還有天來仙也替你邀請了幾位願意捐錢的商界朋友。」她邊說，我邊頻頻點頭。

「第二件事是，天來仙和老莊最近已出面去邀請一些熱心的、活躍的、知名度高的，願意出面來協助黨外人士的縣市長、省議員，共同組成一個黨外助選團。這個助選團的召集人和副召集人，目前是天來仙和老莊，執行長是剛出獄不久的政治犯謝明福，」黎明說，「他們現在一方面在全台灣各縣市物色適當的人出來競選，同時也要從所有自稱是黨外的候選人中選出助選團支持的對象。」

「他們不是所有黨外候選人都支持嗎？」

「不是，」黎明說，「有些人雖然打著黨外的旗仔，其實是國民黨的黨友，根本就是假黨外，這種人他們不支持。」

「助選團的成員和助選團決定支持的對象，都確定了嗎？」

「部分確定，還沒完全。」

「一定要獲得這個助選團的支持，我們不能被孤立。」我說。

「我知道，我和徐老師一直都在做這個工作，到目前為止，看起來應該不會有問題。」黎明說，「我們現在其實想把黃順興列在助選團的召集人名單裡，不要有正副召集人，而是共同召集人，同時可以有兩個、三個、五個……甚至更多都沒關係。」

「好主意！」我點頭稱許，「讓左系在檯面上也占有一席之地。」

「好啦，我的報告完畢了。」她站起來，竟對我下逐客令了，「你趕快去辦事吧！從今以後，你會忙得像隻狗，會比我更狼狽不堪，」她笑著說，「不過你如果回台北來看我，我會替你梳梳頭，刮刮鬍子。」

「這些事，我自己每天都會做！」我笑著向她揚揚眉，走出辦公室。

張文龍教授是基隆七堵區的人，在《夏潮》認識他之後，漸漸熟了，我對他的稱呼就從張教授改成龍哥了。他似乎很喜歡我這樣稱呼他。他老婆徐麗芬以前都叫他文龍，現在也改叫龍哥了。今天是我預定拜訪基隆市一〇一個里長的第一天，他答應人和車子都借給我用，他說他在台大物理系每星期只有四小時的課，都排在星期三。其他時間給自己做實驗寫論文，他可以暫時挪用一下沒關係。本來要找李通達陪同去拜訪里長，但他在建設公司上班，不能請太多假，而且他要選的是仁愛區市議員，他說，等我跑仁愛區時才來陪我跑。後來，吳世傑自告奮勇，願意當我的隨行祕書，陪我全程把一〇一個里長拜訪完。但是，現在只差五分鐘就九點半了，他竟然還沒出現。

「這個吳世傑大概要遲到了。」

「吳世傑是誰？」

「我的祕書，是義工啦！」

「是自願來當義工，做你的祕書嗎？」

「是黃宗德當年搞農村調查時的台大學生，經濟系畢業，現在剛辭去證券公司的工作。我以前在柯水源的出版社認識的。」我說。

「黃宗德的學生，那，不錯！」龍哥望了望手錶，笑笑說，「還有兩分鐘才九點半，我們再等一下。」

「張教授，我已經把宏哥寫的要送給基隆里長的新書，先各放了五十本在你車上，不夠再回《夏潮》拿。」小吳說。

「我簽個名，送兩本給龍哥。」我說。

「麗芬前天已帶了兩本回家，我已大致把那兩本書讀完了。」龍哥說，「你就不用再送我了。」

這時，吳世傑推開大門，探頭進來望了望。

「你終於來了，還好，分秒不差，準九點三十分。」我笑著向龍哥介紹，「這個少年就是吳世傑。」

「很好！很準時！」

吳世傑臉上堆著他慣有的笑容，走進屋裡。後面還跟了柯水源。

「柯老師也來了。」

「我騎機車載他來的，不然他就遲到了。」柯水源笑著說。

「柯老師，你來了最好，我正好有事找你。」黎明從她辦公室走出來，笑著說，「小吳，把陳宏的書各拿五十本給柯老師。你是要賣、要送，都隨你決定。我替陳宏訂了五月最後一個週末在國賓飯店頂樓辦募款餐會，這需要你協助。」

「阿傑仔，那你就跟陳宏和張教授去基隆了。我留下和鄭小姐討論一下事情。」柯水源說，「祕書的工作要做好喔，對方的姓名地址電話，談話重點都要記下來喔。」

吳世傑笑笑，點點頭，拍拍身上的小書包說，「我知道啦！……該帶的筆記本和資料，我都帶齊了。」

「那，我們走吧！」龍哥說，率先走出《夏潮》雜誌社的大門。

拜訪的行程，龍哥幾天前和我略作討論後，已經事先作了規畫。「毛澤東和蔣介石在打內戰時，是用鄉村包圍都市的戰法，先在鄉村爭取農民支持，占領鄉村作為據點，等時機成熟了，再去包圍進攻都市。結果就把原本力量較占優勢的蔣介石打垮了。這件事你知道嗎？」龍哥認真地說。

「我聽過毛的鄉村包圍都市這句話，但台灣不准讀毛的著作，所以詳情不太了解。」我說，「沒想到搞物理的龍哥對毛的理論也這麼熟。」

「我在美國讀書做研究時，有空也喜歡讀一些中國近現代史的書，特別是國共內戰的歷史。」龍哥說，「我們打選戰也可以採用鄉村包圍都市的戰法。都市人比較忙，只顧自己做生意賺錢，選情還沒炒熱就去向他們拉票，一定會被嫌，影響他們做生意。鄉村種田的人比較空閒，也比較有人情味。選戰還沒正式開打前，先跑農村鄉下地方，農民感受會比較深。」

「有道理！」我說。

「七堵和暖暖在基隆算是比較鄉下的地方，我們就從七堵開始拜訪吧！」他說，「我們張家在七堵還有些親戚朋友，兩個禮拜前，我回七堵看我大哥，他還帶我回去友蚋老家。我老爸少年時代和我阿公都在友蚋種田。我母親外家在瑪陵坑。瑪陵坑的人現在也都還在種田。」

「我已經拿到基隆市的里長通訊錄了，就根據這本通訊錄來拜訪吧。」吳世傑坐在後面，拿了一本小冊子在手上揚了揚。

「你是怎麼拿到的？厲害啊！」我轉身把小冊子拿到手上高興地說，「我打電話去市政府民政課要，他們不但不給，說那是機密資料，還問了我許多問題。幹！好像把我當小偷。」

「阿達仔從他老爸抽屜偷的，他也說這是機密，不能隨便給。」吳世傑笑著說，「有這本通訊錄就方便多了。」

我翻了翻那本里長通訊錄，心想自己也實在夠莽撞的，這些里長的姓名地址電話，我完全不知道，就想去拜訪人家了？我和龍哥討論這事時，他也問過我，有沒有里長的姓名電話地址？我說，里民一定知道里長的住處，到時一問就知道了。龍哥還提醒我，如果人家問起，你是誰？找里長做什麼？我說，坦白講最好，也等於替自己做宣傳，「我叫陳宏，準備參選年底的國民大會代表，所以要來拜訪里長，這是我的名片，請指教。有空歡迎來孝二路辦公室奉茶。」這幾句開場白，我已經私底下演習過無數次了。

我還對著鏡子訓練自己的表情，微笑，大笑，愉快的笑，開朗的笑，……還包括握手的姿勢，走路的樣子，等等，等等。

拜訪的第一站是友蚋友一里的張里長。龍哥說，張里長是他的堂弟，和龍哥同一個祖父。「我叫陳宏，是咱們基隆市中正區南仔寮的人，準備參選年底的國民大會代表。特別專程來拜訪張里長，這是我的名片，請指教。」我臉上堆著笑容，熟練地說，並且誠懇地遞上我的名片。

「是讀書人啊，」張里長和氣地笑著，「和我們文龍哥一樣，在大學教書哩。」

「龍哥是正牌的大學教授，我只是講師而已，還差龍哥好幾級。」我說。

「伊是作家，寫過好幾本書，」龍哥在旁介紹說，「很出色的人才，我是伊的讀者。」

「我知道，我知道！文龍哥肯陪伊來，一定是很出色的人才。」張里長笑著說，「文龍哥是我們七堵張家的光榮，從小就很會讀書，還被叫做神童。我小時候，老爸就教示我，要跟七堵街仔的文龍哥學習，人家都考第一名，後來去讀台灣大學，還去美國留學。現在回來台灣大學做教授，你怎會這麼有才情呢？」

「阿義仔，我的故事有什麼好講呢？」龍哥笑著說，「今天我陪陳宏來拜訪你，希望你能支持伊，……」

「沒問題，沒問題，文龍哥帶來，我能不支持嗎？咱們這一帶，我都會宣傳，說陳先生是阮文龍哥在台灣大學做教授的好朋友，出色的人才，你放心！放心！」張里長熱情地說。

「這是我新出版的兩本書，《黨外的聲音》和《民眾的眼睛》，請你指教。」我說，「我在書裡談到許多社會問題，也包括農民的問題。」

「喔，你是黨外的？」他拿著書，抬頭望我一眼。

「我是黨外，名片上也有寫。」我說，「國民黨在台灣執政三十年，已經太久，太腐敗了啦。」

「哦，這樣子喔，」他把書翻了翻，「嗯，……但是，黨外，不好選喔。」他說。

「是啦，是不好選，所以才要來拜託你幫忙呀！」龍哥說。

「也不是一定啦，周志鵬也是黨外，」一直沒開口的吳世傑突然笑笑地說，「伊不是也選上省議員了嗎？還有以前的林番王，……」

「周志鵬嗎？是啦是啦，伊的表現不錯。」張里長突然悄聲對龍哥說，「我就是周仔的支持者，但是，這，不能講出去喔。」然後又笑笑地對我說，「我這裡，沒問題啦，一定會支持你。」

「張里長，你的里內，有比較熱心、願意支持黨外的人嗎？」吳世傑說，「你可以介紹給我們認識嗎？」

「這……，我來替你注意看看。我們這裡，支持黨外的人都較神祕，不敢給別人知道。」張里長說，「怕被人點油做記號，會惹麻煩。」

「這是什麼時代啦，還這樣嗎？」龍哥有點不平地說。

「鄉下地方就是這樣。一個管區警察就很大了，叫你三點來派出所，你就不敢三點五分到。」張里長悄聲說，「支持黨外，只能祕密地、偷偷支持，不能公開。」

「現在，時代已經不一樣了，參選助選都是合法的事，是法律有保障的人民的權利。不必這樣掩掩遮遮啦。」我笑著，耐心地向里長說，「我們既不違法，也沒犯法，就不必怕他什麼管區警察啦。我在報紙雜誌上寫文章，警總調查局雖然也找過我，但是也不能對我怎樣呀！」

「是啦，阿義仔，咱台灣人就是由古早就被日本仔嚇破膽了，國民黨來台灣也是這樣，什麼二二八啦、白色恐怖啦，但是，這些都過去了。現在確實不一樣了。以前，像阿宏寫這種書，早就被捉去殺頭了。但是，現在，不但沒事，還得到社會的肯定。」龍哥說，「不必驚惶啦！大大方方，公公開開，大聲講出咱心裡要支持的人，這才是民主啊。台灣已經是一個民主的社會，免驚啦！」

「我知道，我知道！我做里長已經做第七年了。這些道理，我知道。但是，國民黨步數很多，咱們也不能不防呀。俗語講，明槍易躲，暗箭難防。明的，伊不敢對你怎樣，但是暗的，就很難講了。隨便給你按一個罪名……，這種事，我聽很多了，也處理過很多。」張里長說，「文龍哥，我知道你現在很有地位，國民黨絕對不敢對你怎樣，但是，我還是要提醒你，萬事要小心，要提防小人。陳先生，我會暗中支持，你放心，放心，……」

「我那兩本書，有空，一定請你讀一下，拜託！」

「好，好！一定用心拜讀。」張里長走到門口，龍哥、我和吳世傑依序跟在後面，「文龍哥，下次有空，你來，我帶你去山上砍竹筍，咱種的竹筍，是水的！這次，歹勢，連茶都沒請你飲。」

三個人坐到車上，張里長站在門口向我們揮揮手。龍哥把車窗搖下，也向他揮揮手。

「他怎麼那麼緊張？支持黨外有這麼可怕嗎？」龍哥搖搖頭，不解地說。

「這也完全出乎我的意料，」我說，「我本來以為，選民都和黃天來、莊安祥、羅智信演講場那些人一樣。沒想到這個張里長竟然這麼緊張、惶恐，難道……」我內心忍不住有點沮喪、有點失望了。

「宏哥，這只是第一站，你可不能這樣就洩氣了。」吳世傑笑著說，「你不是開始就知道，這些里長都是國民黨的嗎？不會支持你。你只是要藉他們的嘴替你宣傳而已，有什麼好失望的？」

「對，這都是意料中的事，被潑一桶冷水沒啥了不起啦！」我強自振作地笑笑地說，「這麼說還算客氣的吧？張里長和龍哥是叔伯兄弟，如果沒龍哥一起，他也許連見都不見也說不定吧？」

但是，後面的幾位里長，包括友二里及瑪陵坑四個里，有的里長不在，我把書和名片請他們家人轉交，有三位里長在家，見了面也還客氣，把書和名片拿在手上翻看了一番，嘴上即便是隨便應付的吧？也都還會稱讚兩句，「還會寫書哩，很優秀啊！」「黨外的，有志氣啊！」但是，幾乎也都沒有例外地說，「但是，黨外的，不好選喔！」

「我知道，我知道不好選！但是，我會選到底！絕不退縮！」我堅定說，「這個社會一定要改變，不能再讓國民黨一黨獨大，包山包海了！社會一定要有制衡的力量，要有人監督，這樣，社會才會進步，人民才會有幸福！」

「這就要靠你們這種少年人去打拚了！加油啊！」

「少年的也要靠里長伯牽成支持呀！」龍哥笑著說，「我也是半個瑪陵坑人，我老母的外家就在你們瑪西里。」

「真的啊？你老母叫啥？」

「蘇滿足，我外公叫蘇松柏。」

「啊啊啊，原來咱們是親人呀。你外公我要叫叔公，小時候我應該有見過你。原來你是阿足姨仔的後生。這樣，你是那個最小的，去美國讀書那個？叫做，叫做……」

「我叫做張文龍啦，從美國回來兩年了。現在，在台灣大學教書。」

「對對對對！叫做文龍仔，我不時聽你大哥杜哥仔講起，」那人興奮地說，「哇啊！了不起，了不起！是咱們七堵的光榮呀。你大哥的建材行，我若去七堵街仔，加減會去走走坐坐哩，咱很親喔！」

這個瑪西里的蘇里長和龍哥攀談起來，突然就變得很熱絡了，好像失散的親人認了親似的。

「這樣就好辦了啦，既然是自己的親戚，我就坦白告訴你們了。」蘇里長說，「這些里長，我都認識，但是，都是沒啥仔路用的啦。友一里張里長是你親戚，是好人，是老實人。但是無膽。友二、瑪東、瑪南三個里，都是認這啦，」他用食指和拇指圍成一個圈說，「誰有錢就支持誰。只有瑪陵里那個少年的陳里長，是你姓陳的宗親，還比較有膽識。我想，伊說不定會敢站出來支持你。」

「是哦？」

「有一次我經過伊厝，順便去看伊，就看到伊的桌上還有一本《台灣政論》。因為我去阿柱哥的建材行曾看過那本雜誌。」

「瑪陵里的里長我們有去拜訪，可惜不在。」吳世傑笑著說。

「要再去！那個少年仔，滿有志氣，對國民黨市黨部，或是市政府、區公所不合理的要求和規定，伊都敢當場表示異議，也敢不睬伊！」

「蘇里長，那麼整個瑪陵坑和隔壁的友蚋一帶，都要拜託你囉。」我說，「陳里長那裡，我一定會再去拜訪。」

「沒問題，沒問題，我一定會支持，會幫忙宣傳，幫忙拉票！你放心！放心！若有別的方面需要我，叫你大哥柱仔給我講一聲就好。柱仔也是黨外前輩呢！」蘇里長說。

跑完友蚋和瑪陵坑六個里，再到七堵街仔已經下午一點多了。

「我帶你們去七堵菜市場邊，吃一種很特別、很好吃的麵，叫做咖哩豆菜麵。有聽過嗎？又便宜又好吃又大碗！」龍哥熱情洋溢地說，「我在國外，一想起台灣的故鄉，就想起這種咖哩豆菜麵！每次想起這種麵，就會特別引起我的懷鄉病。全台灣，大概只有七堵才能吃到這種麵！」

麵店沒招牌，在菜市場邊緣一條冷僻的街邊。已經超過午餐時間了，店裡還有不少人。

「三碗麵，三碗豆菜，」龍哥一進門就向站在灶邊煮麵的說。

「我從小就喜歡吃尹的咖哩豆菜麵，最早的第一代頭家，七堵人都叫伊咖哩伯仔。挑著擔仔，一頭是鍋子火爐，一頭是麵和豆芽菜和咖哩。咖哩伯最常在七堵國小門口，或菜市場邊，把擔仔往路邊一擺，大聲喊，咖……哩豆菜麵喔……！咖……哩豆菜麵喔……！」

「哈哈，龍哥學得還真像。」我笑著說。

龍哥自己忍不住也笑出聲來，繼續說，「想吃的人就圍來擔仔邊，站著或蹲著，在路邊就吃起來了。這種場景，出國以後常在我夢中出現。還有那咖哩的味道，很特別，攪在豆芽菜和麵裡，又香又辣，實在，太好吃了！」

「我本來餓過頭已經不覺得餓了。現在，聽你這麼說，我又感到餓起來了。」吳世傑笑著說，「人的一生，有一件東西可以讓你這麼思思念念，其實也是很幸福的！」

「對，確實如此。我在美國那些年，單是想到那碗熱燙燙的咖哩豆菜麵，就覺得自己很幸福了。」龍哥說，「我剛回台灣時，以為咖哩伯仔已經不在了吧？那麼，我想念中的咖哩豆菜麵大概也沒人會挑著擔仔在街上叫賣了吧？沒想到，他的後代，不但繼續賣，還開了店。我每次回七堵，一定要來吃一碗。」

「百吃不厭嗎？」

「是的，我確實吃上癮了，百吃不厭！」

麵是白色的拉麵，上面蓋了一圈黃色的咖哩，豆芽菜用另一個碗裝著，上面也有一些咖哩。

「把豆芽挾到麵碗裡，混在一起比較好吃。」龍哥說，「豆芽可以再加，每加一碗五元；麵也可以再加，一團麵十五元。我通常會加一碗到兩碗豆芽菜。」

我把麵和豆芽攪在一起，吃了第一口，仔細在嘴裡咀嚼，一種QQ清脆，又香又辣的口感和香味溢滿了口齒之間。「嗯，好吃！咖哩很特別，」我說，「麵加豆芽也很特別。」

「頭家，給我們各加一碗豆芽！」

「好！來啦，來啦！」老闆端了盤子走過來，盤子裡放了三碗豆芽菜。他望了龍哥一眼，立刻笑瞇了眼睛說，「你不是建材行杜伯仔的小弟張教授嗎？」

「我是張文龍，從小就吃你家的咖哩豆菜麵。」龍哥笑著說，「你是咖哩伯的兒子還是孫子？」

「我是孫女婿，有一次你帶了太太來吃麵，我丈人就講過你，說你是七堵有史以來最會讀書的，現在做教授。」

「哇啊！咖哩伯的咖哩豆菜麵已經第三代了？」

「真的，確實有特色，好吃！」吳世傑吃得滿頭大汗，邊擦汗邊對店家說，「怎麼不去台北開連鎖店？找學校旁邊，保證你大賺！」

「不行，我們有去台北試過，做不起來。」咖哩伯的孫女婿說，「台北房租貴，人工貴，阮一碗才賣三十，不好做。」

「一碗賣五十、六十啊，只要有特色，大家都會來排隊。」

「阮的原料來不及供應，麵和咖哩都我們自己手工做的。」

我埋頭吃得滿頭大汗，心想，這麵果然好吃。看到店裡還有八九個人，我突然靈機一動，站起身來，遞了一張名片給店頭家。

「你們這個咖哩豆菜麵確實好吃，有特色！下次來七堵一定再來。」我笑著說，「我姓陳，這是我的名片，請多多指教。」

「陳先生喔！」咖哩伯的孫女婿望著手中的名片，又翻看一下背面，抬頭望我一眼，「要選舉喔？」

「是啦！我要參選年底的國民大會代表，請你指教、支持。」

「國民大會代表是做啥的，我知道市議員管市長，市長管市民，但是，國大代表是管啥？」

「國大代表管總統，管總統府啦！」我笑著說。

「哦？這很大喔，管總統？真的能管總統嗎？」

「當然啦！總統由國大代表選舉產生，總統做不好，國大代表也可以罷免總統。」我說，「國大代表還可以修改憲法，憲法是國家的根本大法，違反憲法的法律無效。所以，憲法很重要，憲法沒訂好，國大代表可以提案修改憲法。譬如，憲法規定，國民大會代表要六年改選一次，立法委員要三年改選一次，但現在用臨時條款把憲法凍結。國民大會代表和立法委員都不必改選了，沒有反攻大陸以前都可以繼續做，做到死為止。現在這些老代表老立委都已經做三十年了，每個月不必做事，就可以拿到像部長那樣的薪水，我們老百姓卻做得要死要活才能渡三餐，這不是很不合理嗎？所以，我主張要廢除臨時條款，主張中央民意代表全面改選，都寫在名片上，你可以看看。」

「這少年的講的有理！」在旁邊吃麵的一位中年人竟然揚聲附和，這讓我覺得很振奮。於是，我走向那個中年人，把名片遞給他，「請多指教！」我說。吳世傑跟在旁邊，立刻跟他搭訕起來。我在麵店裡逐桌向每個人都遞了一張名片，「請各位多多指教，多多支持。」我說。

「哇啊！這個年輕人，很大膽哦！」有一位理平頭，身體有點魁梧的中壯年紀的男人，用純正的國語揚聲說，「你怎麼敢把這些政見印在名片上？不怕捉去殺頭嗎？」

「是嗎？」我笑笑地望著他說，「我印在名片上的這幾點政見，都是《中華民國憲法》規定的國民大會代表的職權，我要參選國民大會代表，當然要把我的政見印上去，讓選民了解。而且，政見是言論自由、思想自由的一部分，也是憲法所保障的人民的基本權利。」我把名片拿在手上揚了揚，並向那人鞠了一躬，大聲說，「謝謝你的好心提醒，但是，這一切都是合法的。我不違法、不犯法，沒人能夠捉我去殺頭。而且，這些意見我早已寫成文章在雜誌報紙上發表過了，也沒人捉我去殺頭呀！」

「呵呵呵，原來是劉分局長，你到任都一個多月了，現在才來吃麵嗎？歡迎！歡迎！」一位額頂的頭髮已禿成半月形，年紀大約五十幾歲的人從屋裡走出來，向那位留平頭的中壯年紀的人，笑呵呵地說。

「已經來第三次了。」那人說，「老闆，你這個公眾場所……」

「是啊，我們這裡是公共場所，誰都可以來，誰要講什麼，我們也不能禁止。」

老闆笑嘻嘻地說。

「啊，原來是警察局分局長，失敬！失敬！」我也笑著迎向他，伸出我的右手想和他握一握，他卻神色冷淡地望著我。我略感尷尬地縮回手，但仍然笑笑地說，「改天再去分局拜訪你，還有你的同事。」

「宏哥，我們走吧，張教授已經在外面等你了。」吳世傑在我身邊悄悄地說。

「好好，我們走了。付帳了嗎？」

「張教授付過了。」

「老闆，謝謝啦！你們的咖哩豆菜麵確實好吃，有特色！下次我會帶一些朋友來。」我向老闆和他女婿點點頭，也向吃麵的人揮揮手，「再見啦！謝謝你們，打擾各位了！」

「這個人，……」

「我不認識！」

我聽見分局長和老闆最後的幾句對話，然後鑽進龍哥的轎車裡。

「哈哈哈，宏哥的表現太出色了！」吳世傑一坐進汽車後座，立刻拍手大笑說，「我本來擔心，你會不會退縮了呢？沒想到，你表現那麼鎮定，還辯才無礙。那個分局長也被你搞得沒皮條了。」

「我們又沒犯法，怕他什麼？」

「陳宏，你這種表現讓我對你更有信心了。麗芬在家常轉述黎明對你的誇讚，一直說你行！果然不錯！」

「但是，一般人還是冷漠了些。」我有點憂心地說。

「你知名度還沒打開，人家還不認識你呀，」龍哥說，「等一下見了我大哥，他一定會告訴你很多故事。」

龍哥在家排行老么。十歲時，父親就死了。大哥大他二十幾歲，所以從小到大，都是這個大哥拉拔他長大，包括讓他讀大學、送他出國留學。在當年全七堵區能像他那樣受這麼高的教育，他是第一個。所以，龍哥對這位大哥敬之如父。大哥叫張建柱，做建材生意起家，在七堵區頗有人望。據說林番王選市長的時代，他是七堵僅有的少數幾個敢於支持林番王的人物之一。

張家的建材行很寬敞，堆滿了一包包的水泥，一批批的鋼條、木材，還有幾排鐵架上面也堆滿了各種建築材料。龍哥走進屋裡，朝著坐在櫃檯邊的一位大約已經有六十歲的正在瞌睡著的女人叫了一聲，「阿嫂！」那女人抬頭一望，立刻站起來笑著說：「你大哥以為你會帶朋友回家吃飯，一直等你到一點。剛吃飽飯到樓上休息了。」

「我想，尹沒吃過咖哩豆菜麵，就直接帶尹去咖哩伯的店吃麵。」龍哥笑著說，「我事先並沒跟你們講要回家吃飯。沒想到還讓大哥等，歹勢！」

「你帶朋友去二樓，阿琴也在二樓。」

「阿琴今天回娘家啦？剛剛好，省得我帶陳宏再跑去伊厝。」龍哥向我們招招手，在樓梯口換了拖鞋，逕自向二樓走去。我向張大嫂稍稍欠身，說了一聲「歹勢！攪擾了！」也跟在龍哥後面上樓，吳世傑跟在我後面。

從一樓上來直直往前走，兩邊用木材隔了兩個大房間，房間門都關著，中間是一個走道。走道盡頭是客廳，臨街開著一長排的玻璃窗，窗下擺著兩具三人座的長沙發，沙發前也擺著兩條長的茶几。左右兩邊各擺了一具兩人座沙發，沙發兩邊也各擺了小茶几。正對著玻璃窗也是和對面的擺設完全一式的沙發，四面正好圍成一個長方形。坐在客廳玻璃窗下的沙發上直望過去，走道那邊的盡頭還亮著燈，大概就是餐廳了，餐廳後面是廚房，也亮著燈。龍哥讓我們坐了，就逕自向後面的廚房走去。不久，一位年輕的少婦端著茶盤茶具跟龍哥一起走進客廳。

「這是我大哥的女兒阿琴，前年剛結婚，半年前生了個兒子。」龍哥說，然後指著我介紹，「這位就是陳宏，我本來想另外找一天帶他去妳家拜訪妳老公。」

「阿叔，不必拜訪了。你要阿坤做啥，跟我講就好了。」阿琴把茶端到我面前，笑著，微微紅著臉說。

「她先生叫林正坤，也在做建材生意，是現任的基隆市建材業同業公會理事長。很少年，做事很能幹。我這姪女也很能幹，幫她老公做的建材生意，比她老爸的還大。」龍哥說，「這個建材公會理事長，我大哥做過，我姪兒也做過，現在由我姪女婿做。」

我站起來，把名片遞給她，誠懇地說，「我叫陳宏，是妳文龍阿叔的好朋友。這是我的名片，請指教。改天一定去拜訪林理事長。」

「噯呀，不要這麼客氣啦！」她紅了臉，微笑著說：「阿叔的好朋友就是阮的長輩，你快請坐啦！」

「呃喝！呃喝！」這時從客廳右側的三樓的樓梯口傳來兩聲咳嗽聲。龍哥立刻站起來，仰首望著三樓的樓梯說，「把大哥吵醒了？」

「沒事沒事，我平時也沒睏中覺。」龍哥的大哥高高瘦瘦的，臉上帶著微笑，緩緩地從三樓一步一步走下來。「大家請坐，請坐，免客氣啦！」他臉朝窗戶，坐在左邊的雙人沙發上。龍哥立刻把阿琴端給他的茶端放在大哥旁邊的茶几上。

「阿琴，再給妳阿叔端杯茶來。」他說。

「大哥，這位就是陳宏，那位較少年的，是陳宏的義務祕書。」龍哥說。

「嗯，你就是陳宏先生。」他望我點點頭，捧起茶杯呷了一口茶。

「是，我叫陳宏，請張大哥指教，這是我的名片。」我雙手恭敬地遞上名片和兩本書，「這是我新出版的兩本書，也請大哥指教。」

他把書擱置在茶几上，微微瞇了眼睛，把名片拿得遠遠的，看完一面，又翻另一面。

「大哥不戴眼鏡嗎？」龍哥關心地問。

「老了，眼睛有點老花，看報紙才會戴，平時拿上拿下，麻煩。」

阿琴從廚房那邊走過來，端了一杯茶放在龍哥面前，「阿叔，請喝茶。」她說。

「阿琴，去樓上把我床頭的眼鏡拿來。」

「張大哥，我聽龍哥說，當年番王仙選基隆市長時，你就是主要的助選者之一，能夠講一些過去的經驗讓我們晚輩聽一聽嗎？」

「那時的環境比現在差太多了，不能比啊！」他說，「那時，誰敢公開站出來替番仔王助選？番仔王用錢租宣傳車，都沒人敢租伊。你們想想看，那是什麼樣的環境？」張大哥呷了一口茶，放下茶杯，微仰著頭，臉朝窗外笑笑地說，「那時候國民黨的李國俊是市黨部主委，也是國民黨提名的市長候選人，外省仔，很橫喔！哪個人敢公開表態說要支持番仔王，警備總部馬上派人三更半暝去你家敲門，你會驚嗎？……都驚到閃屎了！好像二二八又要來啦一樣！」

「哇塞！那麼可惡啊！」吳世傑臉上還是笑笑的，卻有點吃驚地說，「三更半暝來敲門，太誇張了吧？」

「像我們支持番仔王的人，路上相遇都不敢講話，都是用手比的，就是這樣。」張大哥豎起大拇指做了一個手式，「這就表示番仔王的票。我那時才四十歲，正在做建材批發生意，也不敢公開跳出來支持番王，只敢偷偷地祕密地和親戚朋友聯絡而已。是現在這幾年，事情已經過了那麼久了，大家才敢承認，我是番仔王的人，伊也是番仔王的人……」

「那時，我在基隆省中讀初中，李國俊還來我們學校演講，我有印象。」我說，「在那麼不利的環境下，番王仙竟然大贏國民黨，你們是怎麼辦到的？太了不起了……」

「這和去年桃園縣長選舉有一些相像。」張大哥又喝了口茶，微笑地說，「國民黨如果欺壓越厲害，百姓的反彈就會越大。那時李國俊很橫，很霸，連宣傳車都不讓人家租給林番王。天下哪有這樣鴨霸的代誌？那時，我們都是因為憤慨，路見不平，才支持番仔王的！」張大哥說，「另外一方面也可以講，是伊有這個命！人在做，天在看。國民黨提名一個那麼橫惡的李國俊，就是天公要給番仔王贏。國民黨若隨便提名一個不要那麼橫惡的人，番仔王也不會贏，伊過去連選議員都落選過。」

阿琴走下樓來，手上拿了一副眼鏡交給她父親。張大哥戴上眼鏡，又把我的名片拿起來看了一遍，再把茶几上的兩本書拿到手上翻了翻，「嗳咦，這本書上也有訪問周志鵬？」他笑笑地說，隨手又把書擱到茶几上。

「像我剛才講的那樣，林市長第一次能贏，完全是命運天注定，是天公在幫忙伊。但是，第二次能連任，就不是靠天公保庇，而是完全靠伊自己打拚的啦！」張大哥又喝了一口茶，兩眼望著我，似有深意地說，「番仔王選連任時，國民黨提名的不是外省人，是本省的，當時做省議員的謝清雲先生，謝家以仁愛區為中心，開了一間三光行，專門做西藥生意。在基隆市靠伊太太的外家杜家開煤礦的財力和人脈，基礎很廣很深。謝清雲做省議員也相當會經營，向上很會打點，向下很會做人，再加上國民黨的地方組織，黨、政、軍、教、特務系統，各方面加起來，還有各種民間團體，層層疊疊。結果，番仔王還能高票連任，靠啥？……」張大哥的表情漸漸顯得有點嚴肅了，望著我，好像專門要講給我聽的，我覺得。

「番仔王靠四件事，第一是對人親切。伊經常去路邊攤仔吃飯，跟那些做工的，踏三輪車的，吃一樣的，喝一樣的。吃完飯，還替那些坐同桌吃飯的人付完帳，打過招呼才離開。像這樣，不必三五次，風聲就傳開了。基層百姓，大家歡迎這種風格的市長。第二，做事認真勤快。市政府發包的工程，鋪橋造路，伊每天下班，就親自去巡工地，看施工品質和施工進度。看到工人就親切打招呼，請吃菸，多謝大家辛苦。因為這樣，沒人敢偷工減料，個個認真打拚。第三是清廉不貪財。過去市府鋪一座橋的預算，換伊做市長，相同預算，伊能鋪兩座相同的橋。基隆田寮河上總共有八座橋，過去都是木造的，伊第一任市長任內，八座橋全部改建做鋼筋水泥。第四件是，照顧窮苦人，社會福利做得好，只要聽說有人沒飯吃，伊派人送米送到厝。有人往生，棺材買不起，伊派人送棺材送到厝。這些，都是伊腳踏實地，有認真打拚替百姓服務。所以，我說伊做第二任，完全是靠親民、認真、清廉、照顧百姓才贏的。不是靠運氣，也不是靠天公保庇，完全是靠自己……這樣，你了解了嗎？」

我站起身來，誠懇地向張大哥深深一鞠躬，「大哥講的這一席話，我一定謹記在心！我一定會打拚，像番王仙那樣，不會讓你失望！」

「大哥，番王仙時代的椿腳，你都認識吧？你可不可以介紹？」龍哥說。

「我可以介紹你去見一個人，叫做高明正。伊是番王仙的厝邊，番王做市長，伊做機要祕書。那時伊才二十八、九歲，是透早透晚都跟在市長身邊的人。番仔王要做的代誌，都是伊在聯絡，番仔王的椿腳，伊最熟悉。番王往生以後，伊死忠的支持者組織了一個換帖會，大家都變成換帖的兄弟。這群兄弟，高明正最少年，祕書的工作都是伊在做，人頭伊最熟。你去找伊，我會打電話跟伊講。」張大哥笑笑地說，「但是伊很小心，不先跟伊打電話，伊不會見你。伊會懷疑，你是不是國民黨的特務，抓耙仔？阮這代的人都是這樣啦，除了二二八和白色恐怖的影響之外，番仔王做市長時，國民黨也想孔想縫要害伊，所以，阮大家都很小心，也都很多疑。因為怕被國民黨陷害呀！若不是阿龍帶你來，我也不會見你，也不會跟你講這麼多話。」

「張大哥，很感謝你！我一定會很快去拜訪高明正先生。」我說，「上次，我去拜訪仁愛區一位老里長，伊也講到這位高先生。」

「你講的老里長是哪一位？」

「李南山，南山伯仔。」

「這個人我也認識。」張大哥笑笑地說，「我以前做基隆市建材同業公會理事長時，伊也有做建材生意。人是好人，但是因為較無膽，翻來翻去。伊本來也是番仔王的支持者，後來換帖會伊就沒參加了，因為聽說國民黨有給伊壓力。」

離開七堵張家已經下午四點了，我們又去五堵六堵拜訪幾位里長。里長的態度也都很禮貌，但是也很小心，大多數都不知道國民大會和國民大會代表的職權和功能。我都耐心地，不厭其煩地，藉由我印在名片上的幾點政見向他們做說明。他們幾乎沒有例外地，好意地提醒我，「黨外的，難啊！要很努力喔！」

下午六點半，龍哥準時把車開到孝二路三十一號，我的競選辦公室的門口。對面用籬笆圍起來的空地邊緣，已經樹起一排我準備用來做選舉大字報的看板，大約有四五十公尺長。我率先下車走進屋裡，黑常和李通達、李再生兄弟，還有幾個我不認識的，但卻又有點面熟的年輕朋友已經在裡面了。

辦公室裡有一套沙發，一只三人座，兩只單人座，一個茶几，沿著牆角排了兩排沒靠背的椅子，有塑膠的、鋁製的，也有木頭做的。我們一進去，他們都站起來鼓掌相迎。我開懷大笑，對黑常說，「你的效率真好！不但看板做起來了，屋裡的沙發、椅子也都有了，你是從哪裡拿來這些東西？」

黑常憨憨地笑著，站在那裡，褲子都快掉到肚臍下面了。「有的是我去討來的，有的是我去垃圾堆裡撿回來的，敲一敲、打一打就可以用了，像這些。」他指了指排在牆角那些沒靠背的椅子，「還有這套沙發，是南寮里郭里長，你那個小學同學不要的，我就把它搬來了。」

「你不知道，你們這個黑常親像起乩抓狂，在南仔寮提了一面銅鑼，大街小巷去敲去喊，你家有不要用的家具嗎？請捐出來！陳宏的競選辦公室需要，請大家將不要用的家具，桌子椅子澎椅眠床，都好啦。……去垃圾場還要拉我作夥，幹！臭墨墨，桌仔埋在垃圾裡，只露出桌仔腳，咱們兩個人，一人抓一隻腳，硬把桌仔扒出來。」李再生瞪了兩隻牛眼，邊說邊笑邊搖頭，「我實在沒伊的辦法，會死會活伊都不管了，反正，令爸就是要隨伊走就是了！」

大家聽著，忍不住都笑了起來。黑常有點尷尬，又有點得意地笑，「要等到所有的東西都齊全了，一切條件都好了再來拚，哪有可能？等到選舉選完了，我們還動不了哩。我就是緊緊記住宏舅仔講的一句話：路，撩落去就出來了！不敢撩落去，等人家把路開好才想撩？選舉都選完了啦！還選什麼呢？㴙啦！」

「讚！黑常，你實在有夠讚！」吳世傑鼓掌笑著，大聲說。

「我也認為黑常很了不起！所以，伊找我幫忙，我一句話都沒講，立刻找了我這個換帖的，阿明仔，也是你們南仔寮的人。」一個額頭上長了一顆銅板大的黑色胎記的年輕工人模樣的人笑笑地說，「第二天，我們就去木材行叫料，下午就把外面的看板釘好豎起來了。」

「多謝，多謝！」我朝那個人鞠了一躬，然後又朝他換帖兄弟說，「你叫阿明仔，是不是住在我家老厝那條古井巷進去最山頂那裡嗎？」

「是啦，我叫黃明和，從小，大家叫我阿明仔。」阿明仔長得高高的，清秀端正，很老實的模樣，笑笑地說，「以前，我們每天都要經過你家門口。」

「你有一個堂兄叫黃光男對嗎？和我是南仔寮國小同一屆。」

「對啦，黃光男和我大哥吳昭宏，還有你，還有郭里長，你們都是南仔寮國民學校同屆的啦。」黑常說。然後指著那臉上有黑色胎記的人介紹說，「伊叫做李顯輝，阿輝，也有人叫伊黑點的，或黑點輝仔，伊和阿明仔都是木匠師父，外面的看板都是尹兩人做的。伊講，材料和工錢都免費啦！」

「真多謝，讓你們費工又破財，歹勢！感謝！」我再次向他們鞠躬致謝。

「其實，我現在也是南仔寮人了，我住在南仔寮電廠宿舍邊的磅坑口上面，很多發電廠退休的工人都搬到那邊住了。」黑點輝仔說。

「你以前住哪裡？」

「我最早住台中，後來我大姊嫁來基隆和平島，我就跟大姊搬來基隆做木匠。幾年前一直住在安樂區，最近才搬去南仔寮。」

「阿輝做人很熱心，也很有民主理念。阿火仔兩次選市議員都去拜訪伊，伊當面跟阿火仔講，伊支持黨外，反對國民黨。國民黨統治台灣三十年，專制獨裁，貪汙腐敗，無所不至，讓阿火仔滿臉都是豆花。」黑常笑著說。

「很好！台灣需要多一些這樣的人！」龍哥一直默默地微笑坐在沙發上，突然向黑點輝仔點頭稱許地說。

「來來來，我來替大家介紹，這位是台灣大學張文龍教授，是咱們七堵人。我這次拜訪里長，都是靠伊將轎車借給我用，還做我的司機，不然，我就變成沒腳的人，不知要怎麼進行拜訪了。伊過去在美國讀書，是全世界最傑出的物理學家，得過諾貝爾物理學獎的楊振寧博士的學生，和楊振寧博士一起做研究，然後在美國做教授，兩年前回來台灣大學做系主任，做教授。」

「原來和台大數學系的黃宗德教授一樣，敬佩，敬佩！」黑常說。

「你也認識黃宗德教授嗎？」龍哥問。

「認識啊。我因為宏舅仔的介紹，常去柯老師的出版社泡茶，才認識黃教授和吳世傑。現在，阿達仔和牛頭兩兄弟也常去找柯老師泡茶。」黑常說，「張教授的大名我好像聽黃教授講過。世傑仔，是不是有一次在講《夏潮》雜誌上面核能電廠的文章，黃教授講張教授是這方面最權威的專家？我記得是這樣。」

「沒錯，黃老師常提起張教授，尹是好朋友。」吳世傑說。

「黑常，介紹一下你的朋友吧。」我說。

「這幾個少年的都是咱南仔寮的子弟，國中畢業就沒再讀書了，現在都在跟尹的阿兄阿爸討海抓魚。到時若要發傳單、貼海報、演講會助勢，都可以找尹來做苦工。」黑常說。

「難怪我會覺得這麼面熟，都親像見過面那樣。」

「尹的年紀都跟你差一大截，若講尹的阿爸或是阿兄，你就都認識了。」黑常說。

「但是，看面相就大概猜得到尹是住在南仔寮什麼地方。」我指了指坐在最靠近沙發那位少年人，大約十七八歲，「你是長寮里王阿朝的什麼人嗎？」

「伊是我阿公啦！」他微微紅了臉，笑笑地說。

我又指了一個身材壯碩，頭髮長長的，有點英俊的少年人問，「你是南寮里杜伯齡家的人嗎？」

「我是伊的姪仔，我叫伊阿叔。」他大方地說。

「很好，很好，咱們南仔寮的子弟都知道要關心社會、關心政治了！」我開心地對黑常說，「這些南仔寮的少年子弟，你要好好帶他們，第一、對人要有禮貌，第二、要誠實正直，第三、要負責任有擔當。你們講話做事，一舉一動都代表南仔寮人，所以，不可漏氣！我們要做到讓人講起南仔寮人，就豎起大拇指喊讚！南仔寮人有志氣！」

「好！」杜柏齡的姪仔站起來鼓掌，大聲說，「我決心做一個有志氣的南仔寮人！」

「好！有志氣！」我伸手和他握了握，大聲稱許。

「我也是！」「我也要！」有幾個少年人紛紛站起來，也大聲說。

「很好！你們都很有志氣！很好！」我愉快地大聲回應。

「我看，來給他們做新生訓練好了。」吳世傑笑著說，「我來擬一套訓練計畫，教他們一些與選舉有關的基本概念。」

「世傑仔，你不要想得太理想。基隆人很保守，不像台北市。黨外能找到人幫忙就很阿彌陀佛了，還要給他們上課？保證你跑得一個都沒了。」李通達笑著說。

「真的嗎？黑常你認為呢？」

「什麼新生訓練？以前考上五專也要新生訓練，我都在睡覺。」黑常笑著說，「我用我這套帶他們就好啦。做人做事要講道理，有理走遍天下，無理寸步難行！朋友逗陣要講義氣，有情有義、公平公正，這就是咱們做人做事的原則，也就是我們追求的目標。」

「很好！黑常，你就照這樣教尹。這群南仔寮的少年鄉親由你去帶，我很放心！各位少年的，你們要聽黑常的話，但是，伊若做不對，你們也可以批評伊，這就是民主。」我笑著說。

「你是什麼學校畢業的？」龍哥突然認真地問黑常。

「我啊？哈哈哈哈，野雞的私立五專差一點讀不畢業啦，跟你們那種美國博士不能比啦。」黑常大笑說，「這些少年的也都是國中畢業而已，但是，尹會做事，願意替宏舅仔的選舉出力！」

「黑常，我這樣問，不是看不起你。而是因為，你所做的這些，我都很佩服！像你這樣的人，才是社會最需要的人才。」龍哥嚴肅地說，「我雖然讀到博士，也做了大學教授，但是，在社會上，其實只是書呆子，不會做事的低能的人。我從一進門聽你講話做事，到現在，我覺得我這個美國博士實在沒啥路用，不如你和再生仔。」

「唉呀，我哪敢當？你不要這樣子啦，張教授，……」李再生瞪著兩隻牛眼，惶惶恐恐地，幾乎要叫嚷了起來。

「真的，我是發自內心的，由衷地佩服你。」龍哥認真地、莊重地說。

第十三章

我依照黎明的吩咐，早上十點半準時到達《夏潮》雜誌社。她電話中說，幫我約了三個很優秀的年輕朋友，也許可以做我的助選員。

「黎明來了嗎？」

「她在裡面。」龍嫂（這是我們最近對徐麗芬的稱呼）笑笑地說。

我推開總編輯的房門。只見黎明趴在辦公桌上，似乎睡著了。但一聽我的腳步聲，她又立刻驚醒了，抬起臉來望著我，滿頭烏黑的長髮蓬鬆雜亂地覆蓋在額上。她雙手把頭髮往後攏了攏，露出一張沒有修飾的清麗的臉容，有點脫俗，有點倦怠的樣子。她舉起雙手略略向後仰了仰，美麗豐滿的前胸隔著衣服，玲瓏有緻地向前挺了挺。嘴裡還輕輕發出一聲慵懶的「呵——哦——」的呻吟。

我內心突然像觸了電似地，「轟！」地一聲輕響，情不自禁地喚了一聲，「黎！」

她微眯了眼睛望我，伸出一隻手指擱在脣邊，做了一個噤聲的動作，默默地、癡癡地笑了。我覺得臉上熱熱的，有點暈眩。

「妳把自己搞得太累了。」我尷尬地囁囁地說。

「沒辦法，我就是校長兼敲鐘兼掃地的命。」她笑笑地說，「台大政大那些學弟妹個個都是夜貓子，還好有小吳替我頂著，我才能趕最後一班車回花園新城。」

「那妳把早上的約改在下午不就好了嗎？」我恢復內心的平靜，淡淡地說。

「不行，人家下午還要上課。」黎明望了望手錶說，「他們應該要到了。」

「妳替我約了誰啊？」

「兩個政大研究生，一個讀政研所，一個新聞所。他們去年都在桃園幫羅智信打過選戰，很優秀。」黎明邊說邊向外面走去。「還有淡江的楊美君，你認識的。」她說。

這時，外面好像有人進來了。只聽黎明的聲音說，「你們來了，先到我辦公室坐一下，陳宏也在裡面，你們先聊聊。」

我站起來，走向門口。只見兩個我覺得有點面熟的年輕人，站到龍嫂的辦公桌邊。「歡迎！歡迎！」龍嫂從廚房走出來，手上提了熱水壺迎上他們熱絡地說，「請裡面坐，我給你們泡茶。」

「請進來！」我伸手和他們握了握，笑著說，「我們是不是在政大校園見過？」

「是，我見過你兩次，一次聽你講張愛玲小說，一次聽你講鄉土文學。」那位身材略高，膚色白皙，長得相當清秀端正的年輕人，神情開朗地笑著說，「我叫胡飛鴻，古月胡，飛天的飛，江鳥鴻。政大政研所二年級。」

「我叫陳天祥，耳東陳，文天祥的天祥，政大新聞所二年級。」那個身材比較瘦小，膚色較黑，但臉色卻很光亮，尤其是隆起的額頭光亮而飽滿，有點矜持地微笑著。

「在政大文學研究社講張愛玲小說時，我還是政大中文研究所的學生。那時……」

「我們都在大學部二年級。」

「哈哈，我們緣分很深啊！」我笑著說，「但是講張愛玲小說時，對你們沒有印象。講鄉土文學時對你們兩個的印象就很深了。」

那天在政大樂群堂的演講也是文學研究社邀請的，他們要我講「鄉土文學」。那時，鄉土文學論戰還在報紙雜誌上如火如荼地進行著。也就是說，國民黨全面掌握的報紙雜誌還不斷對我進行點名批判圍剿。我像一個被捆綁的人，遭遇一群有組織的暴力圍毆。起初，我以為這個邀請不會被校方批准。因為當初我沒獲得繼續在政大教書的原因，是特務單位認為我思想有問題，現在又被國民黨的黨政軍特的御用文人們公開點名批判，既說我是共產黨，又說我是台獨，連我寫反駁文章都不准登了，還會給我機會向大學生演講嗎？後來到底是什麼原因竟批准了這個演講會，我也沒去追問，反正可以演講了，我當然是要去的。那天，聽演講的同學是有一些針鋒相對的討論，我也明顯感覺到有些人是被動員的，有備而來的，因為那些人的提問內容，早都在報紙雜誌上由那些御用作家們講過了，例如，他們說：

「你所謂的鄉土文學，要反映社會內部的矛盾，要揭發社會的黑暗面，這與共產黨千方百計要挑撥分化我們社會的團結，破壞國家的穩定，不是完全如出一轍嗎？」

「你們說，鄉土文學是繼承日據時代台灣文學與五四時代中國新文學反帝國主義，反崇洋媚外，反殖民地經濟與買辦經濟的思想與精神，這不就是明顯的共產黨的統戰嗎？」

「你們所講的鄉土文學，強調的是台灣的鄉土，為什麼不強調中國的鄉土呢？過分強調台灣的鄉土，在政治上不就是台獨嗎？」

我記得當天對這些提問，我還沒回答時，已有其他同學也紛紛搶著發言了，其中，陳天祥和胡飛鴻所講的內容讓我印象最為深刻。

陳天祥講話的內容，大意是說：「我們不必去管共產黨要如何挑撥分化我們，我們該關心的是，我們社會內部是不是有矛盾？是不是有黑暗面？政府為了要發展工商業的國際競爭力，而壓低米價和工資，傷害了農民與工人的利益，這不是社會內部的矛盾嗎？由於政府的社會福利做得既不夠又不好，許多人吃不飽穿不暖，這是不是事實？為了吃飽穿暖，漁民冒著生命危險去炸魚，結果人被炸死炸傷了，這算不算是社會的黑暗面？既然社會內部有矛盾、有黑暗面，作家就有權利，也有責任去描寫、去反映，這有什麼不對？這與共產黨的挑撥分化有何關係？這些社會內部的矛盾與黑暗，並不是共產黨的挑撥分化才產生的。這問題的因果關係應該先搞清楚，不應該給作家戴紅帽子。亂戴紅帽子是會要人命的！像余光中在《聯合報》副刊發表〈狼來了〉，公然把鄉土文學指為共產黨的狼，太令我失望了，這不是一個知名的詩人應該有的風範與作風。因為，這會害人被抓去殺頭或坐牢。……」

胡飛鴻說：「我覺得很奇怪，為什麼代表政府的人要把鄉土文學和台獨掛在一起呢？從古今中外的文學歷史來考察，所有偉大的作品，幾乎都是以作家的生活與關注的土地為基礎的，這個土地就是我們今天所稱的鄉土。台灣的文學者以台灣的鄉土為基礎去從事寫作，這是天經地義，無可厚非的事。不以自己生活與關懷的台灣土地為基礎，而去寫什麼希臘羅馬的天空，去寫英國的西敏寺，像余光中那樣，這才是很奇怪荒唐的事。托爾斯泰是世界級的偉大作家，他所寫的俄國農民那麼生動鮮活，為什麼？因為那些農民生活在俄國的土地上，具有俄國的特色。魯迅的《阿Q正傳》所寫的阿Q，那麼生動，讓我們覺得心痛，為什麼？因為阿Q生活在中國那個時空背景下的中國土地上。你叫黃春明去寫中國東北的農民，可能嗎？叫王拓去寫挪威的漁民，可能嗎？叫白先勇去寫黃春明的宜蘭，一樣是不可能的。台灣的鄉土文學當然就是描寫台灣這個土地及人民的感情與生活的文學，怎麼可以把它和政治上的台獨掛在一起呢？這明顯是為了在政治上打擊異己，刻意把文學扭曲了。……」

「我記得你們，」我忍不住興奮地說，「年紀這麼輕，竟然有那麼精采的見解，實在太了不起了！」

「哈哈，阿宏這麼興奮，你們談得不錯吧。」黎明走進辦公室，頭髮挽在後腦梳成一個貴婦頭，臉容也經過淡淡的修飾整理了，除了原有的清麗脫俗，還顯得高貴雍容，容光煥發。

「我不但認識他們，我現在想起來了，我還在《夏潮》雜誌上讀過他們的文章，胡飛鴻寫鄉土文學的文章，我雖然忘記文章的名字了，但內容我還記得。陳天祥寫過幫羅智信助選的文章，〈選戰新兵，助選員的心聲〉，對不對？都寫得極好，真是後生可畏！」我興奮地說。

「你記性還不錯，他們是在《夏潮》雜誌寫過文章。」黎明對我嫣然一笑，說，「我已跟他們談過兩次了，也把你的《黨外的聲音》和《民眾的眼睛》都送給他們讀過了。他們也讀過你的短篇小說集《金水嬸》和《望君早歸》，也讀過你的文化評論《街巷鼓聲》，已算是你的知音了。」

「謝謝，謝謝，請多指教！」我說。

「鄭姐已經和我們很詳細地談過你，我們也很用心地讀了你的著作，對你的思想、文學和作為都已經有了相當程度的了解。但是，我們還有一個問題想聽你親自對我們說明，」陳天祥表情嚴肅地說，「以你目前在文學上的表現，如果你繼續寫作，一定會成為台灣文學史上非常了不起的作家，但是，你現在卻要放棄文學，去參與選舉，為什麼？選舉的成敗不但不可知，而且還有可能被抓去坐牢。你為什麼會做這種選擇？」

「你們既然都已讀過我寫的書，我就不必再講得長篇大論了。簡單扼要地講，中華民國必須改革，已經不能再拖了！而文學的影響力太慢了，我等不及了！」我說，「難道還要再等三十年才能國會全面改選嗎？才能解除戒嚴、開放黨禁和報禁嗎？……」

「但是，你難道不怕被捉去坐牢嗎？」

「坐牢嗎？參與選舉會坐牢嗎？這是憲法所保障的人民的權利，我不違法，不犯法，誰能捉我去坐牢？時代已經不一樣了，中壢事件發生那麼大的事，國民黨也沒捉人呀。……」

「阿宏，現在要請他們幫你做什麼事？就直接說了吧。」黎明說。

「我們可以發傳單、拜訪選民。」胡飛鴻笑著說。

「這，太大材小用了。」我說，「這樣吧，就請你們兩位幫我做兩件事，一是幫我組織訓練一批年輕助選員，除了上街發傳單拜訪選民之外，也要探訪民情做選戰資料蒐集和分析。第二，幫我負責所有選舉文宣，包括大字報看板、海報內容、傳單內容。還有，對外發布新聞等等。我相信，你們做的一定不會輸給林杰克和張富順。」

「組織訓練助選員的場地，台北可以在《夏潮》雜誌社，基隆可以在陳宏的選舉辦公室。」黎明說，「需要人力物力財力支援，《夏潮》會盡一切力量。」

「我在基隆招募了一些年輕人，程度都不高，國中或高中而已。」我說，「我們準備去海洋學院找些大學生，但還沒找到有效的管道。基隆比較保守，需要在台北找些人過去帶動才行。你們何時能跟我去基隆？有時間的話，下午就可以坐張文龍教授的車一起去。」

「下午我不行，我有課。」天祥說，「但明後天我可以找幾個新聞系的學弟妹一起去基隆，寫海報、大字報都沒問題。」

「下午我可以去。」飛鴻說，「我先去認識一下基隆的環境，說不定我可以在基隆住一段時間。」

「真的嗎？那太好了！」我興奮地說，「住的問題，我來設法。」

「你都不必上課了嗎？」黎明關心地問。

「研究所的學分我已修完，現在開始要寫論文了。」飛鴻說，「我已決定把這次選舉作為我論文的內容。我要以實際經驗為第一手資料寫成論文，這樣比較有意思。一般碩博士論文都是以別人的著作為研究對象，我不喜歡這樣。」

「有見識，這樣的論文才有原創性。」黎明豎起大拇指說，「你的論文一定會很精采。但是，在學的學生不能當正式助選員，這是《選罷法》的規定。」

「我知道，我查過《六法全書》。因此，我準備申請休學一年。」

「那，太感謝了！」我激動地說。

下午一點半，淡江文理學院英文系的老師王正平和他的學生楊美君一起來到《夏潮》雜誌社。

我和正平認識大約是在一九七四年吧，他剛從美國拿了一個英美文學碩士回來，在母校淡江文理學院謀了一個專任講師的教職。當時我也在政大中文系擔任兼任講師。那年屈中和大哥應美國愛荷華大學國際寫作計畫的邀請去訪問一年，他教的「中國小說選讀」便由我代理了。我和正平大概就在幾個文學界朋友替屈大哥餞行的餐會上認識的。我們年紀相當，志趣相投，後來又同為《夏潮》雜誌的固定成員，便常常互有往來了。他喜歡唱歌，又很好客，淡水山上的家，經常高朋滿座。我就是在他家認識楊美君的。

「美君，我大概也有半年以上沒聽妳唱歌了吧？妳在台視主持的節目，我一直還沒看過，」我有點歉疚地說，「改天請妳來基隆，唱給我們基隆的鄉親聽好嗎？〈少年中國〉和〈美麗島〉，讓他們開開眼界。妳唱的現代台灣民歌之好聽，之有內容，不是蓋的。」

「哈！談起這個，美君就要火大了。」正平笑著說，「剛才要來這裡的路上，美君才告訴我，台視公司節目部經理告訴她，今後在節目裡不准再唱〈少年中國〉和〈美麗島〉了，而且還要她多唱一些愛國歌曲、淨化歌曲，……」

「這是什麼意思？連〈少年中國〉和〈美麗島〉都不准唱？為什麼呢？這不也都是愛國歌曲和淨化歌曲嗎？」黎明說，「妳的節目開始時用〈少年中國〉，結束時用〈美麗島〉，我覺得很好啊，很溫馨、很有創意……」

「是啊，國民黨內就是有這麼神經病的人。我也這樣問他們，」美君聲音略見高亢，卻又很無奈地說，「節目部經理說，是上面交代的。為什麼這樣交代？他也不知道。後來我才聽說，是政戰系統的意見，說〈少年中國〉是統派，〈美麗島〉是獨派。我說〈美麗島〉歌頌台灣之美，對台灣充滿感恩。國民黨統治台灣，不就等於是在歌頌國民黨嗎？國民黨不是要反攻大陸統一中國嗎？〈少年中國〉歌頌中國的民族性，開朗勤奮，有什麼不對嗎？他們說，這是妳的解釋。但是，他們的解釋是什麼？他們又不說，真是他爹的！」美君忍不住爆出一句粗話，有點尷尬地微紅了臉，靦腆地說，「不好意思，在你們面前講粗話。」

「哈哈哈，講粗話算什麼？我們漁村長大的討海人，三句話裡至少有一句是粗話，那是我們的口頭禪，有時甚至表示親密，表示友誼，也會用三字經。」我哈哈大笑地說，「講粗話何必臉紅？在南仔寮不會講粗話才奇怪哩。」

美君長得不很高，但身材很豐滿。頭髮剪得短短的，只蓋住耳朵，卻露出白皙的頸脖子，顯得乾淨俐落。臉圓圓的，像個娃娃。雖然沒學過音樂，卻天生有副嘹亮悅耳的嗓子。熱情豪爽，大有巾幗之風。她是正平英美小說課上的學生，我曾在正平的邀約下，到他的課上講過中國傳統小說，又幾次在正平家與李雙澤、蔣勳、梁景峰和幾位學生一起喝酒聊天，高談闊論，開心歌唱，似乎每次都有見到美君。所以，這次我決定參選，就想到美君。以她的清新形象，電視台節目主持人身分，如果能來當我的助選員，那有多好！但是，她在電視台主持節目，是所有企圖在歌藝上一展抱負和才華的男女歌者，都求之不得的好位置。如果來幫黨外助選，國民黨一定不能容忍，台視公司不但會取消她的主持人合約，也一定會把她列入黑名單，從此不准她再上電視了。如此一來，豈不是就毀了她已經看好的歌藝前程了嗎？我對她既有那樣的期待，又有這樣的顧慮，所以就一直不敢向黎明或正平開這個口。沒想到，今天卻經由正平把她請來了。

「陳宏老師，你要參選，我百分之百支持。」她笑笑地說，「鄭姐私下找我談過，正平老師也和我談過，希望我能公開站出來替你助選。但是，鄭姐說，你擔心會影響我的前途，所以遲遲不敢開口。我現在要告訴你，我願意做你的正式助選員。不准我唱〈少年中國〉和〈美麗島〉的電視台，我絕不留戀！我寧可到你的政見會上把〈少年中國〉和〈美麗島〉唱給你的選民聽。」

「真的？」我興奮地跳起來，「謝謝妳！」我大聲說，「實在太好啦！太好啦！真的太棒啦！」

「我們下午就要去基隆，妳願意一起去嗎？」一直默默地坐在沙發上的胡飛鴻突然開口了，略帶著挑戰的口氣熱情地對正平和美君說。

「去基隆嗎？好呀！」美君爽快地說。

「對不起，還沒替你們介紹，」我指著胡飛鴻說，「這位是政大政研所的胡飛鴻同學，也跟妳一樣，願意到基隆做我的助選員。還有一位也是政大新聞所的同學，他剛剛有事先走了。你們都願意來幫我助選，實在太好了！」

美君大方地伸手和胡飛鴻握了握，笑著說，「我們都下海了，成為陳宏集團的一分子了。以後要請你多多關照。」

「彼此彼此！」胡飛鴻也笑著說，「我很欣賞妳的豪爽大方，完全沒有一般女孩子那種扭捏作態的樣子。」

「謝謝！」美君說，「不嫌棄我太粗線條就好。」

連續二十天來，我們已經把各區的里長拜訪得差不多了。現在只剩下暖暖區有三個里，是集中在一起的眷村。我們聽從黨外前輩高明正的建議，放到最後再去拜訪。今天下午，我們就準備把暖暖區那幾個眷村的里一起拜訪完，再回到孝二路請大家來開個會。

「我願意和你們一起去拜訪眷村，晚上再與大家一起開會。」胡飛鴻說，「拜訪眷村要有心理準備，搞不好，可能還會有衝突。我們去年在桃園幫羅智信助選，我和林杰克就在眷村被那些老芋仔追著喊打哩。」

「是嗎？既然這樣，你怎麼還敢跟我去？」

「我就是有經驗了，所以也比較不怕了。」胡飛鴻笑笑地說，「其實這和狗追人有點相似。你越跑，狗就越追你，甚至還會撲上來咬你。但是，如果你不跑，還放膽慢慢走，他反而就不敢追你了。」

「哈哈哈，這個比喻有意思！」吳福成笑著說，「如果你們多幾個人去，人多勢眾，他們雖然不歡迎，大概也不敢對你們怎麼樣吧？」

「但是美君是女性，萬一怎麼樣，不好吧？」我說，「下午妳就不必跟我們去基隆，有龍哥、吳世傑、胡飛鴻和我，總共四個人也夠了。」

「不要！我要跟你們一起去！」美君笑笑地，好強地說，「我是女生，又是外省人，他們不會對我怎麼樣。」

「好吧！美君既然堅持要去，就讓她一起去吧！」正平笑著說，「讓她去見識見識也好。」

「美君很勇敢喔！」龍嫂點頭稱讚，笑著說，「我叫龍哥好好保護你。」

我們到達暖暖區已經是下午三點了。第一個眷村在碇內里，就在市立老人安養院後面，與第二眷村碇祥里緊鄰著，旁邊就是碇內菜市場。眷村的入口是一個鐵製的大門。龍哥把車開進去，立刻引來兩隻黑狗「汪！汪！汪！」地叫著追了過來。我們下車，找到蔡得勝里長的家。我輕輕按了一下電鈴，來開門的是位身材頗為高大，但背部卻已經有點駝了的大約六十幾歲的男人。

「請問蔡里長在嗎？」

「我就是，」他說，「有啥事？」濃重的外省口音。

「對不起，打攪你了。我姓陳，這是我的名片，請多指教。」

「要選舉啊？」他瞇著眼睛，把名片拿得遠遠的，又斜眼望了我一眼，「陳宏？沒聽過，」他說，「黨部還沒通知，你怎麼這麼早就活動了？」

「這是我最近出版的兩本書，也請你指教。」我恭謹地把書遞給他。

「民眾的眼睛，黨外的聲音，」他把書名念出聲來，又張大眼睛望我一眼，再把我的名片翻到背面，念出我的政見，「一、國會全面改選。二、總統由人民直選。三、廢除戡亂時期臨時條款。四、解除戒嚴。」他雙眉緊皺，兩眼嚴厲地望著我，「你不是國民黨？」

「我不是國民黨，我是黨外！」

「這是你的政見？」他把我的名片拿在手上晃了晃。

「是，那是我的主要政見。」

「你竟敢提這種政見？」他突然大聲嚷嚷起來，「你根本就是共產黨。」

「蔡里長，你怎麼這樣講？」我心裡確實嚇了一跳，心想，這人怎麼這樣？「我不是共產黨，我是黨外，……」

「提這種政見，還不是共產黨？總統由你們直接來選？狗屁！還要解除戒嚴？這不是共產黨是什麼？……」

「老伴，老伴，幹啥這樣大聲嚷嚷！叫他們出去就好了，」一個身材矮小的老婦人巍巍顫顫地從內室走出來，「這麼多年輕人啊？你們坐，你們坐……」

「還請他們坐？坐個屁！這些共產黨……」

「蔡里長，你怎麼口口聲聲說我是共產黨？我在台灣土生土長，從小受國民黨教育，共產黨長成什麼樣我都沒見過，怎麼說我是共產黨呢？」我看他氣勢洶洶，雖然有點膽怯，但忍不住又有些怒氣了，便大聲說，「共產黨不是都在中國大陸嗎？國民黨統治台灣三十年，共產黨不是早就被消滅了嗎？台灣哪還有共產黨呢？難道你是在國共內戰時被共產黨打怕了，現在看到草繩就以為是蛇了嗎？請你鎮定一點好嗎？台灣早已沒有共產黨了啦，你不必害怕！」

「這位小哥講的對，台灣哪會有共產黨？老伴……」

「噯——呀！妳不要囉嗦！」蔡里長氣急敗壞地說，「妳不懂啦！這個混蛋寫這種書，什麼黨外的聲音，印這種名片，說要解除戒嚴，要總統民選，這不是共產黨是什麼？」

「老蔡，老蔡，怎麼回事啊？剛睡醒午覺就這麼大聲嚷嚷，幹什麼呢？」門口突然出現三四個老人在門外探了探，「家裡怎麼這麼多人？」率先走進來的老人有點威儀，後面跟了兩個和蔡里長年齡相仿的老人。

「你們來得正好，你們來看看，來看看！這個傢伙寫的這個是什麼書？還有這名片背後寫的什麼？這還不是共產黨嗎？肏他媽——的！共產黨的惡毒殘酷，我們還吃不夠嗎？你們看看，你們看看！」蔡里長把兩本書和一張名片遞給那個有點威儀的老人，氣急敗壞地說。

「噯呀，輔導長，老馬，老林，你們坐，你們坐！」蔡里長的老婆巍巍顫顫站起來，指著那些椅子說。

「黨外的聲音，民眾的眼睛，」那個有點威儀的老人念了書名，又抬眼望望我，冷冷地問，「這是你寫的書？」

我點頭說，「是！請指教！」

「這幾個……」

「都是我的朋友，台大物理系張教授，台大經濟系吳先生，政大政研所胡先生，台視節目主持人楊小姐。」

「原來都是讀書人，都是高級知識分子。」那人把書遞給另外兩人，拿起我的名片仔細看了看，「書的內容我還不知道，但名片的政見，很有問題啊！」他望著我搖搖頭，嚴厲地說，「這些是會坐牢，會殺頭的，年輕人！」

「我又不違法，不犯法，坐什麼牢？殺什麼頭？笑話！」眼看這些人這種蠻橫霸道不講理的樣子，我實在忍不住氣了，便提高了聲音說，「這些政見我都寫成文章在雜誌上發表過了，也沒事呀！怎麼各位用這種態度對我們呢？不是罵我共產黨，就是威脅我會坐牢，會殺頭！這是民主時代、民主社會欸，不是像你們以前在大陸……」

「你很大膽哦，什麼黨外的聲音？台灣有什麼黨外？黨外還有聲音？放屁！」一個矮壯的剃了光頭，也是六十來歲的老人說，「輔導長，我看把他們趕走，不准這種人來騷擾我們的安寧……」

「什麼趕走？不行！這些人根本就是匪諜。要把他們捉起來，法辦！」蔡里長大聲說。

「你們講不講理啊？我們是好意來拜訪里長，你們不歡迎就算了，還報警捉人啊？笑話！我們犯什麼法啦？莫名其妙！」龍哥突然憤怒地大聲說，「就是你們這些人，才把好好的大陸給搞丟了，你們不知反省，還在這裡欺負台灣人嗎？中華民國又不是只有你們這些人，還有我們這些台灣老百姓，人數比你們多得多，你們敢這麼欺負人嗎？」

「肏你媽！就欺負你，怎樣？你這個共產黨，老子揍你！」那個蔡里長突然欺向龍哥，我反射性地立刻將他攔住，同時用力推了他一下。他向後仰了仰，退了兩步，立刻又向前跨步，抓住我的衣領，我立刻揚起雙手向外一撥，腦門充血似地轟轟響著，所有的膽怯緊張害怕突然都消失了，只覺得全身鼓滿了怒氣，像一隻被威嚇的貓那樣，全身戰鬥式地弓起來。

「怎麼？要打架嗎？我肏你媽！」蔡里長叫嚷著，又作勢向我欺近。吳世傑立刻穿身切入，把我們隔開了。

「蔡里長，有話用講的，怎麼動手動腳呢？」吳世傑雙手護胸沉靜地說。

「好啦好啦，各位叔叔伯伯，給我們晚輩一點好榜樣好不好？」美君突然以嘹亮的聲音大聲說，「我是外省子弟，從小也在眷村長大，不是台獨，更不是共產黨，諸位伯伯叔叔的心情我了解。但是，現在是民主社會，參與選舉是人民的權利，……」

「好啊，妳這女娃兒，既是眷村子弟，怎麼跟這些人混在一起呢？妳這不是吃裡扒外嗎？妳父母怎麼教妳的？」蔡里長突然一個箭步欺向楊美君。這同時，站在旁邊的胡飛鴻立刻橫身擋住蔡里長，美君似乎受到了驚嚇，猛地向後退步，突然，「狂郎！」一聲，撞倒了茶几上的熱水瓶，立刻把碎玻璃和熱水灑滿了一地。

「你們，太過分了！到人家客廳來撒野啊？」那輔導長大聲怒責。

「美君，龍哥，我們都出去。」我也大聲說。同時退出蔡家的客廳。胡飛鴻和吳世傑殿後，背對大門，也一步一步慢慢退了出來。

這時，門外已經聚集了好些人了。

「蔡里長，這些人幹什麼的？來鬧事啊？」

「這幾個，肏他媽的，共產黨，把他們抓起來。」

門外聚集的人，真的就有一個跨著大步要欺過來的樣子。我頓了一下，大喝一聲，「退下！」吳世傑立刻站到我面前，雙手環抱在胸前望著那人。

「我們好意來拜訪里長，送書給他，請他指教。他卻一再罵我共產黨，還罵我娘！怎樣？你們這裡沒王法嗎？還以為是在大陸時代，可以任你們胡作非為嗎？我們又不違法不犯法，還捉我去派出所？好啊！我這就去派出所報案，告你毀謗，公然侮辱！」我大聲嚷嚷地說，「台灣是有法治的，姓蔡的，我去法院告死你這個老渾蛋！」

龍哥早已坐到車裡發動引擎了，我護著美君先讓她上車，等胡飛鴻和吳世傑都上車了，我才坐到前座龍哥的旁邊。原在里長家門口的人，突然有人把寶特瓶紙杯往車上丟過來。龍哥踩了油門，把車馳向大門。有幾個比較年輕的人，這才向我們的座車追過來。「不要理他們！」龍哥微微加速，車子立刻駛離了眷村。

「哈哈，眷村的老芋仔原來是這樣子的。」吳世傑不論遇到什麼事，總是都那麼笑笑地說，「膽子小一點，真會被嚇住了。」

「真的！嚇死人了！我還以為會被打哩。」美君有點驚魂未定地拍拍胸口，接著又笑笑地對胡飛鴻說，「還好有你替我擋著，不然，那個里長真的要打我的樣子，嚇死人了！」

「他不敢啦！他只是嚇唬你。」胡飛鴻笑笑地說，「像那隻狗，不是追著車子吠嗎？我們停車下車，不理牠，牠不是就夾著尾巴跑了嗎？」

「難怪台灣會有所謂的省籍情結，像我這樣的人都受不了這些老芋仔了。」龍哥兩眼望著前方，面無表情地說，「太不講道理了，還滿嘴髒話！」

「後面還有兩個里的里長也都在眷村哩，你們說，還要去拜訪嗎？」

「我看，不必了。眷村的票不會給我們啦。」胡飛鴻說，「去年我們去幫羅智信助選，眷村的反應也是這樣，林杰克還被他們用石頭打哩。」

「那——去派出所吧，」我說，「先報警，以防萬一。」

「要報警嗎？」胡飛鴻說，「我們要選舉，為這種事報警，不好吧？這些人惡人先告狀，講不清楚的。」

「就是要防他惡人先告狀，所以才要去派出所報案呀。」我說。

「龍哥，你認為呢？」吳世傑笑笑地說，「那個里長雖然大吼大叫，過了大概就沒事了。但是，他們叫輔導長的那個，大概會向上報也說不定。」

「我們又不是國民黨，他向上報也不能對我們怎麼樣，不必理他！」龍哥說，「我較想知道的是，他罵陳宏是共產黨，如果報紙登出來，對一般選民會有什麼影響？」

「張教授提這問題有意思，我就擔心這個。」胡飛鴻說，「國民黨長期實施反共仇共教育，說萬惡共匪禍國殃民，讓我們聽了一輩子。一般人如果聽到有人罵陳宏是共產黨，是會對陳宏害怕？厭惡？仇視？還是會對陳宏同情、抱不平？這確實值得研究。」

「如果相信陳宏是共產黨，就會對陳宏害怕、厭惡、仇視。如果不相信他是共產黨，就會同情他，替他抱不平。」美君說，「所以，要讓選民認為那個蔡里長講的根本是胡說八道，這樣選民就會支持陳宏了。」

「美君講的有道理。但是要如何讓選民認為蔡里長講的是胡說八道呢？報紙都是國民黨的，如果報紙去訪問蔡里長，他說陳宏是共產黨，我們能去哪裡辯解呢？怎麼破他這招呢？這要想一想。」龍哥說。

「去年縣市長選舉，國民黨是不是也說羅智信是共產黨呢？他怎麼對付這種惡毒的謠言？」吳世傑望著胡飛鴻問。

「國民黨確實說過羅智信是共產黨，但桃園人都知道羅智信是國民黨員，被開除黨籍後，還發表一張文宣，題目是『願此心永永遠遠成為國民黨員』，在桃園縣廣為散發。羅智信當選省議員時也是國民黨提名的，現在因為他不聽話，就說他是共產黨，桃園人不相信。」胡飛鴻笑笑地說。

「國民黨到時候一定會用這招對付陳宏。把你抹紅，讓一些人仇視你、怕你。這招很惡毒，要使你落選，這招是有效的。」龍哥擔憂地說，「因為你跟羅智信不一樣。」

「所以，龍哥，你的意思還是不要去報案比較好，免得事情鬧大了，讓報紙登出來，對我們反而不利。是不是這樣？」我沉吟了一下，說，「龍哥的考慮也有道理，這問題真的要好好研究一下破解的辦法。國民黨幾十年反共教育，已讓人民都有恐共仇共的心理。這點不破解，選舉時還真不好說明。我們又沒報紙沒電視……」

傍晚在孝二路辦公室，由黑常、李通達和海洋學院的葉晉玉邀來的朋友總共有二十五位。

葉晉玉是我太太淑貞的表弟，廣東客家人，從小跟著他父母在我岳父母家進進出出，所以跟淑貞娘家的兄弟姊妹都很親近。他大概是從淑貞那裡聽說我要參選的消息，就親自跑來孝二路辦公室自我介紹，說他要來替姊夫助選。他說他在《中國時報》副刊上讀過我的文章，也有看到鄉土文學論戰的一些新聞和文章，對我很佩服，所以就大力在學校幫我招兵買馬，找了幾個熱心的同學和我談過兩次話，也在三月二十九日青年節時替我在熱鬧的街道貼過海報。今天晚上找大家來開會，就是要去張貼慶祝媽祖誕辰的海報。

貼海報都是兩人一組，一輛自備的機車，一桶漿糊，一支刷子，幾十張海報。這事的總負責人是黑常，海報送到辦公室後，當天晚上一定要張貼完畢。

「宏舅仔，效果不錯喔！」黑常在上次貼完慶祝青年節的海報後，一早見到我，立刻喜形於色地說，「我透早在崁仔頂賣魚，就有人在問了，陳宏是誰？伊是做啥的？我故意反問他們，你為啥問這？問這做啥？他們說，崁仔頂的電線桿、走廊的柱仔腳，都有貼海報，貼的人就叫陳宏。」

「姊夫，海洋學院也有人在討論，說有一個作家叫陳宏要出來競選，他是南仔寮的人。」葉晉玉身材有點矮小，但在學校滿活躍，對人很熱心，講起話來嘰嘰呱呱，做事也很俐落，是那種短小精悍型的人。

「人手差不多到齊了，就剩牛頭要帶來的幾個人，說已經在路上了。」黑常一看到我進門，立刻迎上來說，一面和張文龍、吳世傑打招呼，一面主動去和胡飛鴻、楊美君握手自我介紹，「我叫做黑常，南仔寮人，陳宏是我阿舅，多謝你們來幫忙。」

「大家辛苦了，多謝大家！我先來介紹兩位朋友跟大家認識，」我用力拍拍手，大聲向在場的人說，「這位帥哥叫胡飛鴻，政治大學政治研究所的學生，去年在桃園替羅智信做助選員……」大家突然不約而同地鼓掌，大聲說，「中壢事件，讚啦！」

「這位小姐叫楊美君，淡江英文系高材生，台視公司音樂節目《跳躍音符》的主持人……」

「啊啊啊，我很愛聽妳唱〈美麗島〉，……」

大家紛紛鼓掌，意外地看到電視明星似地興奮起來。

「宏叔仔，尹攏是來替你助選的嗎？」那位杜伯齡的姪仔問。

「是啊，他們都要登記做我的正式助選員。」我笑著說，「到時，他們都會上台替我助講，美君也會上台教大家唱歌，唱〈美麗島〉、〈望春風〉、〈補破網〉、〈丟丟銅〉，還有一首〈少年中國〉。」

「好啊！那麼現在就先唱一首給大家聽聽，鼓勵一下嘛！」李再生突然從門口那邊冒出來，大聲說：「我們這些兄弟等一下就要出去貼海報了，很辛苦呢，先唱一首歌把熱情鼓舞起來。」

「牛頭，別再亂彈了啦！貼海報有什麼辛苦？我又不是沒貼過，」黑常站起來說，「要聽楊小姐唱歌，直接講就好了，還講東講西，找什麼理由嘛？」

「你上次貼海報沒遇到巡邏的警察，我在愛三路夜市就遇到，差一點沒跟那兩個警察打架。」李再生瞪著兩隻牛眼虎虎地說，「幹伊娘哩，說叫我不可亂貼。我說，我沒亂貼啊！我貼得平平穩穩，怎麼叫亂貼？伊講，就是不准你四處隨便貼啦。我講，貼電線桿不行嗎？貼柱仔腳不行嗎？令爸勦睬伊，機車騎了就跑了，管伊去死！我總共遇到三次，另外兩次我車一騎就閃人了。」

「好好好，大家很辛苦，我就來唱首歌慰勞大家好啦。」美君大方地說，「但我沒帶樂器，就用清唱的囉。」

「好，就唱那首〈美麗島〉，」有人帶頭鼓掌大聲說，其他人也都紛紛鼓掌附和。

「那就唱〈美麗島〉吧。」美君輕輕咳了一下，清了清喉嚨，雙手互握放在胸前，以充滿溫暖的感恩的深情的聲音，唱著：

我們搖籃的美麗島　是母親溫暖的懷抱
驕傲的祖先正視著　正視著我們的腳步
他們一再重複地叮嚀　不要忘記　不要忘記
他們一再重複地叮嚀　篳路藍縷　以啟山林
婆娑無邊的太平洋　懷抱著自由的土地
溫暖的陽光照耀著　照耀著高山和田園
我們這裡有勇敢的人民　篳路藍縷　以啟山林
我們這裡有無窮的生命　水牛　稻米　香蕉　玉蘭花

美君輕軟的溫柔的聲音，輕聲地緩緩地結束了她的歌唱。再緩緩地彎腰向大家深深一鞠躬。

「好欸，好聽欸，」一陣宏亮的粗壯的叫好聲，伴隨一陣如雷的掌聲，「劈劈啪啪！」地響起來。

「好！各位兄弟，楊小姐的歌聲溫暖了鼓舞了我們的心，現在便當也來了，我們也要填飽肚子，就出發去貼海報了。」黑常大聲說。

大約傍晚七點多，窗外已經幾乎全黑了。一大夥人，兩人一組，紛紛騎上機車，提了漿糊刷子和標語海報出發了。辦公室只剩下黑常、李通達、葉普玉、胡飛鴻、吳世傑、楊美君和龍哥和我了。

我把今天去暖暖區拜訪眷村里長的經過向大家作了報告，也提出龍哥提到的，萬一被國民黨抹紅成為共產黨，要如何破解？大家你一言我一語，談了一會兒，似乎也沒什麼定見。我內心覺得有許多事情，千頭萬緒地糾纏在一起。但我每天都在拜訪、拜訪，根本沒時間、也沒心情去整理這些千頭萬緒的事。我必須要儘快找個能替我總攬全局的人。作為候選人，我不能成為「校長兼撞鐘，甚至兼掃地的人」。但誰有能力又有意願替我總攬全局呢？

我想到高明正，明正仙的年齡其實沒有很大，但他出道早，不到三十歲就當了林番王市長的機要祕書。而他，確實也聰明能幹，辦事有效率、有紀律。輔佐過番王仙競選連任，也輔佐過番王仙的兒子參與市長補選，他對選舉是有充分經驗的。但是，雖然已見過他幾次面了，他卻只肯暗中協助。

「坦白說，我是被國民黨特務盯死的人，我做的又是旅館生意，營業執照的發照權在人家手裡，雖然我們做得非常乾淨，根本不敢做一點點與黑的色情的有關的事。但是，他如果要隨便栽我一個罪名也很容易，我就吃不消了。孩子都還小，一個剛讀大學，一個讀高中。旅館生意萬一不能做，我全家就要喝西北風了。」他說。

既然這樣，我怎麼能勉強他？

我也想過龍哥，基隆人，大學教授，思慮清晰，條理分明，做事又仔細認真，行政能力一流。但我不敢開口。因為，直覺上，他的學術地位與身分，和選舉時需要應付周旋的人，太不搭調了。而且，大學教職很容易被國民黨搞掉，因為聘書在校長手中，而校長敢不聽國民黨的嗎？

我必須找一個對基隆熟悉，又能全心全意，每天二十四小時耗在選舉上，又有多方面才幹和能力的人，我能到哪裡去找呢？

我帶著這樣的煩惱回到木柵忠順街的家，已經超過晚上十一點了。母親、淑貞和兩個孩子都睡了。我輕躡著手腳，先到母親的臥室，站在床前替她把毯子向胸前拉了拉。然後走進我們的臥室，兒子睡在裡面靠牆的位置，女兒睡中間，淑貞則睡在最外側。我似乎已有很久沒和他們一起晚餐、一起在睡前聊天了。我內心突然感到一陣巨大的失落和寂寞。

我這樣一頭栽進選舉裡，果真是對的嗎？值得嗎？

我內心閃過這樣的疑惑。帶著歉疚的心情，輕手輕腳退出臥室，走進書房。等到洗完澡後，坐到書桌前，這份疑惑和不安的情緒仍然在心裡繚繞，久久不去。

我習慣性地拿出菸斗，塞了菸絲。這時，書房的門卻輕輕被推開了，燈也被關了，一個柔軟的溫暖的身體從後面把我抱住了。我轉身，把她摟進懷裡。窗外淡淡的街燈映進書房，把我們緊貼在一起的身影拉長了，模糊地映在牆上。

那晚，我作了一個美麗的夢。

夢見我陪著母親，牽了淑貞的手坐在沙灘上，兩個孩子在我童年的南仔寮故鄉的沙灘上奔跑跳躍。

金黃色的沙灘在夏末的初秋的黃昏的夕陽下一閃一閃地發著亮光。風微微吹著，夕陽的餘溫把沙灘曬得很溫暖、很舒服。海浪輕輕拍打著沙灘，發出「嘩—啊啦——，嘩—啊啦——」的聲音，細膩纏綿，像母親輕撫著孩子的背唱著兒歌的歌聲，也像母親對孩子的呼喚，「回家啦！回家啦！」

一艘漁船寂靜無聲地駛向大海，船尾拉曳出一條長長綿綿的水痕。天上白雲一片片飛著，幾隻海鷗在空中展翅飛翔盤旋。

兒子站在沙灘上，面向大海，手指向遠遠的天邊，回首對我大聲問：「爸爸，那隻船要開去哪裡呀？……它一直開一直開，開到大海和天連接的地方，那是哪裡啊？」

女兒指著天上的海鷗大聲嚷嚷，「媽媽，妳看，鳥鳥，鳥鳥……」

第十四章

次日醒來已早晨六點，淑貞臉上微帶笑意還在沉睡中。我輕手輕腳起床、開門，走向廚房。只見母親微微痀僂的背影立在廚檯的瓦斯爐前，鍋裡響著細微的滋滋的聲音。在煎蛋吧？我偎向母親，輕輕喚著，「阿母！」她回頭、轉身，「這麼早起床做啥？再去睡一下，我等下叫你。」她說。

「我睡飽了，」我說，「很久沒和阿母講話，所以就起床了。」

「你最近是在做啥？晚上那麼晚才回來，阿貞一個人，晚時要顧兩個囝仔，日時還要上班……」母親邊煎蛋邊叨念著。

「是啦，我最近很忙，每天回去基隆。」我說，「阿貞沒跟阿母講嗎？我年底要選舉……」

「你是要選啥？阿貞有講啦，但是我聽嘸。」母親把兩個煎蛋翻了翻，「選舉就要這麼忙嗎？三更半暝才到家，透早碗筷一放又走了，將這個家都丟給阿貞一個人，查埔人（男人）怎麼可以這樣？」

「阿母！……」

「你哦！冊𠢕好好教，頭路𠢕好好吃，要去選啥？尪不像尪，家不像家，通通放給阿貞一個人，你哦你哦！……」

「媽，你𠢕念伊了啦，」淑貞這時突然走進廚房，擠到我和母親之間，從母親背後把鍋鏟拿到手上，「妳和阿宏去客廳講話，早餐我來做啦！」她說。

「妳這麼早起來做啥？妳要睡飽一點，日時還要上班。」母親說。我從背後拉住母親的手往客廳走去。

她不太情願地掙扎了一下，「這些，我來做就好了，伊沒睏飽不行，晚上顧兩個囝仔很辛苦……」

「阿母，阿貞已經起床了就乎伊做，𠢕緊啦！」我拉著母親的手坐到沙發上，「妳早起還和厝邊的歐巴桑去河邊走路散步嗎？」

「現在沒去了啦，阿貞那麼忙，我早起都把早餐做好，等阿貞和囝仔吃飽出門了，我再把碗筷洗完，都七點多快八點了。那些早起去走路散步的人，都是五六點就出門了。」母親笑著說。然後又現出一副很懷念的神情說，「我還是喜歡晚餐吃完，咱一家人一起去河邊散步。看著兩個囝仔蹦跳，看你兩個少年尪某（夫妻）手牽手，我心裡就感覺滿足、幸福。……你多久沒回家吃晚餐了？咱一家人多久沒一起去河邊散步了？……」

「阿母，我昨暝有作一個夢，夢見咱一家人在南仔寮古早時代的海沙埔散步，……」

「是啊，咱一家能一起去散步多好啊！」

「那，我今晚回家吃晚餐，然後，咱一家人再去河邊散步好不好？」我半認真半哄著，笑著對母親說。

「你不要亂開支票，萬一晚上不能回家晚餐，媽媽失望，孩子吵鬧，我可不能應付。」淑貞從廚房端了早餐到餐廳，提醒我說。

「媽，阿宏最近很忙，伊若不能陪妳去河邊散步，我帶可親可佩陪妳也一樣啊。」淑貞邊在餐桌上擺碗筷，邊向母親笑笑地說。

「我這麼多個媳婦，就是妳這個最小的媳婦最孝順，我很安慰！」母親笑著對我說，「妳娶到這個外省媳婦這麼賢慧這麼好，實在真福氣，我本來很煩惱伊袂曉講咱這種話，叫我去跟你們住，那要怎麼辦？沒想到伊一下就學會講了，真聰明喔！」

「媽，講到這件事，我這幾年都還沒跟妳告狀。那時，阿宏怎麼對我講妳知道嗎？伊講，我阿母不會聽國語，只會聽台語，請妳趕快去學台語好嗎？等妳學會台語，我們再來結婚。這都沒關係，我都同意。但是，最後，伊還講一句，老母只有一個不能換，牽手卻可以換。媽，妳講，伊對我講這種話，可以嗎？我到現在，都把這句話記住，不原諒伊！伊很壞人啊！」

「三八！三八！這個囝仔胡亂講話，我替妳打伊，三八囝仔，怎麼可以講這種話？這種牽手，你要去哪裡找？替你賺錢、顧家、顧囝仔、顧老母，你要去哪裡找？」母親真的揚手打了我幾下頭殼，認真地對淑貞說，「我打伊，替妳出氣！妳勦生氣！」

我站起身來，笑著向淑貞鞠躬，「對不起啦，老婆，我講那種話真該死！但是，是開玩笑的啦，請妳原諒我吧！以後再講那種話，妳就打我吧！」

「我打不過你，」淑貞突然眼眶泛紅，臉上卻笑著，說，「以後，罰你跪算盤！」

這時，臥室裡突然傳出女兒哇哇叫著的哭聲，淑貞立刻一個箭步衝進臥室裡。

「怎麼尿了一身濕啊？」淑貞大聲說。女兒聽了，就哭得更大聲了。我也立刻緊跟到臥室，「可佩乖，媽媽沒罵妳啊！」淑貞一面替女兒把尿濕的衣服脫了，一面指揮我，「最下面的抽屜有女兒的衣服。」我趕緊拉開抽屜找出女兒的衣褲和裙子，「沒關係，沒關係！尿濕就尿濕了嘛，衣服換掉就好了。」我也在旁邊幫襯地說。

「爸爸抱抱，抱抱！」女兒邊擦眼淚，邊張開雙手嚷著。

「乖乖，讓媽媽把妳的衣服換好，爸爸就來抱抱，好嗎？」我摸摸女兒的頭，又望望還沉睡著的兒子，說，「可親怎麼這麼好睡？妹妹的哭聲，我們的講話聲，他竟然都能照睡。」

「但他半夜卻睡得不安穩，常常會無緣無故醒來，並且坐起來，然後再躺下去，再睡。一個晚上，有時會好幾次。」淑貞憂慮地說，「媽媽說是白天玩瘋了，或被驚嚇了，要請神明收驚。我認為，應該要帶他去看醫生。」

「是，我認為要看醫生，」我說，「找一天，我們一起帶了孩子去台大醫院在新生南路那家兒童醫院，他們對兒童醫療問題比較專業。」

「但是，你會有時間嗎？選舉還沒正式開始，你就已經忙成這個樣子了，往後，你哪會有時間？」淑貞憂慮地說，「由我一個人帶兩個孩子去醫院，我也實在有點擔心，顧了這個，可能就顧不到那個了。」

「最近，就這一兩天吧，我一定找個時間和妳一起帶孩子去看醫生。」我說，「兒子也該叫他起床了。等一下送了兒子去幼稚園，妳還得走一段路帶女兒去周太太家，再去上班，恐怕太匆忙了。」

「可親，可親，起床了。」淑貞替女兒換好衣服，我接手把女兒抱起來，她就俯身去輕拍兒子的臉，叫喚著，「快起床，看看，誰站在你前面了？」

「爸爸！」兒子張眼叫了一聲，但翻了一個身，似乎又想睡了。

「不能再睡了，乖兒子，再不起床就來不及去幼稚園了。」淑貞伸手把兒子從床上拉起來，抱住他輕輕拍了拍，「阿嬤已經把你最愛吃的荷包蛋煎好了，快起來，還有好吃的地瓜稀飯喔。」兒子揉了揉眼睛下了床，伸手抱住我大腿。「好啦，乖兒子，去用冷水洗一把臉，精神就來了。然後，全家人一起吃早餐。」我說。

「這孩子，每天起床都是這樣一副睡不飽的樣子，真讓我操心啊！」淑貞說，「乖兒子，來，媽媽帶你去洗臉。」她伸手牽了兒子走向盥洗室。我抱了女兒去餐廳。

「怎麼透早就要妳阿爸抱呢？真會摁奶（撒嬌）啊！」母親望著我們父女，笑著說。

「乖女兒，坐到妳自己的位置吧，」我把女兒放在她平時坐的位置，「阿嬤都把妳的稀飯裝好了，還有荷包蛋，還有好多菜。」

「哥哥，哥哥，我等哥哥，還有媽媽。」女兒說。

「好啦，哥哥來啦！」淑貞牽著兒子的手走進餐廳說，「哥哥自己坐到位置上。好啦，一起謝謝阿嬤替我們做的早餐。」

「謝謝阿嬤！」兩個孩子一齊大聲說。

「好，很乖！很乖！」母親開懷地笑著說，「大家一起吃飯了。」

「嗯—，我要媽媽，媽媽餵！」女兒突然執拗地說。

「可佩最能幹，自己會吃，跟哥哥一樣。」淑貞望著女兒說。

「不要，我要媽媽，要媽媽！」

「可佩不乖喔，妳看，我們每個人都自己吃，不要人家餵，」我說，「你不是最喜歡哥哥嗎？哥哥也自己吃。」

「妹妹羞羞臉，還要媽媽餵。幼稚園的小朋友都是自己吃。」兒子邊吃邊對妹妹說，「妳不是要上幼稚園嗎？媽媽餵就不能上幼稚園了。」

「不要，不要！我要幼稚園，我會自己吃。」女兒終於拿起湯匙，挖了滿滿的飯往小嘴裡送。

我和淑貞微笑地對望了一眼，母親也笑著說，「可佩好乖，都自己吃飯了，阿嬤很喜歡妳哦！」

吃完早餐，母親牽著孫子，我們夫妻一人一邊牽著女兒，走向隔街的正大幼稚園。兒子看到同學，就掙脫了阿嬤的手，逕自叫著跳著奔向同學。女兒很羨慕地望著哥哥，「媽媽，我也要！」她說。

「再過兩個月，女兒也要進幼稚園小班了，」淑貞笑笑地對我說，「要跟哥哥一樣了。」

「兩個月後兒子就上大班了，」我有點感慨，也有點欣慰地說，「時間過得真快呀，才覺得和妳認識了，談戀愛了，結婚了。然後，一下子又有兩個孩子了。以後，孩子會變成什麼樣的人呢？」

「你別想那麼多了，先想你自己吧。」淑貞笑著說。

母親望著孫子的背影，和我們揮了揮手，向旁邊的雜貨店走去。雜貨店老闆的母親的年齡，和母親有點相當，所以，這幾年來，她們已成為老厝邊、老朋友了。她們常常一起坐在雜貨店門口聊天，或相約去公園、去河邊散步。回到家裡，母親就會把老人們互傳的訊息講給我們聽。

「阿母，今天氣象報告會下雨，妳要小心哦！」我大聲提醒她。

「勳緊！回家三步路就到了。」母親笑著說，「你們有帶雨傘嗎？」

「我帶了！」我說。

「我也帶了！」淑貞說。

「可佩，跟阿嬤說再見。」

「阿嬤再見！」女兒搖動雙手叫著。

「真乖！」母親快樂地揮手，也大聲說，「好，好，再見！再見！」

我們才剛轉身走不到三步路，突然又聽見母親在後面大聲喊，「阿宏！阿宏！」我回頭，看見母親邁著細碎的腳步，慌慌張張趕過來。我趨向前去扶著她，「什麼事讓妳這麼惶狂？」

「我忘記跟你講了，銘德仔昨天打了兩次電話來，說要找你。」母親有點氣喘地說，「伊好像很急，說有重要的事情要跟你當面講，叫你回來要打電話給他。我卻忘記了。」

「好啦，我知道。」聽到這事，我心裡突然感覺有些厭煩，也覺得有點壓力。「阿母，妳走路要小心一點，勳那麼惶惶狂狂，萬一跌倒就壞了，很危險喔！」我說。

「我知道！我知道！你們走吧！」

「阿嬤再見！」女兒又向老人家揮了揮手，叫著。

「表哥找你有什麼事嗎？」

「不知道，」我牽起女兒的手，邊走邊說，「他雖然在警總當差，但對我似乎沒有惡意。只是每次見了面，就讓我很心煩。不想理他，卻又想從他那裡打聽一點消息。我內心也很矛盾。」

「講到你家的銘德表哥，我也有件事要告訴你。」淑貞面無表情，語調平淡地說，「我最小的妹妹，不久前也考進調查局，現在已去上班了。」

「啊——，是嗎？為什麼要去那地方上班？」我覺得有些意外。

「她說，待遇很不錯，辦的又是貪贓枉法的人，打擊壞人就是保護好人。」

「但是，它打擊的往往都是好人。國民黨拿調查局當工具，專門對付政治上的異議人士。那些人只是意見和國民黨不同，根本也沒違法犯法，但國民黨要關他們，就叫調查局給他定罪名，關十年八年，甚至更久，甚至槍斃，根本就是枉殺好人啊！……那麼漂亮善良的小妹，怎麼去做這樣的工作？……爸沒反對嗎？」

淑貞斜眼望我一下，面無表情地說，「爸爸哪會知道這種事？」

我覺得心情煩躁沉重，便沉默不發一語了。

女兒一路東張西望，看到她叫得出來的東西，就不斷地自言自語，「車車」，「狗狗」，「花花」，「老阿婆」，「小朋友」……，她突然抬頭望望天空，指著天上的白雲問，「媽媽，那是什麼？」

「天空啊！」淑貞說。

「還有呢？」

「白雲，白色的雲。」

「還有鳥鳥，在天空飛。」

「可佩好聰明，知道鳥鳥在天空飛。」淑貞臉上終於有了笑容，對女兒說，「也可以說，鳥鳥在白雲下飛。」

「媽媽，我要抱抱，」女兒突然又改變了話題，伸出雙手抱緊媽媽。

「媽媽穿高跟鞋，不能抱妳。乖乖，自己走路。」淑貞彎下腰，輕拍女兒的臉頰，哄著她。

「來，爸爸抱妳吧。」我說，彎腰抱起女兒，把她放在肩上。

「哇！我好高，比媽媽還高。」女兒高興地嚷著。看見遠處的田埂，有人牽了一隻牛，她又大聲嚷著，「媽媽，牛牛，妳看，牛，牛！」

我略感沉重的烏雲般的心情，被女兒純稚無邪的童言童語暫時給揮拭了一些。和淑貞說再見時，她又提醒我，「別忘了你答應媽媽回來吃晚餐、去散步的事。」

「我會記得！」我漫應著，心裡卻又立刻想到表哥找我的事。到底什麼事呢？要見面講，還很急？了不起就是問我要參選的事吧？難道，他奉命來警告我嗎？阻止我嗎？但，憑什麼呢？這又不違法，不犯法！他要警告我什麼呢？要怎麼阻止我呢？我這麼一想，忍不住就怒不可遏了。太可惡！太混蛋了！選舉和被選舉都是憲法明文保障的人民的權利，他憑什麼警告我、阻止我？太豈有此理了！簡直目無法紀！

但是，雖在怒氣中，我卻又情不自禁地想起黃震華和白雅燦了。國民黨統治台灣，捉人判刑，根本都是無法無天。那麼，我現在不顧一切後果跳下來參選，國民黨是否也會像對付黃震華和白雅燦那樣來對付我呢？表哥說他很急，說要見面再說，難道就是為了這個事嗎？我雖然自信不違法，不犯法，但是國民黨真要捉你關你，製造理由還不容易嗎？我這樣想著，立刻又想起母親，想起孩子和淑貞……

我在溝子口公路局車站對面走廊裡，拿起公用電話撥給銘德表哥，「聽說你打電話找我，有事嗎？」

「當然，當然！我們找個地方見面好嗎？……你要來台北？……那就在台大旁邊的夢咖啡，……好，好！九點半見。」

我坐了公路局車在台大站下車時才八點半，還有一小時，我便信步走向汀州路的水源出版社。但出版社的鐵捲門卻關得緊緊的，我舉手在鐵門上「誑誑誑」地捶了幾下，沒動靜，我轉身想踅回羅斯福路，就直接去夢咖啡吧。沒走幾步，背後卻響起柯水源的聲音，「阿宏，回來吧，裡面有人不是無人啦！」

我轉身回首，只見柯水源雖然睡眼惺忪，但卻笑容滿面地說，「進來喝杯茶吧！」

「原來你在裡面，昨晚沒回家？」

「時常的啦！和朋友泡茶聊天太晚，就乾脆睡在書店了。」

「嫂子不生氣嗎？」

「哈哈，都老夫老妻了，生氣啥？」柯水源說，「阿傑昨晚也陪我睡在出版社。有兩張行軍床，剛好夠用。」

「昨晚是誰來聊天？讓你們兩位都不回家了。你還滿身都是酒味，喝了很多酒嗎？」

「哈哈，還不是為了你的事。」柯水源把鐵捲門向上推到頂，提了茶壺到後面廚房填滿水。

「怎麼又與我有關了？」

「再過幾天不就是你在國賓飯店的募款餐會嗎？鄭黎明派給我一百張餐券，二十張一萬的，八十張一千的，我能不去找人嗎？」柯水源笑著說，「你記得上次在這裡見到的邱大哥嗎？他把二十張一萬的全包了，昨晚就拿了二十萬現金來給我。所以，昨晚不但喝茶，還喝酒。我跟吳世傑、邱大哥和另外一位兄弟，四個人喝了三瓶金門高粱。」

「唉呀，感謝！感謝！」我起身向他鞠躬，「為了我的事，竟然讓你們這樣破費又傷神……」

「阿宏，你要搞清楚，這不是為你，是為大家！你只是大家的代表而已。」柯水源笑著說，「這個大家也不是只有我和吳世傑和邱大哥而已，還有黃宗德、鄭黎明、張文龍……，人很多啦！叫做族繁不及備載吧！」

「是是是！」我說。心裡激盪著一股溫熱的澎湃的情緒，好像要溢出胸口了。

「你今天不是有事來找我吧？」

「我和我表哥約在附近的夢咖啡，因為時間還沒到，就先彎來看看你們在不在。」

「是警總那個嗎？」

「你認識他？」

「我見過。看起來不是壞人，有點台灣意識。」

「但是，他在警總工作，總讓我覺得，噯！怎麼講呢？」我說，「其實我們從小是很親的。他父親在日據時代當老師，很討厭國民黨，但他卻去讀警官學校，又到警總工作。我有時見到他，真想捶他！」

「他是為啥約你見面？」

「我想，大概是為了我參選的事，奉命來警告我、阻止我吧？但是，我又不違法不犯法，怕他什麼呢？」我說。

「對了，只要心頭拿得定，就沒什麼好怕的了。」柯水源笑著說，「國民黨就是愛搞這一套，難道台灣人都是怕死的嗎？幹！」

「但是，我也會想到黃震華和白雅燦，他們不是也沒犯法嗎？結果……」我有點自嘲地、尷尬地說，「我其實也是有點怕死的。」

「你和他們不一樣，他們沒有你的知名度。」柯水源笑著說，「國民黨捉人一向是先捉小尾的，像天來仙、順興仙和老莊，他們怎麼不去捉呢？現在還有羅智信，還有林正義，陳義秋，很多啦，他們捉也捉不完。」

「是啦，如果都不去想他，頭犁犁往前衝，就什麼事都沒有了。如果想太多，就會想前顧後，怕這怕那，就寸步難行了。」我不否認內心的矛盾、掙扎和猶疑，但也了解，事情已走到這一步了，不可能回頭了。「現在我也不管他什麼黃震華和白雅燦了，總之，非拚不可了！退縮、投降都是死路一條，只有拚到底才有活路了。」

「你也不妨將計就計，去打聽一下國民黨到底想搞什麼鬼。」柯水源說。

「說真的，我也是這樣想。但是，我內心又有點矛盾。不要知道太多是不是好一些呢？知道太多，又沒辦法判斷真的假的，反而使自己顧慮太多，這樣不是很不好嗎？」

「是啦，你講的也有道理。不然，就不理他吧！」柯水源把煮滾的水往裝了茶葉的小茶壺裡灌，然後熟練地把小茶壺裡的水倒進茶鍾裡，再把茶鍾裡的熱水全部倒入小茶杯裡洗了洗。

「第一泡的茶是用來洗茶具的，第二泡才是喝的。」柯水源說，把滾熱的水倒進裝了茶葉的小茶壺裡。大約過了一分鐘左右，再把茶倒入茶鍾，再由茶鍾倒進小茶杯裡。「這茶葉是邱大哥昨天送來的春仔茶，比賽得了第一名的冠軍茶。」柯水源笑笑地說，「我這裡難得有人送這麼好的茶葉，你喝喝看。」

我用手指輕輕夾起茶杯，呷了一口，讓茶在嘴裡停留了幾秒鐘，一種香醇甘美的滋味從嘴裡散到鼻子，我微閉了雙眼，慢慢把茶嚥入咽喉，一份濕熱爽心的感覺沁入胃腹。「嗯——，好茶！香醇甘美，入喉還有餘味，令人心清氣爽。」我說。

「原來，你也懂得品茶。」

「我哪會品什麼茶，是因為你這裡有這樣的設備，又有這樣的茶葉，也才能有這樣喝茶的感覺。」我笑著說，「不然，我也是牛飲，像《紅樓夢》裡寫的劉姥姥進大觀園那樣，不被笑話就好了。」

「我們差不多。」柯水源笑著說，「品茶其實是有錢有閒階級的人才有的東西。我們這種人，喝茶不就是為了解渴嗎？哪能有那麼多講究？」

「柯老師，你剛才叫我不要理他，但是我已經跟他約了，我能不去嗎？如果他是好意，不去好嗎？」

「既然這樣，那你就去啊！不必想東想西，只要心頭抓定了，就一切順其自然啦！」

「只要心頭抓定了，就一切順其自然。」我似乎略有所悟，點點頭說，「多謝指點！」

「什麼指點？別說笑了。」柯水源笑著說，「喝茶吧！我這裡難得有這種好茶。」

我又連續喝了幾杯，就站起身來告辭了。

「今天，我會找個時間去見黎明。」他說。

「我大概也會去。」我說。然後以輕鬆的心情離開水源出版社，向新生南路的夢咖啡走去。

早上九點半，已經過了上班尖峰時間，但羅斯福路和新生南路的車輛還是川流不息。我穿過羅斯福路的紅綠燈，到夢咖啡時已超過九點半了。咖啡店裡靠窗的幾桌都坐滿了人，銘德表哥坐在離櫃台較遠的靠牆的位置上正在吃早餐。這家開在台灣大學對面的夢咖啡兼賣西餐，大學生吃西餐在台北也算是一種時尚吧，但追求時尚需要一點錢。我活到三十幾歲，在台北也混了十幾年，卻從來都沒吃過西式早餐。

「表哥，你很早就到了嗎？」我走到他桌邊，一盤西式早餐都快吃完了，只剩下一小塊荷包蛋，一片肉和一小塊麵包，牛奶已喝完了，還剩下半杯果汁。

「你來了，坐坐坐，」他抬起頭對我笑笑地說，「本來想等你到了才一起點早餐，後來想起你一定在家吃過早餐才出門，我就不客氣自己先點了吃了。」

「這種西式早餐還吃得習慣嗎？」

「不錯吃呢，但是，我平時也很少吃。」他說，「滿貴的，這樣一客竟然要兩百五十元。你要不要也來一份？」

「這麼貴，不要啦！」

「貴？怕什麼？反正報公家的帳。」他轉頭向服務生拍拍手。一位女服務員快步走過來，微笑著站到桌邊。

「再來一份這樣的早餐。」

「不必啦，我在家已經吃飽了。」

「沒關係，反正國民黨政府有錢。」他笑著說，「我們只吃這幾百塊，同事知道了還會笑哩。」

「但是，我真的已經吃飽了。」我說，「吃不完，倒掉了也可惜。」

「先吃再說，吃不完可以包回去。」表哥把餐盤推到桌子旁邊，「他們還附了咖啡。」說著，端起咖啡喝了一口。「這咖啡，我還是喝不慣，苦苦澀澀的，不像我們喝的茶，有香味甘味。」

「表哥，你找我有什麼事？」

他用紙巾抹了抹嘴，兩眼直直望著我，眼光有點嚴厲。我淡定地回望他，微笑地說，「你不是說有事找我嗎？」

「嗳！」他突然嘆一口氣，有點傷感地說，「你完全沒有把我當兄弟，完全把我當外人，甚至把我當敵人！難道我們從小的情分都沒有了嗎？」

「你這話怎麼說的？我聽不懂。」

「全台灣的人都知道你要以黨外身分參選了，只有我這個做表哥的不知道。你說，你有把我當親人嗎？」

「沒錯，我是決定要參選了。但是，現在我只拜訪黨外的支持者，我不拜訪國民黨。你在警總工作，我當然也不會主動跑去告訴你。但如果你問我，我一定坦白相告。」我嚴肅地說，「而且，你們在基隆的抓耙仔也一定很快就會向你們報告了，何必要由我親口告訴你呢？」

「但是，這意義不一樣，」他有點生氣地說，「我的表弟要以黨外身分參選，我竟要由上級交代了才知道，我很沒面子啊！」

「你的上級交代你做什麼？」

「交代我來了解啊，」他說，「你不是再三跟我說，你不會搞政治，你只對文學有興趣，你只要寫文章，絕不會參選嗎？我就是這樣向上級報告、保證，說你沒問題，你是個文人，和莊安祥、羅智信他們不一樣。現在，你卻要參選了，要和老莊他們站在一起了，我卻什麼都不知道，我糗大了！」

「這有什麼了不起？那麼多人參選，又不是只有我一個。而且，我也沒有欺騙你。直到我上次跟你最後一次見面，我都還堅持不搞政治，不參選。我決心參選是最近的事，而最近我們又沒見面，我怎麼告訴你？」

「你不會打電話嗎？」

「怎麼？我這個黨外人士參選，還要向你們警總報備啊？有沒有搞錯啊你？」

「我了解你的意思，你一定以為讓我知道了，我就會害你，是不是這樣？」

「我相信你不會害我，但是，如果你的上級要害我，你也絕對不可能救我啦。這個，你比我更清楚。你們這些特務機關，要害人很容易，想救人卻千難萬難！這是你們的制度問題，寧可錯殺一百一千一萬，也絕不放過一個！這不就是你們辦案最重要的準則嗎？」我有些激動地說，「我這樣的黨外菜鳥，第一次參選就向警總的表哥報備，傳出去，我還能做人嗎？」

「好啦，你的早餐來了，先吃再說吧。」表哥又喝了一口咖啡，把餐盤推到我面前。

「我不吃，我喝咖啡好了。」我把咖啡端在手裡，飲了一口。

「這家的麵包不錯，烤吐司夾蛋夾肉夾起士，吃起來還滿有味道，你試試看。」

「你說有事要找我，就是這件事？」

「阿宏，你若沒把我當兄弟當親人，我就不想再說了。過去有些事情，照規定我是不能講的，但是為了你，我卻講了很多。如果被上級知道，我是會被處罰的。」他說，「但是，你是我兄弟，我們從小一起長大，這點我不能不顧惜。」

「我知道，你愛護我，我都體會得到。但是，我不能幫你什麼忙。坦白講，你們警總和調查局一樣，聲名太臭了，有一點民主理想的人都怕你們、恨你們、討厭你們！因為你們是國民黨用來剷除異己的工具⋯⋯」

「警總也不是全都壞人，也有好人呀！⋯⋯」

「我知道！但是你們的好人能做好事嗎？」我冷冷地說，「好啦，別再爭論這些有的沒有的。請問，你今天找我有什麼事？講得好像很緊急⋯⋯」

「放心，我不會叫你做抓耙仔。我李某人的表弟做警總的抓耙仔，我也覺得沒面子。我寧可你是一個警總想捉又不敢捉的人，我反而會覺得驕傲些。」他說，「你大概已經成為這樣的人了，因為你的文章早已引起蔣經國的注意，還親自去你們南仔寮視察。鄉土文學論戰也引起國際媒體的注意。現在，你又要以作家身分參與黨外選舉，這是國民黨來台灣三十年沒有發生過的事，所以上面很關心。去年一個中壢事件已逼到李煥下台了，對蔣經國是傷筋傷骨的大事情。今年中央民意代表增選，若再出事，那就更不得了啦！」

「今年選舉會出什麼事？只要國民黨不做票、不買票，什麼事都沒有。」

「但是，怕的是有人想從中搗蛋、作亂、造反，那就麻煩大了。」

「不可能，」我說，「國民黨控制台灣三十年，嚴嚴密密，軍警特務全部牢牢控制在蔣經國手裡，誰敢造反？誰能造反？」

「有外國關係撐腰的就可能造反，你不要以為不會。」

「那，除非在國民黨內部掌握軍隊的人。軍事將領帶頭造反，古今中外都是改朝換代的主要原因。」

「你指的是誰？台灣的軍事將領，誰有這個實力？有這個膽量？你說！」

「我怎麼知道？你們警總不是專門搞這種情報的嗎？」

「那不是警總的事，那是政戰系統的事，屬於王昇管的。」銘德表哥有點感慨地說，「中壢事件後，李煥下台，王昇勢力就更大了，表面上只管政戰，就是掌控軍隊的思想，監視帶兵的將領。但現在，整個情治單位，包括警總、調查局、國安局、軍情局、警察局，以及中央黨部的文工會、社工會、組工會、陸工會、海工會等等，他的影響力除了蔣經國之外，就屬他最大了。你們這些文人寫的文章，以及黨外政治人物的活動，他都嚴密掌控。就因為這樣，我才提醒你要小心。」

「但我從不違法犯法，參選也是憲法所保障的人民的基本權利之一……」

「噯呀，你都要參選了，已經是政治人物了，怎麼還這麼天真？你以為你不違法不犯法就不能捉你嗎？別那麼天真好不好？這是政治欸，」表哥有點急躁地說，「你不是也說，依現在的制度，我們要害人很容易，要救人很難嗎？只要有人要害你，檢舉你，我們就不能不辦人了。」

「你是說有人會檢舉我嗎？但我既沒違法犯法，他怎麼檢舉？」

「噯呀——！你這個書呆子！還跟人家搞政治？」表哥一下子又急躁起來，大聲喝斥我，但望了望四周，又強行忍住了，壓低了聲音不耐煩地說，「檢舉你還要事實嗎？如果有人說你要從中國或日本走私軍火武器電台到基隆，利用選舉時搞暴動。這種檢舉信要等事實發生了才能動手捉人嗎？等它成為事實再捉人就太晚了，來不及了，國家就受傷害了！」

「但是，不是事實就捉人，是違法違憲、違反人權的！」我說，「而且，我也不相信會有人那麼傻，在這種時代，這個時候，在台灣搞走私軍火搞暴動，頭殼壞掉了嗎？除非是白癡！」

「我問你，你真的這樣想嗎？在台灣沒有人會搞這種事嗎？」

「除非他是瘋子，正常人怎麼會去搞這種事？不可能的！」

「嗯——，好吧！聽你這樣講，我就放心一點了！」表哥又端起咖啡杯，大口喝了一口咖啡，並拿出菸來點著，緩緩吸了一口，仰頭向天花板吐了一團煙圈，「最近，你三嫂和孩子還好嗎？」

「三嫂嗎？很辛苦！自從三哥海難後，她就去做裁縫，替人做衣服改衣服，撫養兩個孩子。」

我望著他，有點疑惑，「你為什麼突然問起三嫂？」

「我有讀過你的小說，叫做《望君早歸》嗎？寫你三哥三嫂的故事，是不是？」他說，「三哥真的海難死了，都沒有消息了嗎？」

「別人的船在海上有撿到漂流物，證實是三哥船上的東西，我媽我嫂子想不信都不行了。」

「會不會漂流到中國大陸沿海，被救起來了呢？只是現在雙方不能通信。但從國外是可以通的。三嫂的親哥哥不是在美國拿了博士在大學教書嗎？從那裡有沒有聽三嫂講過，三哥可能在中國大陸活得好好的？」

「你為什麼會問這種奇怪的事？如果三哥還活在人間，依他的個性，依他對家庭的重視，他不可能不通知三嫂，三嫂也不可能不告訴我們。」我說，「我真的希望像你說的那樣，三哥在中國大陸活得好好的！但這不可能啊！……難道你們有情報？」

「嗯——，我也只是聽說啦，有這種傳聞，說三哥現在人在福建，不只活著，還做了那邊的官，聽說，官位還不小。」

「真的？」我望著表哥吃驚地說，「怎麼可能？三哥如果還活著，依他的個性，用爬的都會爬回家來。」

「我說那只是傳聞，我聽到了，因為關心才來打聽。」

「不可能！絕對不可能！」我斬釘截鐵地說。

「連三嫂都不知道這事，想必是傳聞不實吧。」表哥望著我，誠懇地說，「黨外選舉是有風險的，你自己要小心，講話不要太沒顧忌，台灣畢竟還在戒嚴中，沒有言論自由，也沒有結社組黨的自由。千萬不要太天真了。你有理想、有熱情，也有知識和能力，是一流的人才。但我就怕你太單純太老實太天真，要用一點頭腦，務實一點！」

和表哥分手時已經快接近中午了，我讓他把我沒動的西式早餐帶回去。他搶著去付了帳單。在西餐廳門口分手時，他又突然一把抓住我的手說，「聽說這個星期六晚上在國賓飯店十一樓，你辦了一場募款餐會？」他笑笑地，半真半假地問說，「我可以去嗎？」

「你們情報真尖，」我笑笑說，「但這事是別人替我張羅的，聽說有賣餐券，你如果有餐券，就沒理由不讓你進去了。」

「告訴你，我們有好幾張你的餐券，」他說，「也就是說，我們單位會有幾個人在你的餐會現場。但我不會去，你放心！因為我認識的黨外人士不少，在現場被認出來，不太方便。」

「你們也買了我的餐券嗎？為什麼？」我當下沒會意過來，竟這麼傻里傻氣問他。但轉瞬間，我又閃電般明白他的意思了。除了警總之外，恐怕還有其他單位吧？他們要掌握狀況，甚至想要掌握來到現場的支持者的身分背景吧？我突然從心底感到一陣森冷的寒意，也感到有些憤怒了！

「他媽——的！你們真是無孔不入啊！」

「所以我才提醒你，講話要小心，不要太衝動。」他笑笑地拍拍我的肩膀，又撂了一句，「那些拿錄影機和照相機的人，有的都是情治單位派去的，他們都有記者證，有關單位很快就能看到餐會現場的錄影了。」

「好啦，即使這樣，我也不怕！因為這一切都是合法的，」我鎮定地說，「我絕不做違法犯法的事，因此，我內心坦蕩，無憂無懼。」

「我當然相信你。我只是提醒你要小心而已。」他仍然笑笑地對我說，「在政治上，不要太輕易相信別人，自己心頭要拿得定。沒危險的就衝大一點，沒關係！有危險的就要閃開避開，不要傻傻的！……」

走出夢咖啡，走廊裡的行人熙熙攘攘，有點擁擠。多數是下課了要去吃午餐的學生，也有一些年輕的上班族。走廊外的陽光很熾亮，五月底的中午的太陽已完全是一副酷吏般的凶惡的嘴臉了，無情地鞭打著大馬路上的柏油路面和快速駛過的車輛。馬路上隱隱約約蒸騰起一陣陣淡淡的向上升浮並微微晃動的熱氣。

我在夢咖啡走廊的公用電話亭打了一通電話到《夏潮》雜誌社，電話響了很久沒人接。「他們出去午餐了嗎？」我想，「也許黎明還在家。」我又打電話到花園新城，電話也沒人接。「那，她應該已下山了吧？但又不在雜誌社，去哪裡了呢？還有吳福成，為什麼也不在雜誌社？還有龍嫂，回家午餐了嗎？但她最近不是一直都帶便當的嗎？怎麼雜誌社沒人呢？哦，對了，柯水源不是說他今天會去找黎明嗎？打個電話問問柯老師吧。」

電話響了七八聲，才聽到吳世傑的聲音。

「水源出版社，你好！請問找哪一位？」

「世傑仔，你們都在嗎？」

「哈哈，聽說你早上有來，我還在睡覺沒見到你。」吳世傑在電話那端笑了兩聲，說，「我們準備去吃午飯，但又怕餐廳人太多，你怎樣？要過來嗎？」

「好，我這就走過去，大約五六分鐘吧。」

我掛了電話，立刻朝羅斯福路那端走去。中午吃飯時間，新生南路上的人真多，真熱鬧。年輕女生已經穿上無袖的洋裝或上衣了，還有迷你短褲和短裙，甚至連露背裝也出現了。真的，夏天已經到臨了。但台北人不怕夏天的酷熱，尤其是年輕女性，她們似乎更喜歡酷夏熾熱的陽光和氣溫，正好展示她們姣豔美妙的身材、修長誘人的美腿和柔軟如玉的手臂，甚至引人遐想的腋肢窩和若隱若現的胸前的溝溝。

走進羅斯福路的巷道再左轉就進入汀州街的小巷了。水源出版社的鐵捲門大開，裡面坐了三個人圍在茶几前。吳世傑和柯水源都面向屋外，有一個戴帽子的人坐在沙發上和他們正面相對，那背影是我熟悉的人。

「啊！是黃宗德教授嗎？」我還沒進門就叫出聲來了。

那人聞聲轉首，果然是黃宗德。

「很多天不見了，基隆的事情進展得順利嗎？」他站起身來，笑笑地問我。

去年，大概鄉土文學論戰前，我在《夏潮》雜誌社第一次聽到龍哥提起台大數學系教授黃宗德，龍哥對他頗為推崇。不久，我在水源出版社就跟他不期而遇了。

初次見面因為先有龍哥對他的推崇讚譽，因此，我對他很是青眼相看。那時已是冬天，舊曆新年的前夕了，天氣相當冷凜。他身材略顯瘦小，頭上戴了一頂黑色圓型毛線帽，雖然蓋住半個前額，但額庭飽滿仍明顯可見。一雙眼睛深邃明亮，鼻梁挺直，嘴唇豐滿，但臉色卻黯黃沉重。身上穿了深藍色毛衣，外加深草綠色大夾克，一件藍色牛仔褲，磨洗得都有點泛白了。首次見面，他的話不多，那雙深邃明亮的眼睛像兩盞探照燈，不停在你臉上身上穿梭探索，好像要挖掘什麼祕密似的。坦白說，我覺得不舒服。但是，相見次數多了，談話內容比較深入，我對他就有相見恨晚的心情。

開始，他這人是有些神祕。他不留電話，也從來不互通電話。有段時間，我大約每星期不固定時間地點會與他見一次面，都是經由吳世傑或柯水源聯絡，見面地點都在不同的公車站，然後相偕在街頭或空曠的校園一起散步。他說，在國民黨特務統治下，搞反對運動必須小心翼翼，步步為營。早期國民黨在台灣搞肅清運動時，許多人因為沒有這種警覺，不只自己被捉被殺，也連累了許多親朋好友同志。這是歷史的血淚教訓，應該引以為戒。

他很少談他自己。但對鄉土文學論戰、中壢事件，以及後來我決定參選的事卻非常關心。漸漸地，我才發現有些年輕人來幫我貼海報、發傳單都與他有關。包括幾個已在大學當講師的年輕人，像史英、張海潮，竟然都是他的學生。還有幾位從國外回來的人特地去基隆看我，私底下還捐助一些經費，幾乎也都與他有關。

他是在台灣退出聯合國那一年，當許多台灣的大官和有錢人紛紛把金錢移至國外，甚至也入了外國籍後，他卻默默地放棄美國的綠卡，辭掉美國大學教授的職位回到台灣。他說，台灣是我們祖先留下給我們和後代子孫的，我們要好好經營她，讓子孫可以在這塊土地上永續安居樂業。

他和我見面時，雖然聽得多，講得少，但偶有一些談論卻令我印象深刻。例如，有一次我們從石永真的小說談起，談到《夏潮》雜誌社。我推崇石永真是台灣小說界第一人。他也肯定石的小說在文字描寫上獨特的魅力，但對他的內容卻批評說，早期太自戀，太蒼白無力，最近的小說較開闊，像〈夜行貨車〉，描寫歐美帝國主義者對台灣的經濟侵略，確有獨到之處，小說的情節張力，動人心弦。但太意識先行了，太浪漫，也太公式化了。而且，他仍然陷在中國社會主義的理想與現實的矛盾中，沒有走出來。整個《夏潮》系統差不多都有這個問題，都太傾心於中國的共產主義，但對現實中國已被共產黨搞得水深火熱，人民生活痛苦不堪，完全沒有反省和批判，很可惜！他說。談到黃天來和莊安祥所領導的黨外民主運動，他說和國民黨在本質上幾乎沒有差別，都深信資本主義深化是經濟發展的必然走向，太忽略社會的貧富差距所造成的不公不義。選舉要搶中下階級的票，但沒有真正替中下階級設想。唯一值得肯定的是，打破國民黨一黨專政，要求政治民主化，要求國會全面改選，要求解除戒嚴，打破黨禁報禁，就現階段來說是進步的。但視野不夠寬廣，在兩岸問題上太依賴美國，太忽視中國。……諸如此類，對我都有很大的啟發。

「咱們這個黃老師是工作狂，一做起事來，無暝無日。聽說他在美國教書時，肝已經硬化很厲害了，他卻仍然拚命工作，累了就打坐休息一下，一會兒又生龍活虎了。」吳世傑有一次在水源出版社泡茶聊天時談起黃宗德，曾經這樣說，「他其實很多才多藝，不但數學論文常在國際專業學術刊物上發表，極受重視。他還會寫漂亮的散文和詩，還會寫童書，還自畫插圖。這個人，實在是世間少有的。……」

我們在汀州路一家「柯媽媽家常菜」吃完中餐，黃宗德又悄悄邀我一起到台大校園散步，想知道剛剛我和表哥的談話內容。而我也極想聽聽他的意見。

五月的夏日午後，台大校園裡的學生雖然還是熙熙攘攘，但校園裡沒有車聲，學生在路上講話也都輕聲細語的。校園裡還算安靜。大樹下，台階上，都有一對對年輕的情侶們坐著，互相依偎著。也有三五個、或六七個人一組，在涼亭裡比較大聲地在辯論著什麼。春天雖已過去了，但台大校園裡的杜鵑花卻還有些似乎想要抓住春天的尾巴似地開放著。高高的椰子樹在風中搖曳，白雲一大片一大片在空中飄蕩遊走。

「你需要找個地方休息一下嗎？」我說。

「去我的研究室好了，這時間沒別人。」他說。

我去過一次他的研究室，兩個教授共用一間。另外那位教授今年申請到國科會的經費，出國去做半年的研究了，要到九月才回來。

「那個地方好，」我說，「你也可以休息一下。」

每次我們見面都習慣走很長的路，大約走一兩個小時。我其實很擔心他的身體受不了。他卻說，他需要走路，他的肝病才不會繼續惡化。但他也需要充分休息，不能太勞累。

到了他的研究室，他又忙著要燒水泡茶。他其實是個心思細緻，個性體貼的人。很會替別人設想。我阻止他，「不必再替我張羅茶水了，你坐著，我把表哥講話的內容告訴你之後，聽聽你的意見，我就要走了，好讓你休息。你的臉色不好，要多保重。」我說。但是，他還是泡了兩杯茶，一杯給我，一杯他雙手握著，用心地聽我訴說我和表哥的談話內容，我雖然講得簡單扼要，但也花了至少大半個小時了。

「我聽起來有兩個重點，一是說有人要檢舉你，要利用選舉走私武器在基隆搞暴動，二是關於你三哥是不是海難沒死，被救到大陸做了他們的官？」黃宗德那雙深邃明亮的眼睛望著我，皺了眉頭沉思了一會兒，問我說，「你認為他講這些話是什麼用意？」

「關於我三哥的事，我認為他們想試探或尋找、挖掘我和中國的關係，如果三哥確如他們所說的那樣，就可以替我栽上一頂赤色的大帽仔了。但是，我三哥確實在海難中死了，對他們來說，這個線也斷了。但他們一定還會千方百計去設計其他線索把我跟中共套在一起。……不過，還好我一直沒有國外關係。去年，美國愛荷華大學國際寫作計畫曾邀請我以台灣作家的身分去美國訪問一年，同時美國也首次邀請中國大陸老一代作家蕭乾，計畫在美國安排我和蕭乾代表海峽兩岸作家在美國舉行座談會，聽說宣傳海報都貼出去了，國民黨卻不准我出國。所以，到現在為止，我也一直從未走出國門一步，他們很難把我和中共掛在一起。至於說走私武器搞暴動，我認為是國民黨在自說自話，完全不是事實。但到時他們也可能會自導自演，在我的故鄉南仔寮漁港高價收買漁民，先把武器放在船上，誣陷我就是貨主。這點，我必須嚴加防範。」

「如果這樣，你要怎麼防範？」

我沉思了一下，重重嘆了一口氣說，「我只想到，在公開演講時，把國民黨這個陰謀先講出來，並且把它印成傳單，沿家挨戶送。你覺得呢？」

「現在選舉還沒正式開始，如果他們在這個時候就以你為對象，利用這個謠言製造一個大案，殺雞儆猴，讓一些人不敢參選，也讓不知情的選民對黨外人士產生懼怕、仇恨的心理，這樣，你就沒機會向選民公開說明了，那你就被白白犧牲了。」黃宗德說。

「那，你認為該怎麼破解？」

「我也還沒想到什麼有效的破解之道。」他皺著眉頭想了一下，說，「如果先向黃天來、莊安祥、黃順興和羅智信、林正義他們說明這件事，請他們多頭並進，有的在立法院和省議會質詢，有的開記者會向國內外媒體公開國民黨這個謠言的陰謀，並請國際人權組織現在就組團來台灣觀察選舉，這樣，可能比你自己到選舉正式活動時才講這件事，會更有效地破解他們的陰謀。」

「嗯！……你這個建議很好！……但是，」我有點憂慮地探詢說，「你認為國民黨真的會以我為對象嗎？製造一個假案來殺雞儆猴？」

「有可能是你，也有可能是別人。」黃宗德說，「選舉時落單的，孤軍作戰的，最有可能。」

「謝謝你的指教。」我點點頭，心情有點憂慮沉重，沉默了片刻就起身告辭了。

他站起來，笑笑地說，「你感到很憂心嗎？」

「是有一些憂心，但憤怒的情緒也很強！」我說，「國民黨如果真的這樣搞，就太沒天理良心、太無法無天了！對付這樣的暴政，就只有造反了，革命啦！」

「革命？哈！你先別想這個啦！」黃宗德先笑笑地說，隨即又表情嚴肅，「我相信他們是有想要製造一個大案，但是，不一定能做到。因為他們也必須考慮代價。現在國民黨在國際上已經很孤立了，他們也不敢肆無忌憚地關起門來蠻幹。而且，蔣經國才剛剛當選總統沒幾天，他也希望獲得國內外的好感好評。剛選上總統就在選舉時搞出這樣的大案，他面子上掛得住嗎？何況，台灣的局勢都在他控制下，很穩定，並非動盪不安，他不會那麼愚蠢，你放心！」

「希望是這樣！」我勉強笑了笑說，「你最後這些分析很有道理，讓我也比較安心一點。但我也不能不把各種可能的情況都考慮進去，否則，到時手忙腳亂就潰不成軍了。」

「不錯，你的思考其實已經很周密了，現在就是要馬上行動！」黃宗德說。

離開黃宗德的研究室，我的心情還是有些混亂和沉重。我沒想到參與黨外選舉竟會這麼複雜險惡。國民黨是長期掌握了整個國家機器的巨無霸，而黨外人士卻只是一些分散的個人，像這麼陰狠惡毒的陰謀詭計就可以經由國家機器來執行，來對付黨外人士。

「你後悔了嗎？」我聽到有一個聲音這樣在質問我。

「我能後悔嗎？」我也這樣反問自己。

「不能！」我大聲對自己說。

我坐上公車，在安和路下車。我非常想念黎明。但是，她會在雜誌社裡嗎？

第十五章

我的募款餐會在黎明的策畫安排下如期舉行了。

我依照她的交代，在當天下午五點半到達國賓飯店。我坐了電梯到第十樓，然後再走兩段小階梯才上了頂樓。頂樓入口處已擺了一個長條桌子，桌上擺了兩盤塑膠花，兩本貴賓簽到簿。桌子後面坐了兩位我不認得的年輕小姐。那兩位小姐看到我，立刻站起來，笑笑地說，「歡迎！請簽名！」然後又有點靦腆地說，「請問，你的餐券……」

我笑著說，「不好意思，我沒餐券。我是陳宏，黎明請妳們來幫忙的嗎？」

「啊——，陳先生，不好意思。鄭姐在裡面。」

我道了一聲謝，逕自往裡走去。很寬敞的大廳裡已經擺了一些餐桌。我數了一下，剛好是三十桌，每桌又擺了十張椅子。看起來，這是黎明預計會出席的人數。大廳裡有個高起來的舞台，上面還擺了一座活動的講台，講台上有一支麥克風。有兩個年輕人站在舞台兩邊的活動階梯上張掛一條紅布，上面寫著「國大代表參選人陳宏募款餐會」。黎明站在大廳中央，仰頭望著那塊紅布，伸手比畫著，「這邊稍微高一點，那邊低一點，再稍微低一點！」

「辛苦妳了！」我悄悄走到她背後，輕聲說。

「你來了，」她回頭望我一眼，笑著說，「你覺得怎樣？還可以嗎？」

「好極了！」我說，「多虧妳了！」

黎明臉上似乎搽了一點粉，嘴唇也淡淡地抹了一點口紅，兩耳掛著淡紅色的耳環，穿著一件無袖的淡紅色翠花旗袍，露出玉脂白皙的臂膀，一雙淡紅色的高跟鞋，身材高挑，玲瓏有致。

「妳今天好美！」我靠在她耳邊輕聲說。

「怎麼？平時就不美嗎？」

「平時也美，但今天特別美。」我微笑地說，「沒看過妳戴耳環、穿旗袍，也沒看過妳搽口紅、穿高跟鞋。」

她回眸望我一眼，雙頰微紅，漾出春水般的笑容。

「報告鄭姐，我們來報到了！」吳福成、胡飛鴻、李通達和黑常一字排開走了進來。

「你們都來了！很好！」黎明笑著，像個大姊頭吩咐他們說，「你們兩個人一組，就站在入口的兩邊，負責收餐券，沒餐券不准進來。……」

這時，吳世傑突然在舞台的麥克風前，「喂喂，麥克風試音，聽到了嗎？」一看到黑常他們，他就大聲笑著招呼，「哈哈，你們都到了，有聽到麥克風的聲音嗎？」

「聽到了！聽到了！」黑常大聲應著，「柯老師呢？」

「在後台弄音響。」吳世傑對著麥克風說。

「今晚演講的人，名單都給你了。」黎明說，「我還安排孫志豪和徐老師做司儀，介紹演講者，並且負責義賣，也請屈中和老師代表藝文界的朋友講話。」

「義賣有把握嗎？」我有點擔憂地說，「萬一現場反應冷淡就不好看了。」

「你別擔心！我都安排好了，」黎明笑著安慰我，「萬一有什麼萬一，我們也都有考慮、有安排了。你放心吧！」

「屈大哥不是反對我參選嗎？」

「你這個屈大哥真的夠義氣！反對你是愛之深，責之切！既然反對不了你，就只好支持你了。這次義賣品，多數是他找了畫家楚戈一起向藝術界的朋友募來的。我請他在餐會上替你講幾句話，他也爽快答應了。」黎明說，「募款餐會結束後，你真該謝謝他和楚戈。」

「是，我知道！我該謝的人很多，……」

「喂喂，你們幾個少年的，下來幫忙拿東西吧，我家龍哥的車停在樓下。」只見龍嫂手上提了一幅畫，進到大廳就大聲嚷嚷，「這要放到哪裡？」

「給我吧，我拿去後台！」黎明指了指舞台後面，又朝吳福成和黑常他們，提高了聲音說，「你們幾個，趁客人還沒到，趕快下去把龍哥車上的義賣品都搬上來。」

國賓飯店這個頂樓，大概是給小型表演用的，所以除了有舞台之外，舞台後面還有個後台，供表演者換裝和休息用。音響設備也都放在後台。

柯水源和一位大約二十幾三十歲模樣的電器工人，把音響調整好了，正在抽菸。

「柯老師，多謝啦！這次如果沒你幫忙，這場餐會就離離落落了。」黎明把畫擱在一張長桌上，先笑著對柯水源說，然後又回頭對我說，「連今天的麥克風音響，也是柯老師幫忙張羅的。」

「柯老師，多謝你啦！」我過去拍拍他肩膀笑著說。

「哈哈，我們老兄老弟了還講這些？如果要謝，就該謝我這位少年兄弟，」他拍了拍坐在旁邊的年輕人說，「我來介紹一下，這位是阿義仔，在台北市東門市場開一間電器行，今晚的電器音響，都是伊免費提供的。」

我向他一鞠躬，並伸手和他握了握，說，「多謝你啦，頭家。」

「我是做工的，哪是什麼頭家。」他露出沾了檳榔的牙齒笑笑地說，「叫我阿義仔就好。」

「我師大畢業那年，去台東高工教書，阿義仔是電工科的學生。」

「我看，我年紀比你大，你就叫我宏哥吧。」我說。

「這樣，歹勢啦！」阿義說。

「歹勢啥？大家都是兄弟就袂客氣，」黎明笑著說，「我也是你們的兄弟！」

「鄭姐，我很佩服妳，《夏潮》雜誌我每期都有看。」

「真的啊？你也讀《夏潮》？」我有點驚訝，一個高工畢業的電工師傅也會看《夏潮》？我常說《夏潮》的文章還可以更通俗淺白些，工人和農民如果都讀《夏潮》，那才叫成功。

「阿義是《夏潮》長期訂戶，也是贊助者之一。」

「都是柯老師鼓勵的啦。《夏潮》一直都替下階層的人講話，我很感動。」

「多謝你啦。」黎明笑著，向他深深一鞠躬。

「了不起！」我豎起大拇指，由衷地稱讚他。

「來來來，隨我從這裡來！」吳世傑雙手提了兩幅畫，帶著笑聲走進後台，後面跟著胡飛鴻、吳福成、黑常、李通達，還有楊美君。他們手上都提著或抱著東西。

「把東西放桌上，那兩件陶藝品要小心放，字畫不能弄髒，」黎明迎上去，略略提高了聲音說，「你們把東西放下，就到外面各就各位了。我還要整理這些東西，龍嫂呢？我需要她幫忙。」

「龍嫂陪龍哥去停車就上來。」吳福成說。

我看美君身上揹了一個大吉他，臉上也明顯畫了一點妝，顯得明媚亮麗，穿著襯衫牛仔褲，全身散發出青春活潑的氣息。

「美君今晚要唱歌嗎？」

「今晚的氣氛全靠她了。」黎明說，「只有政治明星演講太沉悶了，我請美君唱幾首台灣民謠或校園民歌來帶動氣氛。」

「太好了，」我說，「晚上就辛苦妳了。」

「哪裡，是我要謝謝你給我這個機會，讓我表演歌藝給大家欣賞。」她眉開眼笑，明朗地說。

「鄭姐，妳很厲害哦，募集了這麼多的義賣品，都是現在有名的畫家藝術家的作品，像朱銘雕刻的牛頭，你們是怎麼弄來的？將來一定很值錢。」飛鴻指著桌上那些義賣品說。

「朱銘很夠朋友，他聽高信疆說我要參選，就主動送了兩件作品讓我拿來義賣。」我說，「但是，義賣要賣給誰呢？有錢的老闆我一個都不認識。黎明叫我放心，但我就是放不下這個心啊。」

「你安啦！這些事，讓我們來操心就好。」柯水源笑笑地說，「你今晚只要做好兩件事，第一，做好你跟那些黨外政治界的前輩、明星的關係。第二，好好演講，讓在場的人感動稱讚，印象深刻，對你有很高的評價，你就可以交差了。」

「柯老師講得很對，」黎明在旁邊，又像數落，又像鼓勵地說，「阿宏第一次參選，還沒經歷過大風大浪，所以對一些小事情太過關注。做候選人就要放開胸襟，站在高處，看大方向大原則，小事情小細節，交給我們就好了。現在你就帶了他們幾個少年的，到門口去迎接貴賓吧。我和龍嫂還要整理一下這些義賣品。」黎明又再一次展露了她大姊頭的架式，大聲說，「各位兄弟，現在已經快六點了，大家依照事先分配的任務去各就各位吧。現場如有臨時狀況就找柯老師。居中聯絡的是吳世傑。還有美君，妳既然早到了，也請妳在現場幫忙接待吧。」

「好，沒問題。我的吉他就放在後台，沒關係吧？」

「我請龍嫂替妳專責保管，妳放心！」

「各位兄弟，大家跟我來吧！」我說著，朝大廳門口走去。

漸漸的，有些人進來了。我站在門口跟每一個人握手，自我介紹、道謝。旁邊有黑常和飛鴻，對面是阿達仔和吳福成。兩位小姐站在簽名處，見到人進來了，就站起來微笑招呼，請人簽名。但大多數的人都逕自走到我面前來跟我握手，隨即到大廳找了位置就坐下了，簽名的人很少。我突然恍然大悟，原來那些人雖然買了餐券來捧場，來表示支持，但仍然心有顧忌，不願意公開暴露自己的身分。萬一名單被國民黨特務拿到了，大家還是擔心會有麻煩吧？即使有人簽了名，想必也是假名吧？黎明事先難道沒想到這些嗎？但會場就是應該有簽名簿，這是對參加者表示尊重吧？但他們願不願意簽名，那是他們的自由了。黎明想必也是這樣思考的吧？我心裡忍不住笑了笑，覺得黎明才是比我更適合搞政治的人，我的頭腦太簡單了。

客人大約已經坐滿一半了。一位年長者，右手提了一只老舊的公事皮包，穿了一件白襯衫、一條黑色西裝褲，一雙灰暗的皮鞋，一張滿是皺紋的黎黑的臉，身材高瘦，腰背挺直，站在入口前的台階上，靜默地向裡面望了望。

「啊！順興仙！」我興奮地叫了一聲，立刻迎上去，緊握他的手熱烈地搖著，「歡迎，歡迎！感謝您來，感謝！」旁邊幾個年輕人也大聲叫，「順興仙，請裡面坐！裡面坐！」

我拉著他的手，向大廳走去。

「你選這麼高級的地方辦募款餐會，不會很貴嗎？」他說。

「我也不知道，都是黎明他們處理的，還有柯老師。」

「水源仔也來幫忙了嗎？」

「是啊！你先坐這裡，」我把他安置在正中央那桌正對著講台的位置，「水源仔在現場，我去找他來陪您。」我說。

我才講完，已聽見柯水源帶著爽朗的笑聲走過來了，「順興仙，你來了！感謝啊！」他說。

「感謝啥？這不是我們自己的事嗎？要感謝的是你們這群在背後默默努力奉獻的人。」順興仙開朗地笑著，拍拍旁邊的椅子，拉著柯水源坐下。「我們很久沒見了吧？今天要好好聊聊。」他說。

「順興仙，讓柯老師陪你聊了，我去接待其他人。」我說。

「你去，你去，今天你是主人，要好好接待客人喔。」順興仙對我揮揮手，親切地說。

我向大廳逡巡了一下，片刻間，大廳似乎又湧進不少人了。我看見台大社會系張曉春教授，他是老政治犯，年輕時不知犯什麼案，被判了三年感化教育。《夏潮》創刊以來，他一直熱心支持，出錢出力。還有幾個面熟的老臉孔，好像也是老政治犯，他們都坐在同一桌。屈中和大哥也到了，石永真、孫志豪、王志軍跟他坐同一桌，徐海濤站在旁邊和他們說話。還有幾位我不認識的年輕朋友。我朝他們揮揮手，又趕緊走到門口，站在我原來站的位置。

「剛才你一走開，立刻就進來好多人了，孫志豪、石大哥、屈老師、徐老師，還有王志軍，好像是事先約好一起來的。」吳福成笑著說，「還有張曉春教授和李作成先生，一批老同學也都來了。」

是了，那是作成兄他們，和石大哥同案的幾個人了，難怪那麼面熟。我不禁責備起自己的健忘了。要搞選舉的人，記人名是很重要的事，把見過面的人忘記了，是選舉的大忌。

從我面前走過的每一個人，我都和他們熱絡地握手、自我介紹、誠懇致謝。但絕大多數都是我不認識的。但有位陳宏正先生，高高的身材，戴著眼鏡，是一家紡織公司老闆，讀過我的文章後，打聽了我的電話就主動約我吃飯了，是一位有民主觀念、熱心公益、又有文化素養的中小企業家。今天也帶了三位朋友一起來了。「這三位都是我的好朋友，邵董事長、鄭總經理、鄭董事長，都讀過你的大作，都很欣賞你。他們都會買你的義賣品。」陳宏正說，「但是，他們都不想讓人知道，所以都用別人的名字買，你知道就好。收錢找我收就可以了。」

「謝謝你們，我一定會好好努力。」我說。

「宏哥，天來仙和林正義省議員來了。」吳福成在旁邊悄聲提醒我。

「啊！天來仙，林省議員，歡迎！歡迎！感謝！感謝！」我迎上去，拉住他們的手，彎腰鞠躬，朗聲地說，「請走這邊！順興仙和徐海濤教授也來了，坐在那邊等你們呢。」

周圍的人看他們進來了，有人拍手大聲叫，「天來仙，林省議員，加油啊！」

「大家加油！大家加油！」天來仙身材矮壯，留個平頭，身穿短袖襯衫，笑瞇瞇地向大家揮手致意，「人不少啊！」他說。林正義穿了一套合身的淺黑條紋西裝，藍色襯衫配一條黃色領帶，默默地微笑著跟在天來仙旁邊。「大概台灣左派全都動員了吧？」他說。

「什麼左派？台灣哪有什麼左派？攏總是自由派民主派啦，哪有什麼左派！」天來仙表情嚴肅地說。

「是啦，台灣左派早就被國民黨連根拔除了，哪裡還有什麼左派。」我附和地說，「我們都是自由派民主派，天來仙就是大元帥！」

我帶他們走到正中央的第一桌，順興仙立刻站起來，「天來兄，你來了！你來坐中間這位置。」他一手拉著黃天來往中間的位置坐。徐海濤也起身拉住林正義，「正義，你來坐這裡。」他指著他旁邊的位置說，「我跟你講話比較方便。」

「順興兄，你是老大哥，這位是你坐的，我哪敢坐。」黃天來推辭著，搶了旁邊的位置坐下。

「天來兄，你還跟我客氣啥？你是終身的立委，我是今年還要再苦戰的人，需要你來替我助選，你何必跟我客氣呢？」

「不行，不行！你歲數比我大，出道比我早，你做台東縣長時，我還在做高玉樹的助選員。做人要有大有小，這位由你坐，沒人敢講半句話！」黃天來斷然地說。

「好啦，天來仙，林省議員，你們坐的位置就請你們自己喬吧，」我笑笑地說，「海濤，這裡就麻煩你了。」

我先走到屈大哥、石大哥他們那一桌打了招呼，再去張曉春教授那一桌向李作成們拍了拍肩膀，「各位老同學老大哥，不好意思，我現在沒時間陪你們聊，謝謝你們來。」我說，「張教授，這裡就麻煩你了。」政治犯之間都互稱老同學，我見過他們幾次，也以「老同學」稱呼他們。然後又去陳宏正董事長那桌。我把手搭在陳宏正肩上，抱歉地說，「陳董，今天沒時間和大家聊，很抱歉，這桌就麻煩你招呼一下。」「你去忙，你去忙！」陳宏正拍拍我的手背，親切地笑笑地說。

差不多每一桌我都蜻蜓點水式地去打了招呼，不認識的、叫不出名字的，我也都以熱絡的口氣、誠懇的感謝，含含糊糊地矇混了過去。再回到門口迎賓的位置，吳福成就說了，「莊安祥委員和一位叫王木川的，剛剛都進去了，飛鴻帶他們坐到天來仙那一桌了。」

「噯呀，糟糕！」我一聽說，立刻快步踅回大廳，飛鴻剛好要走回入口迎賓的地方，和我擦身而過，「辛苦你了！」我說。

莊安祥又和林正義、黃順興互讓坐位。我聽莊安祥以他中氣充足的略帶沙啞的嗓音朗聲說，「這有什麼好讓來讓去的，先來的先坐，後到的有空位就坐，何必讓呢？」他在林正義對面的空位上坐下。黃順興笑著拉住王木川的手說，「少年的，那你就坐在我旁邊吧，剛剛徐海濤坐這裡，他現在跑別處去了。」

「順興仙，多謝哦，我是王木川，」他理著平頭，略圓的臉，略圓的下巴爽朗地說，「我這次也要出來選台北市國民大會代表，做過莊委員的助選員，請多多指教。」

「這個王木川口才很好，我聽過伊的演講，很會講，也很好聽。伊今年要選國大代表，和老莊聯合競選，穩當選的啦！」黃天來笑著，當眾推舉王木川的口才。王木川笑著趕緊說，「這都是從小聽天來仙演講偷學來的啦。天來仙、莊委員，都是我的師父。」

「陳宏，你很有辦法喔，人都坐滿了。」莊安祥笑著說，「我看會爆桌，外面還有不少人哩。」

「這都是因為你們的關係啦，天來仙、莊委員、林省議員、順興仙，大家都是要來聽你們的演講。」我笑著說，「你們的演講，確實好聽！連我都聽得耳孔趴趴的。」

這時，徐海濤又走回這一桌來了，一聽我講完，立刻就接嘴說，「還有，還有羅智信縣長。在場有些朋友對老羅很有興趣。中壢事件讓大家印象太深刻了。」

「智信兄有說要來嗎？」林正義說，「我下午才在桃園和他見面，他還在和別人約晚上有事要見面。」

「真的嗎？這事是黎明負責的，」徐海濤說著，舉目四處逡巡了一下，突然向屈大哥坐的那桌，邊招手，邊大聲說，「黎明在那裡，找她來問一下。」

我遠遠望著黎明，她背對我們，好像正在和老同學們講著話。坐向朝我們這邊的屈大哥已看見海濤在招手，才提醒她。她轉身回望，海濤又做了一個要她過來的手勢，她這才裊裊娜娜地向這桌走來。

「鄭黎明，這是妳嗎？」莊安祥誇張地瞪大了眼睛望著她，「哇啊！稍微妝一點就完全變一個人了，變成仙女下凡了。」

「莊委員愛講笑話！」黎明微笑著，向在場每一個人都點頭打了招呼，「徐老師叫我嗎？」

「正義說老羅晚上不會來，妳不是和陳翠去邀請他了嗎？」

「是啊，是他親口答應我們的。」

「啊——，這個羅的常常都嘛這樣，約了，不是遲到就是沒來。」天來仙笑著說，「有一次跟我約九點來我家，結果十一點多才到。我講，如果約在外面，我們都走了，你來有啥路用？後來我才聽說，他常常都是這樣的。」

「是哦？那沒關係啦，有你們各位在場就很澎湃了。」黎明笑笑地說。

「我常聽智信兄說，陳宏和鄭黎明是台灣左派的金童玉女。今晚黎明確實是玉女，但陳宏怎麼連個領帶都沒打呢？」林正義有點調侃地說。

我突然覺得臉上熱熱的，有點不安。今天我是主人，穿得太隨便了嗎？但是在場穿西裝打領帶的，不就只有他林正義一個嗎？天來仙、順興仙、莊委員，甚至幾位董事長，不是也都只穿襯衫西裝褲而已嗎？「不好意思，我除了結婚那天穿過西裝，這輩子還沒穿過第二次。」我有點尷尬地說，「天氣這麼熱，西裝實在穿不住。不是說，自然就是美嗎？我這身穿著跟在場絕大多數人一樣，都是順其自然。講什麼金童玉女，還說是左派的，台灣還有左派嗎？都是羅縣長愛開玩笑胡謅的啦。」

「坦白講，正義講的什麼台灣左派這種講法，我是不贊成的。」徐海濤表情嚴肅地說，「台灣現在還有左派嗎？不是國民黨就是黨外，黨外不都是自由派民主派嗎？」

「對對對，徐教授講的最對，我剛才也對正義兄講，台灣哪有什麼左派，攏總是自由派民主派啦。」黃天來說。

「國民黨講台灣左派就是中國派，中國派和台獨派都一樣，都是造反派，都是叛亂團體，捉到都要槍斃的！」莊安祥笑笑地說。

「好啦，現在不談這些啦，」黃順興突然插嘴朝黎明說，「時間差不多了吧，可以開始了。我還要坐火車回彰化哩。」

「好好，這就叫他們上菜了。」黎明說著向後台走去。不一會兒，就開始出第一道菜了。我仍然走到門口，黑常他們也都還站在那裡，仍然還有一些人繼續進來。吳世傑走到我身邊悄聲地說，「裡面有一些人沒位置坐，我看要加開幾桌才行。」

「有人沒位置坐？怎麼可以？趕快請柯老師處理，算一下人數，再加上工作人員，該加開幾桌就幾桌。」我略略提高了聲音說，「人家花錢買餐券，卻沒有位置坐，太失禮了！」

吳世傑去了一會兒，就看見穿著飯店制服的人手腳快速地搬動桌椅。舞台的麥克風也傳來黎明的聲音說，「各位還沒有位置坐的好朋友，非常抱歉！我們已經請飯店加桌了，失禮的地方請大家原諒。我們沒經驗，沒把事情做好。」

大廳突然響起一陣熱烈的掌聲，有個人很大聲地說，「勦緊！勦緊！阮是來支持黨外，不是專門來吃飯的！」

「感謝！感謝大家的體諒！也多謝大家熱情支持……」黎明用麥克風感性地說。

隨即，音樂響起來了！是用小提琴演奏的，大家耳熟能詳的台灣民謠〈丟丟銅〉，輕鬆、活潑、調皮、快樂！楊美君拿著麥克風，以她嘹亮的、陽光的聲音和著音樂，「火車行到伊都，阿末伊都丟，噯唷磅空內」。

接著是〈望春風〉、〈四季紅〉……

「今天是台灣民謠之夜嗎？音樂好，場地好，」莊安祥笑著說，「木川啊，下次換你辦，不能漏氣呢！」

「是！我會好好向陳宏兄請教學習。」王木川說。

「喂，陳宏，我一直想要問你，」天來仙突然想起什麼似地，很認真地說，「這個餐會，你沒邀請周志鵬省議員嗎？伊在基隆不是黨外的頭嗎？」

「報告天來仙，我前後總共拜訪伊三次，第一次就是為了《黨外的聲音》那本書，有將伊列入訪問對象。那次伊對我很客氣。第二次是我決定要參選後去拜訪伊，伊好意告訴我，用黨外身分參選很艱苦，也很危險，可能會被國民黨陷害、坐牢等等。伊還問我，在基隆認識哪些人，準備花多少錢來選？我說，我只有一些親戚朋友，但沒人沾過政治。我也沒什麼錢。伊講，選舉不是小孩子玩家家酒，勸我不要選。第三次是番王仙的祕書高明正先生叫我去向伊開口，請伊支持。明正仙說，伊一定會拒絕，但是嘸緊，就讓伊拒絕吧。果然，那次伊的態度就很不客氣了。伊講，以前也不認識你，哪知你是熊還是虎，我怎麼支持你？萬一你是假黨外，或是國民黨的抓耙仔，我不是滿面都豆花了嗎？所以這次辦募款餐會我就沒敢邀請伊了。大概情形就是這樣了。」我說。

「我就知道這個人，眼睛長在頭頂上，很臭屁！」天來仙搖搖頭感慨地說，「黨外就是出了一些這樣的頭人，才壯大不起來。恐怕別人勝過伊！」

「去年選縣市長和省議員，我鼓勵陳宏回基隆選省議員，逼周的去選市長。陳宏講伊對政治沒興趣，」莊安祥笑著說，「如果陳宏去年回基隆選省議員，局面可能就不是這樣了。」

「地方型黨外政治人物因為資源不足，一向都只能靠自己。一旦有新人出現，他就擔心會不會被取代了？所以胸襟、格局、見識自然就受限制了。」林正義說，「客觀條件是那樣，期待他們有大胸襟、大格局，很難！」

「這點，天來仙和莊委員的表現就很令人佩服了。」我誠懇地說，「黨外就需要這樣的領袖。」

這時菜都上來了。楊美君還在舞台上邊彈著吉他邊唱著歌。

「美君，妳休息一下，吃點東西吧，」孫志豪從後台走出來，對楊美君說。然後走到舞台中央，手上握了一支麥克風，用流利的台語大聲說，「各位前輩，各位好朋友，大家晚安，大家好！」台下立刻轟然地響起一聲「好！」

「我叫做孫志豪，是今天的主人陳宏大學時代的好朋友，好兄弟！雖然，我是芋仔，不是番薯，但是，我跟現場每一個人都一樣，有一粒愛台灣的番薯仔心……」

「好！」台下又轟然響起一陣掌聲和叫好聲。

「今天是我的好兄弟陳宏要競選基隆市國大代表的募款餐會，我首先代表我的兄弟陳宏用三鞠躬向大家表示最深最誠懇的感謝！多謝大家！」志豪站在舞台中央，彎下腰深深一鞠躬，然後又轉身向左深深一鞠躬，「多謝大家！」再轉身向右深深一鞠躬，「多謝大家！」台下立刻響起一片如雷的掌聲和叫好聲。

「這個孫的是外省囝仔，台灣話講得這麼好，了不起啊！」黃天來抬起頭望著舞台上的孫志豪，也跟大家一起鼓掌，讚賞地說。

「伊的文章也寫得很好。」我說。

「我知道，我知道。」天來仙笑著說，「你那本《民眾的眼睛》叫我寫序，就是伊用我的名字寫的，我知道！哈哈哈！寫得很好啊！」

「天來仙，歹勢……」

「免歹勢，大家都知道，我黃天來只會用嘴講，袂曉用手寫，」黃天來率直無諱地笑著說，「用我的名寫那麼好的文章，當然是別人代替我寫的啦，我怎麼能騙人？哈哈哈……不過，伊寫的內容跟我頭腦想的都一樣。」

「現在，首先要來邀請的是，來自彰化的黃順興立法委員，因為伊等一下還要坐火車回去彰化，所以先請伊來講，後面還有很多精采的演講，請大家耐心等待。」

黃順興站起來，向同桌的人點頭致意，再緩緩走向舞台。這時志豪又繼續介紹黃順興，「順興仙做過台東縣議員，也做過台東縣長。那時，大家都沒想到，在台東那樣保守的地方，國民黨勢力霸占一切，這個黨外人士黃順興竟然能夠突破國民黨的封鎖，當選台東縣長，實在是台灣民主運動歷史上的奇蹟！現在，讓我們用最熱烈的掌聲歡迎這位替台灣歷史創造奇蹟的英雄黃順興立法委員，……」

台下用掌聲、口哨和叫好聲，如雷鳴電閃般，歡迎這位民主運動的老鬥士。

「我是一個做田人，我不太會演講，但是，我很會拿鋤頭，會做事情，腳踏實地！我了解一般做事人的艱苦……」黃順興的演講沒有激情，沒有動人的口號，也不幽默，但卻很平實、很親切、很誠懇。「陳宏是我認識的年輕人當中，最有才華、最有膽識、最能替一般百姓講出尹的心聲的作家。伊已經出版了好幾本書。現在，他要從書房走出來，走向政治，要和我們作夥，替民主政治共同打拚！爭取政治民主、經濟平等、爭取法治人權……」

當他鞠躬走下舞台時，群眾立刻毫不吝惜地、慷慨地，再一次給他極為熱烈的掌聲。當志豪說，黃順興今年年底也要在彰中投（彰化縣、台中縣市和南投縣）參選立委連任時，台下立刻響起海浪一般的吼聲，「順興仙加油！順興仙當選！」

「歹勢，歹勢！順興仙，請你留步，再上台一下！」志豪在台上突然緊急地大聲說，「歹勢，各位好朋友，請大家原諒。我是第一次替人助選作主持人。《夏潮》雜誌的總編輯鄭黎明小姐交代我，一個演講者講完，就要請伊來拍賣藝術品，我卻一下子就忘記了，實在真抱歉！真歹勢！順興仙，失禮失禮！」

黃順興再次走上台去，「要我替陳宏拍賣啥？」他笑笑地問。此時，黎明雙手高舉了一幅版畫走上台來了。台下突然有人「呼咻——」地吹了一聲口哨。志豪笑著說，「這位吹口哨的朋友，你是在稱讚我們黎明小姐漂亮呢？還是在讚美這幅版畫有價值呢？」

「都有啦！小姐漂亮！這幅畫也很有價值。」那吹口哨的人笑著大聲說。

「好！這位朋友好眼力，有眼光，黎明小姐確實漂亮，這幅版畫也確實有價值。我們就請順興仙來拍賣這幅版畫吧。順興仙，請你拿著這幅畫，各位朋友，請你們開個價吧，三萬？五萬？來！隨你們開價，有誠意就好！」志豪大聲說。

台下突然靜默了下去，氣氛變得有點沉悶詭異，大約持續了十秒鐘，突然有人喊了一聲「三萬！」

「好！三萬，三萬，這位朋友開價三萬，有人要加嗎？再加一點，再加一點！」志豪大聲喊著。

「我加一萬！」台下有人喊著。

「好！這位朋友加一萬了。這幅難得一見的、以環保為題材的版畫，是幾年前一艘外國郵輪在基隆外海撞到浮島擱淺了，使基隆外港、南仔寮漁港都被漏油汙染了，報紙登很大，漁民因此捕不到魚，生活很困苦。青年畫家奚淞先生，也是陳宏的好朋友，刻了這幅反映漁民困苦生活的版畫，很稀有的呢。四萬，四萬！還有人要加嗎？」

「五萬啦！」

「好！有人加到五萬了！這版畫，五萬絕對是物超所值。還有人要加嗎？我數到三，如果沒人再加碼，這幅畫就五萬元成交囉！」志豪大聲喊著，「一——二——有人要再加一點嗎？有嗎？有嗎？沒有了嗎？好！三——！這幅版畫五萬成交了，謝謝這位朋友，也恭喜你能收藏這幅難得的作品。也謝謝順興仙，謝謝大家！謝謝大家！」

後台的音樂突然又響了起來，還是那首輕快活潑的宜蘭民謠〈丟丟銅〉。徐海濤在音樂聲中輕快地步上舞台。「各位好朋友，大家好！我是徐海濤！」海濤拿著麥克風，笑著，用北京話向大家問好。

「徐教授好！」下面有人很捧場地大聲應和著。

「謝謝這位朋友的捧場。我和孫志豪是台大哲學系同門師兄弟，一路走來也是一對難兄難弟。我們都是殷海光教授的學生，都在台大哲學系教過書，也都是在台大哲學系事件中被國民黨迫害，一起被非法解聘的人，現在也一起當無業遊民，今晚也一起來替陳宏助選，主持今晚這個募款餐會。」海濤說，「我和志豪都是外省人，但他的台語講得很溜，我年紀大一些，不太會講台語，只能講國語，今晚我們就讓國台語和平共存吧，就像本省人和外省人在台灣也要和平共存一樣，好不好？」

「好！本省外省都一樣了！」

「今天我們感謝許多黨外前輩來參加這個餐會，來給陳宏鼓勵支持，等一下他們都會發表精采的演講。現在我想請陳宏在文學界的好朋友、老大哥屈中和教授上來講幾句話。」海濤笑著，朝屈大哥那一桌比了一個邀請的手勢，大聲說，「屈老大，請上來吧。各位好朋友，我們用熱烈的掌聲歡迎屈中和教授。」

全場立刻響起劈劈啪啪的掌聲和叫好聲。屈中和站起來，邁著大步向舞台走去。黎明突然出現在我身邊，附耳小聲說，「你也要上台，站在演講者的左邊後面一點的位置，都不准下來哦，要面帶微笑。」

我立刻起身，大步搶在屈大哥之前先上了舞台，站在台上的階梯口笑著鼓掌迎接他。

屈大哥拿著麥克風似乎有點緊張，站在台中央對我笑笑，我站在他左後方大約兩公尺的距離，以鼓掌微微鞠躬向他致謝，台下的人也都一起鼓掌回應。

「各位朋友，站在講台給學生講課是我的職業，在政大已經講了十幾年了。但是，站在講台上替人助選講話，這是生平第一次。所以，看到大家這麼熱情，我有點緊張，也有點興奮。」他露出他慣有的、有點憨厚的笑容，有點靦腆地說，「本來我是反對陳宏參選的，我和好幾個文學界的朋友都認為，政治很骯髒，而陳宏在文學創作上很有才華，像他已經出版的《金水嬸》和《望君早歸》，已經得到文學界很多好評。有些大學文學系的老師都指定學生讀他的小說、研究他的小說。他現在才三十四五歲，如果繼續往文學創作這條路走下去，說不定可以替台灣拿到一座諾貝爾文學獎，……」台下突然爆起一陣熱烈的掌聲。他乘機歇了一口氣才又繼續說，「現在他卻去搞政治。文學界的朋友，包括我，都罵他墮落！不務正業！都對他很失望。……去年，台灣曾經發生過一次鄉土文學論戰，國民黨發動黨、政、軍的報紙雜誌，和御用文人、作家總共好幾百人，每天指名道姓批判陳宏，批判我和另一位小說家石永真。為什麼批判我們呢？因為我們主張文學必須回歸現實，不能無病呻吟，不能逃避現實。文學必須反映人民的生活，反映人民的心聲。我們主張文學就是要『回歸現實，擁抱鄉土』。國民黨卻說我們是台獨，又說我們是共產黨！各位朋友，陳宏認為只用文章去『回歸現實，擁抱鄉土』是不夠的，還必須用行動。要用具體的行動去改變國民黨逃避現實和忽視鄉土的作風，改變國民黨的一黨專政、個人獨裁，反對國民黨不顧人民的心聲！……」台下又響起一陣熱烈的掌聲。「我佩服他這種勇氣和決心，在寫作的朋友當中，他是最有行動力的人。所以，我現在不但不反對他參選，反而要堅定地支持他。——陳宏是窮人家的孩子，他一定會照顧窮人，照顧不幸的人……」

他的演講像上課，雖然沒有不斷的掌聲，聽的人卻都很專注。他一講完，向台下深深一鞠躬時，掌聲立刻如濤如浪地掀騰起來。我立刻主動向前，拉起他的手再一次向台下深深一鞠躬，然後雙手環抱他，「謝謝您，大哥！」台下的群眾立刻又報以如雷的掌聲和熱情地嘯叫。

「跟各位朋友報告，今天的義賣品，大多數都是屈教授動員藝術界的朋友捐助提供的，每一項義賣品都是真品真跡，絕無仿冒。今天你把這些義賣品買回家，一方面是贊助陳宏，贊助台灣黨外民主運動，我敢保證，幾年後這些藝術品一定漲價十倍百倍以上。」徐海濤大聲說，「譬如這幅劉國松的畫作，請屈教授來拍賣，……」

按照這樣的方式，一個演講者講完下台前，就負責拍賣一件到兩件義賣品，結果反應竟意外地熱烈。尤其是王木川演講時，竟意外地創造了一個小小的高潮。

他原本不在我邀請演講的名單中，他是和莊委員一起來的。在餐桌上，莊安祥委員笑笑地對他說，「木川仔，你也要選台北市國大代表，我看在場的人大部分都是咱台北人，你應該上台講幾句話。」王木川圓圓的臉上有點尷尬地笑著說，「有你們這些大咖的師傅級的在場，我這個小咖的徒弟仔又沒人認識。而且，人家演講者的名單早就安排好了，……」黎明在現場聽到了，立刻接著說，「沒問題，木川兄願意上台替阿宏美言幾句，我們求之不得。我也聽過你演講，去年在莊水來議員的演講場，很好聽哦！」

王木川一上台自我介紹，就引用大家耳熟能詳的歌仔戲的故事，「我是那個苦守寒窯十八年的可憐的王寶釧的小弟王木川啦！」台下立刻響起一片笑聲。他的演講引用了很多正在電視上流行的布袋戲的內容和人物，譬如說，諷刺國民黨就是那個躲在幕後操控一切的大壞蛋藏鏡人，把老國代、老立委稱為「怪老子」，通俗幽默、諷刺辛辣，常常讓聽眾在罵成一團的同時又產生會心一笑。尤其是在拍賣時，是一個還未成名的年輕書畫家的一件小幅的書法作品，四個字「黑雲翻墨」，酣暢淋漓，豪邁雄奇！開價五千元，立刻有人喊一萬，不一會兒又有人再加五千。王木川拿著那幅字大聲向台下說，「還有人要加嗎？再加五千如何？再加五千吧！這幅字，連我這外行的都喜歡，沒人要加了嗎？一——二——，好啦！這樣了，」他轉頭向站在旁邊的徐海濤說，「徐教授，我這個拍賣人可以開價嗎？如果沒有人再加碼，我自己來加碼買下來可以嗎？」然後向台下親切地問，「這位好朋友，我可以買嗎？你已經開到一萬五千元了，但我實在喜歡這幅字，又想向陳宏兄表示一點心意，我如果加碼，你可以讓給我嗎？」

「當然可以！」下面大聲喊著、鼓譟著，「你加啊！加啊！」

「好！那我就加囉！……」他伸出一根手指頭，大聲說，「這樣夠嗎？可以嗎？……」

「一千？太少了啦！再加，再加，再加！」台下有人大聲吼叫。

「好啦！不然這樣可以嗎？」王木川把另一隻手指橫放在直立的手指上，成為一個十字，然後面向台下的群眾挑釁似的，大聲說，「十萬，有人要再加嗎？再加我就讓賢割愛了。……如果沒人再加碼，我要喊一二三囉！……一——二——三——！好啦！這幅字是我的了，十萬！多謝各位！多謝！」

我一個箭步向前，雙手緊緊擁抱他。台下如山崩地裂似的狂嘯嚎叫，「木川仔，水啦！」「讚啦！」「漂撇啦！」

「王木川自己也要參選，卻慷慨來贊助陳宏，這種兄弟情同志愛，令人感動啊！」徐海濤拿著麥克風感性地說，「這就是黨外政治人物可愛、可敬、值得佩服的地方，請大家再一次用熱烈掌聲向王木川表示感謝和敬意。」

我也再一次拉起王木川的手向台下鞠躬。掌聲如海浪般在台下持續翻騰，久久不息。

接著是林正義的演講。林正義自從去年當選省議員半年多來，報紙上經常登載他在省議會的發言和質詢，既理性又尖銳。在官員答詢之後，又往往窮追不捨，務必把事情的真相徹底挖掘。對民主政治的理論與實踐，他擅長用簡單生動的語言加以說明詮釋，因此，記者在報導之外，都還會另有評講肯定，都把他視為在省議會、在黨外政壇最有見解和影響力的新起的領袖級人物之一。所以，他一上台，立刻獲得在場民眾一致起立鼓掌吼叫的熱烈反應。他那字正腔圓的北京國語也是演講的特色與魅力之一。他是今晚唯一穿西裝打領帶的貴賓。一頭梳得非常熨貼的濃密的頭髮，一支黑框眼鏡，襯托出他斯文的帥氣和貴氣。

「……我曾經是很忠貞的國民黨員，在國民黨中央黨部埋頭苦幹過十幾年。國民黨當年創黨的前輩們，為理想、為國家、為人民而不惜犧牲生命的精神，是我很崇拜，想要努力學習的。但是，統治台灣已經三十年的國民黨卻腐敗了！墮落了！結黨營私、貪贓枉法、自私自利，已經完全喪失了當年國父孫中山先生和革命先烈們創黨的理想了。真正的人才在國民黨內已經不能出頭了，只有阿諛奉承、拍馬討好的人，才能被重用。所以，像我和羅智信縣長這樣的人，最後只好退黨，不再做國民黨員了。——坦白講，這是國民黨的不幸，也是國家的不幸！國民黨為何會變成現在這樣呢？因為國民黨缺乏制衡、監督，沒有制衡和監督的政府和政黨，最後一定會腐敗，一定會變成欺壓百姓、不顧人民死活的罪惡的政府和政黨！天來仙和莊安祥委員這幾年來努力在做的，就是要在台灣創造一個有效監督制衡國民黨的黨外力量。我有幸早幾年就加入這個黨外的行列了，現在，文化界最出色的作家陳宏也要加入了，我們由衷地、熱烈地歡迎陳宏兄的加入！……」台下立刻又爆出一陣熱烈的掌聲和叫好聲。

「陳宏是個了不起的知識人，竟有這種眼光和見識，寫出這樣一本書，《黨外的聲音》，」他手上高高舉起那本橘紅色封面的書在空中搖了搖，然後再繼續說，「這本書，把長期在台灣從事民主運動的人的見解和主張都集中在一起了，使黨外原本分散的、單打獨鬥的個人，變成一群有共同理想和目標的團體了。所謂黨外，在這本書的催化下，已儼然成為一個『黨外黨』了。這是陳宏了不起的見識，對黨外最偉大的貢獻，使黨外組黨的工作，雖然還沒有黨的名稱，卻已經有了黨的實質精神和內涵了。像陳宏這種新一代的民主運動者，實在太值得我們珍惜，太值得我們愛護和支持了。各位親愛的父老兄弟姊妹，」他抓起我的手，高高舉起，「這樣的陳宏是可以期待的，一定是未來台灣政治界的領袖級的人物。正義在這裡拜託你們了，請你們務必全力支持陳宏！」他拉著我的手，向台下深深一鞠躬。台下也立刻響起如雷的掌聲和嘯叫，歷久不歇！

「林正義加油，陳宏當選！」「林正義加油！陳宏當選！」

林正義拍賣了兩件義賣品，一件以十萬成交，一件以十二萬成交。買的人都說是林正義多年的朋友。

輪到莊安祥上台時，徐海濤在台上對他極盡推崇稱譽，「……前年，莊委員被美國《時代週刊》選為全世界一百五十位最優秀的社會領導者，他是台灣唯一入選的人。去年《時代周刊》又把莊委員選為亞洲政壇的明日之星。可見他的分量不只在台灣舉足輕重，甚至在國際上也廣被重視。」海濤熱情洋溢地說，「剛才我的老朋友林正義上台介紹陳宏寫的《黨外的聲音》，而這本書幕後的啟發者、協助者、指導者就是莊安祥委員。莊委員是台灣民主運動最傑出的領導者之一……」台下群眾都站起來，掌聲和吼喊響徹整個大廳，「莊安祥加油！」「莊安祥萬歲！」「莊安祥當選！」之聲久久不息。

莊安祥微笑著站起身來，和同桌每人握手，然後挺直了腰背，臉上掛著一種略帶矜持的、高貴的，又有點親切的笑容，從容地、雍容地、穩健地走向講台。我站在梯口謙卑地、感恩地伸手迎接他，「多謝你，莊委員！」我說，他牽起我的手步向舞台中央，把我的手高高舉起，然後彎下腰深深一鞠躬。接著朝左邊，再朝右邊，也都深深一鞠躬。台下的掌聲如潮水般從四周湧起，向台上掀滾過來。然後，他站在講台上，面向觀眾，微笑著，默默地站著，我恭敬地站在他的左後方。台下的掌聲喧叫聲持續了一會兒，終於都停了，大廳裡一片靜默。他這才以略帶沙啞的、低沉的、又中氣十足的聲音說：

「各位在座愛好民主政治，關心台灣前途的好朋友，大家晚安，大家好！……」台下立刻一片熱烈的掌聲和問候，「委員好！」「委員好！」等掌聲和問候聲都停歇了，他才又繼續說，「今晚大家所表現的熱情，讓我很感動！也很安慰！陳宏是一個作家，在文化界雖然已經很出名了，但是在政壇，伊是菜鳥仔，今年才要第一次參與選舉，知名度還沒很高。伊過去跟政治界和企業界完全沒任何淵源，但是，今晚在這裡辦的這場募款餐會，竟然爆桌！由節目開始到現在，大家的掌聲叫好聲一直都沒斷，實在很難得！很令人感動！尤其是，過去黨外人士參選，很少看到知識分子參加，但是，今晚陳宏這場募款餐會很特殊，陳宏是有名的作家，研究所的碩士，在大學教過書，是標準的知識分子。來幫伊助選的，有台灣大學教授徐海濤、有講師孫志豪，有政治大學教授屈中和，還有《夏潮》雜誌總編輯鄭黎明小姐。我看在場還有幾位大學教授，像台大社會系和物理系兩位都是張教授，這也都是過去沒有的現象。表示台灣的政治氣氛已經在改變了，台灣的民主化運動已經越來越看到光明了，……」台下又響起一陣熱烈的掌聲。「但是，統治者對社會的這種改變還完全沒有察覺，還是用伊過去的卑鄙的手段來對付黨外人士。譬如說，用恐嚇威脅的手段，講黨外人士是共產黨，是台獨，甚至可能製造假的匪諜案來誣賴黨外人士。像最近，我就聽到這種傳說，講黃天來、莊安祥和陳宏，要由中國大陸和日本走私武器和電台設備到基隆，要利用選舉來製造暴動。……各位好朋友，這種唬哮話、憨話，你們相信嗎？」

「不相信啦！這攏是國民黨的奧步啦！」台下情緒沸騰了，激烈地大聲回應，夾雜很粗鄙的咒罵，「幹伊老母哩！國民黨奧步！垃圾！……」

「各位愛好民主自由，關心台灣前途的好朋友，最近電視上都在演《越南淪亡史》，把越南滅亡的歷史，歸罪給民主人士，講尹分化團結，越南政府才會倒店！報紙的社論也講，不能讓北京來導演台灣的選舉！……各位啊！國民黨這種宣傳真惡毒啊！我講，台灣的政治和選舉如果可以讓北京來導演，國民黨這三十年的努力不是白費了嗎？國民黨每天都在宣傳，伊做得多好又多好，不就是都在騙人嗎？各位啊！選舉若到，就用共產黨、用台獨來恐嚇威脅百姓，來製造社會的對立和紛亂，這是一個有誠意、有良心的民主政黨應該有的態度嗎？越南淪亡真正的原因是啥？是政府貪汙腐敗啊！官做得越大，貪汙的錢就越多！像越南總統阮文紹，在越南敗退時，就想把價值美金七千三百萬的金條偷偷運走！各位，一個國家的總統，要把老百姓的財產偷偷運走，這樣的國家還會有希望嗎？滅亡是應該的啊！……還有帶兵打仗的大將，像聯合參謀長高文遠將軍，副總統兼空軍總司令阮高祺將軍，尹的太太都在賣官賺錢。越汙，官就越做越大，這樣的國家不滅亡也就沒天理了！……國民黨竟然拿越南的滅亡來威脅恐嚇台灣人民，把越南的滅亡，比作是台灣！這是侮辱蔣經國總統，也侮辱咱台灣人民啊！……」

莊安祥再一次把我的手高高舉起，大聲疾呼，「最後，大家要記住，如果我講的對，你們不只是要鼓掌，還要用行動來展示我們的力量，為了自由中國的政治進步繼續努力，好不好！……」

掌聲像一列戰馬在原野中奔馳，像一陣陣響雷在空中滾動轟響，人們拉開喉嚨吼叫，「莊安祥萬歲！」「莊安祥當選！」「阿宏當選！」莊安祥拍賣了義賣品後，在群眾全體起立的如雷的掌聲中和歡呼聲中微笑著，姿態優雅地向群眾揮手，步下舞台。

「多麼令人感動的場面！政壇的老大哥牽著菜鳥小老弟的手，誠懇地拜託大家的支持！莊委員今年自己也要在台北市競選連任，伊的胸襟、伊的氣度，實在值得大家尊敬佩服。台北市的好朋友，請大家全力支持莊委員連任成功好不好？請大家再一次用熱烈的掌聲向伊表達最高的敬意！」孫志豪手持麥克風感性地說。台下也跟著再一次響起熱烈的掌聲。

過了一會兒，掌聲停歇了，孫志豪才繼續說，「現在，好酒沉甕底，我們要請黨外唯一的、終身不必改選的立法委員天來仙上台來演講。」

黃天來站起來，雙肩微沉，略低了頭，步履穩健地朝舞台走來。志豪拿著麥克風繼續說，「那些由中國大陸來的終身立法委員，每天坐在家裡，什麼事都不必做，每月領的薪水和部長一樣多。但是，我們的天來仙，平時除了在立法院認真開會，替我們監督國民黨政府以外，每逢選舉，伊就跑遍全台灣，四處去替黨外助選助講。伊為什麼要這麼辛苦呢？伊是為了台灣的民主前途啊！為著要培養監督制衡國民黨的力量才這麼辛苦。結果，卻被立法院的老立委、一些大學教授和學者，在電視上報紙上批評伊違法助選，叫政府要法辦他！各位好朋友，天來仙是台灣民主運動的大元帥，要統領黨外人士和國民黨競爭，大家來做伊的後盾好不好？」

台下的掌聲又如潮水般洶湧地湧向舞台。我站在舞台的入口處伸出雙手迎接他。「天來仙，多謝您！多謝！」他露出彌勒佛式的笑臉，牽著我的手站到舞台中央，向台下深深一鞠躬。台下又響起一片熱烈的掌聲。他站在舞台上的小講台前，面向觀眾，等大家的掌聲都停歇了，才以低沉的聲音說，「剛才，這個孫教授講，我是終身的、不必改選的立法委員，可以一直做到我死為止。莊安祥是我中興大學的學弟，伊的頭腦口才都比我更好，但是，伊每三年都要改選一次。這就是中華民國很可笑，很不合理的所在。我長期來都主張，國會要全面改選。做得好，百姓繼續選伊！做不好，失禮，就乎伊落選！這樣，伊才不敢不聽百姓的話，國家才會進步，人民才會幸福！大家講對不對啊？」

「對啦！對啦！」台下又立刻響起掌聲，並大聲呼應著。

「有人講，天來仔，你怎麼那麼憨？好好的終身立法委員不做，卻要求改選。改選時若落選了，你不是很衰嗎？我講，只要對國家好，對百姓好，我若落選也勳緊！何況，立法委員若全面改選，我一定會再當選啦，沒問題啦，你們講對不對啊？」

「對啦，對啦，阮大家都支持你，你一定會再當選啦！」台下又紛紛大聲呼應著。

「每次若選舉，我就全省走透透，去替黨外助選，國民黨養的什麼學者教授，都批評我違法助選，叫政府要法辦我！我講我違什麼法？我去替黨外人士助選是言論自由，言論自由是憲法保障的，我違你娘的法啦！沒知識又兼沒衛生，什麼學者專家？令爸才勳睬伊！」台下立刻又爆出一陣哄笑聲和掌聲。

「對啦，勳睬伊啦！」有人大聲呼應。

「這次中央民意代表選舉，黨外已經有一個決定，要在全台灣組織一個全國助選團，要在每一個縣市推出立法委員和國大代表候選人出來跟國民黨競爭，車拚！……」

「好啊！」「讚啦！」「黨外大團結啦！」台下立刻響起興奮的吼叫和吶喊。

「全國助選團已經擬出一份〈黨外人士共同政見〉，公開要求中央民意代表全面改選、省市長直接民選、軍隊國家化、司法獨立、解除戒嚴、開放黨禁、開放報禁、大赦政治犯……」

「贊成啦！贊成啦！」

台下又紛紛響起掌聲和熱烈的呼應。

這時，突然有人大叫，「這個是抓耙仔！國民黨的豎仔！豎仔！」大廳立刻掀起一陣紛亂和嘈雜。在大廳後面的角落，有幾個人擁擠在一起，紛紛喊叫，「豎仔，抓耙仔！」「捉起來！捉起來！」

「各位好朋友，請大家安靜，安靜！」志豪抓著麥克風大聲說。黃天來站在講台上也大聲呼籲，「大家要冷靜啊，這個餐會是合法申請的，哪有可能豎仔會跑進來？」

「就是這個在錄影的人，伊是調查局派來的，……」

一個長得很高的年輕人，背靠牆壁，高舉手上的錄影機。有幾人不斷往他身上推擠。指稱那人是「抓耙仔」的人也大約三十幾歲，長得有點胖胖壯壯的。我突然想起銘德表哥的話，「我們會有人去參加你的餐會，那些拿錄影機和照相機的，可能就有治安單位派去的。」於是，我一個箭步走向志豪，把他的麥克風搶到手裡，大聲喝斥，「請大家安靜，安靜！現在立法委員天來仙在台上講話，誰敢亂來？安靜！安靜！」我的大聲喝止終於發生了一點效果，台下的喧囂紛亂漸漸安靜了下去。

「各位好朋友，那個人若是抓耙仔，伊跑不掉！我們這麼多人將伊圍住，伊怎麼跑？所以，乎伊惦惦（默默）站在那裡沒關係。今晚來到現場的，都是買了餐券才進來的，都是我陳宏的好朋友。不論你們在哪裡工作，不論你們是什麼身分，我都要表示感謝！我這個餐會是合法申請的，我們也絕不做違法犯法的事，所以我們歡迎每一位朋友，要錄影的就錄影，要拍照的就拍照，沒關係！回去要好好放給你的親戚朋友看，也算是替我宣傳吧。這裡面可能有調查局、有警總、也有其他情治單位的人，也都很正常！既然你們都買了餐券，就是我的好朋友。所以，我請對面那邊的朋友，」我指著大廳對面左後方的角落，笑笑地說，「今天我們沒有敵人，只有朋友，不必計較是警總還是調查局派來的，我請大家用熱烈的掌聲歡迎他們好不好？」我率先鼓了掌，台下也紛紛鼓掌響應。我深深向台下一鞠躬，誠懇地說，「謝謝大家的支持和合作，謝謝大家！天來仙，也請您繼續演講！」

「這就是咱台灣未來的希望！這種胸襟和氣度，了不起啊！……憑良心講，警總和調查局也不是全都是壞人，尹為著國家社會安定，也付出很多努力。來，咱們再一次鼓掌歡迎尹買餐券來參加這個盛會，甚至，咱們也歡迎尹裡面有民主理念的人，也來參加咱黨外的陣營。……」

「好啊！」又一陣熱烈的掌聲響應了天來仙的呼籲。一場可能發生的紛亂和衝突終於平息下去了。是不是因為這樣呢？天來仙拍賣的兩件義賣品，竟然分別以三十五萬和五十萬的高價賣出了。

志豪拿著麥克風語帶戲謔地說，「治安單位來的朋友，是不是也願意開個價買一兩件回去當紀念品呢？反正你們可以報公帳呀。」這話立刻引來一陣愉快的哄笑。

最後，由楊美君在台上邊彈吉他，邊以她嘹亮的、悅耳的聲音唱著〈美麗島〉，台下會唱的人也一起大聲合唱起來：

我們搖籃的美麗島　是母親溫暖的懷抱
驕傲的祖先正視著　正視著我們的腳步
……

此時，黎明又悄悄走到我身邊提醒，「先去主桌向天來仙、莊委員和林正義他們致謝。再站到門口送客人。我已叫吳世傑他們幾個站在你旁邊陪你，還有徐老師……」我走下舞台，走向主桌，向天來仙、莊安祥、林正義和王木川們一一致謝。

「辦得很成功！」他們幾乎異口同聲地說。

「都是各位前輩提拔的啦！」我由衷地表示感謝。

「那場危機處理也很成功！」莊安祥笑笑地說：「說你是第一次參選，過去沒沾過政治，我實在不敢相信！」

「老大哥，你就是我學習的榜樣，我都是跟你學的。」我說。

人群緩緩向出口移動了。我站在門口，熱誠地和每一隻我能握到的手表達最深的感謝！黑常、阿達仔、世傑仔和飛鴻一字排開，站在我身邊。大廳裡繼續揚起美君的歌聲：

我們這裡有勇敢的人民　篳路藍縷以啟山林
我們這裡有無窮的生命　水牛　稻米　香蕉　玉蘭花
……

第十六章

辦完募款餐會後，我就決定住到基隆了。高明正雖然沒正式答應做我的總幹事，但六月以後，他就每天都進駐辦公室了，早上七八點就到，晚上往往到十點以後才離開。辦公室大大小小的事情都由他指揮調度、分派人手，包括我每天的行程也由他規畫安排。

「從現在開始，你就專心做候選人了，每天沿家挨戶拜訪選民。遇到人就握手請安、自我介紹，拜託支持就好。估計全基隆市每一戶都要走透透，至少要三個月時間。」他笑笑地說，「你第一次參選，知名度還不夠，要辛苦一點。到投票日為止，全基隆市至少要走兩遍。」

「哇！真硬逗（艱苦）喔！宏舅仔挺得住嗎？」黑常在旁邊有點幸災樂禍又有點關心地說，「連山頂尾溜和天邊海角，也要走到嗎？」

「當然，一戶都不能漏掉！」明正仙嚴肅地說，「咱不像國民黨，尹有組織又有錢，咱們啥都沒有，只有靠兩隻腳拚命走，山頂尾溜天邊海角也走得到。」

「第一張正式傳單下午就會送來了，候選人沿家挨戶拜訪時，就可以發了。」柯老師說，「阿宏這篇參選聲明和黨外人士共同政見都很有意思，跟過去黨外不太相同，……」

「這是國民黨統治台灣三十幾年，黨外第一次大團結。過去，黨外若有人聯合，馬上就被國民黨捉去關了。」高明正有點興奮地大聲說，「想不到，我竟然還有機會看到台灣黨外人士有這一天，……番王仙若還在，不知要多歡喜！……」

「是啦，這次有黨外助選團，又有黨外共同推薦的候選人，雖然無黨的名，實際上已經是一個黨外黨了。這對台灣人的意義實在很重大！」柯老師說。

「這種心情，你們這些少年的可能還不能感受。」高明正對在場的年輕人說，「但是，對我和柯老師這種年紀，又實際參與過、替黨外拚命過的人來講，實在，實在太值得歡喜了！所以，這場選舉，無論如何我都要拚老命！一定要成功！」

「我感覺，咱們是在創造歷史！」柯老師也有點激動地說，「咱們是共同在替台灣寫新的歷史啊！」

「這，我認同！我們是要替台灣寫新歷史！我跟陳天祥討論這次選舉時，我們都有這種體認。」胡飛鴻說，「所以，我才決定要休學一年，全部時間都要在基隆。我這一年的助選經驗，就是我碩士學位的論文。」

「哈哈哈！阿達仔，牛頭，你們有聽到沒？咱們是要替台灣創造歷史的人，不能漏氣喔！」黑常哈哈大笑，右手握拳在空中揮舞，大聲說，「咱們在座所有的人都要覺醒，咱們是要替台灣創造歷史的人，怎麼可以看輕自己？少年的，不可漏氣，要拚啊！……這次，這次一定，要把國民黨翻了！……」

「對啦！對啦！要翻啦！㑞啦……」

「哈哈，這樣的人生才有意義啊，什麼做生意賺錢、結婚生子，有啥意思？」吳世傑笑著說，「我現在全身都熱噴噴的了！以前不知人生有啥意義，現在，我知道了。」

「對！創造歷史的人生才有意義啊！」我也興奮地、近乎忘情地說，「咱們要替台灣創造歷史，也要替自己的人生創造歷史！自由、民主，法治、人權，還有公平、正義，這就是咱們要共同追求的！大家一起來，——翻啦，㑞啦！一起加油啦！」

我就是抱著這樣的意志和決心，從我的故鄉南仔寮開始步行，展開全基隆市沿家挨戶的拜訪了。

「開始會很辛苦，會走到兩腳都扯腿了，腳底也會起皰，但是，越走就會越勇！……」明正仙事先就笑笑地這樣提醒過。

但是，我自認為還年輕，才不過三十四五歲而已，哪有可能走到扯腿呢？了不起，頂多就像在軍中當兵時，參加演習行軍那樣吧？雖然會搞得你汗濕衣褲、累得半死，但最後還是可以挺得住，沒問題吧？

但真正走了之後才發現，比軍隊演習行軍要辛苦多了。因為行軍時只要埋頭跟著大夥走就好，累了甚至還可邊走邊打瞌睡。但現在這樣沿家挨戶拜訪，我成了主角，要不斷地握手講話，還要表現得態度謙虛誠懇、精神飽滿昂揚。

第一天回到辦公室已下午七八點了，整整走了至少十一、二小時以上。精神雖然還維持在很昂奮的狀態，但是，坐下吃完便當要站起來時才發現，兩條腿已經痠痛得幾乎站不起來了。「夭壽！

我連爬樓梯都不行了，兩隻腳像……」我拉著欄杆，自言自語。李通達從後面過來扶了我一下，「你有要緊嗎？」他問。

「勦緊，你勦扶我，」我逞強地說，「第一天就這樣，漏氣！」

我勉強上樓，走進房間，往床上一躺，全身立刻就鬆脫下去了。很快地，我就睡著了。

我連續這樣走了大約一個星期才覺得適應了，才有越走越強的感覺。

我的競選辦公室在孝二路，接近忠四路的地方。台北到基隆的高速公路還沒通車，因為進入基隆的隧道和高架橋的部分都還在施工。所以，接近忠四路這一段的孝二路因為接近工地，就顯得有些髒亂和荒僻了。雖然在路邊已蓋了幾棟大樓，但搬進去住的也還不到十分之二、三。所以一到晚上就行人稀疏，一片黑暗了。

但是，最近幾個月來，因為我們的大字報看板，吸引了許多人的好奇，口耳相傳，這一帶突然就變得熱鬧了起來。嗅覺敏銳的攤販也跟著來了，賣香腸、烤番薯、賣臭豆腐、賣黑輪的，……儼然已形成另一個夜市了。所以，每天傍晚回到辦公室，一下車，我就會先走到大字報看板下，對在場的每一個人彎腰、鞠躬、握手。「我是陳宏，歡迎你來，請多指教！」人們也不吝向我表達他們的熱情和好意。

「讚啦！讚啦！」「加油哦！」「我會支持你！」他們說。

但是，也有人閃到旁邊不願跟我握手。有的雖然握了手，但態度卻冷冷的。有的甚至還當面嗆我，「台獨！」「共產黨！」我一律笑笑回應，「謝謝你的指教。」

我們的競選辦公室也是每天都是人。李通達、葉晉玉和兩三個大學生模樣的人，負責接待。我一踏進辦公室，李通達就會鼓掌大聲說「宏哥回來啦！」大廳裡原來嘈雜的聲音立刻就安靜了下去。

「歡迎大家來泡茶開講，」我笑著，趨前和大家一一握手，「你們繼續開講吧！」我說。

「宏哥仔，請過來一下。」有時，阿達仔會向我招招手，介紹他身邊的人。「這幾位都是基隆報關工會的幹部，尹的會員至少有一萬人，周的能當選省議員，報關工會的兄弟出錢出力是最重要的因素。」

「啊！失敬！失敬！」我迎上去，一一和他們握手，朗聲說，「我早就聽說，由番王仙的時代開始，基隆報關界就已經是基隆民主運動的火車頭了。今天看到你們來，我非常非常歡喜。」

「阮是來看你寫的大字報啦，很有意思！」其中一個有點矮壯留了平頭的，豎起大拇指笑著說，「基隆自從有選舉以來，沒人這樣舞過，你是第一個！」

「你很厲害喔，除了大字報看板，還有大街小巷四處都貼的標語。我還不認識你，就四處聽人在議論，陳宏是誰？伊是要做啥？為何四處都看到伊的標語海報？」另一個高高瘦瘦，戴了眼鏡的人說。

「國民黨這次會很頭痛了，調查站的人就問過工會理事長，這個陳宏你認識嗎？他要做什麼？阮講不認識，伊還不信哩。」

「我何時可以去拜訪你們工會理事長？」我說，「還有報關公會，和你們工會的關係如何？我也想去拜訪他們。」

「沒問題，這些事情叫郭仔去安排就好，」一個年紀比較大的，頭髮已半白的人指著那個矮壯的留平頭的人說，「報關工會和公會的辦公室就在隔壁，兩個像兄弟，有的工會會員也是公會的會員。」

「你的意思是說，有些報關行是校長兼敲鐘的嗎？」

「基隆的報關行都是小小間的，幾個人合夥就都是頭家了，但是也都要兼跑業務，所以，是公會會員，也是工會會員。」

我跟他們一一換了名片，三個都是報關工會的理事，也都是報關行的老闆。那個矮壯的留平頭的姓郭，那個高瘦戴眼鏡的姓石，年紀較大頭髮已半白的姓陳。「歡迎你們多帶一些報關的朋友來泡茶開講。」我說。

「沒問題，」那個姓郭的理事說，「我讀過你寫的《黨外的聲音》和《民眾的眼睛》，很佩服！我都介紹給朋友讀。」

「哈！你有郭仔這個死忠的支持者，穩妥當的啦！」那個陳理事笑著說，「伊很熱心，拿了你的書，四處去宣傳，連我也受影響去買你的書回去看。」

「郭仔是阮報關界的放送頭兼意見領袖，做人熱情豪爽，有見解，有時海關對阮不合理的刁難，伊都敢帶頭去理論。」高高瘦瘦的石理事說。

「其實尹兩個才是真正有實力的，陳歐吉桑是報關界老前輩，對少年的很照顧，報關最旺那幾年，伊賺過手了。石頭仔頭腦很好，……」

「好啦好啦，咱們不要再相褒了，」石理事笑著說，「下次多帶一些人來較實在。」

「下次來，請先通知我一聲，我一定在辦公室恭候大駕。」我笑著對李通達說，「阿達仔，以後報關界的朋友，就麻煩你聯絡了。我們可以多辦幾場茶會。」
有一天晚上，黑常從外面進來，有點惶急地叫，「宏舅仔！宏舅仔！」
「什麼事這麼惶惶狂狂？」
「宏舅仔，這件事，這件事……」他靠近我，悄聲地說，「牛頭說，有一個調查局的少年的，在我們大字報那裡一直拍照，拍大字報，也拍來看大字報的人。還對人說，伊是調查局的，叫大家沒事不要來湊熱鬧，以後是會根據照片捉人的。有些人聽了就害怕了。這樣下去，以後沒人敢來看我們的大字報了。」
我望著他，安靜地聽著。過了一會兒，我才問他，「那，你看，該怎麼辦？」
「我和牛頭是有想過啦，但是，阮想的辦法，你大概會反對。所以，我乾脆來問你。你想要怎麼做較好？」
「你先說你們想過的辦法是啥？」
「將伊捉起來打一頓，再送去警察局。」黑常說。
「不可以打人，打人就犯法了，他可以告你傷害。警察局和他們同一國，送他去警察局有什麼用？」我說，「去樓上講吧。」
一上樓，我就拿起市內電話撥給孟學文律師，電話響了很久，沒人接。聽說他也要參選今年彰化縣國大代表了，經常不在台北。我又撥去宜蘭找陳義秋省議員，他的服務處也沒人接。最後，我只好找黎明，但花園新城和雜誌社都沒人接，「這傢伙跑哪兒去了呢？」我嘴裡咕噥著，心裡有點不爽，也有點不安。最後，決定打去徐海濤家試試。接電話的是珊珊嫂仔。

「是陳宏嗎？海濤正在忙著，……跟人家談事情。……你能來一下嗎？他也有事想找你，……黎明嗎？都在，你來吧！」

我放下電話，對黑常說，「立刻把吳世傑叫回來，我要去一趟台北。」

黑常蹦蹦蹦地下樓去了。我走進臥室往床上一躺，不知不覺又睡著了。

「宏舅仔，宏舅仔！」

我睜開眼睛。黑常俯視著我，笑笑地說，「你睡著了。」

我用雙手把身體撐起來。

吳世傑走進房間，「要去台北嗎？」

「你沒問題嗎？陪我走了一天。」

「大概還可以啦。」他笑笑地說。

「那個調查局少年的事，先不要埋他。」我交代黑常，「辦公室的伙食要趕快解決，每天買便當或吃外面不是辦法。能找南仔寮鄉親來幫忙嗎？」

「沒問題，這交給我處理就好。」

吳世傑開的車就是柯水源出版社那輛老舊的小發財車。自從上次開來基隆差一點在路上拋錨後，他花了一些錢徹底把車整修了一番，現在開起來，引擎已經不會「嘎嘰！嘎嘰！」響了，雨刷子也不會「嘰咖！嘰咖！」地叫了。

「先載我去景美徐海濤教授家，一直走羅斯福路，到景美育英街口。」我說，「黑常有跟你講，有人來照相，並且恐嚇民眾的事嗎？」

「有！你想怎麼處理？」

「不好處理！」我說。

我坐在車上，覺得搖搖晃晃，聽著吳世傑在講話，但我的意識卻模糊起來，不一會兒就什麼都聽不見了。

「宏哥，醒醒！育英街到了。」吳世傑大聲說

我敲了海濤家的門，珊珊在裡面大聲應著，「來啦！」大門一開，就看見客廳裡坐了黎明、志豪、羅智信和一位年輕的女性。我還沒進客廳，就聽見羅智信的聲音說，「這是千載難逢的機會，今年的情勢和以前完完全不同，黨外情勢大好，由黨外助選團提名，意義非非同尋常。」

「老羅來做什麼？」我小聲問珊珊。

「老羅想說服海濤跟李美智聯合競選。」珊珊說。

「真的嗎？那妳同意嗎？」

「你先進去聽聽再說。」

珊珊在背後推了我一下，順手把客廳的門也關了起來。客廳裡的冷氣很涼爽，冷氣機發出微細的呼呼的聲響。

「嗨，陳宏，聽說你的募款餐會很成功。」羅智信稍稍抬起身體，伸手和我握了握，笑笑地說。

「我剛說他輕諾寡信，答應的事都黃牛了，」黎明笑著說，「這種人當盟友都這麼不可靠，現在還要來說服徐老師在台北市競選國大代表，和李美智選立委，兩人聯合競選。」

「對不起，我突然進來，把你們的話打斷了，請繼續吧。」我向羅智信微笑點頭，「妳是李美智？」我主動伸手和那個年輕女性握了握。

「陳學長，久聞大名，」李美智站起來，向我微微一鞠躬，身材滿高大的。「我是李美智，師大社教系，在《中國時報》當記者。」

「我差不多把話講完了，就看你怎怎麼決定了。」老羅對徐海濤說。

「志豪，你的看法呢？」海濤望著志豪，下顎微微揚了揚。

「選舉要有錢，有人，還要有膽。」志豪有點尷尬地自嘲地說，「你要問我，坦白講，我沒這個膽。」

「現在選舉還需要什麼膽嗎？」老羅笑著說，「志豪兄是政論家、哲學家、謀謀略家。小蔣才剛當選了中華民國總統，他還會在這時候抓抓人嗎？需要什麼膽呢？你說！」

「黎明，妳的意見呢？」

「你問師母吧！師母支持，我就支持。」

「哈！這很奇怪。妳這個左派的馬克思主義者怎麼會用這個做理由？」羅智信笑著，奚落地說。

「海濤，你自己想不想選？如果想選，決心有多強？這點很重要！」我忍不住插嘴說。

「坦白說，這幾年我被國民黨壓迫得，……他媽的！我不服氣！我是很想選，想出一口氣！我覺得台灣的環境、氣氛都在改變了！這也許是個機會！是整個歷史要改變的契機，我覺得！」徐海濤那副細邊黑框圓形的徐志摩式的眼鏡底下那雙眼睛閃閃發亮。「但是，像志豪講的，選舉要錢要人，我什麼都沒有，怎麼選？」

「這個，我已經講過了。你們兩個聯合競選，經費兩人分分攤就減少一半了。不然，美智這邊出三分之二也也可以，你只要分攤三分之一，我再出面幫你們募款。所以，錢的問題你你就不必擔心了。至於人，你更不必擔心，以你徐海濤教授的聲望、知名度，單單台大學生會來助選的，就保證一大串了，你擔心什麼？」羅智信信心滿滿地說。

「智信兄，我看這樣吧，」珊珊背靠著客廳的大門，纖巧的背脊站得挺挺的，嚴肅地說，「這對海濤，對我們家，都是一件大事。……讓我們考慮幾天再回覆你們，好嗎？」

「好！就這樣吧！」李美智站起來，爽快地笑著說，「考慮三天夠嗎？」

「好吧！就三天。我在三天內給你們答案！」海濤說。

羅智信也跟著站起來，笑著又跟我握了握手，「對不起，那天我真的忘了！」

「沒關係，忘了就忘了。」我說，「你再坐一下，有件事我想聽聽你們的意見。」

我把調查局派人來照相，並出言恐嚇民眾的事講了一遍。羅智信笑笑地說，「你們也可以照照他的相，把他的相片貼在大字報上，這樣就夠夠調查局好看了。因為做這種事的人，他們的身分是不能曝光的。」

「啊——，好對策！這麼簡單的方法，我怎麼沒想到？」我忍不住叫了一聲，「還是你厲害！」我說。

羅智信和李美智一起走了。我坐到沙發上，又立刻覺得疲累了，便不停用雙手去敲打我的太陽穴。

「你怎麼了？」黎明關心地望著我問。

「我沿家挨戶拜訪。不停地講話、自我介紹、請安問候！我的媽！實在會累死人，不是蓋的！」

「你們怎麼看？老羅為何突然想找海濤參選？」珊珊從書櫃裡拿出一瓶已經喝掉一半的洋酒「約翰走路」，給我和志豪、黎明各一個小杯。「你們喝點酒提提神，再討論一下。」她說。

我望了望腕錶，已經都十一點了。我猛地把手上的小杯酒喝了。聽黎明說，「李美智跑省議會新聞時，是老羅的紅粉知己。他的知名度都是靠美智那枝筆打響的。這次李美智想在台北市選立委，老羅當然要投桃報李。所以，老羅是為了李美智來找徐老師的。他當然看好徐老師的各種條件會對李美智加分，也就是說，他看好徐老師年底這一仗會成功，所以他才會這麼積極。」黎明說，「現在就看老師的決心了。錢和人其實都不是大問題。你看陳宏一場募款餐會，扣掉所有經費，還有兩百多萬剩餘。這兩百多萬，夠選一場國代了吧？」

「這要謝謝你們大家。」我說，「我們這種人，如果要等一切條件都備齊了才選，那就永遠沒機會了。這次黨外左系只有我和順興仙，說真的，也太單薄了。海濤如果也能出來選，以你長期和老莊、林正義的關係，他們也許比較不會排斥吧？」

「我也是基於這個理由贊成徐老師參選。」黎明說，「不過，師母這關你要先過才行，師母如果反對，我也不敢支持了。」

「我也不是一定反對，只是太突然了，沒有心理準備。」珊珊說，「反正還有幾天時間，我們再討論、再考慮後再說吧。」

我又喝了一杯酒，望了望手錶說，「我必須走了。最後還是那句話，意願強不強很重要。」我站起來。海濤和志豪還坐著。黎明替我開了客廳的門走在前面，我在後面挨著她小聲地說，「我累得要垮了，妳都不聞不問。」

「黎明，妳幫我們送陳宏，我們和志豪再談一下。」珊珊在客廳揚聲說。

「嗨！」黎明也揚聲應了一聲。「我一直都在替你招兵買馬，你不知道嗎？」她稍稍貼近我胸前輕聲說。

「我真的要累死了，明天一早又要沿家挨戶拜訪。」

「那你快走吧。」她送我到巷仔口，和吳世傑打了招呼，「辛苦你了，要早點讓他休息。」她說。

那晚，我本想回木柵忠順街，但一看時間都已十一點多了，便打消回家的念頭，由吳世傑開車送我回基隆了。

吳世傑邊開車邊說，「我聽黃宗德老師說過，這次黨外在北部參選的新人，在宜蘭有黃煌雄、台北縣有何文振、台北市有王木川，國民黨好像並沒有很在意，為什麼會對你比較特別呢？可能是你的《夏潮》的左派背景，讓他們特別提防你吧？」

「是嗎？那也沒辦法管了，都已經走到這地步了，前有敵軍，後無退路，我只有置之死地奮勇向前了！反正，我們不做違法犯法的事，國民黨要怎樣就隨便他們了。我實在太累了，已沒有精神體力再去理他們了。如果在意這，在意那，我就被綁手綁腳，什麼事都不能做了。」

「哈哈，你很健康！」吳世傑說，「難怪黃老師稱讚你。」

「其實我內心是有些害怕，事先完全沒想到政治這麼複雜凶險。」我說，「只有看書是不能體會的，必須跳下來才知道。但，一跳下來就回不去了，……」我閉了眼睛說，很快又在車上睡著了。

等吳世傑把我叫醒，已經在基隆的競選辦公室門口了。屋外的照明燈都關了，街上有些漆黑。

「很晚了，你開車要小心。」我向吳世傑揮揮手，彎腰把半掩的鐵門往上推。屋裡燈還亮著，李再生的兩個小弟坐在屋裡抽菸。半樓裡的燈也亮著。

「你們辛苦了！為什麼這麼晚還在這裡？」

「牛頭大的和黑常還在樓上。」他們倆站起來，拘謹地靦腆地應著。

「你們坐！」我邊說，邊走上樓去。

黑常和李再生在平時寫大字報的桌仔邊默默地抽著菸。看我上樓，黑常立刻起身迎過來，有點怯怯地悄聲地說，「宏舅仔，剛剛我們做了一件事。」

「什麼事？」

黑常望了李再生一眼，說，「那個調查局的，晚上又來了。拿著照相機，對著人就照。我和牛頭走過去問伊，是哪裡來的？伊不鳥我們，還拿照相機照我們。我忍不住，心想你囂擺啥？就出手將伊照相機搶過來，把底片抽掉了。……」

「然後呢？」

「然後，伊就在那裡大小聲，講伊是調查局的。我就講，調查局是怎樣？我們又沒違法沒犯法，你在照什麼相？還恐嚇人說，以後要憑相片捉人！你是啥意思？」再生仔兩眼睜得大大地望著我，「我就幹譙伊，伊就哭爸哭母，揪我的衣領，說要捉我去調查局。旁邊的人都圍過來看，我就幹伊老母，將伊雙手扭住。旁邊的人都說要給伊一點教示。但我沒打伊，只是將伊拖進辦公室，關到便所裡。」

「後來我問伊，你講你是調查局的，有什麼證明？調查局是政府機關，怎麼可以隨便恐嚇百姓？說不定是共匪派來擾亂社會的。」黑常說，「我問他姓名，說要打電話去調查局問。伊不肯講。我就說，那一定是假的。叫那兩個少年的將伊綁起來打。他才說他口袋裡有證件。我就拿他的證件打去調查局問。調查局竟然說尹沒這個人。我就講，你竟敢冒充調查局來恐嚇百姓，你娘哩！我就踢他，牛頭也踢他。後來我就用我那台載魚的發財車，把他載去海洋學院旁邊那個垃圾場。他以為我們要把他丟到海裡，嚇得跪到地上，說他不會游泳，拜託我們不要殺他。……」

「然後呢？」我鎖緊了眉頭繼續問，心想，事情大條了啦！

「然後我把照相機還他，警告他說，不可以講出去，不然就要給他好看。然後，我們就把他丟在垃圾場，自己開車回來了。」黑常說，「但是證件我沒還他，就是這張。」黑常把證件放到桌上。一張透明塑膠套封起來的正方形出入證，上面寫著「基隆市調查站出入證」，下面是一張兩寸黑白照片，旁邊寫著姓名「艾台生」，照片下面是發證日期。

「打他時有人看到嗎？」

「沒有！我們在廚房哩，門從裡面鎖住了。」

「用車載他出去，也沒人看到？」

「應該有人看到，但那時我們沒對他怎樣。」黑常有點憂心地問，「宏舅仔，你看這事會怎樣？」

「我也不知道，」我用力呼了一口氣，「這事本來可以用比較文的方式處理，現在你們卻用武的，……嗳！既然已經做了，後面的事就由我來處理吧。」

「會不會影響你的選舉？會捉你去抵帳嗎？」黑常說，「我只擔心這點。如果要捉我去關，幹！關就關，我怕啥？」

「沒關係，後面的事我會處理。」

李再生站在旁邊，仍然睜著兩隻牛樣的眼睛望著我，「本來，本來我不想打伊，但是，伊太臭屁，在那裡大小聲，搞得我脾氣都燒起來了，……」

「做都做了，沒關係啦。後面的事，我來處理就好。你趕緊帶兩個小弟回去吧，都半暝十二點多了。」我從口袋掏出幾張百元紙鈔塞入他上衣口袋，「帶他們去吃個宵夜，辛苦一天了。」我說。

「宏哥，你這是做啥？不可以啦！阮來幫忙是歡喜甘願，做義務的，怎麼可拿你的錢？」他把錢塞回我口袋，轉頭向黑常說，「若有事情，要隨時通知我。」

「好啦！你自己小心一點！」

「黑常，你也趕快回去吧，明天透早不是要去崁仔頂賣魚嗎？」

「我不回家啦，我晚上住這裡。」黑常說，「萬一發生事情，你要有人保護！」

「保護啥？我又沒違法沒犯法，哪需要人保護？」

「我三哥黑龍的商船回來了，伊講要下船休息半年，剛好可以代替我幫我阿母做魚貨生意。伊叫我全心替你選舉。」

「真的嗎？黑龍回來了，這太好了。我也很久沒見到他了。」我說，「我去泡個澡，實在太累了。」

我泡在浴缸裡，心裡卻一直想著那個調查員的事。這兩個傢伙怎麼不聽交代，明明叫他們暫時不理他。怎麼我去一趟台北回來就出事了呢？調查局會不會來捉人呢？這麼久以來，對政治稍有常識的人提起警總、調查局這兩個單位，幾乎都視之如鬼如魅，萬一被盯上了，就再怎麼自信沒違法沒犯法的人，也往往都被搞得很淒慘，關個三年五年算祖先有保佑，關個十年八年，那是經常的事。有的，甚至被害得家破人亡也時有所聞。而這兩個傢伙，竟然不知死活，不但把調查員給打了，還把人家載到海邊垃圾場恐嚇人家，實在，實在，……唉！惹到閻羅王了，要怎麼善了呢？說不定，說不定天一亮就來捉人了！

我猛地一驚，所有的疲倦睡意突然都嚇跑了。我從浴缸站起來，匆匆忙忙穿了衣服走到房間。在房門外已聽見黑常在隔壁不停發出「咯—呼！咯—呼！」的鼾聲。如果他們這個時候來捉人，我能找誰幫忙呢？事情太大條、太嚴重了！

我推開黑常的房門，把他搖醒。

「黑常，醒醒，黑常，……」

「怎樣？」他閉著眼睛迷迷糊糊地問。

「我想，你要趕快去找牛頭，……」

「宏舅仔，你的意思是……」他半睜了眼睛坐起來。

「我越想越覺得事情大條。調查局，誰惹得起啊？事情這麼大條，尹怎麼吞得下去？我擔心，天未亮尹就來捉人了，怎麼辦？你和牛頭還是趕快找個地方先躲幾天吧，不然，……」

「要躲去哪裡？調查局真要捉人，你躲也躲不掉。」黑常身體靠在牆上，一臉睡意地說，「我們躲起來，那你怎麼辦？不是更要捉你抵帳了嗎？」

「我的事我會處理。最主要的是，你們要先避起來。」我拉著黑常的手強迫他，「快起來，快去找牛頭，趕快走！」

「你要叫我避去哪裡啦？我沒地方去啊！」

「去找柯老師，他認識的人多，快去！快去！」我拉著他下樓，把口袋裡所有的紙鈔全掏出來，塞進他褲袋。「行動要快，要祕密，越少人知道越好。直接去出版社找柯老師。」我急促地、壓抑著聲音，慌張地說。

我目送黑常跑步消失在已經微微有點天光的街的那一端，才走進屋裡拉下鐵門，從裡面把門鎖了。又拖著疲累的、痠痛的雙腿，一步一步上樓，走進房間，「碰隆」一聲躺倒在床上。電扇「呼——呼——」地響著，身體實在疲累到極點了，但躺在床上卻翻來覆去，睡不著。頭已微微地疼痛起來。

天亮時，調查局若來捉人，我要怎麼對付呢？會捉你抵帳嗎？黑常說。我如果被捉了，甚至被做掉了，那就不明不白了。不行！我得寫封信給台北的朋友。由他們轉告黃天來、莊安祥和黃順興們，也要請他們轉告國外的記者朋友們。這樣想著，我的精神又來了。

但是，這信送得出去嗎？天亮了如果真的來捉人，他們不會全面搜查嗎？我聽過那些老政治犯們講過他們被捕的經驗，這封信鐵定送不出去。而且，我也可能會當場被逮捕。我要這麼束手被擒嗎？

當然不行！我對自己說。

於是，我快速把簡單的背包收拾好，背包裡還有些現金，也有盥洗用具和換洗內衣褲。我下樓，拉開鐵門，再把鐵門拉下鎖上。快速跑向隔壁的大街，攔了一輛計程車。

「去台北！」我說，「到羅斯福路台灣大學叫我。」

我坐到車上深深吐了一口氣。車在馬路上搖搖晃晃地向前駛去。我閉上眼睛，頭還繼續微微痛著。我又擔心著天亮時，辦公室會是什麼情狀呢？車繼續搖晃著，我的意識卻已逐漸模糊起來了。……

一直到司機用力碰觸我膝蓋，並大聲叫說，「先生，先生，台灣大學到了！」我才猛地驚醒過來。

「到了嗎？」我說，「多少錢？」

我付了錢，打開車門，兩腿幾乎抬不起來。

「先生，你沒問題嗎？」司機好意地問。

我邁開腳步，走向汀州路的小巷。看到水源出版社鐵門深鎖。黑常他們來過了嗎？柯老師帶他們躲起來了嗎？或是，他們還沒來？還是，柯老師昨晚沒睡在出版社？……我還是不要驚擾他們吧，讓他處理黑常們的事就好。

我又踅回羅斯福路。在公用電話亭撥了黎明家裡的電話，響了很久，竟然沒人接。她沒回家嗎？我心裡嘀咕著。打雜誌社吧。但雜誌社也沒人接。糟了！我心想，果真走投無路了嗎？不然，回家吧！但是，這不會驚嚇到母親和淑貞嗎？不好！我對自己說。再打一次黎明家吧，再沒人接就只好，只好，……電話響了一會兒，竟然有人接了。「喂，誰啊？」

「黎，是我，在家等我，我馬上到。」

我掛了電話，攔了計程車。天已微亮的台北街頭，非常冷清，車少人少，但空氣卻是清新的，氣溫是涼爽的。我打開車窗，不一會兒，竟又在搖搖晃晃中睡著了。

第十七章

我想回家。

但是，我太累了！兩腳痠痛得抬不起來。

我仆倒在地上了，地上很柔軟，很溫暖。

啊……！我是躺在沙灘上了嗎？是南仔寮故鄉柔軟的、溫暖的、黃金色的、像母親的胸膛和乳房一般的沙灘嗎？

我聽見海鳥的叫聲，「咕嘰！咕嘰！」

我聽見海浪拍打沙灘的聲音，輕柔的「嘩——啊啦！嘩——啊啦！」

我很安心地、幸福地睡著了。

不知過了多久，鳥聲消失了。海浪變得急促而大聲，「嘩啊——嘩啊——！呼呼呼呼！——」好像颱風時，海浪成排站起來呼嘯的聲音。

海浪打濕我身體了。我從夢中驚醒。

一捲一捲的巨浪，像大山崩塌了！向我壓過來了！壓過來了！巨浪混濁，夾著垃圾的腥臭，把我捲入海底了！突然，又把我拋向天空。我很驚恐，想大叫，卻叫不出來。

突然，我看見一群人包圍了垃圾場，垃圾場的推土機把垃圾推向海裡。黑常站在人群前面，手持木棍揮舞著，發出無聲的吶喊。推土機四周突然出現了一排警察。我聽見黑常大聲喊叫，「南仔寮人大團結！南仔寮人大團結！」警察舉槍射向黑常，「砰！砰！」

我「啊——！」地大叫一聲。醒了！

黎明笑笑地俯身望著我，「你作噩夢了？」

我驚魂未定，全身都汗濕了。「好可怕的夢，他們開槍了。」我說。「天亮了嗎？」我從床上坐起，無力地把身體靠在床頭。

「什麼天亮了，現在已經下午三點了。」黎明摸摸我的額頭和臉頰，「全汗濕了，去洗個澡吧！」

「妳一走，我心裡一直想著基隆的事。柯老師和黑常他們呢？」

「我今早下山就去找柯老師了，你那兩個兄弟沒去找他。」黎明坐到床頭邊的沙發椅上，笑著說，「柯老師打電話去基隆，黑常接的電話。有平安嗎？沒事哦，那就好了。我聽柯老師這樣說。只是大字報板被破壞了，被人砍倒噴字了，聽說只有如此而已啦。——你起來吧。」黎明把我從床上拉起來，「先去洗個澡，我已替你約好龍哥，五點在台大校門口會合，我們一起去基隆。」

「調查局真的沒捉人嗎？」我搖搖頭說，「這個閻羅王，竟然……」

「這事我問過老羅了，老羅還是說，身分曝光是他們的大忌，那個調查員連證件都被拿走了，他一定不敢向上報告。報告了他反而會被處分。而且基隆人都知道你要參選，他們更不會輕舉妄動，讓你有做文章的機會。他還說，小蔣才剛當選總統，他怎麼會在這時候捉人？他建議你把這件事公開宣布，到處宣傳，他們就不敢那麼囂張恐嚇選民了。」

我打開淋浴水龍頭，嘩啦嘩啦的水聲帶著幾許冰涼往頭上、臉上、身上直沖下來。我打了個冷顫，「哦——」地叫了一聲，頭腦立刻感覺清醒了許多，心也變得比較篤定了。但是，調查局真的就肯這樣，不吭聲、不行動、不報復嗎？我忍不住直了喉嚨大聲叫：「黎！——黎明！」

「又怎麼了？」黎明站在浴室的毛玻璃外，「洗髮精和沐浴乳不是都在旁邊嗎？」

「妳為什麼那麼相信羅智信講的？」我邊沖水邊大聲問。

「他分析國民黨，不只我相信。連老一輩的郭雨新先生和雷震先生都信他。你要不信，難道要繼續躲嗎？」她也大聲說，「你這次怎麼和平時的表現不一樣了呢？這麼緊張！」

「我不一樣？怎麼不一樣？」我關了水龍頭，全身濕淋淋地，隨手抓了一條大毛巾圍住下半身，拉開浴室的門大聲說，「我怎麼不一樣了？妳說！我哪裡緊張了？」

「怎麼？想跟我吵架嗎？」她從浴室的毛巾架上抽了一條乾毛巾，幫我在背上擦了擦，笑著說，「說你緊張就生氣了？神經病！趕快把頭髮擦乾了，你是候選人，可不能生病。」她把手上的乾毛巾往我頭臉一幪，胡亂在我頭上擦了幾下，「你自己擦乾，換好衣服，我在樓下等你。」她隨手關了浴室的玻璃門，輕巧無聲地下樓去了。

我和黎明到達台大校門口時已經五點十分了，龍哥站在他那輛豐田汽車旁邊，仰著脖子往公路局站牌直望，車旁還有龍嫂和他們的兒子，比我兒子可親大了一兩歲的小男孩張已全。我問過龍哥為什麼替兒子取名「已全」？他說，他們只要生一個孩子就好了，人生就已經全都OK了。這小孩很聰明，也很可愛，我叫他「全哥」，後來龍哥和龍嫂也跟著我叫他「全哥」了。

「哇哈，宏叔叔，黎阿姨，你們遲到了。」全哥遠遠看到我們就大聲叫嚷起來，「我們已等了十分鐘了耶！」他說。

「對不起！讓你們久等了。」我向他鞠躬，「全哥跟老爸一樣，一絲不苟。」我說。

「一絲不苟是什麼意思？」他仰頭望著我問。

「一絲不苟就是一點都不肯馬虎，一定要規規矩矩，不可隨隨便便。」我說。

「但有時隨便一點也沒關係呀，一直都規規矩矩，太辛苦了！」他說。

「全哥，你如果從小不養成好習慣，長大以後壞習慣想改就很難了。」龍哥認真地對兒子說。

「好啦，我們上車吧。」龍嫂笑著說，「陳宏，你坐前面，我和黎明坐後面。」

「龍哥，不好意思，又麻煩你了。」我說。

「沒什麼。」龍哥笑著說，「我們每個星期六也都要回基隆看我大哥大嫂。」

「見到你大哥，替我謝謝他。」我說，「如果沒有他出面，明正仙一定不會像現在這麼幫忙。」

龍哥坐在駕駛座上，雙手握著方向盤，兩眼望著前方，神情嚴肅地問，「聽說黑常和牛頭出事了？」

「咦？不是說好好的嗎？」我回頭望了望黎明說。

「是好好的，我親自和黑常通過電話。」

「好好的就好！」龍嫂說，「我是聽吳世傑和吳福成講的，說黑常把調查局的人打了。」

「其實也沒對他怎樣啦，只是把他載去海邊而已，那個菜鳥以為要把他丟到海裡了，嚇得跪在地上求饒。」我說。

「這樣子，調查局不會報復嗎？」龍哥說。

「我也是這樣想，所以，昨天晚上……」

「已經沒事了，」黎明說，「那個菜鳥不敢向上報，否則他也要被處罰。所以調查局才沒有動作。」

「這，有可能。」龍哥點點頭說。

隔了一會兒，龍嫂突然開心地說，「陳宏，你現在在基隆，風評很好哦！」

「妳怎麼知道？」

「我們每禮拜都回基隆。龍哥遇見親戚朋友都會問人家，你聽過陳宏嗎？知道他要選國大代表嗎？」龍嫂笑著說，「龍哥回家還替你列表做統計，像做物理實驗那樣。」

「哈哈，龍哥到底是科學家。」黎明大笑說，「結果呢？你得到什麼結論？」

「到目前為止，聽過陳宏的名字有百分之十三，知道他是作家的有百分之八，知道他要選國大代表的有百分之五，肯定表示支持的有百分之二點多……」

「這麼低嗎？」我心裡有點失望。

「這還低啊？你要偷笑了。」黎明大聲說，「羅智信決心選縣長時第一次做的調查，聽過他名字的人只有百分之三，知道他當省議員的只有百分之一點多。那時他已當了四年省議員了。龍哥做的調查如果確實，你要謝天謝地啦！」

「其實，我這個調查還不夠科學，第一是，取樣的同質性太高，都是我認識的人，第二是，取樣數目還太少，代表性不夠，總數還沒到一百個，只能做參考啦。」龍哥說，「這只表示我們的努力還有一點成效，並沒有完全白費！」

「是嗎？」我本來有些失望的心情，經他們這麼一說，又稍稍被提振了起來。「沿家挨戶拜訪，我已經搞十來天了，每天都累得……」

「怎麼，你現在才知道選舉很累嗎？」

「我本來以為只要辦幾場演講，開一些座談會就好了，哪知道還要沿家挨戶拜訪。」我說，「這還沒關係，只是辛苦一點而已，已經走這麼多天，也習慣了。我最受不了的是拜訪那些地方的角頭，有的是開賭場、開娼館的，有的是黑道幫派老大，甚至還有賣毒品的，只因為有點錢，捐一點給寺廟，養一些陣頭，身邊有一些人，在地方就成為有影響力的意見領袖了。其實根本都是壞蛋，我就要跟他們握手鞠躬，拜託他們支持，我……真他媽——的！瞧不起自己！」

「哈哈哈！你就是放不下臭老九的身段，還充滿知識分子的優越感！」黎明大聲奚落我，「你就是需要選民改造你！教育你！……」

「妳這傢伙，完全是老毛的口氣，太討厭了！下次帶妳去基隆的鐵路街，整條街都是私娼館，看妳敢不敢去！」我大聲威脅她，「到時，把妳丟在那裡，讓那些女人教育妳……」

「好啦！好啦！你們兩個別再鬥嘴了。」龍嫂笑著拍了一下黎明，「妳就讓他發洩發洩吧！」

「我能了解你的心情，但是，既然要選舉就沒辦法了。一人一票，票票等值，這就是民主。」龍哥說，「黨外人士沒錢又沒組織，只好靠兩條腿努力走，靠一雙手努力握，當然很辛苦。黎明說，讓選民教育你，其實，你也要教育選民！不要為了五十元一百元，或為了幾包味素香菸，就把票賣掉了。要教育他們出來聽政見，做比較，……」

「龍哥，你講的有道理，」我說，「拜託你來當我的正式助選員好嗎？你上台演講一定很有說服力。」

「我反對！」龍嫂直率地說。「他萬一被台大解聘，我們全家就要流浪街頭了。」

「這大概還不至於啦，」龍哥嚴肅地說，「只是我了解自己的性格，這麼多年都在實驗室裡，面對的都只有學生，已經習慣了，叫我面對群眾……」

「陳宏叔叔，我願意幫你助選。」張已全天真地說，「我會講，請支持陳宏叔叔，我自己練習過很多次。」

「哈哈哈，真的嗎？太謝謝你啦！全哥。下次你就隨叔叔去發傳單，向路上的人說，請支持陳宏叔叔，這樣好嗎？」我轉身把手伸到後面和他握了握，開心地說。

到競選辦公室時已經下午六點多了。大字報廣場上圍了很多人，黑點輝仔和阿明仔兩個做木匠的朋友，手上都拿著工具和木材在指揮民眾，「兄弟，請幫忙把那面木板抬起來。後面這支柱仔也請這位兄弟扶著。」黑點輝仔拿著鐵榔頭把柱仔打進挖好洞的土地裡，再把木板釘在柱仔上，然後在柱仔底下再用三支短木把柱仔在地上架好。大約每十公尺就有一根柱仔。原來看板的柱仔都被人砍斷了，看板因此都倒在地上。新換了柱仔再把舊看板釘上，就清楚地看見看板上被人用噴漆寫了好大的字，「共匪！」「台獨！」「消滅共匪！」「打倒台獨！」

「這是誰搞的？很過分啊！」

「幹伊娘哩，選舉若到，就四處講人是台獨！共產黨！」

「有去報案嗎？」

「對啦！去報案！」

「報案有啥仔用？尹攏是同黨的！」

人們紛紛議論著。

我走進辦公室，裡面坐的、站的一大堆人，發出嗡嗡嚷嚷的聲音。突然，一個轟亮的聲音大聲說，「候選人回來了！陳宏回來了！」接著一陣熱烈的掌聲響起來。

「大家辛苦了！多謝大家關心！」我向大家點頭鞠躬作揖。

「那是陳宏的太太嗎？足少年足水的！」

「那個不是啦！那是《夏潮》雜誌的總編輯。」

柯水源、吳世傑、李通達，還有高明正，紛紛從樓上下來。

「你回來了！回來就好！」明正仙拍拍我肩膀，悄聲地說，「站到椅子上面向大家講幾句話，多謝大家關心。現在，基隆市都傳遍了，說你被調查局捉去了。」明正仙就近拖了一把塑膠圓椅仔，李通達和柯水源一人一邊扶住我的手，我站到椅子上晃了一下，「站好，站好，」明正仙說，「再拿一把椅子來。」我兩腳各站在一把椅子上。

李通達向屋裡的人大聲說，「現在請候選人向大家講幾句話。」屋裡立刻又響起一片熱烈的掌聲。

「各位鄉親，各位好朋友，首先感謝大家的關心和愛護！我沒想到，我才離開辦公室一下子而已，咱的看板大字報就被人破壞了！還被人噴字，罵我是台獨，是共產黨！各位鄉親，選舉有罪嗎？憲法明明規定，人民都有選舉權，也有被選舉權。為什麼我要參選，就罵我是台獨，是共產黨呢？還講要消滅共產黨，要打倒台獨！這敢有道理？」

「幹伊娘哩，咱們來去包圍警察局，要求伊限時破案！」突然有人大聲叫嚷。四周立刻有人響應，「對啦！去警察局，要求伊限時破案！」

「各位鄉親，請大家冷靜！再聽我講幾句。」我提高聲音大聲說，「那些警察攏是吃頭路的人，咱們勳去為難伊。我拜託大家將這件事，大家告訴大家，講給你的親朋好友、同學同事、厝邊隔壁的人聽，一個傳十個，十個傳百個，百個傳千個，這樣，一直傳下去。到投票那一天，大家投票給黨外，給我陳宏，讓國民黨落選，你們講好不好？」

「好啦！好啦！」民眾大聲呼應著。

「各位鄉親好朋友，由今晚開始，咱們辦公室有需要組一個保安隊，專門保護辦公室的安全，也保護來看大字報的人的安全，不受國民黨破壞，也不受國民黨的威脅。我在這裡公開徵求各位好朋友，若有時間就來做阮的義工，晚上就來這裡泡茶開講，兼做保安隊的義工，好不好？」

「好！我報名！」

「我要報名！」

「我也報名！」

現場有好幾個人舉手贊聲。

「願意報名的人，隨時都可以來報名……」明正仙補充說。

我在大家熱烈的掌聲中由李通達和柯水源扶著跨下椅子。然後，又由他們陪著和場邊每個人握手、鞠躬、致謝。

半樓裡，陳天祥、胡飛鴻、曹素貞、葉晉玉，還有幾個年輕人正在抄寫大字報。

「大家辛苦了！」黎明一上樓就率先和大家打招呼。

「鄭姐也來了！」天祥和飛鴻站起來，迎著黎明說。

「明正仙，這位是《夏潮》雜誌總編輯，我的好朋友，鄭黎明小姐。國賓飯店那場募款餐會都是伊策畫安排的。」

「明正仙，我是鄭黎明，請指教！」黎明也主動伸手向高明正自我介紹，「我不時聽阿宏提起明正仙的大名，基隆黨外的前輩。想不到你還這麼年輕。」

「我二十八歲做番王仙的機要祕書，現在也五十出頭了。」高明正笑笑地說，「《夏潮》雜誌我有看，對一般人來講，有一點深了。」

「是啦！作者都是讀書人，較不會使用民眾的語言，阮會改進！」黎明說，「這段時間，陳宏都受你指點協助，真感謝！」

「哪裡，不敢當！」高明正說，「番王仙往生以後，我在基隆一直在等黨外出現優秀的人才，已經等到頭髮都要白了。這次陳宏出來選，我對伊很有期待。先選國代，再選市長！……」

「慢慢來吧！」柯老師不知何時也上樓來了，笑笑地插嘴說，「先把實力培養起來，基礎打穩了，在地方先拉拔幾個少年的，像阿達仔、黑常，出來選市議員。……」

「是啦，這確實要慢慢來，但是，我實在等太久了，也鬱卒很久了。」明正仙笑笑地說。然後，突然又轉了話題說，「早上柯老師來找我，我也嚇了一跳！發生那種事，我也以為調查局一定會捉人。但是，這兩個少年的，還不知死活，不但沒逃走，還透早就來辦公室開門，還四處趴趴走。而調查局竟然也無動手。是在等時機嗎？」

「調查局不敢承認那是他們的人，身分曝光是搞特務的大忌，所以大家放心啦。但是，以後如果被他們捉到機會，他們還是會一起算帳的。所以，大家還是要小心，不能太盲動，調查局和警總，我們惹不起。」

高明正點點頭說，「鄭小姐講的對，少年的做事真的不能太盲動。」

「明正仙，講到這件事，我就要再一次鄭重拜託你啦。辦公室沒一個帶頭的人實在不行了。時間越來越緊迫，事情也越來越多，我總不能做候選人又做總幹事吧，所以，拜託你，幫忙就幫到底吧！」我說，「我敢講，如果你來做總幹事，幾個少年的就不會這麼盲動了，連調查局的人都敢修理？實在不知死活……」

我還沒講完，柯水源、鄭黎明、還有後來上樓來的阿達仔、黑常、世傑仔，以及飛鴻和天祥等人，也都同聲拜託了。

「你們沒感覺我現在已經在替陳宏做總幹事了嗎？」明正仙笑笑地說。

「對啦，我知道。但你沒親口答應，我還是不放心啊！」我大聲向大家宣布，「明正仙已經答應做咱們的總幹事了，今後，大家都要聽伊的指揮，包括我這個候選人也一樣！」

在場所有的人都齊聲鼓掌。明正仙向大家略略欠身點頭。

「咱們再一次感謝明正仙。咱們是要替台灣創造歷史的人，大家要加油，不許漏氣！」我說，「還有一件事向大家報告，飛鴻為了替我助選，已向政治大學申請休學一年了。這段時間，他都要住在基隆，這太令我感動了。所以，他除了和天祥一起負責文宣工作以外，我還要拜託他當辦公室主任。至於辦公室主任要做哪些事，就聽明正仙吩咐了。另外，我也要請我的表姪女曹素貞當飛鴻的助手，好不好啊素貞？」

「好啦！我很樂意！」素貞大方地微笑著說，竟忽然地臉紅了。

「宏舅仔，差不多是吃飯時間了。」黑常說，「你昨天提議辦公室要有人煮飯炒菜，不要吃便當。今天南仔寮就有三個歐巴桑主動來幫忙了。廚房的米啦菜啦魚啦肉啦，還有油鹽，還有廚房的碗盤鍋鼎，一切的用具，都是南仔寮鄉親提供的。」

「黑常，感謝你啦。」我說。

「你要感謝南仔寮的鄉親，」黑常笑笑地說，「今天來炒菜煮飯是阿球的阿母旺盛嬸仔，阿柱伊母仔罔市阿姨，還有你叔伯嫂仔阿德的牽手。」

我一進餐廳，立刻先進廚房，「罔市姨仔，旺盛嬸仔，阿德嫂仔，多謝妳們！多謝妳們來幫忙！」我向她們一一握手鞠躬。

「咱們自己人，你多謝啥？」旺盛嬸仔笑著，熱心地開朗地和大家招呼，「來來來，坐啦，飯鍋在這裡，碗筷自己拿喔！」

「阿宏，你們南仔寮人很團結！」明正仙笑著說，「我也有朋友住在南仔寮，聽說大家相爭要出來幫你助選，很難得啊！」

「明正仙，你不知道，宏舅仔是阮南仔寮人的寶！」黑常說。

我在餐桌上向天祥和飛鴻轉述了羅智信縣長的建議，把那個自稱是調查局的人，被黑常和牛頭載去海邊放生的故事寫出來，標題就用「陳宏競選辦公室第一號通緝令——通緝匪諜艾台生」，把他的照片放大複製，貼在大字報上。

「黎明，這件事也要麻煩妳和陳翠，儘快聯絡國際媒體駐台記者和國際人權組織，國民黨萬一想翻臉捉人也會多一點顧忌。」我說。

「這事我已經處理了，」黎明笑著說，「許多事情要等你吩咐了才做，就來不及了。」

「總幹事，我有一個想法向你報告，不知道可不可以？我想要去弄一台發財車，替陳宏賣書。」黑常突然放下碗筷向高明正說。

「陳宏賣書？嗳咦！有意思喔！」黎明說，「這對募款的作用雖然不大，但宣傳陳宏的理念，提高他的知名度卻很有效。」

「陳宏賣書，嗯！是不壞的想法。」明正仙也說，「這台車就是要當宣傳車用了，是不是？那要有一套好一點的音響。」

「明正仙是很懂音響的人。」我說，「但宣傳車的音響，聲音清楚就好了。」

「是啊，簡單就好。」黑常說，「這，我已和南仔寮媽祖廟主任委員世漢叔仔講好了，媽祖廟有一套廣播用的音響，可以借我們用。」

「這台車透早就開去火車站、公路局車站，那裡人很多。停在那裡廣播就好了。下班時間去和平島的中國造船廠門口，或是愛三路廟口夜市仔，禮拜六禮拜天，就去菜市場，哈哈，很好的構想啊！」李通達笑著說。

「阿宏，你的班底很強，老的有明正仙，中年的有柯老師，少年的有黑常、阿達仔、飛鴻、天祥和世傑仔，後面還有一大堆鄉親的力量，這個陣容絕不輸給老羅和老莊了。」黎明笑笑地說，「這樣我就放心多了。」

「不過，也不能太樂觀。」胡飛鴻突然插嘴說，「我最近針對基隆市歷次選舉的投開票做了一點研究，發現基隆黨外一直有幾項很不利的因素，一是基隆外省人比例太高，大約占百分之二十幾，除了台北市以外，基隆恐怕是全台第二高的了。二是公務員比例也高達百分之十五左右。因為基隆是省轄市，人口雖然只有三十萬，差不多只是台北縣的十分之一，但公務員編制卻和台北縣差沒太多，所以公務員所占人口比例就相對地高了很多。而這兩種人都是國民黨的鐵票，我們必須設法克服。」

「不錯，黨外在基隆選舉確實很困難，但是再困難也是要拚呀！」明正仙說，「這次我是有看到希望了……」

我的競選活動，都根據先後擬定的計畫，按部就班在進行。大字報、節慶標語、陳宏賣書、沿家挨戶走透透、每晚在辦公室辦民主講座和討論會，重點拜訪等等，都漸漸在基隆這個相當保守的、停滯的、人口逐漸外移的老港都裡轟傳開去了。

有一天早上，天才剛亮吧，黑常就「拼碰！拼碰！」地敲我的房門了。

「宏舅仔，宏舅仔，國民黨動手了。」他有點慌張地、急促地在房門外大聲說。

「什麼動手了？」我從床上跳起來，打開房門，「你說什麼？」我緊張、驚疑地大聲問。

他把報紙遞給我，「你看，國民黨在市議會對你動手了。」他說。

「呼——！」我手扶房門，吐了一口氣，「差一點被你嚇死，」我說，「我還以為調查局來捉人了。」

「國民黨真的對你動手了，你自己看呀！」他笑笑地說。

《中國時報》地方版頭條標題，「議會大力抨擊，陳宏製造環境髒亂，破壞社會和諧，要求警局即刻查辦」。《聯合報》地方版也是頭條，標題是，「副議長嚴厲要求警局，即刻查辦不法分子陳宏」。

基隆市副議長叫林東龍，才三十歲。是一個新科議員，竟然能當選副議長。據說他父親林木火，外號叫「火頭」，年輕時就在基隆廟口的賭場打混，先是當跑腿，後來當保鏢當打手，因為夠悍夠狠夠陰，漸漸的就成為老大了，現在廟口一帶都稱他「火頭大的」。他這兒子林東龍，文化學院政治系畢業，在國民黨全力輔選下讓他當選了市議員。林木火為了兒子的政治前途，不惜重金，據說花了近千萬，買了過半的市議員。這位林副議長必定是想力求表現，才會在議會對我大肆抨擊了。而這也正是我最為期待的事。我既沒錢替自己做廣告，要怎樣才能提高知名度呢？我已經在基隆辛苦地活動了幾個月了，現在，國民黨的副議長終於出手了。

「哇哈！太感謝了！」我忍不住興奮地大叫，「我最希望他們真的依法來辦我，我都研究過了，他們根本無法可依。放馬過來吧！報紙登得越大，我越高興！」

而國民黨的提名作業，終於也揭曉了，開放陳阿蘭和李元欽兩人自由競選。陳阿蘭是爭取連任的國大代表，以前當過基隆市議員，在地方上有些基礎。李元欽是年輕的專職黨工，據說口才極佳，在地方也積極經營了一些時間。媒體的報導分析說，國民黨市黨部認為，陳李兩人都很優秀，而黨外表態參選的陳宏，是一個沒有知名度，又沒有財團支持的年輕人。市黨部說，為了黨的和諧，就開放給兩位同志自由競選，雙方君子之爭，不准互相攻擊。反正，當選者一定是國民黨同志，不是陳阿蘭，就是李元欽。

「哇塞！實在太棒啦！」我拿著報紙，忍不住高興得大叫。他們越不把我放在眼裡，我就越有機會了。

國民黨雖然好像不太把我放在眼裡，但是，實際上卻又對我嚴加封殺。例如，在《中國時報》任職的老友，如高信疆、王志軍，都明白告訴我，國民黨已下達媒體封殺令了，不准報導黨外任何正面消息。另外，在基隆，所有國民黨可控制的機關學校，一律不准我踏入半步。難怪，那天我陪淑貞去台灣電力公司基隆營業處拜訪她的同事時，在大門口就被警衛給擋住了。

「我陪我先生進去看看同事也不行嗎？」淑貞委屈地抗議，「那，為什麼國民黨的候選人就可以進去呢？你們太不公平了！」

「對不起啦！上面這樣交代，我們也沒辦法啊！」相關的人都顯得無奈，然後又壓低了聲音說，「其實，票在我們手上，也不是都支持國民黨啦！」

我有一位小學同班同學叫杜榮峰，師大畢業後就回基隆教書。幾年來，他都走救國團路線，已當上基隆市南榮國中校長。我以老同學和同鄉的身分去學校拜訪他，竟把他嚇得躲進廁所裡，不敢也不肯見我。

基隆是個保守的地方，大多數人都是認命的、安於現狀的、不求改變的人。因此，在基隆參選，言論與行動都不能太激烈、太激進。言論必須是溫和理性的，行動必須是柔軟親切的。如果逢人就點頭鞠躬、打恭作揖，如果能在路邊攤和大家一起捲起衣袖，喝幾杯老酒，划個酒拳，那就立刻會被傳頌為好人、值得信任的人了。至於是不是真的有能力魄力，是不是真的能替人民做事，那就無所謂了啦。明正仙這些日子來，在這方面也不斷對我耳提面命。

「你講話還是太直，對人還是有些傲氣，這不行！」他說，「過去在基隆參選的人，書讀的都不多，書讀多的就屬番王仙的兒子了，是政治學博士，台大教授。但是對人不夠親切，太高傲，所以才會落選。你在這方面一定還要再改進。」

基隆人還有一種特性，就是特別容易同情弱者、被壓迫者。或許就是因為自己也是弱者，經常也是被壓迫的緣故吧。「國民黨越壓迫你，市民就會越同情你。這就是番王仙第一次能當選市長的原因，要記住，你是被壓迫的人，和大多數的基隆人都一樣，都是被壓迫的人。」明正仙說，「不必在意眷村老芋仔對你的態度，越粗魯越好！也不要害怕有人會向你丟石頭、丟香蕉皮，那些人也是受人指揮，奉命這樣做的，……」

候選人登記那天，天來仙一大早就熱心地從台北來基隆了。上午十點，高明正、柯水源、李通達、吳昭常、楊美君、吳世傑、胡飛鴻，連同我和天來仙，總共九個人，就一起到市政府大樓的選舉委員會了。我們在市府大樓外面，就看見一堆人拿著國民黨候選人的旗幟站在市府門口揮舞。

「他們怎麼來了這麼多人？」我問站在身邊的黑常。

「陳阿蘭和李元欽在相拚啦！」黑常說。

「沒我們的事，我們進去！」高明正站在天來仙旁邊，略略提高聲音說。

從左至右，黑常、我、天來仙和高明正四個人一排，後面跟著柯水源、楊美君、胡飛鴻、吳世傑和李通達。但是走道上幾乎站滿了陳阿蘭和李元欽的人，把通路堵住了，我們無法四個人一排走進去。

「請你們讓讓好不好？我們要進去登記。」黑常大聲說。但是，那些人好像沒聽見，竟沒人理他。李通達和柯水源擠到我們面前，邊大聲說，「請讓一下，請讓一下！」邊用力把堵在通道上的人推開、排開。我們跟在他兩人後面，終於走到樓梯口了，走上樓梯就沒有阻礙了。這時，後面突然有人大聲叫嚷，「台獨！共產黨！」我猛地回頭，望向聲音來處。高明正立刻略帶斥責地提醒我，「痟的，不要理他！我們上樓！」胡飛鴻、楊美君和吳世傑也在後面推擠著向上走。

走到五樓，辦公室門口又是一大堆拿國民黨旗幟的人。陳阿蘭和李元欽的人各站一邊，壁壘分明。門口站著兩個警察，「是來登記的嗎？」

「是，我們來登記。這位是候選人陳宏先生，這位是現任立法委員黃天來先生。」高明正對那兩位警察說，「我們都是助選員。」

「請進！」兩位警察把身體讓了讓。高明正和天來仙走在前面，我跟在後面。一進辦公室，只見正中央擺了一張桌子，桌子後面坐了三位小姐，桌子前面擺了三張椅子。辦公室的左右兩側，也和正中央完全一樣的擺設。不知是辦事的人故意把陳阿蘭和李元欽區隔開，還是他們自己主動的選擇。他們兩人分別在左右兩側，正在辦理登記。左側的陳阿蘭女士側著臉看了我一眼，笑笑地和高明正點了點頭。梳了一個貴婦頭，髮髻紮在腦後，額前的頭髮梳得油光滑亮，大約五十幾歲吧，但臉上皮膚遠看著仍然顯得細緻光滑。右邊那位大我幾歲的年輕人，大概就是李元欽了。寬寬的國字臉，理了個平頭，顯得精悍有神。中間那張桌子前空著，後面三位小姐看我們走進去，立刻站起身來，中間那位笑笑對我們說，「要登記嗎？請這邊坐！」高明正先請天來仙坐在右邊的位置，他坐左邊，「你是候選人坐中間。」他說，「右邊那位是立法委員黃天來，天來仙。」他禮貌性地向三位小姐介紹。然後把手上的大信封袋放到桌上，「這是候選人的身分證、照片和印章。」他從大信封袋裡拿出一個小信封，推到辦事小姐面前。然後又把大信封袋往前推了推，「這裡面全是助選員的身分證、相片和印章。」三位小姐各自把信封袋裡的東西倒出來，做了一番檢視後，就坐下來抄寫。

不久，左邊那張桌的辦事小姐輕輕說了一聲，「好啦，你們已完成登記手續了。」陳阿蘭站起來和小姐們握手，親切地說，「謝謝！」她身邊兩個人也站起來，跟著她向我們走來。高明正站起來迎著她，「辦好啦？恭喜喔！」她和高明正輕輕握了握手，又朝我伸手輕輕碰了一下我的手指，「我是陳阿蘭。」她說。「恭喜！」我起身向她微微欠身。然後，她又朝天來仙伸手笑著說，「黃委員，歡迎來基隆。」「哦哦，多謝！多謝！」天來仙坐在椅子上頻頻點頭，笑嘻嘻地應著。她又朝右側的桌子走去。李元欽站起身來，等著她，笑笑地說，「辛苦啦，順利完成登記了？」

「我們再找個時間好好談一談嘛，我選完這一次就不再選了，以後就是你的……」

「陳阿蘭當選！陳阿蘭當選！」拿著陳阿蘭旗子的民眾突然大聲叫嚷著。

「聲勢不錯哦！」李元欽笑笑地說。

「你帶來的人也不少啊！」陳阿蘭也笑著說，轉身向外面走了。

「李先生，你的登記手續也完成了。」小姐笑著向李元欽說，「恭喜啦！」

「謝謝妳！」李元欽應了一聲，向我們這邊走過來，先向天來仙稍稍欠身鞠躬，「天來仙，我是李元欽，久仰你的大名。」他說，「今天，阮的基隆囝仔能夠搬請你來陪同登記，很不簡單啊！」

這時，李元欽的人馬也大聲吶喊，「李元欽當選！李元欽當選！」和已經漸漸走下樓去的「陳阿蘭當選！」的呼聲相互激烈地競逐著。

天來仙仍然坐著，微仰了頭望了李元欽一眼，「少年人若出色，有理想，我都會支持。」他說。

李元欽也像陳阿蘭那樣，逐一和我們都握了手，還和辦事的幾位小姐和在場所有的人，都逐一握手，每握一隻手，都說一次，「辛苦啦！多謝啦！」

等我們辦完登記手續時，辦公室裡只剩下辦事人員和幾個警察而已。我站起來，也逐一和他們握手。李通達和吳昭常則站在我身邊，幫我把名片發給每一個人。

然後，我們九個人排成三排，阿達仔和黑常走在前面開路，天來仙和我走第二排中間，兩邊是柯水源和高明正，後面是吳世傑、楊美君和胡飛鴻。還沒到一樓，已經聽見李元欽和陳阿蘭的人還繼續在呼喊，「李元欽當選！」「陳阿蘭當選！」走到一樓，走道又被堵住了。突然，閃光燈不斷亮起來，「卡擦！卡擦！」地響，是記者在拍照了。阿達仔和黑常一面大聲說，「借過！借過！」一面把堵在前面的人向兩邊推開。

「你們幹什麼啦？推推推，推什麼嘛？」人群中突然有人大聲叫嚷。

「歹勢，歹勢！請借過！」阿達仔大聲說，「這裡是通路，你們把路堵死了。」

「他媽的，老子是你推的嗎？你太失禮啦！」那人繼續叫嚷著。閃光燈又繼續「卡擦！卡擦！」地亮著響著。

「打倒台獨！消滅共匪！」人群裡突然有人大聲喊叫，並朝我們擠壓過來。

「做啥？做啥？要造反嗎？」柯水源大聲喝斥，對阿達仔和黑常說，「將天來仙顧好！」

「警衛！警衛！維持秩序啊！」高明正不知何時已穿出人群，朝市府警衛室喊著，「這些是什麼人？到市府來造反嗎？你們維持秩序啊！」

「陳阿蘭和李元欽都到各科室去拜訪拉票啦，留了他們的人在這裡比賽誰的人喊得大聲。」一位警察略顯無奈地說。突然，警笛「嗶——嗶——嗶——」地響了好幾聲，喧譁的人聲才漸漸安靜了下去。

天來仙突然站在市府門口的台階上，手上握著原來揹在黑常身上的手提麥克風，以他特殊的台灣國語大聲說，「你們這些基隆人，見笑死啦！真沒水準啊！選舉是國家的大代誌，要理性溫和，歡歡喜喜，但是，你們今天在這裡做啥？給別的縣市、別的國家的人看到聽到，都會恥笑你們！什麼是共產黨？什麼叫台獨？連芋仔、番薯都不會分，只會黑白講胡亂講，實在笑死人？我是台獨嗎？我是共產黨嗎？我若是台獨共產黨，怎麼會做立法委員？沒知識也要有常識啊！」他又回頭向市府警衛室的警察大聲批判，「還有你們這些警察仔，保護市政府的安全、維持秩序是你們的責任，這些人在這裡吵吵鬧鬧，你們也不會來制止，國家用人民的稅金來養你們，有啥仔路用？明天我就找警政署長來問一問，你們基隆警察局長平時是怎麼要求你們的？怎麼訓練你們的？莫怪基隆落伍、不進步……」周圍的人靜靜地聽著。

突然有人喊，「市長來啦！方市長來啦！」只見警衛突然立正敬禮，喊，「市長好！」一位大約四十幾歲留著平頭，矮矮胖胖的人快步朝門口走來。天來仙背對著他繼續用手提麥克風大聲說，「今天是增額中央民意代表候選人登記的日子，市政府是選舉主辦機關，但是，整個市政府亂七八糟，好像沒政府一樣，……」高明正站到天來仙旁邊，拉了拉天來仙的衣服，低聲說，「方正雄市長來了。」

「哦，市長來啦？哪一位？在哪裡？」天來仙向人群裡望了望，大聲問。

「黃委員，歹勢啦！我就是方正雄啦！不知你大駕光臨，沒招待你去市長室奉茶，歹勢啦！」

「哇！你就是市長哦，歹勢歹勢！」天來仙笑瞇瞇地、意有所指地對市長說，「夭壽，你若再慢來一點，我就給你們這些人饕食入腹了！看到我就喊打倒台獨、消滅共匪！我對伊講，我若是台獨共匪，早就被你們國民黨捉去槍殺啦！還能做立法委員嗎？這些警察仔，只會向你立正敬禮……」

「歹勢，歹勢！黃委員，尹有眼不識泰山，對你沒禮貌，來來來，讓我陪罪，來市長室奉茶啦！」

「多謝啦！你的好意，我知道了。改天有機會再來給你請，也要請教你怎麼種蘭花。」天來仙笑瞇瞇地拉著方市長的手說，「我現在沒閒，我的小弟黃天順這次也要選台北市立法委員，我馬上要趕回台北陪伊去市政府登記。……」

天來仙步下台階，向停在外面的座車走去，周圍有些人竟熱烈地鼓掌，天來仙和他們握手，「多謝哦！這個少年的陳宏，很優秀喔，請你們支持！」也向送到車門邊的方市長說，「多謝啦！多謝你的好意！來台北，再來給我奉茶，……」

我坐到他的司機旁邊，高明正則陪他坐在後座。車子離開市府了。後面有一輛車也跟著來了，是情治單位的特務車嗎？

我終於第一次在近身互動中見識了國民黨人的身段和手段，也見識了黨外前輩的膽識、威嚴和幽默了。

第十八章

在候選人正式登記後，國民黨發動了所有電視報紙炒作一個他們所宣傳的文章〈南海血書〉。這份血書的作者署名阮天仇，是越南難民，內容寫他們一家十一口都被越共殺了，他和兒子阮文星游泳逃到一個珊瑚礁上，十三天後兒子餓死了，屍體被珊瑚礁上的其他難民吃了。阮天仇在礁島上苦撐四十二天後，用海螺尖刺身體的血，用血寫了遺書，控訴越共暴行。血書中，滿腔怨毒仇恨地詛咒越南民主人士和美國盟邦，因為他認為滅亡越南的就是那些反對政府、追求民主法治和人權的民主人士，以及美國政府。寓意非常明顯，直指台灣黨外人士要求民主法治人權，也會導致中共入侵台灣，使中華民國滅亡，使活在台灣的人被中共屠殺，流離失所，家破人亡。這一份〈南海血書〉被拍成電影、連續劇，在電影院、電視台播放，成為全台灣各大中小學的補充教材，宣傳範圍比以往任何宣傳品都更全面、更深入到社會各階層各角落。

因此，當我沿家挨戶拜訪時，人們對我的常有的熱情的、鼓勵的、善意的對待和言詞減少了，冷漠的、嘲諷的、敵意的眼光和態度卻明顯增加了。我的競選總部遭受的騷擾也更加層出不窮了。

據說這種情形在台灣各地幾乎都一樣。有些黨外人士的競選總部甚至還被破壞搗毀。

黨外助選團因此而召集了會議，我在會議中曾經建議，把莊安祥委員在我的募款餐會中所講的「越南滅亡的真相」印成傳單廣為散發。但這意見出乎我意料地竟然沒被接受。原因是助選團沒經費。助選團的總幹事謝明福有點無奈地苦笑著說，「我手上也有一篇請朋友寫的反駁文章，題目是『揭發南海血書的真相』，直指南海血書根本就是國民黨偽造的，血書內容全都是假的。最直接的證據就是，阮天仇這個人在孤島上，沒有任何食物，他兒子都在十三天後就餓死了，他竟能餓到第四十二天，還有力氣用海螺尖來自刺身體，用身體流出的血來寫血書，怎麼可能呢？根本就是天方夜譚嘛！」他把那篇文章影印發給大家，「如果你們認為可用，就拿回去自己做成傳單。助選團只是一個空殼仔，拿來做宣傳的，根本沒有錢替大家製作傳單。沒辦法！……」他說。

於是，我以這些資料製作了第二份正式傳單。正面用莊安祥所講的〈越南滅亡的真相〉，讓選民了解，越南滅亡真正的原因是政府貪汙腐敗，激起人民的反感與反抗。反面就是這篇〈揭發南海血書的真相〉，把國民黨的欺騙謊言徹底揭穿！

要散發這份傳單的當天是禮拜天，黎明、石永真、黃宗德和王正平這些在大學教書，或與大學生有較多互動的老朋友們，都經由他們的管道，動員了三四十個大學生來基隆，加上南仔寮的鄉親，總共七八十人，分為七個大隊，由我、淑貞、黎明、胡飛鴻、李通達、楊美君、曹素貞各領一隊，在基隆七個行政區同時做沿家挨戶拜訪，發送傳單。這在基隆選舉史上，是史無前例的場面。

「哇！基隆怎麼會有這麼多少年人不怕死，還敢出來助選？」

「我們是台北來的啦，我是政治大學的學生。」跟在我後面的一個學生說。

「原來是台北來的，很勇敢喔！」

「是啊！陳宏是作家，我讀過他的作品，很感動！」那學生大聲說。

「看到這麼多勇敢的少年，台灣有希望了啦！」

那天，大家都很興奮。

台北來的年輕人走了以後，還有許多人在辦公室一樓興高采烈地議論。

「市民的反應不壞，對大學生來助選，大家很肯定。」明正仙笑著說，「有一些老黨外最近看到國民黨將〈南海血書〉宣傳成那樣，確實有點被嚇到了。但是今天看到這些少年的一起掃街拜票，都說，那些少年的都不怕死了，咱們棺材都鑽一半的人還在怕啥？」

「最近〈南海血書〉掀起的恐怖氣氛，終於被這些年輕人的勇氣翻轉過來了！」胡飛鴻興奮地說。

「最近報關的兄弟看到〈南海血書〉炒成那樣，來辦公室泡茶也變少了，大家都有點驚惶，不知國民黨要出什麼奧步。大家都在猜，可能會捉人。但是，今天看到這麼多少年人勇敢在大路掃街拜票，阮報關兄弟很興奮，有人也跟著一起來幫忙發傳單了，哈哈哈！……」那個報關的郭仔哈哈大笑地說，李通達也跟著笑得眼睛都瞇起來了。

這時，走廊外突然傳來李再生的大聲叫喚，爸仔！爸仔，……

「你勳拉我，我來找陳宏講話啦！」阿南伯已經走進屋裡了，李再生拽住他的手，他卻掄起手臂掙扎著。

「牛頭，你是在做啥？」高明正上前把李再生推開，拉住李南山的手往樓上走去，「要找陳宏講話嗎？來來來……」
「里長伯仔，歡迎！歡迎！」我說，也幫著扶他上樓。
他拉住我的手，有點氣喘喘地說，「陳宏啊，給我拜託一下啦！……」
「里長伯仔，你要我做啥？你講！」
「有明正仙在這裡幫忙，你安了啦！就請你放過阮阿達仔啦，伊少年人不知輕重，不知死活，伊不能做你的正式助選員啦！這會害死伊，拜託！你就給我拜託一下啦！」他緊緊拉著我的手，膝蓋一彎就要跪下了。我雙手用力把他托住，高明正在旁邊也架住他一隻胳臂。
「你是講，若做陳宏的正式助選員，到時會給警總捉去槍殺，是不是？」高明正說，「你怎麼越老越番顛呢？若真的這樣，我不是要被槍殺很多次了嗎？」
「你不一樣，你高明正是出名人，國民黨不敢惹你。阮阿達仔無名小卒，國民黨要將伊揉死，比揉死一隻螞蟻更容易。」李南山雙手合掌，不斷地拜託。
「你們阿達仔是一個人才，口才好，外才也好，伊也有心想要參選市議員，這次替陳宏助選，對伊是很好的機會，可以提高知名度，可以認識很多人……」
「阿達仔替陳宏助選，我不反對！只要尠做正式助選員。」李南山說，「正式助選員就要登記在公文簿仔內，很危險！像再生仔整日糾在你這裡，伊沒登記做正式助選員，我不反對！……明正仔，當年我也是番仔王的兵馬的一分子，我的心你敢不知？但是，對阿達仔這個囝仔，我有很深的寄望，我希望伊平安……」
「但是，若沒登記做正式助選員，伊就不能上演講台助講，伊就沒機會給基隆人認識，這不是很可惜嗎？

「命若沒了，給人認識有啥路用？」我說。

「你是講伊若替我助選，伊就會沒命了嗎？」我說，「但是你們仁愛區的周志鵬，不是選過市議員，現在又去選省議員嗎？伊是黨外，不是都沒事嗎？為什麼你認為阿達仔只要做我的正式助選員就會被捉去槍殺呢？你是怎麼想的？或是，你有聽到什麼風聲嗎？有人警告你嗎？」

「都無，都無，都是我自己感覺的啦。」他說，「我看到國民黨四處在發什麼〈南海血書〉，我就聞到二二八那種流血的味了。所以，我才會來拜託你。伊太少年，不知輕重，拜託啦，你給我拜託一下啦！我求你！……」他雙腿一彎，竟真的朝我跪下去了，我和高明正幾乎同時出手也沒拉住他。

「你是痟的還是憨的？國民黨這種宣傳，你竟然也相信，你實在……」高明正氣得幾乎都說不出話來了。

我沉默地望著他好一會兒，沉重地嘆了一口氣，「唉！……好啦！明天我叫人去撤銷伊的登記。」我說。

「多謝啦！多謝啦！」他站起來，朝我鞠了一躬，「我們全家都會投你啦！也會動員親戚朋友都投你，你放心！」他說。

那天晚上，我躺在床上翻來覆去，已經累到不行了，卻睡不著。他是有聽到什麼風聲嗎？難道國民黨想利用這次選舉捉人嗎？

我一下向左臥，一下又向右臥，一下又仰躺，一下把枕頭蓋到臉上，一會兒又把枕頭抱在胸前，全身感到從未有過的煩躁鬱悶，好像什麼東西壓在胸口讓我喘不過氣來了。過一會兒，我又生氣地坐起身來，彎曲了雙腳把頭抵在膝蓋上，低聲「啊——啊——」地吼叫了兩聲，想抒發悶氣，但心仍是鬱結成一團。最後，仰起頭來，憤憤地向盥洗室走去。奇怪，為什麼每次睡不著時，尿就特別多呢？從十一點半躺到現在已經是，我望了望手錶，已經凌晨兩點多了，在稍遠的崁仔頂漁市場已經隱隱約約傳來汽車的喇叭聲和嘈雜的人聲。「他媽的，天都快亮了還睡不著，怎麼搞的嘛！」我從盥洗室走回臥室，非常生自己的氣，無可奈何地又躺到床上，彎曲了身體。

為什麼李南山會認定做正式的助選員就會有危險？到底是什麼樣的危險？抓去坐牢嗎？抓去槍斃嗎？憑什麼？參選和助選不都是人民合法的權利嗎？國民黨憑什麼抓人？我不信！一定是伊有問題，二二八事件真的把他嚇壞了，頭腦燒透了！我不管他了！不管……他了！不，管，他，他……。

怎麼了？李南山怎麼又來了？「歐吉桑，你……」我吃驚地邁向他。「快逃！快逃！」他神色慌張地揮舞著雙手，對我大聲吼叫。「怎樣？怎樣？」我驚慌地問。「阿達仔，快逃啊！快啊！」他又大聲吼叫。我心慌慌地向四周張望，沒看見李通達。卻看見李再生穿著內衣褲，腳上趿著拖鞋，睜著兩朵牛般的眼睛，露出一副不在乎的輕蔑的笑臉。「你爸仔，伊……」我指著他爸，說不出話來。「伊，起痟了啦，剛才還問我，伊的膽呢？伊的膽不見了，伊講。」「啊啊，對了，陳先生，我找你，要問你，你有看見我的膽嗎？」他驚慌地拉住我的手，急切地問。「哈哈哈，阿爸，我就跟你講了，你的膽給國民黨飼的狗吃掉了啦，哈哈哈哈！」李再生哈哈大笑，大聲說。但是，他爸好像沒聽見，兀自自言自語著，「我要叫阿達仔快逃，快逃！不然，就來不及了！」突然，汽車喇叭聲「叭——叭——叭——」地響了起來，樓下的鐵捲門也「劈劈啪啪」地急促地響起來。

「啥人？做啥？」我大叫一聲，猛地從床上坐起。

樓下靜悄悄地，只聽見黑常小聲對保安隊的義工說，「早餐來了！燒餅油車粿，也有飯糰，豆漿，吃啦！免客氣！」

我覺得很累，「咚！」地一聲，又躺了下去。

我不知又睡了多久，突然聽見黑常站在我床前叫我，「宏舅仔，宏舅仔，你的電話！台北來的！」他說。

我眼皮很重，幾乎睜不開眼睛。「幾點了？」我勉強撐起身體，揉了揉眼睛問。

「快九點了。」黑常說。

「今天的行程呢？」我下床，走向會議室。

「今天照例沿家挨戶拜訪。但晚上有徐海濤教授和李美智聯合競選總部成立大會，鄭姐一大早打電話來提醒，叫你晚上務必要到，還要你演講。」

我抓起電話筒，「喂，不好意思，讓你久等了。我是陳宏，請問……」

「阿宏，我是銘德啦，很久不見了，找個時間聊聊好嗎？」

「表哥？」我心裡突然跳了一下，他又找我幹嗎？「你在基隆嗎？」

「最近，我是回去過基隆好幾次了。但我不方便去看你，我們還是在台北見吧，今天怎樣？反正你今天也是要到台北的。」

「哈哈，你們的情報真厲害！……那就下午五點吧！」我說。

「好，還是台大對面新生南路的夢咖啡吧。」

我走進盥洗室，打開水龍頭，冷水從頭上淋下，我「啊！……」地大叫一聲，深吸了一口氣，腦筋立刻清醒多了。「我很害怕嗎？」我邊淋水，邊問自己。我害怕被捉、害怕坐牢、害怕被……。但是，我不違法，不犯法啊！他們憑什麼捉我？……但是這個國民黨是無法無天的，二二八被殺的人有違法犯法嗎？沒有！白色恐怖時代被殺被關的人有違法犯法嗎？也沒有！白雅燦和黃震華有違法犯法嗎？也沒有呀！所以，不違法不犯法不能保證你不被捉不被關不被殺，我突然打了一個冷顫，接著又「哈——啾——」打了一個大噴嚏。我關了水龍頭，穿上衣服，走出盥洗室，走下樓去。

我帶領吳世傑、李通達，和幾個年輕人，又走到街上沿家挨戶拜訪。我的精神和勇氣又都回來了。最近，我的腿力已鍛鍊得很好，雖然人很累，但腿卻不瘦不痛了。

「我是陳宏，這是我的傳單，請多指教。」我沿街，逢人就握手鞠躬問候，自我介紹。我自己覺得精神飽滿，熱情洋溢。

那天下午，我提早結束基隆的拜訪行程，四點就坐了吳世傑開的那輛水源出版社的小發財車往台北進發了。

「宏哥，真的把阿達仔的正式助選員撤銷了嗎？」

「明正仙說他和阿達仔談過，阿達仔說他不能違背他老爸的要求。」

「那就是說，阿達仔自己同意不當你的正式助選員了。」

「是的，人各有志嘛，不能勉強。」

「哈哈！基隆人真正有種的也沒幾個。」吳世傑笑著說。

「但是，我們也不能用有種沒種來論英雄。」我說，「有時我捫心自問，我其實也不是多麼有種。像昨天晚上，我就為了阿達仔伊爸講的那些話，在床上翻來覆去，在腦子裡想來想去，幾乎一整夜都沒睡。好不容易睡著了，又作噩夢。」我尷尬地取笑自己，「有種的英雄不該像我這樣。」

「是哦？」阿傑仔斜眼望了我一眼。

「其實，我知道我的問題在哪裡，」我沉吟了一下，說，「就是老母和妻子兒女放不下嘛。……有時，我也會心生退意，台灣又不是我陳宏一個人的，我幹嘛啊？……」

「宏哥，你很坦白誠實。我就喜歡你這樣，」吳世傑說，「許多政治人物都太假了，我不喜歡！」

「必要時，我也會假！看到那些為非作歹、唯利是圖的小人，為了選票，我也要笑著臉握他的手拜託，不然，不能當選就什麼都免談了。」我說，「我怕死嗎？怕被關嗎？我最近常想這些問題。有一天，如果我被抓了，我會變成怎樣？也許在那個時候，生命真正的考驗才開始。有多少人能真正通過那個考驗呢？」我有點自言自語地說。吳世傑很專注地開車，但似乎也很專注地聽著，但是沒有回應。

「人不必接受那種考驗是幸運的。」我說，「雖然對國民黨可能會用莫須有的罪名抓人，我早有心理準備。但我知道，內心裡，我還是恐懼的，害怕的。我在警總的表哥約我見面，我就想探探他的口風，為什麼阿達仔他爸會認為這次做正式助選員就會被捉？會被槍斃？是國民黨要利用這次選舉大開殺戒嗎？去年中壢事件他們沒動手，今年選舉他們要報復了，是不是這樣呢？」

「我認為，國民黨不敢這樣做啦！時代不同，環境也不同了。」吳世傑終於開了口說，「這問題，你們不是都討論過了嗎？我記得你以前說過，國民黨絕對不敢這樣做，怎麼現在你又懷疑了呢？你是想太多了吧？也許你太疲倦了，需要休息。」

車經過羅斯福路，在溫州街口就看見一座平房外面掛著徐海濤和李美智合拼的半身照片。海濤穿著棉襖，脖子上圍著圍巾，臉露微笑，鼻梁上架著那副圓形細邊黑框的眼鏡，顯得溫文儒雅。李美智的照片，年輕充滿活力。車子再靠近一點，就看見屋外兩排大看板。許多人在看板前站著閱讀。有些人在不太大的廣場上穿梭走動。

「要下車了嗎？」

「你送我到新生南路口，我去夢咖啡。」我說，「等一下我自己走路去溫州街。晚上，我不回基隆了，我想回木柵去看看孩子們。」

走進夢咖啡，裡面幾乎已經客滿了。我站在櫃台邊放眼四望了一下。「先生，你一個人嗎？裡面還有一個位置。」一位穿藍色制服的年輕小姐微笑地問我。

「我找人，」我望了那小姐一眼，又在店裡搜尋了一下。在右邊靠牆的地方，銘德表哥正在看菜單。「我找到了，謝謝！」我向那小姐點點頭，走向銘德表哥的位置。他抬頭望我一眼，微笑地站起來。

「不好意思，又讓你等了。」我說。

「噯呀，客氣什麼？選舉的人，哪一個不忙？」他說，「我也剛到不久，你要吃什麼？」

「跟你一樣吧。」

「好，那就來兩份這種套餐。」他向站在桌邊的小姐指了指菜單說。

「菲力牛排，請問要幾分熟？」

「我五分熟，阿宏，你呢？」

「我七分吧。」

「七分太老了，這牛肉五分熟差不多，」他說，「還有吃三分熟的，牛肉上還沾滿紅色的血，聽說吃起來很嫩。」

「不，我還是七分吧。」

小姐微微鞠躬退下去了。表哥兩眼瞬都不瞬一下，直直望著我。

「怎麼？不認識了？」

「是有瘦了一點，也黑了一點，但精神看起來還不錯。」他點點頭笑笑地說，「選舉很辛苦吧？」

「你說我精神不錯嗎？昨晚幾乎一夜都沒睡。」我說，「直接講吧，找我有什麼事？」

「噯呀，你的敵意又來了，我們有幾個月不見了，表兄弟見見面吃吃飯不行嗎？要有事才能找你嗎？」

我喝了一口水，兩眼直直望著他。

「你說昨晚一夜沒睡覺，為什麼？你現在就是要吃飽睡足，才有體力有精神打選戰啊！」

「表哥，我就開門見山問你吧，」我兩眼繼續直直盯著他瞧，表情想必是很嚴肅的吧，「這次選舉，針對黨外在各縣市提名推薦候選人，儼然已有黨外黨的態勢。你們內部有討論過，必要時會發動全面逮捕，一舉把這個正在萌芽中的黨外黨徹底消滅，一網打盡嗎？有這樣的計畫嗎？」

他舉杯喝了一口水，然後向服務生招招手，「來兩瓶啤酒，」他說。然後，神情嚴肅地望著我，「你為什麼這樣問？你是聽到什麼謠言了嗎？」

「我有個朋友已經登記做我的正式助選員了，但他老爸卻來跪我，叫我不要害死他兒子。說這次選舉很危險，他兒子若做我的正式助選員，就會被你們警總捉去槍殺！他是基隆市最資深的老里長，一定跟你們警總有聯繫、有來往。」我說，「他講那種話，做那樣的動作，一定是有原因的，一定是你們警總跟他講了什麼才會這樣吧？」

「他叫什麼名字？哪一區的？」

「仁愛區，李南山里長，已經做了三十年里長了。」

他搖搖頭，又仰首喝了一口酒。「我沒聽說過，基隆不是我負責的地方。」他說，「我也沒聽說過有什麼全面逮捕黨外人士的計畫。……不過，搞黨外政治本來就有風險，你自己要小心，勦想要衝第一……」

「是嗎？」我不信任地側頭斜睨著他，「我的直覺，老里長講的一定不是謠言，不是空穴來風，一定有原因，有內幕……」我突然想起阿南伯講到的〈南海血書〉，「有一篇〈南海血書〉，你知道嗎？」

「當然知道！那是王昇在製造輿論，所以我才叫你要小心啊！」

牛排套餐來了，服務員早已幫我們擺好了餐具了，現在又幫我們把圍巾縛在脖子下，牛排還滋滋地在熱燙的鐵盤上響著。表哥拿起刀叉，把牛排切成一小塊一小塊。先把蔬菜沙拉吃了，再叉起一塊牛肉塞進嘴裡慢慢嚼著。

「我向你保證，我確實沒聽過有什麼計畫要把黨外人士一網打盡。但是，王昇頭腦裡在想什麼呢？那個什麼〈南海血書〉，我們都知道，這是他想製造輿論，但這很矛盾，漏洞百出，連我們都不信！」他語焉不詳地說。「絕對沒有這個你所講的全面逮捕的計畫，我敢保證。」他說，「但是，有一件事我必須坦白告訴你，我也希望你能坦誠相待。」他拿起酒杯和我碰了碰，仰首把酒乾了。

「什麼事？」我兩眼望著他問，他卻慢條斯理地又叉起一塊肉在嘴裡嚼著，兩朵眼睛似乎有點不懷好意地凌厲地望著我。我也不干示弱地回望他，追問了一句，「到底什麼事？你說。」

「有一次，我們在這裡見面時，我問你三哥的事，你還記得嗎？」

「記得！」我說，「那是無稽之談！」

「那次，我也說過，有人檢舉你要從中國或日本，利用漁船走私槍砲和電台設備到基隆，利用選舉搞暴動的事，你也記得嗎？」

「不對，你沒說有人這樣檢舉我。當時你只是舉例說，如果有人這樣檢舉，不管是不是事實，你們都會立刻抓人。如果要等到調查清楚才抓才辦，就來不及了。你是這樣說的，但我反對你這種講法，我說沒有事實就抓人，那是違反法律，違反人權的。」

「是啦，是啦！」他有點不耐煩地，急躁地說，「你還說，只有傻瓜才會去走私軍火搞暴動。」他又把酒杯倒滿了，「咕嚕！」一聲，又大口喝了幾乎半杯。「我現在就是要告訴你這件事。……」他神情嚴肅地盯著我看，「真的有人這樣檢舉你了，說你和黃天來，莊安祥兩位委員要從中國和日本私運軍火和電台設備到基隆，利用選舉搞暴動！」

「哈哈哈哈！……」我毫不示弱地直望著他，輕蔑地笑了幾聲，說，「這事，你上次都講過了，已經不是新聞了。莊委員在我的募款餐會上也向民眾宣布過這件事了。我從一開始就認為，這是你們國民黨自導自演的把戲，要栽贓黨外人士！因為我在基隆選舉，剛好我又是南仔寮漁港土生土長的人，所以你們就編了這樣一個故事。你們本來還要編我三哥還活在中國大陸，在福建還當了那邊的大官的故事，以便更加可以順理成章地說我通匪了，不是嗎？」我揚眉對他笑了笑說，「就是你們編造的這個故事，才把那個老里長嚇得要起痟了，不准他兒子來當我的正式助選員，還跑來跪我求我。是這樣，對吧？……你們也未免太卑鄙了吧！」

「阿宏，現在你要怎麼說，我都無所謂。但是，我要提醒你小心的事，我都講了，我也認為檢舉你的內容不是事實。但是，我在內部會議替你辯護的，有沒有用我也不知道。我今天找你，純粹是好意，我這樣做已經違犯組織的規定了，我不再多說了。你自己務必小心。」他說，「你還有一件事犯了大忌，調查局上上下下都對你非常恨之入骨！你怎麼可以對調查員動手呢？你實在是不知死活。他們不抓你，不是怕你，是上面……噯呀，我不能再說了，你自己小心吧！」

他抓起酒瓶往杯子裡倒，才發現沒酒了。我立刻把我面前那瓶剩下的酒全倒進他杯子裡。他端起酒杯，又狠狠地喝了一大口。

果然，阿南伯那樣講、那樣做是有原因的。說我要走私軍火搞暴動，阿南伯相信了。這個社會有多少人會像他這樣相信這種話呢？

突然，一股強烈的悲憤交集的情緒，在心中翻滾掀騰了起來。我如果不反駁，不反抗，不就等於默認了嗎？不行！我一定要堅決反抗到底！一定要大聲喚醒那些被欺騙的人清醒過來，一定要鼓舞那些軟弱的人堅強起來。否則，這個國家，這個社會就太沒有希望了。白白布硬被染成黑的，對的被說成錯的，好人被冤枉成壞人，這個世界太沒有是非了！天下不是要大亂了嗎？

「服務生，再來一瓶啤酒。」我用力拍手，大聲叫喚。

「怎麼？你今天要喝酒？」他驚奇地望著我，「有點反常哦！」他說。

酒來了。我把兩個酒杯倒滿了。我拿起一杯，高高舉起，另一杯推到他面前。

「我們是好兄弟，從小一起長大。但是，現在很不幸，我們竟站在不同的、互相對立的陣營。」我說，「不把你們國民黨打倒推翻，這社會怎麼能有公平？這國家怎麼會有希望？我把這酒乾了，表示我的決心！從此以後，國民黨如果沒倒，我們兄弟就永遠不要再見了！」

我仰首把酒乾了。把酒杯重重地往桌上一放，發出「碰！」地一聲巨響，站起身來，伸手和他握了握，便邁開腳步往店外的大街走去。我是有點暈了，但腳步卻是穩的。心裡那份悲憤交集的情緒還盤繞在胸膛。再加上表兄弟的決絕斷裂，悲憤之外，我又另有一種無可言喻的傷痛。我聽見他追到門口在背後叫我，「阿宏，阿宏！」但那叫聲立刻被大街上的喧囂給掩埋了。

到達徐海濤和李美智的聯合競選總部時，已經晚上七點多了。遠遠就聽見楊美君的朗朗的悅耳的歌聲。

你用你的足跡　我用我遊子的鄉愁
你對我說
古老的中國沒有鄉愁　鄉愁是給沒有家的人
少年的中國也不要鄉愁　鄉愁是給不回家的人
……

最後，四周的群眾有人也跟著吟唱了起來：

我們隔著迢遙的山河　去看望祖國的土地
你用你的足跡　我用我遊子的哀歌
你對我說
古老的中國沒有學校　他的學校是大地的山川
少年的中國也沒有老師　他的老師是大地的人民

掌聲和歌聲接續地交匯在一起了，久久不息。接著是孫志豪的聲音在介紹羅智信。走得更近一點，就看見徐海濤和李美智一起陪著羅智信走到演講台上了。海濤穿著白襯衫黑長褲，臉上的笑容和掛在屋外的照片幾乎一模一樣。李美智穿著一件粉紅色襯衫白色長褲，臉上有青春的朝氣，但笑容有點僵硬。羅智信一隻手插在褲袋裡，一隻手高高舉起向群眾揮了揮，略歪著頭，臉上展露了他那特有的、好像什麼都不在乎的笑容。

「各位在場的老朋友、年輕朋友、好朋友們，大家好！我是羅智信。今晚，我是以我的老朋友徐海濤教授和李美智小姐聯合競選總部總幹事的身分上台的。」台下立刻響起熱烈的掌聲與口哨聲。我站在人群裡放眼望去，百分之六七十都是年輕人，這和一般黨外人士的演講場不太一樣。他們非常熱情地鼓掌、吶喊、吹口哨。

「宏哥，你怎麼在這裡？」突然有人從背後拍了我一下，我回頭一望，是吳世傑。「你趕快去他們辦公室吧，鄭姐剛見到我就找我要人，都急死了！」吳世傑拉著我直往競選辦公室走去。

「來啦，來啦，我把宏哥交給你們了。」吳世傑笑著說。

「哇啊，怎麼喝得滿臉通紅呢？你是……」

「我沒事，……」我逕自走進競選總部的大廳，黃天來和黃天順兄弟，還有石永真，還有幾位在鄉土文學論戰時見過的台大中文系齊教授、台大哲學系劉教授、數學系楊教授，還有一位剛進來的心理系教授楊國樞，他也是幾年前《大學》雜誌最有影響力時的總編輯。

「天來仙，天順兄，你們都來了。」我趨前向他們鞠躬握手致意，「天順兄自己也要選立委，還來替李美智助選，了不起。」我說。

「是啊，我今晚有演講場，」黃天順戴了黑框眼鏡，留了平頭，穿了一雙白布鞋，笑笑地說。

「黨外多幾個人出來選是好事，」天來仙笑著，意有所指地說，「像徐海濤、李美智都是優秀人才，我告訴天順仔，搞政治，度量要大，人才越多越好，不要怕別人出來競爭，大家團結作一夥去開拓選票，力量大了票就多了，怕啥？」

「天來仙了不起！自己親兄弟也要選立委，還來幫別人助選。」劉教授圓敦敦的臉上堆滿了笑容，也趨前向天來仙表示敬意。

「黃委員，黃國代，你們兄弟也來了。」楊國樞一進門，先和台大幾個教授握手寒暄後，也趨前向天來仙兩兄弟致意，「你不是也要選立委嗎？也來幫李美智助選嗎？了不起！」楊教授豎起大拇指稱讚黃天順。

黃天順是台北市選出來的現任增額國大代表，這次堅持要參選台北市增額立委，跟莊安祥都屬於台北市選區。為此，據說老莊親自找黃家兄弟談過，希望黃天順繼續選國大代表，「黨外票源有限，多一個人參選，可能兩人都會落選。」老莊說。但天來仙不同意老莊的看法，「台北市選票那麼多，怎麼認為黨外票數就只有那些呢？只要人才優秀，多幾個人一起打拚，一定能開拓票源。好像一個人有能力自己創業，就不會搶著爭祖先留下的財產。如果人才不優秀，只想分祖先的財產，就會真的像你老莊講的那樣，兩個都會落選！但是，如果人才優秀就不一樣了。」老莊因為這樣，據說和黃家兄弟鬧得很不愉快。現在又增加了一個李美智，由羅智信縣長出面和老莊談，聽說老莊也以黨外票源有限而反對。但老羅是說幹就幹的人，他認為李美智不會影響黨外原有的老莊的選票，反而可以開拓黨外新票源。所以，他也不顧老莊的反對，積極支持李美智。

「陳宏兄，基隆的狀況如何？」楊國樞笑笑地問我。幾年前他任《大學》雜誌總編輯時，我還在讀研究所就曾在《大學》雜誌發表過文章。

「還好，正在努力！」我也笑著回答，「不過，基隆很保守，黨外在基隆比較難。」

「周志鵬不是也選上省議員了嗎？」數學系的楊教授說。

「省議員有兩席，而且周家在基隆是大家族，尤其他祖父開米店，樂善好施，在仁愛區有些基礎。」我說。

「一樣是黨外，他有幫忙嗎？」

我笑笑地說，「有啦！他有說會在幕後幫我拉票啦。」

「啊……，那都是講假的啦！要助人就助人，哪有什麼幕後？跳出來助選是見笑的事嗎？為什麼要幕後？如果是見笑的事，正式拒絕就好了，連幕後都不要！」天來仙快人快語，仍然意有所指地說，「黨外要發展最大的困難就是，搶到座位的人怕別人跟伊搶，就叫人不要選，不然就是講，幕後啦，幕後替你拉票。我看勦拉後腿就阿彌陀佛啦，……這樣，黨外是要怎麼壯大呢？」

「是啦是啦，做領袖就要有肚量有胸懷，像天來仙這款。……」在場有人誠懇地附和著，稱讚天來仙。

「我不是在講我自己啦，這樣我會歹勢，黨外領袖我哪有資格？……」天來仙笑瞇瞇地自謙著。

石永真和兩三個年輕朋友都坐在後面角落的地方。我走向他：

「石大哥，我讀了你最近發表的小說〈夜行貨車〉，寫得真好，我連讀了兩遍，都好感動。」我向石永真表達了誠摯的讚美，「你的文字魅力和講故事的能力，真了不起，我自嘆不如！」

「別這麼說，」他站起來和我握手，「我聽辦公室小姐說，你有打電話找我，什麼事？」

「兩件事，第一件是，謝謝你在基隆的協助，有一些年輕朋友都是你動員的，我知道！第二件是，讀了你的小說，要向你表達祝賀和敬意。你們小姐沒向你轉達嗎？」

「只是一篇小說嘛，有什麼大用呢？我看你們做的才是大事啊！」石永真笑著說，指指旁邊兩位年輕朋友，「我來介紹一下，這位是施善繼，這位是詹徹。兩位都是詩人。」

「你好！」我和他們握手，「善繼我認識，還有他老婆，一起在基隆和我們在街上發過傳單。詹徹我第一次見到，但他的詩集《西瓜寮詩集》我讀過。」

施善繼長得高大英挺，但據說有風濕性關節炎，不能走長路。詹徹個子很小，但很結實，臉色赤褐發亮，好像經常在太陽下曝曬。他旁邊坐了一位年輕女性，比他高大，也跟著一起站起來。

「這位是葉香，以前在工廠做女工，後來寫詩，現在是《中國時報》的編輯。和李美智是同事。」詹徹有點靦腆地笑笑地說，「我今天剛退伍，還沒回家就來台北找她，她就把我帶到這裡了。」

「剛退伍？難怪這麼年輕。」我說，「你家在哪裡？」

「台東！」他說，「我父親做過黃順興的正式助選員。」

「難怪你的《西瓜寮詩集》有幾首詩很政治，寫得很好。」我說。

「你讀得很仔細，謝謝你！」詹徹又伸手來和我用力握了握，「去年鄉土文學論戰，我在軍中每天讀報紙，都很替你們緊張。我本來以為國民黨會捉人。後來，還好沒事。」他樸實的發亮的臉上現出燦爛的開朗的笑容。我突然心裡一動，鄭重其事地說：

「詹徹，雖然第一次見面，但我覺得和你很投緣。不知道可不可以拜託你一件事？」

「怎樣？你說。」

「請你來當我的正式助選員好嗎？我直覺，你很有些群眾魅力，而且我覺得跟你氣味很相投。」

「是哦，我也這樣覺得。」他笑笑地爽快地說，「如果你不嫌棄，我願意當你的助選員。」

「這太好了！謝謝你！」我又一次握住他的手，用力搖了搖，向一直站在旁邊的吳世傑說，「明天是補登記的最後一天，詹徹是媽祖送給我的大禮，天上掉下來的，剛好可以補阿達仔的缺。這事就麻煩你了。」

「要兩張照片，還有身分證和印章。」

「沒問題，這些我都有。都在我的背包裡。」他指指放在地上的一個背包說。

「明早八點，我們在水源出版社見。」我說。

「你晚上住哪裡？」吳世傑問詹徹。

「還沒決定。」他說。

「那，晚上和我住在水源出版社吧，那裡有兩張行軍床。柯老師等一下也會來，他是出版社老闆，以前在台東教書，也替黃順興助選過。」

「真的啊？那好，那好！」詹徹很歡喜地向葉香說，「我晚上就住他們那裡，不必麻煩妳了。」

這時，吳福成匆匆忙忙跑進來，大聲說，「天來仙，要請你演講了。」

「哦哦哦，只顧講話，沒聽到外面司儀的聲音，歹勢，歹勢！」天來仙站起來，向楊國樞和劉福增幾位教授點頭握手，快步跟在吳福成後面。我也緊跟在天來仙背後陪著他。

孫志豪在演講台上抓著麥克風大聲說，「一個大學教授，一個媒體記者，兩人都是國民黨黨員，卻一起加入黨外聯合競選……」吳福成在台下大聲對孫志豪說，「天來仙到啦！」志豪立刻大聲說，「各位好朋友，黨外的領袖天來仙到了，請大家以熱烈的掌聲來歡迎天來仙！」台下立刻響起熱烈的掌聲和口哨聲，還有歡樂的歡呼聲，「天來仙！天來仙！天來仙！……」羅智信轉身在演講台的樓梯口，拉著黃天來的手，徐海濤站在黃天來身旁，李美智則站在羅智信旁邊，四個人手拉手高高舉起，然後向台下彎腰鞠躬。台下的掌聲、口哨聲、吶喊聲、歡呼聲，如洶湧的波濤，一陣接一陣，在不很空曠的廣場上掀騰衝撞翻滾。

「各位好朋友，天來仙是黨外最偉大、最了不起的領袖，他是我的老大哥！」羅智信大聲說，「他的親弟弟黃天順也要選台北市的立委，他還和黃天順一起來支持李美智選立委，這種無私的胸襟和度量，令我非常敬佩，……」台下立刻又響起熱烈的掌聲和吶喊。

我看了一下手錶，已晚上八點多了，我走回競選總部大廳，石永真和施善繼、詹徹和吳世傑都走了，楊國樞、劉福增和幾個教授們都到外面聽演講了，黃天順聽說也回去照顧他自己的演講場了。

「黎，我今晚可以不要演講嗎？」我坐到她身邊，剛才大口猛喝了啤酒的酒氣還沒消，頭反而比剛才更暈了一些。是酒的後勁起作用了嗎？「剛剛跟我表哥見面，酒喝得太猛了。」

「你這個人，跟警總還喝什麼酒？」

「我今天心情很壞，……竟然有人檢舉我和黃天來、莊安祥要走私軍火到基隆搞暴動，……」

「那不是早就講過了嗎？」

「是啊，這根本都是國民黨自編自導自演要來栽贓誣陷的。」

「那你何必理他？」

「問題是有人相信呀！……國民黨如果真的拿這個來誣陷黨外怎麼辦？」我說。

「你是擔心國民黨利用這個假案捉人嗎？」

「我是有些擔心啦，妳覺得呢？」

「絕不會！」她很篤定地說，「小蔣剛當選總統，他要維持台灣的國際形象，這是他的面子。另一方面，台灣情勢很穩定，都在他牢牢掌控中，他不必採用這種激烈的手段。我認為，這是下面的人為了爭功討好才搞出來的。但最後要不要捉人還是要他點頭，他還沒那麼傻！」

「聽妳這樣講，我又比較放心了。」我站起來，「今天演講的人已經很多了，都是大學教授，我這小咖的就不必講了吧？妳替我向海濤致意吧，可以嗎？」

她仰首望我，似乎想講什麼，卻又把嘴抿緊不講了。

「我本來想偷偷把你搶過來的……」她曾經說。

我緊握了一下她的手，轉身走了。

回到家才八點四十分還不到。我飛快奔上四樓的家，開了大門，再推開客廳的玻璃門，立刻聽見母親的聲音，「快把頭髮擦乾，不然會感冒！」只見她用大毛巾把兒子的頭蒙住，用力擦著。兒子則拉扯著毛巾掙扎著，大聲說，「阿嬤，妳摀住我的頭了，我不要！我自己擦啦！」然後，用力把大毛巾扯下。

「啊！爸爸！爸爸回來了！」他看見我，立刻高興大叫，飛身一躍，就緊緊把我抱住了，「爸爸！爸爸！」地嚷叫著。

「啊！寶貝兒子！我的寶貝兒子！」我也抱住他，把他高高舉起。

「阿貞，阿宏回來了！」母親在浴室門口大聲說。然後又回頭對我說，「你晚上有吃飽了嗎？我去煮一些東西給你吃。」

「阿母，我吃飽了。」我說。抱著兒子在浴室門口大聲說，「老婆，我回來了。」

「等我替女兒洗完澡就出來。」她大聲應著。女兒在浴室裡大叫，「爸爸，爸爸，我要爸爸！」

「乖，我們洗好澡就出去找爸爸，好不好！」

我一手抱著兒子，一手牽著母親到客廳坐下。

「阿宏，你到底是跟人選什麼啦？我怎麼都不懂？一個好好的家不顧，去選啥啦？我想要看你都看不到。我回去南仔寮，大家都講，你們的阿宏很才情哦，大家都很支持。我聽到是很歡喜。我也去基隆街仔找那些親戚朋友，尹問我，你要選啥？我也講不清楚。顛倒，有的人比我更知道，講你要選什麼國大代表啦，也講你名聲很好，很多人都要支持你。但是，國大代表是要做啥？我就不知道，講不出來了。……」

浴室的門突然「砰！」地打開了。女兒光裸了身體奔出來大叫：「爸爸！爸爸！」淑貞在後面緊追，大聲說，「怎麼頭髮還沒擦乾就跑了？會感冒的。」

我從沙發上站起來，迎著女兒把她抱在懷裡，順手從淑貞手上拿了大毛巾把女兒裹住，「可佩乖乖，要先把頭髮身體都擦乾了才能出來啊！」

「爸爸，爸爸，我要爸爸！」女兒在我懷裡把我抱得緊緊的直嚷。我用大毛巾幫她擦乾身體，再輕輕擦她頭髮。

「你今天怎麼能這麼早就回來？」淑貞臉色泛紅，笑笑地說。

「黎明邀我去參加海濤和李美智聯合競選總部成立演講會，我看在場一大堆台大教授，還有黃天來、羅智信。我想人已夠多了，我就向黎明告假溜回來了。」我輕捏了一下女兒粉嫩的臉頰，笑笑地說，「我已經好久沒見兩個小寶貝了，老爸想念得很……」

「可親，爸爸不在時，你不是常常念著要爸爸嗎？現在爸爸回來，你又怎麼在爸爸書房裡自己玩了？」

「我在找我的汽車啦，我要跟爸爸玩賽車。」兒子從書房抱出一個大型牛奶罐，雙手故意搖動了幾下，讓鐵罐子發出卡啦卡啦的聲音。

「我也要，我也要我的車車。」女兒嚷著，掙脫了我的懷抱。

「還沒穿衣服，怎麼亂跑了？」母親一把拉住女兒，淑貞也拿著衣服往女兒身上套，然後又替她穿上褲子。兒子把罐子裡的東西往客廳地板上倒，嘩啦嘩啦，一堆各型各樣不同顏色的小汽車。

「哇啊！你怎麼有那麼多小汽車？好厲害哦！」我故作驚訝地大聲嚷叫。

「媽媽買的啦，還有媽媽的同事，阿姨叔叔也給我，所以，我有很多。」兒子坐到地板上，得意地說，開始一、二、三、四地數起來。

「那是我的，還有那一隻也是我的。」女兒也爬在地板上伸手去抓小汽車。

「是我的啦，是我借給妳玩的。」兒子說。雙手護著他的車。女兒突然大哭起來，「那是我的！我的！」然後用力爬向她哥哥，伸手去搶奪。哥哥先是本能地推了妹妹一下，妹妹便又更大聲地哭嚷起來，「哥哥壞！哥哥壞！」然後反身抱著她媽媽，求助似地嗚哇嗚哇地哭起來。

「可親，給妹妹一起玩嘛！」阿嬤在旁邊替女兒助氣說。

「好啦，這兩隻給妳啦！」兒子望望我，又望望他母親，把兩台小車放在妹妹身邊。但是，女兒的哭聲一下子竟停不下來。哥哥只好又拿了一台小型的戰車給妹妹，「好啦，這隻也給妳，妳不可再哭啦！」他說。

「哇啊！哥哥好懂事，好大方，好疼妹妹喔！」我大聲稱讚兒子，蹲到女兒身邊哄著她，「妳看，哥哥給妳三隻了，妳也有好多車車耶。」

「哥哥很乖，妹妹也很乖，」淑貞也誇獎他們，「哥哥讀大班了，妹妹讀小班，都很懂事。」

我看她臉還淌著汗，便把原來替女兒擦身體的大毛巾遞給她，「妳也夠累了，先去洗個澡吧。」我說。

「沒關係，等兩個小的都睡了再來吧。」她說。

兩個孩子在客廳地板上玩著他們的玩具車，都是兒子的聲音，一下發出「嘟——嘟——」的叫聲，一下又「叭——叭——叭——」地叫著，「讓開，讓開！」女兒則跟在哥哥身邊轉來轉去。客廳的電視開得很小聲，母親坐在沙發上其實已經睡著了。我便輕輕碰觸了她一下，她一驚，睜開了眼睛，愣了一下，「我睏去了？」她望我一眼，有點尷尬地說。

「阿母，很晚了，妳去睡吧。」

她站起身來，望了望孫子說，「可親，把玩具收了，跟阿嬤去睡覺。」

兒子不情願地說，「我再玩一下嘛！」

「阿母，妳先去睡，我等一下叫可親不要吵到妳就好。」淑貞笑著對我說，「最近媽媽怕我太累，叫兒子睡到她房間的上鋪，兒子很聽話，就去睡阿嬤房間。我晚上只帶那個小的，就好睡多了。」

不知怎的，我聽淑貞這麼說，鼻子突然就酸了起來。我伸手緊緊握了她一下，「妳太辛苦了！」我說。

孩子們終於都睡著了，我們也都洗過澡了。淑貞從冰箱拿出一瓶紅酒，倒了兩杯到書房來。我有點訝異地望著她。

「我爸生日那天，有人送紅酒給他。」淑貞笑笑地說，「我知道你跟志豪他們平時都喝高粱，今晚就跟我喝紅酒吧。」

「啊？爸爸生日我竟忘了，妳怎麼沒提醒我？」

「爸知道你選舉忙，我用我們兩人名義包了一個紅包給他。他硬塞返給我，說你選舉要花錢，……」她把一杯紅酒遞給我，不知怎的，她眼睛突然就有點紅了，「這是爸爸的心意，我們就喝吧！」她說。

「妳爸的心意我了解，但是，妳媽……」我心裡猜測地說，「一定讓妳很為難了。」

「你還需要在意她嗎？」淑貞低頭望著手上的紅酒杯，有點哽咽地說，「要不是爸爸生日，我是不會回那個家的。……當初我們結婚，她反對，不來參加婚禮就算了，還在親友面前公開譏笑我、數落我。但是這都過去了，我也聽你勸，……你說還是感謝她把我養這麼大，才能讓你娶到我。所以，過年過節我們也都回去了，應該盡的禮數，我們也從來沒少過。這次，爸生日那天，她竟當著那麼多客人面前，說國民黨應該把你捉起來，……」

我聳聳肩，握著她的手，「她說什麼，我都不會在乎，……但是，妳的感受，我很在意！有一天……」

「爸爸一生不敢對我媽發一次脾氣，那天竟然為你，把我媽大罵一頓，說她什麼事都不懂！狗屁不通！狗眼看人低！這個女婿是有才華有理想的，只因為他窮，妳就看不起他！難道妳就不心疼女兒了嗎？講那種什麼話？……」她說著說著，竟然泣不成聲了。

我拿下她手上的酒杯，把她擁入懷裡，輕輕撫著她的肩、她的背，雙手輕輕捧起她的臉頰。

「有一天，」我在她耳邊輕輕地，堅定地說，「我一定要出人頭地，替妳爭一口氣！」

她用手堵住我的嘴，緩緩地輕柔地說，「我並不在意你是不是能出人頭地，我只要你平平安安，能和你過平凡的日子，我就心滿意足了。」

「淑貞，淑貞！……」我抱緊她，親她，……

屋外偶爾從遠處傳來幾聲汽車的喇叭聲，窗外的月光清亮地映照在書房的窗上。

「有一天，有一天，……」我在內心吶喊，把她更緊更用力地擁入懷裡。

第十九章

依照法令規定，中央民意代表選舉要在投票前十五天才能正式展開競選活動，才可以有宣傳車，才可以舉辦大型的室外演講會，才准許車隊遊行或聚眾遊行，演講會的地點與遊行的路線也需要事前申請許可。這對擁有百分之百媒體控制權、以及天羅地網的基層組織的國民黨候選人是絕對有利的。相對的，既沒組織又沒有媒體支持的黨外候選人就絕對不利了。所以，我所採用的選舉方法，如利用民俗節慶或國定假日貼海報標語以示慶祝，或利用一部小發財車以「陳宏賣書」的名義穿梭在基隆的大街小巷、在辦公室前面搞大字報看板的民主牆、以及沿家挨戶全市走透透，等等，都是在不違反國民黨所定的不公平法令下，卯足全力來打破國民黨的封鎖。

現在可以正式展開競選活動了，我希望每天都能多辦幾場演講會。但法令又規定，必須是向選委會登記的正式助選員才能上台演講。因此，我想多辦幾場演講會也會找不到足夠的有吸引力的演講者。而且，國民黨控制的選舉委員會，還把選舉日期定在冬天多雨寒冷的季節，讓黨外候選人唯一能採用的有效宣傳方法——室外大型演講會，常常因為風雨陰寒而減少了群眾人數，其效果當然就打了很大的折扣。

這完完全全是一場不公平的競爭。

我的第一場正式演講會在仁愛區忠二路的媽祖廟廣場，是基隆市最熱鬧的地區，四周的店家都是做批發生意的，或是專做外國貨買賣的委託行。而且，仁愛區一向是黨外候選人的指標區，如果在這一區贏了國民黨的候選人，通常也就當選了。尤其是媽祖廟演講會的人數，特別具有指標性的意義。

所以，對這第一場演講會，我確實很重視，也有點緊張。

這場演講預定晚上七點開始，由司儀詹徹和楊美君聯合主持。我和淑貞在高明正和李通達陪同下於六點三十分就到達現場了，廣場的人數已經有七八成滿了。高明正滿意地笑著說，「不錯，人還不少。」

「各位鄉親父老兄弟姊妹們，大家晚安大家好！」演講台上的麥克風突然響了起來，「我是今晚演講會的司儀，我叫做詹徹，是台東囝仔，剛剛退伍不到兩禮拜就來你們基隆替二號的陳宏助選。等一下還有機會，我再來向大家報告，我這個台東囝仔為什麼一退伍就來基隆替陳宏助選？我現在先向各位鄉親報告，咱們的候選人，二號的陳宏和伊的牽手，現在由總幹事高明正先生陪同，已經到現場正在和大家握手，感謝大家犧牲晚上休息的時間，來參加這場演講會。請大家用熱烈的掌聲來歡迎伊。」

現場立刻響起一片熱烈的掌聲和口哨聲。

我在現場穿梭，向每一個我能握到手的人鞠躬致謝，「感謝你來，感謝！」淑貞緊跟在我身邊，也和我一樣，微笑地向每個人鞠躬致謝。演講台上，詹徹以流利的國台語雙聲帶繼續說，「高明正先生大家都很熟識，是咱基隆市前市長番王仙的機要祕書，是咱黨外的前輩。這次選舉，伊來做陳宏的總幹事，表示黨外前輩推動台灣民主運動最無私心的奉獻，全心全意對後輩的牽成栽培，只有一個目的，就是期待台灣早一日能夠民主化，能夠打破國民黨的一黨專政。陳宏身邊還有一位少年人，年紀和我差不多，叫做李通達，阿達仔，是咱仁愛區的少年人，伊也是陳宏的助選員。……」

在現場，我覺得握到的每一隻手，幾乎都充滿了熱情。「要加油啊！加油啊！」大部分人都這樣說。

「身體要顧好啊！要注意安全！」

「我有讀過你的書，真優秀！」也有人這樣當面稱讚。

「國民黨的奧步很多，你要小心啊！」

各種各類的關心、鼓勵、支持的話，讓我感到無限溫暖和鼓舞。有好幾個人，甚至在握手的同時，貼近身來偷偷把錢塞進我的褲袋裡，「一點小意思，好好加油啊！」他們說。

「我這個在台東專門種西瓜的少年仔，農專畢業就去做兵，剛剛退伍還沒回家，為什麼就來基隆替陳宏助選？我向各位報告，我是一個文學少年，我愛寫詩，已經出版一本詩集，叫做《西瓜寮詩集》，用詩記錄我在台東和我老爸種西瓜的生活。陳宏是我在文學界的前輩，我佩服伊的文學成就，伊的小說《金水嬸》和《望君早歸》已經是台灣文學史的經典。我更加佩服伊的文學見解和主張。伊講，文學不是給有錢有閒的人消遣的，文學是要反映基層人民的心聲，描寫做生意、做工、捕魚、開計程車的，各種人的生活的現實和寄望。我認為，伊的文學主張是文學的真理，是一個有良心的作家應該要打拚的目標。但是，國民黨竟然講，伊的文學思想是共產黨，是台獨。……」

我們夫妻倆，在現場繼續向每一個人鞠躬握手致謝，早已全身大汗淋漓，連衣服都濕透了。廣場裡的人群已經有點擁擠了，走廊裡也站了許多人。群眾已擁到忠二路的大街上了。

明正仙笑笑地朝我高興地說，「自從番王仙競選連任那次以後，這是第一次媽祖宮口辦演講這麼多人。而且，你還是新人，不簡單！」

這場演講會其實是和工人團體的立法委員黨外候選人楊青矗聯合舉辦的，職業團體（包括勞工、漁民、教師等）的立委候選人的選區是全國性的。黨外助選團成立時，大家就討論過整體的戰略戰術，那時有一個重要結論，全國黨外助選團就是勞工團體立委候選人楊青矗的助選團，它網羅了大多數的黨外省議員和院轄市黨外市議員，及黨外縣市長。而每個縣市的（區域）黨外立委和國大代表候選人都必須和勞工團體立委候選人楊青矗聯合競選。這樣，黨外助選團的成員才能替各縣市的區域黨外立委和國大代表候選人助選。否則，黃天來等人都不是我的正式助選員，依法不能在我的演講會上替我公開助講。而我的正式助選員幾乎都是外縣市的年輕人，在基隆沒有知名度，怎麼吸引基隆市民來聽演講呢？現在全國助選團由黃天來領軍，有羅智信、林正義、陳義秋，這些具有全國知名度的政治人物，甚至也包括基隆的省議員周志鵬。本來他對我只是敷衍性地說，會在幕後替我拉票，現在，為了他自己的政治聲望也必須加入全國黨外助選團，因此也不得不在我的演講台上幫我公開助選了。

講台上傳來楊美君的吉他聲和歌聲——

看到網，目眶紅，破甲這大孔。
想要補，無半項，誰人知阮苦痛？……

是一首台灣人都耳熟能詳、朗朗上口的台灣民謠〈補破網〉。台下有人跟著吉他的節奏和旋律，也跟著哼唱了起來。

今日若將這來放，是永遠沒希望。
為著前途罔活動，找傢俬補破網，……

「各位父老鄉親好朋友，這首補破網的歌，咱台灣人都會唱，這個網就像是咱台灣這塊土地，是咱的『漁網』，也是咱的『希望』。這個『漁網』雖然給國民黨弄破了，但是，咱們能放棄嗎？不能！若放棄，咱們一切都沒『希望』了。所以，咱們要努力來補這個破網，雖然手中沒半項，咱們也要活動，也要找出工具，打拚來補破網！黨外人士對咱台灣的愛就是這種心情。……」詹徹在楊美君的歌聲中，以詩人的感性，用旁白深情地訴說。

接著，又以開朗歡樂的聲調宣布，「各位鄉親，現在全國黨外助選團的列車已經要從基隆這個台灣頭出發了，十五天裡要在台灣走透透。全國黨外助選團的團長黃天來委員，天來仙，伊也快要到了。我現在先來介紹全國黨外助選團的團主，黨外勞工團體立法委員候選人楊青矗先生，請大家以熱烈的掌聲歡迎伊來到咱基隆。」詹徹以年輕、宏亮、流利的國台語雙聲帶大聲說。台下的群眾也立刻以熱烈的掌聲回應。

楊青矗穿著一件藍色的夾克，一條土黃色卡其褲，一雙布鞋，帶著笑容上台了。留著西裝頭，有點扁平的臉，笑容很純樸，很典型的工人的模樣。

「楊青矗在文學界也是我的前輩，和咱基隆的陳宏一樣出名，伊是真真正正勞工出身的工人作家，這次參選全國勞工團體立法委員，在場若有台電、中油、中船、台肥、中華電信等等國營企業或是私人企業公司的勞工兄弟，請你投票給楊青矗，伊才是真正代表勞工兄弟的候選人。伊寫過很多工人小說，對勞工兄弟的生活、感情有深入的理解。伊若進入立法院，一定會替勞工兄弟打拚！……」

演講台的背面正對著媽祖宮的大門，從演講台兩邊的柱子拉了兩條繩子，把演講台和媽祖宮廟門之間的空間當作貴賓休息區。休息區裡擺了一張簡單的長桌，沿著桌邊放了幾張椅子。李通達走在前面，把我帶到休息區。許多民眾擠到休息區的邊緣，紛紛主動和我熱烈握手，「加油啊！」他們說。

我牽著淑貞的手，也和那些擠在後台附近的民眾一一握手鞠躬致謝。等我坐到椅子上休息時，全身都濕了。淑貞不斷用毛巾替我擦去臉上的汗水。這時，黑常把一個塑膠袋遞給我，並拉著我的手往廟裡走去。淑貞立刻站起來緊跟在後面。

「我帶宏舅仔去裡面擦一擦身體，換件內衣。」黑常笑笑對淑貞說。

「那，把這毛巾帶去。」她把手上已經濕掉的毛巾交黑常。

「塑膠袋裡有一條乾毛巾。」黑常說。

「乾的給我，濕的帶去。」淑貞說。

我在廟裡的廁所外面的洗手台上把身體擦了擦，再關到廁所裡把已經濕透的內衣換了。回到休息區時，林正義、陳義秋和周志鵬三位省議員已經坐在休息區了。我上前先向他們鞠躬致謝，再介紹淑貞。他們也都站起來，禮貌性地稱讚，「演講會很成功啊！恭喜啦！」

「憑我一個菜鳥，基隆市民也沒認識幾個，宣傳車在基隆市再繞幾天也不可能有這麼多人來。周省議員是基隆的黨外領袖，他最清楚了。基隆市民其實是衝著各位的面子來的。你們幾位在省議會的表現，經常在報紙上登那麼大，全台灣的人都把你們幾位當成英雄了。阮基隆的鄉親是等著要來看你們的。」我笑著說，「還有全國黨外助選團，這是過去三十年所沒有的，大家對這也很好奇，也很有寄望。所以……」

這時演講台上的麥克風傳來楊美君明亮開朗的國台語雙聲帶宣布：「各位好朋友，全國助選團的團長黃天來立法委員來到現場了！請大家用最熱烈的掌聲歡迎天來仙。也請各位現場的鄉親讓出一條路來給天來仙，感謝大家的配合，感謝！」

四周響起如雷的掌聲、叫好聲、口哨聲，還有一長串劈劈啪啪的鞭炮聲。

我拉著淑貞的手站起來，黑常和李通達立刻趕到我們前面開路，「歹勢！請讓一下，陳宏和伊的牽手要去接天來仙，拜託……」李通達大聲說。

在擁擠的群眾裡，我緊緊握住天來仙的手，「多謝！多謝你來！」我說。在黑常和阿達仔的前導下，我一手緊握著天來仙，一手牽著淑貞，走回後台休息區。

「啊啊，你們都到了！很好，很好！」天來仙哈哈大笑地向站起來迎接他的三位省議員說，

「歹勢，剛剛在台北市已經先替莊安祥講一場了，所以來得有較慢。」

「你的親小弟天順兄的場也要去啊！」周志鵬笑著接口說，「坐啦，坐啦！明正仔，叫司儀可以開始了，已經七點半了，去台北怕來不及了。」

「等一下我在台北也要趕三場，除了莊委員一場，徐海濤和李美智聯合一場，天順兄也一場。」林正義說，「這裡就由我先來吧！」

「可以，可以！」天來仙笑著說，「接著是義秋兄，義秋兄後面是我，周省議員你是在地的，最後面講，這樣可以嗎？」

「你黃老大吩咐，我怎敢有意見？」

我在林正義上台之前，就牽著淑貞的手先走上演講台了。我本以為楊青矗也在台上，想不到他已經走了。詹徹說，他趕去台北參加莊安祥的演講場了。

林正義一上台，就先拉著我的手走到講台中央，我也緊牽著淑貞的手，三個人排成一列，向台下的民眾鞠躬致謝。民眾立刻報以熱烈的掌聲、叫好聲和口哨聲，和幾聲衝天炮「咻——咻——砰！」的爆炸聲。

他手握麥克風，西裝筆挺，面帶微笑地接受台下民眾給他的掌聲和歡呼。一口純正的北京腔，簡單明白的語言，把民主制衡的道理講得淺白易懂。並對國民黨一黨專政三十年在台灣造成的禍害給予嚴厲的批判。說理簡單明瞭，批判尖銳有力，台下群眾聽得如醉如癡，掌聲不斷。

「……各位基隆的好朋友，陳宏是你們基隆優秀的人才，一位傑出的小說家和深刻的評論家。他所寫的關於基隆南仔寮的文章，連蔣經國都要讀，讀完後還來基隆視察。這樣出色的文化人願意用黨外身分出來競選，不怕國民黨的打擊、迫害，一心一意要追求台灣民主化，值得我們敬佩，也值得我們期待。我們全國黨外助選團誠懇向基隆的鄉親推薦，二號陳宏，拜託大家！」他一手拿著麥克風，一手再度把我的手高高舉起，然後又向台下鞠躬。台下的掌聲、叫好聲、口哨聲和衝天炮「咻——咻——砰！」的爆炸聲，如潮水般從四周湧上講台。

我把林正義送下演講台，同時也迎接陳義秋省議員上台。陳義秋穿著一件灰色夾克，一件七八成新的黑色西裝褲，臉色黑黝發亮，好像長期在田裡種作的莊稼青年。年齡只大我一兩歲，但當律師已經六七年了。在宜蘭縣曾擔任郭雨新先生上一屆競選北基宜三縣市區域增額立法委員時的法律顧問。又在選後替郭雨新打選舉官司。事先，雨新仙也知道，官司要贏是不可能的。因為國民黨來台統治三十年，司法從來沒有獨立過。但在選舉和訴訟的過程中，郭先生卻發現了陳義秋這位宜蘭同鄉後輩的才具和潛力。雖然不是那種才華橫溢、能言善道這一類才子型的人物，但卻有另一種可驚的堅持毅力和鍥而不捨的精神，是另一種沉穩厚重的典型。所以，雨新仙在官司沒打贏之後，就積極鼓勵他出來參選省議員。期許他成為自己在政治上的接班人。陳義秋也不負所望，不但順利當選省議員，這一年在省議會的表現也充分發揮了律師的專長，對省府官員的質詢就像在法庭的辯護律師那樣，常讓官員詞窮認錯之餘，又對他的理性堅持不得不表示尊重與佩服。尤其是他的操守，據說是省議會七十幾名省議員中，唯一沒有利用職權向省屬行庫免息貸款的人。我第一次見他是去年在萬華汕頭街莊安祥的家裡。那時他給我的印象就像今天這種感覺，一個誠樸的田莊青年，誠懇、專注、實在。

「各位基隆的鄉親父老兄弟姊妹，各位長輩，我是宜蘭的陳義秋，郭雨新先生的學生。我的口才沒有很好，但是，我的心很誠懇。今天這場演講會的主人陳宏兄，是我敬佩的作家。伊去年出版一本《黨外的聲音》來訪問我，伊問的問題常常讓我要用心思考才能夠回答，而回答了伊的問題之後，我自己也覺得我比以前進步了，更有內涵了。所以，我將陳宏先生不但當作好朋友，也當作是我的老師。這次伊出來競選國民大會代表，我誠懇拜託大家，全力支持伊。伊是比我陳義秋更加出色的人，伊的見解、眼光，都比我陳義秋更加適合來做一個優秀的民意代表！我誠懇拜託大家，全力支持二號陳宏，拜託！拜託！……」

雖然他的演講沒什麼激情，也沒什麼高潮起伏，但是，台下還是對他報以極為熱烈的掌聲和歡呼。

當司儀詹徹才剛宣布下一位講者是黃天來委員時，台下已不斷喊著：「天來仙！天來仙！天來仙！」掌聲、吶喊聲、鞭炮聲，響徹了整個媽祖宮的廣場。我站在講台上迎接他，他笑笑地向台下群眾揮手致意。

「……我要向基隆的鄉親報告，全國黨外助選團分作南北兩團，都是由黨外省市議員和縣市長組成，因為我是終身免改選的立法委員，所以大家推選我做總團長，北團由我率領，南團由黨外前輩前高雄縣余登發縣長率領。黨外全國助選團在每一個選區都有推薦候選人，基隆就推薦陳宏選國民大會代表，黃煌雄選區域立法委員，楊青矗選勞工團體立法委員，……」台下立刻報以熱烈的掌聲和叫好聲。

「這次選舉有幾方面跟以前不同，第一就是，黨外開始有計畫、有組織在各縣市培養人才。第二，黨外開始進行組黨的準備，一定要打破國民黨不合理的黨禁。陳宏有出版一本書，叫做『黨外的聲音』，」

黑常突然無預警地冒出演講台，右手高舉紅色封面的《黨外的聲音》，左手高舉著黑灰色書皮的《民眾的眼睛》。

「……是啦，是啦！就是那本紅色書皮的黨外聲音，」天來仙指著黑常高舉在手上的書說，「這本書將阮這些在黨外長期打拚的人的思想和主張，都寫在這本書裡。黨外雖然還沒有一個黨的名，但是，讀完這本書以後，你們就了解，黨外事實上是有黨，這個黨就是黨外黨。因為阮這些黨外人士的見解、主張都一樣。你們基隆周志鵬省議員也有在這本書裡面。第三點跟以前很不同的是，這次參選的黨外候選人的學問都很好，很多人都有寫書出版，像陳宏就是出名的作家，選區域立委的黃煌雄、選勞工團體立委的楊青矗、在台北縣選國代的何文振、台北市的徐海濤教授、李美智小姐，桃園縣的呂秀蓮，……很多啦，都有寫書出版。過去國民黨都笑咱黨外是草莽、講阮是大老粗！伊娘哩，目睭都給屎糊住了，我也是中興大學畢業的呢，還有莊安祥，也是我中興大學的學弟，都是大學畢業的呢，講什麼大老粗？尹才是不識字又兼沒衛生！……」

「哈哈哈，讚啦！爽啦！」台下爆出一片笑聲和掌聲。

「國民黨這次很緊張，因為去年選舉發生中壢事件，咱們黨外在縣市長拿到四席，省議員拿到二十一席。今年這次中央民意代表增選，咱們每一個選區都有推候選人出來跟伊車拚。以前，很多地方都只有國民黨的人參選，一票就當選了，現在很不相同了！咱們黨外推薦的人選都很優秀，像陳宏、黃煌雄、楊青矗，……拜託大家，全力支持尹，讓咱們黨外全都當選好不好？……」

「好啦！好啦！」「黨外加油啦！」台下的掌聲和叫好聲又再一次像洶湧的海浪，從四周湧向演講台。

天來仙等台下再度安靜了，才又以詼諧幽默的口吻繼續說，「因為咱黨外的聲勢看好，所以國民黨現在都四處在造謠，講什麼黃天來、莊安祥和陳宏，要由中國大陸和日本走私軍火大砲和電台設備來基隆，要利用這次選舉來製造暴動！……國民黨是看到鬼啦！頭殼燒透了！神經起痟了嗎？這種痟話、鬼話、憨話、白賊話，伊也敢四處亂講？我告訴大家，講這種話的人一定就是匪諜！就是共產黨，當場聽到就可以抓起來，打乎伊死！打死共產黨不犯法，還可以領獎金！」

「對啦！打死共產黨不犯法啦！」台下的人大聲呼應，接著又響起一片掌聲和「對啦！對啦！」的叫聲。

「國家辦選舉是替國家、替人民選人才，應該歡歡喜喜，快快樂樂，親像三月迎媽祖，鬧鬧熱熱才對啊！哪有每次選舉，就講共匪要來囉！國家很危險囉！親像尹家要火燒厝啦！要死人啦！笑死人！……」

「哈哈哈哈！」「講得好啊！讚啦！爽啦！」台下又傳來一陣陣笑聲和掌聲。

黃天來的演講詼諧、幽默、通俗，又言之有物，難怪全台灣那麼多人瘋迷他。他離開現場時，獲得的掌聲和歡呼聲竟久久不息。

「我們現在邀請基隆黨外的老大哥周志鵬省議員上台，請大家以熱烈的掌聲……」楊美君以昂揚清朗的國語大聲說。

我謙恭地向他鞠躬致謝，然後跟在他身後大約一公尺的距離，他用左手撥了一下額上的頭髮，右手握著麥克風，臉帶微笑，顯得從容自信。我雖然訪問過他，但卻是第一次看他站在演講台上，第一次要聽他演講。他的姿態、神情，以及他頗為英俊的容貌，挺直的鼻梁、豐滿適度的嘴唇、飽滿微禿的額頭，都散發出一種稀有的成熟男性的魅力。

「……坦白告訴大家，我本來不想支持陳宏，不願意公開支持伊。因為我過去從不認識伊，我哪知道伊是熊抑是虎？伊是真黨外抑是假黨外？而且，我也從來不鼓勵別人參選，尤其是用黨外身分參選。因為這是很危險的，不但要有頭腦，還要有技巧，不然，很快就會給國民黨捉去監獄吃免錢飯。咱基隆的黃震華不就是一個例子嗎？……」他回頭望了我一眼，眼神雖然有點冷漠，但語氣聽起來似乎是熱情的，他說，「但是，現在，我要向各位報告，這段時間來，我有觀察伊的表現，有去了解伊的思想，我可以確定，伊是真真正正的黨外，跟我周志鵬一樣，不是假的！所以，我決定要支持伊！……」台下立刻響起熱烈的掌聲和叫好聲。

「各位鄉親父老兄弟姊妹，我周志鵬在基隆，長期受你們的支持、愛護、栽培，我認真打拚！不敢違背你們大家對我的期待。今天，全國黨外助選團已經宣布，這次基隆市國民大會代表就推薦陳宏來競選，我做助選團的一分子，也要在這裡拜託大家，全力支持陳宏！」他再一次側身回頭，拉起我的手，高高舉起，走向演講台的中央，「拜託大家！拜託！拜託！」他說。

台下的掌聲、叫好聲、口哨聲，又再一次混攪在一起，捲起一股巨浪式的轟隆轟隆的巨響衝上講台，夾雜著美君清朗亮麗的聲音，「這就是難能可貴黨外精神的傳承，由早期的老市長番王仙，到現周省議員，再到更加年輕一代的陳宏，一代傳一代……番薯不驚落土爛，只求枝葉代代傳……」美君拿著麥克風，突然唱起歌來了。

「好聽，好聽！」「讚啦！」「加油啊！」台下的吶喊聲雜亂地混攪在一起。

「我們感謝周省議員的支持，請大家再給他一次熱烈的掌聲，感謝！感謝！」

周志鵬已經步下演講台了，我牽著淑貞的手陪他走到休息區。高明正和李通達也立刻站起來相迎。

「我還要趕去台北。」他說。

「周省議員，感謝你！」我再一次向他鞠躬致謝。

「不必一直感謝啦！」他瞄我一眼，眼神仍然是冷冷地。

「周省議員，我送你！」李通達搶著說。

「那我不送了，就讓阿達仔送你了。」高明正笑笑地說。

這時，美君在演講台以輕鬆快樂的聲音唱起宜蘭民謠〈丟丟銅仔〉了，配合著音響裡發出的音樂節奏，「會唱的，請大家一起唱！」她大聲說。

火車行到伊都，阿未伊都丟，嗳唷磅空內。
磅空的水伊都，丟丟銅仔伊都，阿嗎伊都
丟仔伊都滴落來，……

「現在我們邀請候選人，二號陳宏上台。」詹徹以略帶沙啞的聲音宣布。

我牽著淑貞的手，隨著〈丟丟銅仔〉的音樂節奏，腳步輕快地步上演講台。台下的掌聲、口哨聲、吶喊聲，匯聚成一陣聲浪從四周襲來。我站在台中央，仍然牽著淑貞的手，向台下一鞠躬，再轉右一鞠躬，再轉左一鞠躬。掌聲更熱烈響亮了。

我從詹徹手上接了一支麥克風，望了身邊的淑貞一眼。她微笑地回望我。我把麥克風放到下巴的位置。這是練習過很多次的動作之一。但是望著台下熱情的、有點瘋狂的群眾，我突然感到一種從未有過的緊張，我的心臟也突然「不通！不通！」地撞擊著胸膛，全身肌肉緊繃僵硬，臀部的肌肉甚至也抖抖地顫動了起來。

糟了，我要講什麼呢？我突然心慌意亂，腦海裡突然一片空白。掌聲、口哨聲、吶喊聲、歡呼聲都消失了，四周突然變得靜悄悄的，只有心臟「不通！不通！」的撞擊聲。糟了，怎麼會這樣？不行！我微閉了眼睛，深深吸了一口氣。

「各位，各位我最敬愛的，……最最敬愛的父老兄兄……弟姊妹們，大家，大家晚安！……大家好！」台下立刻又響起一陣熱烈的掌聲。「首先，首先，我，我跟我的牽手，以及，以及所有的工作人員，要向大家表示十，十二萬分的感謝！感謝大家這麼熱情，這麼踴躍來參加這場演講會，讓這個媽祖宮口的廟埕，人山人海。……這讓我很感動，很溫暖。」我略微停頓了一下，望望四周的樓房，又作了一個深呼吸，才又繼續說，「我也要向媽祖宮周邊的店頭和厝邊，表表示抱歉！這麼晚了，如果打攪了你們的安寧的、平靜的生活，也請你們原諒。」

我發現，我的心情篤定一些了，心臟不再那麼「不通！不通！」地跳了，我又深吸一口氣，覺得原本預期的那份穩定、自信的感覺，似乎又被我掌握到了。我感覺全身肌肉終於放鬆了，臉上自然地就展露了笑容了。淑貞和黎明都說，我笑起來很好看，很陽光，「你要常常笑！」她們說。

「各位鄉親父老兄弟姊妹，剛才那幾位黨外前輩的演講很精采，差不多把我本來要講的都講完了。所以，我剛上台時，心情很緊張，心魂像飛上天空了，突然間我不知要講什麼才好。……但是好家在，你們的熱情的掌聲又把我的心魂叫回來了。……」

「免驚啦，慢慢仔講，阮都支持你啦！」演講台下最前面有一位聽眾以宏亮的嗓門大聲說。旁邊立刻響起一陣鼓勵性的掌聲，「對啦！慢慢仔講，勁緊！」

「多謝！多謝你們的好意和鼓勵！」我向台下揮揮手，笑著，又深吸一口氣，大聲說，「我現在要向各位報告，我原本對政治是完全沒興趣的人，我只愛讀書、教書、寫書。所以，我寫過很多文章。我寫的文章都是有根據的，不是黑白寫的，我寫的都是事實。我主張，寫作的人要關心咱們生活的這塊土地，文章要反映人民的心聲。但是，國民黨的特務機關，警總、調查局、文工會、社工會、政戰系統，都講我的文學主張有共產黨的思想，有台獨的思想。講我寫的文章，是在破壞社會的和諧，挑撥人民對政府的感情和信任。……所以，國民黨不准我在大學教書了，不准我在報紙上發表文章了。國民黨甚至動員近百個御用作家和學者，每天在報紙雜誌上對我點名批判攻擊。蔣經國的愛將王昇上將，主持全國文藝大會鬥爭我，講我是共產黨加台獨。現在我跳出來參選了，直接向國民黨的政權挑戰了，尹就更加造謠，講我要走私軍火，製造暴動！各位鄉親父老兄弟姊妹，台灣不是一個民主國家嗎？不是一個法治國家嗎？為什麼不准我教書？不准我發表文章？為什麼沒證沒據可以隨便造謠，講我是共產黨加台獨？誣賴我要製造暴動？這樣的國民黨有良心、有天理嗎？」

台下突然爆起一個聲音，「國民黨，乎倒啦！」

「對啦！國民黨，乎倒啦！乎倒啦！」四周立刻響起一陣掌聲呼應著。

「為什麼國民黨敢這麼無法無天？因為三十年來，總統都是尹在做，政府都是尹在管。有絕對的權力，所以就變成絕對的腐敗、絕對的無法無天了！我選國民大會代表，就是要打破、要挑戰國民黨這種無法無天！……全世界，哪有一個國家的總統，老爸做五任三十年，死了，又由伊的後生再接下去做？除了共產黨國家北韓以外，沒有了啦！連中國共產黨，毛澤東死了以後也要換別人做！……」

「對啦！國民黨乎倒啦！」

「翸啦！翻啦！」

「翸啦！翻啦！」台下熱情地呼應。

「我若進入國民大會，一定會全力爭取終止勘亂時期，要求恢復《中華民國憲法》，要求廢除戒嚴，要求開放報禁黨禁，甚至要求修改憲法，中華民國總統要由人民直接投票選舉。我也要要求重新調查二二八的真相，重新調查白色恐怖時代所有的冤案假案錯案！咱們有很多二二八的家屬，三十年來，親人被殺，還要忍氣吞聲，一句話都不敢講！這種事情，有天理嗎？白色恐怖的時代，冤枉死的人更多，冤枉被關的人更加不計其數！我要求政府要重新調查，要向全國人民公布真相！……」

「對啦！對啦！要重新調查啦！」

「要公布真相啦！」

「好啊！好啊！陳宏，阮支持你啦！」……

第二天早上五點，淑貞還在睡覺，黑常就開了他的載魚的貨車，還有兩個南仔寮的少年鄉親，來帶我去拜訪早起會了。我在樓下先順手翻了一下各報的基隆地方版，不禁吃了一驚。

每一報都是地方版的頭條，都對我展開嚴厲的批判和攻擊，重點都集中在我對蔣家父子「父亡子繼」的批評，以及要求二二八事件和白色恐怖的真相調查和公布，以及要求總統由人民直選、國會全面改選這些事情上。《中國時報》的標題是「離經叛道，詆毀國家元首」，《聯合報》是「居心叵測，挑撥族群對立，破壞社會和諧」，《中央日報》更直接說我「喪心病狂，企圖顛覆政府，毀滅中華民國」，而且幾乎都說，我的言論已引起「人神共憤」、「天地不容」。坦白說，我確實嚇了一跳。

「你看了今天的報紙嗎？」我一上車就問黑常。

「沒吔！」他說，「怎樣？有登我們昨天演講會的新聞嗎？」

「報紙罵得很凶狠，好像要把我槍殺了！」我故作鎮定地笑著說。

「哈哈，是哦？」黑常也笑著說，「死狗沒人踢，你這隻凶狗咬到尹的要害了。」

基隆中正公園在山上，單單早起會就有幾十個。黑常和那兩個少年的鄉親，逢人就鞠躬，禮貌地遞上我的傳單，「這是陳宏的傳單，請你支持。」

「陳宏？沒聽過，要選啥？」

「啊！我昨天有去聽你演講，你很會講，也很敢講，……但是，要小心喔！」

「我是國民黨，我不支持黨外。」
「噯唷，黨外的？不好選喔。」
「我知道，我知道，你是作家，我兒子說你很優秀。」
「台灣這麼安定，你們還不懂得珍惜，還這麼亂吵亂鬧！」
「噯呀，跟伊講沒效啦，伊是外省仔死國民黨，」一個五十幾歲的講台語的歐巴桑把我拉到旁邊，悄聲地說，「阮早上都在這裡唱歌跳舞，誰是國民黨，誰是黨外，都清清楚楚。你的風評很好，要打拚喔，這裡，我會替你拉票，你放心！」

選民各色各樣，有支持的，也有反對的，也有態度曖昧不想得罪人的。

跑完中正公園好幾個早起會已經早上九點半了，我又接著跑公園下面信二路的信義市場和義二路的中正市場。信義市場買菜的有不少外省人，對我態度比較冷漠，有的甚至把我的傳單當場就丟到地上。中正市場本省人較多，傳單被丟到地上就很少了。而且，攤販的老闆都偷偷對我豎起大拇指，有的還不避諱地大聲說，「我昨晚有去媽祖宮口聽你們演講，讚喔！」

回到競選總部已經快中午了。明正仙看我進門，立刻把我帶到樓上，會議室裡坐了三個大約都是五六十歲的婦人，一見我進來，立刻站起來迎向我。其中一個拿著一包報紙包著的東西遞給我，神情有些緊張，但仍然微笑地對我說：

「陳先生，這是阮一點心意，感謝你替阮講出心肝底的話。三十年來，這是第一次有人敢替阮公開講出公道話。」她說著，聲音就哽咽了，眼眶也紅了，「阮都是二二八受難者的家屬，親人無緣無故被國民黨刣死，三十年來，不敢哭，不敢講。昨晚，阮親身在媽祖宮口聽你演講，阮當場都流眼淚，感謝……」

「是啦，這代表阮一點仔心意，祝你當選啦！」

「這是啥？」

「是阮三家人一點仔心意啦，三萬塊而已……」

「這麼多？不行！不行！我不能收。」我把紙包推還給她，「那是我應該講，應該做的。」我說。

「多謝你啦！」那人把雙手藏在背後，跟另外兩個一起又一次鞠躬，「祝你當選啦！」就慌張地、匆忙地跑下樓去了。

「明正仙，這……」

「這是尹的心意，你就收了吧，」高明正說，「我們要加倍打拚，才不會辜負尹的期待。」

「你看到今天的報紙了嗎？」

「看到了，我已經和天祥、飛鴻討論過，尹現在正在針對報紙內容寫大字報和傳單。」高明正說，「本來就支持黨外的人會更團結，更打拚替你拉票，對國民黨死忠的人，會對你更有敵意，甚至可能會攻擊你！我已經叫牛頭帶兩個小弟跟在你身邊。」

「你的意思是，基隆市民兩極分化會更嚴重？」

「但是，中間選民也會因為報紙攻擊你，而對你更好奇。」明正仙說，「所以，今天晚上兩場演講會，一場在中山區流籠頭仔，一場在中正區安瀾橋，我估計都會有很多人出來聽你演講。」

中午，淑貞她們也回來了。

「市民的反應如何？」明正仙有點迫不及待地問。

「嗯！……怎麼說呢？」淑貞想了一下，「好像，支持的人更熱情了，不支持的人也更冷淡、更有敵意了。有人還當著我的面，把傳單撕破，還丟到地上踩。」

「正常啦！」明正仙說，「我對陳宏有信心。」

「淑貞，你看到今天的報紙了嗎？」我關心地問。

「出去拜訪前就看過了，你放心吧！」她笑笑地說，「昨晚的演講會，我都從頭聽到尾，那些攻擊只會更加強我對你的支持！」

「謝謝妳！」我情不自禁地，當眾把她擁抱入懷。

當晚兩場私辦政見會，果然都如高明正所料，人山人海。但是，也有人鬧場。例如在中山區九號碼頭圍牆外面流籠頭廣場那場演講，就有人在我演講時大聲吼喊：

「共產黨！台獨！」

「禍國殃民！天地不容！」

同時，也有人向演講台上丟石頭。

「各位鄉親父老兄弟姊妹，現在台下有人在大聲喊叫，罵我是共產黨，是台獨！還向演講台上丟石頭，」我一手握著麥克風，一手高高舉起從講台上撿起的石頭，大聲說，「我現在正式邀請躲在台下罵我共產黨和台獨的朋友上台好不好？請你們上台來講清楚，為什麼你們講我是共產黨？講我是台獨？為什麼你們可以用石頭攻擊我？在你們眼裡，中華民國難道沒有法律嗎？只要你們講得有道理，能把我講到無話可講，我立刻宣布退選！」

台下立刻響起一片掌聲和叫好聲，同時也掀起一陣劇烈的喧鬧聲。我從演講台上往下望，原來台下的聽眾已經有人揪住兩個人，要把他們往演講台這邊拉。但他們都驚慌地努力在抗拒、拉扯。

「你娘哩！你敢扔石頭？可惡！」

「踹他！打他！……幹伊娘哩！」

「誰叫你來丟石頭？肏你母哩……」

「各位好朋友，不要打他們，不要傷害他們！這兩個少年人如果不願上台，就不要勉強他們了。只要他們好好聽演講，不要再丟石頭。丟石頭打人是犯法的，」我說，「回去向叫你們來這裡鬧場的大人講，如果你們有不同意見，隨時歡迎你們到我的總部，我很願意和你們理性辯論。」

後面幾天連續幾場演講會，幾乎也都有這種情況發生，包括競選總部，每天都有人來騷擾、叫囂、謾罵，不是外省人就是高中生。報紙對這種事，幾乎都是大篇幅地、一面倒地稱讚那些反對我的言論和行為是愛國人士的愛國言論。但是，奇怪的是，這不但沒有減少我演講會聽眾的人數，反而每場演講會更加是人山人海。

「連番王仙競選連任時，都沒有這樣的場面。」高明正說，「基隆人怎麼突然都變得這麼勇敢了？」

「這不單是基隆，幾乎全台灣都一樣，」柯水源笑著說，「台北市莊安祥和王木川聯合競選的場不用說了，連徐海濤和李美智聯合競選總部前面，每天也都是人山人海。我聽說，全台灣幾乎都這樣。」

「很好笑喔，有一批自稱愛國青年的人，在徐海濤競選總部旁邊的新生南路，也搞了一個『愛國牆』，貼了很多大字報批判徐海濤和李美智，也批判黨外助選團，和徐教授的『民主牆』相對抗，反而把徐教授和李美智的選情炒熱了，每天去看他們互批互鬥的文章的人，好多、好熱鬧。」

「那一定是黨外助選團發揮作用了，」我說，「還有去年中壢事件的鼓舞。」

「有個朋友來寄話，選情越熱鬧，叫我們要越小心。」柯水源嚴肅地說，「國民黨已經找了黑道兄弟，要在咱們演講場製造事端，然後，再派憲兵警察來鎮壓抓人。咱們要很小心，不能落入國民黨圈套。」

「真有這種事？找黑道製造事端？」我突然想起國民黨一直以來都在放的謠言，說我要走私軍火在選舉中搞暴動。原來是他們找黑道來製造暴動，再鎮壓抓人，然後栽贓到我頭上。是這樣嗎？

「選舉若到，四處都是謠言，我們自己小心提防就好，其他的就不必管他了。」明正仙說。

「是啦！也只有這樣了，大家小心一點。」我說。

那時，我已經把競選總部的三樓也租下來了。因為參加我們的「民主領航員」計畫的人越來越多，他們填寫提供的親朋好友的姓名電話也越來越多。為此，我們又招募了一批義工，由我的表姪女曹素貞去訓練領導，專門在三樓打電話給民主領航員的親朋好友。

有一天下午，吳世傑很興奮地對我說，有兩個在地的年輕人，一個叫劉文雄，一個叫趙懷璧，「他們親自找上我，說願意來當我們的義工。我跟他們都見過面談過話了，確實滿優秀的，」吳世傑悄聲地說，「絕對比阿達仔更優秀，尤其是那個趙懷璧，已經是基隆國際青商會第二副會長了，……」

第二天中午，我回到辦公室時，吳世傑已經把他講的那兩位年輕人帶來了。「這位是劉文雄，這位是趙懷璧。」吳世傑介紹說。

他們站起來，微微向我鞠躬，「陳先生，你好！」

我握了握他們的手，「請坐！」我笑著說，「謝謝你們來，吳世傑跟我講過了，很誇獎你們的口才和見識。」

「希望有機會來和陳先生學習。」那個叫劉文雄的說。

「聽說你剛退伍？」我望著劉文雄，頭髮密而黑，額頭寬廣，鼻梁挺秀，嘴脣薄平，脊背直挺，軀幹結實。「你的兵種？」我笑笑地問。

「憲兵。」他說。表情有點嚴肅僵硬。

「我們是好朋友，我早他一年當兵，退伍後做建築，蓋房子。」

「趙懷璧兩年後會接基隆國際青商會會長。」吳世傑說。

「你們為什麼想來當義工？」

「我們都讀過你的小說，去年，鄉土文學論戰也拜讀過你在《聯合報》寫的文章，還有一些別的，像《台灣政論》……」

「你們也讀《台灣政論》嗎？」

「《台灣政論》出了五期，我每期都買。」

「我有讀過幾期《夏潮》雜誌，像你訪問黨外人士的文章，我都讀。」劉文雄說，表情仍然有點嚴肅。「我也聽過你演講，一場在媽祖宮口，一場在安瀾橋。我很佩服、認同你的見解。」

「吳世傑很誇讚你們的口才和見識。」我微笑地說，「你們願意幫我們做什麼？你們不是正式助選員，不能上台演講，很可惜！讓你們上街發傳單又太大材小用了。如果早一點認識你們就好了，基隆人有口才有見識的，都不肯登記做我的正式助選員，很麻煩！」

「我們可以幫你出點子，製作文宣，」劉文雄說，「你們有動腦會議吧？這方面，我們可以幫忙。」

「阿宏在樓上嗎？」明正仙的聲音才從樓梯口傳上來，人已風似地上樓來了。我站起來相迎，叫了一聲「明正仙，」我說，「我也才回來，世傑仔介紹了這兩位年輕朋友，說願意來做義工，我們正在交換意見。」

「哦哦，兩位都是基隆人嗎？好像有點面熟。」高明正說，「樓下也有一位朋友要見你。」

「那，我們就先告辭了。」劉文雄和趙懷璧一起站起來，有點匆忙地說。

「這麼快就要走了嗎？再聊一下……」

「你忙，不打擾你了。」趙懷璧笑笑地說，「改天再來請教。」

「世傑仔，那就請你代我送他們了。」我向他們點頭致謝，「吳世傑會與你們聯絡。」我說。

高明正望著兩人的背影，突然快步下樓，搶在吳世傑前面到一樓大廳，和一位比他年紀略大的人不知說什麼。過了一會兒，才和那人一起上樓來了。

「阿宏，這位是東和機械廠的頭家林和順歐吉桑，真真正正黨外的前輩，番王選市議員時就支持黨外了。聽過你演講，看過你寫的書，才決心跳出來支持你。」高明正笑著說，「和順兄平時不隨便公開支持人，連周志鵬去拜託伊，伊都說幕後就好。但是，現在伊已經四處在替你拉票了。」

他從兩邊褲袋裡各掏出一包信封，鼓鼓的，往我手上一塞，「歐吉桑一點仔心意，支持你！」

他滿頭灰髮，一直延伸到兩鬢，臉上皺紋細細地布滿了上額與眼角，皮膚有點黑，背已經微駝了，但兩眼卻明亮銳利。

「林歐吉桑，這麼大包，我不能……」我本能地將兩個信封袋推還給他。

「三八！這又不是給你放到口袋裡的，是給你選舉用的。你選舉是為眾人的事，也讓我這個老伙仔出一點力，盡一點心意啦！」他說。又把兩包錢放到我手上，還輕輕拍拍我的手，「加油哦！」

「和順兄，剛才那兩個少年的，我請你幫忙注意看，我感覺很面熟，但想不起在哪裡見過。」高明正說，「你比較有在外面參加活動，你的公子不是也參加青商會嗎？也許認識。……」

「明正仙，你是有懷疑到什麼嗎？」

「前天，情治單位有人偷偷告訴我，國民黨由調查局、警總和警察局、憲兵隊，都四處去物色少年人，要滲透到我們總部，叫我要小心。」高明正說，「這次選舉越來越激烈，國民黨什麼奧步都做得出來，派人來臥底刺探，甚至栽贓，都有可能。……」

「但是，我若不犯法不違法，伊來臥底又怎樣？」

「伊若偷偷將槍枝放在你辦公室呢？現在都已經四處在造謠，說你要走私軍火，要製造暴動了，若被搜到槍枝，你跳到基隆港都洗不清。所以，我們還是要特別小心！」明正仙說。

「是，還是你明正仙老仙覺，」我有點慚愧，又有點緊張地說，「我竟沒想到這些。以後閒雜的人不准上樓。」

「啊啊啊，我想起來了，」林和順歐吉桑突然拍掌叫著說，「那個臉寬寬比較胖的那個，是和我同一個扶輪社做建築的外省仔老趙的兒子，跟伊老爸生得好像，難怪我覺得那麼面熟，他和我兒子一樣都是青商會的。」

「那，另外一個，是不是義一路國際旅舍那個溫州仔的後生？」高明正說，「基隆旅館業公會開會，有一次溫州仔沒來，由伊的後生代表，那時伊好像大學剛畢業要去當兵，我見過。溫州仔曾經說，伊的後生將來想要從政。對了，溫州仔也姓劉。」

這時，吳世傑上樓來了。高明正立刻向他招手。「世傑仔，剛才那兩位少年仔，是不是一個姓劉？一個姓趙？」

「是啊，劉文雄和趙懷璧。」

「尹是主動要來幫忙的嗎？」

「是啊，我感覺尹的口才和見識都很好，」吳世傑笑笑地說，「尹講願意來參加咱們的動腦會議，幫咱們出計謀做文宣，甚至擬定對付國民黨的反制策略。」

「這兩個人有問題，不能用！」明正仙表情嚴肅地說，「尹的家族都是死忠國民黨，願意來當義工，能信嗎？國民黨已經四處去物色少年人，要侵入我們總部，萬一偷偷將槍枝放在辦公室，誣賴這就是陳宏私運軍火的證據，跳入基隆港都洗不清。」

「世傑仔，照明正仙的意思辦理。你也是聰明人，應該知道怎麼處理。」我說。吳世傑突然一陣臉紅，有點尷尬、羞愧地說，「歹勢，我沒想到這一層。」

「我也沒想到。」我笑笑地說，拍拍他肩膀安慰他。

選舉活動越來越接近尾聲了，選舉的氣氛明顯地熱活了起來。國民黨對黨外的敵視越來越強烈，除了演講會每場都派人來騷擾、鬧場、丟石頭之外，在競選總部外面，幾乎每天都有人來挑釁、來謾罵。

有一天，李元欽竟無預警地，突然開了宣傳車，帶了幾個記者來到我的競選總部，拿著麥克風向我下戰書了，要求和我公開辯論。那時我有行程在拜訪，在總部留守的有高明正、陳天祥和胡飛鴻。我是拜訪行程結束後回到總部才聽說。

飛鴻說，當時四周圍了很多看熱鬧的人，還有幾個李元欽帶來的媒體記者。明正仙出面，禮貌地邀請他進入總部辦公室。

「我要正式向陳宏先生挑戰，請他和我做公開辯論。」李元欽表情嚴肅地說。

「你要辯論什麼？」

「他每場都批評國民黨專制獨裁、貪汙腐敗，」李元欽說，「我就是要來挑戰他，要和他辯論這些問題。」

「那，你代表國民黨？也代表政府？」

「我是國民黨提名候選人，當然可以代表國民黨。」他振振有辭地說，「我擁護政府，當然可以替政府辯護。」

「但是，你們國民黨不是還有一位候選人陳阿蘭女士嗎？你能代表她嗎？她有授權由你代表她嗎？」陳天祥有點故作輕蔑地說，「你們市黨部主委才是國民黨在基隆市的代表，我們陳宏先生倒是很有興趣跟你們市黨部主委公開辯論，請你回去轉達我們這個意見好嗎？」

「這是我的書面挑戰書，請轉交給陳宏先生。」

李元欽拿出一個信封遞給高明正。明正仙右手一揮，那信封就掉到地上了。

「你還沒資格代表國民黨，等你資格齊備了再來。」明正仙大聲說，「送客！」

李再生那猩猩般的身體立刻挺出來，右手環抱李元欽的肩，把他往外推。

「你做啥？」李元欽大聲說，舉起右手向外一揮，試圖把李再生的手撥開。李元欽身邊兩個身材魁梧的人，也立刻貼上來。

「怎樣？我奉命送客，你們想怎樣？」李再生瞪了兩朵牛般的眼睛，大聲說，「這是阮厝呢，阮總幹事已下令送客了，你們還想怎樣？」

「不要衝突！」李元欽對他的人說，「戰書已經送到了，我們走！」

「李先生，請等一下！」胡飛鴻從地上撿起那信封，走向李元欽，「你忘記把這帶回去了。」但他頭都不回，逕自上了宣傳車。李再生突然把胡飛鴻手上的信封搶到手裡，一個箭步，竄到李元欽宣傳車的前座，把信封向車上丟去。宣傳車引擎一發動就緩緩開走了。李元欽站在宣傳車上，用麥克風大聲說，「李元欽公開挑戰陳宏，要求陳宏和我公開辯論……」

跟著李元欽來的記者立刻圍到高明正旁邊，還有許多圍觀的民眾也湧進總部辦公室。

「陳宏先生願意接受李元欽公開辯論的挑戰嗎？」記者問。

「剛才我們兩位發言人已經講得很清楚了。」高明正說，「我們的候選人願意和真正代表國民黨的候選人公開辯論。但是，李元欽先生並不能代表國民黨。」

「各位好朋友，我們會立刻針對這問題製作大字報。請各位在這裡等著看我們的大字報。」陳天祥大聲說，「我們絕對來得及在記者發稿前，把大字報貼出來。」

這件事在《聯合》、《中時》和《中央日報》的地方版都登出來了，三報也都各有一篇評論，不約而同地呼籲國民黨要團結，要儘快整合出最後重點支持的對象，否則就會讓黨外的陳宏漁翁得利了。《聯合報》比較明顯地支持陳阿蘭，稱讚她深耕基層已久，獲得廣泛支持，集中選票，足可勝選。《中央日報》則支持李元欽，認為國民黨現階段需要有戰鬥力的人選，李的口才、機智、戰鬥力，均足以與黨外人士陳宏抗衡。《中國時報》則比較中立，除客觀報導外，只呼籲理性和平，對基隆已出現的兩極對立所引發的躁動不安的氣氛深表憂心。

十二月十五日晚上，我們在中正路國立海洋學院大門口申請了一場私辦政見會。那地點接近和平島中國造船廠，在正濱漁港對面大約兩百公尺的距離，基隆區漁會和漁市場也在那附近。距離我的故鄉南仔寮也不很遠。所以，我們預計，那場演講會一定會有很多人來參加。而那一整個白天，明正仙也安排我和淑貞在那一帶兵分兩路，由兩台宣傳車前導，各率領五六個人做沿家挨戶拜訪，邀請大家扶老攜幼來參加演講會。

當天下午四點，我先回總部辦公室，原本計畫略作休息後，傍晚就要去演講會現場。但我一上樓，卻發現會議室裡已坐了幾個人，高明正、柯水源、詹春陽、葉曾玉和胡飛鴻。

「候選人回來了。」明正仙說。其他人都站起來。

「坐坐坐，你們在開會？」

「晚上演講會可能會有一些狀況。」明正仙說。

「狀況？」我掃視了大家一眼，望著明正仙問，「什麼狀況？」

「宏哥，是這樣啦，」葉晉玉望了明正仙一眼，搶著說，「我今天接獲很確實的消息，海洋學院的教官會帶一批學生去現場鬧事，他們口袋裡都裝了石頭，還有彈弓，準備攻擊台上演講的人。」

「春陽也得到一個消息，情治單位已經動員黑道力量，要在現場鬧事。尹會有人帶武器，到底是刀還是槍，還不清楚，但是聽起來，滿嚴重的。」柯水源說，「我們正在研判，黑道可能會在現場殺人，然後把武器丟在現場，嫁禍給你。」

「是嗎？」我心裡一驚，立刻想起幾天前柯老師才講過，有道上兄弟來傳話，叫我要小心，說國民黨會在我的演講場藉機製造暴動，然後再派出憲兵警察來鎮壓、來捉人。我內心不禁「狂痛！狂痛！」地跳起來。我望望明正仙，「你看，要，要怎麼處理？……」

「飛鴻，請你立刻寫一份報案的公文，我立刻拿了公文去警察局報案，要求加派警力維護會場安全。」明正仙果斷地說。

「這有用嗎？黑道不是情治單位動員的嗎？」我說。

「先報案，萬一發生事故，國民黨要誣賴我們就比較困難了。」明正仙說，「而且，這個局長在番王仙的時代做過中正分局的分局長，後來調去外縣市，現在又調回基隆做局長。伊熟識我，也許可以說上話。」

「春陽，黑道的消息，你是怎麼聽說的？」我問。

「在賭博時聽到的啦，是和平島那個豎仔馬沙講出來的啦。」詹春陽有點尷尬地笑了笑說，

「伊在幹譙講，這種代誌也叫伊去做，都將伊看作細漢的，令爸感覺真沒尊嚴。伊講。我才問伊，什麼代誌讓伊這樣幹公瀆嬤？伊才講，調查局的人叫伊今晚去海洋學院門口打人刣人！平時令爸在漁市場打人，就送令爸去管訓。今天顛倒叫令爸去打人刣人，還要給我獎金？我問伊，要打誰？刣誰？伊才講，南仔寮那個陳宏啦！我聽到就驚一跳，大聲罵伊，喂喂，馬沙，你不能黑白來哦！陳宏是我詹春陽的大哥，也是阮南仔寮人的寶，你若打伊，阮全南仔寮人都會來和平島找你算帳！你若敢刣伊，我保證，你穩死的啦！南仔寮人𣍐放過你！我給你講！伊講，我知啦知啦，你放心啦，我不是憨仔！這個豎仔馬沙，有時痟痟，燒酒飲下去，花煞煞，亂七八糟，所以我才趕緊來向總幹事報告。」

「阿宏，這種事，你做候選人勦管。你去休息，好好準備晚上的演講。」明正仙說，「我跟柯老師會處理。」

他們把我推進房間裡。我坐在床上盤起雙腿，閉上眼睛。不久前，我跟黃宗德教授學了打坐。他說他在美國教書時就得了肝硬化，很容易疲勞，只要打坐就能很快恢復精神。但是，剛剛的消息讓我心情無法平靜。不但利用學生騷擾我，還利用黑道要傷害我，這太可惡、太可恨了！我越想越憤怒！也越想越害怕！現場萬一發生暴動，怎麼辦？

「黑常！」我大聲叫著。

柯水源推開房門，探頭進來說，「黑常陪淑貞出去拜訪，還沒回來。」

「柯老師，你進來。」我睜開眼睛望著柯水源，「這是和你前幾天說的，有人寄話叫我小心，應該是同一件事了。國民黨怎麼這樣搞呢？把選舉搞得好像和共產黨在打內戰。」

「你才知道啊？國民黨一向就是這樣搞的。」柯水源以他慣有的笑容笑笑地說，「晚上的事你放心，你還沒回來前，我已和邱大哥聯絡上了。他說這件事就交給他處理。他和漁市場老一輩的迌仔有些交情。」

「邱大哥？是上次在出版社見過那個四海幫上一代的老大嗎？募款餐會幫忙過的那位大哥嗎？」我想起那張國字型的臉，留著平頭，頭髮已有點蒼蒼了，但眼神還是很銳利，握手的臂力奇大無比。「這樣我就有點放心了。但是，現場還是要叫黑常和牛頭顧好台上的人，尤其是楊美君。」

「沒問題，我也請邱大哥派兩個兄弟在淑貞旁邊，這點你放心。」

「多謝你，柯老師！」

「噯呀，自己兄弟多謝什麼？」

我閉起眼睛，竟很快就坐著睡著了。直到詹春陽敲門進來叫我，「總幹事從警察局回來了。」我走出房間，樓下人聲嘈雜，好像陪淑貞出去拜訪的人馬也回來了，我聽到表姪女曹素貞們鶯鶯燕燕的聲音。

「晚上的演講場，黑道來鬧場這部分，應該會沒事。我剛剛和飛鴻去警察局報案，局長向我保證，管區的警員並沒有動員黑道。」明正仙說，「但是管區也有報告，說確實有人找了那個馬沙，伊有幾個小弟，但那是調查局基隆站派駐中正區的調查員搞的，據說尹要替兄弟報仇，就是上次牛頭和黑常將那個菜鳥調查員載去海邊那件事。局長說，調查站的事伊不能管，只能當作不知道。但現場伊一定會加派警力維護治安。伊也叫派出所主管向漁市場的兄弟傳話，選舉期間不准鬧事，有人鬧事就送管訓！還有，柯老師那邊也找了人。所以，我看𤆬有代誌啦。」

那天下午七點，我到達現場時幾乎擠不進去。演講台就搭在中正路海洋學院的門口，左邊是祥豐街，右邊是通往南仔寮的北寧路，正中央是中正路，從前面的中正路右轉就是和平島了。正濱漁港就在中正路邊，左轉就是漁會和漁市場了。

楊美君正在演講台上唱〈補破網〉，她邀請台下的民眾跟她一齊唱。詹徹以旁白的方式，感性詮釋〈補破網〉的意義。

「台灣就是咱們的漁網，也是咱們的希望。這個網現在雖然被國民黨弄破了，但是，我們不能放棄，因為放棄，咱就沒希望了。無論如何，咱們都要努力來補破網。……」

接著，她又唱那首節奏輕快、充滿快樂的〈丟丟銅仔〉。

「來啊，大家一起唱，一起唱！」她大聲向台下的群眾邀請，帶頭以嘹亮輕快的聲音唱：

火車行到伊都，阿末伊都丟，噯唷磅空內，
磅空的水伊都，丟丟銅仔伊都，阿末伊都，
丟仔伊都滴落來，……

全場立刻充滿了歡樂的歌聲，還有和著音樂節拍的掌聲。

「火車行到伊都，噯唷！」美君突然慘叫了一聲，用手抱住額頭，人跟著蹲到地上，一塊石頭突然又飛到講台上打到後面的布幕，發出「叭！」的一聲悶響。

「有人丟石頭，有人攻擊……」詹徹拿著麥克風大聲叫嚷，「在那裡，那個穿著黃色夾克的少年，那個，還有旁邊那個，穿黑色夾克那個，尹用石頭攻擊，捉起來！捉起來！……」

「幹你娘，打！打！……」旁邊的民眾立刻一擁而上，台下立刻亂成一團。我跳上講台，黑常緊跟著要把我拉下去，「宏舅仔，這種事，你勱出面……」

「不行，只有我才能制止，……」我把詹徹的麥克風搶到手裡，美君已經被扶到台下了。

「各位鄉親父老兄弟姊妹，我是陳宏，請各位安靜，安靜！」我用國台語雙聲帶大聲說：「不可以打人，不可以打人！請大家停手，聽我講幾句話！」

這時，我看到高明正帶著兩個穿制服戴警帽的警察努力擠進那兩個年輕人被圍打的地方。

「現在，警察來了，我們把這兩個少年的交給警察處理。我們的總幹事高明正先生會保護這兩個少年人，他們還不懂事，受人煽動，我們就原諒尹，就像原諒自己的子弟。」我看見那兩個警察帶著那兩個年輕人走出人群，坐上警車。現場又恢復原有的秩序了。

「美君傷得很嚴重嗎？有送去醫治嗎？」我刻意回頭向後面大聲問。

「楊美君，一個淡江外文系剛畢業的，外省女孩，開朗、活潑、美麗，又很會唱歌的女孩。伊為著幫我助選，放棄在台視主持節目的機會。她剛才帶我們唱〈補破網〉、唱〈丟丟銅仔〉，好聽嗎？」

「好聽啦！」

「大家唱得歡喜嗎？」

「歡喜啦！」

「很好，大家都唱得好聽又歡喜！選舉就是應該這樣，大家歡歡喜喜，好像迎媽祖，大家要用充滿歡喜、誠懇的心，替國家替人民選出有品德又有才情的人來替咱們服務，你們講對不對？」

「對啦！對啦！」

「這個所在是咱們基隆最高的教育機關，國立海洋學院。有一間國立的大學設在咱們基隆，咱們感覺很光榮，很歡喜，很驕傲！但是，……我今晚很失望。剛才的場面大家都有看到，誰用石頭攻擊美麗溫柔的、正在唱歌的楊美君小姐呢？是誰用石頭打她呢？是咱們基隆最高學府國立海洋學院的大學生！為什麼用暴力攻擊她？為什麼用石頭打她？她犯了什麼錯嗎？……只因為她替我陳宏助選嗎？請問，替我陳宏助選有罪嗎？——其實，大家都知道，他們要用暴力對付的人是我！但是，我要請問，你們為什麼要用暴力對付我？攻擊我？你們讀過我的書嗎？讀過我寫的文章嗎？聽過我的演講嗎？如果你真的讀過、聽過，而與我有不同的意見，我現在請你上台，我願意和你公開辯論。如果你沒聽過我演講、也沒讀過我寫的文章，卻到這裡用這麼粗暴的、野蠻的方式攻擊我，我替你感到悲哀，替你感到羞恥！你把書都讀到背上去了。你怎麼對得起你的父母？怎麼對得起你的老師？怎麼對得起基隆這個最高的學府？」

「都是教官叫尹來的啦！剛才我有看到教官帶隊啦！」台下突然有人這樣大聲叫嚷。

「教官帶隊來的嗎？這位教官，請問你在哪裡？你願意站出來嗎？像個男子漢那樣，對你做的事情負責！」我放眼台下，把四周掃視了一遍。突然，在演講台右邊稍遠的地方好像發生了一點騷動。

「教官在這裡！教官在這裡！」那邊有人大聲喊著，好像還有一些拉扯的動作。

「這位教官，請你上台跟大家說明一下好嗎？為什麼帶學生來攻擊我？……」

「伊跑了，伊跑走了！」

「好，他跑走就算了，」我以沉重的心情和語氣繼續說，「這就是咱們的教育悲哀的地方。咱們的子弟，讀到大學了，是非對錯還分不清，還沒有獨立思考、獨立判斷的能力，教官講啥就信啥，這樣的大學生，將來能替國家社會貢獻什麼呢？……」我足足講了幾十分鐘，竟然意猶未盡，而在場的民眾竟然也都專注地聽著，沒有一點移動。最後是詹徹走到身邊來提醒我，「美君從醫院回來了，她說她還要上台。」

「太好了！」我大聲說：「各位好朋友，剛才被石頭打傷的楊美君小姐去醫院敷了藥後，又回到現場了。我們以熱烈的掌聲歡迎她再度上台好不好？……」

美君右手提了吉他，額上貼了一塊白色的紗布，微笑著走上講台了。我走過去牽起她的左手，高高舉起。台下的掌聲、叫好聲、吶喊聲、口哨聲、鞭炮聲，匯聚成一股熱烈的洶湧的巨浪湧上講台，幾乎要把她擎舉起來了。

「各位好朋友，剛才那首〈丟丟銅仔〉，我們還沒唱完，我們一起再來唱一遍好嗎？」

「好！好！」

「楊美君萬歲！」

「楊美君讚啦！」

「火車行到伊都，來，大家一面用手打拍子，一面大聲唱，快樂地唱，——火車行到伊都，阿嗎伊都丟，噯唷磅空內，……」

全場立刻又充滿了歡樂的歌聲和輕快的打拍子的掌聲。從這空曠的、已漸漸夜了的海洋學院前的廣場，向四處的馬路、屋宇傳去，向高遠無邊的空中、向廣闊無際的海洋，漸漸擴散、擴散，……使人心充滿了溫暖和歡樂，也充滿了光明和希望。

火車行到伊都，阿末伊都丟，噯唷磅空內，
磅空的水伊都，丟丟銅仔伊都，阿末伊都，
丟仔伊都滴落來……

第二十章

那晚，大家都很興奮。終於圓滿地把一場危機化解掉了。

但是，在總部的半樓會議室，大家繼續興高采烈談著在會場裡各自的見聞時，黑常卻說，「好家在（幸虧）哦，那個豎仔馬沙和伊的兄弟沒來現場，尹若來，我看事情就沒這麼簡單了。」

「這都過去了，沒事就好。」柯水源笑著說。

「對喔，那個豎仔馬沙後來怎麼沒來？」吳世傑說，「在現場，我們三個人黑常、春陽和我，還有七八個南仔寮的鄉親，一直在注意，只要發現馬沙和他的人，我們就要圍過去攔阻了……」

「是啊，那個馬沙怎麼會沒來？」我望著柯老師說。

「怕你擔心，所以事前沒告訴你，也沒告訴大家。」柯水源笑著說，「這要感謝邱大哥，是伊幫忙解決的。」

「這個邱大哥怎麼有這個本事？不簡單啊！」李再生佩服地說。

「邱大哥今天一早就來基隆了，親自去漁市場找跛腳生仔。當年國民黨利用一清專案，捉了很多地方角頭和幫派兄弟們去管訓，邱大哥和跛腳生仔在管訓隊，整整三年都在同一隊，有很深的革命情感。」柯水源說，「那個豎仔馬沙就是跛腳生仔手下的人。老大一句話，下面的人還敢作怪嗎？」

「邱大哥既到基隆，至少也該讓我請他吃一頓飯，盡點地主之誼。」我說，「上次募款餐會，他也幫了大忙，到現在還沒謝他呢。」

柯水源笑笑地說，「我也這樣講。但是，伊講，你現在全心選舉最重要，吃飯的事，以後機會還很多。」

「這位邱大哥是位英雄人物，值得敬佩。」李再生說，「柯老師，有機會要請你替我介紹一下啊。」

「阿傑仔，你剛才說，南仔寮的鄉親也跟你在現場攔阻黑道的馬沙嗎？」我問吳世傑，眼睛卻朝黑常和詹春陽望去，「南仔寮的鄉親也敢和黑道的車拚了嗎？尹都是老實的討海人，……」

「你不知喔，咱們南仔寮由大蟬叔仔、阿鐵仔帶頭，連傢俬（武器）都帶出來了。尹還嗆聲，黑道有多凶？有理走遍天下，無理寸步難行啦，伊娘哩，只有尹黑道敢刣人嗎？試看嘜啊，南仔寮人是給人家吃假的嗎？騙痟的……」

「我欠大家的情太多了！」我說。

十二月十六日上午，我們拜訪完早起會後，就到西岸六號碼頭的菜市場。這個菜市場很小，在大約只有二十公尺長的巷子裡，兩邊各擺了七八個攤位，賣肉的、賣魚的、賣水果的、賣菜的，倒也一應俱全。我伸手和右邊第一攤的胖胖的老闆握手，他立刻向裡面的攤販大聲說，「喂！陳宏來了啦，來和大家握手啦！」他咧嘴大聲笑著對我說，「自從聽了你在流籠頭仔那場演講，阮這些人都變成你的死忠助選員了。這幾天大家都在問，聽說陳宏跟伊的太太都有去拜訪菜市場，怎麼還沒來咱們這裡啊？」

「多謝啦！多謝你們的愛護。」我說。

我一攤一攤握過去，包括那些在買菜的人，我也一個都沒放過。

「邱太太，這個就是陳宏啦，南仔寮討海人的子弟，做人真好，你看，對阮賣魚的，伊也不嫌我手髒，也這樣跟我握手，足感心的，拜託要投伊一票喔！」賣魚那個攤仔的老闆娘熱心地向買魚的人說。

「你寫的文章我都有在看，一定支持你啦！」賣水果的還拿了兩個蘋果往我身上塞。

「老闆，你支持我，替我拉票，我就很感謝了！這水果我不能拿，」我向那老闆鞠躬致謝，「多謝啦！真多謝！」我說。

「阮這裡是六號碼頭，有很多外省仔，尹很團結，不過都是國民黨的。」那個賣肉的老闆說。

「團結？團結啥？有錢就團結啦！」另一攤也賣肉的，年紀稍輕，留平頭，身材很壯實，橫著眼不屑地說，「像那些閩南仔團的組長，不是都拿了名冊去向候選人賣票嗎？這，大家都嘛知道！外行的候選人給了錢，還拿不到票哩。」

「怎麼會這樣？」

「一個查某囝要嫁好幾個女婿！這裡拿，那裡也拿，行情壞的就做冤大頭呀……」

「哈！這位大哥講的都是事實，前幾天就有一個拿了名冊來阮總部，講是閩南仔團第幾組的，我已忘記了。講伊有四百多票，一票要賣阮兩百元。我講，陳宏沒錢啦，買不起。我叫伊去找國民黨，國民黨有錢。」李通達笑著說。

「宏哥仔，宏哥仔，」那個跟在我身邊幫忙發傳單的南仔寮的少年，突然拉拉我的衣袖，指指巷仔口說，「總幹事找你。」

「什麼事啊？」我踅回巷仔口，只見明正仙兩腿還跨在機車上，機車也沒熄火，引擎還在「噗噗噗」地響。

「所有的人都立刻回總部，」明正仙面無表情，催促大家上宣傳車，「宣傳車也要停止廣播。」他說。

「發生什麼事了？」

「莊安祥委員親自打電話來說，蔣經國已發布緊急命令停止選舉。」明正仙說，「先回總部再說。候選人要馬上去台北開會。」

「有這種事？」我驚疑地說，「有問過其他人嗎？天來仙、順興仙、或是黃天順、徐海濤，他們怎麼說？」

「我還沒問。接到老莊的電話就騎車出來找你了。」

「各位頭家，多謝啦！多謝你們的愛護，」我又踅回巷仔裡，向菜市場裡的攤販和買菜的人深深一鞠躬。

「怎樣？要走了嗎？」

「是啦，有緊急的代誌要處理。」我向他們揮揮手，大聲說，「要幫忙拉票哦！」

「安啦！安啦！你放心！」

我們經過火車站，已聽見李元欽的宣傳車在播放那首〈梅花〉，李元欽站在宣傳車上拿著麥克風大聲說，「蔣總統經國先生已經下令停止一切選舉活動了，因為美國卡特政府已宣布在明年一月一日，也就是下一個月，就要和中共建交，要和我們中華民國斷交了。國家已進入危急狀態，所以，我們遵守總統命令，停止一切選舉活動，……」

「他們的手腳很快啊！」我說。

「幹，他們國民黨自己有內線，當然快啦！」李通達說，「但是，停止選舉對咱們不利，時間金錢都開了，聲勢又這麼好，突然喊一聲停就停了。明明是國民黨怕輸，才藉這個機會喊停！……奧步啊！幹！」

回到競選總部，陳天祥、胡飛鴻、李再生和詹徹都在。柯水源和吳世傑和平常一樣，早上都坐同一台車從台北來基隆。他們還帶來一大包早晨臨時快速影印的，今天《台灣時報》所寫的關於海洋學院門口那場演講會的報導。胡飛鴻已經把它貼在外面大字報的民主牆上，已有很多人在閱覽了。

不久，黑常和曹素貞幾個陪淑貞一起去掃街拜票的人也都回來了，還有張文龍教授夫婦。龍哥本來是上午要陪淑貞去七堵掃街，傍晚再回他大哥家和親戚們聚餐，順便替我拉票。

高明正就在樓下大廳把所有的人都召集在一起，正式宣布，「剛剛，莊安祥委員親自打電話來說，因為美國政府已通知中華民國政府，明年元月一日要和中華人民共和國建交，並且也要和台灣斷交。蔣經國總統根據憲法發布緊急命令，說國家安全已進入緊急狀態，所以宣布停止一切選舉活動。」高明正面無表情地說，「候選人現在要立刻去台北參加全國黨外助選團的會議。現在請天祥寫兩張大海報，貼在民主牆上和總部門口。……」

「幹！這根本就是國民黨的奧步，美國會和中共建交，報紙上已經講那麼久了，也沒看國民黨在緊張，現在才說國家安全很危險，」吳世傑露出他慣有的笑容，譏諷地說，「我看，蔣經國今年五月才當選總統，這次選舉，黨外助選團提名的人若都當選了，就會影響伊的聲望，伊輸不起啦！」

「我也是這樣認為，」李通達有點得意地表示同感，「你看人家以色列和阿拉伯國家在打仗，殺得流血流滴，人家的國會改選在戰爭中也如期舉行，並未改期。美國和中共建交對台灣安全的影響，有比以色列對阿拉伯國家的戰爭更嚴重嗎？騙痟的！」

「龍哥，你有什麼看法？」

「很意外，我也沒想到會這樣。」龍哥表情嚴肅地說，「美國為了從越南戰場撤退，也為了抵制蘇聯，必須拉攏中共，這已經是好幾年來美國學界和政界很多人的共同主張。美國雖然因為自己的利益必須與中共建交，但美國與中華民國還有共同防禦條約，美國還是有義務要保護台灣，而且，這也是對美國有利的。因此，台灣的安全應該沒有問題。我同意世傑仔和阿達仔的看法，蔣經國是怕這次選舉若被黨外贏了，國民黨利用《戡亂時期臨時條款》凍結憲法，實施超過三十年的戒嚴、國會三十年不改選等等，這些國民黨統治台灣的手段的正當性、合法性、合理性都會受到國內外嚴格質疑和挑戰。所以，乾脆就停止一切選舉活動了。」

「文龍講的有道理，到底是有讀書的人，條理分明，切中要害。」高明正說，但是臉上還是沒有一點表情。

「天祥和飛鴻，你們有什麼看法？」

陳天祥聳聳肩膀，苦笑地說，「有看法也沒用了。總統有這個權作緊急處分，他說國家安全已進入危急狀態，我們能說不同意嗎？不遵守嗎？你不遵守，國民黨就可以捉你關你。……我只好回學校，趕快把論文寫完，趕快畢業去找工作養家了。」

「哈哈，我已經辦理休學一年了，說不定兩三個月選舉就恢復了也說不定。」胡飛鴻望了一下曹素貞，笑著說，「只要基隆有地方住，我還會留下來。」

「找地方住還不簡單嗎？你如果不嫌棄，就住到我家，免房租，我還包你三餐，沒問題。」黑常笑著說。

這時，辦公室電話突然響了。黑常搶先抓起電話「喂！」了一聲。「明正仙，助選團打來的電話，你來聽。」他說。

「我是高明正，你是，……好！知道！……你看選舉會停多久？……是，知道！……多謝！多謝！」高明正掛了電話，說，「候選人不必急著去台北了，要等各縣市候選人都到齊了才開會。從南部上來的也要下午了。所以……」

「你剛才問說，選舉會停多久？總部怎麼說？」黑常問。

「沒人知道。」高明正說，「只有蔣經國一個人知道，伊講停多久就停多久。」

「伊娘哩，這不是獨裁嗎？」李再生憤憤地說。
「哈哈，國民黨的政府本來就是獨裁政府，你現在才知道啊？」黑常說，「宏舅仔就是為了打倒獨裁才要參選呀，咱們也是因為這樣才會跳下來替宏舅仔助選啊。」
「伊娘哩，拚死拚活，以為會當選了，現在，獨裁者喊停就停，幹破伊娘哩！」李再生握拳捶著手掌，憤憤地說。
「明正仙，接下去，你看要怎麼……？」
「等你去台北開完會再說吧。這裡請黑常和飛鴻暫時留守，其他人要回家的就回家，要留在這裡泡茶聊天也可以，」高明正說，「一定還會有人來聊天泡茶，所以，辦公室的鐵捲門只能關一半。」
明正仙交代完就走了，但人還沒走出大門，又立刻回頭，「晚上十點，台北的會應該開完了，你們能來的就盡量來，我們再來討論下一步要怎麼做。」他說，「黑常，這段時間，辦公室的安全很重要，要小心，不能讓人在辦公室做手腳。」
「是，我跟牛頭都會很小心。」黑常說。
「欸！好吧，」一直沉默不語的詹徹終於咧嘴笑了笑說，「如果真的停止選舉，我就回台東了。退伍到今天還沒回家，阮爸仔跟母仔會念死！」
「明正仙很失望的樣子，由頭到尾，沒一點笑容。」李通達說。
「誰不失望？已經拚死拚活這麼久了，聲勢這麼好，聽說是番王仙以後，氣勢最好的一次，連周的去年當選省議員都沒這樣的氣勢。伊娘哩，哪有講停就停的？這明明是國民黨的小人步數，莫怪明正仙失望，連我嘛，伊娘哩！……」李再生又一手握拳捶著另一隻手掌，破口大罵。

「勢緊啦，已經碰到了，又能怎樣呢？大家辛苦很久了，趁這機會休息一下也好。黑常，現在就麻煩你送舅媽回木柵啦，」我轉頭向淑貞說，「我大概還有幾天要忙，暫時還不能回家，媽媽和孩子就麻煩妳了。天祥也要回政大吧？剛好順路。黑常，這事辦完，你還要回辦公室留守。」

「留守有飛鴻和素貞就可以了，我叫牛頭在樓下替你們當守衛，沒問題啦！」黑常笑嘻嘻地朝胡飛鴻做了個怪臉，哈哈笑著對李再生說，「牛頭，你是有聽到無？」

「是，遵命！我在樓下替尹做守衛仔，沒問題。」

「黑常，你，你講什麼啦？討厭！」曹素貞紅著臉，尷尬地，竟向我討救兵了，「表舅，這黑常，你看嘛！……」她橫了黑常一眼，「改天，找你算帳！……」她細聲地說。

「好啦，好啦！沒事！沒事！」胡飛鴻笑著說，「黑常不要老是欺負女生好不好？她好歹也是你表妹！」

「開開玩笑，別心疼了！我這個表妹，誰敢欺負她？」

「龍嫂，請幫我聯絡黎明好嗎？我回台北開會前要先去找她，還有，」我向柯水源說，「我去黨外總部開會前，最好也能和黃宗德教授見個面。」

「好，宗德兄我去聯絡。也請他去《夏潮》嗎？」

「都在《夏潮》集合吧，」我說，「等一下，我也坐你的車回台北。」

從南仔寮來競選總部幫忙燒飯煮菜的阿姨大嫂們，今天也照常來了，還帶了一大袋的魚、肉、蔬菜。我牽著淑貞的手去廚房和她們打招呼，向她們鞠躬致謝，一大夥人也跟著來到廚房。

「這些天，妳們很辛苦，非常多謝妳們！現在已經停止選舉了……」我話還沒說完，淑貞突然搶著說，

「政府雖然宣布停止選舉了，但今天我們還是要吃飯，我來和阿姨大嫂一起做菜。」淑貞笑著對大家說，「今天我也下廚燒兩道菜請大家嚐嚐。你們替阿宏這麼勞心勞力，我都沒謝你們。」

「讚啦！我聽宏哥講過，嫂仔的手藝很不錯，」詹徹露齒笑著說，「辛苦這麼多天了，享受一點口福也是應該的。」

「表舅媽，等一下我也來廚房幫妳。」曹素貞開心地說。

「阿宏，你們剛才講什麼啦？阮都聽嘸。」罔市阿姨疑惑地望著我問，「什麼停止選舉？是勦選了嗎？但是，為啥勦選了呢？」

「阿姨，這，等下再跟妳講。」我說，「咱們這些人，現在來跟妳們多謝！這段時間，每天都吃妳們煮的好吃的菜，實在很感謝！」

「是啦！歐巴桑，阮大家都感謝妳們！讓妳們很辛苦啦！」柯水源帶頭向她們鞠躬致謝。

「多謝啦！」

「感謝啦！」

「三八！咱們是自己人，多謝啥？」旺盛嬸說。

「天祥，我們吃過午飯再回木柵，沒問題吧？」淑貞微笑地問陳天祥。

「嫂仔這麼貼心，實在太難得了！」天祥笑著說，「我們客家女子到底不一樣。」

「你也是客家人？」

「我是啊，還有飛鴻，我們都是。」

「好，今天我就來做兩樣客家菜讓大家嚐嚐。一個梅花扣肉，一個客家小炒。如果沒材料，飛鴻，你就帶著素貞去買回來。」淑貞笑嘻嘻地悄聲向素貞說，「表舅媽是過來人，飛鴻和妳是才子佳人，很配對的，包在我跟妳表舅身上。」

「舅媽！……」素貞急得紅了臉，怕別人聽到似地，壓抑地叫了一聲。

「陳宏，黎明聯絡到了，她說下午三點在《夏潮》雜誌社等你。」龍嫂大聲說。

「等一下我載去你去《夏潮》好了，我也想聽聽他們的意見，」龍哥說，「等你去助選團開會時，我們再回七堵都還來得及。我大哥一定很關心，一定也很想知道一些事情。」

「最好，最好！龍哥講的正是我心裡想的。黎明一定會找一些人去《夏潮》辦公室討論。」龍嫂說。

「好，那就這樣了。我和世傑仔先回去台北了。」柯水源說。

「你那麼急幹嗎？一起吃了午飯再走呀。」我說。

「我看，全台北，全台灣一定都天下大亂了，我哪有心情吃飯？我們回台北聯絡事情比較方便。」柯水源說，「我會打電話去《夏潮》和你聯絡，順興仙在台中也不知如何了。」

「喂喂，宏哥仔，怎麼停止選舉了呢？這是怎麼回事呀？」報關行的郭仔帶著幾個朋友，一進門就大聲嚷嚷了。這段時間，郭仔帶著我，幾乎跑遍了基隆所有的報關行。每場演講會放的鞭炮、衝天炮，也都是郭仔出面去向報關界的同行弟兄們募款，並找人在現場施放製造出來的效果，又熱鬧又有震撼力。「這次基隆報關的朋友支持黨外，比周的選省議員時更熱烈。」這樣的傳聞竟都傳到台北去了。

「郭仔，各位報關的大哥，來坐，來坐！」李通達熱絡地迎上去，大聲和他們招呼著。

「李元欽的宣傳車四處飛，那條〈梅花梅花我愛妳〉，都唱得要翻了。說要停止選舉了，是真的抑是假的？」

「是真的！」飛鴻沉靜地說。黑常在旁邊忙著泡茶。天祥把兩張寫好的紅色海報提在手上，從半樓走到大廳。郭仔熱心地迎上去，接了一張，歪著頭大聲念海報上的字。

奉總統令，即刻停止一切選舉活動！
誠懇感謝大家熱心支持和配合！

「黑常，我們的宣傳車也要貼上海報，到各區轉一圈。」我邊說，邊迎向郭仔他們，還有一些熱心的市民也紛紛進來打聽消息。我逐一和他們握手，表達謝意。

「哪有選舉選一半，只剩不到一個禮拜就要投票了，竟然喊停就停？幹！由出生到現在，還沒遇過！」

「國民黨這個賊仔黨，要輸了就喊停，幹破尹娘哩！」

人們確知停止選舉是真的之後，都悻悻然，憤憤然，咒罵幹譙地離開了。也有人不死心，仍然樂觀地鼓勵著：

「伊能停多久？一個月？兩個月？伊還是要選啊，不然，怎麼向百姓交代？向全世界交代？勠緊，恢復選舉再跟伊拚！咱們一樣支持你！」

「對啦！對啦！繼續加油就對了啦！」

「繼續加油啊！」

吃過午飯，龍哥的車立刻直奔台北《夏潮》雜誌社。一上車，我竟然立刻就呼呼大睡了。到了《夏潮》辦公室，還是龍嫂把我叫醒的。

「怎麼就睡得這麼死呢？」我有點尷尬地揉了揉眼睛說。

「選舉太累了，突然一放鬆，保證你回家會繼續睡三天三夜。」龍嫂笑著說。

一進門，大廳裡已經坐了好幾個人了，有吳福成、吳世傑、詹徹、葉香、楊美君，還有好幾個我叫不出名字的年輕人，想必是徐海濤競選總部助選的大學生吧？

「咦，詹徹，你是怎麼來的？剛剛吃飯就沒看到你，原來先溜來台北了。」龍嫂指著詹徹笑著說。

「我坐人家便車來的。」詹徹嘻皮笑臉地說。

「他一聽說停止選舉，立刻就飛來和葉香約會了。」楊美君笑著說。

「哈哈哈，我看這場選舉還沒結束，我們就有兩對少年人的愛情要先開花結果了。」我拍手大笑。

「除了詹徹和葉香，還有另一對呢？」吳福成問。

「胡飛鴻和宏哥的表姪女曹素貞，」吳世傑又露出他慣有的笑容，露出一排整齊的牙齒，嘿嘿地笑著，「那個曹素貞可漂亮呢！」他說。

我逕直走向總編輯辦公室，把門拉開，立刻聞到一股濃濃的菸味。黎明坐在她的辦公椅裡，手上夾著的紙菸還在燒著，孫志豪和石永真坐在長沙發上，兩個人也都抽著菸，徐海濤坐在黎明對面的單人沙發上。

「好啦，陳宏和龍哥都到了，剛好三點，哈哈，」黎明笑著望張文龍說，「你這個搞物理的，就是這麼準時。」

等大家都到大廳會議桌前坐定位了，大門突然又被拉開了。柯水源後面還跟著習慣在頭上戴著帽子的黃宗德。

「歡迎，歡迎！」黎明熱心地迎上去，和黃宗德熱烈地握手，「你第一次來《夏潮》吧？」

「辦公室是第一次來，但雜誌每期都有看。」黃宗德笑笑地說。客氣地坐在靠門口邊最後一排。

大家的關心和想法都差不多，都想不透，國民黨為什麼突然宣布停止選舉了？真正的原因是什麼？選舉會停多久？國民黨會利用所謂的國家安全進入緊急狀態而宣布軍事統治嗎？會全面逮捕異議人士嗎？言論自由會更緊嗎？……

「這次國民黨這樣搞，真的很意外，完全沒想到。」徐海濤說，「但國民黨想採取軍事統治，或全面逮捕異議人士，都是不可能的！因為國內外情勢都不容許他這樣亂搞了。坦白說，國民黨也還不必採取這種劇烈手段，因為情勢都還緊緊地在小蔣掌控中，他何必破壞自己的形象？」

「海濤這說法是持平之論，我同意！但言論自由他一定會緊縮，現在最好是萬眾一心，一致對外，所以那些政論時論的雜誌一定會禁，……」孫志豪說。

在《夏潮》的會議其實也沒談到什麼實質的問題。有點像閒聊。

「等六點在黨外助選團開完會再說吧！」徐海濤說。

後來我才聽說，原來《夏潮》的朋友們認為黃宗德很「台獨」，他為什麼會在《夏潮》出現？他們覺得很意外。所以，石永真、孫志豪和徐海濤就故意閒扯亂談了。後來還聽說，他們為了這件事還怪罪我和黎明。

「這些人是不是有點頭殼燒透了？」我說。

而下午六點在黨外助選團總部開的會議，竟然也零零落落。這個會是老莊召集的，但黃天來和黃天順兄弟沒來，大部分的候選人也多沒來。而助選團成員都是黨外省議員和縣市長，他卻沒邀請。老莊看到現場冷冷落落，他心裡大概也不是滋味，便把他在電話中說過的話又說了一遍，「大家要小心一點，國民黨說不定會挖個坑讓我們跳。咱們沒刀沒槍，也沒媒體沒法律，所以，千萬不可輕舉妄動。現在，保存實力最重要，底時會恢復選舉？沒人知道，但是，咱們要先作好準備，隨時等伊！……」他以低沉的、已經很沙啞的聲音，苦口婆心提醒大家。「等一下出去，可能就有人會跟蹤你們了，覅睬伊……」

我坐了吳世傑開的水源出版社那輛小發財車離開黨外助選團總部，一上車，我又覺得昏昏欲睡了。

「奇怪，我怎麼會這樣？覺得全身沒力、沒勁，上車就想睡覺。」我說。

「剛剛好像有一輛摩托車跟在後面，」吳世傑望著頭上的後視鏡，笑笑地說，「看起來是在跟蹤我們，但現在我們已經上高速公路，就沒再跟了。」

「真的嗎？」我回頭望了望車後面，許多車跟在後面，卻沒有機車。機車不准上高速公路。回到基隆才八點多而已。高明正還沒到，李通達、李再生兩兄弟，黑常、胡飛鴻、曹素貞、詹春陽，還有報關行的郭仔、南仔寮的杜世漢、外號大蟬的林溪圳和幾個鄉親。

「阿宏由台北回來了，」杜世漢站起來，笑笑地關心地問：「台北那邊怎麼講？哪有講停選就停選的？又不是囝仔在玩……」

「這麼晚了你們也來？」我帶著歉意和不安，向杜世漢和南仔寮的鄉親打招呼，「讓你們這麼勞煩操心，真歹勢！」我說。

「阿宏你免客氣，大家關心你，就是關心咱們南仔寮的未來。」大蟬只穿了一件短袖襯衫，外面加了一件短袖外套，露出結實的臂膀，笑笑地大聲說。

「但是這，很沒意思啊！哪有選到一半，突然喊停就停呢？全世界沒有這樣的啦，」南仔寮的鄉親黃崇鐵說，「這次，我們黃家總動員，所有在基隆的親戚朋友都找出來了，每一場演講也都出來聽了，大家都以為穩妥當的了，當選沒問題啦！哪知道，幹破伊娘哩，國民黨這種賊仔黨，看要選輸了就喊停，實在太沒道理了！」

「政府是伊的，伊要喊停，咱們也沒法度啦，」報關行的郭仔冷靜地說，「等恢復選舉再跟伊拚！勁緊！」

「對啦，對啦，恢復選舉再跟伊拚！」南仔寮的鄉親也附和地說，「不然要哭死賴伊嗎？……」

「明正仙來了！」李通達突然大聲說。

「阿宏回來了，台北那邊怎麼說？」高明正一進門就迫不及待地問。

我站起來迎向他，「沒幾個人到，」我說，「莊委員提醒大家，不要中了國民黨的圈套，不要輕舉妄動，伊講，現在咱們要保存實力最重要。但是，何時才會恢復選舉？伊也不知道。但伊講，伊會在立法院質詢這件事。」

「啊，對啦！老莊是現在的立法委員，停止選舉伊還能繼續做立委，算是被伊賺到了啦！」郭仔咧嘴笑著說，「立法院有伊這支香火，還好保住了。」

「如果這樣，你有什麼打算？」明正仙望著我問。

「欸！」我吐了一口氣，說，「我看恢復選舉不是三天兩天或兩三個月的事，蔣經國老謀深算，如果恢復選舉還是讓黨外贏了，他寧可不恢復，因為這會影響國民黨政權的正當性、合理性和合法性。所以，老莊講得對，國民黨一定會設法挖一個坑引誘黨外跳下去，把你們這些人消滅了再來恢復選舉。」

「阿宏，你講的有道理。我完全同意你的看法。」高明正說，「那，你有什麼打算？」

「這個房子本來就只租到投票完的這個月底，請阿達仔處理。宣傳車租金、廣告看板、選舉旗幟等等，該付的錢，一毛錢都不能欠，一定要清清楚楚。這事情黑常和柯老師處理。錢不夠就找鄭黎明。」我說。

「那你自己呢？你自己有何打算？」

「我還沒時間，也沒心情想我自己的事。停止選舉實在太突然了，……」我聳聳肩膀，有點無奈地說，「本來目標很清楚，就是全心全力拚到當選。現在，目標不見了，坦白講，我有點茫然，往下，我要做什麼？我也還沒想過。」

「這樣，我就給你一個建議，」高明正說，「這次選舉不恢復也沒關係，國大代表本來就沒什麼用。但是，我希望你繼續在基隆經營基層，下次跟伊拚市長！」

「好！宏哥仔拚市長，我舉雙手贊成！」報關行的郭仔大聲說，顯得很興奮。

「對啦，就是要這樣，」黑常激動地說，「跟伊拚市長啦！」

之後，我又在基隆繼續待了幾天，每晚睡在辦公室半樓的房間裡，都有人來聊天泡茶，甚至喝酒，常到三更半夜。每天也睡到快近中午了才起床。同樣的話都講了七八次了。黑常說，這就是明正仙所講的經營基層，跟大家搏感情。但是，坦白講，我實在有些不耐煩了。這樣的生活，我受不了。

「表舅，你的電話。」曹素貞在房門口敲門，大聲說。我起床，還有點昏頭轉向，昨晚和幾個報關行的，還有漁市場裝卸工會的朋友，在辦公室喝酒喝太多了。

「喂，我是陳宏，哪一位呀？」我說。

「你這個傢伙，停止選舉第三天了，一直沒看到你的人影，你是怎麼回事？淑貞很賢慧，都不跟你計較，我……」是黎明的聲音。

「怎麼嗎？我在基隆又不是在遊山玩水，每天陪那些支持者喝茶聊天、喝酒划拳，我是在經營基層吔，」我對電話大聲說，「但是，這種日子，我快受不了啦，要發瘋了！」

「那你趕快回台北，人家林正義、羅智信、孟學文、黃天來，還有謝明福，幾乎每天都在商討，接下去要做什麼，就沒有看見你！你快被排擠出局了。」黎明說。

那天傍晚，我回台北去《夏潮》雜誌社，黎明見到我立刻就說，「看起來老莊是要跟黨外助選團說再見了。」她把辦公室的門關了，把背後的窗子打開，坐到辦公椅裡，又拿起桌上的菸盒，拿了一根菸點燃了。她頭髮蓬蓬鬆鬆的，有點雜亂，臉上未施脂粉，卻仍然顯得白皙透紅，但嘴脣有點乾燥。上身穿著緊身紅色毛衣，胸部顯得很突出。

「黨外要分裂了嗎？」我吃驚地問，「老莊為什麼要離開？有哪些人跟隨他？」

「其實，老莊說要保存實力也沒錯，問題是怎樣做才能保存實力？老莊說不要輕舉妄動，不要給國民黨製造全面捕殺的機會，暫時就安安靜靜，靜觀其變。但是謝明福以他長期坐政治牢的經驗，林正義也以長期在國民黨中央黨部任職對國民黨的了解，他們都認為黨外如果沒動作，安安靜靜，國民黨就會得寸進尺，肆無忌憚地去炮製假案，來羅織消滅黨外。林正義和謝明福的意見得到黃天來、羅智信和孟學文的支持。他們共同決定，過幾天，十二月二十五日行憲紀念日，要在國賓飯店十二樓舉行一場黨外人士國是會議。但老莊拒絕參加。他還好意勸大家，不要在這時去挑戰國民黨的禁忌。他說，他準備去辦雜誌培養人才、喚醒民眾，替民主運動蓄集力量。」

「這，沒有衝突呀，可以同時進行，難道不成嗎？」

「徐老師和羅智信也認為可以同時進行，並不衝突。但老莊拒絕參加黨外人士的國是會議。」黎明說，「停選的第二天，也是由黃天來、羅智信他們共同擬定了一份〈社會人士對近期選舉的聲明〉，要求國民黨政府儘速恢復選舉活動，不能藉機實施軍事統治，莊安祥就不肯簽名了。他和王木川另外發表一份〈莊安祥、王木川告同胞書〉，有些人就批評老莊太自私，缺乏團隊精神。因為停止選舉他還可以繼續當立法委員，對他最有利。這次他又拒絕『黨外人士國是會議』，不是很明白地表示，他要與黨外助選團說再見了嗎？」

「這樣，很不好吔，……」我心裡有些沉重，老莊是我敬佩的黨外領袖級人物，口才、能力、見識均屬一流。他如脫離黨外，對整體是一大損失，對他個人也不好，這點，他應該明白才是。……難道，國民黨內有人警告他了嗎？據說，蔣經國任行政院長時，在立法院備詢，對老莊頗為欣賞，覺得老莊的質詢，態度理性，言之有物。他也和立法院那些終身不必改選的老立委建立了不錯的關係。所以，他經常可以從老立委那裡獲得一些關於小蔣和國民黨內部的一些訊息。「會不會是國民黨高層有人向他示警？……」

「這點，我不能確定。但他一向標榜溫和理性，……」

「老羅有什麼看法？」我問，「蔣經國何時才會恢復選舉？什麼情況下才會恢復選舉？」

「老羅認為，蔣經國只有在國民黨確定選得贏的情況下才會恢復選舉，如果恢復選舉後又被黨外贏了，他的政權的合理性、正當性就會被質疑，被挑戰……」

「哈哈哈，真是英雄所見啊！」我大聲說。

「老羅認為老莊的主張是坐以待斃，國民黨不會因為你不動就不抓你。反而是，你必須有大動作，他才不敢捉你。」

「順興仙和海濤、志豪、永真，尹的看法呢？」

「順興仙的女兒還在警總手裡，他有點顧忌。其他《夏潮》的朋友，大多贊成老羅的看法。」黎明說，「但《夏潮》這些朋友只能寫寫文章，動動嘴巴，真正要他們參與行動，很難啊！頂多只有徐老師和你，還有我，三幾個人而已。十二月二十五日那場黨外人士國是會議，我們三個人都參加，我已經替你報名連署了。」

「最近台北氣氛怎樣？有人跟蹤妳嗎？」

「沒有吔，」她說，「不覺得有人跟蹤。」

「海濤和志豪呢？」

「也沒聽說。怎樣？有人跟蹤你嗎？」

「在基隆很明顯，走到哪跟到哪，但一上高速公路就不跟了。」我說，「台北也許另外有人吧？」

「對了，老羅和林正義聽說有被跟蹤，還有陳翠。」黎明說，「其他人還沒聽說。」

窗外的天空已漸漸昏暗下去了，她手上的紙菸已經燒完了，她把菸蒂頭往菸灰缸裡一捺，又從紙菸盒裡抽出一支來點著，放到嘴邊緩緩吸了一口，又徐徐吐了口氣，隨即一圈白色的煙霧噴向空中。

黎明其實長得很美，鼻子挺秀，嘴唇豐滿，細長娟秀的眉毛下，兩朵眼睛水水的。背脊挺直，胸臂均豐美有致。那天在國賓飯店十二樓的民主餐會裡，稍稍修飾化妝了一下，就顯得豔光照人，讓在場的人都很驚豔了。但最近，她變得不太在意修飾，大概每天忙著雜誌社的事，籌經費、邀集稿件，再加上到處跑政治、忙選舉，才幾個月下來，突然覺得她似乎蒼老了、疲倦了很多。

「妳……，最近身體怎樣？氣喘病還犯嗎？」

「還好，我的健康沒問題，」她笑笑，吸了一口菸，「好好的，你怎麼突然問這？」

「妳菸抽太多了，每次見到妳，都看妳一根接一根抽，這樣對妳健康不好。」

「是！」她漫應著，兩眼像以前那樣，水水柔柔地望著我，「沒關係，暫時還死不了。」她輕聲說，讓我覺得一種難以言喻的寂寞和惆悵。

「《夏潮》這群朋友，我和妳是最貼近的，我很珍惜，……」

「我知道，……我也是。」她垂下眼簾，望著手指夾著的紙菸，幽幽地說，「是我鼓勵你下海參選的，你已是公眾人物，淑貞又那麼好，……」

「這是我們共同選擇的路，因此，我們也只能像現在這樣，……」

「是……，我無怨無悔，我願盡一切力量協助你，……」她抬頭望我，水水的美麗的眼睛裡似乎泛著光。

「我知道！」我把頭仰靠在沙發背上，閉起眼睛，但仍然感覺到她那雙發亮的眼睛正望著我。

「幾個月來，我心裡一直有一種不祥的預感。」我說。

「什麼預感？」

「我覺得，遲早，有一天，我一定會被國民黨捉了，或殺了！……」

「你，不要胡說！」她霍地站起來，臉色蒼白地望著我，「不准你胡思亂想！」她說。

「國民黨為了消滅黨外，一定會設計一個假案，像說黃天來、莊安祥和我，要從中國大陸和日本走私軍火和電台，要利用選舉在基隆製造暴動。這是，選舉一開始，他們就在基隆放的謠言。然後，他們就會根據這個謠言，去設計撲殺黨外的計畫，在漁船上放一些軍火，隨便找個假漁民，說我就是貨主了。」我輕輕撫弄沙發的扶手，低垂了眼簾，自言自語地，把深埋在心底的這份恐懼說了出來。

「不會！我認為不會！這是你的胡思亂想，」黎明坐到我身邊，握住我的手，「老莊是小蔣標榜的假民主的樣板，而且他後面有美國人撐腰。而黃天來是終身立委，國民黨要抓他，在國際上也很麻煩。所以，國民黨如果真要抓人，不會這樣設計。那謠言一定是小蔣手下沒大腦的人想出來的，小蔣不會同意這樣演！」她說。

「也許吧，這只是我的胡思亂想，」我說，「但這種不祥的預感，卻揮之不去，讓我有點不安。……也許，這也證明了我的軟弱吧？我其實沒有自己想像的那麼勇敢。我原來自以為可以做一個革命者。但這段時間來，我發現，我只是一個平凡的、只希望這個國家、這個社會能改變得更好的普通人吧，只希望台灣成為一個真正民主、自由、法治、人權的國家，社會有公平正義、人民能豐衣足食。……但是，我現在跳下來參選了，等於和國民黨對幹了，現在，我想躲也躲不掉了，想逃也逃不掉了！但我也不想……像老莊那樣靜觀其變、等待時機。因為，我沒有他的條件。國民黨不會動他，但不一定就不動我，所以，所以我只能走老羅的路。但那結果會怎樣呢？我也不知道。」我伸手把她肩膀抱了抱，把臉伏在她耳邊輕聲說，「有一天，如果我被國民黨捉了或殺了，請妳，……幫我照顧我的母親和妻兒好嗎？……」

「你……不要再胡思亂想了。」她突然站起來，拉著我的手，「我們去吃飯吧！」她說。

「不，我不跟妳吃飯了，我要回家。」我站起來，提起背包，「很久沒和母親和淑貞和孩子們一起晚餐了。」

「好！那你走吧！」她突然貼近我，把我緊緊地抱了抱，「但是，不准你再胡思亂想了。」她說。

那天，我回到木柵忠順街的家，就發現果然被跟蹤了。因為，在我家對面的門口坐了一個人，一看到我，立刻反射性地站起來，兩眼直直望著我。這人，我從未見過。但我裝著沒看見他。飛奔地跑上四樓的家，從陽台向下望過去，清清楚楚看見那人在講無線電話。但是，我沒把這件事告訴母親和淑貞。

第二十一章

一九七八年十二月二十五日，「黨外人士國是會議」的預定場所國賓飯店十二樓，在警備總部壓力下終於被取消了。國賓飯店以整修內部為由，寧可被罰違約金三萬，也不肯給黨外開國是會議。當天，來自台灣各地的黨外人士只好到黨外助選團總部聚集，共同簽署一份「黨外人士國是聲明」。當場，也由各地黨外人士共同推舉高雄縣已經七十二歲的前縣長余登發做黨外最高精神領袖，也推舉黃天來擔任黨外總聯絡人，負起實質的領導工作。一般行政、庶務和實際聯絡工作，由黨外助選團總幹事謝明福擔任。

余登發說，「警備總部壓迫國賓飯店不准租場所給咱們，勳緊！阮余家在高雄有一間學校高苑商工，禮堂很大，可以坐幾千人。我正式邀請大家，農曆正月初五來高苑商工，由我請客，咱們全台灣黨外人士來舉行新春團拜！」

「好啊！好啊！」「登發仙萬歲啦！」「黨外萬歲啦！」當場，大家熱烈鼓掌歡呼，歡聲雷動！

一九七九年元月二十一日，農曆將要除夕前。已經深冬的台北天空突然出現了溫暖亮麗的太陽。那天中午，我和淑貞帶了母親和兩個孩子，請老丈人到金山南路的銀翼餐廳午餐，雖然家家戶戶都在為準備過農曆新年忙碌著，但到餐廳吃飯的人還是不少。岳父生日那天，我忙著選舉，現在趁停選，趕快替老人家補過生日，也趁機帶著母親和孩子一起上館子吃一頓，以彌補選舉以來常不在家對他們的虧欠。岳母討厭我，不肯一起來，也只好由她。岳父是老國民黨、老國大代表，對政治有一定的理解和認識，頻頻問我在選舉時聽到的、見到的、遇到的和想到的一些事情和看法。

「國民黨說的是一套，做的又是另外一套，讓我很震驚！什麼民主政治、公平公正，全都是騙人的！」淑貞當著老人家的面，直率無諱地說，「為了打擊選舉對手，什麼謊言都敢講，什麼謠言都敢放。我從小受家庭影響，對國民黨的宣傳一直深信不疑，所以高中就加入國民黨了。但是，現在，我絕不再做國民黨員了。……」

「淑貞，不必再說了，」我阻止她，「爸爸是開明的人，會了解的。」

孩子們在餐廳裡跑來跑去，哥哥在前，妹妹在後。「阿嬤，哥哥壞壞，不等我！」妹妹哭著說。母親跟在後面頻頻喊著，「小心一點，慢一點，不要跌倒了。」淑貞望著母親和孩子們，站起來，大步追過去，喊著，「可親，可佩，回來！回來！」

「國民黨確實是需要改革，平時報紙也登了一些問題。前年發生中壢事件，就可以知道那裡面有許多問題了。」岳父說，「剛來台灣不久，我做過桃園縣政府教育科長，現在叫局長。在桃園，我還有一些老朋友，他們送了兩本書給我，《風雨之聲》和《當仁不讓》。當時我就覺得黨應該提名羅智信選縣長才對！結果，欸！……」岳父感慨地說，「打天下和治天下，都要以人才為本，有人才而不會用，國家就沒希望了！像你，國民黨也不會吸收，連個政治大學的教職都不肯給你，而讓你成為黨外人士，這是黨在替自己樹敵啊！……」

「台灣漸漸的已成為一個多元社會了，只要容許公平競爭，國家就會進步。」我說，「現在，值得憂慮的是，國民黨作為執政黨，毫無包容性，不容許公平競爭，用盡一切卑劣手段打擊異己。有些人雖然不是國民黨，但還是中華民國的公民，聰明才智如果能發揮，也是國家受益，人民受益，為什麼一定要把這些人消滅呢？我們不是敵我關係，只是競爭者的關係，……」

突然，我掛在腰帶上的叩機「嗶——嗶——」地響了。

「誰啊？這時候叩你？」淑貞問。

「黎明啦，不知什麼事。」我說。

「那你趕快去回吧，她叩你，一定有要緊的事。」

我用餐廳的公用電話回打黎明。

「阿宏，你只要聽，不要問。」她在電話中說，「你現在在哪裡？我去找你。」

「在台北，金山南路銀翼餐廳二樓。」

「好，半小時，你到樓下等我。」她說。

半小時後，我在餐廳樓下見了黎明，她臉色有點蒼白。

「妳怎麼了？臉色怎麼……」

「發生大事了，但現在沒時間細說。」她說，「你立刻去杭州南路張德銘律師事務所，馬上去！其他等見面再談。」

我上樓回到餐廳。

「什麼事？」淑貞問。

「黎明說發生大事了，但什麼大事？她沒說。只叫我立刻去開會。」我說，「爸爸媽媽和孩子就麻煩妳送回家了。」她點點頭，對孩子說，「跟爸爸說再見！」

「你們要乖喔！爸爸晚上回家跟你們一起晚餐，好嗎？」

「好吔！我等爸爸回來晚餐。」兒子說。

「我也要等爸爸！」女兒也說。

我離開餐廳，依黎明給我的地址找到張德銘律師事務所。我在門口敲三下，來開門的是黎明。屋裡已有謝明福、陳翠、徐海濤。

「陳宏來了，很好！」謝明福神情嚴肅地說，「國民黨已開始捉人了，今早五點多，警總在高雄八卦寮捉了余登發老縣長，也把他兒子余瑞言，就是省議員余陳月瑛的丈夫，也捉走了。國民黨已下重手要剷除異己了。」

「什麼理由捉余家父子？」我吃了一驚，望了黎明一眼，她剛才慌慌張張，什麼都沒說。

「叛亂！」

「有證據嗎？」

「先捉了再製造證據，」謝明福尖削的臉容，一片陰沉，「這是國民黨慣用的手法。」

「剛才你還沒到，我們已約略討論過了。明天早上九點，大家都到高雄橋頭鄉余老縣長的老家集合，……」海濤說。

「為什麼不在台北？警總在台北，台北又是國際都市，聚集人馬和外國記者都比較容易，國際能見度高……」我說。

「台北人冷漠，事不關己，只會站在旁邊看戲。而且，國民黨為保衛首都，平時在台北都集結重兵，警總在台北要調集軍隊很容易，我們聚集的人還沒到，國民黨的軍隊已調度好在等你了。」謝明福說，「高雄縣橋頭鄉是老縣長的地盤，鄉親凝聚力強，他們會同情余家父子。而且，現任縣長又是余家的女婿，警總要抓人會有顧忌。」

我點頭表示同意，也望了黎明一眼。

「不要再浪費時間討論了。照老謝的建議，趕快分派人手去各地通知黨外人士。」黎明說。

「能派出去的人手都已在路上了，現在只剩我們幾個還沒任務。」謝明福說，「請海濤兄和陳宏兄去台中找黃順興和張春男，陳翠去台中通知李美智，再去省議會和省議員會合，一定要當面告知，不能用電話。越祕密、越快、越好。黎明在台北留守，密切與國外聯絡，田秋堇會協助妳。要密切與老莊、天來仙連繫，萬一我們都當場陣亡了，……」

「會這麼嚴重嗎？」海濤笑笑地說，「我們手無寸鐵，又不造反，只不過去橋頭對余家表示關心而已，小蔣不會這樣幹啦。」

「現在還是戒嚴時期，示威遊行是會被槍斃的。」陳翠說，「國民黨戒嚴三十年，非選舉期間，還沒人敢示威遊行過。……」

這時，又有人敲門了。我們幾個不約而同，都霍地站了起來。

「誰？」我撲到門邊，沉聲問道。

「林正義！」

我把門打開，只見林正義臉色陰沉沉的，後面是羅智信，也完全一改平時嘻皮笑臉的樣子，神色顯得莊重嚴肅。

「台灣的民主政治已到危險關頭了，」林正義一進門，劈頭就以他在群眾演講時慣有的聲氣和語言說，「國民黨連余登發父子都敢捉了，還有誰不敢捉？這是要消滅黨外的訊息，企圖將黨外一網打盡！我們絕不能坐以待斃，任人宰割！」

「這個，我們剛才已經有共識了，明早去橋頭示威遊行，抗議國民黨政治迫害。」徐海濤說。

「余登發是黨外最有實力的人，國民黨捉余登發絕不是只有警告而已，是要全面鎮壓，消滅黨外。我們必須立刻採取勇敢反擊，絕不能坐以待斃。行動要迅速，使其措手不及，造成大震撼才有效果。」羅智信說。

「大家要有心理準備，這一去也許就回不來了。」林正義說。

「但是，不反抗也一定被消滅。大家團結起來反抗，還會有一線生機。」謝明福說。

「是啊，」我說，「兵法上不是說了嗎？置之死地而後生。老羅愛讀兵法，一定了解這道理。」

「哈哈！陳宏也讀兵法，好極了！」羅智信拍拍我的肩膀，又展露了他平時慣有的嬉笑的神色說：「不錯，置之死地而後生，否則，只有坐以待斃！」

「等一下出去要分批走，盡量避開特務的跟蹤。」謝明福提醒大家。

我第一個走出張德銘律師事務所。心想，再去銀翼餐廳看看，說不定淑貞他們還在。但望了一下手錶，已經下午三點多了，我又打消了念頭。不由自主地，竟又踅回杭州南路。心想，總要和黎明私下再講幾句話吧。心裡亂亂的，慌慌的。

冬天的太陽暖呼呼地灑在台北街頭，覺得不太真實，好像在作夢似的。汽車馳過去，就輕輕揚起一陣風，風中飄浮著汽油味和淡淡的灰塵。

「阿宏，你走路低著頭，在想什麼啊？」

我一抬頭，黎明和海濤雙雙站在我面前。

「我剛剛想去餐廳找我母親和淑貞，但又想回頭去找你們。好像，我們還有些事沒講定是不是？」我望了黎明一眼，臉上感到微微的熱，有點尷尬地說，「事情怎麼會這樣？好奇怪！好像不是真的，是作夢吧？為什麼是捉余登發呢？」

「那天大家推舉他當黨外精神領袖，他又邀大家農曆正月初五去高苑工商舉行黨外新春團拜，黨外已儼然有黨的實質了。這是國民黨最無法容忍的禁忌。」海濤說。

「上星期《聯合報》頭版頭條，不是登了警總在南部破獲了一個匪諜案嗎？說有搜查到中共主席華國鋒的派令，還有中共解放軍的軍服，等等。報上還說，案情可能向北部發展。」黎明說，

「我當時心裡一跳，就找了徐老師去見老莊，老莊神情嚴肅地說，來了來了，國民黨出手了！那時，我有找你，只有你母親在家，說你帶了淑貞和孩子去中部了。」

「是，我帶他們去溪頭，頭尾三天。」

「那時，我還以為案情向北發展，是不是暗示要對黃天來和莊安祥下手，沒想到竟是余登

發。」海濤說，突然又想起去台中的事，「對了，我們怎麼去台中？」他望著我問。

「我替你們查過火車時刻表了，」黎明說，「坐七點由台北開的火車，到台中是九點，你們再坐計程車去找陳博文，他會開車載你們去找黃順興和張春男。」

「那好，我們六點四十五分在台北火車站售票口的時鐘下集合。」海濤說。

「我要回雜誌社，」黎明說，「你們一起坐車回家嗎？」

「我要去南門市場，珊珊叫我買一個什麼東西回家，怕我忘記，還寫了紙條給我。」海濤伸手招了一輛計程車，笑著說，「我先走了。」

「那……我陪妳走一段路吧。」

「你不是去找淑貞和孩子嗎？」

「現在幾點了？他們一定回家了。」我說，「等一下我就回家和他們一起晚餐，也要給家裡交代一些事情。基隆那邊就麻煩妳和柯老師了。」

她低了頭默默地走著。

冬天的太陽還是很暖和。經過信義路和金山南路交叉的東門市場，人潮就明顯地多了。都是一些忙著準備過年辦年貨的人，手上都提著沉沉的袋子和包包。公車站牌下排著等公車的人，站牌不遠的地方，也停了一排等客的計程車。公車來了，人們就擁促著挨擠著上車，有的人提著大包小包等公車，但公車一來，反而就招了計程車走了。

「妳媽還待在高雄嗎？」

「嗯！她在高雄有阿姨作伴，在台北只能一個人在山上，」她望我一眼，有點歉意地笑笑說，

「沒辦法，我又不能陪她。」

「我了解妳的心情，」我說，「這段時間，我都在基隆搞選舉，也沒回家，我也覺得對母親，對家人很虧欠。」

「你怨我嗎？」

「怨妳？為什麼怨妳？」

「……」她挨到我身邊，抬頭望我，輕輕地問，「你心裡很不安嗎？」

「是！慌慌的，有點亂，……是有點不安！」我說，「想不到我那不祥的預感還真發生了，國民黨果然搞了一個假案把余登發捉了。但是，為什麼是余老先生呢？我本來以為會是我，——」

「明天早上去橋頭，你覺得會有危險嗎？」

「妳說呢？」我停住腳步望著她，「林正義、謝明福和陳翠似乎都認為國民黨不只會當場捉人，還可能當場格殺，……」

她攙住我的手臂，身體緊靠著我，繼續往前走。一輛大卡車突然「轟隆轟隆」地飛快地駛過馬路，帶起一陣強風，捲起一片濛濛的灰塵在空中漫舞。她把臉埋進我的臂彎。過了一會兒才抬起臉來，臉上有點蒼白。

「你後悔嗎？後悔跳進來參選？」

「我，無怨無悔！不論明天發生什麼事，我都有心理準備了。那是我選擇的人生，也是我認為歷史必然會這樣發展的路。國民黨現在只是在做最後的掙扎。」我說，「……只是，對淑貞和兩個孩子太不公平了。……我，虧欠他們。」

「我也無怨無悔，只是，……」她說，「只是，我覺得，對不起你！……」

「欸！有什麼對不起的呢？別亂講啦！」

「如果，我沒有一直鼓勵你、慫恿你，你就不會參選了。當初，我為什麼要一直鼓勵你呢？我現在，坦白告訴你吧，我是有私心的，……我覺得，你和我年輕時的父親很相似，所以，所以，……我想把你從淑貞手上搶過來，……」她說，「但是，最近看你為選舉忙成那樣，以及現在，好像危機四伏，我又有點後悔了。如果你繼續寫作，不搞政治，對你也許會比較好吧？對我，也許也會比較好吧？……」

「好啦，別再講這些了，我要回家了！」我說，「妳留在台北，好好照顧好自己。……萬一我真出事了，幫我……」

我揮手攔住一輛計程車，上車前，我突然又忘情地攔腰把她擁入懷裡，在她耳邊輕聲說，「好好照顧自己！……」

我從車窗看她孤零零地站在路邊望我揮手，只是瞬間，就已經不見蹤影了。我不禁悵然若失。

「木柵忠順街！」我說。然後把頭仰靠在椅背上，閉起眼睛，深嘆了一口氣。原想閉目養神一下，但腦海裡卻不斷出現淑貞和黎明的影像，不規則地、紛亂地，有時重疊，有時又交互閃現。然後，又漸漸出現孩子們的影像。突然想起有一次，兒子和母親搶著看電視，母親要看楊麗花的歌仔戲，兒子要看卡通影片，同一個時間，不同的電視台。

「噯呀，你這個囝仔，這是阿嬤的歌仔戲，你怎麼……」

「阿嬤，人家要看卡通啦！」

兩個祖孫競相去轉動電視台。我在書房聽見母親生氣地說，「好，你愛看卡通就給你看！阿嬤不跟你住了，阿嬤要回基隆，……」

我突然不可遏止地暴怒起來，衝到客廳，一把抓起兒子，把他按倒在地板上，拿起皮拖鞋狠狠在他屁股上抽打起來。兒子驚恐得大聲嚎叫，「啊啊，啊啊，……」

「你這兒子，混蛋！老爸是怎麼教你的？你敢跟阿嬤搶電視看，我揍死你！揍死你！」我邊打邊罵！母親驚慌地衝過來，抓我的手，打我的頭，「夭壽！你這是啥意思？你這不孝子！不孝子！……」母親突然嚎啕大哭了，「我苦命啊！苦命啊！你這個不孝子，把我的金孫打成這樣，你明明是在蹧蹋我啊！……」淑貞也從廚房飛奔過來，搶了我手上的皮拖鞋，把孩子抱在懷裡哄著，「乖兒子，不怕！不怕！」然後，含著眼淚對我，「……這麼小的孩子懂什麼，你，你怎麼……」我的心突然絞成一團地痛楚起來，蹲伏在地上「啊啊啊，——」地呻吟著喘著氣。

還有一次，兒子更小的時候，才兩歲半吧？我剛通過碩士論文口試後不久，我的指導教授成惕軒老師很欣賞我，希望我能留在政大當講師，繼續讀博士班。但他叫我要給研究所主任高先生送個禮，然後他再向高先生力薦我。當時，我心裡一百個不願意，因為高先生不是我佩服尊敬的長者。在大陸當國民黨的黨官，來台灣後，在政治上失勢了，就利用政治關係霸占了政大中文研究所當起學閥了，不學無術，又結黨營私。我年輕氣盛，很不屑他的為人。但為了出路，我還是到他家送了禮了。當時又大又甜的改良過的芒果剛上市，我去大市場買批發的，一個就兩百元。我買了十個裝成一盒，臨走又加買了兩個，帶回家給母親和淑貞嚐嚐。一個芒果削成四片，這孩子吃了兩片，覺得好吃又想要，但已經沒有了，他竟哭鬧不休。我為了送禮才買這芒果，本來心裡就老大不爽，覺得自己的作為太可恥可鄙了，有辱讀書人的風骨。而這孩子竟還為了吃這芒果哭鬧不休。我不禁怒火猛燒，對他大聲喝斥，「再哭！再哭就揍你！不准哭！」孩子被這麼一喝，受了驚嚇，反而哭得更厲害了。後來，連著幾天，看到我都怕怕的，不肯跟我親近。我偶爾想起這些往事，就忍不住傷痛。

而，明天以後，我還能見到他們嗎？

冬天的太陽消失得很快，不過轉眼吧，天就開始有點涼了，也漸漸失去了亮光，開始有點灰濛濛的了。我在忠順街口的水果行門前下車，買了一盒那種又大又甜的紅色大芒果。從巷仔口快步走到我家門口。監視的人坐在新蓋的崗哨裡。怎麼？蓋了個崗哨，難道想長期監視我嗎？我用鑰匙開了樓下的大門，一步一步蹬上四樓。開了四樓的門，我又站在陽台向下俯視對面，那人又拿了無線電話在通話了。我拉開客廳的鋁門，兩個孩子都坐在沙發上聚精會神地看著電視上的卡通影片。

「怎麼？爸爸回來都不歡迎一下嗎？」我說。

「爸爸，爸爸！」女兒跳下沙發，奔向我懷裡。我立刻把她抱起來，轉了一圈，「啊啊，爸爸的乖寶貝！」

「哥哥不乖，都一直看電視。」

「是哦？」我把女兒放到地板上，她卻緊緊抱住我的大腿不放。「兒子，看電視看傻了嗎？連爸爸回來都沒看見嗎？」

「有啦，有啦！」兒子比了一個不要吵的姿勢，說，「就要演完了啦，等一下嘛！」

我牽著女兒的手走到廚房，母親和淑貞都在忙著。女兒大聲嚷嚷，「爸爸回來啦，爸爸回來啦！」

淑貞回頭對我甜甜一笑，「再炒一個菜就好了，」她說。

「阿母，我回來了！」我說。

「淑貞說，你晚上要回家吃飯，伊要炒幾項好料的給你吃。」母親笑著說。

「阿母，我晚上跟妳喝兩杯。」

淑貞把菜往熱鍋裡丟，鍋裡立刻蒸騰起一陣煙霧，並發出滋滋的聲音。

「爸爸，爸爸，我看完卡通了。」此時，兒子也跑到廚房門口，大聲說，「媽，爸爸買了好大的芒果喔！」

「好啦，你們都出去，」淑貞邊炒菜，邊大聲說，「老公，你幫著擺餐具、盛飯。媽，妳帶可親可佩先去洗手，要吃飯了。」

「去洗手，都去洗手。」母親對兩個孩子說。

我把五份餐具擺好了，又盛了五碗飯在餐桌上。另外從我書房拿出一瓶中國大陸的茅台酒，還擺了三個小酒杯。

淑貞端了最後一道菜出來了。母親也帶了兩個孩子洗完手，坐到餐桌邊了。淑貞歡喜地笑著說，「今晚，我們家終於團圓了。」

「哇！好多菜喔！」兒子開心地大叫。

「今天媽媽特別替你加菜，去溝子口市場買了一盤豬腳，一盤滷菜，我做的只有這四樣。」淑貞說。

「太豐富了，太豐富了！」我高興地說，把酒杯都倒滿了，舉起酒杯對母親和淑貞說，「我們今天就好像過年了，來，乾一杯吧！」

「啊！這是什麼酒？這麼辣，我喝不慣，我還是喝五加皮吧。」母親說，站起身要去臥室拿她的酒。

「阿嬤，我去替妳拿，我知道妳的酒放在哪裡。」兒子飛快地跑進母親的臥室，提了一瓶五加皮酒出來，得意地說，「這瓶對不對？」

「可親最乖啦，阿嬤就是愛飲這種酒。」

「好啦，阿母喝五加皮，我和淑貞喝茅台陪妳。」我仰首把第一杯茅台乾了。一股濃烈的清純的酒香立刻溢滿了口腔，接著，一團熱氣在腹肚裡掀騰。「好酒！」我說。

吃完晚餐，我去切了四個芒果放在餐桌上。

「兒子，這是你最喜歡吃的芒果，來，今天你可以吃個痛快。」我說。

「好棒喔！謝謝爸爸！」

「怎麼？你是向兒子賠罪嗎？都那麼久了，虧你還記得。」

「常常想起他小時候吃芒果那幕往事，我就心疼，滿懷歉疚！」我說。

「今晚在家嗎？」

「不能！」我滿心自疚地說，「等一下要去高雄，已和徐海濤約好在火車站了。」

「幹嘛？」

「余登發父子今早被捉了。」

「什麼？」淑貞吃驚地望著我，「為什麼？」

「我也是下午和大家見面時才知道的，大家約好明早九點到他家表達慰問和關心。」

淑貞咬緊嘴唇，臉色蒼白，神情憂慮地望著我。

「沒事，妳放心！」我說，「我們只是去表達慰問和關心而已。去的人很多，有羅智信、林正義、陳義秋、孟學文、黃順興……很多人。」

「沒事就好。」她把餐桌上的碗盤收進廚房，「可親可佩，快去洗澡。」她叫著孩子。

「去洗澡了，去洗澡了。」孩子們嚷著跑進浴室了。

我走進臥室，拿了兩套內衣褲，又到浴室拿了毛巾牙刷放進背包裡。聽見母親說，「碗盤我來洗，妳去客廳和阿宏講話。」我在書房打開抽屜，拿出存摺和印章。

「這就要走了嗎？」我一回轉身，她已從背後把我抱住了。

「跟徐海濤約好坐七點的火車，先到台中和黃順興、張春男會齊了，再一起去高雄。」我把存摺和圖章交到她手裡，「存摺的錢都是出版社給我的版稅，妳拿著，我上次向柯老師拿了三萬元，要記住還他。基隆選舉的帳，妳不用管，柯老師和黎明會處理。」

「不是去慰問一下就回來嗎？幹嗎交代我這些？」

「是啊！妳知道的，我就是這麼神經質，萬一出車禍呢？有備無患嘛！」我說。

「那就早去早回吧，都已經六點二十分了。」她說。

「好，那我走了。」我把她擁進懷裡，用力抱了一下，「孩子在洗澡，我就不跟他們說了。」

「好，你去吧，自己小心點！」她說。

我揹了背包下樓，走出門外。天已經黑了。我走了幾步，心想，那監視的人會跟來嗎？便回頭看了看。果真就看見對面崗哨那人，匆匆忙忙地牽了機車騎上去了。我趕緊閃入兩座大樓之間後門對後門的狹小的黑暗的巷弄裡，看見那人騎著機車向木新路右轉了。我立刻跑出巷弄，在忠順街攔了一輛計程車，「火車站！」我說。計程車在木新路左轉，我立刻又回頭向後望，遠遠看見那輛機車亮著頭燈又回頭開過來了。我立刻躺倒在計程車的後座。

我就這樣把跟蹤監視的人甩掉了。

到達台北火車站時，是六點五十分。海濤遠遠就向我揮手了。但他旁邊卻多了一個人，黎明！

「妳來送別的嗎？」我笑笑地問她。

「我要去高雄。」

「妳不是要在台北留守嗎？」

「台北有別人就可以了。」

「妳怎麼可以……？」

「我去高雄看我媽，我不去橋頭。」黎明說。

「他們太緊張了，不會有事的。」海濤一派輕鬆地說。

她把車票遞給我，是三張連號的對號座。上了火車，黎明坐靠窗的位置，我坐在她旁邊，海濤隔著走道坐另一邊。

「剛剛，有人跟蹤你嗎？」

「沒有！」海濤說。

「我也沒有，」黎明望著我說，「怎樣？」

「奇怪，我怎麼有人跟呢？還在我家對面樓下設了崗哨。」我說。我把剛才如何把那人甩掉的過程講給他們聽。

「哈哈，奇怪，怎麼會這樣？很像電影裡的間諜片啊！」海濤說，「我聽說老羅和正義的狀況跟你很類似，也在他們家門口設了崗哨。」

「他們都是黨外重量級的人物，我只是個菜鳥，國民黨怎麼對我這麼看重呢？」

「只有一種可能，」黎明說，「警總把你當左派代表人，而他們所說的左派就是中國共產黨。」

「神經病！」我說。

「好啦，別理他們了，我在車上睡一下。」海濤說，「到了叫我。」

我轉頭望了一下黎明。她專注地望著已經一片漆黑的窗外，窗上明顯地映現她的側臉。她沉默著。我嘆了一口氣，把頭仰靠在椅背上，閉起眼睛。火車「卡擦！卡擦！」地發出規律的聲響，在已經完全黑暗的夜裡向南奔馳。當我張開眼睛，再度側臉望她時，她竟沉沉地睡著了。我脫下外套輕輕蓋在她身上。然後，側轉了身體朝向她。她的髮香和體香，隱隱約約，若有似無地在我的臉容四周浮游。在火車規律的節奏和輕輕的晃動下，我也不知不覺地竟睡著了。不知過了多久，感覺有人輕輕推了我一下，我才睜開眼睛。

「對不起，你的票借看一下。」穿制服的列車長說。

我把票拿在手上，「請問，現在到哪裡了？」

「豐原，下一站就台中了。」

「謝謝！」我說。海濤和黎明也都醒了。

「還好來驗票，否則睡過頭了都不知道。」海濤說。

「放心，我會叫你們。」黎明說。

「妳自己不是也睡著了嗎？」

「我沒睡，」她笑笑地望著我，「我是夜貓子，怎麼可能睡著？」

「但，我替妳蓋衣服……」

「我知道，我裝睡。」她笑笑地輕悄地說，「我在享受那種被愛的感覺。」

「是哦？」我的臉熱了一下，「我真的睡著了。」我說。

海濤站起來，往廁所間走去。

「這個，你放在身上。」她把一個信封放進我外套口袋，口袋上有拉鍊，她細心地把拉鏈拉起來，「到高雄，進了旅館以後再看。」她說。

「妳真的是去高雄看妳媽，不去橋頭？」

「你放心，我會保重自己，不會輕易冒險。」她笑笑地說，「我知道自己責任重大。」

「那就好，我也會保重。」

到了台中火車站，她果然沒下車。火車繼續開動了，我站在月台上向她揮手。她把臉靠在窗上，也向我們揮手。火車在黑暗中消逝了，空中隱約聽到火車規律的「卡擦！卡擦！」的聲響。望著漸漸消逝在黑暗中的火車，我覺得頭腦好像突然空掉了，意識也變得模模糊糊，有點茫茫然了。海濤招手叫計程車，他上車我就跟著上車，他下車我也跟著下車。怎麼到達陳博文家、到黃順興家，我都沒有記憶了。我只記得開車的是陳博文，台中醫事檢驗院的老闆，一位很熱心支持黨外民主運動的生意人。黃順興住在彰化溪頭，一個滿偏僻的鄉下，我和黎明去過一次，也不記得路是怎麼走的了。張春男住在彰化市，是上一屆增額選出的國民大會代表，我在《黨外的聲音》裡訪問過他。

我們坐了陳博文的車，直接就開到高雄了。也許因為時間已經很晚了，大家都很累了，也許也因為感覺到國民黨可能會採取強硬的手段，大家心理上都存著一些壓力吧，大家在車上都沒出聲，好像都睡著了。但，我反而睡不著了。我只是沒心情講話，覺得心裡空蕩蕩的，精神有點恍惚，有點不安，但又奇怪地感覺著有點興奮，莫名其妙的。

國民黨真的會當場逮人嗎？甚至當場格殺嗎？「也許明天以後，我們都再也回不去了！」「要有這種心理準備！置之死地而後生！」「要強烈反抗！」總結羅智信、林正義和謝明福等人的看法，大概就是這樣了。這和我心中的不祥預感是一致的。我在車上反反覆覆地，一直想著這些事。也反反覆覆地想著家裡的母親、妻子、兒女，以及黎明。

對了，黎明為什麼去高雄呢？真的只是去看她母親嗎？這個時候？我不信！不然，那又是為什麼？我摸了摸外套口袋裡的信封。她在信封裡裝了什麼？一封信？信上寫什麼呢？

這一路顛顛簸簸，我想，我應該也有睡著吧？

下車時已經凌晨兩點了。陳博文說他明天台中有事走不開，連夜又開車回去了。我迷迷糊糊跟著大家走進旅館、住進房間。兩間雙人房。我和海濤一間，黃順興和張春男一間。

「好好睡一覺，明天一大早就要和國民黨車拚了。」黃順興笑笑地叮嚀大家。

海濤進了房間後，突然提議說，「阿宏，我看明早在橋頭，需要有一篇文章，把余老被捕的真相告訴大家，這篇文章就由你來寫如何？」

「好，我寫。」我說，「你先睡，我寫好了會放在桌上。」

海濤先去洗澡了，我立刻把黎明給我的信封打開，一張信箋上寫著幾行娟秀的字：

宏哥，一定要平平安安回來。
不要忘記，淑貞和孩子等著你！
你身上的錢一定都給淑貞了。
這些錢你放在身邊，以應急需。黎

我怔怔地望著窗外，遠處已經有汽車馳過的、有點微細的喧囂的聲音。海濤洗完澡已經躺倒在床上了，我才從抽屜拿出旅館的信箋，寫下幾個斗大的標題：

為余登發父子被捕，
告全國同胞書

我又掏出菸斗，把菸絲點燃了。煙霧在眼前裊裊上升擴散。

長期來，國民黨威權獨裁統治，不顧民主、法治、人權的種種不公不義的作為，不斷在腦海裡浮現。一股難於抑制的悲憤也逐漸在心中蓄積。於是，我援筆疾書：

> 元月二十一日清晨五點二十分，備受台灣同胞尊敬的余登發老先生與他的獨生子余瑞言（省議員余陳月瑛的丈夫），在他們高雄縣的住所被國民黨當局以「涉嫌叛亂」的罪名逮捕了！
>
> 國民黨當局在與美斷交後，中止增額中央民意代表選舉已是明顯違反民主憲政的不當作為。但為顧及全國團結的意願，我們均已容忍。現在國民黨當局卻在全民一致要求改革聲中，以莫須有的罪名非法逮捕了夙為民眾所敬重的余登發先生父子，這種軍事統治與特務統治傾向的加強，以及政治迫害的手段，都是我們絕對無法容忍、而堅決反對到底的！……
>
> 自由民主是我們應走的道路，也是我們全國人民努力的目標。因此我們堅決要求國民黨當局：
>
> 立刻釋放余登發父子！
>
> 停止一切政治迫害的行徑！

我把筆往桌上一丟，深吁了一口氣。海濤早已睡著了。我關了燈，和衣躺到床上。遠處傳來隱隱約約喧囂的車聲。

這會是我只有三十五歲的這一生最後的一篇文章嗎？……我在床上翻來覆去。最後，我的意識有點模糊了，終於，終於，……我作了一個夢，一個奇怪的、互相不連貫的夢。

在古早的南仔寮的金黃色沙灘上，海浪「嘩——啊啦——，嘩——啊啦——……」地唱著。天上白雲在飛，海鳥在天空盤旋鳴叫。

淑貞和黎明手牽手微笑地向我走來了，……

但是，一瞬間，她們突然都消失了。

遠處傳來陣陣的喧囂聲，有人聲，跑步聲，摩托車聲，汽車聲。各種各樣的聲音匯聚在一起，突然變成一陣巨浪，奔騰地湧過來了。人們驚慌地喊叫著，奔跑著，大浪捲過來了，捲過來了，像千軍萬馬憤怒地發出「轟隆轟隆」的巨響，山崩地裂了！我邊回頭，邊亡命地向前奔逃！但是，突然，腳一蹶，跌倒了！爬不起來了！如山一般的巨浪立刻把我捲入海底了！

「啊啊啊啊……」我奮力掙扎，掙扎，……我迸出全身的力氣大聲吼喊，「我不要死！我不能死！不能死！……」突然，一股強大無比的氣流，把我從海底掀舉起來了，把我拋向天空了。「啊啊啊……」我邊大聲喊叫，邊低頭望著天空底下，海浪突然都不見了。

剛才海浪所經之處，大地一片乾淨。人聲車聲都消失了。房屋、電桿、汽車、大樹，……還有四處堆積如山的垃圾都不見了。大地乾乾淨淨，寂靜無聲。

我從空中快速向下掉落，越接近地面，掉落的速度就越慢了。我終於安全落地了，地是柔軟的、溫暖的沙灘，是南仔寮故鄉的沙灘啊！我張開手腳，仰躺在沙灘上，心裡覺得很幸福。

但是，遠處突然又響起一陣激烈的騷動，一陣人潮像海浪一般朝沙灘上奔逃過來了。默默地、不出聲地、亡命地奔逃過來了。

「喂喂，你們為什麼要跑啊？為什麼不講話啊！」我大聲呼喊，但他們好像沒聽到，我伸手想拉住從我身邊跑過去的人，但我沒拉到他們，他們好像空氣，沒有實際的形體。

背後突然響起機槍掃射的聲音，「怕怕怕！怕怕怕！怕怕！怕怕怕！……」我回頭一看，一排人倒下去了。我轉身面對機槍的方向，用盡力氣大聲吼喊：「不要開槍！不能開槍！」「怕怕怕……」突然，一陣難以忍受的燒灼熱燙貫穿我的胸膛，我張口撫胸，痛得叫不出聲音，身體就倒下去了。倒在柔軟的、溫暖的、故鄉的金黃色的沙灘上。人們的腳已經踩到我身上了，難以忍受的燒灼和痛楚突然都消失了。我清清楚楚感覺到人們的腳繼續踩到我身上。但我覺得很幸福。躺在故鄉金黃色的沙灘上，我覺得很幸福。

我死了嗎？……

再見啦！我的親人！

我想舉手，但那手卻頹然地掉到地上。

…………

「喂！阿宏，醒來啦！」徐海濤抓著我的肩膀大聲說，「九點要到橋頭鄉，來不及了啦！」

尾聲

橋頭事件之結果，余登發父子並未被釋放，反倒使當時的桃園縣長羅智信被懲戒停職兩年。而後，有《美麗島》雜誌之創刊發行。一年後，一九七九年的十二月十日，《美麗島》雜誌社在高雄舉辦世界人權紀念日之遊行，發生美麗島高雄事件，國民黨才藉機大量逮捕黨外人士，而後，才恢復選舉。

二〇一一年十二月十四日至二〇一二年七月三日初稿完成
二〇一六年三月二十九日修定稿完成

跋

如釋重負

人生不如意時，社會不公平時，經濟困頓時，政治黑暗時，……人心自然而然會想要把這一切翻轉。翻轉有改變、反叛的意思。（台語稱為「𪜶」，這是我自創的字，音ㄅㄧㄥˋ，「𪜶啦」，就是「變啦」、「反啦」的意思。）這本小說所敘述的，就是某個年代在台灣，有一群人想要翻轉，想要「𪜶」、想要「變」、想要「反」的故事。

翻轉的動力來自對黑暗的現實的不滿，來自對美好的未來的嚮往。這需要熱情，更需要勇氣與理想。但翻轉不必然成功，尤其是在專制獨裁的政權嚴密掌控下的社會，政治的、思想的反抗，往往失敗的還更多。因此會有犧牲，譬如被迫害、被關或被殺。因此也會有猶豫、恐懼與背叛。

這本小說所寫的，就是這樣的故事，是我所經歷的時代與社會真正發生過的故事。書中主要人物們的思想、言論和作為，在當時都好像來自地底的聲音，被冰封的大地隔絕了，一般人聽不見、看不到。他們的聲音發不出正常的能量，他們是一群被打擊、被壓迫，卻又堅持理想、熱情，勇敢反抗的人。

我寫的是這群人的故事，但它是小說，不是歷史。因此，其中的人物和他們的故事雖多取材於現實，但絕大部分又都出自於我的想像和虛構。例如，小說中的主角陳宏和鄭黎明，雖都確有其人，但他們之間的愛情則純屬虛構。其他人物的故事也都與此類似。

我雖然想忠實於歷史，但卻更希望忠實於小說。我要反映和描寫的是在翻轉中的人性的故事。有人說，優秀的小說往往比歷史更能接近人性的真實。這是我希望達到的境界。有沒有成功呢？我不知道。

寫完這本小說，我有如釋重負的感覺。覺得對自己，和對自己所經歷的那個時代和社會，總算略有交代了。

就以這樣的自白作這書的序吧。

後記

王醒之

應該是二〇一六年的農曆春節前吧？大約父親過世前半年，可能是因為文稿修改得差不多了，他曾不經意地跟我說：「這幾本書等我走了之後你再幫我出版。」我隨口應了聲好，但心裡也狐疑為什麼要等身後；但他後來眼看著幾個老朋友紛紛出書，心頭癢，復又動念「提早」出版，開始自行校稿完畢，未料數月後大限驟至。

這幾本書，都是爸爸在那個時代以自己的肉身活過來的一種記錄。這三本小說的時代背景橫跨了台灣從戰後一直到一九八九年前後將近半個世紀，其中《吶喊》則是他正式步入主流政治前最黃金的歲月，那是個壓抑中混雜著大噴發前的詭譎的大時代。

「醒之」是他一九七二年我出生時給我起的名，名中的「醒」，不知道是期待還是使命？總之，很重。從一九七〇釣魚台事件、一九七一聯合國事件後，許多台灣人的史觀突然間裂了條縫，戰後世代知識分子找路走的焦慮跟整個東亞的變局連動，全台灣都浸泡在這種躁動中，從對西方現代主義、個人主義的批判，開始往自己看、往回看、往裡看。從社會問題走向鄉土文學。《吶喊》所呈現的，就是那十年的台灣與你我。

身為「後人」，除了有「讓作品自己說話」的責任外，我也像是使用了血緣關係的特權，依著爸爸的敘事，硬搶到一個可以放進書中以為「番外篇」的空間宛若相隨。

美麗島事件後爸爸遭逮捕、判刑、坐監，他在裡面關著，但身為家人的我們在外面也沒閒著，終究我們身處同一個社會、時代，只是囚禁在不同的籠中。

林宅血案

現在回看，這些事情對於小學三、四年級的我而言應該是很重要的，因為那可以讓生活中某些特定的經驗得以迅速分類。這種內在分類的能力可以解決人際互動中某些我無法理解的問題。不這樣，日子很難過得下去。仔細想想也是頗難為的：該如何搞懂住在我家對門的豬肉攤老闆為什麼總是用一種有距離、警戒的眼神看著我？該如何正確地、但不是誠實地回答同學「王醒之，為什麼從來沒見過你爸爸」之類的提問①？為什麼爸爸朋友的媽媽和女兒在家裡被「強盜」殺死，我家門口開始有警察輪班看守？我們也會被殺死嗎？我該覺得害怕嗎？

這些沒有答案（或我無法理解）的問題，都是一片片的拼圖，雖然無法有邏輯、有脈絡地連貫，但也反向構築了我童年對政治的知覺，邊界不明、無法言說、似乎是個禁忌，也是一團「沒有內容的內容」。話又說回來，我想沒有人會天真地相信，「留白」的白，真的就只是空白。而我確實是在二十歲以前，鮮少邀請任何一個同學、好朋友回家玩過。沒人說非得如此才能反映青少年的正常社交生活，我也從不認為那是什麼童年陰影，但就是個小小的疙瘩加上些許蒼涼，老覺得家裡有難以啟齒的什麼。別人問起爸爸任何事情——諸如工作性質——時我總是結結巴巴說不清楚，儘管他可能已經出獄了；但問起媽媽時，「在台電上班」是我最肯定、最能挺著胸膛說的答案，不會彆腳地像在隱瞞些什麼。

爸爸入獄後，小學三年級下學期（一九八〇），我與妹妹隨著媽媽的調職，從木柵忠順街搬家到台北縣板橋市（現新北市板橋區）的國泰街，連同阿嬤，我們一家三代四口人一起租屋住在板橋與中和的交界處，那是一個緊鄰著傳統市場的老舊公寓。我進入青春期前的「微躁童年」都是在那裡度過的。看漫畫打電動、因為占有欲到商店順手牽羊、因為相對貧窮感偷同學的腳踏車、使用火／水虐殺青蛙蟾蜍自娛的過程中嘗到權力的滋味、考試作弊……等等，儘管仍然是個斯文的膽小鬼，但遊走於權力／道德／法律／生命等各種秩序的邊界，確實比較能對付身體裡那些莫名的焦慮，同時也是我主體性發展的過程。

「林宅血案」爆發後滿週年（一九八一）二月二十八日前後，警察又在家門口設哨，不是巡邏，而是站崗；不是設在公寓一樓的進出大門，而是在狹窄的樓梯間裡。一推開家門，就會看到穿著卡其色制服、帶著圓盤帽的警察面無表情地坐在椅子上守著。印象中，他們站了整整一個月。我和妹妹約略知道怎麼回事，但不確定到底「該不該害怕」。總之，密道設計與逃生訓練的遊戲後來

---

①當時，我因為無法回答同學「王醒之，為什麼從來沒見過你爸爸？」的提問，回家求助媽媽，媽媽給了一個最簡單且又能在我的人際關係間發生自我保護功能的答案：「爸爸出國做生意了。」

成為我們兄妹在家裡的小活動，各種情節的幻想都會化成具體的活動，諸如，我會經常爬進主臥室衣櫃的最上層，蜷在衣櫃隔板與天花板之間，徒手用根小鋼釘仰對著天花板偷偷挖鑿水泥，灰土落得滿頭滿身，搞出了個小窟窿。然後告訴妹妹那裡以後會有條密道，發生危險時要躲到衣櫃最上層就能順利逃生。又如我會趁著妹妹在午睡時，先以外套矇住自己的頭臉，再拿把長長的塑膠尺，假裝是歹徒，猛地衝到床邊，對著她大吼：「我已經殺了妳哥哥，現在我要殺了妳！」然後長尺就往她身上戳去，妹妹總是驚醒後尖叫，有時帶著眼淚。媽媽下班回家後，這個故事又接回一般家庭中「哥哥欺負、妹妹告狀、媽媽處罰」的普通橋段，宛如所有人童年的平淡無奇。長大後，我沒有與妹妹核對當年的她如何處理情緒，但我想我就是用這些方式不斷轉移、釋放自己的恐懼。

我眼裡的世界，跟同學們一樣，但又不能一樣。生活中，青蛙是青蛙、漫畫是漫畫、考試是考試，這些都沒問題，但坐牢的罪犯，卻不應該是罪犯、而原因不明的凶殺，卻又是有針對性的凶殺。那個能夠扭曲光線的透明稜鏡終究還是被我發現了。也發現自己就活在那稜鏡裡。要有一種能力，讓所有人以為我看到的世界跟他一樣。偽裝。

這件事情，走進校園裡也是差不多的。雙劇本。

黨工老師

搬到板橋後，我和妹妹就讀了後埔國小。一九八〇年代的台灣正躋身為亞洲四小龍之一，台北縣因為勞力密集、出口導向的工業結構，是北台灣的勞工大縣，同時，台北縣在區域發展上也是受台北市依賴／剝削最多的衛星都市。由於外地移入就業的人口眾多，台北縣國中、小學的總數相形之下嚴重不足，各校連教室空間也不敷使用。印象中，同一班裡的學生座號經常可以編到五、六十號，教室裡最後一排的高個子有時坐在椅子上向後傾，都可能摸得到釘在牆上的壁報欄；同一個年級，甚至可編班達三、四十班。當年我就讀的後埔國小，據稱人數超越老松國小、秀朗國小，成為全世界最大的小學，全校學生總數高達萬餘人。除了必然的「上、下午二部制」外，我還記得因為操場空間不足以容納所有人，每天早上全校的升旗典禮經常是在教室前的走廊上進行的。有趣的是，因為成為「全世界最大的小學」的一分子，我的「榮譽感」竟莫名其妙地維持了好幾年，彷彿這樣就可以跟「世界級」沾上邊。一直到我上了大學才慢慢搞清楚，倘若從城市發展的角度來看，我以為的光榮其實不過是以肉身見證了教育資源分配不足的荒謬。

不過，我倒是相當珍惜於這段體制教育內的經驗，給了我豐富的社會化基底。我當年從台北市木柵的小規模私立小學（中山小學）一下子被丟進了台北縣公立小學，在陌生孤立中徹底臣服於這個學校的巨大，並覺察著不同於過往同學間的對待方式：諸如被高年級的學長結夥洗劫、同班男性同學以武力解決關係上的衝突（淚眼汪汪的當然總是我）、龐大的班級規模所強化的競爭感、來自底層勞動家庭同學的氣息與我不同、旁觀並迴避各種隱諱形式的霸凌……等等。

升上五年級後，身邊還是一樣的同學，但我的班導師卻從年輕帥氣、笑容可掬的D換成了霸氣凌人的C。或許是來自壓制青春期躁動的秩序需要，C把自己武裝得很強壯，至少對剛開始發育的男學生來說是如此。教師的「升級」是我從中年級到高年級最大的差別。

C是個板書與書法都寫得相當挺拔的外省人。他是童年的我藉以拼湊政治的重要角色。因為經常在課堂上主動談政治，提供了好些「拼圖」給我。根據C自己在課堂上的說法，他是中國國民黨台北縣黨部板橋支部的書記（沒錯，雖然當時並不知道這個頭銜是什麼意思，特別是「書記」這個詞，但顯然他提過很多次，甚至超過了誇讚自己女兒的次數，所以被我記住了）。聽起來C同時也是個武術上的練家子，雖然平頭髮型讓他顯得不高，但是發達的肌肉讓我印象深刻。他總是穿著鐵灰色的中山裝，曾經在講台上展示自己前臂粗壯的肌肉，並且站了馬步運了氣，像鐵牛運功散的銅人商標一樣，強直中帶著抖動地面向全班同學緩緩推出比著「七」字型的右手掌；他說自己可以用力將毛細孔「閉鎖」，藉此抓住吸血中的蚊子。當時身為一個前青春期、爸爸又缺席的文弱男孩，C就是我生活裡的權力中心之一，「毛細孔捕蚊」的事讓我深信不疑，當然，當中也包括了些既懼畏又認同的複合物。

C平常是騎機車上下班的。他曾經在課堂上講到某次騎車被交通警察攔下，結果交警自己灰頭土臉悔不當初的故事，關鍵的轉折在於他最後對交警表明了自己「黨幹部」的身分，並且從中山裝的上衣口袋掏出了小筆記本與原子筆，認定他態度不佳，作勢要記下交警的編號。記憶裡，那是個得意的神情。

C也常常在課堂上罵「黨外人士」，特別總是點名時任增額立委康寧祥。但，在那個遙遙無期的戒嚴年代中，別說「黨外人士」對一般小學生來說已經是個陌生遙遠的禁忌詞，更何況是康寧祥三個字？而我隱約知道爸爸可能就是C罵的「黨外人士」，在家中聽過、也知道康寧祥可能是爸爸認識的人[2]，但正因為這樣，我是C在「政治課」上唯一的學生，成了他在課堂上「批康」[3]的專屬聽眾。「政治」，是我與他之間、不為其他同學所覺察的頻道。只不過，電波總是單向的放送。印象最深刻的是他在一次慷慨批康後下的結論。

「如果殺人是合法的，」雖然他對著全班說，眼睛卻直直盯著我看。「我第一個就去把康寧祥那些黨外人士殺光光！」

當時，包括C在內，沒人知道兩年後蔣經國就會宣布解嚴。我下意識地選擇避開了他的視線，可能是出於自我保護，保護自己不被欺負、不能讓他在全班同學面前掀開謊言指出爸爸在坐牢的事實，我對此充耳不聞、沒有反應，甚至連一絲委屈的感覺都沒有（恐怕連畏懼感都已經收拾得乾乾淨淨了），回家後也沒跟媽媽說。這或許部分反映了我當時的生存策略——「隔離」。因為扛不起那個時代、那個社會的巨大差異／衝突，只能暫時忽略那些有敵意或誤解的眼光，並把那些被對待的經驗再次堆放到「不明經驗存放區」——那個我拼湊出來的「政治」裡。我知道未來數不清的日子几自會迎面撲上。這個隔離的策略顯然被我執行得相當徹底，不論是小學畢業十年後、二十年後，甚至三十年後的現在回想這些事，我總是可以靜靜地審視那些當年陸續收集而來的拼圖，沒有

②據爸爸說，美麗島事件發生前不久國民黨內部已經傳出「黃信介、康寧祥與王拓準備從基隆把斗子漁港走私軍火入台進行武裝暴力活動」的說法，並且為此成立專案小組名為「鎮遠計畫」，用以羅織罪名。這三人之所以放在一起，爸爸認為因為在國民黨眼中他是「左派」，目的就是準備使用美麗島事件，除了掃蕩黨外組織，也能連同台灣的左派一網打盡。

③此「批康」非彼「批康」也。但同時發生在一九八二至八三年之間。前者發生在我的小學教室裡，後者則發生在黨外社群中的路線鬥爭。康寧祥即便在二〇一三年十一月出版《台灣，打拚：康寧祥回憶錄》企圖自我定位，但他在台灣政治歷史上的爭議性已經不是此刻的康寧祥可以定調的了。

半點對C的仇恨，但這樣的關係對待，我沒有一刻遺忘過。

誰的血汗，誰的鄉土

類似像這些生命經驗的政治性，若未放回活生生的關係經驗中提取、敘說，肯定會在大寫歷史的篩濾下灰飛消散；爸爸以小說為方法的書寫或許更有條件讓政治壓迫、惡土求生等經驗的其他面向現象得以出土、流傳吧？

他用自己的血肉去折射出這個世界的樣子，那是真正的投身，把自己拿去使用，自然就成就了自己所想的世界，或成為那其中的一部分。爸爸的小說就是這樣一種示範，但是這不會是妄想，也不是會一人的自我安慰和獨奏。因為信念本身指涉的就是他人和世界，其中最重要的就是勇氣和友情。勇氣是，不論遭受多少打擊，都要守護對自己來說最重要的東西，直到最後一刻；用運動者的話來說，就是同志和路線。運動是，不論被主流壓制削減到甚麼程度，也要放在心中苟延殘喘地養著，用自己存活於此世的意志，表白、守護到最後，是吧？我覺得爸爸寫這樣的小說這件事本身，就有這樣的意念（或紀念）。讓人精神抖擻地，在自己的故事中重如泰山地活下來、活過來了。讓奮戰著守護自己信念的人們得以在故事／小說中表白。在這樣的表白中，不管是自己或別人的任何黑暗、怯懦、錯誤和羞恥，都不再是了不得的件事了，唯一會長久留在心中和身體裡的，就是朝向著未來的美好。

（本文作者為王拓之子、基隆市議員、社運工作者）

INK PUBLISHING 文學叢書 616

吶喊

作　　者　王　拓
總 編 輯　初安民
責任編輯　林家鵬
美術編輯　黃昶憲
校　　對　潘貞仁　林家鵬　王醒之

發 行 人　張書銘
出　　版　INK 印刻文學生活雜誌出版股份有限公司
新北市中和區建一路249號8樓
電話：02-22281626
傳真：02-22281598
e-mail：ink.book@msa.hinet.net
網　　址　舒讀網http：//www.sudu.cc

法律顧問　巨鼎博達法律事務所
施竣中律師
總 代 理　成陽出版股份有限公司
電話：03-3589000（代表號）
傳真：03-3556521
郵政劃撥　19785090 印刻文學生活雜誌出版股份有限公司
印　　刷　海王印刷事業股份有限公司

港澳總經銷　泛華發行代理有限公司
地　　址　香港新界將軍澳工業邨駿昌街7號2樓
電　　話　(852) 2798 2220
傳　　真　(852) 3181 3973
網　　址　www.gccd.com.hk

出版日期　2019年12月　初版
ISBN　978-986-387-324-2

定　價　600元

國家圖書館出版品預行編目資料

吶喊／王　拓 著；
--初版, --新北市中和區：INK印刻文學，
2019. 12 面　；14.8 × 21公分.（文學叢書；616）
ISBN　978-986-387-324-2（平裝）
863.57　108018350